KNAUR

Über die Autorin:
Beatrice Fabregas arbeitete viele Jahre als Werbetexterin und Journalistin und ist heute als Buchhändlerin tätig. Sie reist gerne, und Kuba war und ist ihr Sehnsuchtsland, das sie immer wieder gern aufsucht und von dem sie sich zu diesem Roman inspirieren ließ.

BEATRICE
FABREGAS

Karibik-feuer

Roman

KNAUR

Besuchen Sie uns im Internet:
www.knaur.de

Vollständige Taschenbuchausgabe Juli 2013
Knaur Taschenbuch

Ein Unternehmen der Droemerschen Verlagsanstalt
Th. Knaur Nachf. GmbH & Co. KG, München

Redaktion: Kerstin von Dobschütz
Umschlaggestaltung: ZERO Werbeagentur, München
Umschlagabbildung: Gettyimages/© SuperStock;
Mountain American rhododendron (w/c on paper), Eaton,
Mary E. (1873–1961) / National Geographic Image Collection /
The Bridgeman Art Library;
Two Hummingbirds, ca. 1865–75 (oil on canvas), Heade, Martin
Johnson (1819–1904) / Brooklyn Museum of Art, New York, USA /
Dick S. Ramsay Fund / The Bridgeman Art Library
Druck und Bindung: GGP Media GmbH, Pößneck
Printed in Germany
ISBN 978-3-426-51028-5

2 4 5 3 1

Vorbemerkung

Die Neger auf dem Lande stehen auf einer ungemein tiefen Stufe der Cultur und dem Thiere wirklich sehr nahe. Daher sind sie erstens ungefährlicher, leichter zu regieren, und im Fall einer Revolution, nur im ersten Moment verderblich; und zweitens glücklicher, als man glaubt, da sie Freiheit, Lebensgenüsse usw. gar nicht kennen, für Nahrung, Kleidung und Wohnung nicht zu sorgen haben, und kein anderes Leiden fürchten als die Arbeit. Da diese aber im größten Theil des Jahres eine mäßige ist, so kann man wirklich den Zustand der Neger im Allgemeinen einen nicht unglücklichen nennen, glücklich will ich nicht sagen, da Menschen, auf so tiefer Bildungsstufe stehend, wohl nie glücklich genannt werden können … Mich erstaunten ihr Schmutz, ihre Hässlichkeit und der fast immer wilde, tückische, aber dumme Ausdruck ihrer Gesichter. Sie leiden viel an krebsartigen Krankheiten. Die Disciplin ist streng. Nachts werden sie in ihren Wohnungen eingeschlos-

sen. Es giebt Pflanzer, die ihre Neger schlecht behandeln; doch fallen Emeuten ebenso oft gegen milde, wie gegen strenge Herren vor und scheinen daher weniger vom Haß gegen die Weißen als Herren, sondern als Veranlasser zur Arbeit zu entstehen.

Prolog

Die Sonne färbte den Himmel rot und versah die zerzausten Königspalmen am Feldrand mit einem Heiligenschein. Winzige bunte Vögel zuckten wie Schatten über die Plantagen. Es roch nach geschlagenem Zuckerrohr. Kein Duft eigentlich – Zuckerrohr ist nahezu geruchlos –, eher ein Gefühl, süß und klebrig, das sich auf Kleidung und Haare legte, in Nase und Kehle stieg, bis man glaubte, dieses Gefühl für den Rest des Lebens mit sich herumtragen zu müssen. Zusammen mit dem Staub des von Sonne und Hitze ausgedörrten Bodens legte es sich auf die Haut wie ein schwerer Mantel aus Erschöpfung und Schweiß. Obwohl der Abend nahte, war es auf den Zuckerrohrfeldern unweit von Trinidad nicht kühler geworden. Es gab keinen Wind, der die schweißfeuchte Haut trocknete, und erst recht keinen Regen, obwohl Sklaven und Herren ihn gleichermaßen herbeisehnten. Selbst die Karibikküste, von den hügeligen Plantagen gut zu sehen, lag unbewegt und starr wie Blei im Abendlicht.

Die Sklaven ließen die Macheten sinken, schauten zum Himmel, der dunkler, aber noch immer wolkenlos war. Sie wischten sich mit der Hand den brennenden Schweiß aus den Augen und schickten verzweifelte Blicke nach dort, wo die Orishas lebten, und flehten um ein wenig Nass, um ein paar Tropfen, die auf die Haut fielen, in die ausgedörrten Kehlen, die struppigen Haare, auf die rissige Haut. Manch einer wandte sich lieber an eine Ceiba, die als magischer Baum galt, und hielt jedes Säuseln in den Blättern für eine Nachricht der Götter. Wieder andere konnten den Blick gar nicht mehr heben. Mit geduckten Schultern und gebeugtem Nacken starrten sie auf den Boden, in der Hoffnung, eine Maja de Santa Maria zu erblicken. Auch diese Schlange, eine Boa, galt als magisch, doch sie tat zumeist nichts anderes, als in der Sonne zu liegen und bei der Erschütterung des Bodens durch menschliche Schritte ihren langen Körper in Sicherheit zu bringen. Nur wenige hatten die Maja de Santa Maria je gesehen, doch jeder hoffte darauf, weil es hieß, sie erfülle die geheimsten Wünsche.
Der weiße Herr stieg von seinem Pferd, würgte den Staub aus seiner Kehle, leckte ihn von den spröden Lippen. Auch er betrachtete den Himmel, doch er flehte die Götter nicht um Regen an. Die weißen Herren auf Kuba waren es nicht gewohnt, um etwas zu bitten. Und so versuchte er, Gott zu befehlen, es regnen zu lassen. Er schickte drohende Blicke gen Himmel, reckte die Fäuste, spuckte noch einmal in den Staub zu seinen Füßen und verfluchte dieses gottverdammte Land mit der sengenden Hitze, den seltenen Regengüssen, den Krankheiten, giftigen Tieren und Pflanzen und natürlich den Sklaven, die

nichts anderes im Sinn hatten, als ihrem weißen Herrn zu schaden.
Er ließ die Reitpeitsche gleich in der Eingangshalle fallen, und ein schwarzes Mädchen in weißer Schürze eilte hinzu, hob sie auf und wischte den Staub ab. Im Patio ließ sich der Herr auf einem gepolsterten Korbstuhl nieder, und schon kam ein anderes schwarzes Mädchen in weißer Schürze und brachte ihm ein großes Glas mit eisgekühltem Batido.
Und der Herr trank seinen Batido de Coco, ein Mischgetränk aus Kuh- und Kokosmilch, in einem Zug aus und gab dem Mädchen ein Zeichen, ihm ein lauwarmes Bad zu bereiten. Währenddessen saß er im Patio, die Beine weit von sich gestreckt, mit den Fingern ungeduldig auf den Tisch trommelnd, und lauschte in die hereinbrechende Nacht, deren Geräusche ihm auch nach all den Jahren hier noch fremd waren.
Und dann hörte der Herr das eine, welches ihm Schauer über den Rücken schickte. Das eine, das er zu gern verboten hätte, was er aber nicht vermochte. Das eine, über das er keine Macht hatte: die Trommeln der Santeria.
Und er wusste, dass ein geheimes Ritual begonnen hatte. Ein Ritual, das er nicht kannte, nicht einschätzen konnte, aber von dem er gehört hatte, dass eine Kraft in ihm wohnte, die ausreichte, Menschen zu töten. Sogar weiße Herren. Er hörte die Trommeln und roch den Rauch, der in einer dünnen Säule über den Hütten der Sklaven aufstieg. Ein Huhn gackerte wild und verstummte plötzlich, und die Luft war erfüllt von einem Raunen und Summen, einem Tuscheln und Brummen, dem sich der Herr nicht verschließen konnte. Das Fingertrommeln wurde hefti-

ger, unregelmäßiger. Und als nach endlos langer Zeit das schwarze Mädchen kam, um ihn ins Bad zu führen, hatte er Angst. Der weiße Herr hörte, wie die schwarze Sklavin mit der anderen schwarzen Bademagd tuschelte. Ein paar verstohlene Worte nur, aber er hatte sie verstanden: Eine würde kommen. Mädchen oder junge Frau. Schon bald. Und dann würde alles anders werden.

ERSTER TEIL

Europa

Erstes Kapitel

Würzburg, im Frühjahr 1858

Du darfst mich küssen! Na, los doch!« Wilma spitzte die Lippen, schob das Kinn nach vorn und schloss die Augen. Ihr bodenlanges Kleid, das nach der neuesten Mode geschneidert war und einen mit Rosshaar versteiften Unterrock hatte, war so ausladend, dass Hermann befürchtete, Wilma würde nach vorn überkippen, geradewegs in seine Arme fallen und ihm mit der albernen Blümchenhaube im Gesicht herumwischen. Er trat einen Schritt zurück und dachte: Sie sehen so verkniffen aus, ihre Lippen. Verkniffen und zugleich lüstern feucht. Er verabscheute den Gedanken, seinen Mund auf diesen zusammengepressten, feuchten Strich drücken zu müssen. Mit hängenden Armen sah er sich unsicher in dem dunklen Flur um und wusste nicht, was er tun sollte. Sein Blick blieb an der Treppe hängen, die ins Obergeschoss führte. Doch da kam niemand. Das ganze Haus lag still.

Wilma blinzelte. »Na, los doch! Hast du nicht gelernt, dass man gehorchen muss, wenn eine Dame befiehlt?« Sie reckte das Kinn noch ein Stück weiter in seine Richtung. Hermann trat von einem Fuß auf den anderen und betete darum, dass irgendwas oder irgendwer Wilma aufschreckte. Wilma pustete ihn an, so dass er ihren Atem riechen konnte. Veilchenpastillen, dachte er. Sie lutscht Veilchenpastillen. Abneigung schüttelte seinen mageren Leib. Seine Mutter hatte Veilchenpastillen geliebt. Immerzu hatte sie davon gegessen. Bis sie selbst wie ein Veilchen gerochen hatte. Nur zum Schluss nicht, da war sie verkohlt, wie Hermann noch nie einen Menschen gesehen hatte. Und die Zähne, die selbst wie kleine weiße Veilchenpastillen in ihrem Mund geleuchtet hatten, die waren entblößt bis auf das verbrannte Zahnfleisch und offen zu einem letzten Schrei.
Hermann fuhr sich mit dem Ärmel über die Augen.
»Was ist jetzt?«, fragte Wilma, öffnete die Augen und betrachtete ihn enttäuscht von oben bis unten.
»Eine Dame«, stammelte Hermann. »Eine richtige, vornehme Dame, die küsst nicht jeden.«
Wilmas Gesicht erstarrte, die feuchten Lippen kräuselten sich. »Willst du mir was von Vornehmheit erzählen?«, zischte sie und fuhr ihm mit den langen Fingernägeln über den Arm.
Schnell schüttelte er den Kopf und setzte ein falsches Lächeln auf. Er hob den Finger wie ein Schulmeister: »Eine richtige Dame, die lässt sich erobern. Die wartet auf einen Prinzen, der sie aus dem Turm befreit. Eine, die sich gleich küssen lässt, die nimmt dem Mann die Freude an der Eroberung.«

Jetzt lächelte Wilma. »Erobern willst du mich also?«
Hermann schluckte. Es sah aus, als würde er nicken.
»Ach, du bist zu süß! Geradezu putzig bist du.« Wilmas Gesicht kam dicht an das seine heran. Hermann verzog den Mund. Veilchenpastillen, dachte er wieder. Wenn sie wenigstens keine Veilchenpastillen lutschen würde.
Er hielt die Luft an und stieß sie dann in einem Schwall aus.
»Oh!« Wilma lachte. »Da muss wohl jemand seine ganze Beherrschung aufbringen.« Ihr Finger kitzelte Hermann unter dem Kinn. »Sag, findest du mich so begehrenswert, dass dir die Luft wegbleibt?«
Hermann trat einen Schritt zurück und nickte. Warum kommt niemand?, dachte er. Den ganzen Tag laufen Leute durch den Vorsaal. Und jetzt, da ich jemanden brauche, kommt keiner!
Mittlerweile war es ihm unerträglich, Wilma anschauen zu müssen. Dieses aufgebauschte Haar, das ihr unter der Blümchemhaube wie Hundeschwänze vom Kopf abstand. Die kleinen, eng zusammenstehenden Augen, die vor Heimtücke ganz dunkel werden konnten. Darunter die Nase, viel zu groß. Wie eine Karnevalsnase hockte sie in Wilmas Gesicht. Und die schmalen Lippen, die sich gern zu einem Strich verzogen und die langen Zähne verbargen.
»Ich … ich muss nach Titine sehen«, stammelte er schließlich, drehte sich um und rannte davon. Hinter sich hörte er Wilmas empörtes Schnauben: »Titine, immer Titine. Du willst ein Mann sein? Eine Amme bist du!«
Hermann hetzte die Treppe nach oben, nahm zwei Stufen zugleich, eilte durch den Gang und riss endlich die Tür zu seiner kleinen Kammer auf, die er sich mit Titine teilte.

Titine saß auf einem Stuhl nahe beim Fenster, wandte sich zu ihrem Bruder um. Ihr Gesicht war von einer Gaslaterne beschienen.
Hermann umarmte die Kleine, presste ihren schmalen Kopf an seine Brust, strich sanft über ihre dünnen Schultern. »Geht es dir gut?«, fragte er.
Titine löste sich aus seiner Umarmung, hielt den Kopf ein wenig schief, betrachtete den Bruder aus ihren sehr hellen Augen und lächelte.
»Es geht dir gut!« Hermann atmete auf. »Hast du der Frau Doktor wieder so lange helfen müssen?«
Wieder neigte Titine den Kopf leicht zur rechten Seite. »Also ja. Es ist nicht recht von der Frau Doktor, eine Zwölfjährige so lange schuften zu lassen.«
Titine zuckte mit den Achseln. »Das ist nicht schlimm, mach dir keine Sorgen«, bedeutete diese Geste, die nur Hermann verstand.

Zweites Kapitel

Sie waren erst seit ein paar Wochen im Hause des Apothekers Dehmel in Würzburg. Gleich nach dem Brand waren sie hierhergekommen. Der Brand. Er hatte ihr Leben verändert, hatte sie aus der gewohnten Bahn geschleudert wie ein Straßenjunge seinen Lumpenball. Seither, seit dem Brand, sprach Titine nicht mehr. Sie, die früher immerzu geplappert und gekichert hatte, war in jener Nacht verstummt. Die Nacht, in der sie alles verloren hatten. Die Eltern, das Zuhause, die Zukunft. Dankbar mussten sie sein, dass Doktor Dehmel, ein alter Freund des Vaters, sie aufgenommen hatte. Natürlich war es nicht zu dessen Schaden; das hatte Hermann sogleich begriffen. Einen billigen Lehrjungen, einen guten Gehilfen hatte er sich mit ihm ins Haus geholt. Und mit Titine ein stummes Kind, gerade gut für die einfachen Arbeiten und nicht in der Lage, sich dagegen zu wehren.

»Denkst du … denkst du oft an Zuhause?«, fragte er leise.

Titine senkte den Kopf. Ihre schmalen Schultern zuckten.

»Nicht weinen, meine Kleine. Bitte weine nicht.«

Er zog sie in seine Arme und strich ihr sanft über den Rücken. »Nicht weinen«, wiederholte er und musste aufpassen, dass seine eigenen Tränen nicht auf ihr weißblondes Haar fielen.

Der Brand. Es gab keinen Tag, an dem er nicht daran dachte. An das Prasseln und Knistern, an das Geräusch, als die Balken brachen, das Glas aus den Scheiben sprang, an den Rauch, der in den Augen brannte, sich wie ein Kloß in die Kehle setzte und keinen Platz für den Atem ließ. Wenn ich doch nur nicht ..., dachte Hermann. Hätte ich doch bloß nicht!

Dann schob er den Gedanken rasch zur Seite. Er durfte nicht verzweifeln. Er war der Einzige, den Titine noch hatte. Am Tag nach dem Brand, als er verdreckt und hustend auf einem Stein vor den noch immer qualmenden Überresten des Hauses gesessen hatte, da hatte er sich geschworen, alles wiedergutzumachen. Er hatte geschworen, sich um Titine zu kümmern, sie niemals allein zu lassen, ihr Vater, Mutter und Bruder zu sein.

Später war die Droschke des Bestatters gekommen. Zwei Männer in schwarzen Jacken und Vatermördern hatten Särge abgeladen. Sie waren in die Ruine des verbrannten Hauses gegangen, waren mit den Särgen wieder herausgetreten. Der eine hatte sich geschüttelt. Der andere war bleich wie ein Leichentuch gewesen. Als sie den zweiten Sarg an Hermann vorbeitrugen, sagte der eine: »Wird schon wieder.«

Aber Hermann wusste, dass es nie wieder werden würde. Und dass es seine Schuld war. Eine Schuld, die ihn fast erdrückte, die ihn wünschen ließ, auch er würde in einem Kiefernholzsarg auf die Droschke geladen. Aber er lebte. Und Titine lebte ebenfalls. Bevor die Tränen kamen, stand er auf, drehte sich noch einmal zu der Ruine um, seufzte und ging zur Nachbarin.

»Sie spricht nicht«, sagte die Frau mit mütterlicher Stimme und drückte das kleine Mädchen sanft an ihren riesigen Busen. »Der Brand hat ihr die Sprache verschlagen.«

Besorgt wirkte sie. »Selbst vor der Öllampe ist sie zurückgezuckt, und sie hält Abstand von den Herdflammen. Verständlich, ihre Furcht vor dem Feuer. Was hast du jetzt vor, Hermann?«
Der Junge zuckte mit den Achseln. »Ich werde mich um sie kümmern«, sagte er.
»Wovon willst du leben? Wo wollt ihr wohnen? Sie braucht sicher einen Arzt.«
Abermals zuckte Hermann mit den Achseln. Er fühlte sich plötzlich so müde, so unendlich müde, sterbensmüde. Mit der Hand fuhr er sich über die Augen. »Es wird schon werden«, sprach er nach, was der Bestatter ihm zugeraunt hatte.
Die Nachbarin musterte ihn. Ihr Gesicht wurde vom Mitleid in die Breite gezogen. »Bleibt erst einmal hier. Für ein paar Tage wenigstens. Bis sich alles gefunden hat. Die Kleine, sie muss zur Ruhe kommen.«
Hermann hatte genickt. Ja. Zur Ruhe kommen. Zur ewigen Ruhe. Wie er sich danach sehnte! Es war ganz einfach. Er musste nur den Weg hinter dem Haus ein Stück weiter gehen. Bis hinein in den Wald. Ein Strick würde sich finden. Den über einen Ast geworfen und eine Schlinge geknüpft. So, wie der alte Hauser im letzten Jahr. Er musste nur ein paar Meter auf den Baum klettern und dann springen. Es war ganz einfach. Und er war so müde. Da fiel sein Blick auf Titine.
»Ich muss weg, muss mich kümmern«, erklärte er. Die Nachbarin nickte. »Für ein paar Tage geht es hier schon. Lass dir Zeit, Junge.«
Hermann lief durch sein Heimatstädtchen, setzte Schritt für Schritt, ohne so recht zu wissen, was er tun sollte.

Arbeit suchen. Ein Dach über dem Kopf finden. Essen und Trinken für Titine. Wie machte man das? Er fühlte sich plötzlich, als sei er selbst noch ein Kind. Gerade siebzehn Jahre zählte er. Bisher war er zur Schule gegangen. Bald, nach der Matura, wäre er auf die Universität gewechselt und hätte Pharmazie studiert, denn seit kurzem gab es in Würzburg einen Studiengang dafür. Später hätte er die Apotheke des Vaters übernommen, hätte geheiratet und Kinder bekommen. Titine hätte auch geheiratet und Kinder bekommen. Und am Sonntag wären sie alle nach dem Kirchgang bei den Eltern zum Essen gewesen. So hatte er es geplant. Jetzt war alles anders. Jetzt hatte es den Brand gegeben. Und er war ein großer Junge, der sehr viel wusste über die chemischen Elemente, aber nichts über das Leben. Und niemand war da, den er hätte fragen können.
In den Hosentaschen ballte er die Fäuste. Aus Verzweiflung. Manchmal schüttelte er im Gehen den Kopf und erschrak über den Rauchgeruch, der aus seinen Haaren aufstieg. Noch immer. Obwohl er sich zwei Mal den Kopf gewaschen hatte. Ob er den Geruch jemals loswerden würde? Er lief durch die Stadt, den Kopf gesenkt, und sah die mitleidigen Blicke nicht, die die Leute ihm zuwarfen. Manch einer blieb stehen, um zu fragen, wie es denn gehe, aber Hermann sah nichts und niemanden, sondern setzte einen Schritt vor den anderen. Wieder und immer wieder. Nicht einmal den Zeitungsjungen beachtete er, der sich eine Ausgabe vor die Brust hielt und mit markerschütternder Stimme die Neuigkeit ausrief: »Brand in der Paracelsus-Apotheke. Zwei Tote« – und urplötzlich verstummte, als er Hermann vorbeilaufen sah.

Auf dem Marktplatz blieb er stehen. Direkt vor der Markt-Apotheke. Sein Vater hatte die zweite Apotheke hier in der Stadt besessen, die Paracelsus-Apotheke. Unten, im Erdgeschoss des Hauses. Nun würde er niemals mehr hinter der großen Holztheke stehen, die Mutter würde niemals mehr Pulver und Salben anrühren. Ohne sich einen Plan zurechtgelegt zu haben, betrat Hermann die Markt-Apotheke.

Das Gesicht des alten Medizinalrats verzog sich mitleidig; Hermann konnte sehen, wie sein Monokel verrutschte, aus dem Auge glitt und erst auf der Nase zum Halten kam.

»Na, Junge, brauchst du etwas?«, fragte er. »Sag es ruhig; du kannst alles haben. Das bin ich deinem Vater schuldig. Er war ein guter Kollege.«

»Danke«, erwiderte Hermann. »Arbeit suche ich. Könnt Ihr womöglich einen Lehrling brauchen?«

Der Medizinalrat schüttelte den Kopf. »Tut mir leid, Junge. Ich bin alt. Zum Jahresende schließe ich den Laden hier. Die Zeiten sind schlecht.« Er klopfte mit seinem Spazierstock, den er seit einiger Zeit auch während der Arbeit benutzte, auf den Boden. »Meine Beine wollen nicht mehr so recht. Und erst die Augen! Ohne mein Monokel bin ich beinahe blind.« Er tastete nach dem Glas, welches er vor dem rechten Auge hatte, und rückte daran herum.

Hermann nickte, als hätte er die Antwort schon im Voraus gewusst. »Danke trotzdem«, sagte er.

»Brauchst du nichts?« Der Medizinalrat war hinter der Theke hervorgetreten. »Brandsalbe vielleicht? Eine Mullbinde? Etwas für den Hals?«

Hermann schüttelte den Kopf und griff nach der Türklinke. Der Medizinalrat stand mit hängenden Schultern da. »Warte!«, rief er, verschwand in dem Hinterraum und kam mit einem Stück Lavendelseife und zwei Döschen Veilchenpastillen zurück.

»Da, nimm wenigstens das.«

»Danke!«, sagte Hermann und konnte nicht nach den Veilchenpastillen fassen.

»Was ist?«

»Meine Mutter. Sie hat diese Pastillen immer gelutscht.«

»Verstehe.« Der Medizinalrat ließ die beiden Döschen in seinem Kittel verschwinden, zog eine Schublade auf und holte Hustenbonbons hervor.

Hermann schüttelte den Kopf, doch der Medizinalrat wirkte so jämmerlich betroffen, dass er schließlich die Hand nach den Bonbons ausstreckte. Da lächelte der alte Mann. »Wenn du wieder etwas brauchen solltest, komm ruhig vorbei.«

Hermann huschte weiter durch die Stadt. Er fragte in einem Kolonialwarengeschäft nach Arbeit und erntete ein Seufzen. In einer Druckerei hatte der Besitzer Tränen in den Augen, aber keine Arbeit. Im Sägewerk reichte ein Blick auf seine schmale Gestalt, um ihn fortzuschicken, und der Bauer, den er als Letztes fragte, besah sich Hermanns Hände, ehe er den Kopf schüttelte.

Als er zurück zur Nachbarin kam, saß da ein Mann am Tisch. Einen, den Hermann früher schon gesehen hatte. Doktor Dehmel, Apotheker im nahen Würzburg. Titines Patenonkel und Freund des Vaters. Sein dicker Bauch wogte wie ein prallgefülltes Daunenkissen über dem Gürtel. Helle, weit auseinanderstehende Äuglein be-

trachteten Hermann von Kopf bis Fuß. Dann leckte sich Doktor Dehmel über die feuchten Lippen, holte aus und schlug Hermann auf die Schulter. »Na, sollst sehen, Junge, bald geht's wieder aufwärts.«
Die Nachbarin drückte seinen Arm. »Ist es nicht eine göttliche Fügung, dass der Herr Doktor gerade einen Lehrling in seiner Apotheke braucht?«
»Ja?«, fragte Hermann. »Eine göttliche Fügung?«
»Aber ja. So freu dich doch. Er ist gekommen, um euch abzuholen. Gleich, nachdem er von dem Unglück erfahren hat, ist er losgeeilt. So geht ihr jetzt nach Würzburg. Habt mit einem Schlag ein Dach und ein Auskommen. So freu dich doch, Junge.«
»Ja«, erwiderte Hermann. »Ich freue mich ja.« Und zugleich fühlte er sich so unsagbar müde, dass er nicht glaubte, es noch bis zur Mietkutsche zu schaffen. Nicht einmal die Lippen brachte er mehr auseinander. Er blickte zu Titine, die sich ängstlich an die Nachbarin presste. Ein Dach über dem Kopf, ein Auskommen. Ja, dachte Hermann. Jetzt habe ich doch, was wir brauchen. Und Apotheker kann ich obendrein lernen. So, wie es der Vater gewünscht hat. Aber die Freude wollte nicht in sein Herz, wollte nicht in seine Augen, nicht in seine Kehle. Die Nachbarin sah ihn auffordernd an; Doktor Dehmel fragte: »Na?«
Und Hermann erwiderte: »Ich freue mich.«

Drittes Kapitel

Hermann zerdrückte im Hinterraum der Apotheke in einem Mörser Thymianblätter zu einem Pulver. Später würde er Schweineschmalz auslassen und das Thymianpulver ordentlich mit dem heißen Fett verrühren, dann in Tiegel abfüllen und die Tiegel beschriften: »Thymol-Hustensalbe«. Danach würde er von den Melissensträußen, die zum Trocknen auf dem Dachboden hingen, die Blättchen abzupfen, diese in winzige Stücke schneiden und als Tee in kleine Säckchen abfüllen, der gegen Bauch- und Frauenleiden helfen sollte. Blieb anschließend noch Zeit, so würde er auch die Lindenblüten zerkleinern und sie mit Honig mischen, damit die reichen Kunden etwas gegen Erkältungen hatten.

Hermann lauschte. Im Nebenraum saß Titine auf einem Schemel und wickelte helle Leinenstreifen zu Binden auf. Eigentlich sollte sie zur Schule gehen; gestern hatte Hermann die Frau Doktor darauf hingewiesen, aber die hatte nur abgewinkt. »Zur Schule? Wie soll das gehen, da sie doch nicht spricht?«, hatte sie gefragt.

»Wenn sie zuhört, so lernt sie auch«, hatte Hermann geantwortet.

»Schon möglich. Aber soll jeder Lehrer ihr eine Extrawurst braten, nur, weil es ihr die Sprache verschlagen hat? Sie bleibt im Haus, und fertig. Wenn sie wieder spricht, sehen wir weiter.«

Die Frau Doktor hatte einen riesigen Korb geholt und ihn Titine vor die Füße gestellt. »Da!«, hatte sie geschrien, als wäre Titine obendrein noch taub. »Du das aufwickeln. Verstanden? Und wenn du fertig, dann du helfen dem Dienstmädchen.«

Und Titine hatte genickt. Wie immer genickt. Wie immer und bei allem, und dann hatte sie sich in die Kammer gehockt und mit dem Aufwickeln der Leinenbinden begonnen. Ihre Augen hatten jeden Glanz verloren. Stundenlang konnte sie auf einen Punkt starren, ohne mit einer Wimper zu zucken. Wenn Hermann sie so sah, dann zerriss es ihm das Herz. Was sah sie, wenn sie so starrte? Die Mutter mit dem glänzenden Haarknoten, aus dem Titine am Abend manchmal die Nadel herausziehen durfte? Hörte sie das Lachen? Die Mutter hatte gelacht wie ein Waschweib. Das zumindest hatte der Vater manchmal im Scherz zu ihr gesagt. Das Lachen kollerte zuerst in ihrer Kehle, sprang in die Augen. Dann warf sie den Kopf nach hinten, öffnete den Mund so weit sie konnte und lachte laut und herzlich, unterbrochen nur von kleinen, komischen Seufzern. Alle hatten dieses Lachen geliebt. Und jedem hatte es ein Lächeln ins Gesicht gezaubert. Hermann seufzte. Die schöne, fröhliche Mutter. Sie war tot. Noch immer hatte er nicht ganz begriffen, was das bedeutete. Sie war weg. Ja, das wusste er. Aber sich seine lebendige Mutter als Tote zu denken, das konnte er nicht. Sie war weg. War einfach nicht mehr da. Das war schlimm genug.

Und auch der Vater fehlte. Der große, hagere Mann mit dem dünnen Haar, durch das die Ohren hervorspitzten. Der Mann, der mit leiser Stimme am Abend aus Büchern

vorlas. Er lachte nie so laut und hemmungslos wie seine Frau, aber seine Augen, die lächelten immer.
Hermann spürte einen Schmerz in seinem Herzen, der ihn beinahe zerriss. Er ging hinüber in die Kammer zu Titine. Sie sah nicht einmal auf, stierte weiterhin auf einen Fleck an der Wand und wickelte Binden. Ihre kleinen Hände arbeiteten unermüdlich, ihr Mund lächelte. Vielleicht, dachte Hermann, sieht sie Vater und Mutter vor sich. Vielleicht ist sie in ihren Gedanken bei ihnen. Er war nicht so herzlos, sie in die Wirklichkeit zurückzuholen.
Ein Dienstmädchen huschte über den Gang und winkte Hermann zu. Hermann winkte zurück, sah ihr nach. In der Paracelsus-Apotheke hatte es keine Dienstmädchen gegeben, die mit weißen Achselschürzen über dunklen Waschkleidern und Hamburger Häubchen auf den hochgesteckten Haaren Tee und Kaffee in winzigen Porzellantassen serviert hatten. Hier, im Hause des Doktor Dehmel aber war es die Mode der Frau Doktor und ihrer Tochter, an jedem Dienstagnachmittag angesehene Damen der Stadt zu heißer Schokolade oder Kaffee einzuladen. Hier, in Würzburg, war alles anders als zu Hause.
Die Ladenglocke schrillte. Sogleich erklang die Stimme Doktor Dehmels. »Gnädige Frau, was kann ich für Sie tun? Kratzt es im Hals bei diesem Wetter? Ja, ja, es ist kalt in diesem Herbst. Die Stürme kamen früh. Ich kann mich nicht erinnern, jemals schon im August Stürme erlebt zu haben.«
Doktor Dehmel rief nach ihm. »Hermann, so bring doch zwei Döschen von unseren Halspastillen für die Frau Kommerzienrat.«

Hermann nahm zwei der Dosen vom Stapel, wischte kurz mit einem Lappen darüber und brachte sie in den Verkaufsraum. »Guten Tag, gnädige Frau!«, wünschte er, ohne auf eine Antwort zu hoffen, legte die Pastillen auf den Tisch und begab sich sogleich neben die Ladentür, um der Dame beim Hinausgehen behilflich zu sein. Hinter der Theke zog Doktor Dehmel Grimassen, die Hermann befehlen sollten zu lächeln. Er verzog den Mund, machte einen Diener und schloss die Ladentür behutsam.

Kaum war die Frau verschwunden, klingelte die Ladenglocke erneut, und der Herr Stadtrat von Wimmeldorf betrat die Apotheke. Doktor Dehmel katzbuckelte vor dem hohen Herrn, gab seiner Stimme einen festen Klang, den sie sonst nicht hatte, und sprach über Politik, während Hermann mit gesenktem Kopf und auf dem Rücken gefalteten Händen neben der Tür zu den Hinterräumen stand, bereit, auf Zuruf das Gewünschte zu holen.

»Nun, Herr Stadtrat, die Revolution von 1848 ist seit zehn Jahren vorüber. Und was hat sich getan in der Zeit? Wenn Sie mich fragen, Herr Stadtrat, so denke ich, dass wir mit einem Kaiser am besten fahren würden. ›Deutsches Kaiserreich‹, das hat doch Klang und Größe, nicht wahr, Herr Stadtrat?«

Hermann konnte die Antwort nicht verstehen, er hörte nur immer wieder den Apotheker reden. Dessen Stimme klang irgendwie rutschig, schien es Hermann. Als könnte man darauf ausgleiten und stürzen. Nachdem er den Stadtrat unter Verbeugung zur Tür geleitet und diese aufgerissen hatte, winkte der Apotheker den Jungen zu sich. »Ich möchte doch einmal wissen, warum du so ein Gesicht ziehst. Das Lächeln, lieber Junge, gehört zum Beruf. Du solltest es einüben, wenn die Natur es dir nicht gegeben hat. Und jetzt geh in die Salbenkammer. Was du zu tun hast, das weißt du ja.«

Wie soll ich lächeln, dachte Hermann, wenn doch gerade erst die Eltern gestorben sind? Aber er sagte nichts, nickte nur und verschwand in den Hinterräumen.

Von dort aus hörte er eine fremde Frau über die Verdauung ihres werten Herrn Gemahls reden und über die leicht anzüglichen Komplimente des Apothekers kichern und zerrieb weiter mit dem Stößel die Thymianblättchen im Mörser.

»Lauschst du etwa?«

Hermann fuhr herum. Im Türrahmen lehnte Wilma und grinste ihn an. Ihre Hände glitten über den Stoff ihres Kleides, das leise raschelte. Heute trug sie eines, das am Ausschnitt mit Spitzen versehen war, und Hermann fand, dass es aussah wie ein Nachtgewand, wäre da nicht die ungeheure Krinoline gewesen. Hoffentlich kommt sie nicht herein, dachte er. Mit ihrem ausladenden Kleid stößt sie mir die Tiegel und Fläschchen noch vom Arbeitstisch.

»Macht es Spaß, den ganzen Tag Kräuter zu zerreiben?«

Hermann sah sie an. »Ja. Mir macht es Spaß. Ich bin dankbar dafür, hier zu sein und arbeiten zu dürfen.« Er leierte diese Worte herunter, als hätte er sie auswendig gelernt.

Wilma trat einen Schritt näher. »Na, von deiner Dankbarkeit habe ich noch nichts gemerkt.«

Schnell schaute Hermann weg, blickte in den weißen Marmor des Mörsers wie in eine Kristallkugel. »Ich muss arbeiten. Dein Vater möchte, dass ich die Hustensäfte so

schnell wie möglich fertigstelle. Der Herbst ist früh gekommen dieses Jahr. Die Leute sind erkältet.«
Wilma lehnte sich mit der Hüfte neben Hermann an den Arbeitstisch, verschränkte die Arme vor der Brust und ließ ihr Bein wippen. Ihr Kleid war so tief ausgeschnitten, dass ihre weißen, von blauen Adern durchzogenen Brüste wie Fallobst in einer Auslage lagen. Sie zog sich eine einzelne Strähne aus ihrem Haarnest und zwirbelte sie zwischen den Fingern. »So, arbeiten musst du also. Und für wen oder was schuftest du dich so ab? Willst du etwa bald eine eigene Familie gründen?« Sie kicherte, aber es klang nicht belustigt. »Oder willst du am Ende gar die Apotheke kaufen?« Ihr Mund zog sich zusammen, der Blick wurde ein wenig drohend. »Das schlag dir aus dem Kopf. Die Apotheke gehört mir. Nur wer mich heiratet, darf eines Tages hinter dem Ladentisch stehen.«
Hermann schwieg. Seine Hand umklammerte den Mörser, so dass seine Fingerknöchel ganz weiß wurden. Er fühlte sich unbehaglich, der Schweiß brach ihm aus, und zugleich fröstelte er. Wie brachte es Wilma nur immer wieder fertig, ihm die Worte im Mund umzudrehen? Er hatte doch nur gesagt, dass er arbeiten müsste. Und jetzt stand er als Erbschleicher da.
»Ich will die Apotheke nicht«, erklärte er.
Wilma rückte näher. Ihr Gesicht kam so dicht an seines, dass er wieder die Veilchenpastillen riechen konnte.
»Du willst also die Apotheke nicht?«
»Nein.«
»Ist sie dir etwa nicht gut genug?«
Hermann sah auf. »Das habe ich nicht gesagt.«

»Aber vielleicht hast du es gemeint.«
»Nein, habe ich nicht. Ich möchte nur meine Arbeit machen.«
Wilma ließ nicht locker. »Und wenn du die Apotheke nicht willst, dann heißt das doch auch, dass du mich nicht willst.«
Hermann fuhr zusammen. »Das habe ich auch nicht gesagt.«
»Aber gemeint hast du es. Denk ja nicht, ich bin dumm.«
Hermann fühlte sich wie ein Fisch, der in einem Netz zappelte. Der Mörser rutschte ihm aus der schweißnassen Hand. »Ich halte dich nicht für dumm. Und ich will auch die Apotheke nicht.«
»Und mich willst du auch nicht?« Wilma gurrte wie ein Täubchen und machte Anstalten, Hermann erneut unter dem Kinn zu kraulen.
Der Junge wich zurück. »Ich bin ein Lehrling«, stammelte er schließlich. »Es steht mir nicht zu, mich einer Dame der höheren Schicht zuzuwenden.«
Jetzt lachte Wilma. »Gott, du bist wirklich putzig. Wir kommen aus derselben Schicht. Hast du das vergessen? Dein Vater und mein Vater sind Apotheker. Wir beide wissen, was das heißt.«
Hermann lief es jetzt heiß den Rücken herunter. Er fühlte sich nicht mehr wie ein Fisch im Netz, sondern wie ein Fisch in einem zu kleinen Wassereimer, der bei jeder Bewegung an die Ränder stieß. Schließlich nahm er seinen ganzen Mut zusammen: »Außerdem bin ich viel jünger als du.«
Wilma gab ihm einen groben Stoß vor die Brust, Hermann taumelte zurück. »So etwas sagt man nicht zu einer

Dame. Eine Dame, mein Lieber, ist immer so jung, wie sie sich fühlt.« Ihre Augen blitzten, die Haare waren gesträubt, und ihr spitzes Kinn zitterte.
»Ich wollte dich nicht kränken«, stammelte Hermann und überlegte dabei, ob es nicht das Beste wäre, einfach wegzulaufen. Er spürte die Röte in seinem Gesicht brennen. Auf der anderen Seite war er ein wenig erleichtert. Er hatte Wilma gekränkt. Vielleicht ließ sie ihn jetzt in Ruhe, vielleicht ging sie ihm aus dem Weg, vielleicht sprach sie nicht einmal mehr mit ihm.
»Ach, er wird rot, der Zuckerjunge. Wie putzig. Na, ich verzeihe dir.«
Hermann stieß einen Seufzer aus, den Wilma für einen Ausdruck der Erleichterung hielt. Sie kam noch näher, kitzelte nun tatsächlich sein Kinn. Stocksteif stand Hermann, unfähig sich zu bewegen.
»Das Alter soll nicht unsere Sorge sein. Du bist siebzehn, kannst bald heiraten. Ich bin einundzwanzig. Das sind nur ein paar Monate zwischen uns.«
»Zweiundvierzig«, stotterte Hermann. »Genau zweiundvierzig Monate.«
»Bfffff!« Wilma blies ihm Veilchenatem ins Gesicht. »Manche Dinge begreifst du nicht, wie? Man hält einer Dame ihr Alter nicht vor. Himmelherrgott. Noch einmal und du bekommst eine Maulschelle. Zum letzten Mal sage ich dir, dass wir im selben Alter sind. Genau zueinander passend.«
Hermann grub die Zähne in die Unterlippe und nickte. Er hätte allem zugestimmt, nur damit sie endlich ging.
Wilma zuckte plötzlich mit den Schultern. »Komm heute Abend zum neunten Glockenschlag in den Garten hinter

dem Haus. Dann werde ich dir schon zeigen, was du willst und was nicht.«

Sie zwickte ihm noch einmal in die Wange, dann verließ sie die Kräuterkammer.

Hermann atmete auf, wischte sich mit einem Tuch den Schweiß von der Stirn. Heute Abend, dachte er, werde ich überall hingehen, nur nicht in den Garten.

Viertes Kapitel

Am Nachmittag bediente Hermann wieder im Laden. Natürlich stand nicht er hinter dem Ladentisch, sondern Doktor Dehmel. »Zwei Pfund Fußsalz, ein Fläschchen Laudanum für einen guten Schlaf und etwas Salbe für die geplagte Haut«, wiederholte er die Bestellung der Frau Lehrer. Hermann sprang nach hinten, holte das Gewünschte, legte es mit einem leisen »Bitte sehr« vor Doktor Dehmel auf die Theke. Der half der Frau Lehrer, die Sachen in ihrem Weidenkorb zu verstauen, nahm das Geld entgegen, und im selben Augenblick, als die Kassenlade zuschnappte, sprang Hermann hinzu und riss für die Frau Lehrer mit einer Verbeugung die Ladentür auf.

Nach der Frau Lehrer kam die Frau des Stadtrates und hernach die Meisterin der Haubensticker, anschließend die Gattin des Richters. Und immer musste Hermann springen. Dazwischen fand sich ein Handwerksgeselle mit einer tiefen Fleischwunde ein, den Doktor Dehmel so rasch abfertigte, dass Hermanns Dienste nicht erforderlich waren. Ein Kräuterweiblein brachte einen Weidenkorb voll frisch gesammeltem Grün, und ganz zum Schluss, als es draußen schon dunkel wurde und die Handwerker ihre Läden zuklappten, da kam der Gehilfe des Henkers und brachte Krüge und Töpfe voller Fett, das ein wenig süß roch. »Das nimmst du dir morgen vor«, befahl Doktor Dehmel. »Arme-Sünder-Schmalz. Schmilz es noch einmal ein, dann seihe es ordentlich durch. Packe ein paar Tröpfchen mit Salbei und Thymian darin ab. Das ist für die Schwindsüchtigen. In ein paar andere Töpfchen rühr Arnika und Ringelblumen hinein, das ist für die Haut und die Schönheit. Und den dritten Teil überlass mir, darum kümmere ich mich selbst.«

Hermann nickte. »Soll ich für den dritten Teil Tollkirschen zerkleinern?«, fragte er.

Doktor Dehmel sah ihn misstrauisch an. »Woher kennst du das Rezept?«

Unschuldig hob Hermann die Schultern. »Mein Vater stellte diese Salbe auch her. Er sagte, es helfe bei lahmen Lenden.«

Doktor Dehmel legte dem Jungen einen Arm um die Schulter. »Aha, aha. Interessant. Was machte er noch mit dem Arme-Sünder-Schmalz? Du weißt schon, was sich hinter diesem Namen verbirgt?«

Hermann nickte. »Auch zu uns kam der Henker. Wir hatten immer Menschenfett und Menschenblut im Haus.« Er sah Doktor Dehmel ins Gesicht. »Jeder Apotheker hat das doch, oder?«

»Natürlich, Junge. Aber man spricht nicht offen darüber. Am Ende ist es womöglich nichts als Aberglaube, dass die Lebenskraft eines zu früh durch Gewalt Getöteten in seinem Fett und Blut weiterlebt und an andere gegeben werden kann. Also, was machte dein Vater noch damit?«

Hermann tat, als überlegte er. Sein Vater hatte ihm viel über die Verwendung der Leichenpaste beigebracht. Gegen Rheuma und Arthritis half sie, selbst bei Quetschungen und Verstauchungen aller Art. Auch über Menschenblut wusste er Bescheid. Frisch getrunken, sollte es gegen

Fallsucht helfen. Und bei Schwindel tat meist pulverisiertes menschliches Herz Wunder. Aber all dies waren Geheimrezepturen, die sein Vater niemals einfach so preisgegeben hätte.

»Manchmal mischte er die Samen vom Bilsenkraut hinein. Und den Extrakt aus der Mohnblüte gab er ebenfalls in die Salbe. Er sagte, so könnten die Leute ihre großen Schmerzen für ein paar Stunden vergessen.«

Doktor Dehmel schloss den Laden ab und löschte die Lichter. Auf dem Weg in die hinteren Arbeitsräume legte er Hermann aufs Neue vertraulich einen Arm um die Schulter. »Was tat er noch so, dein Vater?«

Abermals fühlte sich Hermann bedrängt. Die Geheimrezepturen wurden vererbt, von einem Apotheker an den Sohn. Gab es keine Erben, so verkauften die Hinterbliebenen das Wissen für viel Geld. Sein Vater hatte viele Jahre lang experimentiert und die Ergebnisse in ein Buch eingetragen. Das Buch war verbrannt. Aber Hermann hatte die meisten Rezepte im Kopf, denn er hatte es geliebt, an stillen Abenden mit seinem Vater im Laboratorium zu sein.

»Seine Blumentinktur war sehr beliebt«, verriet Hermann zögerlich. Das Elixier war weit verbreitet, und Hermann glaubte nicht, damit den Vater zu verraten. »Es hilft gegen die Bleichsucht der Weiber und bringt die Männer nach schweren Leiden wieder zur alten Kraft.«

»Ja, die Blumentinktur.« Doktor Dehmel nickte und rieb sich mit Daumen und Zeigefinger den Nasenrücken. »Ich habe sie auch im Angebot. Gänseblümchen gebe ich hinein, Schlüsselblumen, Löwenzahn, Spitzwegerich und Schafgarbe. Und dein Vater?«

»Veilchen.« Hermann lächelte, als er daran dachte, wie seine Mutter das ganze Gesicht in einen Korb voller Veilchenblüten getaucht hatte. »Ja. Veilchen. Und ein wenig Wiesenschaumkraut.«

»Hat er die Kräuter in Essig angesetzt? Erhitzt und durchgeseiht?«

Hermann schüttelte den Kopf. »Er hat sie so belassen, wie sie waren. Nur gewaschen hat er sie und dann in eine Flasche oder in einen Krug gefüllt und mit Branntwein aufgegossen. Schließlich, so sagte er immer, darf Medizin ja hin und wieder auch gut schmecken. Dreimal täglich nach den Mahlzeiten sollten die Leute davon einen Fingerhut voll trinken. Sie haben die Blumentinktur geliebt.«

»Aha, aha«, murmelte Doktor Dehmel. »Nicht in Essig, sondern in Branntwein. Nun denn, ich werde es versuchen. Jedoch hat ein solches Elixier seinen Preis. Ich denke, ich sollte einen Viertelgulden für den Liter nehmen. Sehr gut, mein Junge.« Er klopfte Hermann auf die Schulter, kramte dann in seiner Geldkatze und holte ein paar Kupfergroschen hervor. »Da, nimm. Kauf für die Kleine ein wenig Naschwerk.«

Hermann bedankte sich.

»Und was hat er noch so gemacht, dein Vater, mein lieber, unvergessener Freund? Hat er sich auch an der sogenannten Himmelsarznei versucht?«

Hermann nickte. »Ihr meint Theriak, nicht wahr? Ja, das hat er. Die Leute glauben, es helfe gegen die Pest, die Cholera und sogar gegen die Franzosenkrankheit. Sie nehmen es gegen alle Gebrechen, die sich denken lassen. Mein Vater hatte ein Rezept aus Italien.«

Doktor Dehmel atmete schneller. »Wusste er etwa das Venezianische Theriak herzustellen?«
Hermann erkannte die Gier in Dehmels Blicken. Was soll es?, dachte er. Schaden wird's keinem. Er nickte. »Das Geheimnis des Venezianischen Theriaks ist Kardamom.« Er senkte die Stimme, als er das letzte Wort aussprach. »Ansonsten nahm er Angelika, Baldrian, Löwenzahn, Schlangenwurz, Weinraute und Myrrhe. Damit es auch schmeckt, gab er ein wenig Zimt hinzu. Im Sommer ersetzte er den Zimt durch reichlich Minze. In Branntwein und Honig ließ er die Tinktur drei Monate lang ziehen, dann verkaufte er sie.«
»Drei Monate lang. An einem hellen oder dunklen Ort?«, fragte Dehmel.
»Dunkel. Im Keller.«
»Aha, aha. Und Kardamon und Zimt? Woher bekam er diese Dinge?«
Hermann lächelte. Er fühlte sich ganz sicher. Sein Vater wäre stolz auf ihn gewesen. »Die Zutaten für die ›Simplica‹, die einfachen Rezepturen, bekam er von den Kräuterweibern aus der Gegend. Und was er dazu für die ›Composita‹, für die umfangreichen Rezepte, benötigte, das ließ er sich aus Darmstadt schicken. Dort gibt es eine Apotheke, die Doktor Merck gehört. Die Engels-Apotheke. Na ja, inzwischen ist sie mehr als nur eine Apotheke, sie ist ein ganzes Kontor für Kräuter und Gewürze aller Arten. Der Urgroßvater von Doktor Merck hat sogar ein Buch geschrieben. Mein Vater besaß es. Es hieß *Pharmacopoeia Augustana.* Von ihm hat er auch die Zutaten für das Ägyptische Pulver.«
Hermann äugte zu Doktor Dehmel. Wie er vorausgesehen

hatte, schrak der Apotheker bei den Worten regelrecht in die Höhe. »Sag nur, auch das hat dein Vater gemischt?«
Hermann zuckte gespielt gleichgültig mit den Achseln. »Ja, das hat er wohl.«
»Wie hat er das gemacht? Erzähle mir alles, mein lieber Junge.«
Hermann kniff die Augen zusammen, als würde er scharf nachdenken. Ich werde den Teufel tun und ihm alles verraten, dachte er. Wichtig ist nur, dass der Dehmel weiß, dass ich viel weiß. »Ich erinnere mich nicht mehr genau«, murmelte er. »Mumien. Es hatte wohl etwas mit Mumien zu tun. Aber was?« Hermann wusste auch hier jedes Detail der Rezeptur auswendig, doch er dachte nicht daran, Doktor Dehmel noch mehr zu verraten. Die Mumien kamen aus Ägypten, hatte sein Vater ihm erklärt. Doktor Merck in Darmstadt zerkleinerte sie und machte ein Pulver daraus, welches er »Elixier des Lebens« nannte. Schon die arabischen Ärzte hatten das Mumienpulver verwendet, denn sie glaubten, dass das darin enthaltene Mumienharz gegen Kopfschmerzen, Zuckerkrankheit, Schwindel, Herzrasen und Gicht half. Von Alexandria aus gingen ganze Schiffsladungen mit Mumien nach Venedig, Lyon und Marseille; ganz Europa wurde mit Mumienpulver kuriert. Und es war teuer, das Pulver. Ein Pfund kostete stolze zwölf Goldmark. So viel hatte nicht jeder. Zwar gab es auch andere, die Mumienpulver anboten, aber nur das aus der Engels-Apotheke hatte ein Qualitätssiegel. Und Hermanns Vater hatte immer nur das Beste genommen.
Er schüttelte den Kopf. »Der Brand, Herr Doktor, er sitzt mir noch immer in den Gliedern und wohl auch im Kopf. Ich kann mich nicht so recht besinnen. Vielleicht,

wenn ich mich ein wenig besser eingelebt habe hier, kommt die Erinnerung zurück. Doch derzeit muss ich mich um Titine sorgen. Sie arbeitet den ganzen Tag, obwohl sie doch früher zur Schule gegangen ist. Das heißt, dass ich auch tags auf sie achten muss. Und am Abend ist mein Kopf dann ganz leer.«

Doktor Dehmel tätschelte dem Jungen die Schulter. »Das verstehe ich doch, mein Lieber, das verstehe ich. Nun, dann wollen wir es dir ein wenig leichter machen, du guter Junge. Gleich morgen werden wir für Titine eine Schule suchen. Mir scheint, sie ist bei den Nonnen gut behütet. Was meinst du?«

»Oh, das ist zu viel der Gunst«, erwiderte Hermann mit einer Verbeugung. »Ihr, Herr, wisst am besten, was für uns gut und richtig ist. Alles soll so geschehen, wie Ihr es anordnet.«

Doktor Dehmel nickte und betrachtete Hermann mit ganz neuen Augen. Sein Blick maß Hermanns Statur, die Gesichtszüge, die Breite der Schultern. »Ein richtiger Mann bist du schon, weißt du das?«

Hermann lächelte verlegen.

»Gibt es auch schon eine, die dir gefällt?«

Hermann senkte den Blick, wurde ein wenig rot und schüttelte den Kopf.

Doktor Dehmel lachte. »Nun, du gefällst mir. Bist ein Junge nach meinem Geschmack. Fleißig und ehrlich. Wirst es noch weit bringen, wenn du die richtige Frau für dich findest. Nimm eine, mein Junge, die aus einer Apotheke kommt. Das ist das Beste.« Er beugte sich vertraulich vor. »Sag, hast du schon manchmal mit meiner Wilma gesprochen?«

Hermann fuhr zurück. »Aber Herr, das ziemt sich nicht für einen Lehrling wie mich.«
Doktor Dehmel zwinkerte ihm vertraulich zu. »Ich weiß, mein Junge, ich weiß. Aber ich würde da wohl ein Auge zudrücken, nicht wahr?«
Er gab dem Jungen noch einen Klaps auf die Schulter und verschwand.
Kurz darauf schlug die Glocke des nahen Kirchturms Viertel vor neun. Wilma würde ihn gleich im Garten erwarten, aber Hermann verspürte nicht das allergeringste Bedürfnis, zu ihr zu gehen. Sitzen lassen konnte er sie allerdings auch nicht. Er eilte die Treppe hinauf in die Kammer. »Titine, Titine, du musst mir helfen.«
Das Mädchen saß auf ihrem Stuhl und schaute aus dem Fenster auf den Mond und die Sterne. Sie sah nach oben, fand Hermann, als suche sie nach ihren Eltern, die irgendwo dort sein mussten.
Sie stand auf, breitete fragend die Arme aus.
»Magst du die Wilma?«, fragte er leise.
Titine schüttelte den Kopf und verzog den Mund. Sie hielt sich die Ohren zu. Sie ist zu laut, sollte das wohl bedeuten.
»Dann musst du mir helfen. Sie sitzt unten im Garten und wartet auf mich. Ich weiß nicht genau, was sie von mir will, aber ich will nichts von ihr, verstehst du das?« Die Zwölfjährige nickte.
»Kommst du mit mir hinunter?«
Die Kleine zog fragend die Augenbrauen in die Höhe.
Hermann fasste nach ihren kalten Händen. »Sieh, wenn sich ein Mann und ein Mädchen treffen, die weder verheiratet noch verlobt sind, so ist normalerweise ein Dritter

dabei. Eine Tante, eine Freundin oder so. Das macht man so, damit dem Mädchen nicht vor der Zeit die Tugend abhandenkommt. Nun glaube ich aber, dass Wilma nicht so viel Wert auf ihre Tugend legt. Es ist aber wichtig, dass sie sie behält. Verstehst du das, Titine?«
Die Kleine schüttelte den Kopf.
»Das macht nichts. Du musst nur verstehen, dass ich unmöglich allein hinunter in den Garten zu Wilma gehen kann. Ich brauche dich, du musst mitkommen. Unbedingt. Wirst du das für mich tun?«
Titine legte den Kopf schief, zeigte nach draußen auf den Mond und die Sterne.
Hermann verstand. »Ja, du wirst auch vom Garten aus in den Himmel schauen können. Das verspreche ich dir.«
Titine nickte nun, nahm sich ein Tuch, legte es um die Schultern und sah Hermann auffordernd an. Er nahm sie bei der Hand, schlich mit ihr die Treppe hinab, durch die Küche, in der die Magd vor dem verlöschenden Herdfeuer schlief, und von dort hinaus in den Garten.
Wilma saß auf einer Bank. Sie hatte ihr Haar gelöst, das nun nicht mehr wie ein zerrupftes Vogelnest aussah, sondern wie ein Haufen von ungewaschenem Flachs. Hermann schluckte. Er wusste, was es hieß, wenn eine Frau ihr Haar löste.
Mit Titine an der Hand ging er langsam näher. »Einen gesegneten Abend wünsche ich«, brachte er mühsam heraus.
Wilma wandte sich ihm zu, die Lippen hoch über das Zahnfleisch geschoben, die langen Zähne entblößt. Das, was Hermann an ein Pferd erinnerte, schien Wilma für ein Lächeln zu halten. Doch als sie Titine erblickte,

schloss sie den Mund und presste die Lippen zusammen. Sie zeigte mit dem Finger auf das Mädchen. »Muss die da nicht längst schlafen?«
Hermann zog Titine an sich, legte ihr eine Hand auf den Kopf. »Sie schläft nicht ohne mich seit dem Brand. Sie hat Angst allein im Zimmer. Ich muss bei ihr sein, damit sie ruhig wird.«
Wilma sah Titine an, als wäre sie ein ekliges Insekt. »Warum hast du sie nicht zum Schlafen gebracht, bevor du zu mir gekommen bist?« Sie wandte sich an das kleine Mädchen, kniff ihr derb in die Wangen. »Wie oft habe ich dir schon gesagt, dass du mich mit deinen Eisaugen nicht so anstarren sollst?«
Titine senkte gehorsam den Kopf, und Hermann machte große Augen. »Ich wusste nicht, dass sie dich stört, dass du ihren Blick nicht ertragen kannst.« Er lachte leise auf. »Ach, ich weiß schon. Das war nur ein Scherz von dir. Ich finde es nett, dass du dich so um meine Schwester sorgst und darauf achtest, dass sie genügend Schlaf bekommt. Aber schau, sie ist allein und sie ist noch so klein. Ich dachte, es würde euch beiden Freude machen, ein wenig im Garten zusammenzusitzen. Ich danke dir sehr für deine Fürsorge, Wilma. Und besonders dankbar bin ich dir, dass ich nun Zeit habe, mir rasch einen Krug Bier aus der Schenke an der Ecke zu holen.«
Hermann verzog seinen Mund zu einem Lächeln.
Doch da stand Wilma einfach auf, zischte ihm »Trottel« ins Gesicht und verschwand im Haus.
Hermann lächelte noch immer. Dann fuhr er sich mit der Hand über die Stirn und stieß Titine leicht in die Seite. »Gut gemacht«, sagte er. »Das haben wir beide sehr gut

gemacht.« Doch dann wurde er ernst. »Wilma wird das nicht auf sich beruhen lassen, Titine. Wir müssen in der nächsten Zeit vorsichtig sein. Bleib freundlich und lächle, dann kann sie dir nichts tun.«

Als Hermanns Atemzüge schon ruhig und gleichmäßig vom Nachbarbett zu ihr herübertönten, lag Titine noch wach. Sie hatte die Arme unter dem Kopf verschränkt und sah durch das Fenster hinauf in den Himmel. Warum versteht er nichts?, fragte sie sich. Er kann sprechen, kann fragen, warum tut er es nicht? Es scheint, als wäre er blind und taub. Hat er Wilma niemals richtig angeschaut? Hat er ihr niemals ernsthaft zugehört? Sie will ihn, und sie wird ihn kriegen, so wahr uns Gott helfe. Ihre Augen haben gefunkelt, als sie ihn sah. Der Mund hat sich verkniffen, aber ihre Arme, die haben nach ihm gefasst, und ihre Lippen, die haben gebebt vor Furcht, er könnte einfach gehen. Und ich kann nicht sprechen, kann ihm nicht sagen, was ich sehe.
Titine hob den Kopf, sah zu Hermanns Bett hinüber. Er schlief, die Decke bis unter das Kinn gezogen. Langsam öffnete sie den Mund, versuchte, einen Ton herauszupressen, aber es gelang nicht. Sie strengte sich so sehr an, dass ihr der Schweiß ausbrach, sie presste Luft in die Lungen, um ein winziges Geräusch zu erzeugen, doch vergeblich. Ihre Worte waren versiegt.
Tränen stiegen Titine in die Augen. Tränen der Wut. Sie schlug mit ihrer Faust auf die Bettdecke. Warum konnte ausgerechnet sie nicht mehr sprechen? Wilma dagegen konnte; sie tat es den ganzen Tag. Blasen stiegen aus ihrem Mund, wann immer sie ihn öffnete. Titine konnte es

sehen. Ihre Worte waren falsch, sie klangen schräg, sie widersprachen dem, was sie in Wilmas Augen las. Wilma war so beschäftigt mit den Worten, mit dem Sprechen, dass sie nicht darauf achten konnte, was die anderen sagten. Manchmal dachte Titine, dass Sprechen einsam machen musste. Immerzu reden, das heißt ja, dass man niemals zuhört. So wie Wilma. Sie braucht ja den Hermann gar nicht, sie braucht nur eine Adresse für das, was sie in sich hat. Sie will geliebt werden, ganz gleich, von wem. Sie will wichtige Dinge sagen zu irgendjemandem, sie will eine Frau sein, und dafür braucht sie einen Mann.
Merkte außer ihr denn niemand, was die Menschen wirklich meinten, wenn sie den Mund aufmachten?
Doktor Dehmel, der Hermann heimlich beobachtete. Immer einen Blick aus den Augenwinkeln auf ihn schoss, ihn taxierte, als wäre er ein Stück Vieh auf dem Rindermarkt. Mit kleinen Augen und gefurchter Stirn, so würde er immerzu berechnen, ob Hermann seinen Preis auch wert war.
Und die Frau Doktor, die mit ihr sprach, als wäre sie nicht bei Sinnen. Sie war die Einzige, die eine leise Ahnung von der Ohnmacht der Worte hatte. Sie, das wusste Titine genau, fürchtete sich ein wenig vor ihr. Deshalb schrie sie sie an, deshalb behandelte sie Titine so, als wäre sie ein Dummkopf, der nichts verstand. Aber insgeheim wusste sie, dass Titine mehr sah und hörte, als ihr lieb sein konnte.

Fünftes Kapitel

In den nächsten Tagen ging ihm Wilma aus dem Weg. Nur hin und wieder sah er ihre hohe Gestalt wie einen Geist am Ende eines Flurs auftauchen. Manchmal hörte er sie den Dienstmädchen grelle Anweisungen geben. Sie war schlechter Stimmung und sorgte dafür, dass jeder im Haus es mitbekam.

Doktor Dehmel nahm Hermann immer wieder mal zur Seite, um sich nach dem Stand seiner Erinnerungen, das Mumienpulver betreffend, zu erkundigen, doch Hermann schüttelte jedes Mal bedauernd den Kopf, nahm das bisschen Kupfergeld und kaufte damit Süßigkeiten für Titine.

Doktor Dehmel hatte sein Versprechen wahr gemacht. Die Kleine besuchte die Schule des nahen Nonnenklosters. Hermann hatte geglaubt, sie würde dadurch ein wenig glücklicher werden, nicht mehr in jeder Sekunde an die Eltern denken, doch er hatte sich getäuscht. Mit verschlossener Miene und starrem Blick kehrte Titine vom Unterricht zurück, und es brauchte eine ganze Zeit, ehe sie wieder lächeln konnte.

»Was ist los mit dir? Gefällt es dir nicht in der Schule?«, fragte Hermann.

Titine sah ihn flehentlich an und schüttelte den Kopf.

»Warum nicht?«

Wieder nur der flehentliche Blick. Dann legte sie eine kleine Hand auf ihr Herz und machte eine Geste, als würde es ihr jemand herausreißen.

»Du bist verletzt und gekränkt«, übersetzte Hermann, und Titine nickte.
»Was ist passiert?«
Titine deutete zwei Flügel auf dem Rücken an und eine Bewegung, als wolle sie direkt aus der Kammer in den Himmel fliegen. »Engel«, übersetzte Hermann. »Mama und Papa.«
Titine nickte.
»Sie sagen, deine Eltern sind im Himmel.«
Titine schüttelte den Kopf und setzte sich Teufelshörner auf.
»Sie sagen, Mama und Papa wären in der Hölle?«
Der Kleinen stiegen Tränen in die Augen.
»Warum, um des Herrgottes willen, sollten ausgerechnet Mama und Papa in der Hölle schmoren?«
Titine begann bitterlich zu weinen. So sehr, dass sie nicht in der Lage war, sich verständlich zu machen. Schließlich reichte Hermann ihr ein Blatt Papier und einen Kohlestift. »Schreib auf, was dich quält.«
Titine schluchzte noch einmal aus tiefster Seele, dann schrieb sie: »Die Nonnen sagen, der Brand war eine Strafe Gottes für die Sünden von Mama und Papa, und deshalb wären sie jetzt in der Hölle.«
Hermann erschrak. Das stimmte nicht. Das stimmte ganz und gar nicht. Er war es doch, der … Er konnte den Gedanken nicht zu Ende denken. »So war es nicht, Titine. Die Nonnen haben unrecht. Sie kannten Mama und Papa ja gar nicht. Aber wir kannten sie, und wir wissen, dass sie niemals in ihrem Leben etwas Schlechtes getan haben.«
Hermann hockte sich vor seine Schwester, wischte ihr die Tränen aus dem nassen Gesicht. »Hör nicht auf die Non-

nen«, flüsterte er. »Hör auf dein Herz.« Nur langsam beruhigte sich die Kleine, doch am Ende lächelte sie, legte eine Hand auf ihr Herz und machte dann Flugbewegungen zum Fenster hinaus.

»Schick Mama und Papa auch einen Gruß und einen Kuss von mir«, bat Hermann und machte sich wieder an die Arbeit.

»Ach, Junge.« Doktor Dehmel stand am Fuß der Treppe und rieb den Nasenrücken zwischen Daumen und Zeigefinger. »Mit dir wollte ich reden.«

»Es tut mir sehr leid, Herr Doktor Dehmel, aber die Erinnerungen lassen auf sich warten.«

»Nein, nein, mein Lieber, darum geht es mir nicht.« Er kam näher heran. »Die Wilma. Seit Tagen ist sie unausstehlich. Weißt du womöglich, weshalb?«

Hermann zog ein unschuldiges Gesicht. »Nein, das weiß ich nicht. Wir haben ja nicht so viel miteinander zu tun.«

»Aha, aha.« Doktor Dehmel hatte sich den Nasenrücken mittlerweile rot gerieben. »Ich dachte nur, ob du vielleicht mal …«

»… mit ihr reden? Nein, ich bin nur ein Lehrling. Und mit den Weibern kenne ich mich gar nicht aus.« Hermann wich einen Schritt zurück.

Doktor Dehmel nestelte an seiner Geldbörse. »Hier, Junge.«

Hermann verschränkte die Hände hinter dem Rücken. »Wofür soll das sein?«

Doktor Dehmel erwiderte: »Nun sei nicht so begriffsstutzig. Kauf Wilma was dafür. Naschwerk, Blumen, Bänder, irgendwas. Damit sie wieder fröhlich wird.«

Hermann schluckte. »Aber … aber … sollte das nicht ein Verehrer tun?«

Doktor Dehmel lächelte schief. »Was nicht ist, das kann ruhig werden.«
Hermann schüttelte den Kopf. »Das kann ich nicht. Wäre sie mein Mädchen, so hätte sie längst Blumen. Aber auf die Art? Nein, das ist nicht rechtens.«
Das Lächeln aus Doktor Dehmels Gesicht verschwand. »Du magst sie also nicht, die Wilma? Verschmähst sie, obwohl ich dich nur um einen kleinen Freundschaftsdienst gebeten habe? Hast du vergessen, Junge, was ich für dich und deine Schwester alles getan habe? Ein Dach über dem Kopf habe ich euch geboten, euch ein Zuhause gegeben.« Er schüttelte den Kopf über so viel Undankbarkeit.
Hermann rang mit sich. Er konnte es sich nicht erlauben, das Wohlwollen des Apothekers zu verspielen. »Nein, so war das nicht gemeint«, stotterte er. »Ich wollte nur sagen, wenn Wilma etwas bekommt, dann bekommt sie es wirklich von mir. Gleich nachher gehe ich in die Konditorei und kaufe ihr einen Zuckerkringel.«
Bei diesen Worten gewann Dehmel seine gute Laune wieder. Er schlug Hermann mit den Worten »Wusste ich es doch!« auf die Schultern und ließ ihn im Flur stehen.
Hermann unterdrückte einen Fluch. Wie schafften es die Dehmels immer wieder, ihn zu etwas zu bringen, was er ganz und gar nicht wollte? Geknickt betrat er die Konditorei, kaufte einen Zuckerkringel, den ihm die Konditorin mit anzüglichem Lächeln in ein Stück Papier hüllte, schlappte zur Apotheke zurück und fand – wie durch ein Wunder – Wilma gleich hinter der Haustür.
»Da! Für dich!« Er drückte ihr den Kringel in die Hand und wollte sich an ihr vorbeischieben. Aber Wilma versperrte ihm den Weg. Sie wickelte den Kringel aus und

kreischte leise auf. »Ah, wie goldig von dir! Du hast mir Zuckerwerk gebracht.« Dann drohte sie ihm schelmisch mit dem Finger. »Bist also nur ein Schüchterner, wie? Bei mir hättest du dir das sparen können. Ich wusste gleich, als ich dich zum ersten Mal sah, dass wir uns gut verstehen würden.« Sie beugte sich zu ihm vor und flüsterte: »Wir zwei sind aus demselben Holz geschnitzt. Das kannst du nicht verleugnen.«

Dann biss sie herzhaft in den Kringel, hielt ihn Hermann neckisch hin. »Da, beiß auch mal. Ich möchte sehen, ob unsere Münder zusammenpassen.«

Sie kicherte töricht, und Hermann errötete über das ganze Gesicht.

»Ich muss wieder an die Arbeit«, stammelte er, drückte sich an ihr vorbei und flüchtete in die Salbenkammer.

Beim Mittagessen war von Wilmas schlechter Stimmung nichts mehr zu spüren. Sie trällerte, als das Hausmädchen die Suppe auftrug. Sie neckte ihren Vater, zwinkerte ihrer Mutter verschwörerisch zu, und beim Nachtisch legte sie sogar eine Hand auf Hermanns. Der entzog sich ihr, doch Doktor Dehmel nickte dem Jungen aufmunternd zu.

Am Abend ging Hermann zum ersten Mal in seinem Leben in eine nahe Schenke, in der sich die Lehrlinge der verschiedensten Zünfte auf einen Krug Bier trafen. Titine schlief; und Hermann musste aus der Apotheke heraus, um in Ruhe darüber nachzudenken, wie er fürderhin mit Wilma umgehen sollte. Er hatte gerade den ersten Schluck aus dem Krug getrunken, als sich Klaus, ein schmaler Hutmacherlehrling, den er vom Sehen kannte, zu ihm setzte. Klaus war das genaue Gegenteil von Hermann. Es machte ihm nichts aus, mit Fremden zu sprechen. Er hat-

te ein offenes, geheimnisloses Gesicht und ein ansteckendes, sorgloses Lachen. Nach einer ganzen Weile, als jeder dem anderen das Woher und Wohin berichtet hatte, fragte Hermann: »Was wirst du tun, wenn du mit der Lehre fertig bist? Braucht dein Meister einen Gesellen? Oder gehst du auf Wanderschaft?«
Klaus lächelte und zwinkerte Hermann zu. »Ich werde es machen wie mein Vetter aus Bremen«, raunte er. »Der ist Handelsgehilfe gewesen. Sein Kontor hat eine Niederlassung in Kuba gegründet. Nun lebt er dort, hat Sklaven, und seine Frau trägt Diamanten. Der hat sein Glück gemacht, mein Lieber. Wohnt in einem weißen Haus, schläft auf seidenen Laken, und Gott und die Welt spricht ihn mit Master an.«
»Kuba?« Hermann hatte noch nie von einem Ort gehört, der so hieß. »Wo ist das? Fährt eine Dampflok dahin?«
Klaus lachte. »Nein, du Dummer. Kuba ist weit, weit weg. Fast so weit wie Amerika. Mit dem Dampfschiff musst du fahren. Wochen dauert es, bis du dort bist. Die meisten Menschen da sind Neger. Schwarz wie die Nacht. Die Weißen aber, zumeist Spanier, sind die Herren.« Sein Blick ging in die Ferne. »Stell dir einmal vor, wie das wäre! Das ganze Jahr über scheint die Sonne. Du brauchst keine Kamine zu heizen, kein Holz zu schlagen. Halbnackte Negerweiber bringen dir das Essen und erfüllen dir auch sonst jeden Wunsch.«
Er stieß Hermann in die Seite. »Hutmacher sind gesucht dort unten. Viele gibt es nicht, die den reichen weißen Damen schicke Hüte machen. Ein Jahr noch, dann habe ich die Lehre fertig und muss mir nur noch das Geld für die Überfahrt verdienen. Was sagst du jetzt?«

Ein Schankmädchen knallte zwei volle Bierkrüge auf den Tisch und juchzte laut auf, als Klaus ihr einen Klaps auf den Hintern gab.
Hermann sagte gar nichts. Er hatte noch nie daran gedacht, sein Land zu verlassen. Der abenteuerlichste seiner Träume befasste sich mit einer Reise nach Darmstadt, um das Kontor von Doktor Merck zu besichtigen. Ansonsten sann er wenig über die Zukunft nach. Er würde für Titine sorgen, das war alles. Eines Tages würde sie heiraten und weggehen, und dann würde sich Hermann vielleicht auch eine Frau suchen. Bestimmt fand er Arbeit als Apothekengehilfe. Notfalls würde er sich in einem Spital nützlich machen können. Ein eigenes Haus? Diener? Nein, daran hatte Hermann noch nie gedacht. Alles, was er wollte, war, für Titine zu sorgen, ihr alles zu geben, was er konnte. Doch seit er bei Dehmels war, wusste er, er würde wohl immer vom Wohlwollen eines anderen abhängig sein. Eine Apotheke könnte er vielleicht eines Tages haben, wenn er Wilma heiraten würde. Tat er es nicht – und er würde den Teufel tun –, nun, so bliebe ihm nur, irgendwo um eine andere Anstellung zu betteln.
»Was ist? Warum ballst du die Fäuste?« Klaus lachte. »Schaust aus, als würdest du gerade dreinschlagen wollen.«
Hermann betrachtete seine Hände. Klaus hatte recht, sie waren so fest zusammengeballt, dass die Fingerknöchel weiß hervortraten.
»Satt habe ich es. Bis oben hin steht es mir!« Er fuhr sich mit der Hand über die Kehle. »Was bleibt einem wie uns schon im Leben? Immer abhängig sein, immer liebdienern müssen, damit man Brot auf dem Tisch hat. Immer

herumgeschubst werden von irgendwem, der auch nicht klüger und nicht besser ist. Niemals sein eigener Herr sein, immer nur der Diener.«

»Sag ich doch. Und deshalb gehe ich nach Kuba. Weil ich es nämlich zu etwas bringen will. Mir wird niemand mehr sagen, was ich zu tun und zu lassen habe.« Klaus schlug mit der Faust leicht auf den Tisch. »Satt hat es wohl jeder Lehrling. Aber jammern allein hilft nicht weiter.«

Hermann nickte. »Recht hast du. Vielleicht sollte ich auch weggehen von hier. Aber wohin? Ist es wirklich anders anderswo?«

Klaus zuckte mit den Schultern. »Kann sein, kann nicht sein. Du weißt schon, Gottes Wege. Ich jedenfalls weiß, was ich will; niemandes Knecht sein nämlich.«

Als der Nachtwächter die Sperrstunde verkündete und der Wirt die leeren Bierkrüge einsammelte, verabschiedete sich Hermann herzlich von Klaus. Bald, das versprachen sie sich, würden sie sich wieder in der Gaststube treffen. Und am Wochenende vielleicht sogar mal einen Ausflug unternehmen.

Beschwingt wie lange nicht mehr, trat Hermann den Heimweg an. Heute Abend hatte er sich unbeschwert gefühlt zuletzt. So, als gebe es doch noch Hoffnung für ihn und ein Entkommen aus dem Dehmelhaus. Beinahe so wie damals war es gewesen, als Mutter und Vater noch lebten. Jung war er gewesen, frei von Verantwortung, nur dem Vergnügen auf der Spur und sicher, dass das Leben für ihn die schönsten Überraschungen bereithielt. Fast hätte er vor sich hin gepfiffen. Schon die Lippen gespitzt, erblickte er am Ende des Marktes im Licht des Vollmondes die Apotheke. Und schon war seine Unbeschwertheit

vorüber, schon drückten ihm die Sorgen, Befürchtungen und Ängste die Schultern wieder nach unten.
Das Apothekerhaus lag im Dunklen. Hermann schloss leise die Haustür auf, zog seine Schuhe aus und schlich auf Strümpfen nach oben. Er war so leise dabei, dass er sich selbst kaum hörte. Oben angekommen, atmete er erleichtert aus, doch im selben Augenblick flammte hinter ihm ein Kerzenlicht auf.
»Ich habe auf dich gewartet!« Wilma stand wie die weiße Dame aus den Spukschlössern hinter ihm. In der einen Hand hielt sie die Kerze, mit der anderen krallte sie ein dünnes Tuch vor ihrer Brust zusammen. Das weiße Nachthemd reichte bis auf den Boden, und Wilmas Haar umwirbelte ihren Kopf, als sei sie kopfüber in eine Strohschütte gestürzt. Hermann musste seinen Blick, der mit leisem Entsetzen an ihr klebte, regelrecht losreißen.
»Ja, Wilma, das ist nett von dir. Und nun gute Nacht.« Hermann hob die Hand zum Gruß, doch eigentlich wusste er schon, dass er nicht so einfach davonkam.
Und richtig, Wilma packte ihn am Ärmel. »Ich muss mit dir reden«, raunte sie, und ihr Veilchenatem verursachte ihm leichte Übelkeit.
»Kann das nicht bis morgen warten? Ich bin müde, Wilma, es war ein langer Tag.«
»Nein! Ich habe es satt zu warten. Immer nur warten, warten, warten. Jetzt will ich mit dir reden. Komm in meine Kammer.«
Hermann versteifte sich wie ein Kind, das in den Waschzuber sollte. »In deine Kammer?«, stammelte er.
»Natürlich. Wohin sonst? Oder willst du etwa die Dienstboten aufwecken? Und Titine? Soll die Kleine im Schlaf

gestört werden?« Wilmas Stimme war mit jedem Wort ein wenig lauter geworden. Hinter der ersten Kammertür hörte man bereits Geräusche.

»Pst, pst. Nicht so laut. Du weckst ja das ganze Haus auf.« Widerstrebend ließ Hermann sich in die Kammer ziehen. Als die Tür ins Schloss fiel, lehnte er sich mit dem Rücken dagegen und fragte: »Also, worüber willst du mit mir sprechen?«

Wilma klimperte mit den Lidern. »Weißt du das nicht? Kannst du dir nichts denken?«

Hermann schüttelte den Kopf. Er konnte gerade an nichts anderes denken als an Flucht. Er wollte raus aus dieser Kammer, die mit Kissen und Deckchen überfüllt war und in der es so süß nach Veilchenpastillen roch, dass ihm schlecht wurde. Man sollte ihr verbieten, diese Pastillen zu lutschen, dachte er, mit einem Mal sehr ärgerlich. Und je länger er Wilma betrachtete, die mit selbstgefälliger Miene auf der Bettkante saß und die Zähne zu etwas fletschte, das sie wahrscheinlich für ein Lächeln hielt, umso stärker wurde sein Zorn. Wie kann dieses … dieses widerwärtige Geschöpf genauso riechen wie Mutter?, dachte er und biss sich auf die Unterlippe. Es ist eine Unverschämtheit. Sie soll, sie darf keine Veilchenpastillen lutschen. Hermann befürchtete, dass durch Wilmas Duft die Erinnerung an seine Mutter verblasste. Seine Mutter war eine Frau, stolz, schön und klug, der die Veilchenpastillen zustanden. Aber doch nicht Wilma, die aussah wie ein neugeborener Vogel, der aus dem Nest gefallen war und darob böse krächzte.

»Ich bin zu müde zum Denken. Sag mir, was du willst, und dann lass mich zu Bett gehen.«

Wilma zog einen Schmollmund. »Warum bist du so unfreundlich zu mir?«
Hermann schwieg.
Wilma klopfte neben sich auf das Bett. »Komm her zu mir.«
Hermann schüttelte stumm den Kopf.
Wilma seufzte und hob die Schultern mit einem Lächeln, das man üblicherweise für trotzige Kinder übrig hat. »Ich wollte dir für den Kringel danken. Das ist alles«, sagte sie nachsichtig. »Du hast ja gesehen, wie sehr ich mich darüber gefreut habe. Und nun, da du dich öffentlich erklärt hast, wollte ich mit dir über unsere Verlobung sprechen.«
»WAS?« Hermanns Kinn schnellte nach vorn. »Was redest du da?«
Wilma hob beschwichtigend die Hand. »Ich weiß, du bist müde. Und vielleicht ist das jetzt hier wirklich nicht der richtige Augenblick. Aber so kannst du dir schon mal Gedanken machen, wie du die Feier gern hättest. Vater meint, wir sollten im Saal des Zunfthauses feiern. Die halbe Stadt wird kommen. Bei uns geht es nicht. Wir haben zu viele Gifte im Haus. Es wäre unverantwortlich, wenn ein Betrunkener versehentlich den falschen Krug erwischt. Und Mutter meinte, wir bräuchten acht Wochen für die Vorbereitungen. Sieh, ich benötige ein neues Kleid, das muss genäht werden. Und auch du solltest dir einen neuen Rock machen lassen. Vater geht sicher gern mit dir zu seinem Schneider. Und dann müssen die Einladungen geschrieben und verschickt …«
»Halt!«, fuhr Hermann dazwischen und schüttelte sich ein wenig. »Habe ich richtig gehört? Ihr plant eine Verlo-

bung zwischen dir und mir?« Er schüttelte sich abermals, zog sich sogar am Ohr.
Wilma richtete sich gerade auf. »Natürlich.« Sie lachte ein wenig und schlug schalkhaft nach ihm. »Du musst jetzt nicht so überrascht tun. Wir sind ganz unter uns. Sag, möchtest du lieber einen Rock aus schwarzem oder aus dunkelgrauem Tuch, wie es gerade die Mode ist?«
Hermann schnappte nach Luft, zerrte an seinem Kragen, kniff die Augen zusammen und riss sie wieder auf. Er weigerte sich zu glauben, was er da hörte.
»Der Kringel, Wilma, der war nicht von mir. Dein Vater. Hörst du: *Dein Vater* hat mir das Geld dafür gegeben und den Auftrag.«
Wilma wischte mit der Hand durch die Luft. »Nebensächlichkeiten. Er wusste wohl, dass es dir ein wenig an Mut fehlt. Also: einen grauen Rock oder einen schwarzen? Und wann werden wir heiraten? Von mir aus brauchen wir kein Jahr zu warten. Es kann ruhig schneller gehen. Wir werden danach natürlich hier wohnen bleiben. Die Dienstboten müssen in den leeren Stall ziehen, und wir richten uns die obere Etage ein. Mit Salon und Kinderzimmer. Für Titine ist es dann hier vielleicht nicht mehr der richtige Ort. Mutter sagte, sie wäre in einem Kloster wahrscheinlich am besten aufgehoben. Denn du weißt selbst, mein lieber Hermann, eine wie Titine unter die Haube zu bringen, das ist ein Ding der Unmöglichkeit.«
»Nein!«, rief Hermann aus. »Nein. Nein. Nein. Nein. Nein. Ich werde mich nicht mit dir verloben, und von einer Heirat kann erst recht keine Rede sein. Du hast das alles falsch verstanden. Und deine Eltern auch. Und Titi-

ne wird nicht in ein Kloster gehen. Niemals. Nur über meine Leiche.«

Wilma riss die Augenbrauen nach oben. »Wie?«, fragte sie spitz. »Ist das etwa deine Form der Dankbarkeit? Ein junges Mädchen so vor den Kopf zu stoßen? Ihr das einzige bisschen Freude zu nehmen?«

Hermann schüttelte noch immer den Kopf. »Es war nie die Rede von einer Heirat.«

»Über manche Dinge muss man nicht sprechen. Sie ergeben sich einfach. Und einem Herzen kann man nicht befehlen. Das weißt du genau.«

Hermann starrte auf Wilma, darauf gefasst, dass sie auflachte und den Scherz zugab. Aber sie lachte nicht auf, und ihr Gesicht zeigte deutlich, dass sie genau wusste, was sie da sagte. Hermann schluckte. Seine Kehle war wie ausgetrocknet. Er brachte nicht einen Ton mehr heraus. Schließlich wandte er sich um und wollte aus der Kammer rennen, hinein in seine, wollte sich an Titine schmiegen und das ganze absurde Gespräch den zahlreichen Bierkrügen in die Schuhe schieben. Er riss die Tür auf – und prallte zurück. Direkt vor Wilmas Kammer standen zwei Mägde in Nachtkleidern, schäbige Kerzenleuchter in den Händen. Sie schrien auf, als sie Hermann sahen, bedeckten mit den Armen ihre stoffumhüllten Brüste.

Und Hermann starrte auf die Mägde, die gesehen hatten, wie er aus Wilmas Zimmer kam. Und schon stand Wilma auf der Schwelle, mit plötzlich aufgeschnürtem Hemd, das ihr über die linke Schulter glitt, und kicherte hinter vorgehaltener Hand. Da wusste er, dass er gefangen war, dass die Dehmels ihn mit Stricken gebunden hatten, ohne dass er es bemerkte. Ihm wurde schwarz vor Augen, und er glaubte, ohnmächtig zu werden. Er schlug beide Hände vor das Gesicht und stammelte: »Nein, nein, nein, nein.«

Eine der Mägde trat zu ihm. »Wir werden nichts sagen, werden verschweigen, dass du um Mitternacht aus der Kammer einer Jungfer gekommen bist. Alles wird gut, Hermann, wenn ihr erst richtig verheiratet seid. Und kein Mensch wird mehr fragen, ob das erste Kind vor oder nach der Hochzeit gezeugt wurde.«

Sechstes Kapitel

Hermann lag im Bett, die Arme unter dem Kopf verschränkt. Er war so wütend, dass er am liebsten mit den Zähnen geknirscht hätte, aber er fürchtete, Titine damit zu wecken.

Jetzt haben sie mich endlich in der Hand, dachte er und verzog den Mund vor Abscheu. Die Mägde werden gewiss tratschen. Schon morgen wird ganz Würzburg wissen, dass ich einer Jungfrau die Tugend geraubt habe. Und Wilma, diese Natter, wird weinen und ihren Vater anflehen, die Schande gutzumachen. Hermann wusste ganz genau, was morgen passieren würde, doch er fürchtete, sich die Szene auszumalen.

Plötzlich hörte er ein Geräusch. Er wandte den Kopf, sah Titine im Mondlicht aus ihrem Bett kriechen. Schon schlüpfte sie unter seine Decke, schmiegte ihren Kopf an seine Brust. Hermann strich ihr sanft über den schmalen Rücken, über die Schulterblätter, die wie Engelsflügel hervorstanden. Er dachte an Wilmas Absicht, Titine in ein Kloster zu stecken, und seufzte tief. Da hob die Kleine den Kopf, strahlte ihn an, wie sie seit dem Brand nicht mehr gestrahlt hatte.

»Es tut mir so leid, meine Kleine«, flüsterte er. »Ich habe das alles nicht gewollt.«

Titine legte ihm einen Finger über die Lippen, strich ihm mit ihren kleinen Händen die Sorgen aus dem Gesicht, hörte dabei nicht auf zu lächeln. Sie war so glücklich. Endlich hatte Hermann begriffen, wie Wilma war, was sie von ihm wollte. Endlich! Sie kannte den Bruder gut genug, um zu wissen, dass er nun handeln würde. Bald würden sie von hier weggehen, bald würde alles gut sein.

»Worüber freust du dich so?«, fragte Hermann.

Titine lächelte noch breiter, zog mit ihren schmalen Fingern auch seinen Mund in die Breite.

»Meinst du etwa, wir haben Grund zur Freude?«, fragte Hermann.

Titine nickte, kuschelte sich an ihn, und gleich danach hörte Hermann ihre schläfrigen Atemzüge. Noch einmal strich seine Hand über ihre Schultern, und dieses Mal war es, als ströme Titines scheinbar grundlose Zuversicht auf ihn über. Er wurde ruhiger, sein Herz schlug langsam und gleichmäßig. Hermann schloss die Augen, und kurz bevor er einschlief, dachte er daran, dass Titine seit dem Tod der Eltern wohl manche Dinge wusste, die andere nicht erkennen konnten. Es schien, als hätte das Fehlen der Sprache Platz für etwas anderes gemacht. Etwas, das Hermann nicht genau benennen konnte. Etwas, das ihm schien wie ein sechster Sinn, ein zweites Gesicht, ein Ausblick in die Zukunft.

Als er am nächsten Tag zum Frühstück hinunterkam, empfing ihn eisiges Schweigen. Die Frau Doktor knallte ihm seinen Teller so heftig auf den Platz, dass die Morgensuppe über den Rand schwappte. Doktor Dehmel hatte sich hinter den *Würzburger Neuesten Nachrichten* verborgen und reagierte nicht auf Hermanns Gruß. Wilma aber war bei seinem Anblick mit einem schmerzlichen Schrei aufgesprungen und hatte den Raum verlassen.

Schweigend aß Hermann die Suppe. Als er damit fertig war, legte Doktor Dehmel die Zeitung zur Seite und gab seiner Frau ein Zeichen, hinauszugehen. Als die Tür hinter ihr ins Schloss fiel, räusperte er sich. »So, Junge. Wir müssen uns wohl unterhalten.« Seine Stimme klang streng, aber Hermann hörte eine gewisse Zufriedenheit heraus.
»Worüber wollen Sie mit mir sprechen?« Hermann wusste es zwar ganz genau, doch ein letzter Hoffnungsschimmer in ihm baute darauf, dass es nur wieder einmal um das Mumienrezept ging.
Erneut räusperte sich der Apotheker. »Mir ist zu Ohren gekommen, dass du die Nacht mit meiner Tochter verbracht hast. Nicht nur die letzte, mein Lieber.«
Hermann schluckte. »Das stimmt nicht.«
Doktor Dehmel zog die Augenbrauen nach oben. »Die Mägde haben dich aus Wilmas Kammer kommen sehen. Ich habe meine Tochter gefragt, und sie hat mir unter Tränen gestanden, dass sie dir ihre Tugend geopfert hat.«
Hermann schüttelte den Kopf. Es fiel ihm schwer, seine Verzweiflung nicht zu zeigen. »Es stimmt. Ich war in ihrer Kammer. Gestern Abend. Nur für wenige Minuten. Aber ich habe Wilma nicht angerührt.«
Eine Hand knallte so laut auf den Tisch, dass Hermann zusammenzuckte. »Willst du meine Tochter der Lüge bezichtigen? Sieh mich, verdammt noch mal, an, wenn ich mit dir rede!«
Hermann hob den Kopf. Der Apotheker musterte ihn mit zusammengekniffenen Augen. Er weiß, wie es wirklich war, erkannte Hermann in diesem Augenblick. Doch das hilft mir nichts. Gar nichts. Im Gegenteil. Er wollte von Anfang an, dass ich seine Tochter heirate. Und jetzt

hat er mich da, wo er mich freiwillig niemals hinbekommen hätte. Noch einmal schüttelte Hermann den Kopf, dann senkte er den Kopf. Es ist alles verloren, dachte er. Ich sitze in der Falle.
»Ich erwarte von dir, dass du Wilma heiratest. Du hast ihr die Tugend geraubt, du hast die Pflicht, sie zur Frau zu nehmen.«
Hermann suchte in der Holzmaserung des Tisches nach einer Lösung. Doch ihm fiel nichts ein. Gar nichts. Er könnte sein Bündel packen und mit Titine die Stadt verlassen, aber wovon sollten sie leben? Gerade gestern hatte Titine zum ersten Mal wieder aus frohem Herzen gelächelt. Gerade hatte sie sich ein wenig hier eingelebt. Abermals schüttelte Hermann den Kopf. Aber, Gott im Himmel, er konnte Wilma nicht heiraten. Sie hatte gedroht, Titine in ein Kloster zu schicken. Und er wusste, dass dies keine leere Drohung war. Er hob den Kopf, schluckte. »Was ist, wenn ich mich weigere?« Die Worte kamen leise, fast ein Flüstern.
Der Apotheker griff nach Hermanns Kinn, presste es wie in einem Schraubstock. »Dann«, zischte er, »werde ich dafür sorgen, dass du deines Lebens nicht mehr froh wirst. Ich werde dich anzeigen beim Rat, beim Gericht, bei der Kirche. Anzeigen wegen Schändung einer Jungfrau. Mein Wort hat Gewicht. Alle werden mir glauben. Mir und meiner armen Tochter.«
Er ließ Hermanns Kinn so abrupt los, dass sein Kopf nach hinten schnellte.
»Du hast bis morgen früh Zeit, mir das Datum der Hochzeit zu nennen. Bis morgen früh. Keine Stunde länger.«
Hermann sprang auf, unterbrach verzweifelt den Apo-

theker: »Aber ich war es nicht. Ich habe Wilma nicht angerührt. Ich schwöre bei Gott und allen Heiligen.«

Doktor Dehmel ließ sich nicht beirren. Er starrte Hermann an, seine Stimme klang gefährlich leise: »Tust du es nicht, werden noch vor dem Mittagessen die Gerichtsdiener kommen und dich holen.«

Da ließ Hermann sich zurück auf die Bank fallen. Er hatte verloren, er wusste es. Er schluckte, dann nickte er: »Ich habe verstanden.«

»Gut. Dann gehe in die Salbenkammer und verrichte deine Arbeit. Es kann gut sein, dass du bald ein Maul mehr zu stopfen hast.«

Hermann erstarrte. »Wie meinen Sie das?«

Doktor Dehmel wies mit dem Finger auf Hermann. »Du hast sie geschwängert! Übers Jahr wird hier eine Wiege stehen.«

Hermann prallte zurück. »Geschwängert? Aber wie denn nur? Ich habe sie doch gar nicht angerührt!«

»Ich glaube nicht, dass ich dir noch erklären muss, wie das geht.« Der Apotheker zog eine abfällige Grimasse. »Meine Frau hat es schon seit einigen Tagen vermutet. Heute ist Wilma mit der Wahrheit herausgerückt. Sie ist guter Hoffnung. Und das weißt du genau. Der Arzt hat es heute Morgen bestätigt.«

Hermann verließ die Küche, als hätte er einen Schlag in die Nieren erhalten. Ihm war schlecht. Am liebsten hätte er sich übergeben. Die Vorstellung, Wilma zu heiraten, erinnerte ihn an das Höllenfeuer. Und jetzt bekam sie obendrein noch ein Kind! Ein Kind von einem anderen! Bereits vor der Hochzeit hatte sie ihm Hörner aufgesetzt. Und plötzlich wusste Hermann, dass sein Leben so weitergehen würde, wenn er hierblieb. Er würde nicht glücklich werden mit Wilma. Sie würde ihn belügen und betrügen, wo sie nur konnte, würde ihn tanzen lassen wie eine Marionette.

Hermann betrat die Salbenkammer, füllte Kräuter in den Mörser, zerkleinerte sie. Die Gedanken in seinem Kopf wirbelten wie Ameisen durcheinander. Was sollte er tun? Was, in aller Welt, sollte er jetzt tun?

Und plötzlich fiel ihm sein neuer Freund Klaus ein. Klaus, der Hutmacherlehrling. Und dessen Vetter, der am anderen Ende der Welt sein Glück gemacht hatte. Da beschloss Hermann, zu gehen. Weit weg von hier und für immer.

Zur Mittagszeit, als sich der Apotheker und seine Frau zu einem Schläfchen hingelegt hatten, schlich sich Hermann in den Laden. Es gab da unter der Verkaufstheke eine alte Zigarrenschachtel, in der der Apotheker ein wenig Geld aufbewahrte, mit dem er den Henkersknecht und die Kräuterfrau bezahlte. Auch für seine wöchentliche Kartenrunde, die im Ratskeller stattfand, brauchte er Geld, von dem seine Frau nichts wusste. Hermann nahm die Scheine, ohne sie zu zählen, knüllte sie zusammen und steckte sie in seine Hosentasche. Nur ein paar Kupfermünzen ließ er übrig.

Wilma war gleich nach dem Mittagessen zur Schneiderin aufgebrochen, um sich das Hochzeitskleid anpassen zu lassen. Ganz so, als wäre sie eine verliebte junge Braut und keine Frau, die den Auserwählten erpressen musste. Vor Abend, das wusste Hermann, würde sie nicht zurück sein. Und der Doktor würde glauben, dass sie das Geld genommen hatte.

Hermann aber würde warten, bis Titine von den Nonnen nach Hause kam. Dann würden sie, während die alten Dehmels nach Ladenschluss ihr gewohntes Likörchen tranken, heimlich das Haus verlassen.
Hermann versteckte das Geld in der Tasche seiner Hose. Die Scheine knisterten leise darin. In der anderen Tasche aber hatte er ein Stück Zeitung. Dehmel hatte sie heute Morgen auf dem Tisch liegen gelassen. Und während er seinem zukünftigen Schwiegersohn Anweisungen erteilte, wie er sich ab jetzt zu verhalten habe, hatte Hermann hin und wieder einen Blick auf die *Würzburger Neuesten Nachrichten* geworfen, die mit der Anzeigenseite nach oben lagen. Und da war ihm ein Einfall gekommen. Er hatte die Anzeigenseite unbemerkt vom Tisch genommen, hatte sich auf dem Toilettenhäuschen im Garten eingeschlossen und mit klopfendem Herzen noch einmal gelesen, was da stand:

Prompte Schiffs = Gelegenheiten
Nach Havanna
Ladet am Donnerstage, den 8ten August
Läuft aus am 2. September
Zuletzt:
Capitain T. Sörensen, führend das vorteilhaft
bekannte, kupferbodene Hamburger Schiff L'Èsperanca.

Havanna, dachte Hermann. Havanna, das ist die Hauptstadt von Kuba. Klaus hat es gesagt. Dort kann jeder sein Glück machen. Klaus muss es wissen. Und Kuba ist weit. Niemand wird uns dort finden. Soll Wilma doch sehen, wo sie einen Vater für ihr Kind herbekommt. Soll sie doch

den heiraten, der sie geschwängert hat. Soll sie ins Kloster stecken, wen immer sie will. Titine und ihn würde sie jedenfalls nicht in die Finger bekommen.
Er faltete die Zeitung zusammen, verbarg sie in der Hosentasche und lächelte. Lächelte so, wie Titine in der gestrigen Nacht gelächelt hatte.

Siebtes Kapitel

Sie waren noch nie mit der Dampflok gefahren. Titine saß in dem Abteil und schaute mit großen Augen hinaus zu den Bäumen, die wie Vögel an ihr vorüberflogen.
»Gefällt es dir?«, fragte Hermann.
Titine nahm seine Hand, schmiegte ihre Wange hinein und lächelte.
»Warum bist du plötzlich so glücklich?«, fragte er.
Seit sie in der Nacht heimlich die Apotheke verlassen und zum Bahnhof geeilt waren, hatte Titine ununterbrochen gelächelt. Jetzt zuckte sie mit den Schultern, malte mit den Fingern eine Sonne in die Luft und ließ kleine Herzchen daneben flattern.
»Du denkst, alles wird gut, nicht wahr?«, fragte Hermann.
Titine lächelte und tippte sich gegen die Stirn.
»Du weißt sogar, dass alles gut wird«, übersetzte Hermann, und Titine nickte.
Hermann strich ihr zärtlich über die Schulter. »Hast du in Würzburg so gelitten? Ich wusste nicht, dass es dir so schlimm ergangen ist.« Er sah sie fragend an, doch Titine machte nur eine Handbewegung. »Ist nicht schlimm, ist vorbei«, sollte das bedeuten. Dann bettete sie ihren Kopf an seiner Brust und schloss die Augen.
Am nächsten Tag kamen sie in Fulda an und machten dort Station, bis ausreichend Kohlen nachgeladen worden wa-

ren. Hermann rief nach einem Wasserverkäufer und kaufte bei einem Brezelmann ein wenig Gebäck. Am Tag darauf wiederholte sich die Prozedur in Göttingen, dann in Celle, und im Morgengrauen des fünften Tages erreichten sie schließlich ihr Ziel und machten sich trotz der Müdigkeit auf den Weg zum Hafen.

Titine hatte ihre grauen Augen weit aufgerissen. Die Straßen hier waren viel breiter als alle, die sie je gesehen hatte. Und je näher sie dem Hafen kamen, umso dichter wurde der Verkehr. Fuhrwerke, beladen mit Säcken und Fässern, verstopften die Straßen. Eselskarren wurden angetrieben, ein Mann mit breiten Schultern schleppte einen Ballen, zwei andere trugen eine Stange zwischen sich, die mit Pelzen behängt war. Fuhrknechte knallten mit ihren Peitschen und brüllten Flüche. Zwei Marktweiber drängten sich mit Weidenkörben, die mit duftenden Pasteten gefüllt waren, zwischen den Fuhrwerken hindurch. Vor einer Hafenkneipe stand eine junge Frau mit einem halb aufgeknöpften Mieder und schaute gelangweilt auf die Straße. Matrosen mit dunkler Haut und dunklen Augen schlenderten über den Fußweg, verschwanden schließlich in einer dunklen Spelunke, aus der Geschrei drang. Es roch nach Pech und Fisch, nach Salzwasser und dem Duft der Garküchen. Titine blieb stehen und sah sich um.

»Komm weiter«, drängte Hermann. »Da hinten sind die Schiffe, die Kais, die Docks. Dorthin müssen wir.« Er nahm sie bei der Hand, und Titine ließ sich von ihm mitziehen.

An den Kais lagen Schiffe vertäut. Schiffe, die größer waren, als Hermann und Titine gedacht hatten.

Handelsschiffe ankerten neben Dampfschiffen, und sogar zwei große Passagierdampfer, die vielleicht auf dem Weg

nach Amerika waren, lagen wie schwere, riesige Wolken auf der grauen See.
Auf der anderen Seite des Kais befanden sich riesige Lager. Zwischen den Schiffen und den Lagerhallen rannten Männer hin und her. Auflader rollten mit Pech verklebte Fässer eine Rampe von einem Handelsschiff hinab. Andere Männer mit schwarzen Gesichtern schaufelten Kohlen in die Dampfschiffe. Gutgekleidete Männer und Frauen bestaunten die Passagierschiffe. Koffer und Truhen, Kisten und Kästen wurden verladen, zwei Katzen stritten sich um einen Fischkopf, und über allem schwebten die Möwen mit ihrem lauten Geschrei.
Hermann sah sich um. »Irgendwo hier«, erklärte er Titine, die noch immer mit weit aufgerissenen Augen auf das Treiben um sich sah, »muss es Agenturen geben, die Schiffspassagen verkaufen.«
Titine nickte.
»Das Problem ist nur«, sprach Hermann nachdenklich weiter, »dass wir eigentlich kein Geld mehr haben.«
Er sah auf Titine hinab, aber nicht, weil er eine Antwort erwartete.
Die Kleine deutete auf einen handgeschriebenen Anschlag, der an einem zweistöckigen Gebäude aus roten Backsteinen hing. »Arbeiter gesucht«, stand darauf. Und darunter in kleineren Buchstaben: »Für unsere Handelsschiffe nach Übersee suchen wir Matrosen, Köche und Hilfsarbeiter. Bitte im 2. Geschoss melden.«
»Das ist es!« Hermann schlug Titine leicht auf die Schulter. »Das ist es. Du hast recht. Ich werde mich auf einem Schiff verdingen. So werden wir nach Kuba gelangen.«

Der Angestellte der Reederei war nicht sehr angetan von diesem jungen Mann mit den mageren Schultern. Nur seine Willensstärke imponierte ihm. Als er dann noch hörte, dass Hermann Apotheker war, stellte er ihn als Schiffsarzt und Koch ein, Titine sollte die Kajüten der Matrosen säubern. Hermann zögerte nicht lange. Zwar sollte der Kapitän Tjart Sörensen einen schlechten Ruf haben, doch welche Chance hatte Hermann sonst? Auf den meisten Schiffen regierten die Kapitäne mit Schlägen und Brüllereien. Das hatte Hermann zumindest sagen hören.

Achtes Kapitel

Am 2. September 1858 stach die »L'Esperanca« nachmittags um vier Uhr in See. Am Kai hatten sich zahlreiche Besucher eingefunden, die zum Abschied winkten.

Hermann und Titine standen an Deck der Brigg, die einer Altonaer Reederei gehörte, und sahen dem Auslaufen zu. Zu ihnen hatte sich eine Familie gesellt, die einzigen Passagiere, denn die »L'Esperanca« war ein Handelsschiff, einige achtzig Lasten groß.

Ehrfürchtig betrachtete Hermann den Mann neben sich. Er war noch nicht vierzig Jahre alt, und sein Benehmen war würdig, verriet Bildung und Manieren. Als der Mann an Deck gekommen war, hatte er Hermann und Titine gegenüber seinen Hut gelüftet und sich vorgestellt: »Joachim Groth, Teilhaber des Hamburger Handelshauses Groth, Jessen und Krischak.«

Auch Hermann hatte sich vorgestellt, dann aber hinzugefügt, dass er auf der »L'Esperanca« als Kochgehilfe angeheuert hatte und deshalb den Gruß und die Aufmerksamkeit des Handelsmannes nicht verdiente.

Groth aber hatte ihn gemustert und genickt. »Ein echter Seemann sind Sie wahrlich nicht. Sie wollen in der Karibik Ihr Glück versuchen, nicht wahr?«

»Ja«, hatte Hermann erwidert. »Das will ich. Da ich aber kein Geld für die Überfahrt hatte, habe ich mich verdingt.«

Wieder nickte der Handelsherr, wandte sich an seinen Sohn, der gerade so alt wie Titine war, und sagte: »Dieser junge Mann kann es weit bringen. Und weißt du auch, warum?«

Der Knabe sah Hermann an und erwiderte ernsthaft: »Weil er sein Schicksal selbst in die Hand nimmt, Vater.«

»Ganz recht.« Der Kaufmann strich dem Knaben über das vom Wind zerzauste blonde Haar, nahm seine Tochter bei der Hand, nickte Hermann noch einmal zu und verschwand.

»He, Junge!« Eine scharfe Stimme traf Hermann. »Hast du nichts zu tun, oder was? Wenn du schon im Hafen anfängst zu faulenzen, kannst du gleich wieder von Bord gehen.«

Hermann schrak zusammen. Dann aber schlug er die Hacken zusammen und erwiderte: »Zu Befehl, Kapitän!«

Hermann legte Titine eine Hand auf die Schulter. »Halt dich gut fest«, sagte er. »Ich will nicht, dass du über Bord gehst.« Dann wandte sich Hermann seiner Arbeit zu.

Zwar war er als Kochgehilfe angeheuert, doch schon nach so kurzer Zeit auf See ahnte er, dass er den Hauptteil der Arbeit allein erledigen musste. Der Koch, ein dicker Mann mit rotem Gesicht und geplatzten Äderchen, hatte Hermann gleich nach Betreten des Schiffes klargemacht, dass der Hauptkoch die Verantwortung trug, während der Hilfskoch die Arbeit verrichtete. Dann hatte er ihm einen Schlüssel für die Vorratskammer, einen Bretterverschlag im Unterdeck, ausgehändigt und sich mit einer Flasche Branntwein in seine Kajüte zurückgezogen. Und nun befand sich Hermann im Unterdeck und verglich die Vorratsliste mit den Sachen, die sich tatsächlich in dem

Bretterverschlag befanden. Er war der Herr über die Vorräte an Trinkwasser, Schiffszwieback, die Fässer mit Pökelfleisch, die Mehl- und Kartoffelsäcke und sogar noch über drei Dutzend lebende Hühner und zwölf Gänse. Auch über eine Schiffsapotheke verfügte Hermann, und in seiner Kajüte gab es außer den beiden Kojen für Titine und ihn noch zwei weitere für die Erkrankten. Doch als er die Bierfässer zählte, stellte er fest, dass ein Fass fehlte. Auch die Gallonen Branntwein waren nicht bis zum Eichstrich gefüllt, wie es zu erwarten gewesen wäre. Hermann notierte das Fehlende auf der Vorratsliste, dann brachte er Schiffszwieback, Eier, Schinken und Zwiebeln nach oben in die Küche.

Die »L'Esperanca« glitt leicht wie eine Wolke dahin, die Matrosen setzten auf der Höhe von Övelgönne die ersten Segel, der Lotse kam an Deck, und der Steuermann hielt den Kurs. Am Elbufer spazierten Frauen in hellen Kleidern, hielten Sonnenschirme über den Kopf, die Männer schwangen Spazierstöcke, ein paar Kinder ließen einen Reifen rollen. Hermann, der mittlerweile wieder an Deck war, genoss die letzten warmen Sonnenstrahlen und betrachtete Titine, die an der Reling stand und den Spaziergängern zuwinkte. Abermals wunderte er sich darüber, dass Titine beinahe ausgelassen fröhlich wirkte. Sie lachte den Matrosen zu, die rauhe Seemannslieder anstimmten, unterbrochen von wilden Flüchen und derben Scherzen. Doch sobald sich die grobschlächtigen Kerle mit den tätowierten Armen und den wilden Bärten Titine näherten, wurden sie leiser, ihre Flüche milder, das Lachen wurde weicher. Einer schützte mit der Hand Titines Kopf, als das Segel gehisst wurde. Ein anderer scheuchte mit beiden

Händen die Möwen weg, die dicht über Titine schrien. Und ein Dritter holte ihr einen Schemel. Titine lächelte, doch sie sagte kein Wort.

Plötzlich wurde das Treiben an Deck von einem noch wilderen Fluch unterbrochen. Der Kapitän, ein baumgroßer Mann mit Schultern so breit wie ein Bär, tauchte auf. Seine Augen rollten, in den Mundwinkeln klebten weiße Speichelreste. »Halunken!«, brüllte er über das Schiff und so laut, dass die Spaziergänger am Ufer stehen blieben. »Halunken, Spitzbuben! Euch werde ich lehren, wie man ein Segel hisst!«

Er riss einem jungen Matrosen ein Tauende aus der Hand und schlug damit auf ihn ein. Der, ein Junge fast noch, duckte sich, barg den Kopf unter den Armen. Doch Kapitän Tjart Sörensen war nicht zu bremsen. »Segel hissen, habe ich befohlen!«, donnerte er weiter, schlug mit dem Tau wild um sich. Ein alter Seemann im gestreiften Hemd hatte sich vor Titine aufgebaut. »Musst keine Angst haben, Kleine.«

Hermann drückte sich neben dem Steuerhaus an die Holzplanken und sah mit aufgerissenen Augen dem Wüterich zu. Niemand stoppte ihn, aber Hermann fiel auf, wie angestrengt die Bemühungen der Männer nun wirkten. Keine Flüche mehr, keine Scherze, keine Lieder. Dafür zusammengebissene Zähne, kantige Kinne, kurze, harte Worte zur Verständigung und verzweifelte Versuche, dem Kapitän nicht unter die Augen zu kommen.

Als die Brigg Övelgönne hinter sich gelassen hatte, kam Wind auf. Das schwere Schiff schlingerte leicht. Der Steuermann, ein erfahrener Seemann, hatte Mühe, den Kurs zu halten. Mit beiden Händen umklammerte er das Steuerrad, rief den Matrosen Befehle zu. Kapitän Sörensen aber brüllte die Befehle des Steuermannes nieder. Er bückte sich, ergriff einen Knüppel und begann, auf seine Mannschaft einzuprügeln. Schon lag der erste Matrose mit einer blutenden Kopfwunde auf dem Deck und heulte auf, doch der Kapitän hatte sich schon die nächsten Opfer gesucht. Wie von Sinnen schlug er mit dem Knüppel auf die Ruderer ein. Die kreischten auf, wenn sie getroffen wurden, der Wind knatterte in den Segeln, der Steuermann schrie seine Befehle, und die Matrosen grölten sich gegenseitig an. Da griff der Lotse ein, der das Schiff bis zum offenen Meer hinaus führen sollte. Mit ruhigen Bewegungen ging er auf den Kapitän zu und nahm ihm, obwohl selbst von geringem Wuchs, den Ochsenziemer aus der Hand. »Du bist ein alter Hase, Tjart Sörensen, weißt am besten, dass man ein Schiff in dieser See nicht besser steuern kann.«

»Halt dein Maul!«, tobte Sörensen. »Ich bin der Kapitän. Und die Ruderer sind schlecht. Ich werde sie Mores lehren.«

Der Lotse wechselte einen kurzen Blick mit dem Steuermann, dann verließ er das Schiff. Hermann hatte sich dicht neben Titine gestellt und einen Arm um ihre Schulter gelegt. Er wollte sie unter Deck bringen, doch der Wüterich versperrte mit zornesrotem Gesicht den Weg. Erst, als er gewahr wurde, dass der Lotse tatsächlich von Bord gegangen war, beruhigte er sich wieder. Er ließ den Knüppel einfach fallen, kratzte sich den wilden Bart und verschwand dann unter Deck.

»Bring ihm eine Flasche Branntwein in seine Kajüte«, wies der Steuermann Hermann an, und Hermann nickte und tat, wie ihm geheißen.

In den nächsten Tagen verlief die Überfahrt ruhig. Bei Neumühlen fuhr die »L'Esperanca« sich fest und musste bei Schulau das zweite Mal vor Anker gehen, weil der Wasserstand zu niedrig war, um über die Sandbänke zu gelangen. Erst nach zwei Tagen setzte die Brigg ihre Reise fort und machte eineinhalb Meilen pro Stunde. Am 10. September passierten sie Dover, am Nachmittag, als die französische Küste außer Sicht war, kam heftiger Wind auf. Die Matrosen rissen an den Segeln, und das Schiff musste gegen Nordwest kreuzen.

Hermanns Tag begann um kurz nach fünf Uhr morgens. Eine Stunde später versorgte er die Mannschaft mit starkem Kaffee und Schiffszwieback. Um neun Uhr gab es Frühstück, und Hermann musste dafür Schinken, Eier und Kartoffeln braten, Brot aufschneiden und Weinflaschen entkorken. Danach hatte er etwas Ruhe und ging Titine zur Hand, welche die Kajüten der Besatzung säuberte. Da der Koch meinte, mit einem Gehilfen aller Arbeiten entledigt zu sein, setzte sich Hermann danach mit einem Eimer auf das Schiffsdeck und schälte Kartoffeln, bis ihm die Handgelenke schmerzten. Manchmal ließ sich der Koch dazu herab, ein paar Hühner oder eine Gans zu schlachten, aber meist war es Hermann, der den winzigen Viehverschlag betrat und sich auf die Hühner stürzte, die ihm laut gackernd unter den Händen entwischten. Hatte er dann eines gefangen, so musste er ihm den Hals umdrehen, es abbrühen, rupfen, ausnehmen und braten.

Um drei Uhr gab es Mittagessen, das in der Regel aus einer Suppe, Fleisch von Hühnern, Enten, gekochtem Schinken oder Pökelfleisch, Kartoffeln, Kohl und Pud-

ding bestand. Danach rauchten die Matrosen ihre Pfeifen, der Kapitän und der Schiffsoffizier eine Zigarre.
Um sieben Uhr trug Hermann dann die Reste vom Mittagessen auf, dazu gab es Tee, den die Leute mit Rotwein vermischten. Nach dem Essen mussten das Geschirr und die Töpfe gespült werden, und wenn Hermann nicht allzu müde war, so deckte er noch den Tisch für das Frühstück, damit er am nächsten Morgen ein paar Minuten länger schlafen konnte.
Nach zwanzig Tagen, die teils stürmisch und meistens regnerisch verliefen, verließ die Brigg die europäischen Gewässer und segelte auf dem afrikanischen Atlantik. Das Wetter wurde besser, die Luft ein wenig lauer, und die Wellen schlugen nicht mehr über das Deck, sondern glitten wie eine Liebkosung gegen den Schiffsrumpf. Die Kaufmannsfamilie, die während der stürmischen Zeit ihre Kabine nicht verlassen hatte, betrat nun hin und wieder das Deck, um sich ein wenig die Füße zu vertreten. Immer, wenn Joachim Groth Hermann mit seinem Kartoffeleimer dasitzen sah, nickte er mit dem Kopf und blieb stehen, um ein paar Worte mit ihm zu wechseln. Hermann gewöhnte sich an diese flüchtigen Begegnungen, denn der Kaufmann war der Einzige, der überhaupt das Wort an ihn richtete. Die Matrosen knurrten ihren Unwillen über ein verdorbenes Essen, der Koch brüllte seine Anweisungen mit Schaum vor dem Mund, und für den Kapitän und den Schiffsoffizier war Hermann eindeutig Luft, was ihm im Falle von Kapitän Sörensen gut zupasskam.
An schönen Tagen besserte die Mannschaft die Segel aus, Kaufmann Groth erzählte Anekdoten aus seiner Han-

delsgesellschaft und von seinen früheren Ausflügen nach Westindien, der Koch schnarchte auf einer zerlumpten Decke, die Hand um eine Branntweinflasche gekrallt. Vorn am Bug saß das Gros der Mannschaft, Segelgarn knüpfend und derbe Lieder singend. Eine Woche ging das so; und Hermann fand allmählich Gefallen an der Überfahrt. Titine schien sich auf dem Schiff so wohl zu fühlen, als wäre sie ihr Leben lang zur See gefahren. Die Matrosen waren freundlich zu ihr, strichen ihr über das Haar, steckten ihr Leckereien zu, und manch einer von ihnen räumte sogar seine Koje selbst auf, um Titine nicht zu viel Arbeit zu machen. An den Waschtagen rissen sich die Matrosen darum, die Zinkwannen mit Wasser zu füllen, damit Titine sich nicht damit abschleppen musste. Und später halfen sie ihr, die Wäsche auf eine Leine, die über das ganze Deck gespannt war, zu hängen. Und Titine sagte kein Wort, sondern lächelte nur ihr stilles Lächeln.

Sie hatte sich verändert, und sie war so froh darüber, dass sie dafür keine Worte gefunden hätte, selbst wenn sie noch sprechen würde. In Würzburg, in der Apotheke von Doktor Dehmel, da war ihr immer kalt gewesen, und alles hatte grau ausgesehen. So, als hätte der Brand ihr nicht nur den Vater und die Mutter genommen, sondern auch die Sonne, das Licht und die Farben. Sie hatte in der Salbenkammer gesessen, die Leinenbinden aufgerollt und wieder und wieder die Brandnacht vor sich gesehen. Sie war aufgewacht, weil sie plötzlich so schlecht atmen konnte. Dicker, grauer Rauch war unter ihrer Türschwelle durchgekrochen. Sie hatte gehustet, nach Luft geschnappt, aber der Qualm war immer dicker geworden.

Kaum hatte sie sich aus dem Bett heben können, kaum war sie zur Tür gekommen, die letzten beiden Meter eher stürzend als laufend. Sie hatte die Tür aufgerissen, und da hatte sie es gehört. Dieses Knistern und Fauchen, dieses Krachen und Zischen. Heiße Luft war ihr ins Gesicht geschlagen, so dass sie zurückprallte. Sie hatte nach ihrer Mutter rufen wollen, doch der Rauch erstickte jedes Wort in ihrer Kehle. Sie hatte Angst gehabt, schreckliche Angst, und war dennoch von den alles verzehrenden Flammen, die sich durch das Treppenhaus fraßen, so fasziniert gewesen, dass sie einfach weiter dastand und hustete und schaute. Und dann hatte sie ihre Mutter gehört, die ihren Namen rief. »Christine«, hatte sie gerufen. »Christine.« Titine hatte sich nicht erinnern können, jemals so genannt worden zu sein. Immer hatten alle nur Titine zu ihr gesagt. Aber in dieser Nacht gellte ihr Name als Schrei durch die Luft. Und dann war sie die Treppen hochgekommen, die Mutter. Sie hatte nach rechts und links mit einem nassen Handtuch nach den Flammen geschlagen, die nach ihrem Nachthemd griffen, an ihren Haaren züngelten. »Bleib, wo du bist, Christine!«, hatte die Mutter geschrien, und Titine war stehen geblieben, weil ihre Beine ohnehin nicht gehorcht hatten.
Als die Mutter die letzten beiden Stufen vor sich hatte, war das Treppengeländer mit einem lauten Geräusch zur Seite gekippt und dann nach unten gestürzt. Die Stufen hinter der Mutter brannten, und Titine wusste genau, dass es von hier oben kein Fortkommen mehr gab. Und noch immer stand sie da wie erstarrt, sah die Mutter auf sich zukommen, sah auch, wie sich deren Haar entzündete, wie sie mit dem nassen Handtuch auf ihren Kopf ein-

schlug, spürte, wie die Mutter sie packte, sie zurück in ihre Schlafkammer drängte und die Tür mit dem Fuß zuschob.

»Du musst hier raus, meine Kleine«, keuchte die Mutter und riss das Fenster weit auf. »Rette dich.«

Doch schon brachen die Flammen durch die Tür, griffen nach dem Bett und ließen es hell auflodern. Das Feuer kroch wie eine Schlange über den Boden, steckte den Nachthemdsaum der Mutter in Brand. Die hob Titine hoch, auf das Fensterbrett, und Titine sah, wie das Feuer an den Schenkeln der Mutter hinaufglitt. Die Mutter zitterte, aber sie hielt Titine. »Ich werde immer bei dir sein, das verspreche ich dir«, flüsterte sie, durch grässliches Husten unterbrochen. »Ich bin immer bei dir. Du musst mir versprechen, dass du ein schönes Leben haben wirst, dass du glücklich werden wirst. Versprich es mir!« Bei den letzten Worten hatte das Feuer bereits die Haare der Mutter verbrannt. Titine würde das knisternde Geräusch und den Geruch niemals vergessen. »Ich verspreche es«, sagte sie leise und zu Tode erschrocken. »Ich verspreche es.« Sie hätte alles versprochen in diesem Augenblick, nur damit die Mutter aufhörte zu brennen, damit sich der Rauch verzog, damit sich dieser Alptraum auflöste. »Mama!«, rief Titine, doch da gab ihr die Mutter einen Schubs, und sie fiel aus dem Fenster, fiel direkt in die Buchshecke, sah die Mutter als Fackel noch einen Augenblick oben am Fenster stehen, ehe sie zusammenbrach. Und Titine begann zu weinen, zu schreien, als könne sie niemals wieder aufhören. Sie starrte nach oben zum Fenster, hinter dem die brennende Mutter zusammengebrochen war. Ganz weit streckte sie die Arme nach ihr aus, aber da war niemand mehr. Nur die Flammen, die aus dem Fenster nach dem Dach leckten. Und der Rauch. Aber plötzlich erblickte Titine inmitten des schwarzen Rauches etwas Weißes. Es sah aus wie ein Wolkenfetzen, der gen Himmel schwebte. Da wusste sie, dass dies ihre Mutter war, die zu Gott auffuhr. Und zugleich wusste sie, dass ihre Mutter das eigene Leben für sie gegeben hatte. In diesem Augenblick hörte Titine auf, ein Kind zu sein. Und sie hörte zu sprechen auf.

Neuntes Kapitel

Die Brigg erreichte den Wendekreis des Krebses. Die Luft wurde noch wärmer, und nicht einmal die Passatwinde, die das Schiff vorwärtsdrängten, kühlten ein wenig.

Die »L'Esperanca« segelte tagelang ruhig dahin. Hermann kochte und ging dem Kapitän möglichst aus dem Weg, denn es verlief kein Tag, ohne dass Sörensen die Mannschaft anbrüllte, die Schiffsjungen schlug, sie an den Ohren über das halbe Deck zerrte oder ihnen so fest in den Hintern trat, dass sie noch nach Stunden weinten.

Ihn ließ der Kapitän in Ruhe; und Hermann wusste nicht, warum das so war. Als ihm einmal ein Essen nicht gelang, da zerschlug Sörensen auf dem Kopf des Koches eine leere Weinflasche, so dass dieser zu Boden ging und einige Minuten regungslos liegen blieb.

Auch an Titine vergriff sich der Kapitän nicht, doch Hermann beobachtete einige Male, dass er die Kleine sehr abschätzend anschaute. Er blickte auf ihre noch kaum zu sehenden Brüste, musterte ihre staksigen Fohlenbeine und roch sogar einmal an ihrem Haar. Die Blicke und Gesten gefielen Hermann nicht, und so sah er zu, dass er immer in der Nähe war, wenn Titine mit dem Kapitän zusammentraf.

Und dann kam der Tag, an dem sich ein Wetterwechsel ankündigte. Noch war die Luft heiß und feucht, am Him-

mel jedoch ballten sich Wolkentürme zusammen. Die halbe Mannschaft litt unter Kopfschmerzen, und Hermann kam mit dem Auskochen von Weidenrinde und dem Ausgeben des Extraktes gar nicht hinterher.
Der Kapitän lief schon seit dem Morgengrauen wie ein gefangenes Tier an Deck auf und ab. Er war der Erste, der sich Weidenrindensaft hatte geben lassen, danach war er wegen einer Kompresse aus essigsaurer Tonerde gekommen, aber nichts davon schien seine Kopfschmerzen mildern zu können. Die Mannschaft stob auseinander, verbarg sich hinter Fässern und Netzen, sobald Sörensen auftauchte. Jeder wusste, dass die Übellaunigkeit des Kapitäns bei dieser Witterung nicht mehr zu überbieten war. Er hatte in so einer Situation schon einmal das Messer gezückt, und seine Schläge trafen härter und präziser als sonst.
Als Sörensen unter Deck verschwand, wo Titine gerade die Kajüten putzte, schlich Hermann ihm hinterher. Kaum war er in den Gang gelangt, in dem die Kapitänskajüte lag, hörte er Sörensen schon brüllen. »Verdammte Schlampe, habe ich dir nicht gesagt, dass du mein Bett nicht aufschütteln sollst? Willst du, vermaledeite Dirne, etwa, dass ich mir den Nacken stauche?«
Hermann hechtete um die Ecke und sah Sörensen mit erhobenem Knüppel vor Titine stehen. Mit einem Schrei, der an einen Bullen erinnerte, stürzte sich Hermann auf den großen, schweren Mann, der vor Überraschung in die Knie ging.
»Lauf weg!«, rief Hermann Titine zu, und schon kam Sörensen auf die Beine und prügelte mit dem Knüppel auf Hermann ein, der sich am Boden krümmte. Er schlug auf

dessen Kopf, trat ihm in den Bauch, traf Rücken, Schultern und Schenkel und hätte ihn wohl totgeschlagen, wenn nicht der Steuermann eingegriffen hätte.
»Bist du von Sinnen, Tjart?«, fuhr er den Kapitän an und entriss ihm den Ochsenziemer. Dann sank Hermann in eine Ohnmacht, erwachte erst in seiner schmalen Koje wieder und erblickte Titine, die ihm kühle, feuchte Lappen auf den Kopf legte.

Auch die anderen Matrosen und insbesondere der Schiffszimmermann Jan Jensen hassten den Kapitän abgrundtief. Im Grunde wollte niemand auf einem Schiff anheuern, das unter dem Befehl Sörensens stand. Doch einigen blieb keine Wahl. Und so trug beinahe jeder der Mannschaft blaue Flecken oder gar Narben davon, und in ihren Herzen glimmte der Zorn.
Nur einer schien keine Angst vor Sörensen zu haben. Jan Jensen, der Schiffszimmermann. Er war ein kleines Stück größer als der Kapitän, doch sein Brustkorb war lange nicht so breit. Eines aber hatte Jensen gelernt: den Umgang mit dem Messer. Schon mehr als einmal hatte er deswegen im Gefängnis gesessen, doch im Grunde war er ein ehrlicher, aufrechter Mann, dem nur der Jähzorn hin und wieder in die Quere kam.
Mitten im Atlantischen Ozean, genau auf der westlichen Halbkugel bei 46° Länge und 21° Breite, kam es zum Eklat, und Schuld daran hatte Hermann. Der Koch hatte sich den ganzen Tag nicht blicken lassen, so dass es Hermann überlassen blieb, was zum Mittagessen auf den Tisch kommen sollte. Also hatte er Erbsensuppe mit Pökelfleisch gekocht, doch die Portionen, die der Kapitän

höchstselbst eingeteilt hatte, waren zu klein. Die Matrosen verlangten von Hermann, Brot und Speck herauszugeben. Als Hermann, dem ebenfalls der Bauch knurrte, den Matrosen und seinem Hunger gehorchte, griff der Kapitän ein.
»Ich knüpfe dich an der höchsten Rahe auf«, schrie er und packte Hermann beim Kragen.
Der Schiffszimmermann trat dazwischen. »Lass den Jungen los!«, befahl er mit Donnerstimme, und alle wurden mit einem Schlag totenstill.
»Was willst du von mir, du Ratte?«, entfuhr es Sörensen, und jeder sah, wie die dicke blaue Ader auf seiner Stirn anschwoll.
Sörensen wollte mit einem Schürhaken auf den Schiffszimmermann losgehen, doch der rief drohend: »Fass mich nicht an, fass den Jungen nicht an, sonst bringe ich dich um!«
Tjart Sörensen schäumte, aber er ließ sich nicht aufhalten. Er drosch mit dem Tauende auf Jensen ein, traf dabei auch andere Matrosen. Einer von ihnen stürzte sich auf den Kapitän, drei weitere Männer packten ihn an Armen und Beinen und setzten ihn in seiner Kajüte gefangen.
Dann herrschte Stille auf dem Schiff. Das, was gerade eben geschehen war, nannte man Meuterei. Und jeder der Schiffsbesatzung wusste, was mit Meuterern geschah. Sie wurden aufgeknüpft. Einige Matrosen standen an Deck, hielten Segel oder Taue in den Händen, als wüssten sie nicht, was sie damit anfangen sollten. Der Schiffsjunge saß mit dem Rücken an die Reling gelehnt, hielt die Knie mit den Armen umklammert und wiegte sich hin und her.

Der Koch fluchte und tobte, versprach, die ganze Bande verhungern zu lassen, und der Steuermann hielt das Steuerrad so steif, dass seine Fingerknöchel weiß hervortraten. Niemand an Bord wusste, was jetzt zu tun war, aber stillschweigend waren die meisten der Ansicht, dass Sörensen dort, wo er sich jetzt befand, am besten aufgehoben war.

Schließlich kam der Kaufmann Joachim Groth an Deck, sah sich um, steckte sich langsam eine Zigarre an und blies den Rauch genüsslich aus. Während des Streites waren er und seine Familie nicht dabei gewesen, denn sie speisten später als die Mannschaft. Doch Groth, der immer über alles informiert war, was auf der »L'Esperanca« geschah, wusste natürlich auch jetzt wieder, dass der Kapitän von seiner Mannschaft gefangen gesetzt worden war.

Ruhig und gelassen, mit einem Lächeln auf den Lippen, begab er sich zum Führerhaus, in dem der erste Offizier über eine Karte gebeugt stand.

Groth zog noch einmal an seiner Zigarre, bat dann den Schiffsoffizier um ein Gespräch. Obwohl außer den beiden niemand bei diesem Gespräch zugegen war, wussten ein paar Minuten danach alle Mitglieder der Besatzung, dass Groth angeboten hatte, den Kapitän in Havanna höchstselbst den zuständigen Behörden, zu denen er einen guten Kontakt pflegte, auszuliefern. Er würde bezeugen, dass die Mannschaft nicht gemeutert, sondern aus Notwehr gehandelt hatte, würde kundtun, dass Sörensen seine Untergebenen geschlagen und bedroht hatte.

Allmählich legte sich die Anspannung an Bord, die Mannschaft nahm ihre Arbeit wieder auf, aber trotz allem war niemandem zum Singen zumute.

Am nächsten Tag jedoch war die Kajüte leer, die Fesseln lagen zerschnitten am Boden, von Tjart Sörensen fehlte jede Spur. Der Aufruhr, der nach dieser Entdeckung herrschte, war weit größer als der vom Vortag.
Der Schiffsbesatzung war klar, dass sie für das Verschwinden des Kapitäns zur Rechenschaft gezogen werden könnte, sobald ein Hafen erreicht war. Tod durch das Richtbeil für die Anführer. Jahrelanges Zuchthaus für den Rest der Mannschaft.
Groth beruhigte die Männer erneut und versprach, die Geschehnisse auf dem Schiff so darzustellen, wie sie gewesen waren. »Euch Männer trifft keine Schuld. Ihr habt die wertvollen Waren und die Brigg für die Reederei gerettet«, rief er aus und verlieh seinen Worten dadurch Nachdruck, dass er versicherte, mit dem Gouverneur von Havanna befreundet zu sein und dass auch unter den Handelsleuten der Name Sörensen einen schlechten Ruf hatte.
Das Verschwinden des Kapitäns blieb ungeklärt. Spekulationen machten die Runde an Bord. Die einen meinten, der Kapitän hätte sich rächen wollen und wäre bei Nacht über das Deck geschlichen, um die Mannschaft abzustechen. Dabei hätte ihn eine Woge von Deck gezogen. Andere waren der Ansicht, der Klabautermann hätte Sörensen geholt, und wieder andere versicherten, der Teufel höchstselbst wäre gekommen, um den Kapitän in Empfang zu nehmen.
Hermann vermutete nichts, stellte keine Spekulationen an. Es war ihm gleichgültig, wo der Mann geblieben war, Hauptsache, er war weg.
Nur Titine lächelte wieder einmal nur still vor sich hin. Seit sie stumm war, hatte sie gelernt, den Menschen hinter

die Worte zu schauen. Und sie hatte gelernt, dass es zwei Sorten von Menschen gab. Die einen, die waren nur. Das hieß, sie dachten und sagten und taten alles nur so, wie sie waren. Sie waren, was sie eben waren. Die meisten Matrosen gehörten zu dieser Sorte, nur der Schiffszimmermann Jan Jensen machte dabei eine Ausnahme. Titine vermutete, dass er sich in Wirklichkeit als etwas anderes dünkte. Etwas, das mehr war als nur ein Schiffszimmermann. Der Kapitän, fand Titine, war ein Darsteller. Einer, wie man ihn zu Ostern bei den Passionsspielen antraf. Einer, der eine Rolle spielte. Sörensen hatte die Rolle eines Kapitäns gespielt, meinte Titine, aber es hatte ihm ein Spielleiter gefehlt, einer, der ihm sagte, *wie* genau man einen Kapitän zu spielen hatte. Und weil er es selbst eben nicht wusste, so hatte er geschlagen und gedroht und dabei geglaubt, die anderen würden womöglich nicht merken, dass er die Kapitänsrolle so schlecht ausfüllte. Und dann hatten sie es aber doch gemerkt, allen voran Jan Jensen. Es war nicht nur der Streit gewesen, bei dem Hermann zu Schaden gekommen war. Es war viel mehr als das. Jensen hatte dem Kapitän buchstäblich die Mütze vom Kopf gerissen, ihm den Titel, die Würde, die Autorität geraubt. Auf welchem Schiff hätte er danach noch anheuern sollen? Welche Reederei hätte ihm noch eine Mannschaft anvertraut? Titine war sicher, dass Sörensen gewusst hatte, sein Leben als Kapitän war damit beendet. Und deshalb glaubte sie auch, dass er sich in der Nacht über die Reling in den Tod gestürzt hatte. Sie hätte ihm gern eine Blume nachgeworfen. Aus Höflichkeit. Und weil sie glaubte, dass jeder Tote jemanden brauchte, der ihm auf Wiedersehen sagte. Aber es gab keine Blumen auf der Brigg. Also stand sie nur da, hielt die Hände gefaltet und sprach ein Gebet für den Mann, der ihren Bruder bewusstlos geschlagen hatte.

Der Rest der Fahrt verlief unter dem Kommando von Jan Jensen ruhig. Am 14. September erreichte die »L'Esperanca« die Stelle, von wo der Stern des Südens in der Nacht zu erkennen war. Nach einwöchiger Flaute geriet die Brigg in einen schweren Sturm. Der Sturm kam so plötzlich, dass die meisten ihn nicht bemerkt hatten, bevor er die Segel blähte und knattern ließ. Schneller, als ein Mensch denken konnte, flogen Eimer auf dem Deck umher, die Netze wurden hochgewirbelt, die See wühlte auf und schleuderte mannshohe Wellen an Bord. Die Luft, vorher warm und lieblich, kühlte rasend schnell ab, und die Regentropfen stachen wie Nadeln in die Haut.

Jensen schrie: »Segel festmachen und dann alle unter Deck!« Die Matrosen klammerten sich zu viert an die Masten, hielten einander, so dass sie nicht fortgeweht wurden. Befehle wurden mit offenem Mund geschrien, doch niemand hörte sie, weil der Sturm die Worte wegriss.

Nach wenigen Minuten waren die Matrosen klatschnass, die Haare klebten ihnen im Gesicht, die Kleider waren schwer vor Nässe.

Hermann hatte sich neben das Steuerhaus geduckt. Eigentlich hätte er längst in der Küche sein sollen, denn die Matrosen verlangten heißen, gewürzten Rotwein nach solch einem Einsatz, oder wenigstens Tee mit Branntwein. Aber Hermann war so fasziniert von der plötzlich hereingebrochenen Naturgewalt, dass er einfach hocken

blieb und sich den Sturm ansah, der nun ein Gewitter hergeweht hatte, das sich mit einer solchen Kraft über der Brigg entlud.
Fässer rollten über Deck, Wäsche wurde ins Meer geweht, ein Besen flog wie ein Geschoss durch die Luft.
Hermann legte beide Arme über seinen Kopf, um nicht von den umherfliegenden Gegenständen getroffen zu werden. Mit einem Mal erblickte er den Sohn des Kaufmanns Groth, der munter auf dem Deck herumspazierte und sich nicht um die Geschosse kümmerte. Seine Mütze flog ihm vom Kopf, wurde vom Sturm hinaus auf das offene Meer getragen. Der Junge schrie auf – Hermann konnte es an seinem aufgerissenen Mund sehen. Schon sprang Hermann auf, wollte den Jungen holen, in Sicherheit bringen, da zerbrach mit einigem Getöse ein Fass. Der Ring hatte sich gelöst, das Fass wurde wie ein Spielzeug über Deck geschleudert – genau auf den Jungen zu.
»Duck dich!«, schrie Hermann, aber der Knabe hörte nicht. Hermann hastete aus seinem Versteck, eilte mit offenen Armen auf den Jungen zu, doch zwei Schritte bevor er ihn erreichte, knallte der Fassring gegen dessen Stirn. Der Junge fiel um wie ein Stein, blieb regungslos auf den Planken liegen und wurde sogleich von einer Welle durchnässt.
Hermann hob den Jungen auf, schleppte ihn unter Deck, wich dabei geschickt den umherfliegenden Teilen aus.
Unten angekommen, schrie er um Hilfe.
Kaufmann Groth war so schnell zur Stelle, dass man hätte glauben können, er habe neben der Luke gewartet.
Als er den blutüberströmten Kopf seines Sohnes sah, schrie er auf: »Was ist mit ihm? Ist er tot?«

Hermann wusste es nicht. Er war außer Atem, vollkommen durchnässt, und seine Zähne klapperten im Rhythmus der knarrenden Segel. Er schleppte den Jungen in eine der Krankenkojen, wusch sich die Hände und untersuchte die Kopfwunde.
Groth stand neben ihm, trat von einem Bein auf das andere. »Was ist? Lebt er?«
Hermann fühlte das Handgelenk des Jungen. »Der Puls ist schwach. Und er verliert viel Blut.«
»Dann stoppe es.«
Hermann presste einen sauberen Leinenlappen auf die Wunde, doch der Lappen färbte sich innerhalb kürzester Zeit rot. Hektisch suchte er in seinen Medikamentvorräten.
»Was tust du da? So tu doch etwas. Soll der Junge etwa verbluten?«, fuhr Groth ihn an.
»Ich suche doch schon.«
Hermanns Bewegungen wurden hastiger. Eine Flasche ging zu Boden und zerbrach. Er wühlte durch Leinenbinden, riss Kräutersäckchen aus einer kleinen Truhe. Endlich hatte er gefunden, was er gesucht hatte.
»Da. Ein Bovist. Ein Pilz. Er wird die Wunde schließen.«
»Mach endlich!«
Hermann presste den Pilz auf die Wunde des Jungen und legte einen Verband darüber.
Groth trat näher. »Er verfärbt sich nicht. Es hat aufgehört. Hat es aufgehört?«
»Ich weiß nicht. Es dauert im Allgemeinen ein Weilchen. Der Pilz saugt sich voll. In ein paar Minuten wissen wir mehr.«
Mit angehaltenem Atem standen die Männer, doch als der Verband nach zehn Minuten noch immer weiß war, atme-

te Groth auf. »Gott sei Dank!« Er faltete die Hände und schickte einen Blick durch die Kajütendecke zum Himmel.

Hermann war skeptisch. Er fühlte erneut den Puls, zog dem Patienten die Augenlider nach oben. Endlich sagte er leise: »Er ist mehr tot als lebendig, fürchte ich. Sein Puls ist kaum zu spüren, seine Pupillen bewegen sich nicht.«

»O mein Gott!« Der Schrei des Kaufmanns hallte durch das gesamte Zwischendeck, übertönte das Tosen des Sturmes. Dann packte er Hermanns Hände. »Tu, was du kannst. Rette ihn. Ich schwöre, es soll dein Schaden nicht sein. Rette ihn. Er ist doch mein einziger Sohn.«

Hermann schluckte. »Ich tue, was ich kann«, versprach er. »Es ist meine Pflicht.«

Dann setzte er sich an das Bett des Jungen, lauschte auf jeden Atemzug, auf jede Regung. Stunden saß er so. Seine Kleider trockneten am Leib. Die Matrosen verlangten nach ihrer Mahlzeit, aber Hermann saß bei dem Jungen, hielt dessen Hand in seiner und betete.

Es war bereits Abend, als der Knabe zu sich kam.

Schon war sein Lager von den Eltern umstanden, schon sprachen sie auf ihn ein, weinten.

»Er braucht Ruhe!«, ordnete Hermann an. »Sie müssen jetzt gehen. Ich werde in der Nacht bei ihm wachen.«

Groth schob seine Frau zur Tür, schlug Hermann leicht auf die Schulter. »Ich wusste, dass man sich auf dich verlassen kann. Aber du kannst nicht die ganze Nacht allein bei ihm wachen. Du brauchst Schlaf, damit du dich morgen mit ganzer Kraft wieder um meinen Jungen kümmern kannst.« Groth machte Anstalten, sich in der zweiten

Koje niederzulegen. »Weck mich auf, wenn es Mitternacht schlägt«, befahl er. »Und natürlich auch, wenn sich am Zustand meines Sohnes etwas ändert.«
Hermann nickte, setzte sich neben den Jungen. Dieser schlief, doch mit unruhigen Atemzügen und heißer Stirn. Hermann löste den Verband so behutsam, wie er nur konnte. Dann seufzte er tief auf. Die Wunde hatte sich entzündet, trotz des Bovistes, der die Ränder gut verschlossen hatte. Rostpartikel vom Fassreifen waren in die Wunde eingedrungen und hatten die Entzündung hervorgerufen.
Behutsam tröpfelte Hermann ein wenig Branntwein auf ein Tuch und tupfte damit die Wunde sauber. Der Junge schrie auf, warf den Kopf hin und her, und Hermanns Versuche, ihn zu beruhigen, scheiterten allesamt. Schließlich wurde sogar der Kaufmann davon wach.
»Was ist los?«, rief er, sprang von seinem Lager und sah angstvoll auf seinen Sohn.
»Die Wunde, sie ist entzündet«, erklärte Hermann.
»Und nun?«
Hermann zuckte mit den Schultern. »Er hat Fieber. Wir müssen das Fieber senken und die Wunde säubern.«
Groth wurde blass. »Wie stehen seine Chancen?«
Hermann zögerte. Sollte er dem Kaufmann wirklich sagen, wie schlecht es um den Jungen bestellt war? Oder sollte er beschwichtigen, beschönigen, um am Ende als unfähiger Apothekerlehrling am Tod des Knaben schuldig zu sein?
»Wir müssen abwarten«, erklärte er. »Holt einen Eimer mit kaltem Wasser. Wir werden ihm Wadenwickel machen, um das Fieber zu senken.«

»Und die Wunde?«
Hermann sah Groth in die Augen. »Wir sind noch nicht am Ende. Es gibt noch einiges, das wir tun können.«
Groth verstand. Er schluckte und wiederholte: »Mach ihn gesund. Tu alles, was in deinen Kräften steht. Ich bitte dich im Namen seiner Mutter, im Namen Gottes, mach ihn gesund. Er ist unser einziger Sohn.«
Hermann nickte. Er wusste, dass Groth verzweifelt war, er las es in seinen Augen, hörte es an seiner brüchigen Stimme.
»Willst du Geld?«, fragte Groth. »Ich habe genug. Wenn es das ist, was du willst, so sollst du alles haben.«
Hermann schüttelte den Kopf. »Ich will nichts und brauche nichts. Ich werde tun, was ich kann. Sie sollten beten.«
Groth nickte, dann verließ er mit gebeugten Schultern die Kabine.
Während der ganzen Nacht erneuerte Hermann die Wadenwickel, legte außerdem feuchte, kühle Tücher auf den Kopf des Jungen. Aber das Fieber wollte nicht sinken. Die Wunde zeigte wulstige rote Ränder, darin klopfte und pochte es.
Hermann überlegte, dann stand er auf und überprüfte die wenigen Medikamente, die er hatte. Da war die Weidenrinde, die gegen Kopfschmerzen half, aber bei Entzündungen nicht viel ausrichten konnte. Da war Kamille, die zwar bei Entzündungen half, aber nicht bei solch einer schlimmen. Er hatte Arnika, er hatte Melisse und einen Extrakt aus Ringelblumen, der bei leichten Hautreizungen half. Aber er hatte nichts, was eine solche Krankheit lindern konnte.

Besorgt legte er dem Jungen die Hand auf die Stirn. Sie war glühend heiß, der Puls des Jungen wurde schwächer, seine Lider zitterten leicht.
Es wird Zeit, dachte Hermann, dass sich die Eltern von ihm verabschieden. In seinen Gedanken erblickte er noch einmal das Gesicht des Kaufmanns, sah die Verzweiflung darinnen. Hätte sein eigener Vater aufgegeben, den Dingen seinen Lauf gelassen? Er schüttelte den Kopf. Dann beschloss er, zum letzten Mittel zu greifen, das ihm einfiel. Er verließ die Kabine, suchte Titine, die sich inzwischen um Hermanns Arbeiten gekümmert und gekocht hatte, während der Koch seinen Rausch in einer Ecke der Küche ausschlief.
»Ich brauche dich«, sagte er zu ihr.
Titine nickte.
»Der Junge des Kaufmanns. Seine Wunde hat sich entzündet. Durch die Entzündung wird allmählich der ganze Körper vergiftet.«
Titine verstand. Sie holte ein schmales, sehr spitzes und scharfes Küchenmesser aus einer Schublade, wusch das Messer ab und hielt es in eine Kerzenflamme.
»Genau so.« Hermann atmete auf. »Wir müssen die Wunde ausbrennen und die Entzündung herausschneiden. Und danach mit dem reinsten Alkohol, den wir hier haben, spülen. Der Junge wird Schmerzen haben, er wird schreien, sich auf seinem Lager winden, aber wir müssen es trotzdem tun, sonst stirbt er uns unter den Händen.« Er hielt inne. »Ich habe so etwas noch nie gemacht. Im Grunde weiß ich nicht, wie es geht. Vielleicht bringe ich den Jungen damit noch schneller um, aber mir fällt nichts anderes ein. Soll ich lieber handeln und um den Preis des

Todes das Beste versuchen? Oder soll ich nichts tun, das Leben des Jungen in Gottes Hände legen und ihm beim Sterben zusehen?«

Titine erwiderte nichts. Sie sah ihren Bruder nur an und hoffte, dass er inzwischen gelernt hatte, in ihrem Gesicht zu lesen.

Hermann holte tief Luft. »Also gut«, sagte er. »Versuchen wir es. Nichts tun kann jeder.«

Titine bückte sich und wühlte in den Vorräten des Kochs herum. Schließlich brachte sie eine Flasche mit Selbstgebranntem ans Tageslicht und reichte sie Hermann.

Der zog den Korken heraus und schnupperte. Beinahe reiner Alkoholgeruch schlug ihm entgegen. Er nickte. »Das Zeug hier hat sicher über fünfzig Prozent. Wir probieren es damit.«

Titine nahm das Messer, Hermann den Alkohol. Das Schiff schlingerte noch immer im Sturm, so dass jeder Schritt Mühe bereitete. Mal stießen Hermann und Titine mit der linken Schulter gegen die Wand, mal mit der rechten.

Schließlich gelangten sie zu dem Verletzten.

Titine war es jetzt, die ihm eine Hand auf die Stirn legte. Danach sah sie Hermann ernst an.

Er nickte. »Ich weiß, ich habe alles getan, um das Fieber zu senken, habe sogar seinen ganzen Körper kalt abgewaschen, aber die Entzündung ist stärker.«

Er wies Titine an, die Öllampe zu halten, dann entfernte er behutsam den Verband von der Stirn des Jungen.

Die Wunde war noch wulstiger geworden und mit gelbem, stinkendem Eiter gefüllt. Titine hatte einen Lappen mit dem Alkohol getränkt und hielt ihn dem Kranken unter die Nase. Dann erhitzte Hermann das Messer noch einmal über der Lampenflamme. Seine Hände zitterten, auf seiner Stirn stand Schweiß. Titine legte ihm eine Hand auf den Unterarm. Und diese schmetterlingsleichte Berührung reichte aus, um Hermann zu beruhigen. Er packte das Messer mit sicherem Griff und begann, die Wunde auszuschneiden und auszubrennen, musste die Arbeit aber immer wieder unterbrechen, wenn das Schiff zu stark schlingerte. Der Junge wimmerte leise, bäumte sich hin und wieder vor Schmerzen auf, doch Titine hielt ihm das mit Alkohol getränkte Tuch so fest unter die Nase, dass Hermann ungestört arbeiten konnte. Vorsichtig setzte er Schnitt für Schnitt, trennte das entzündete Gewebe von dem gesunden. Als er fertig war, zeigte sein Rücken große Schweißflecke, seine Hände begannen wieder zu zittern.

»Kannst du die Wunde mit Alkohol auswaschen?«, fragte er Titine. Das Mädchen nickte und tat, was getan werden musste, während Hermann mit abgewandtem Gesicht und schweren Atemzügen danebenstand.

Endlich war die Arbeit getan. Der Junge lag ruhig, doch er schlief nun nicht, sondern war in eine Bewusstlosigkeit gefallen.

»Jetzt können wir nur noch beten.«

Hermann setzte sich neben den Patienten. Er war so müde, dass seine Augen brannten und die Lider wie von selbst immer wieder zufielen. Er merkte nicht einmal, wie er einschlief, doch als er nach Stunden erwachte, hatte Titine seinen Platz eingenommen und benetzte dem Knaben die ausgedörrten Lippen.

»Ist es besser?«, fragte Hermann, richtete sich auf und streckte die verspannten Glieder.

Titine nickte und strahlte ihn an.
Hermann legte seine Hand auf die Stirn des Jungen – und tatsächlich: Das Fieber war gesunken.
Schon klopfte es an die Tür, und sie wurde zaghaft geöffnet. Der Kopf des Kaufmanns erschien. Hermann hatte den Eindruck, dass der Mann in dieser Nacht um Jahre gealtert war. Unter seinen Augen lagen dunkle Ringe. Zwei Furchen zogen sich von den Nasenflügeln zum Mund, seine Haut war grau, und auch sein Haar schien an Farbe verloren zu haben.
Er schluckte, ehe er sprechen konnte. »Wie sieht es aus?«
Hermann nickte ihm zu. »Das Fieber, es ist ein wenig gesunken.«
Groth ließ einen tiefen Seufzer los, bekreuzigte sich und sagte laut: »Gott sei Dank.«
Dann betrat er die Kabine, umarmte Hermann, zog ihn fest an seine Brust und erklärte: »Ich bin dir so dankbar, wie ich es noch nie zuvor in meinem Leben war. Sag mir, wie ich mich erkenntlich zeigen kann.«
Hermann schüttelte den Kopf. »Ein Menschenleben kann man nicht bezahlen. Nicht ich habe dieses Wunder vollbracht; es war Gottes Wille.«
Titine kniff die Augen zusammen, als sie diesen Satz hörte. Und im selben Augenblick erinnerte sich Hermann daran, dass er genau dieselben Worte schon Tausende Male aus dem Mund seines Vaters gehört hatte.
»Danken Sie dem Herrn, nicht meiner Schwester und mir«, fügte er hinzu.
Groth nickte. Er hatte Tränen in den Augen.
»Wann immer ihr mich einmal brauchen solltet, ich bin für euch da«, versprach er, dann musste er das Zimmer

verlassen, um nicht vor den Geschwistern in Tränen auszubrechen. »Ich werde meiner Frau Bescheid sagen«, raunte er mit dunkler, belegter Stimme. »Sie hat die ganze Nacht auf Knien verbracht und gebetet.«

»Es ist noch nicht vorüber«, erklärte Hermann. »Der Junge ist noch nicht geheilt. Im Augenblick geht es ihm nur besser. Und wir wollen hoffen und müssen beten, dass es weiter aufwärtsgeht.«

ZWEITER TEIL

Kuba

Die Menschen in Havanna sind zum Theil wunderschön, zum Theil sehr hässlich, in beiden Geschlechtern. Mittelmäßige sind selten. An den Anblick der Neger gewöhnt man sich bald. Die Weißen, hauptsächlich Spanier, sind größtentheils klein, blaß, mager, schwarze schöne Augen, enge Taille. Oft ganz unförmliche Nase und wahre Carricaturen sind nicht selten. Die Spanierinnen waren ebenfalls klein und mager, sehr zierlich gewachsen, höchst graciöse, sehr kleine Hände und Füße, weißer Teint, schwarzes Haar und schwarze, interessante, ernste Augen … Sobald sich aber ein solches Mädchen verheiratet, pflegt es sehr corpulent zu werden, und dann wird aus der oben beschriebenen Schönheit eine Madame Walker. Ältere Damen sind oft widerlich stark.

An den Kirchenthüren pflegen die Neger zu sitzen und zu betteln. Ich habe nie in meinem Leben einen so herzzerreißenden Anblick gesehen, als diese armen Menschen oft gewähren. Denkt Euch einen alten, weißhaarigen, blinden, verkrüppelten Neger, gebückt, mit schmutzigen Lumpen kaum bedeckt, in der brennenden Sonnenhitze an der Kirchenthür leise sein Gebet um Almosen murmelnd: dieses Elend, dieser Schmutz, diese Hässlichkeit, sie würden Grau-

en erzeugen, wenn sie nicht das tiefste, herzlichste Mitleid mit diesem armen, so entsetzlich tief stehenden Menschen hervorriefen! Die Mehrzahl dieser armen, bettelnden Neger ist blind! Die alten Neger, mit ihren weißen Haaren, sind alle sehr hässlich, aber unter den jungen giebt es viele wunderschöne Gestalten, und häufig die schönsten schwarzen Augen. Zuweilen sind auch die Gesichtszüge schön. Ich muss bekennen, dass ich die Neger, trotz ihrer Nationalphysiognomie, oft sehr hübsch finde. Ihre Haut ist zuweilen herrlich glatt und weich, diese feurigen Augen, die weißen Zähne, kleine Bärte, schlanke Figuren sind, Ihr glaubt es mir kaum, wirklich schön. Eben dasselbe gilt von den Weibern. Auch sie sind größtentheils hässlich, oft schrecklich dick, aber es giebt auch unter ihnen Schönheiten, und große Schönheiten, namentlich wieder, was Haut, Augen und Wuchs betrifft …

Im Gegensatz zu den Negern sind Mulatten in der Regel hässlich.

Erstes Kapitel

Am 26. September 1858 hallte der Ruf »Land in Sicht« über das Schiff. Sechs Tage später legte die »L'Esperanca« in Havanna an.

Am Dienstagabend erblickten die Menschen auf der Brigg, unter ihnen, noch blass, schwach und mit einem dicken Kopfverband, der Sohn des Kaufmanns Groth, in der Ferne die dunstigen Umrisse der Küste, welche für viele das Paradies, für einige aber die Hölle werden sollte.

Am Mittwoch, gleich nach dem Frühstück, fanden sich Familie Groth, Hermann und Titine sowie ein Teil der Besatzung auf dem Deck ein und sahen sich dem Fort von Havanna gegenüber.

Hermann hielt Titine bei der Hand. Sein Herz schlug rasend schnell in seiner Brust. Endlich, dachte er und fühlte dabei eine große Erleichterung. Aber auch Furcht, ein wenig Furcht. Hermann wusste nicht mehr, wie er sich die Insel in der Karibik vorgestellt hatte. Er wusste nur, dass hier alles anders war als das, was er bisher kannte. Am Ufer standen Bäume, die er noch nie gesehen hatte. Sie ragten astlos bis in den Himmel und bauschten oben Blätter zusammen wie die Waschfrauen ihre Haare. Bunte Vögel wippten auf den Ästen der lodernden Sträucher. Der Boden war grau, staubig und ausgedörrt. Der Himmel schien viel näher als in Deutschland, die Sonne viel größer, heller, strahlender. So, als wäre man dem Himmel viel näher als sonst irgendwo.

Titine schnupperte in die Luft und lächelte.
»Was riechst du?«, fragte Hermann und tat es ihr gleich. Es roch ... es roch ... Hermann wusste es nicht zu sagen. Ein Geruch, fremd und vertraut zugleich, obwohl er ihn noch nie zuvor gerochen hatte. Ein Aroma nur. Vielleicht so ähnlich wie nach Markttagen in den heißen Sommermonaten. Wenn die Händler ihre Waren bereits auf Karren gepackt hatten und über dem ganzen Platz nur noch eine Ahnung von Gewürzen, Zuckerwerk, Stoffen, Fisch und menschlichen Ausdünstungen lag. Als ob die Luft ein wenig dichter wäre, angefüllt von den Gerüchen und Geräuschen des Tages und einem letzten leisen Echo der vielen Gespräche, Gedanken, Träume und Ängste.
Hinter dem Fort Castillo de la Real Fuerza lag die Stadt. Klaus hatte ihm noch in Würzburg erzählt, dass der heilige Christophorus der Schutzpatron der Stadt war. Und das hatte Hermann irgendwie beruhigt. Ein fremdes Land, so weit weg von zu Hause, so anders als zu Hause, aber mit einem Schutzpatron, den er kannte, seit er denken konnte. Christophorus war der Lieblingsheilige seiner Mutter gewesen. Nicht nur, weil er die Reisenden beschützte und ein Helfer gegen den unvorbereiteten Tod war, sondern auch, weil er ein wirklicher Hüne unter den vierzehn Nothelfern war. Einer, dem die Mutter zugetraut hatte, schützen und behüten zu können. Und Hermann hoffte sehr, dass die Mutter in ihrer Sterbeminute die Hand von Christophorus gespürt hatte und von ihr gehalten worden war. Er lächelte. Christophorus. Es war wie ein Gruß aus der Heimat. Ein Gruß von der Mutter. Hermann nahm es als gutes Omen, dass Christophorus über Havanna wachte, und freute sich.

Dem Fort gegenüber befand sich ein seltsam geformter Baum. Niemand musste Hermann sagen, dass dieser Baum alt war. Er sah es einfach. Sah es am Stamm, den vier Männer nicht umfassen konnten, an den Wurzeln, die sich erst einen halben Meter über der Erde gehorsam in den Stamm einfügten. Und an der mächtigen Krone, die sich wie ein Schirm ausstreckte, um das kleine Tempelchen im Schatten zu beschützen. Ein Baum, dachte Hermann, wie ein Herrscher, wie ein starker Mann. Ein Baum wie ein gütiger Vater. Hermann wandte sich an einen alten Matrosen, der neben ihm stand. »Was ist das?«, fragte er.

»Der Baum oder der Tempel?«, fragte der zurück.

»Beides.«

»Der Ceiba-Baum gilt als magischer Baum. Die Habaneros, die Bewohner der Stadt, haben ihm sogar einen eigenen Feiertag gewidmet, den 17. Dezember. An diesem Tag kommen sie alle hierher. Sie laufen dreimal um den Baum herum, tätscheln seinen Stamm, während sie sich dabei etwas wünschen. Es heißt, diese Wünsche gehen in Erfüllung.« Der Matrose lachte auf, aber es klang nicht fröhlich. »Du wirst noch merken, dass hier alles anders ist. Die Leute sind dumm. Abergläubisch.« Er zuckte mit den Schultern, hob die Hand zum Gruß und ging, während das Schiff gemächlich am Fort vorüberglitt und den Blick auf die Stadt freigab.

Havanna. Viel sah man noch nicht, nur ein paar Häuser, eine Vorstadt vielleicht, und dahinter riesige Palmen und hohe, dunkle Zypressen. Ein paar Schleierwolken störten das Bild des makellos blauen Himmels, doch die Sonne schien so nahe, dass Hermann ihre Strahlen auf der Haut fühlte. Zuerst ganz sanft, beinahe wie ein Streicheln, doch je länger er an Bord stand, umso nachdrücklicher wurde das Streicheln, fester, rauher, heißer. Er hielt Titine an seiner Hand, bedeckte bald ihr weißblondes Haupt, damit sie die Sonne sehen konnte, ohne ihre gewaltige Kraft zu spüren. Ein paar Möwen kreisten über dem Schiff, und Hermann sah ihnen nach. Vierundfünfzig Tage waren vergangen, seit sie Hamburg verlassen hatten. Vierundfünfzig Tage lagen zwischen Vergangenheit und Zukunft.

Kaufmann Groth hatte ihm in den langen Stunden, die beide am Bett seines Sohnes wachten, einiges über Kuba erzählt. Nur gerade mal eine Million Menschen lebten auf der Insel, die an manchen Stellen lediglich fünfunddreißig Kilometer breit war, an anderen zweihundert und die eine Länge von über eintausendzweihundertfünfzig Kilometern hatte. In Havanna gab es nur rund zweihundert Deutsche, die sich meist als Händler und Kaufleute betätigten, aber der Einfluss, den die Deutschen hatten, war größer als ihre Zahl. Ansonsten war das Land von Kreolen, Spaniern und natürlich von Sklaven bevölkert. Ein paar Engländer, die ebenfalls Handel trieben, lebten in Santiago de Cuba, am östlichen Inselende, außerdem ein paar Franzosen und einige Holländer, die aus Haiti und Jamaika herübergekommen waren, um sich als Farmer und Pflanzer zu versuchen.

»Hast du schon einmal von Alexander von Humboldt gehört?«, hatte Groth ihn gefragt und war bass erstaunt gewesen, als Hermann nickte.

»Der Vater, er hat sich für fremde Länder interessiert. Und für die Naturforschung. Einmal stand in der deutschen Apothekerzeitung ein Artikel über Humboldt. Er war auf Kuba, vor fünfzig Jahren ungefähr, und hat dort Studien über Tiere und Pflanzen betrieben.«

»Ja. Das hat er.« Groth nickte. »Aber er hat noch mehr getan, als Flora und Fauna der Insel zu dokumentieren. Er hat gesehen, wie Wälder gerodet wurden, um später darauf Zuckerrohrplantagen anzulegen. Die Zerstörung der Natur hat ihm so missfallen, dass er Pläne für die großen Siedeöfen gezeichnet hat, die zumeist mit Holz geheizt werden. Humboldts Öfen sollten weniger Holz verbrauchen.« Groth lächelte. »Ich habe mir schon vor Jahren diese Pläne besorgt.«

»Und?«, fragte Hermann neugierig.

»Sie taugen nichts. Die Siedeöfen Humboldts bringen geringere Leistungen als die herkömmlichen. Man müsste sie mit Kohle beheizen, um noch mehr aus den Pflanzungen herauszuholen. Aber wie kommt die Kohle nach Kuba? Und was kostet sie?«

Er zündete sich eine Zigarre an und stieß den Rauch in einer langen Wolke aus.

»Und wie kommt die Kohle nach Kuba?«

»Das, mein Junge, werde ich vor Ort herausfinden. Muss man die Kohle aus Europa kommen lassen, so muss sich der Aufwand rechnen. Das heißt, die Brennkraft muss so stark sein, dass sie den Preis für die Überfahrt locker einbringt. Ich kann mir das nicht vorstellen, aber es hat sich schon so mancher Deutsche geirrt.«

Hermann lachte. »Selbst so ein großer Forscher wie Humboldt. Da müssen Sie sich sicher nicht fürchten.«

»Humboldt. Ja. Er wusste nichts von Geschäften. Er war ein Gelehrter und ein Humanist. Nun, mit solchen Män-

nern kann man die Wirtschaft nicht antreiben. Bei seinem zweiten Aufenthalt auf Kuba hat er weniges notiert, das ihm gefallen hat. Er schrieb nur, dass es ihm missfällt, wie die Kubaner sich nur darüber den Kopf zerbrechen, wie man mit der geringsten Zahl an Negern die größte Menge Zucker produzieren kann.« Groth schüttelte den Kopf über so viel kaufmännischen Unverstand.
»Es gibt viele Sklaven auf der Insel, oder nicht?«, fragte Hermann.
»Oh, ja, sie werden gebraucht. Jede Pflanzung, ganz gleich, ob Kaffee, Zucker oder Tabak, braucht Sklaven für die Arbeit. Sie werden aus Afrika geholt. Mit Schiffen.«
»Kommen sie freiwillig mit?«, fragte Hermann, der sich das nicht vorstellen konnte.
Groth stieß einen weiteren Rauchring aus. »Du solltest dich nicht um die Sklaven kümmern. Am besten vergisst du sie. Sie arbeiten für die Weißen, alles andere ist nicht deine Sache.«
Sein Ton war härter geworden, und Hermann wagte es nicht, noch einmal nachzufragen.
Aber jetzt, mit Havanna vor Augen, fiel ihm das Gespräch wieder ein. Und schon sah er die ersten schwarzen Männer, die wie aufgescheuchte Ameisen durch den Hafen liefen, schwere Sachen auf den Schultern, und dabei von einem Aufseher mit einer Peitsche angetrieben wurden. Immer näher kam das Schiff, immer deutlicher trat die Stadt zutage. Schon konnte Hermann die ersten Rufe hören.
Dann ging alles ganz schnell. Es wurde laut, sobald das Schiff im Hafen einlief. Menschen rannten auf dem Kai hin und her. Karren rumpelten vorüber, Fässer wurden

gerollt, Esel stemmten störrisch die Beine auf den Boden, Pferde wieherten. Ein paar Hunde jagten eine dreibeinige Katze, die sich an einer Gräte gütlich tun wollte. Es roch nach Pech, mit dem die Fässer versiegelt wurden, nach Fisch und nach vielen anderen Dingen, die Hermann nicht zuordnen konnte.

Eine Brücke wurde an das Schiff gelegt, und schwarze Männer mit nackten Oberkörpern rannten die Rampe hinauf. Titine starrte sie mit großen Augen an und presste sich an Hermann.

»Du musst keine Angst haben, Kleine«, tröstete Hermann. »Sie sind zwar schwarz, diese Hafenkerle, aber ansonsten nicht anders als die in Hamburg.«

Titine sah ihn an, hob fragend die Augenbrauen.

»Warum sie schwarz sind, willst du wissen?«, fragte Hermann.

Titine nickte.

»Das ist nicht schwer zu verstehen. Wir werden dunkler, wenn wir in die Sonne gehen, nicht wahr, das weißt du doch? Am Ende des Sommers ist deine Haut ganz braun. Und sie wird wieder weiß, wenn es Winter ist und die Sonne weniger kräftig scheint. Und dann kommt erneut der Sommer und mit ihm die Sonne, und du wirst wieder dunkler und immer so weiter. Hier ist es nicht so, denn es gibt hier keinen Winter. Die Leute sind immer in der Sonne. Verstehst du, Titine? Es wird nicht kalt, niemals. Hier ist immer Sommer. Und darum werden die Leute auch nicht mehr weiß, sondern einfach immer dunkler, bis sie ganz schwarz sind.«

Titine nickte ernsthaft, die Erklärung ihres Bruders überzeugte sie zutiefst.

Aber auch Hermann konnte den Blick nicht von den schwarzen Menschen wenden. Er hatte vorher noch nie einen Schwarzen gesehen. Ihre Bewegungen waren wie ein Tanz. Obwohl sie schnell liefen, drückten ihre Körper eine Gemächlichkeit aus, die nicht zum Spiel der Muskeln passen wollte. Die Schwarzen liefen nicht. Sie tänzelten die Rampe hinauf. Das kurze schwarze Haar glänzte in der Sonne, und die Körper waren mit Schweiß bedeckt.

Einer hatte Titine erblickt. Er starrte sie an, als wäre sie eine Erscheinung, dann lächelte er breit, hob die Hand und winkte ihr ehrfürchtig zu. Titine drückte sich enger an Hermann, doch sie hob die Hand und winkte schüchtern zurück.

Und dann verließen die Groths das Schiff. Unten warteten bereits zwei Vertreter des Kontors, nahmen die blassen Neuankömmlinge in Empfang, während die Schwarzen Koffer, Truhen und Kisten auf Karren luden.

Immer wieder blieben die Menschen stehen und sahen sich nach Titine um, deren helles Haar in der Sonne schimmerte wie flüssiges Silber. Ein großer schwarzer Mann presste eine Hand auf sein Herz, eine Frau mit dichten dunklen Locken zerrte ein Kettchen aus ihrem Ausschnitt und küsste es, wobei ihre Blicke fest auf Titine geheftet blieben. Ein kleiner Junge trat sogar dicht vor sie hin und versuchte, nach ihrem Haar zu fassen, ehe seine Mutter ihn unter lauten Entschuldigungen fortzog.

Hermann und Titine standen auf dem Kai und verfolgten das Geschehen mit großen Augen. Hermann hatte seinen Arm beschützend um die kleine Schwester gelegt. Er verstand nicht, warum sie so viel Aufmerksamkeit auf sich zog, doch Titine schien keinerlei Furcht zu haben. Sie lächelte.

Ihre wenigen Habseligkeiten standen zu ihren Füßen. Ein Schwarzer näherte sich, zeigte auf die Koffer, aber Hermann schüttelte den Kopf. Er war noch immer wie gelähmt von all dem Neuen hier. Die Sonne stach nun mit aller Stärke auf den schattenlosen Kai. Die Luft war nicht mehr von wunderbaren Gerüchen erfüllt, sondern schwer und dick, so dass es Hermann vorkam, als läge ein festes Laken über ihm, das ihm das Atmen erschwerte. Obwohl er sich bisher kaum bewegt hatte, rann ihm der Schweiß den Rücken hinab, sein Hemd war klamm geworden. Auch Titine schwitzte. Sie hob ihren blonden Zopf, damit ihr Nacken ein wenig Kühlung bekam. Die Schwarzen, die das Schiff entluden, verharrten einen Augenblick und starrten das kleine, blasse Mädchen mit den hellen Augen und den hellen Haaren freundlich an. Dann riefen sie sich ein paar Worte zu, die Hermann und Titine nicht verstanden. Die Laute kamen ganz tief aus der Kehle, rollten unter dem Gaumen über die Zunge und kollerten zwischen den Lippen der Männer hindurch wie Murmeln.

Hermann aber bekam Angst. So sehr, dass ihm die Knie weich wurden und er sich auf einen großen Stein setzen musste. Titine zog an seinem Ärmel.

»Lass mich, ich muss nachdenken«, brachte Hermann mühsam hervor und brachte alle Kraft auf, um die Tränen nicht hervorbrechen zu lassen. Er versteckte das Gesicht in den Händen. Was soll ich nur tun?, dachte er, und alle Abenteuerlust war von ihm abgefallen. Noch heute Morgen auf dem Deck war er voller Pläne gewesen. Er hatte

Kuba erobern wollen, träumte schon jetzt von dem weißen Haus, das Klaus ihm in die Würzburger Luft gemalt hatte, von süßen Früchten, immerwährendem Sommer und – ja – vielleicht sogar von einem kleinen Reichtum, vor allem aber von Unabhängigkeit. Nein, er brauchte keine eigene Kutsche und auch keine teuren Kleider, keinen Schmuck. Aber Titine. Sie sollte es schön haben, sollte hocherhobenen Hauptes gehen und niemals arbeiten müssen. Nie wieder sollte jemand sie schlecht behandeln, nie wieder wollte Hermann in Abhängigkeit leben und Dinge tun müssen, die ihm eigentlich zuwider waren. Auf Kuba, da war er sicher, würde er sich ein Leben aufbauen, das ihm entsprach. Er würde sicher keine Apotheke übernehmen können, aber vielleicht konnte er sich irgendwann ein Stück Land kaufen und Zucker, Kaffee oder Tabak anbauen. Vielleicht würde er ein Händler, ein Kaufmann werden, auf jeden Fall aber einer, der allein über sich selbst bestimmte, einer, der einem Doktor Dehmel mit geradem Blick begegnen und dessen Tochter mit Nichtachtung strafen konnte. Einer, der nichts und niemanden brauchte.

Die Begeisterung über das neue Leben, das nun begann, hatte ihn kaum auf dem Schiff halten können. Er hatte sich groß und stark und verantwortungsvoll gefühlt. Ja, er würde beweisen, dass er Titine ein gutes Leben bieten konnte. Vater und Mutter würden stolz auf ihn sein. Vater und Mutter. Jetzt, da er an sie dachte, quollen doch ein paar Tränen zwischen seinen Fingern hervor und benetzten seine Knie. Eine Familie. Noch nie im Leben hatte er sich mehr nach den Eltern gesehnt als jetzt. Noch nie hatte er den Wert einer Familie deutlicher gespürt als im Hafen von Havanna. Er sehnte sich nach dem Vater, der die Fäden in die Hand nahm, sich um Arbeit und Unterkunft kümmerte. Er sehnte sich nach der Mutter, die sich eine lose Haarsträhne aus dem Gesicht pusten und lachen würde. Aber er war allein. Hermann war seit einigen Wochen achtzehn Jahre alt und fühlte sich wie ein kleines Kind. In der Heimat, da hätte er gewusst, was zu tun ist. Jeder, mit dem er gesprochen hätte, hätte ihn verstanden. Hier tat das niemand. Und die wenigen Brocken Spanisch, die er von der Schiffsbesatzung aufgeschnappt hatte, reichten, um in einer der dunklen Hafenspelunken ein Bier zu bestellen, aber nicht, um ein Zimmer zu finden. Er hatte kaum kubanischen Boden betreten, schon verging er vor Heimweh. Und er fühlte sich jung. So unglaublich jung. Ein Kind noch. Ein Kind wie Titine.

Eine kleine Hand legte sich auf seine Schulter, strich sanft darüber. Hermann sah auf. Titine. Für sie musste er all das tun. Er stand auf, nahm sie bei der Hand.

»Du musst aus der Sonne heraus«, sagte er leise. »Sie wird dich sonst verbrennen.«

Er streckte die Schultern, bog den Rücken gerade und ging mit Titine zu einem Holzverschlag, an dem ein Schild mit der Aufschrift »Cubanisch-deutscher Handelsverein e.V.« hing.

Die Tür knarrte jämmerlich in den Angeln, als Hermann sie aufstieß. Ein dicker Mann mit grämlichem Gesicht, der hinter einem großen Schreibtisch hockte, sah auf, die Feder in der Hand. »¿Digame?«

»Ähm. Sprechen Sie vielleicht Deutsch?«, fragte Hermann schüchtern.

Der dicke Mann verzog das Gesicht, als hätte er Zahnschmerzen. »Hast du das Schild da draußen nicht gelesen?«

»Doch. Deshalb bin ich ja hier.«

Der Mann stand auf und kam hinter dem Schreibtisch hervor, betrachtete die beiden von oben bis unten. »Gerade angekommen?«, fragte er.

Hermann nickte.

»Und jetzt weißt du nicht weiter, wie? Keine Arbeit, keine Unterkunft.« Der Mann seufzte und stemmte die Fäuste in die Hüften. »Immer dasselbe. Da hauen sie aus der Heimat ab und denken, hier werden sie mit Blasmusik empfangen.« Er trat einen Schritt auf Hermann zu. »Also, spuck's aus. Wovor bist du abgehauen?«

Ertappt sah Hermann auf den Boden. »Vor einer Hochzeit.«

»Vor einer Hochzeit?« Der dicke Mann begann so dröhnend zu lachen, dass die Wände wackelten. »Vor einer Hochzeit, sagt der Grünschnabel!«

»Sie kennen Wilma nicht«, versuchte Hermann sich zu verteidigen.

»Da hast du recht, mein Sohn. Aber ich kenne die Pflichten eines Ehemanns. Mit dem Holzscheit ein paar über den Hintern, und alles wäre gut gewesen. So macht man das mit den Frauen. Das ist drüben nicht anders als hier.«

Hermann legte einen Arm um Titine. »Aber jetzt bin ich hier, und zurück können wir nicht.«

Der Mann nickte, sah Titine an. »Ist sie deine Schwester?«

Hermann nickte. »Wir haben unsere Eltern bei einem Brand verloren. Seither spricht sie nicht mehr. Ich bin alles, was sie hat.«

»Dann pass gut auf sie auf«, erklärte der dicke Mann. Der Blick, mit dem er Titine betrachtete, war weich und freundlich. Er seufzte ein wenig und streckte die Hand aus, um Titine unbeholfen über die Wange zu streichen, ehe er sich wieder Hermann zuwandte: »Was kannst du? Bist du ein Landarbeiter? Ein Handwerker?«

Hermann schüttelte den Kopf. »Apothekerlehrling.«

»Heiliger Bimbam!« Der dicke Mann kratzte sich am Kopf. »Wenn wir hier auch alles brauchen können, Apotheker bestimmt nicht. Die Negerweiber sind bessere Heiler als die studierten Ärzte. Ein Pillendreher!« Er schüttelte den Kopf.

»Aber jetzt bin ich hier.« Hermanns Antwort kam trotzig.

»Tss, tss, tss«, machte der dicke Mann und kratzte sich erneut am Kopf. Dann wühlte er in ein paar Papieren auf seinem Schreibtisch, kritzelte mit der Feder einige Worte darauf und streckte Hermann den Zettel entgegen.

»Da, das ist die Adresse von Grazia. Eine alte Kreolin. Als ich hier ankam, habe ich eine Weile bei ihr gewohnt. Wir alle haben bei ihr gewohnt. Sie ist alt, könnte ein wenig Hilfe gebrauchen. Gib ihr diesen Zettel. Vielleicht hat sie das Zimmer gerade frei.«

Hermann wollte nach dem Papierstück schnappen, aber der dicke Mann zog es weg. »Am besten aber fährst du mit dem nächsten Schiff in die Heimat zurück.« Er betrachtete Hermann noch einmal von Kopf bis Fuß. »Das Leben hier ist nichts für dich. Und für deine kleine Schwester erst recht nicht.«

»Warum nicht? Was haben die anderen Ankömmlinge mir voraus?«, wollte Hermann wissen.

Der Mann lehnte sich zurück. »Dieses Land hier ist die Hölle. Es ist heiß. So heiß, dass du an manchen Tagen glaubst, das Blut würde in deinen Adern kochen. Es gibt Sümpfe, die giftige Dämpfe absondern, an denen man stirbt. Es gibt Stürme, die Dächer von den Häusern reißen und Bäume umstürzen lassen. Es gibt Krokodile, die ein Kind mit einem einzigen Bissen verschlucken können. Und es gibt die Krankheiten, das gelbe Fieber und das Fleckfieber, das schwarze Erbrechen und die Malaria, die Mückenpest mit ihren schmerzhaften Beulen und die Orientbeulen. Dazu die Hitze. Jeden Tag, jede Nacht. Nur selten ein Lüftchen. Stärkere Männer als du sind hier gestorben. Von deiner zarten Schwester will ich gar nicht reden.« Er schüttelte den Kopf.

Noch einmal musterte er Titine, als hätte er noch nie ein kleines, weißes Mädchen mit blonden Haaren gesehen. »Pass gut auf die Kleine da auf. Es gibt hier viele Dinge, die ihr gefährlich werden könnten.«

»Gefährlich? Was meinen Sie damit?«, wollte Hermann wissen.

Der Mann winkte ab. »Ich sage ja nur. Pass einfach gut auf sie auf. Und sieh zu, dass du einen Platz für das nächste Schiff zurück nach Hamburg kriegst.«

Er drückte Hermann den Zettel in die Hand. »Und nun geh, Junge, und lass mich meine Arbeit tun.«

»Danke«, murmelte Hermann, doch der Dicke winkte ab und gab ihm ein Zeichen, die Tür hinter sich zu schließen.

Zweites Kapitel

Jetzt nahmen sie die Hilfe eines schwarzen Trägers in Anspruch, denn Hermann konnte das Gekritzel auf dem Zettel kaum lesen.
Hermanns Laune hatte sich seit dem Besuch im Handelsverein gebessert, obwohl der dicke Mann ihm ein Leben hier nicht zuzutrauen schien. Und auch er hatte Titine mit diesem besonderen Blick bedacht. So, als wäre seine Schwester etwas Außergewöhnliches. Und natürlich war sie das auch, aber in der Heimat hatte das niemand außer den Eltern und ihm auf den ersten Blick erkannt. Hier aber starrten die Leute sie an, lächelten ihr zu, grüßten sie, als wäre sie eine alte Bekannte.
Trotz dieser verwirrenden Gedanken genoss Hermann die Stadt. Alles war so … so bunt. Hätte er seine Heimat mit einer Farbe beschreiben müssen, so hätte er für Würzburg ein silbriges Grau gewählt, durchsetzt mit grünen Tupfen. In Havanna aber war alles bunt: die Häuser, die Straßen, die Menschen. Frauen mit dunklen Haaren trugen schwingende, rote Röcke zu hellen Blusen. Manche hatten Tücher im Haar, andere trugen riesige Ringe in den Ohren. Die Männer waren hell gekleidet, auch die Armen. Und auf den meisten Gesichtern lag ein Lächeln! Kraftvoll gingen sie, die Kubaner, und zugleich mit einer Unbeschwertheit, wie sie niemand in Würzburg je zur Schau getragen hatte. Sie gingen mit schlendernden Ar-

men, mit gestrecktem Rücken und hocherhobenem Kopf, als gehörte ihnen die Welt.
Ein Schwarzer, dessen Kleidung zerrissen war, lief barfuß über die Gasse aus gestampftem Lehm – und sang dabei! Hermann fragte sich, was für einen Grund ein armer Mensch zum Singen haben konnte, doch dann fiel ihm die Mutter ein, die auch gesungen hatte, so oft sie konnte. Die Mutter. Oh, wie gut hätte es ihr hier gefallen! Wie gut hätte sie in diese Stadt gepasst mit ihrem hellen Lachen und den wehenden Röcken!
In den Vorgärten blühten Blumen von seltener Leuchtkraft, und die Kirchen waren klein, nahezu winzig trotz der Türmchen obenauf, aber drinnen – Hermann erkannte es durch die offenen Türen – war ebenfalls alles bunt und prächtig, ohne dabei an Würde zu verlieren. Ein paar Hunde streunten ihnen über die ungepflasterte Gasse hinterher. Auf einem Balkon krähte ein Hahn. Sie waren jetzt in einer Gasse angekommen, in der die Häuser nur ein Stockwerk hatten, dafür aber Gärten auf den Dächern. Gärten auf den Dächern!
Hermann blieb stehen, zeigte Titine die Pracht, und Titine lächelte. Die Häuser selbst waren einfach. Sie hatten keine Fenster und keine Türen, nur mit Vorhängen verdeckte Öffnungen. Vor den meisten Häusern standen wackelige Stühle. Alte Männer saßen darauf und sahen die Straße hinauf und hinunter. Manche hatten kleine Tische vor sich und spielten Domino mit dem Nachbarn, andere Schach. Hermann nickte ihnen zu, und die alten Männer nickten zurück, hoben die Hand zum Gruß. Dicke Frauen hatten die Arme unter den gewaltigen Brüsten verschränkt, saßen mit gespreizten Beinen auf Bänken und

stellten ungeniert ihre Neugier zur Schau. Manche nickten Titine zu, andere steckten die Köpfe zusammen und tuschelten, aber überall begegnete man ihnen mit einem Lächeln, mit Freundlichkeit.

Hermann war noch nie so unterschiedlichen Menschen begegnet. Da war der alte Neger mit den weißen Haaren und den trüben Augen, der vor einer Kirchentür saß und bettelte. Eigentlich hätte sein Anblick erbärmlich sein, die Armut und das Siechtum zu Herzen gehen müssen, aber auch er saß mit geraden Schultern und lächelte. Und dann waren da die jungen Frauen mit den langen dunklen Haaren, dem helleren, aber nicht weißen Teint, die meist große Ohrringe trugen und deren Lachen durch die Gassen jagte. Das waren die Kreolinnen, wusste Hermann, die laut Joachim Groth gewiss eine Stufe über den Negern standen, aber – Gott im Himmel – eben doch keine richtigen Weißen waren. Und vorhin, als sie den großen Platz, die Plaza de Armas, mit ihren prächtigen Villen und herrschaftlichen Stadthäusern überquerten, da sahen sie wunderschöne, weiße Frauen in teuren Kleidern promenieren, gefolgt von Sklavinnen. Hermann wunderte sich darüber, dass gerade diese Frauen nicht lachten oder wenigstens lächelten. Wer, wenn nicht sie, sollte Grund zum Lachen haben? Aber sie taten es nicht, sondern schlenderten mit verschlossenen, hochmütigen Gesichtern über den Platz, schlugen sich ungeduldig mit einem Fächer auf die Hand und bedachten die weniger Weißen mit abfälligen Blicken.

Hermann hielt inne, weil Titine an seiner Hand zerrte. Sie deutete auf den Platz, und erst jetzt erkannte Hermann dessen Schönheit. In der Mitte befand sich eine Statue aus

blendendem Marmor, und Hermann erfuhr später, dass es das Abbild Karls VII. war, um ihn herum wuchsen Orangenbäume, Palmen, duftende Oleander, dazwischen ließen vier Springbrunnen ihre Fontänen in die Luft schießen und malten kleine Regenbögen.
Am Rand eines Brunnens entdeckte Hermann ein paar junge Leute, die zusammen dastanden und sangen. Zwei Mädchen hatten keulenartige Instrumente in der Hand, die oben in einem Ei endeten und laut rasselten, wenn sie geschwungen wurden. Ein junger Mann mit einer Laute über der Schulter kam hinzu und begann zu spielen. Hermann wäre gern stehen geblieben und hätte dem Gesang und dem Lachen zugehört. Nie hatte er in der Heimat die jungen Leute zusammen singen gehört. Höchstens ein paar Lehrjungen oder Gesellen auf dem Heimweg von der Schenke oder alte Frauen in der Kirche. Gaukler und Spielleute auf dem Jahrmarkt. Das hier aber war anders. Freier, unbeschwerter. Niemand schien zu befürchten, dass die jungen Mädchen ihre Tugend dort am Brunnen verloren. Und die jungen Männer schickten keine verstohlenen Blicke zu ihnen, sondern sahen ihnen offen in die Augen und lachten mit weit nach hinten geworfenem Kopf. Ein Hund, so räudig, dass er an manchen Stellen kein Fell mehr hatte, näherte sich der Gruppe. Hermann wartete darauf, dass einer der Männer den Hund mit einem gewaltigen Tritt verscheuchte, aber niemand schien das im Sinn zu haben. Ganz im Gegenteil. Ein Mädchen beugte sich herab, streichelte den Köter, ein junger Mann brach ein Stück Brot und warf es dem Hund hin. Gab es hier keine Feindschaften?, fragte sich Hermann. Keine schlechte Laune? War das die Insel der Glückseligkeit?

Jetzt aber bogen sie in eine schmale Straße ein, in der sich die Hütten dicht an dicht drängten. Schweine schnüffelten an Abfallbergen. Kleine, dunkle Kinder spielten mit einer toten Ratte. Sie hatten Stöcke in der Hand und schossen den Kadaver hin und her.
Titine verzog den Mund und fasste Hermanns Hand fester, als eines der Kinder zu ihnen kam und mit seiner schmutzigen Hand nach ihrem hellen Haar griff. Aber schon erscholl eine keifende Stimme aus einem der schmutzigen Häuser, und das Kind schrak zusammen und lief davon. Hermann ahnte, dass dies vielleicht doch nicht die Insel der Glückseligen war.
Vor dem letzten Haus in der Straße blieb der schwarze Träger stehen, steckte zwei Finger in den Mund und pfiff, wie es in Würzburg nur die schlimmsten Gassenjungen getan hatten. Sofort erschien eine dicke, ältere Frau mit grauen Haaren, die zu einem nachlässigen Knoten hochgesteckt waren. Die Frau trug ein langes, weites Kleid aus schrillbunten Farben und war barfuß. An ihren Ohren baumelten talergroße Ringe. In der Hand hielt sie eine brennende Zigarre.
Als sie Hermann und Titine sah, breitete sie die Arme aus. »Ihr seid die Neuankömmlinge aus Deutschland, nicht wahr?«
Hermann zog verdutzt die Augenbrauen nach oben. »Sie wissen von uns?« Er konnte den Blick nicht von der Zigarre wenden. In Deutschland hatte er nie eine Frau rauchen sehen. Niemals! Und diese Frau hier tat es sogar auf der Straße! Wo waren sie hier hingeraten?
Sie lachte. »Gerüchte verbreiten sich in dieser Stadt schneller als der Wind. Der Mann vom Hafen, Ronaldo,

hat mir eine Nachricht geschickt. Seid willkommen. Tretet ein, tretet ein!«
Hermann tat, wie die Frau ihm geheißen. Als er vor ihr stand, schüttelte sie ihm kräftig die Hand. »Ich heiße Grazia.« Sie lachte. »Ich weiß nicht, was meine Eltern sich gedacht haben, als sie mir diesen Namen gaben. Kommt herein, kommt herein!«
Resolut legte Grazia Titine eine Hand auf den Rücken und schob sie vorwärts. »In der Küche steht Guarapo, mit Wasser verdünnter Zuckerrohrsaft.«
Erst jetzt merkte Hermann, wie durstig er war. Er nahm den gefüllten Becher und trank ihn in einem Zug leer. Das Getränk war köstlich. Kalt und süß, aber nicht zu süß rann es seine Kehle hinab. Auch Titine reichte Grazia ihren Becher, damit sie ihn erneut füllte. Dann zeigte die Kreolin ihnen ihr Zimmer.
Das Zimmer war klein. Viel kleiner als die Kammer in Würzburg. Es standen gerade mal zwei schmale Betten darin, ein kleiner Tisch mit einem Waschgeschirr und in der Ecke neben der Tür ein merkwürdiger Kessel. Auch hier waren die Fenster ohne Glas, sondern nur mit einem leichten Vorhang bedeckt.
Aber im Gegensatz zu Würzburg war dieses Zimmer hell und freundlich. Auf den Betten lagen bunte Decken, der Boden war mit Flickenteppichen bedeckt, und das Waschgeschirr zeigte ein Blumenmuster.
Hermann deutete auf die Netze, die über die Betten gespannt waren. »Was ist das?«
»Moskitonetze. Sie halten die Insekten ab, während ihr schlaft. Hier ist es nicht wie bei euch in der Heimat. Hier sind die Moskitos größer als Mücken und Fliegen. Sie

können schlimme Krankheiten bringen. Man kann, wenn man Pech hat, an ihren Stichen sterben. Deshalb die Netze.«
»Es ist schön, das Zimmer«, sagte Hermann dankbar und sah in Titines Gesicht. Die Kleine lächelte.
»Oh, es ist nur ein ganz einfaches Zimmer, aber für den Übergang wird es ausreichen.« Grazia strich Titine sanft über das Haar, beugte sich zur ihr hinunter. »Chica, du hast so helle Haut. Wir werden dich morgen früh einsalben müssen. Mit Kakaobutter, damit du nicht verbrennst.« Sie holte aus ihrer Rocktasche ein kleines Döschen hervor, stippte den Finger hinein und tupfte ihn auf Titines Nase.
Titine zuckte zuerst ein wenig zusammen, dann lachte sie und versuchte, mit der Zunge die Salbe von der Nasenspitze zu lecken.
Grazia lächelte und streichelte das Kind. »Es wird dir gefallen bei uns«, versprach sie. Dann betrachtete sie Titine von Kopf bis Fuß, drehte sie sogar ein wenig. Ihr Blick war interessiert, aber sie fragte und sagte nichts. Hermann aber bemerkte auf der Stelle, dass etwas an Titine Grazia beunruhigte. Doch er wollte nichts davon wissen. Er war so froh, endlich hier zu sein, ein Dach über dem Kopf zu haben, dass ihm alles andere gleichgültig war. Sie wird mir schon sagen, was sie sorgt, dachte er.
»Wo haben Sie so gut die deutsche Sprache gelernt?«, erkundigte er sich.
Grazia machte eine abwehrende Handbewegung. »Hier und da. Ich hatte seit Jahren deutsche Mieter. Man lernt so einiges, wenn man miteinander lebt. Haben Sie schon eine Anstellung gefunden?«

Hermann schüttelte zaghaft den Kopf. Er befürchtete, dass Grazia ihn womöglich wieder auf die Straße setzen würde, wenn sie erfuhr, dass er keine Beschäftigung hatte, aber die Kreolin dachte nicht daran.

»Dann haben Sie sich keine gute Zeit ausgesucht, um in Kuba anzukommen. Wir hatten erst vor ein paar Wochen einen Sklavenaufstand in der Stadt. Viele sind gestorben. Alles ist aus dem Gleichgewicht geraten. Es wird nicht einfach sein.« Sie wedelte mit der Hand und lachte. »Aber was rede ich da. Sie sind jung, Sie werden sich zu helfen wissen. Unser Land ist reich, die Bäume hängen voller Früchte. Niemand wird hungern.«

Sie wandte sich zum Gehen, blieb in der Tür stehen und fragte: »Habt ihr schon gegessen? Ich habe nichts Besonderes, nur ein paar schwarze Bohnen mit Reis. Aber wenn ihr wollt …«

»Danke. Vielen Dank«, erwiderte Hermann. Sie hatten seit dem Frühstück auf dem Schiff nichts mehr gegessen. »Wir würden Ihre Einladung sehr gern annehmen.« Scham stieg in ihm auf. Er hatte auf den ersten Blick gesehen, dass Grazia nicht reich war. Aber sie wollte teilen, hatte noch kein einziges Wort über Miete oder Anzahlung verloren. »Ich werde mich erkenntlich zeigen.«

Grazia lachte. »Erkenntlich zeigen. Nein, Junge, das musst du nicht.« Mit einem Mal war Grazia zum Du übergegangen, und Hermann freute sich darüber. »Lebt euch erst einmal bei uns ein. Oh!« Sie deutete auf den Kupferkessel in der Ecke. »Das hatte ich fast vergessen. Das gehört wirklich nicht hier hin.«

Sie bückte sich nach dem schweren Kessel. »Den kann ich doch tragen«, erklärte Hermann, aber Grazia drehte sich von ihm weg, so dass er keinen Blick in den Kessel werfen konnte. »Nein, Junge, das lass mal. Das mache ich selbst.«

Und jetzt, als sie einen Schritt zur Seite machte, erkannte Hermann in dem Topf etwas, das wie Sand aussah. Wie dunkler Sand, getränkt mit Blut und obendrauf etwas, das einem kleinen Knochen ähnlich sah. Und jetzt roch er auch den Duft, der aus dem Kessel aufstieg. Schwer und süß. So, wie es am Ende eines Tages bei den Schlachtbänken in Würzburg gerochen hatte. Nach Blut. Nach Tod. Nach Verwesung und Vergänglichkeit.

Wenig später saßen sie in der Küche des kleinen Hauses, das tatsächlich weder Fenster noch Türen hatte, so dass der leise Wind, der vom Meer herwehte, durch das Haus fahren konnte. In der Mitte stand ein Tisch aus hellem Holz, davor und dahinter jeweils eine weißgestrichene Bank, die mit bunten Flickendecken belegt waren. In einer Ecke der Küche hing ein ungeschickt auf Holz gemaltes Bild. Hermann kniff die Augen zusammen, doch er konnte beim besten Willen nicht erkennen, was es darstellen sollte. Nur die Farben, Grün und Gelb, stachen so deutlich hervor, dass er die Augen abwenden musste. Was war das? Ein Kopf vielleicht? Ein seltsames Tier? Unter dem Bild war ein Brettchen befestigt, und darauf lagen merkwürdige Dinge. Eine Feder, ein Stein, eine Muschel. Sogar ein paar gerollte dunkle Blätter lagen dort, von denen Hermann schon gar nicht wusste, was sie bedeuten konnten.

Über der Kochstelle hingen ein paar schwere gusseiserne Töpfe und Kessel. Das Geschirr war ebenfalls bunt, aus glasiertem Ton. Gesichter waren darauf, Tiere und Pflan-

zen. Die Farben des Geschirrs passten gut zu dem Perlenvorhang, der in der Haustür hing und leise im Wind klapperte.
»Haben Sie keine Angst vor Einbrechern?«, fragte Hermann. »Gibt es hier keine Diebe?«
Grazia lachte. »Diebe gibt es überall. Aber zu mir kommt niemand.«
Titine sah furchtsam nach draußen auf die Gasse, in der nun ein paar ältere Jungen die tote Ratte wie einen Ball hin und her kickten.
Grazia folgte ihrem Blick und tätschelte Titine die Schulter. »Du musst keine Angst haben, Chica. Hier tut dir keiner was. Du hast Schlimmes erlebt, nicht wahr?«
Hermann riss die Augen auf. »Woher wissen Sie das?«
»Ich sehe es an ihrer Haltung, an ihrem Gesicht. Etwas in ihr ist so groß, dass es alle Freude überdeckt.«
»Wir haben unsere Eltern bei einem Brand verloren«, erklärte Hermann. »Seither hat sie kein Wort gesprochen. Sie hat ihre Sprache verloren.«
Grazia strich Titine sanft mit dem Zeigefinger über die Wangen. »Niemand verliert seine Sprache. Und niemand vergisst sie. Lass ihr Zeit. Eines Tages, wenn die Angst kleiner geworden ist als die Lebensfreude, dann wird sie wieder sprechen.«
Abermals erschien es Hermann, als würde die Kreolin Titine mit dem ganzen Blick umfassen, und er wusste nicht, was dieser Blick zu bedeuten hatte.
Grazia klatschte in die Hände. »Und nun setzt euch und esst.«
Aus einem Topf verteilte sie Reis, schwarze Bohnen und Soße auf vier Teller. Hermann wunderte sich. Sie waren

nur zu dritt. Wurde noch jemand zum Essen erwartet? Grazia stellte den vierten Teller auf das kleine Brettchen vor dem seltsamen Bild. So, als wäre es gar kein Bild, sondern ein Mensch, der gleich nach dem Reis und den Bohnen langen würde.

Sie kannten Bohnen, weiße, grüne und sogar rote. Aber schwarze Bohnen? Vorsichtig nahm Hermann den ersten Löffel. Der Geschmack war überwältigend, legte sich auf Zunge und Gaumen, brannte kurz in der Kehle und hinterließ einen wundervollen Geschmack im Mund. »Was ist das?«, fragte er.

Grazia lächelte. »Meine Sofritosoße meinst du?«

Er nickte.

»Ich würze sie mit süßem Pfeffer, Kümmel und Zwiebeln, Oregano und Lorbeerblättern. Dazu kommt ein wenig Koriander und ein Schuss Orangensaft.«

Hermann nickte. Durch die Arbeit in der Apotheke kannte er sich recht gut mit Gewürzen aus, aber von Koriander hatte er noch nie etwas gehört. Und Orangensaft noch nie geschmeckt. Nur einmal hatte er diese Frucht, die wie ein kleiner Sonnenball aussah, gesehen. Die Frau Doktor Dehmel hatte sie gehabt und wie eine Kostbarkeit herumgezeigt. Hermann hatte sogar daran riechen dürfen. Fruchtig, ein bisschen sauer, ein bisschen süß. Wie kaltes Apfelmus und doch ganz anders.

»Gibt es viele Orangen hier?«

Grazia nickte, deutete auf einen Korb voller Früchte. »Nehmt euch davon, so viele ihr mögt.«

Hermann blickte zu Titine. Die Kleine saß mit zusammengepressten Knien und geradem Rücken am Tisch, löffelte emsig den Reis und die Bohnen, als hätte sie nie

zuvor so etwas Köstliches gegessen. Behutsam fragte er: »Schmeckt es dir?«
Titine nickte begeistert.
Und als er die kleine Schwester später im Bett fragte, ob es ihr hier bei Grazia gefiel, da lachte sie über das ganze Gesicht.

Drittes Kapitel

Am nächsten Morgen ließ Hermann Titine bei Grazia zurück. Die Kreolin hatte angeboten, dem Kind, das immer noch kein Wort sprach, ein wenig Spanisch beizubringen. Dafür sollte sie einfach nur bei Grazia in der Küche sitzen oder mit ihr in dem kleinen Gemüsegarten sein und zuhören, was sie erklärte. Titine hatte freudig genickt; und Hermann war gottfroh, dass die Kleine sich so gut mit Grazia verstand.

Er aber durchquerte die Stadt, fragte in jeder Apotheke nach Arbeit. Die einen verstanden ihn nicht, weil sie Spanisch sprachen. Die anderen, die Deutschen, brauchten ihn nicht. Einmal ließ er das Gespräch auf die Geheimrezepte seines Vaters kommen, doch der Apotheker winkte ab. »Hier gehen die Uhren anders. Für die in der Heimat gebräuchlichen Heilmittel gibt es hier nicht die richtigen Zutaten. Und für die, die wir hier herstellen, fehlen dir die Kenntnisse. Es tut mir leid, aber selbst die Krankheiten sind hier andere.«

Geknickt verließ Hermann die Apotheke, versuchte es hernach in jedem deutschen Laden, sogar in den Handelskontoren, doch nirgends wurde einer wie er gebraucht. Als er das letzte Kontor verließ, zog eine Gruppe von Schwarzen an ihm vorüber. Sechs Männer trugen einen Sarg auf ihren Schultern, setzten die Füße langsam und in einem wiegenden Rhythmus, so dass es aussah, als tanzten sie einen Hoftanz. Dahinter schritt ein ganz in Weiß gekleideter Mann, der leise Sprüche vor sich hin murmelte. Gleich hinter ihm hielt eine schwarzverschleierte Frau ein kleines schwarzes Mädchen an der Hand, das mit großen, traurigen Augen zu Hermann aufsah. Hermann hob die Hand, winkte ihr kurz zu, doch das Mädchen reagierte nicht. Hinter ihr drängten sich unzählige schwarze Männer und Frauen. Einige hielten weiße Federn in der Hand, andere rasselten mit Ketten. Und alle bewegten sich im selben Takt. Der ganze Zug, so schien es Hermann, war wie ein großes Tier mit zahlreichen Köpfen, das gleichmäßig nach links und rechts schwankte. Niemand sprach, niemand weinte. Die Menschen am Straßenrand bekreuzigten sich nach katholischer Art, die Männer rissen ihre Mützen vom Kopf. Aber sonst war es still. Nur ein leises Rascheln der Kleider, wenn sich der Zug nach links oder rechts neigte. Nur ein leises Schleifen der Schuhe auf dem Boden.

Mit offenem Mund starrte er ihnen hinterher.

»Oh, das war ein ganz normaler Trauerzug«, erklärte ihm Grazia später. »Ich hatte doch von dem Sklavenaufstand erzählt. Nun, die Totengräber sind mit ihrer Arbeit gar nicht nachgekommen. Also müssen sie jetzt die restlichen Leichen unter die Erde bekommen.«

»Ja, aber dieser Zug. Alle bewegten sich im selben Takt. Ein Mann ganz vorn war ganz in Weiß gekleidet und trug viele Armbänder. Andere hatten Federn.«

Grazia zuckte mit den Schultern. »Das waren Santerias. Und der Mann in der weißen Kleidung war sicher der Babalao, der Hohepriester«, erklärte sie. »Leute, die an die Voodoo-Götter glauben. An die Orishas. Die meisten hier auf Kuba tun das.«

»Voodoo?« Hermann hatte dieses Wort noch nie gehört. »Santeria?«
Grazia nickte. »Santeria, so heißt die Religion hier auf Kuba. Die Götter der Santeria heißen Orishas.« Grazia kicherte. »Die spanischen Kolonialherren wollten die Religion verbieten, weil sie sich vor ihr fürchteten. Aber die Kubaner sind schlau. Sie gaben ihren Orishas einfach die Namen von katholischen Heiligen.«
»Und was tun die Santerias?«, wollte Hermann wissen.
Grazia wedelte erneut mit der Hand. »Was sollen wir schon tun? Wir beten und versuchen herauszufinden, was die Götter von uns wollen.«
»Sie sind auch eine Santeria?«
Grazia nickte. »Ich bin sogar eine Santera, eine Priesterin, obwohl ich nicht immer nur weiße Kleider trage.« Sie klang sehr stolz, aber Hermann blickte noch immer fragend drein.
Grazia setzte sich, nahm Titine auf den Schoß, die sich das gern gefallen ließ, und erzählte: »Die Orishas sind Naturgeister. Unsere Ahnen wohnen in ihnen. Wann immer wir mit den Göttern sprechen wollen, tun wir das. Dabei opfern wir bestimmte Dinge. Hühner zum Beispiel. Oder Sachen, die uns wichtig sind, die uns etwas bedeuten. Man muss sich genau überlegen, was man den Göttern zum Geschenk macht. Blut zum Beispiel. Das lieben sie. Es gibt sieben Hauptorishas. Jeder von ihnen mag etwas anderes, also muss man jedem von ihnen etwas anderes opfern. Mit Hilfe bestimmter Dinge können wir Priester wahrsagen. Meist brauchen wir dazu die Unterstützung der anderen. Wir tanzen. So lange, bis die Götter mit uns sprechen. Wir tanzen, bis wir alles um uns herum

vergessen. Alles, was nicht wichtig ist. Unsere Namen, der Ort, an dem wir leben. Unsere Sorgen, unsere Ängste. Wir tanzen, bis unsere Köpfe so frei sind, dass die Götter darin Platz haben.«

»Sieben Götter? So wie Jesus, Gottvater und der Heilige Geist plus vier weitere?«

Grazia schüttelte den Kopf. »Jesus, Gottvater und der Heilige Geist sind ein und dasselbe. Bei uns ist jeder Gott ein eigencs Wesen mit einer bestimmten Funktion. Obatala ist der Schöpfer. Er entspricht der katholischen Maria von der Barmherzigkeit. Seine Farbe ist ein strahlendes Weiß. Du erkennst die Jünger Obatalas an ihren Armbändern. Dann ist da Eleggua, der die Wege öffnet und schließt. Antonius von Padua ist sein Gegenstück. Yemaya herrscht über das Meer, die Geburt und den Tod, Ochun über die Flüsse und die Liebe. Chango ist der Kriegsgott. Viele junge Männer nehmen ihn als göttliches Vorbild, denn er verkörpert Kraft, Männlichkeit und ist der Herr über Blitz und Donner. Oggun herrscht über die Bodenschätze, die Berge und die Wälder. Er ist das Gegenstück zu Petrus. Dann gibt es noch Oya als Wärter des Friedhofes, des Windes und des Sturmes und Orunmila, die Göttin der Weisheit. Ihre Farben sind Grün und Gelb. Ich trage sie.«

Grazia deutete auf das Band aus Holzperlen an ihrem Handgelenk und danach auf das merkwürdige Bild an ihrer Wand, unter dem das Brettchen hing. »Das ist ihr Altar«, erklärte sie. »Sie ist eine strenge Göttin und manchmal etwas launisch. Wenn sie mit dem Opfer, das ich ihr bringe, nicht einverstanden ist, lässt sie es mich merken. O ja. An diesen Tagen kann ich weder wahrsagen noch

einen anderen klaren Gedanken fassen.« Grazia lächelte, stand auf und strich zart über das Bild, auf dem Hermann erst jetzt ein Frauengesicht ausmachen konnte.
»Wahrsagen? Wie funktioniert das?«, fragte er. »In der Stadt, aus der ich komme, gab es auch eine Wahrsagerin. Aber es hieß, sie wäre eine schwarze Magierin, mit dem Teufel im Bund.«
Grazia schüttelte den Kopf. »Bei uns gibt es keinen Teufel. Und das Wahrsagen ist den Priestern vorbehalten, den Santeros und Babalaos. Das Ifa-Orakel zum Beispiel wird mit Hilfe von sechzehn Palmnüssen gelesen. Es dauert sehr lange, und es braucht viel Erfahrung, bis der Babalao die Botschaft der Götter darin lesen kann. Ein wenig einfacher ist das Orakel mit den Kokosnüssen. Jeder Gläubige kann das, doch zumeist werden die Santeras und Santeros gerufen, um die Botschaft richtig zu entschlüsseln. Man spaltet eine Kokosnuss mit der Machete in vier Teile. Je nachdem, in welche Richtung die Teile fallen, ändert sich die Bedeutung.« Grazia strich Titine über den Kopf. »Wir können auch Krankheiten heilen, denn die meisten Krankheiten sind keine solchen an sich, sondern böse Geister, die uns jemand geschickt hat. Ein Fluch womöglich.«
»Ein Fluch?« Hermann erschrak.
»Das gibt es oft. Erst im letzten Jahr stand die junge Nachbarin unter einem Fluch. Ein abgewiesener Liebhaber hat eine Puppe hergestellt und diese mit Nadeln gespickt. Und genau an diesen Stellen litt die Nachbarin unerträgliche Schmerzen.«
»Und was geschah dann?«
Grazia hob die Schultern. »Was wohl? Wir haben die Flüche gebannt. Jetzt geht es ihr wieder gut. In ein paar

Wochen wird sie ihr erstes Kind bekommen. Sie hatte Glück. Noch ein wenig länger, und der Fluch hätte sie getötet.«

Hermann riss die Augen auf. Das, was Grazia da erzählte, bereitete ihm ein wenig Furcht. Er glaubte an Gott, den Allmächtigen. An seine Güte, seine Barmherzigkeit. Natürlich hatte er auch früher schon davon gehört, dass bestimmte Kräuterweiber die Kraft hatten, jemanden zu verfluchen, doch jeder wusste auch, dass dies Teufelswerk war. Es war noch gar nicht lange her, da waren diese Frauen auf Scheiterhaufen verbrannt worden. Hier klang das nicht so. Hier schien es so zu sein, dass Heilerinnen und Kräuterkundige ein hohes Ansehen genossen.

»Die Kleine ist müde«, sagte Grazia und wiegte Titine auf ihrem Schoß. »Sie muss ins Bett. Lass uns schnell essen, damit sie schlafen kann.«

Als Titine im Bett war, setzte sich Hermann zu Grazia, die auf dem Dach auf einer Bank Platz genommen hatte und in den Himmel schaute. Hermann tat es ihr nach und hatte das Gefühl, von weit oben auf die bunte, lichtglänzende Stadt zu sehen. Im Osten erblickte er die Spitze einer Felsenmauer aus rotem Stein, im Süden erkannte er die Masten der großen Schiffe, die im Hafen ankerten, und dahinter, auf dem ansteigenden Hügel des jenseitigen Ufers, kleine Ortschaften, die wie Spielzeug in der Landschaft lagen. Im Westen erblickte er die Bäume eines großen Parks und dahinter das Castillo del Principe und nördlich des Morro mit dem Leuchtturm. Einzelne Palmen und Zypressen ragten aus der Landschaft wie mahnende Finger. Fledermäuse huschten lautlos durch die Luft, und hin und wieder sah Hermann einen Vogel, der wie ein kleiner Drachen aus buntem Papier aussah. Es war wundervoll hier oben. Friedlich, bunt, heiter. Hermann hätte für immer hier sitzen und den Anblick genießen können.

»Ich habe heute keine Arbeit gefunden«, sagte er leise. »Es tut mir leid, dass ich noch immer nichts bezahlen kann.«

»Ach, das macht nichts. Nicht einmal die Orishas haben die Welt an einem Tag gemacht. Du wirst Arbeit finden, wenn die Götter es wollen.«

»Erzählst du mir noch mehr von deinen Göttern?«, fragte Hermann.

Grazia sah ihn von der Seite an. »Warum willst du das wissen?«

Hermann zuckte mit den Schultern. »Vielleicht, weil ich an meinen Gott nicht mehr so recht glauben kann.«

»Hat er dich enttäuscht, dein Gott?«

Hermann malte mit der Fußspitze ein paar Striche in den Staub zu seinen Füßen. »Ich weiß es nicht. Früher, da habe ich wirklich geglaubt, dass es einen Gott gibt, der immer da ist, der mich schützt vor dem Bösen. Aber dann gab es da diesen Brand. Und danach …« Er verstummte.

Grazia legte ihm eine Hand auf den Arm. »Es ist nicht so einfach«, sagte sie. »Man kann den Gott nicht wechseln wie ein Hemd. Manchmal geschieht etwas, das wir nicht verstehen. Aber glaube mir, alles hat seinen Grund, und alles hat seinen Anfang und sein Ende. Auch meine Götter tun nicht immer das, was ich mir wünsche. Aber ich glaube daran, dass alles, was geschieht, zu meinem Nutzen geschieht. Auch, wenn ich es nicht verstehe.«

Hermann sah sie an. Ihr Gesichtsausdruck war so unaufgeregt und sicher, dass er bald schon den Eindruck hatte, alles würde so geschehen, wie sie es sagte.
Eine Weile schwiegen sie und starrten auf die Straße. Im Haus gegenüber winkte eine Frau aus dem Fenster und hängte Wäsche auf eine Leine. Zerschlissene Laken, bunte Tücher. Nebenan hockte ein junger Mann mit bloßem Oberkörper auf dem Rinnstein, einen Käfig zwischen den Beinen, und sprach mit einem anderen Mann.
»Was hat er da?«, fragte Hermann.
»Einen Hahn. Er hält ihn im Käfig, pikt ihn mit einem Stock, damit er bis zum Sonntag schrecklich wütend wird.«
Hermann schüttelte den Kopf. »Warum sollte ein Hahn wütend sein? Warum zieht er ihn an den Schwanzfedern und hält einen brennenden Span nahe an seinen Kamm?«
»Weißt du das nicht? Am Sonntag finden die Hahnenkämpfe hier im Viertel statt.«
»Hahnenkämpfe?«
»Aber ja. Viele Männer halten Kampfhähne. Sonntags treten die Tiere gegeneinander an. Derjenige, der am längsten überlebt, ist der Gewinner. Die anderen Männer wetten.«
Grazia stand auf, rieb sich über die Arme, als ob sie ein wenig fröstelte.
Hermann fühlte sich noch immer unter der schweren Luft wie erdrückt. Das Haar klebte ihm im Nacken.
»Es ist spät«, erklärte Grazia. »Ich bin müde. Morgen Abend habe ich zu tun und werde nicht im Haus sein.«
»Eine Santeria-Sache?«
Grazia nickte. »Ich muss mich konzentrieren morgen. Ein Mädchen aus dem Viertel hat ein Baby bekommen.

Ihre Mutter meint, dass in dem Kind ihre Mutter, ihre Ahnin, zurückgekehrt ist. Ich muss sehen, ob sie recht hat, ob das Kind wirklich eine Yetunde ist. So nennen wir die Neugeborenen, in denen die Ahnen noch einmal zurück auf die Erde kommen. Es ist nicht einfach, das zu erkennen. Deshalb brauche ich vorher viel Ruhe. Wenn du willst, dann geh morgen zum Friedhof. Ich glaube, sie könnten dort einen Jungen wie dich gut gebrauchen. Wende dich an Pedro. Er ist der Neffe meiner Schwägerin und versteht ein wenig von deiner Sprache. Sag ihm, Grazia hat dich geschickt. Ich werde für dich zu Eleggua beten. Du weißt ja, er öffnet und schließt die Wege. Hier!« Sie reichte Hermann ein Armband aus roten und schwarzen Holzkugeln. »Das sind die Farben Elegguas. Trag morgen dieses Band, dann wird dir Eleggua helfen, eine Arbeit zu finden.«

Hermann nahm das Armband und ließ die Holzkugeln wie einen Rosenkranz durch seine Finger gleiten, doch er konnte den Schmuck nicht anlegen. Man kann die Götter nicht wechseln wie die Hemden, hatte Grazia gesagt, und bevor Hermann sich mit den wilden, launischen, kriegerischen Orishas abgeben wollte, musste er wenigstens versuchen, Frieden mit seinem eigenen Gott zu machen. Der Gott, zu dem er sich zuletzt bei seiner Firmung bekannt hatte. Der Gott, zu dem er als Kind und Jugendlicher gebetet hatte. Der Gott, der zugelassen hatte, dass seine Eltern verbrannten.

Viertes Kapitel

Hermann glaubte natürlich nicht, dass Eleggua ausgerechnet ihm helfen würde, eine Anstellung zu finden, doch das Armband mit den Holzkugeln klapperte leise in seiner Hosentasche, als er am nächsten Morgen den Friedhof vor den Toren der Stadt betrat. Er hatte es eingesteckt, um Grazia nicht zu kränken. Und ganz tief in seinem Herzen fürchtete er womöglich auch, ein höheres Wesen zu verletzen, an das er zwar nicht glauben, dessen Existenz er aber auch nicht abstreiten konnte.

Er fand Pedro schnell, ein hagerer, kleiner Kreole, der einem Trupp von Schwarzen Spaten in die Hand drückte. Als er Hermanns Anliegen erfuhr, nickte er, tippte mit einem Finger auf eine rote Holzkugel, die aus Hermanns Hosentasche lugte, und überreichte auch ihm einen Spaten. Dann deutete er auf eine lange Reihe mit abgesteckten Feldern und machte Schaufelbewegungen. Hermann verstand. Er suchte sich ein Feld neben den schwarzen Arbeitern und fing zu graben an. Obwohl es noch heller Vormittag war, brannte die Sonne bereits mit aller Kraft. Nach einer Stunde schon zog Hermann sein Hemd aus und tat es den Schwarzen, die mit freiem Oberkörper schaufelten, gleich. Die Luft war angefüllt mit dem Geruch nach frischer Erde, welkenden Blumen und dem Gesumm kleiner Insekten. Nach zwei Stunden hatte er Blasen an den Händen. Er stützte sich auf den Spaten und

sah sich um. Der Friedhof in Havanna sah ganz anders aus als alle Friedhöfe, die er aus der Heimat kannte. Hier gab es keine Blumen, keine Holz- oder Eisenkreuze, sondern wundervolle weiße Steine, die auf die Gräber gedeckt waren, so dass der ganze Friedhof im Sonnenlicht leuchtete wie frisch gefallener Schnee. Hinter manchen Platten standen kleine Statuen. Traurige junge Frauen, ein nachgestelltes Liebespaar, und in die Platten waren Namen und Daten der Verstorbenen eingeritzt. Vier Schwarze mühten sich damit ab, eine der Platten zu heben.
Hermann trat hinzu. »Was macht ihr da?«, fragte er auf Spanisch.
Ein Wortschwall war die Antwort, von dem Hermann gerade so viel verstand, dass es wichtig war. Er nickte, hob dankend die Hand und wandte sich wieder seiner Grube zu. Schon bald schmerzte sein Rücken. Der Schweiß lief ihm von der Stirn in die Augen und brannte höllisch. Seine Arme waren so schwer, dass er sie kaum mehr heben konnte. Als er dachte, nicht eine einzige Schaufel mehr über den Grubenrand wuchten zu können, fiel plötzlich ein Schatten auf ihn. Hermann sah auf und in Grazias lächelndes Gesicht.
»Hier!« Sie schwenkte einen kleinen Krug. »Ich habe dir etwas zu trinken und zu essen gebracht!«
»Du bist meine Rettung!«, stöhnte Hermann, kroch aus der Grube und stürzte den frischen Guarapo in einem Zug hinunter.
»Komm, setz dich eine kleine Weile hier hin. Jetzt ist Siesta. Du hast ein bisschen freie Zeit.«
Grazia zog ihn zu einer Bank, die unter einer hohen Zypresse stand. Dort reichte sie ihm weißes, weiches Brot,

das mit Fruchtmus bestrichen war. Hermann griff danach, hieb seine Zähne hinein und fand erst danach Zeit, Grazia zu danken.

Dann zeigte er auf die offene Grabplatte. »Was geschieht dort?«, fragte er.

»Nach ein paar Jahren werden bei uns alle Gräber geöffnet. Die Familie versammelt sich und entnimmt die Knochen. Dann werden sie geputzt und ins Beinhaus gebracht.«

Hermann fuhr zurück. »Wie entsetzlich!«

Grazia schüttelte den Kopf. »Aber nein. Das ist nicht entsetzlich. Das ist schön. Ein Fest.«

Hermann stellte sich für einen Augenblick vor, wie er die Knochen seiner Eltern aus dem Grab holte und sie mit einer kleinen Bürste von Erde befreite. Jedes Knöchelchen in der Hand hielt in vollem Bewusstsein, dass dieses leblose Stück einmal seine Mutter oder sein Vater war.

Grazia stand auf und strich über ihren Rock. »Ich muss gehen. Du hast noch Zeit. Schlaf ein wenig.«

»Schlafen? Bei der Arbeit?« Hermann riss die Augen auf.

Grazia lachte. »Es ist viel zu heiß zum Arbeiten. Auf Kuba halten alle Leute Siesta. Sogar die Sklaven. Am Abend, wenn es ein wenig kühler geworden ist, wirst du weiterschaufeln müssen. Aber bis dahin ruh dich aus.«

Sie deutete auf einen kleinen Grasfleck am Rand des Friedhofs, der im Schatten der Mauer lag. Hermann sah zweifelnd um sich, doch als er seine schwarzen Mitarbeiter entdeckte, die ein paar Meter entfernt in der Sonne lagen und schliefen, ging er zur Friedhofsmauer, streckte die müden Glieder aus, lauschte noch einen Augenblick dem Summen der Insekten und war wenig später eingeschlafen.

Pedro weckte ihn, als die Sonne ein ganzes Stück weitergewandert war. Hermann schrak hoch, sah in das lachende Gesicht und wusste für einen Augenblick nicht, wo er war. Doch schon hatte Pedro ihm den Spaten in die Hand gedrückt, schon schaufelte Hermann weiter, immer weiter, bis er seine aufgeriebenen Hände und den schmerzenden Rücken nicht mehr spürte und auch den Schweiß nicht, der wie Dreck an ihm klebte. Er schaufelte und schaufelte, und als er sicher war, dass er für den Rest seines Lebens hier stehen und schaufeln würde, kam Pedro und nahm ihm den Spaten ab.
Mühsam krabbelte Hermann aus dem Grab. Seine Beine waren so schwer, dass er glaubte, nicht einen einzigen Schritt tun zu können. Seine Arme zitterten, und sein Rücken fühlte sich an, als könnte er bei der kleinsten Bewegung entzweibrechen. Gleich neben der Grube ließ Hermann sich fallen. Er musste ein wenig verschnaufen. So, wie er sich jetzt fühlte, würde er den Weg bis nach Hause nicht schaffen. Er konnte sich nicht erinnern, jemals so entkräftet gewesen zu sein. Er ließ sich zu Boden sinken und schloss die Augen. Einen Augenblick nur verschnaufen, beschloss er. Nur einen einzigen, winzigen Augenblick. Dann war er bereits eingeschlafen.
Als er wieder erwachte, war es dunkle Nacht. Die Sterne glühten weiß und funkelnd wie schmelzendes Glas am Himmel, und Hermann staunte über ihre Größe. Nie hatte er sich den Sternen näher gefühlt. Es hatte den Anschein, als könnte er sie berühren, wenn er sich nur strecken würde, als könnte er sie wie Blumen vom Himmel pflücken. Vorsichtig streckte er die Glieder. Seine Arme schmerzten noch immer, doch seine Beine gehorchten

ihm wieder. Langsam richtete er sich auf und sah sich um.

Und dann hörte er sie. Die Trommeln. In schnellem Rhythmus klangen die Schläge und trafen Hermann mitten ins Herz. Es war, als würden die Trommeln nach ihm rufen. Und ohne zu wissen, was er tat, ohne es zu wollen, lief er auf die Trommelklänge zu.

Nach ein paar Schritten sah er Lichter. Flackernde Kerzen, vielleicht waren es Fackeln. Im Schein der Fackeln erkannte Hermann Schemen, menschliche Schemen. Figuren, die sich wiegten, deren Füße den Boden im Rhythmus der Trommelschläge stampften, deren Arme sich beugten, schüttelten und plötzlich innehielten. Unheimlich war das. Die Stille der Nacht, durchbrochen nur von den Trommeln. Und die Dunkelheit, in der plötzlich Lichter flackerten und die Menschen zeigten, ohne sie deutlich zu erkennen zu geben. Es war so, Hermann konnte es beschwören. Das da, diese Schemen, die dort tanzten und stampften. Er wusste nicht, was das war. Es konnten Menschen sein. Was denn sonst? Aber sie hatten keine Umrisse, waren nur Körper, deren Ränder sich auflösten und mit der Dunkelheit verschmolzen. Stimmen, die tierische Laute ausstießen. Rollende weiße Augäpfel. Blinkende Zähne. Und Füße, die den Boden stampften, stampften, stampften, im immer selben Rhythmus, so dass er stehen blieb und es ihnen, den Schemen, gleichtat. Auch seine Füße stampften und stampften, gingen nicht mehr vorwärts und nicht mehr rückwärts, und seine Ohren hörten nichts als die Trommeln. Er war nur gute zwanzig Meter entfernt, doch auch er verschmolz mit der Nacht, wurde selbst zum Schemen. Sein Kopf war wie

leergefegt. Er hatte keinen Hunger, spürte weder Durst noch Müdigkeit, sondern nur die Trommeln, die mit seinem Herzen im gleichen Rhythmus schlugen.
Die Schemen hatten einen Kreis gebildet. Manche hielten Kolben in den Händen, mit denen sie rasselten. Sie drehten sich jetzt, die Schemen. Hermann sah es daran, dass die weißen Augäpfel und die blinkenden Zähne verschwanden, dass es dunkel wurde und dann wieder hell und wieder dunkel und wieder hell. Die Schemen, sie drehten sich. Und Hermann, verborgen hinter Gesträuch, geborgen in der Dunkelheit, tat es ihnen nach, stampfte mit den Füßen, schüttelte die Arme und drehte sich.
Mit einem Mal war da ein weißer Schemen in der Mitte der Stampfenden. Einer im weißen, wehenden Gewand mit einer weißen Kappe auf dem Kopf. Hermann sah ihn, aber er hielt nicht inne. Alles war möglich in dieser Nacht, nichts schreckte ihn wirklich. Es gab in seiner Heimat Geister. Gespenster. Verirrte Seelen, die nachts in Häusern spukten. In Schlössern, Wäldern, an Flussufern. Er hatte gehört, dass diese verlorenen Seelen oftmals weiße Gewänder trugen. Und dieser Schemen, der trug auch ein weißes Gewand. Was war daran ungewöhnlich?, fragte sich Hermann und schüttelte die Arme und stampfte mit den Füßen. Nichts war ungewöhnlich. Nicht die Trommel, nicht der Tanz, der seinen Kopf leergefegt hatte und der mit seinem Körper Dinge machte, für die er keine Kraft mehr zu haben glaubte.
Die Schemen hatten einen Kreis um den Weißen gebildet, der ein Huhn in einer Hand trug und zu dessen Füßen ein Kessel stand, wie Hermann ihn bei Grazia gesehen hatte.

Der weiße Schemen legte den Kopf nach hinten, und für einen Augenblick hielten die Trommeln inne, die Füße standen still, die Arme hingen wie Stöcke am Leib herab. Hermann spürte nicht, dass er zitterte, er spürte gar nichts, hatte seine Seele verloren, sein Hirn, war nur noch ein Schemen in der Nacht.

Und dann stieß der Weiße einen Schrei aus und schnitt im selben Augenblick dem Huhn den Kopf ab, so dass das Blut spritzte und dunkle Flecken auf das weiße Gewand malte. Und ein anderer Schemen trat hervor, hatte einen dritten bei den Armen gepackt und schob ihn vor den Weißen. Und der Weiße hob das blutende Huhn und salbte damit den vor ihm stehenden Schemen ein. Hermann sah im flackernden Licht, wie das Hühnerblut zu Boden tropfte, aber er sah das Blut nicht auf dem Körper des dunklen Schemens, und deshalb schien es ihm, als sauge der dunkle Schemen all das Hühnerblut in sich auf. Der Weiße warf das Huhn zu Boden, wo es zuckte und sich wand. Dann schlugen die Trommeln wieder, und die Schemen begannen erneut zu stampfen, und Hermann stampfte mit und schüttelte die Arme, tat nichts anderes als das und merkte nicht einmal, dass die Trommeln plötzlich aufhörten und das flackernde Licht erlosch und er allein war auf dem Friedhof, noch immer stampfend und schüttelnd, aber dann doch innehaltend. Und Hermann stand unter den funkelnden Sternen, war plötzlich wieder Leib und Hirn und Seele und rieb sich die Augen und schüttelte den Kopf und konnte nicht fassen, was er da gerade erlebt hatte. Er kniff sich in das linke Ohr, um zu prüfen, ob er träumte. Doch er träumte nicht, spürte den Schmerz und verzog das Gesicht.

Fünftes Kapitel

Hermann sprach mit keinem Menschen über das, was er in der Nacht auf dem Friedhof erlebt hatte, doch wenn er jetzt durch die Stadt ging, tat er das mit anderem Blick. Und plötzlich nahm er die vielen weißgekleideten Frauen und Männer wahr, die von den anderen mit Respekt gegrüßt wurden. Gackerte ein Huhn auf einem Dachgarten oder einem Balkon, so schaute er nicht hoch. Und auf dem Markt bemerkte er die vielen Armbänder mit bunten Holzperlen an den Armen der Marktfrauen und Käuferinnen. Er schaute durch die offenen Türen in die Häuser der Menschen, erblickte überall Dinge, die ihm vorher nicht aufgefallen waren. Bei der Nachbarin zum Beispiel fand sich ein großer Stein in einer Ecke. Und auf diesem Stein lagen kleinere Steine, und der Stein ganz oben trug etwas, das wie ein Hut aussah. Ein Strauß mit welken Blumen stand vor diesem Stein sowie ein Krug und ein Becher, als würde der Stein essen und trinken können. Anderswo erblickte er einen Kessel, in dem Federn steckten, und wieder an anderer Stelle eine geschnitzte Statue im gelben Kleid, die an die Jungfrau Maria erinnerte, nur, dass ihr Gesicht schwarz war und sie kein Jesuskind im Arm hielt, dafür ein Zepter. Er sah Männer und Frauen, die über zerschlagenen Kokosnüssen grübelten, andere mit weißgepuderten Gesichtern. Und oft betrachtete er alte Männer, die vor ihren Häusern saßen, Hüte aus geflochtenen Fasern auf dem Kopf, und Domino spielten. Und einmal ging er in eine Kirche. Er tat das, weil er seit seiner Ankunft auf der Insel in keiner Kirche mehr gewesen war und weil Grazia ihm erzählt hatte, dass die Santeria von sich behaupteten – wenn auch nicht allen Ernstes –, dass sie katholisch waren. In der Kirche war es dunkel. Der Gottesdienst war vorüber, nur ein sanfter Geruch nach Weihrauch hing noch im Raum. Der Altar vorn, mit dem gekreuzigten Jesus, unterschied sich nicht so sehr von den Altären in den katholischen Kirchen um Würzburg. Aber die Seitenaltäre mit den Figuren der Heiligen waren überladen mit Geschenken. Vor einer Statue, die Hermann als heilige Barbara erkannte, lagen Unmengen von Sonnenblumen. Jemand hatte eine Flasche mit einer klaren Flüssigkeit dort hingestellt, jemand anderes ein billiges Silberkettchen geopfert. Süße Kuchen, vertrocknet schon, standen dort, und irgendwer hatte einen halben Schinken der Heiligen dargebracht. Ein paar Zettel lagen vor der Statue, und Hermann nahm einige auf, um zu lesen, was darauf stand. Sein Spanisch wurde mit jedem Tag besser, aber es reichte noch nicht, um wirklich die Wünsche entziffern zu können. Nur einzelne Wörter kamen ihm bekannt vor. El corazón. Das Herz. La sanidad. Die Gesundheit. La riqueza. Der Reichtum. El dominio. Die Macht. El crío. Das Kind.

Götter, die Opfer verlangten, denen man Geschenke brachte. Das war Hermann so fremd, dass er sich gar nicht vorstellen konnte, was er opfern könnte, wenn er es wollte. Er betrachtete eine Stoffpuppe, an der ein Zettel mit krakeliger Schrift hing. In seiner Hosentasche fand er das Armband von Grazia. Eleggua, der Wege öffnet und

schließt. Hermann brauchte dringend einen neuen Weg. Die Arbeit auf dem Friedhof war beendet, dic letzten Opfer des Aufstandes waren vergraben. Was sollte er jetzt tun? Wovon sollte er leben?
Er seufzte, dann zog er das Armband aus der Hosentasche und legte es vor die Statue. Er faltete die Hände zum Gebet, doch dann wusste er nicht, was er sagen sollte. Also sprach er ein Vaterunser und bat dann die Orishas, ihm bei der Suche nach einer Arbeit zu helfen. Er hob die Hand, um sich zu bekreuzigen, ließ sie jedoch wieder sinken, weil er fand, dass in seinem Herzen das Katholische einfach nicht zu den kubanischen Göttern passte. Also tat er so, als winkte er der Statue, und verließ mit einem Gefühl der Scham die kleine Kirche.
Draußen, im hellen Sonnenlicht, blinzelte er. Einen Moment lang konnte er nicht einmal die gegenüberliegende Straßenseite sehen. Doch langsam gewöhnten sich seine Augen an die Helligkeit, und er las das Schild am Haus da drüben, und sofort schlug sein Herz ein paar Takte schneller.
»Deutsche Handelsgesellschaft Groth, Jessen und Krischak, Hamburg-Havanna«, stand dort zu lesen. Das Haus war riesig, das größte, das er bisher in Havanna gesehen hatte. Es ragte über vier Stockwerke auf, hatte eine gepflegte Fassade, vor jedem Fenster einen kleinen Balkon und strahlte alles in allem eine Gediegenheit aus, die es in dieser Stadt nicht überall gab.
Groth, Jessen und Krischak. Hatte Joachim Groth, der Reisegefährte, nicht erzählt, er würde dort in Zukunft die Geschäfte führen? Und hatte er ihm nicht angeboten, falls Hermann jemals Hilfe bräuchte, so könnte er immer auf

Joachim Groth zählen? War der Kaufmann ihm nicht etwas schuldig?

Hermanns Herz schlug rasch und heftig gegen seine Rippenbögen. Er wandte sich um und sah zur Kirche zurück. Waren die Orishas schneller, als es Gott je gewesen war? Mit neuer Hoffnung überquerte Hermann die mit großen Steinen gepflasterte Straße, ließ einen Karren, beladen mit Bananenstauden, vorüber, wich einem alten Mann auf seinem Esel aus und betrat schließlich das Kontor.

In der Eingangshalle war es kühl. Der Boden war mit kleinen bunten Fliesen belegt, an der Decke hing ein großes Ding mit vier Blättern, das sich träge bewegte und dabei wie eine sehr große Hummel brummte. An den Wänden hingen alte Stiche, die die Ansicht Hamburgs zeigten, doch die Palmen in den Kübeln machten deutlich, dass sie hier auf Kuba waren.

Am Ende der Eingangshalle führte eine Tür auf einen Hofplatz. Rechts erblickte Hermann eine große Glastür und dahinter mehrere Schreibtische, an denen Männer mit Ärmelschonern saßen und mit der Feder in große Bücher schrieben. An der anderen Wandseite befand sich eine Tür aus glänzendem Holz. In der Mitte war ein Namensschild aus Messing befestigt. »Joachim Groth, Direktor« stand darauf. Zaghaft klopfte Hermann an, strich sich vorher noch den Staub von den Kleidern, fuhr sich mit den Fingern ordnend durch sein Haar.

Auf den Ruf »Herein!« öffnete er die Tür und erkannte zwei Männer mit ernsten Gesichtern und Brillen, die wie die anderen hinter der Glastür Federn in der Hand hielten.

»Sie wünschen?«, fragte der Ältere der beiden, und sein Ton klang dabei ganz und gar nicht freundlich. Er ließ seinen Blick über Hermann gleiten, und dieser sah ebenfalls an sich herab und schämte sich mit einem Mal seines einfachen Hemdes und seiner staubigen Schuhe mit den schiefen Absätzen.

Er schluckte. »Herrn Groth wünsche ich zu sprechen.«

»In welcher Angelegenheit?« Der Mann schob seine Brille mit dem Zeigefinger nach oben. Seine Miene drückte aus, dass er sich ganz und gar nicht vorstellen konnte, was ein Niemand wie Hermann mit Herrn Groth zu besprechen haben könnte.

»Es ist eine persönliche Angelegenheit«, erklärte Hermann zaghaft.

»Du bist also ein Bote?«

Hermann schüttelte den Kopf und sah zu Boden.

»Nun, der Herr Direktor ist sehr beschäftigt. Was immer du mit ihm zu besprechen hast, sage es mir.«

Hermann hob den Kopf und sah den Mann mit leicht zusammengekniffenen Augen an. Er wusste, wenn er ihm sein Anliegen vorbrachte, war es zum Scheitern verurteilt. Also schüttelte er stur den Kopf. »Herrn Groth möchte ich bitte sprechen.«

Der Mann stützte beide Hände auf die Schreibtischplatte und erhob sich langsam. Dabei kam seine Brille ins Rutschen. »Bist du taub?« Seine Worte kamen laut und schnell wie Peitschenschläge. »Dies ist ein bedeutendes Handelskontor. Hier kann nicht einfach jeder Dahergelaufene hereinspazieren und die Arbeit stören. Und Almosen für Bedürftige gibt es hier schon überhaupt nicht. Also, scher dich weg.«

Hermann fing den Blick des Bebrillten auf und hielt ihn fest. Stur wiederholte er: »Ich bin gekommen, um mit

Herrn Groth zu sprechen. Wenn Sie ihm das jetzt bitte ausrichten wollen.«

Der Mann stieß ein keckerndes Geräusch aus. »Er ist wahrhaftig taub«, erklärte er seinem Kollegen. Der sah nur kurz auf, deutete ein Nicken an und schrieb weiter, ohne dem Vorfall Beachtung zu schenken.

Hermann wusste, dass der nächste Augenblick entscheidend sein würde. Er musste handeln, musste irgendetwas tun, wenn er nicht unverrichteter Dinge davonziehen wollte. Also straffte er die Schultern, versah den Bebrillten mit einem mürrischen Blick und klopfte an die große, polierte Holztür, hinter der er das Bureau von Joachim Groth vermutete.

Er hatte die Hand noch nicht weggezogen, als der Brillenmann hinter dem Schreibtisch hervorgestürmt kam und ihn beim Arm packte. Im selben Augenblick wurde die Holztür geöffnet, und Joachim Groth erschien. Er lächelte über das ganze Gesicht und breitete die Arme aus. »Ah, Hermann, mein lieber Junge. Wie schön, dich zu sehen. Komm herein, komm herein.« Er ließ Hermann den Vortritt und schlug seinem Sekretär die Tür vor der Nase zu. Dann kicherte er. »Seiler ist ein Hund, nicht wahr? Einer von diesen kleinen, die immer sofort keifen. Wie heißen die noch? Ah, Spitze. Ja. Seiler ist ein Spitz.« Er lachte wieder.

Hermann verstand nicht recht. »Sie haben gehört, was da draußen vorgefallen ist?«

»Setz dich, Junge. Komm, setz dich hin. Ich werde nach Limonade schicken lassen.« Er öffnete die Tür, bellte eine Anweisung hinaus und ließ sie zurück ins Schloss fallen. Dann nahm er Hermann gegenüber hinter seinem Schreibtisch Platz und wischte mit der Hand über die mit

grünem Leder bespannte Platte. »Und natürlich habe ich alles gehört. Vom ersten Wort an.« Er kicherte erneut.
»Warum?« Hermann verstand einfach nicht.
»Nun, ganz einfach. Ein guter Handelsherr muss immer wissen, was in seinem Kontor vor sich geht. Außerdem wollte ich wissen, wie du dich schlägst. Einen, der sich vom kleinsten Hindernis schrecken lässt, brauche ich nicht.«
»Aha!«, sagte Hermann und verstand noch immer kein Wort.
»Du kommst mir nämlich wie gerufen«, fuhr Groth fort. »Ich suche jemanden für unsere Firma. Ein Handelsagent ist gestorben. Gelbfieber. Na ja. Du bist Apotheker, nicht wahr?«
»Lehrling.«
»Dann verstehst du etwas von Buchhaltung? Doppelte Kontoführung?«
Hermann nickte. »Ein wenig. Ja.«
Groth stand auf und reichte ihm über den Schreibtisch die Hand. »Herzlich willkommen in der Firma Groth, Jessen und Krischak.«
Hermann schüttelte den Kopf. Was ging hier vor sich? War er eingestellt, ohne eine einzige Frage vorgebracht zu haben? Als was war er nun beschäftigt? Was tat ein Handelsagent? Er war verwirrt.
Joachim Groth klopfte ihm auf die Schulter. »Ich habe nun ein Treffen am Hafen«, erklärte er. »Der Zollmeister, du verstehst?«
Hermann verstand noch immer kein Wort, aber er nickte.
Groth sprach weiter. »Seiler wird dir das Kontor zeigen, dich herumführen, dich mit den anderen bekannt machen

und dir sagen, was du zu tun hast. Dein Vorgesetzter bin allerdings ich. Ich allein. Du musst dir von Seiler nichts sagen lassen. Er zählt hier nicht mehr als du. Weniger sogar, wenn ich es recht bedenke, denn er ist nur ein Sekretär.« Groth zog ein wenig die Augenbrauen nach oben. »Wie lautet eigentlich dein Nachname?«, fragte er. »Es ist wichtig, dass die Leute dich respektieren. Ebenso wichtig wie die Tatsache, dass ich dir vertrauen kann. Du hast meinem Sohn das Leben gerettet. Wem, wenn nicht dir, kann ich die Geschicke der Firma zu einem kleinen Teil anvertrauen? Also, wie heißt du genau?«

»Hermann Fischer«, erklärte Hermann und konnte noch immer nicht fassen, was hier gerade geschah.

Groth nahm eine dunkelbraune Ledermappe vom Tisch, klemmte sie unter den Arm. »Ach, übrigens. Du kannst mit deiner Schwester hier im Haus wohnen. Das tun alle. Wir essen gemeinsam, leben und arbeiten hier. Es ist gerade ein schönes Zimmer frei geworden. Überlege es dir. Ihr wohnt mietfrei hier. Und für deine Schwester finden wir eine Beschäftigung. Wir haben einen Hauslehrer, der meine Kinder unterrichtet. Sie könnte mit ihnen lernen, wenn sie will.«

Groth öffnete die Tür, schob Hermann vor Seilers Schreibtisch und verschwand.

Der bebrillte Sekretär sah auf. »Hat er dich rausgeschmissen, wie?«, fragte er und grinste ein wenig hämisch. »Für Großmäuler wie dich ist hier nämlich kein Platz.«

Hermann zuckte lässig mit den Schultern. »Herr Seiler, Direktor Groth lässt Sie bitten, mir das Kontor, die Lager und die anderen Räumlichkeiten zu zeigen. Mein Name ist übrigens Fischer. Hermann Fischer, Handelsagent bei Groth, Jessen und Krischak.«

Seiler kniff die Augen zusammen, dann räusperte er sich, schob die Brille nach oben, erhob sich und strich den Rock glatt. »Hermann Fischer also. Der neue Handelsagent.« Er wischte sich die Hand an seiner Hose ab und reichte sie Hermann. »Seien Sie willkommen bei uns, Herr Fischer. Ich bin sicher, Sie werden sich hier schnell einleben.«

Sein Gesicht strafte die Worte Lügen. Hermann wusste, dass er einen Feind hatte, noch bevor er die erste Stunde hier gearbeitet hatte. Und wirklich. Als Herr Seiler ihn durch das Lager führte und dabei nachlässig Hermanns Fragen beantwortete, konnte er spüren, wie die Wut in dem Mann brannte.

»Was haben Sie eigentlich gegen mich?«, fragte Hermann am Ende der Führung. Seiler kniff abermals die Augen zusammen. »Gegen Sie? Nichts. Im Grunde rein gar nichts. Ich kann nur Leute nicht ausstehen, die hierherkommen und betteln und so die besten Posten bekommen.«

Hermann verstand. Seiler wollte Handelsagent werden, hatte sich schon auf diese Aufgabe gefreut. Und nun war er gekommen und saß vor dessen Nase.

Hermann lächelte. »Eines Tages werden wir bestimmt Freunde werden«, log er.

Und Seiler nickte und erwiderte: »Ganz bestimmt. Das werden wir.« Und dann drückte er Hermanns Hand so fest, dass dieser sich zusammenreißen musste, um nicht laut aufzuschreien.

Sechstes Kapitel

Der Umzug von Grazia ins Haus der Handelsgesellschaft verlief nicht ohne Probleme. Titine hatte sich in den wenigen Wochen, die sie hier waren, so sehr an Grazia gewöhnt, an ihre Worte, ihre liebevollen Gesten, dass die Kleine in Tränen ausbrach, als sie hörte, dass sie von Grazia, ihrer Ziehmutter, ihrer Vertrauten, wegsollte. Und auch Grazia zeigte sich bestürzt. »Ich weiß nicht, Hermann, ob es für die Kleine das Richtige ist, von mir wegzugehen.«

»Warum meinst du das?«, wollte Hermann wissen.

Grazia druckste eine Weile herum, erklärte, Titine sei zu klein, noch immer nicht über den Verlust der Eltern hinweggekommen, bräuchte Nestwärme.

Aber Hermann glaubte ihr kein Wort. »Wissen möchte ich, was du in Titine entdeckt hast. Schon seit wir in Havanna angekommen sind, habe ich gemerkt, wie die Leute meine Schwester anschauen. So, als wäre sie ein Wunder. In der Kirche wird sie von vollkommen Fremden gesegnet. Der Blumenhändler schenkt ihr etwas, sooft er sie sieht. Er tut das mit demselben Gesichtsausdruck, mit dem du deiner Orisha etwas opferst. Was ist mit Titine? Wovor willst du sie beschützen?«

Grazia seufzte. »Setz dich hin«, bat sie. »Und trink einen Schluck Rum. Es wird dir nämlich nicht gefallen, was ich dir zu sagen habe.«

Hermann ließ sich auf dem Küchenstuhl nieder und trank einen Schluck. Der Rum brannte in der Kehle, so dass er husten musste. Ihm schien, eine Feuerbahn fresse sich durch seinen Leib bis hinunter in den Magen. Er hatte auch schon in Deutschland Branntwein getrunken. Und auch der hatte in den Eingeweiden gebrannt. Aber dieser Rum! Er schüttelte sich.

»Also?«, fragte er Grazia.

»Titine ist etwas Besonderes, weißt du?«

»Ja.«

Aber Grazia schüttelte den Kopf. »Sie ist in deinen Augen immer etwas Besonderes gewesen. Aber hier, auf Kuba, kommt sie den Orishas sehr nahe.«

»Wieso das denn?«

Grazia lächelte. »Hast du sie einmal in der Sonne stehen sehen?«

»Schon oft, denke ich.«

»Ist dir dabei nichts aufgefallen?«

Hermann schüttelte den Kopf.

»Wenn Titine in der Sonne steht, dann bildet sich über ihrem Haar ein Schein.«

Hermann wollte auffahren, doch Grazia winkte ab. »Ich weiß, was du sagen willst. Du denkst an den Heiligenschein, den eure Götter tragen. Aber so ist es nicht bei dem Mädchen. Es ist, als trage sie eine besondere Ausstrahlung über ihrem Haupt.«

Hermann wand sich auf seinem Stuhl. Er wollte das nicht hören. Es machte ihm Angst. Seine Schwester sollte einfach seine kleine Schwester sein.

»Sie hört Dinge, die uns anderen verschlossen bleiben«, erklärte Grazia weiter. »Sie weiß Dinge, die wir so nie erfahren werden. Und das sieht man, das merkt man ihr an. Nein, sie ist nicht wie die anderen Zwölfjährigen. Sie ist viel älter als sie und dennoch ungleich jünger. Denk nur an ihre Augen, an ihre Blicke. Es scheint, als könnte sie jeden Gedanken hinter der Stirn eines Menschen lesen. Und sie spricht nicht, dafür sieht und hört sie alles. Genau wie die Orishas.«

Hermann begann sich zu fürchten. Er dachte an die Nacht auf dem Friedhof zurück. An den weißen Mann, der sich in Trance gesungen und getanzt hatte. An den Mann, der das Huhn getötet hatte.

»Nein!« Beinahe hätte er mit der flachen Hand auf den Tisch geschlagen. »Titine ist ein normales Mädchen. Sie spricht nur im Augenblick nicht. Aber eines Tages wird sie auch die Worte wiederfinden.«

Grazia schüttelte den Kopf, legte besänftigend eine Hand auf Hermanns Arm. »Das ist es nicht. Deine Schwester verfügt über eine besondere Form des Wissens, die wir nicht haben.« Sie zögerte einen Augenblick. »Es ist ein Wissen, wie es normalerweise nur die Orishas haben. Sie vermag es, nur mit ihren Blicken in die Tiefen der Seelen zu schauen. Sie sieht die Geheimnisse darin, die Ängste, die Sorgen. Sie erblickt den Menschen, wie er wirklich ist. Nackt und ohne Geld und Macht und Erfolg.«

»Das ist nicht wahr!« Hermann schrie beinahe. »Sie ist ein ganz normales kleines Mädchen. Es ist ihr Haar, ihr helles Weizenhaar, das sie auf der Insel zu etwas Besonderem macht.«

Grazia schwieg. Sie sah Hermann nur an. Und in ihren Blicken las er deutlich, dass sie anderer Meinung war.

»Wir müssen sie beschützen«, sagte Grazia schließlich.

»Wovor?«
»Der größte Feind des Menschen ist die eigene Dummheit. Titine hat eine besondere Gabe. Um diese gut nutzen zu können, müssen wir all unser Wissen an sie weitergeben. Nur Wissen schützt vor Eitelkeit, Torheit und Hochmut.«
»Jedes Mädchen ist ein wenig eitel«, warf Hermann ein. »Und hochmütig war Titine niemals.«
»Du hast recht. Trotzdem weiß sie zu wenig, um ihre Gabe richtig zu nutzen.«
»Sie wird zusammen mit den Kindern des Kaufmannes unterrichtet«, erklärte Hermann und machte Anstalten, das ihm so unangenehme Gespräch zu beenden.
Aber Grazia hielt ihn am Arm fest. »Das wird nicht ausreichen. Hier ist es gleichgültig, ob man eine tote Sprache wie Latein beherrscht. Auch die Mathematik wird für Titine keine große Rolle spielen. Sie hat andere Dinge zu lernen.«
Hermann kniff misstrauisch die Augen zusammen. »Welche Dinge, Grazia?«, fragte er, und seine Stimme klang dabei ein wenig drohend.
Grazia lachte auf. »Du musst keine Angst haben. Ich werde ihr alles über unser Leben berichten, über die Sitten und Gebräuche, über die Geschichte des Landes. Das heißt, wenn du einverstanden bist, dass ich sie am Nachmittag für zwei, drei Stunden zu mir hole.«
Hermann war hin- und hergerissen. Auf der einen Seite wusste er genau, wie sehr Titine eine Frau wie Grazia brauchte. Bald würde sie kein Kind mehr sein, sondern ein junges Mädchen. Es gab viele Dinge, die man ihr dann erklären musste. Dinge, von denen ein Mann nichts ver-

stand und die doch so ungemein wichtig waren. Und konnte es wirklich schaden, wenn Titine viel über das Land erfuhr, in dem sie nun lebten? Niemand wusste, ob sie Deutschland je wiedersehen würde oder wollte.

Andererseits hatte Hermann Angst. Wollte Grazia eine Santera aus Titine machen? Eine, die sich mit Orakeln befasste? Er hätte gern darüber gelacht, wenn er gekonnt hätte. Schließlich traf er seine Wahl.

»Wir werden Titine fragen. Soll sie entscheiden, was sie möchte.«

Er rief nach dem Mädchen, das so schnell herbeigeeilt kam, dass Hermann vermutete, sie habe neben der Tür gestanden und gelauscht. Die Kleine sagte kein Wort, sondern lief mit offenen Armen auf Grazia zu, umarmte sie und kuschelte sich dann auf ihrem Schoß zusammen.

Grazia blickte ihn an. »Genügt dir das als Antwort?«, wollte sie wissen.

Hermann seufzte und nickte.

Titine aber jubilierte innerlich. Seit sie das Land betreten hatten, fühlte sie sich frei und ungezwungen. Ihr schien es, als wäre Kuba ihre eigentliche Heimat.

Sie war glücklich hier. Die Mutter hatte ihr befohlen, alles zu tun, um glücklich zu werden. Und Titine, die noch immer jeden Abend nach den Sternen schaute, wusste mit Sicherheit, dass ihre Mama froh über sie war. Und noch eines wusste sie. Grazia hatte recht. Manchmal erkannte sie das tiefste Innere eines Menschen, noch bevor dieser auch nur einen Satz gesagt hatte. Und obgleich sie erst zwölf Jahre alt war, war ihr klar, dass dieses Wissen mit der verlorenen Sprache zusammenhing. Gott hatte ihr eine Gabe genommen und ihr dafür eine andere geschenkt.

Sie hüpfte von Grazias Schoß, trat auf Hermann zu und umarmte ihn. Ganz fest drückte sie sich an den Bruder, dann stellte sie sich auf Zehenspitzen, nahm sein Gesicht in ihre kleinen Hände und küsste ihn.
Hermann erschrak zuerst ein wenig. Das, was Titine hier tat, war eine Geste, die die Mutter oft gemacht hatte. Dann, wenn alles richtig und gut war.
»Bist du sicher?«, fragte er die Kleine.
Und Titine nickte kräftig.
Niemand beachtete Grazia, aber ihr Aufatmen war in der Stille der Küche deutlich zu hören.
Dann packte Hermann die wenigen Sachen, die sie besaßen, rief einen schwarzen Träger und verabschiedete sich von Grazia. »Danke für alles. Du hast uns sehr geholfen«, sagte er.
Grazia lächelte. »Ich bin nicht aus der Welt, mein Lieber. Vom Comptoir der Handelsgesellschaft bis zu meinem Haus sind es nur zehn Minuten zu Fuß. Wir werden uns oft sehen.«
Hermann nickte. Doch er wusste gar nicht, ob er das auch wollte. Diese ganzen Göttergeschichten, die Blutopfer, die Zeremonien hatten ihn erschreckt. Dazu kam die Erzählung Pedros. Während der Siesta am letzten Tag auf dem Friedhof hatte er von einem Sklaven erzählt, der seinen Herrn öffentlich verflucht hatte, und wie daraus der Sklavenaufstand entstanden war. Er hatte dazu eine Puppe aus Zuckerrohrblättern gebastelt, welche dieselbe Größe wie der Herr hatte. Dann hatte er der Puppe lange, spitze Nadeln ins Herz gestochen. Über Nacht hatte er die Puppe draußen liegen gelassen. Es hieß, die Nadeln wären am nächsten Morgen voller Blut gewesen. Dann

hatte der Sklave die Puppe verbrannt, und einige Stunden später war der Herr gestorben.
Die Sklaven hatten sich über ihre Macht und den Tod des Herrn so gefreut, dass sie die Plantage übernommen hatten. Sie hatten die weiße Herrin festgesetzt, das Herrenhaus ausgeraubt, sich auf die seidenen Laken gelegt, parfümierte Bäder genommen, die Speisekammer und den Weinkeller geleert, bis endlich die Kavallerie eingetroffen war.
Pedro hatte mit schiefem Mund gelächelt und auf die vielen frischen Gräber gedeutet, die hinter der Friedhofsmauer gegraben worden waren. »Und da liegen sie jetzt, die Armen«, sagte er. »Gerade noch waren sie parfümiert und in gestärkte Hemden gekleidet. Gerade noch hatten sie gedacht, endlich frei zu sein, da waren sie schon tot.«
Hermann aber hatte nicht fassen können, dass der weiße Herr von einem Fluch getötet worden sein sollte. »Ist es wahr?«, fragte er immer wieder. »Hat euer Glaube eine solche Macht?«
Pedro und die anderen schwarzen Männer hatten ihn nur mitleidig angeschaut. Und Hermann hatte begriffen, dass es so war. Seither hatte er sich von allen Glaubensdingen der Einheimischen ferngehalten. Er fürchtete sich davor. Vielleicht genügte ein falsches Wort zum falschen Mann, dass dieser eine Puppe bastelte, sie mit Nadeln durchstach und der andere am nächsten Morgen tot war.
Und jetzt wurde Titine in diese ganzen angsterregenden Sitten hineingezogen. Zwar hatte Hermann großes Vertrauen zu Grazia, aber auch sie war eine Priesterin dieser heidnischen Religion.

Hermann nickte. »Ja, wir werden uns oft sehen«, versprach er. Aber in Wirklichkeit meinte er, dass er oft genug kommen würde, um zu sehen, was seine Schwester bei Grazia wirklich lernte. Titine war katholisch, nicht geschaffen vom Herrn, an fremde Götter zu glauben. Er würde alles tun, um die Kleine davor zu schützen.

Siebtes Kapitel

Hermann wachte jeden Morgen zwischen sechs Uhr und halb sieben auf, denn zu dieser Stunde klopfte eine Bedienstete an die Tür und brachte eine Kanne mit heißem, starkem Kaffee. Noch nie hatte er den Kaffee im Bett getrunken. Seine Eltern würden sich im Grabe umdrehen, wüssten sie davon, doch hier genoss er diesen Luxus.

Mit der Tasse in der Hand lehnte er sich gegen das Kopfende und erzählte Titine, die statt des Kaffees Milch trank, was er geträumt hatte.

Und Titine lächelte ihn jeden Morgen an, dass es Hermann ans Herz rührte. So sehr hatte er sich gewünscht, die Kleine wieder froh zu sehen, doch nun hatte er den Eindruck, dass sie sich ein wenig von ihm entfernte.

Sie wird langsam erwachsen, hatte Grazia zu ihm gesagt. Sie ist dabei herauszufinden, wer sie ist.

Hermann hatte das nicht verstanden. Wer sollte sie denn sein? Christine Fischer, genannt Titine, natürlich. Das war sie. Katholisch getauft, erzogen im christlichen Sinn. Sie würde langsam erwachsen werden, würde heiraten, Kinder bekommen, vielleicht dem Ehemann im Geschäft, in der Werkstatt, auf der Plantage oder sonst wo zur Hand gehen. Das war Titine. So waren alle Mädchen ihres Alters. Es gab einen von Gott gewollten Platz für die jungen Mädchen. So war das, so ist das und so würde es immer sein. Unfug war Grazias Geschwätz. Unfug. Seine Schwester, geboren bei Würzburg, wie konnte sie eine sein, die nahe bei den Orishas war? Unfug. Er musste aufpassen, dass Grazia Titine nicht noch mehr Flöhe ins Ohr setzte.

Jetzt fragte er die Kleine: »Ist alles in Ordnung? Geht es dir gut?«

Und Titine legte wie jeden Morgen eine Hand auf ihr Herz und warf es ihm zu. »Ich bin glücklich, mir geht es gut«, hieß diese Geste.

Nach dem Kaffee machten sich die beiden fertig. Eine Sklavin brachte ihnen heißes Wasser und die frisch gewaschene und gebügelte Wäsche. Hermann zahlte dafür im Monat einen Taler, was ihm günstig schien, denn sein Jahresverdienst betrug zweihundert deutsche Taler, die er jederzeit in die gängige kubanische Währung Real umtauschen konnte. Er musste keine Miete bezahlen, auch das Essen war frei. Er war reich wie nie zuvor in seinem Leben, und er genoss dieses Geld, indem er für Titine Kleider, Bänder, Hüte, Schuhe, Strümpfe und alles andere kaufte, von dem er glaubte, dass ein junges Mädchen es bräuchte. Und jedes Mal, wenn sich Titine mit einem neuen Tuch oder einem Hut vor dem Spiegel drehte, dann atmete Hermann innerlich auf. Sie ist ein Mädchen wie alle anderen auch, sie dreht sich vor dem Spiegel. Hat man je gehört, dass ein Gotteswesen sich vor einem Spiegel äfft? Er war beruhigt und feuerte Titine an, sich weitere Sachen zu kaufen. »Möchtest du vielleicht einen Kamm? Oder gezahnte Haarspangen, die mit Glassteinen besetzt sind? Hättest du gern einen bemalten Fächer gegen die Hitze?«

Und Titine nickte, lächelte, strich sich über das Haar, als könnte sie die neuen Haarspangen schon direkt spüren. Sie verstand Hermann nicht. Oft sah sie ihn an, versuchte, in seinem Gesicht zu lesen, doch die Sprache, die hinter seinen Worten stand, die verstand sie nicht. Er war Handelsagent, er verdiente gutes Geld, er war angesehen. Aber glücklich, nein, das war er nicht. Im Gegenteil: Titine kam es vor, als hätte er beständig an einer leisen Furcht zu tragen. Als könnte er im Grunde nicht glauben, dass es ihm gutging. Als hätte er es nicht verdient. Sie wollte ihm so gern helfen, so gern mit ihm darüber sprechen, aber noch immer kam kein Ton aus ihrer Kehle. Es war, als wäre ihr Mund versiegelt. Manchmal, da konnte sie ein einzelnes Wort, einen Ton schon auf der Zunge spüren, doch dann pressten sich ihre Lippen wie von selbst so fest zusammen, dass der Ton ihr in der Kehle stecken blieb. Nur im Unterricht, da vergaß sie manchmal, dass sie nicht sprechen konnte. Lasen sie ein Gedicht, so merkte sie, wie ihre Lippen die Worte formten, natürlich ohne Klang. Stumm.

Dafür erkannte sie die Stimmungen derjenigen, die um sie herum lebten. Seiler war jeden Tag missvergnügt, das sah sie, selbst wenn er lachte und ihr über das Haar strich. In seinem Herzen fraß etwas. Und Groth, der Handelsherr. Seine Stimmungen las Titine an seinen Bewegungen ab. Bewegte er sich langsam, so war er guter Laune. War er getrieben von etwas, so sprach er laut und schnell, hastete durch das Comptoir und knallte die Türen. Überhaupt hatte Titine gelernt, allein am Öffnen der Tür zu hören, wer ins Zimmer trat. Der Sohn von Herrn Groth drückte die Klinke herunter und ließ sie dann los, so dass die

Klinke mit einem grellen Geräusch nach oben schnellte. Frau Groth dagegen hielt die Klinke so lange, bis die Tür ganz geöffnet war. Sanft, beinahe zärtlich. Daher wusste Titine, dass Frau Groth ein Empfinden für Dinge hatte, dass sie mit allem, was sie umgab, sorgsam umging.
Der Lehrer benutzte die Klinke beinahe gar nicht. Sie diente ihm nur dazu, damit an der Tür zu reißen, so heftig, bis sie aufsprang. Ungeduldig war er, der Lehrer, sprunghaft. Dennoch war Titine gern in seinem Unterricht, der jeden Tag um acht Uhr begann.
Um acht Uhr begab sich auch Hermann hinunter und ordnete die Arbeit für den vor ihm liegenden Tag.
Um neun Uhr wurde dann das Frühstück serviert, welches die Angestellten gemeinsam einnahmen. Es gab in der Regel Maisbrei, dazu wieder Kaffee und Obstsaft.
Dann wurde bis zum Mittagsmahl, welches um halb vier eingenommen wurde, gearbeitet.
Die Handelsgesellschaft Groth, Jessen und Krischak führte aus Europa Leinen-, Baumwoll- und Seidenwaren, Tücher, Hutmaterial, Strümpfe, Bänder, Handschuhe, Textilien, Glas- und Eisenwaren, Säcke und Tauwerk, Steinzeug und Ziegel, Papier, Talglichte, Salzfleisch, Käse, Kartoffeln, Rauchfleisch, optische Geräte, Spielwaren und Möbel ein. Lief ein Schiff den Hafen an, so wurde dies in der Zeitung bekanntgegeben.
Hatte das Schiff dann den Anker geworfen, so begab sich Hermann zum Hafen, überprüfte die Ladung und verhandelte mit dem Zoll. Dann übernahm er die Post und eilte sich, zurück ins Comptoir zu kommen. Meistens lagen die Schiffe nur zwei oder drei Tage im Hafen, und während dieser Zeit musste die Post sortiert, gelesen, be-

arbeitet und beantwortet werden, damit das Schiff sie wieder zurück nach Hamburg mitnehmen konnte. Zugleich musste das Laden des Schiffes überwacht werden. Das Handelshaus führte von Kuba aus: Zucker, Kaffee, Tabak, Zigarren, Holz, Rum, Honig und Cochenille. Manchmal saß Hermann bis spät in die Nacht an der Korrespondenz, den Frachtpapieren und Zollformularen. In diesen Zeiten übernachtete Titine oft bei Grazia und kam erst am nächsten Morgen zu Beginn des Unterrichts zurück in das Handelshaus.
Jakob, Groths Sohn, und Milla, seine Tochter, verbrachten zwar jeden Vormittag gemeinsam mit Titine, trotzdem befreundeten die Kinder sich nicht miteinander. Jakob war noch immer etwas schwächlich und brauchte am Nachmittag viel Ruhe. Manchmal begab er sich am Abend mit seinem Kindermädchen auf die Plaza de Armas, um der Musik zuzuhören. Insbesondere, wenn die Militärkapelle aufspielte, hielt ihn nichts mehr zu Hause. Ansonsten hockte er in seinem Zimmer, und nur Gott allein wusste, was er da tat. Milla war ein freundliches, aufgeschlossenes Kind, das in einem fort plapperte. Titine hörte der Kleinen, die vier Jahre jünger war als sie selbst, gerne zu, aber nach einer Weile fand es Milla langweilig, keine Antwort zu bekommen, und sie hängte sich an das Bein einer Angestellten und scherzte und lachte mit ihr.
Das Mittagessen nahmen wieder alle gemeinsam im Speisesaal des Hauses ein. Oft gab es Schildkrötensuppe, gebratene Leber, Platanos – ausgebackene Bananen –, Maniok und Palmenkohl. Nicht selten zog sich das üppige Mahl bis gegen fünf Uhr hin, dann arbeitete Hermann

weiter, während Titine sich zu Grazia begab. Was sie dort lernte, war etwas ganz anderes als beim Unterricht im Handelshaus.

»Alles ist mit allem verbunden. Jeder Mensch, jedes Tier, jede Pflanze, sogar jeder Stein und jedes Staubkorn ist ein winziger Teil des Ganzen«, erklärte Grazia ihr. »Die eine Hälfte des Kosmos ist sichtbar. Du kannst sie sehen, hören, riechen, schmecken, sogar berühren. Die unsichtbare Hälfte heißt bei uns Orun. Das ist der Platz, an dem die Götter zu Hause sind. Die Götter«, Grazia senkte die Stimme und beugte sich zu Titine über den Tisch, »die Götter und Ashe.«

Titine nickte ernsthaft. Alles, was Grazia ihr erzählte, kam ihr logisch vor. Ja, natürlich war alles auf der Erde Teil des Ganzen. So hatte Gott doch die Erde geschaffen, so hatte ihr es die Mutter erklärt. Aber Ashe?

»Ashe, Titine, ist die Lebensenergie. Auch sie steckt in jedem Ding, außerdem aber in den Orishas, in den Gebeten, den Liedern, den Orakeln. Einfach in allem, verstehst du?« Grazia sah ihr so intensiv in die Augen, als wäre es ungemein wichtig, dass sie das verstand. Und Titine verstand auch. Was sollte daran nicht zu verstehen sein? Ashe, das war so etwas wie der Heilige Geist. Unsichtbar, unhörbar, aber doch in jedem Ding. Also nickte sie.

»Du, Titine, bist voll von Ashe. Du trägst mehr von dieser Energie in dir als jeder andere Mensch, den ich kenne.« Grazia strich ihr über den Kopf, blickte tief in Titines Augen, als versuche sie, dort Ashe zu sehen.

Titine schaute weg. Es machte sie verlegen, so angestarrt zu werden. Viele Menschen hier in Havanna taten das. Aber sie konnte sich einfach nicht daran gewöhnen.

»Bei normalen Menschen«, fuhr Grazia fort, »nimmt die Lebensenergie stetig ab und muss neu aufgeladen werden. Viele Santerias opfern den Göttern etwas, um ihre Energie zu bereichern. Auch Tänze und Gesänge, Trommeln und die Trance tragen zur Auffüllung der Energie bei. Du aber verlierst sie nicht. Ich habe es beobachtet. Dein Ashe ist immer gleich voll. Wie bei den Orishas. Verstehst du das?«

Jetzt schüttelte Titine den Kopf. Davon verstand sie nichts. Am Abend fühlte sie sich müde, wie jeder andere auch. Von Energie war nicht mehr viel zu spüren. Sie legte ihre Wange in die rechte Hand und schloss die Augen, um Grazia zu zeigen, was sie meinte.

Grazia lächelte. »Natürlich bist du müde. Selbst die Orishas sind manchmal müde. Ich spreche ja auch nicht von deiner Kraft, von deiner täglichen Lebenskraft, sondern von der Lebensenergie.«

Titine verstand auch das nicht und malte ein Fragezeichen in die Luft.

Grazia stand auf und legte ihrer Orisha eine Orange auf das Brett unter ihrem Bild.

»Olodumare ist der Schöpfer aller Lebensenergie. Er ist so rein und so vollkommen, dass wir es nicht wagen, ihn anzubeten. Er aber hat dich ausgewählt, und deshalb wirst du auch nicht mehr sprechen. So, wie wir nicht mit Olodumare sprechen, so sprichst auch du nicht mit uns. Du bist eine Auserwählte Olodumares. Man sieht es an deinem Haar, über dem sich in der Sonne ein Schein bildet.«

Titine zog die Nase kraus und schüttelte den Kopf.

Grazia legte ihre Hand auf Titines. »Ich kann verstehen, dass dir das Angst macht. Aber du musst dich nicht fürchten. Es ist, wie es ist. Und es wird dir nicht schaden, wenn du gut vorbereitet bist.«

Titine strich sich über ihr weißblondes Haar, als wolle sie den Schein wegstreichen, dann aber schluckte sie und nickte.

»Bist du bereit, alles zu lernen, was du wissen musst? Bist du bereit, die Gabe der Götter anzunehmen?«

Titine riss die Augen auf, dann griff sie nach einem Zettel und einem Stift. »Man kann sich nicht wehren und weigern, wenn die Götter rufen, nicht wahr?«

»Du hast recht, meine Kleine. Das kann man nicht. Das Beste ist es deshalb, alles zu lernen, was du wissen musst. Es wird nicht mehr lange dauern, dann werden die Leute zu dir kommen und dich um Rat fragen. Am besten ist es dann, du antwortest nicht selbst, sondern befragst ein Orakel.« Grazia stand auf. »Komm mit, Titine, komm mit in den Garten hinter dem Haus. Ich werde dich heute das Obi-Orakel lehren.«

Titine gehorchte, trat hinter Grazia in den Garten und erblickte einen Weidenkorb voll getrockneter Kokosnüsse. »Nimm dir vier Stücke davon«, forderte Grazia sie auf. »Das Obi-Orakel antwortet auf Fragen mit Ja oder Nein. Du merkst schon, es ist ein leichtes Orakel, aber dafür eben auch nicht immer anwendbar. Kommt eine junge Frau zu dir und fragt dich, ob sie einen bestimmten Mann heiraten soll, so kannst du das Obi-Orakel befragen. Fragt sie dich aber, welchen Mann sie heiraten soll, so wird dir das Obi nicht weiterhelfen können.«

Titine hob ihr langes Kleid ein wenig an, so dass die Luft ihr unter den Rock fahren konnte. Es war heiß, so brütend heiß, dass die Luft schon nach wenigen Schritten zu flimmern begann. Sie hatte Mühe, sich auf das zu konzentrieren, was Grazia sagte. Der Schweiß lief ihr den Rücken herab, verklebte die Haare im Nacken, ließ Stirn und Oberlippe glänzen. Aber sie wollte kein Wort verpassen, sie *wollte* wissen, was es mit dem Orakel auf sich hatte. Sie tippte an Grazias Arm, zeigte auf den Wasserzuber, der an einer schattigen Stelle neben dem Haus stand. Dann schöpfte sie mit einer Kelle Wasser aus dem Zuber, trank, bis sie nicht mehr durstig war, und sah Grazia fragend an, die sie ihrerseits fast schon mit offenem Mund bestaunte. »Weißt du, was du da eben gemacht hast?«, fragte sie, und es klang atemlos.

Titine nickte. Was sollte sie schon gemacht haben? Sie hatte getrunken. Es war heiß, sie hatte Durst. Allen Menschen in Havanna würde es heute wohl so ergehen.

»Du hast klares, reines Wasser getrunken. Keinen Guarapo, keinen Orangen- oder Papayasaft.«

Titine nickte. Ja, das hatte sie. Was war daran ungewöhnlich?

»Viele Santeras und Babalaos reinigen sich, bevor sie orakeln. Sie trinken pures Wasser, damit das Innere ins Fließen kommt. Du hast das auch gemacht, obwohl es dir niemand gesagt oder gezeigt hat.«

Titine zuckte mit den Schultern. Ja, das hatte sie. Aber es war eben heiß und sie war durstig.

Doch Grazia hörte nicht auf, sich zu wundern. »Die meisten Leute trinken kein Wasser. Sie nehmen Säfte zu sich, weil die Angst umgeht, das Wasser könnte Krankheiten bringen, verstehst du? Andere gießen wenigstens Rum in das Wasser, damit es keinen Schaden anrichtet, aber du trinkst es, als wüsstest du nichts von Säften und Krankheiten.«

Titine wusste nicht, was sie sagen sollte. Ihre Handlung kam ihr so alltäglich vor, und sie hatte keine Ahnung, warum Grazia darüber so verwundert war.
»Nimm dir vier Kokosschalen aus dem Korb«, forderte sie Titine auf. »Dann wirf sie auf den Boden. Es ist wichtig, ob die Schalen auf die weiße oder die braune Seite fallen. Fünf Fallarten musst du dir merken. Zeigen alle weißen Seiten nach oben, so lautet die Antwort auf die Frage Ja. Fallen sie alle auf die braune Seite, so bedeutet das nicht nur ein klares Nein, sondern gibt einen Hinweis auf ein bevorstehendes Unglück oder den Tod. Drei weiße Schalen und eine braune zeigen an, dass die Götter sich nicht schlüssig sind. Die Antwort auf die Frage lautet: vielleicht. Zwei weiße und zwei braune Schalen sind das beste Ergebnis, nämlich ein klares Ja. Einmal weiß und dreimal braun heißt wiederum Nein. Hast du das verstanden, Titine?«
Die Kleine nickte.
»Gut, dann werde ich dich jetzt fragen, ob es heute noch Regen geben wird.«
Titine sah zweifelnd nach oben. Es war Mitte November, die Regenzeit vorüber. Am Himmel war nicht eine Wolke zu sehen. Wie sollte es da regnen?
Sie nahm die vier Kokosnussschalen und warf sie auf den Boden. Zwei weiße und zwei braune Stücke lagen oben. Ein definitives Ja.
Titine sah Grazia verwundert an. Die aber hob lächelnd die Schultern. »Wir werden sehen, was geschieht. Und jetzt komm zurück ins Haus. Morgen machen wir weiter.«

In der Nacht erwachte Titine vom Prasseln der Regentropfen an ihrem Fenster. Regen. Tatsächlich. Regen im November. Das war ungewöhnlich. Doch das Orakel hatte recht behalten. Zufall? Titine zog sich die Decke über den Kopf. Sie wollte nicht darüber nachdenken. Sie wollte auch nicht, dass das Orakel recht hatte, und sie wollte ebenso wenig, dass es sich irrte. War sie wirklich das, was Grazia von ihr behauptet hatte?

Achtes Kapitel

Warum Groth beschlossen hatte, gerade ihn zum Silvesterball bei einem befreundeten Kaufmann mitzunehmen, verstand Hermann nicht, aber er empfand es als Auszeichnung. Nun, da er gut verdiente, ging er gleich zu Beginn des Dezembers mit Titine zu einem Gewandschneider. Titine hatte sich ein hellblaues Kleid gewünscht. Seit Grazia ihr das erste blaue Kleid aus billigem Stoff genäht hatte, wollte die Kleine keine andere Farbe mehr tragen. »Du weißt genau, was dir steht, nicht wahr?«, hatte Grazia gesagt, als sich Titine in dem selbstgenähten Fähnchen begeistert vor dem Spiegel drehte. Aber es war nicht nur das Kleid selbst, welches Titine so gut stand, sondern auch der Schnitt. Dazu steckte sie sich eine Blume ins Haar, nur einen Ton dunkler als das Kleid, und trug die weißen Atlasschuhe, die Hermann ihr von seinem ersten Lohn gekauft hatte.

Nun aber wollte Hermann sein Versprechen wahr machen. Titine, so hatte er geschworen, sollte es an nichts fehlen. Sie sollte die schönsten Kleider bekommen, die bequemsten Schuhe, die weichsten Betten und die beste Bildung, die für sein Geld zu haben war.

Heute war die Kleidung dran.

»Weißt du schon, was du möchtest?«, fragte er das Kind, das in den letzten Monaten gewachsen war und ihm mittlerweile schon bis zu den Schultern reichte.

Titine nickte und zeigte ihm ein Blatt Papier, worauf sie das Kleid gezeichnet hatte, welches ihr so gut gefiel. Es hatte kurze, leicht gepuffte Ärmel, einen viereckigen Halsausschnitt, der mit einem weißen Samtstreifen eingefasst war. Unter der Brust hielt eine ebenfalls weiße Schärpe das Kleid zusammen, das von dort in schwingenden Falten bis zu den Knöcheln herabfiel.

Hermann blickte Titine erstaunt an. »Hast du dir das selbst ausgedacht?«, fragte er.

Die Schwester nickte. Sie drehte sich einmal im Kreis und strich sich das durcheinandergewirbelte Haar aus der Stirn.

Sie wird langsam groß, dachte Hermann. Sie ist jetzt dreizehn Jahre alt. Genau das richtige Alter, um sich zu schmücken. Er seufzte ein wenig. Wie schnell die Zeit vergangen ist, überlegte er und schielte vorsichtig auf Titines Brust, um zu sehen, ob sich dort bereits eine Wölbung entdecken ließ. Gestern noch die Kleine, das Baby, heute schon fast eine junge Frau.

Er nahm ihre Hand, und gemeinsam liefen sie durch die schnurgeraden, gepflasterten Gassen über die Plaza de Armas, auf der gerade eine Militärkapelle laut aufspielte. Im Schatten des Platzes hatten die feinen weißen Damen der Gesellschaft Platz genommen und stellten ihre vornehmen Kleider zur Schau. Hinter ihnen standen schwarze Sklaven mit Sonnenschirmen und Erfrischungen. Schöne Spanierinnen saßen auf der anderen Seite des Platzes, in malerische Spitzenschleier gehüllt, und betrachteten mit funkelnden Augen das Musikspektakel. Und am Rande der Plaza hatten sich die Armen eingefunden, die an ihren bunten Kleidern und Tüchern zu erkennen waren.

Titines Schritte wurden langsamer, als sie an den weißen Frauen vorüberschritten. Sie betrachtete aufmerksam deren Kleider, doch ihre Miene, leicht verzogen, verriet, dass sie einen anderen Geschmack hatte.

»Du brauchst einen Hut«, erklärte Hermann ihr. »Es ist besser, wenn du nur geschützt in die Sonne gehst.«

Titine nickte ernsthaft, doch ihr Bruder war gerade in Gedanken versunken. Klaus, dachte er. Klaus aus Würzburg, der Hutmacherlehrling. Ich wollte ihm schreiben. Schon lange. Aber vor lauter Arbeit komme ich nicht dazu. Gleich nachher werde ich einen Brief aufsetzen. Er soll als Einziger wissen, wo ich bin. Er soll aus erster Hand erfahren, wie es in Kuba zugeht.

Beim Schneider ließ er sich einen hellen und einen grauen Anzug schneidern, sehr elegant mit Weste und Kummerbund.

Und er gab für Titine zwei Kleider in Auftrag. Eines in Blau, wie sie es sich gewünscht hatte, und eines in einem sehr hellen Grün.

Auf dem Rückweg tranken sie Limonade und hörten eine kleine Weile der Musik zu, dann, als der Mond am Himmel emporstieg und die Sterne wie eine Festbeleuchtung den Platz erhellten, gingen sie nach Hause.

Als Titine im Bett lag, zündete Hermann die Petroleumlampe an, nahm Tinte und Feder zur Hand und schrieb.

Lieber Klaus,

Cuba ist wunderschön und schrecklich zugleich. An einem Tag scheint es wie das Feenland mit blühenden Gewächsen, strahlendem Himmel und fröhlichen Menschen, und schon am nächsten Tag siehst du nichts Schönes mehr, denn die Straßen starren vor Schmutz, die Hässlichkeit der armen Leute sticht ins Auge und die Sonne brennt so heiß, dass es nicht zum Aushalten ist.

Trotzdem möchte ich dich ermuntern, sobald es geht, nach Cuba zu kommen. Hutmacher werden in der Tat sehr gesucht. Nicht nur die weißen Frauen, sondern auch die feurigen Spanierinnen verlangt es nach Schönheit und Putz. Schreibe mir, wenn du dich entschlossen hast, die Reise anzutreten. Schreibe mir beizeiten, so dass ich schon ein Zimmer für dich suchen kann und womöglich gar eine Anstellung.

Bitte sprich mit niemandem über meinen Aufenthalt auf Cuba; denn du weißt sicher inzwischen, dass ich das Haus des Apothekers Dehmel unter ungünstigen Bedingungen verlassen habe.

Sei umarmt und gegrüßt von deinem Freund
Hermann.

Neuntes Kapitel

Der Ball fand in der Villa des Kaufmanns Tiemann statt. Tiemann zählte hier zu den reichsten seiner Zunft und besaß deshalb auch das prächtigste Haus, das direkt an der Plaza de Armas gelegen war.

Groth hatte Hermann erzählt, dass Tiemann seit über zwanzig Jahren in der Karibik lebte. Zuerst hatte er für ein englisches Handelshaus gearbeitet, das auf Jamaika Zucker, Ingwer und Indigo produzierte. Er hatte eine Einheimische geheiratet, Manuela de la Cruz, Tochter eines der größten Plantagenbesitzer, und hatte mit ihr mehrere Kinder.

Als Hermann, im neuen Anzug und einen Strauß Blumen für die Dame des Hauses unter dem Arm, neben Joachim Groth und seiner Frau den Palast betrat, da stockte ihm der Atem.

War das Comptoir der Deutschen Handelsgesellschaft Groth, Jessen und Krischak schon beeindruckend, so strahlte dieser Palast die Pracht und den Reichtum von Königen aus. Die Halle war mit Marmor gefliest, von der Decke hingen Leuchter aus Muranoglas. Die Wände waren mit feinen Seidentapeten versehen, und die Sklaven waren gut genährt und trugen gestärkte Uniformen.

»Ist es das, wovon du immer geträumt hast?«, raunte Groth Hermann zu. Der junge Agent dachte nicht lange nach. »Ja. Das ist es. Eines Tages werde ich genauso leben.« Und in Gedanken setzte er hinzu: »Ich habe es beim Tod der Eltern versprochen. Nur wer so lebt, ist von nichts und niemandem mehr abhängig. Ich brauche kein Muranoglas und keinen Marmorboden, aber ich will nicht abhängig sein.«

Groth ließ sich den Hut und den Spazierstock von einer Sklavin abnehmen und griff sich ein Glas Sekt von einem Tablett. »Wie willst du zu diesem Reichtum kommen, mein junger Freund?«

Groth sah ihn abwartend an. Dann, noch bevor Hermann antworten konnte, beugte er sich zu ihm hinüber. »Es gibt viele schöne Töchter reicher Kreolen hier.«

Hermann wich zurück, als sei er auf eine Giftschlange getreten. Er hob beide Hände. »Nein, nein, das will ich nicht. Auf gar keinen Fall. Ich werde mir alles selbst erarbeiten. Das wird eine Zeit dauern, aber diese Zeit habe ich.«

Groth lachte, schlug Hermann auf die Schulter. »So ist es recht, Junge. Ich weiß, dass du es schaffst. Aber ein bisschen Hilfe kann nie schaden, oder?«

Hermann verstand nicht, was Groth meinte, doch schon schob er ihn vor sich her vor einen beleibten Mann mit sehr buschigen Augenbrauen und einem Diamantring am kleinen Finger.

»Darf ich bekannt machen?«, fragte Groth und fuhr fort. »Mein Handelsagent Hermann Fischer aus Würzburg.« Dann wandte er sich an den Mann mit den buschigen Augenbrauen: »Señor Rodrigo Diaz de la Escodura, der Besitzer der größten Bierbrauerei auf Kuba.«

»Sehr angenehm«, murmelte Hermann und streckte dem Kreolen die Hand hin. Doch der nickte nur kurz, nahm

Groth beim Arm und sagte zu ihm: »Ich habe da etwas zu besprechen. Es handelt sich um Sherry aus dem spanischen Jerez.«

Er zog Groth davon, und Hermann blieb verblüfft zurück.

»Mach dir nichts draus. So ist er immer.« Jemand hinter seinem Rücken lachte.

Hermann fuhr herum – und erstarrte mitten in der Bewegung. Dort stand die schönste junge Frau, die er je gesehen hatte. Sie war klein und zierlich, hatte ein ovales Gesicht mit schmalen Augenbrauen. Darunter blitzten zwei Augen, dunkel wie Schwarzkirschen, hervor, die von dichten Wimpern umrahmt wurden. Eine kleine, etwas vorwitzige Nase gab ihr ein schalkhaftes Aussehen, doch die Lippen, die rot und weich wie Rosenblätter schienen, waren noch immer zu einem Lächeln verzogen.

Hermann starrte sie weiterhin an und wusste zugleich, dass er jetzt etwas sagen musste. Etwas Kluges, etwas Charmantes, vielleicht sogar Witziges. Aber ihm fiel nichts ein. Kein Wort. Nicht ein einziges. Außerdem war seine Kehle wie zugeschnürt. Trocken und heiß fühlte sie sich an.

Die junge Frau stieß ihr Glas leicht gegen seines. »Ich heiße übrigens Ramona Diaz de la Escodura, und der Rüpel mit dem dicken Bauch ist mein Vater.«

Sie lachte, und Hermann schien es, als läuteten alle Kirchenglocken der Stadt zugleich. »Ramona«, wiederholte er, und seine Stimme klang ganz rauh dabei. »Ramona. Es freut mich sehr, Sie kennenzulernen.«

Hermann hatte in den letzten Wochen recht gut Spanisch gelernt, aber nun, vor der Schönsten aller Frauen, versag-

te sein Gehirn. Lächelnd stand er vor ihr, unfähig, sich zu rühren oder noch etwas zu sagen.
Ramona neigte den Kopf leicht zur Seite und betrachtete ihn von oben bis unten. Sie standen noch immer in der Halle, wurden von neu eingetroffenen Gästen angerempelt, aber plötzlich öffneten sich die Türen des Saales, und ein Walzer erklang.
»Tanzt du?«, fragte Ramona leichthin.
Nein, wollte Hermann schreien. Ich kann nicht tanzen, meine Füße bewegen sich, als steckten sie in Holzklötzen. Nein, bitte, nur das nicht. Ich will mich nicht noch mehr blamieren. Doch zu seiner Überraschung hörte er sich sagen: »Sehr gern, gnädiges Fräulein.«
Er legte eine Hand auf ihren Rücken, spürte ihre zarten Schulterblätter, die wie Engelsflügel durch den dünnen Stoff ihres Kleides drückten, hielt sie beim Tanz so weit auf Abstand, wie es nur ging, und konnte doch nicht verhindern, dass ihre weißen Atlasschuhe nach nur einem Tanz ruiniert waren.
Aber Ramona lachte nur. »Du bist Deutscher, nicht wahr?«, fragte sie.
Hermann nickte.
»Das dachte ich mir schon. Ihr Deutschen tanzt wie die Bären. Die Kreolen schwingen in den Hüften. Schau, ich mache es dir vor.«
Und sie stemmte die Hände in die Seiten und ließ ihre Hüfte kreisen ohne jede Anstrengung.
Hermann schwitzte. Noch nie in seinem ganzen Leben war er sich so täppisch vorgekommen. Noch nie so ungeschickt, so provinziell. Und noch nie war er mit einem so schönen Mädchen zusammen gewesen. Ihr lavendelfar-

benes Kleid schwang um sie herum wie ein zarter Windhauch. Wenn sie nahe bei ihm tanzte, konnte er den Geruch ihres Haares wahrnehmen. Es roch fruchtig nach Orangen, so dass Hermann sich vorstellte, in einem riesigen Hain zu sein. Nein, das stimmte nicht. Er stellte sich gar nichts vor. Er betrachtete immerzu nur Ramona, die sich vor ihm wiegte und in den Hüften schwang, die ihr Haar zurückwarf und so lachte, wie seine Mutter einst gelacht hatte. Ihr Lachen begann mit einem Kollern, rollte dann über den Gaumen, die Zunge und entlud sich wie ein Feuerwerk aus Frohsinn. Und Hermann konnte nicht anders, er musste mitlachen, so, wie er bei seiner Mutter immer hatte mitlachen müssen.

Als der Tanz zu Ende war, fasste Ramona ihn bei der Hand, als würden sie sich schon lange kennen, als wäre es ganz selbstverständlich, gemeinsam von der Tanzfläche und zu dem Büfett im Nebenraum zu gehen. Ihr Schritt war leicht, ihre Hand fühlte sich warm und trocken in seiner an.

»Magst du Veilchenpastillen?«, fragte Hermann plötzlich. Er wusste nicht, wie diese Frage auf seine Zunge gekommen war, aber es schien ihm, als hänge von ihrer Antwort alles ab.

»Veilchenpastillen?«, fragte Ramona.

»Ja.«

»Warum willst du das wissen?«

Hermann schluckte ein wenig. Dann sagte er leise: »Meine Mutter, sie hat Veilchenpastillen geliebt. Und sie hat ebenso gelacht wie du. Und ihr Haar, das war auch so lang und so wellig, und es hat so gut geduftet wie deines.«

Er spürte, dass er bei diesen Worten rot geworden war, aber Ramona drückte nur leise seine Hand. »Du vermisst sie, nicht wahr?«
Und Hermann sah zu Boden und nickte.
»Ich liebe Veilchenpastillen. Aber nicht diese neue Sorte von Leone aus Italien. Nein, die italienischen schmecken zu intensiv. Ich bevorzuge die deutschen Veilchenpastillen. Mein Vater lässt sie sich von der medicinalen Engels-Apotheke von Doktor Merck schicken. Hast du davon schon gehört?«
Hermann riss die Augen auf. »Aus Darmstadt?«
Ramona zuckte mit den Schultern. »Das weiß ich nicht. Die Dose hat dieselbe Farbe wie mein Kleid. Schau nur.«
Und Hermann schaute, und er entdeckte, dass das Kleid wahrhaftig dieselbe Farbe hatte wie die Veilchenpastillen, die seine Mutter immer genascht hatte.
»Da … da«, stotterte er und fühlte sich für einen Augenblick außerstande, seine Worte in die richtige Reihenfolge zu bringen. Sein Kopf war voll von Dingen, die er Ramona erzählen wollte, seine Seele quoll beinahe über, doch er tat nichts, als von einem Ohr zum anderen zu grinsen.
Er starrte Ramona an, sein Herz klopfte heftig in der Brust. Er war gerührt, er war verwirrt, er war glücklich, und er konnte mit all diesen Gefühlen überhaupt nicht umgehen. Am liebsten hätte er Ramona in den Arm genommen, hätte ihr einen Kuss auf die Wange gedrückt. Einfach, weil er sie gefunden hatte. Die Frau, das Mädchen, nach dem er sich seit dem Tod der Eltern so sehnte. Eine Frau, ein Mädchen, das lachte wie die Mutter, das so schön war wie die Mutter und das obendrein noch diesel-

ben Dinge liebte wie die Mutter. Heiß strömte ihm das Blut durch die Adern, färbte ihm die Wangen, ließ die Augen leuchten.

»Was ist mit dir?«, fragte Ramona.

»Ich glaube, ich bin glücklich«, erwiderte Hermann, dann packte er sie bei der Hand, zog sie zurück auf die Tanzfläche und schwenkte sie übermütig über das Parkett.

Zehntes Kapitel

Im Januar, kurz nach dem Silvesterball, wurde es plötzlich kühl. Die Temperaturen sanken weit unter zwanzig Grad, eines Tages, am 28. Januar, fiel das Thermometer sogar auf zwölf Grad.

Die Straßen der Stadt waren seltsam leer. Nur wenige Menschen wagten sich in die Kälte, und Hermann musste über so manchen Kubaner lachen, der sich in dicke Decken gehüllt hatte, unter deren Last er fast zusammenbrach.

Die Weißen konnten sich nicht mehr erinnern, wann es das letzte Mal so unglaublich kalt auf der Insel gewesen war. Sie gingen in die Kirche und beteten, denn sie befürchteten, dass die Kälte ein Zeichen Gottes war.

Die Schwarzen rannten ebenfalls in die Kirche und brachten ihren Orishas Opfergaben. Bald lagen auf den Seitenaltären neben halb verwesten Hühnern und schillerndem Schweinefleisch vertrocknete Blumen, verfaulte Früchte und Unmengen von Federn, Blättern und Steinen. Der Gestank, der dort herrschte, war bestialisch, doch so streng die Priester auch versuchten, den Schwarzen Einhalt zu gebieten, so sehr scheiterten sie daran.

Auch Hermann fror, dennoch genoss er die Kälte nach den langen Monaten der Hitze. Endlich konnte er wieder durchschlafen, ohne das verschwitzte Laken von sich zu werfen. Endlich konnte er einen ganzen Tag lang ein und

dasselbe Hemd tragen, endlich klebte ihm am Abend der Tag nicht mehr auf der Haut.
Heute war er zum ersten Mal mit Ramona verabredet. Sie wollten sich nach seiner Arbeit auf der Plaza de Armas treffen, denn dies war der einzige Ort in Havanna, zu dem die Mütter ihre Töchter ohne Begleitung gehen ließen.
Hermann zog seinen Anzug an, klatschte sich die Haare mit Wasser an den Kopf und überlegte, was er Ramona zum ersten Rendezvous mitbringen könnte. Sollte er ihr ein Haarband kaufen? Eine Blume mitbringen? Süßigkeiten wie damals bei Wilma? Sollte er ihr ein Gedicht schreiben, wie es unter den Studenten in Würzburg die Mode gewesen war? Oder sollte er vielleicht sogar eine Flasche Wein, direkt aus Italien, mit zur Plaza nehmen? Dann fiel ihm die neue Schiffslieferung ein. Sie hatte ein paar Dutzend Parfüme aus Grasse in Frankreich enthalten, und Hermann brauchte Joachim Groth nicht lange zu überreden, ihm eine davon zu verkaufen. Als er den Preis hörte, stutzte er. Das Duftwasser war teurer als der Lohn, den eine Wäscherin im ganzen Jahr verlangte. Aber Grazia hatte ihm einmal erklärt, dass die Liebe nicht nur ein süßes, sondern auch ein teures Vergnügen war, und so bezahlte er die Summe, ohne mit der Wimper zu zucken.
Am Abend war er schon eine halbe Stunde zu früh auf dem Platz. Immer wieder suchte er seine Jacke nach feinen Stäubchen ab, strich sich über die Hose, wischte mit dem Taschentuch jeden Fleck vom Schuh. Viel zu früh sah er Ramona den Platz überqueren. Noch ein letztes Mal strich er über die gestriegelte Frisur und blickte ihr dann mit offenem Mund entgegen. Sie hielt die Schultern

so gerade, als trüge sie einen Stapel Bücher auf dem Kopf. Ihr lindgrünes Kleid flatterte um ihre Beine, ließ hier und da ein Stück der feinen Schuhe und einmal sogar ein wenig Knöchel aufblitzen. Sie schwang leicht mit den Armen, und Hermann schien es, als würde sie über den Platz tanzen. Um die Schultern hatte sie ein Tuch gelegt, und manchmal schauerte sie vor Kälte ein wenig.
Die Leute grüßten sie ehrerbietig. Hüte wurden vor ihr gelüftet, leichte Verbeugungen ausgeführt, und selbst die weißen Frauen nickten ihr ehrfurchtsvoll zu. Ramona nahm die Grüße hin, als kenne sie nichts anderes. Und so war es wohl auch. Schließlich gehörte ihrem Vater die größte Brauerei auf der Insel. Und obwohl er Kreole war, verfügte er über mehr Macht und Einfluss in Havanna als sogar der Gouverneur.
Hermann stand stocksteif da, wusste mit einem Schlag nicht mehr, wohin mit den Armen, wohin mit den Beinen. Sein Herz schlug rasend schnell in seiner Brust, und er konnte es nicht fassen, dass dieses wunderschöne, kluge und charmante Mädchen ausgerechnet mit ihm hier auf der Plaza verabredet war.
Und plötzlich sah sich Hermann so, wie sie, die Schöne, ihn sehen musste. Wer war er eigentlich, dass er es wagte, sie zu einer Verabredung zu bitten? Er war ein kleiner Handelsagent. Er war nicht reich, sein Anzug war nicht vom besten Schneider und sein Hemd auch nicht. Er war nicht schön, obwohl Grazia immer wieder seine Augen und sein dichtes Haar bewundert hatte. Er war nicht besonders klug, und reich war er auf gar keinen Fall. Was also sollte Ramona bewogen haben, seiner Einladung zu folgen? Hermann schüttelte sich. Das musste ein Scherz

sein oder ein Zufall. Ja, es sah so aus, als käme sie direkt auf ihn zu, aber auch das war sicher eine Sinnestäuschung. Gleich würde sie mit ihrem wunderbaren Lächeln an ihm vorübergehen, ihn womöglich mit einem Blick aus ihren schwarzen Kirschenaugen streifen, aber niemals wiedererkennen. Und hinter ihm – Hermann war sich ganz sicher – würde ein großer, schöner, kluger und reicher junger Mann darauf warten, dass sie sich in seine Arme stürzte. Ganz wehmütig und traurig wurde ihm ums Herz. Und wieder einmal schwor er sich, hier auf Kuba sein Glück zu machen. Das würde dauern, ziemlich lange sogar, aber eines Tages würde er der Mann sein, der auf der Plaza auf ein Mädchen wie Ramona wartete.
Er senkte den Kopf, zog ihn tief zwischen die Schulter, bereit, sich im nächsten Augenblick umzudrehen und zu gehen.
»Warum seufzt du so zum Gotterbarmen?«
Hermann hob den Kopf. Sie stand vor ihm, lächelte ihn an, so dass ihre weißen, gesunden, kräftigen Zähne blinkten.
Ramona. Und sie sah ihm ins Gesicht, hob die Hand, legte sie leicht auf seinen Arm. »O mein Gott, Hermann, ist etwas Schlimmes passiert?«
Und sie wusste sogar noch seinen Namen. Hermann. Er kam ihr nicht so leicht von den Lippen, klang zärtlich rauh auf Spanisch. Der erste Buchstabe, das H, sie sprach es wie ein Ch aus. Chermann.
Er schüttelte den Kopf, konnte sein Glück kaum fassen. Es sprang ihm in die Augen und auf die Lippen.
Er griff nach ihrer Hand, presste seine Wange einen Augenblick darauf. Sie roch so gut. So süß, nach Vanille, und

doch ganz anders. So frisch wie eine Limette, und doch ganz anders.
»Dass du gekommen bist«, flüsterte er.
Sie lächelte. »Warum nicht? Du hast mich eingeladen. Ich habe mich darüber gefreut. Insgeheim hatte ich mir gewünscht, dass du das tust.«
Hermann riss die Augen auf. »Du hast es dir gewünscht? Wieso?« Er konnte nicht glauben, dass Ramona ausgerechnet zu ihm gekommen war.
»Warum wohl?«, fragte sie und warf übermütig den Kopf zurück, so dass die Spitzen ihres Zopfes beinahe den Po berührten. »Weil du mir gefällst.«
Noch immer glaubte Hermann, in einem Traum zu sein, in einem wunderschönen zwar, aber eben in einem Traum. Plötzlich wurde ihm alles klar und verständlich. Ramona musste ihn für den Sohn oder den jüngeren Bruder von Joachim Groth halten. Was denn sonst? Schließlich war er mit ihm auf dem Silvesterball erschienen. Es war eine Verwechslung. Beinahe hätte sich Hermann ob dieser Erkenntnis gegen die Stirn geschlagen. Dann schüttelte er den Kopf. »Ich bin nicht der, für den du mich hältst«, presste er hervor und senkte den schamroten Kopf. »Ich bin nicht der Sohn des Kaufherrn Groth.«
Ramona zog die Augenbrauen ein Stück in die Höhe und betrachtete ihn verwirrt. »Aber das weiß ich doch«, sagte sie. »Du bist Chermann aus Deutschland. Du arbeitest für den Señor Groth.«
Sie betrachtete ihn noch einen Augenblick, dann verstand sie. Sie lachte auf, nahm sein Gesicht in ihre weichen, warmen Hände. »Dich wollte ich treffen, Chermann. Nicht den Sohn von Groth. Dich. So, wie du bist.« Und

dann küsste sie ihn ganz leicht auf die Nasenspitze, hakte sich bei ihm unter und fragte fröhlich: »Was wollen wir tun? Bleiben wir hier auf der Plaza? Gleich kommen die Musikanten.«

Und Hermann konnte nur nicken. Immer wieder, wie eine Jahrmarktsfigur.

Arm in Arm schlenderten sie über die Plaza, und nun wurde auch Hermann gegrüßt mit gelüftetem Hut und einer kleinen Verbeugung.

Dann begann die Musik zu spielen. Es war wieder diese Militärkapelle, die Hermann eigentlich nicht sonderlich mochte. Die Plaza füllte sich. Dicht an dicht standen die Menschen, wippten im Takt, schüttelten die Arme, wiegten sich in den Hüften. Sie klatschten in die Hände und sangen lauthals dazu, so als wäre es das Normalste von der Welt, sich abends auf einem Platz zu treffen und fröhlich zu sein.

Und Hermann machte es wie Ramona, stieß die Arme zur Seite, setzte einen Fuß vor und einen zurück und schwenkte ein wenig die Hüfte. Ramona lachte ihn an. In ihren Augen las er, dass sie Freude hatte. Und auch in seine Augen war die Freude gekrochen. Er fasste sie bei den Händen und schwang sie im Walzertakt, der gar nicht zu der Musik passte, über die Plaza.

Dann erblickte er am Rand, direkt neben dem Springbrunnen, einen jungen Mann, der ihn mit bösen Augen musterte. Er sah ihn nur ganz kurz, weil der Mann sich sogleich abwandte und eine Hand vor das Gesicht hielt. Aber Hermann hatte ihn trotzdem erkannt. Es war Seiler, der Hund.

Elftes Kapitel

Den ganzen nächsten Tag war Hermann zum Singen zumute. Sie hatten gestern getanzt, bis ihnen die Füße brannten. Dann hatten sie Limonade getrunken, und als die Sonne unterging, hatte er Ramona nach Hause begleitet.

Vor ihrer Haustür waren sie stehen geblieben. Ramonas Gesicht war vom Tanzen gerötet, aus ihrem Zopf hatte sich eine Strähne gelöst, aber ihre Augen leuchteten.

»Es war ein wunderschöner Abend, Chermann«, sagte sie leise, fasste nach seiner Hand und ließ sie ein wenig baumeln.

»Ja«, erwiderte Hermann. »Ich war schon so lange nicht mehr so glücklich wie heute.«

»Ich muss rein. Mein Vater wartet«, erklärte Ramona, ließ seine Hand los. Dann stellte sie sich auf die Zehenspitzen und küsste Hermann schmetterlingsleicht auf die Wange. »Bis ganz bald!«, rief sie und war schon im Haus verschwunden.

Hermann stand da wie versteinert, berührte vorsichtig die Kussstelle mit einem Finger, lächelte breit, dann eilte er die Gasse hinunter, sprang über die Bordsteine wie ein übermütiger Junge, lieferte sich mit einem Hund ein kurzes Wettrennen und kam überglücklich im Haus der Handelsgesellschaft Groth, Jessen und Krischak an.

Nun befand er sich hinter seinem Stehpult im Comptoir, hatte Seekarten vor sich liegen und eigentlich die Aufgabe zu berechnen, wann das nächste Schiff aus Hamburg in Havanna einlaufen sollte. Groth brauchte diese Angaben, um die Rückladung rechtzeitig im Hafen zu haben. Die Zuckerrohrernte war noch in vollem Gang, doch die Erträge waren niedriger als im letzten Jahr, während der Zuckerkonsum in Deutschland gestiegen war. Groth würde Mühe haben, das Schiff für die Rückfahrt zu füllen, und Hermann war beauftragt worden, für mehr Ladung zu sorgen. Doch er stand hinter seinem Pult, die Feder hinters Ohr geklemmt, und träumte sich zu Ramona.

Plötzlich wurde heftig an der Tür geklopft, und noch ehe Hermann »Herein!« rufen konnte, stand Don Diaz de la Escodura im Türrahmen. »Du!«, brüllte er und stieß mit dem Zeigefinger gegen Hermann. »Du. Komm mal mit. Jetzt. Schnell.«

Hinter ihm lehnte Groth im Türrahmen. Hermann sah den Geschäftsführer hilfesuchend an, doch der grinste nur und zuckte leicht die Schultern.

»Sehr wohl, Señor.« Hermann nahm die Feder vom Ohr und folgte dem Brauereibesitzer in den kühlen Patio.

»Du hast gestern mit meiner Tochter vor den Augen ganz Havannas auf der Plaza de Armas getanzt«, schrie der Don ihn an.

»Ja, das habe ich«, erwiderte Hermann und musste bei der Erinnerung an den gestrigen Abend übers ganze Gesicht lächeln.

»Grins nicht!«, brüllte der Don, und Hermann sah, wie auf seiner Stirn eine blaue Ader immer dicker wurde. »Meine Tochter ist keine Dirne, du Lump!«

»Nein, Señor, das ist sie ganz gewiss nicht.« Mit einem Mal fühlte sich Hermann so stark und mutig wie nie zuvor in seinem Leben. Der gestrige Abend hatte ihn verändert. Er war verliebt. So verliebt. Und diese Liebe gab ihm Kraft.
»Ramona ist das wunderschönste, wunderbarste Mädchen der ganzen Insel«, entgegnete er.
Señor Diaz de la Escodura stutzte. »Ja!«, brüllte er gleich darauf weiter. »Das ist sie in der Tat. Viel zu gut für einen wie dich.«
»Was soll das heißen?« Hermann begann innerlich zu zittern. Würde dieser wütende Mann, der einem Stier glich, ihr den Umgang mit ihm verbieten? Natürlich! Was denn sonst? Sie war die einzige Tochter, die Erbin. Eine kalte Hand griff nach Hermanns Herz. »Was erwarten Sie von mir, Señor?«, fragte er unsicher und ahnte die Antwort schon im Voraus. Gleich würde der Don ihn anschnauzen, er solle verschwinden, sich niemals mehr in Ramonas Nähe aufhalten, am besten zurück nach Deutschland gehen, sonst würde er seine Hunde auf ihn hetzen.
»Reich sollst du werden!«, sagte Don Escodura mit Bestimmtheit. »Ich gebe dir ein Jahr Zeit. Wenn du dann meiner Tochter ein Leben bieten kannst, wie sie es gewohnt ist, kannst du sie haben. Wenn nicht, dann musst du von hier verschwinden.«
»Wie?« Hermann glaubte, sich verhört zu haben.
Der Señor schnappte nach Luft, sein Gesicht war mittlerweile dunkelrot angelaufen.
Da mischte sich Groth ein. »Trinken Sie etwas, Señor Diaz de la Escodura. Gleich wird man Ihnen Guarapo bringen. Ein Schluck Rum gefällig?«

Lächelnd nahm Groth den Brauereibesitzer beim Arm und führte ihn zu den Sesseln im Patio. Dabei machte er Hermann ein Zeichen, ihnen zu folgen. Der aber stand wie angewurzelt da, glotzte auf den Don und wartete darauf, dass die Worte des Mannes einen Sinn ergaben.

Langsam folgte er den Männern, setzte sich zu ihnen an den Tisch.

»Du hast gehört, was der Don dir gesagt hat?«, erkundigte sich Groth und wiederholte noch einmal dessen Worte. »Wenn du innerhalb eines Jahres zu Reichtum gelangen solltest, gehört Ramona dir. Wenn nicht, verlierst du alles, was du hast. Selbst dein neues Zuhause.«

Hermann nickte. Das war alles, wozu er fähig war.

Der Don tupfte sich mit einem Taschentuch den Schweiß von der Stirn. Dann seufzte er laut und wandte sich an Groth: »Seien Sie froh, dass Sie einen Sohn haben, Señor Groth. Töchter bringen ihre Väter um den Verstand.«

Groth lächelte leicht. »Söhne machen andere Probleme.«

Der Don nickte. »Sie ist mein Augenstern, mein Lebenslicht. Aber was soll ich machen? Sie hat sich in den Kopf gesetzt, diesen ... diesen Knilch zu lieben, und ich bin zu schwach, mich dagegen zu wehren.«

Hermann beugte sich nach vorn, wollte etwas fragen, doch Groth hielt ihn zurück. »Woher wissen Sie überhaupt, was die beiden gestern Abend gemacht haben?«

Der Don plusterte sich auf. »Ganz Havanna hat gesehen, wie sie getanzt haben, wie sie sich verliebt angeschaut haben. Ganz Havanna, mein Lieber!«

»Und wer hat es Ihnen verraten?« Groth ließ nicht locker.

»Na, Sie doch! Oder haben Sie mir etwa nicht einen Boten ins Haus geschickt, der mich zur Plaza bestellt hat, damit ich das Desaster mit eigenen Augen besehen kann?«

»Ich?« Groth wich zurück, deutete mit dem Zeigefinger auf seine Brust. »Im Leben nicht, Señor, denn ich wusste gar nichts davon. Ich war gestern Abend mit meiner Frau beim Gouverneur zum Essen. Der Zollmeister war auch da, Sie können gern nachfragen.«

Der Don schaute verdutzt. »Nicht?«

Groth schüttelte den Kopf. »Wie sah er denn aus, der Bote?«

Don Escodura wiegte den Kopf. »Was weiß ich, ich habe ihn mir nicht angeschaut. Er sagte, er käme von Groth, Jessen und Krischak. Ich solle auf der Stelle zur Plaza gehen und mit eigenen Augen sehen, wie sich meine Tochter unter Wert verschenkt.«

»Und Sie können sich nicht an sein Gesicht erinnern?«

Der Don kniff die Augen zusammen, um besser nachdenken zu können. »Spitz irgendwie. So wie die Hunde, die manche weißen Frauen sich aus der Heimat mitbringen. Ja, so sah er aus. Wie ein Hund.«

Groth und Hermann wechselten einen Blick. Sie wussten beide, um wen es sich bei dem geheimnisvollen Boten handelte.

Der Don erhob sich schwer aus dem Stuhl. Die Aufregung des Tages hatte ihn gezeichnet. Sein Hemd war nass geschwitzt, sein Gesicht glänzte rot.

»Ich habe alles gesagt, was ich zu sagen hatte«, erklärte er. »Du, Junge, weißt, was du zu tun hast.«

Er machte eine leichte Verbeugung vor Groth, dann schleppte er sich aus dem Patio.

Auch Hermann wollte aufstehen, doch Groth hielt ihn am Arm zurück. »Was der Don gesagt hat, ist wahr, oder? Du bist mit Ramona auf der Plaza gewesen?«
»Ja. Das stimmt.« Hermann sah den Kaufmann fest und glücklich an. »Es war der schönste Abend meines Lebens«, fügte er leise hinzu.
Groth seufzte. »Ich hätte besser auf dich aufpassen müssen, mein Junge.«
»Was meinen Sie damit?«
»Die Worte des Dons waren keine leeren Drohungen. Er hat jedes Wort genau so gemeint, wie er es gesagt hat. Entweder du wirst übers Jahr ein reicher Mann, oder du verlierst die Kleine und noch dazu dein Leben hier in Havanna.«
Hermann schluckte. »Was soll ich tun? Ich bin fest entschlossen, alles zu machen, was der Don von mir verlangt. Ich liebe Ramona, seit ich sie zum ersten Mal gesehen habe.« Er stand auf. »Ich werde reich sein in einem Jahr. Ich werde es schaffen.«
Groth nickte. »Ich dachte mir, dass du so reagieren würdest. Aber wie willst du das anstellen?«
Hermann schluckte. »Ich habe ein bisschen Geld gespart. Nicht viel. Nur ein wenig. Wenn Sie mir erlaubten, das Geld in Schiffsladung zu investieren, so könnte ich womöglich einen Anfang machen.«
Groth nickte und lächelte dabei. »Ich habe nichts dagegen. Aber du weißt, dass du an mich für die Nutzung des Schiffes viel Geld bezahlen musst, nicht wahr? Das Schiff gehört der Handelsgesellschaft. Wir können es uns nicht leisten, den Platz darauf zu verschenken.«
Hermann nickte nachdenklich.

Groth stand ebenfalls auf. »Es wird dir gelingen, mein Lieber, da bin ich mir sicher. Ich gebe dir während deiner Arbeitszeit die Möglichkeit, nach einer solchen Ladung zu suchen. Schließlich wirst du dafür ja an uns bezahlen. Sei klug und frage lieber einmal mehr nach als einmal weniger. Du kannst jederzeit zu mir kommen.«

»Danke!«, erwiderte Hermann, und Groth wollte schon gehen, da trat Hermann ihm in den Weg. »Eine Frage habe ich noch. Meinen Sie, es wird mir glücken, den Don zufriedenzustellen?«

Groth wiegte den Kopf. »Das ist die falsche Frage. Die Frage lautet, ob deine Liebe zu Ramona groß genug ist, um Berge zu versetzen.«

Zwölftes Kapitel

Hermann überlegte. Er stand wie vorhin an seinem Pult, die Schreibfeder hinter dem Ohr, doch dieses Mal träumte er nicht von Ramona, sondern davon, wie er in einem Jahr reich werden konnte.

Ich muss etwas finden, was die Deutschen unbedingt haben wollen, überlegte er. Dann muss ich die Ladung in Deutschland verkaufen und für das Geld etwas einkaufen, das sich hier gut losschlagen lässt.

Er sah in die Ferne, doch als es Mittag war, war ihm noch immer nichts eingefallen.

Beim Mittagstisch saß er Seiler gegenüber. Der grinste ihn von unten herauf an. »Na?«, fragte er herausfordernd. »Ist dein Tag bislang gut verlaufen?« Das spitze Gesicht glühte vor Vorfreude.

Hermann lehnte sich zurück. »Ja«, erwiderte er langsam und bedacht. »Dieser Tag hätte bisher nicht besser sein können.«

»So?« Seiler rümpfte die Nase. »Und warum war vorhin im Comptoir vor deinem Pult so ein Geschrei, dass selbst die Hausdiener zusammenzuckten?«

Hermann kniff die Augen zusammen. »Das war Siegesgebrüll, mein Lieber.«

Seiler schüttelte den Kopf. »So klang es nicht. Ganz und gar nicht klang das so.« Er stieß seinen Nebenmann in die Seite, damit er das bestätigen sollte. Doch der rückte nur ein Stück weg.

»Es leuchtet mir durchaus ein, dass du Siegesgebrüll nicht einordnen kannst, Seiler«, entgegnete Hermann mit einem leisen Lächeln. »Wie solltest du auch? Du hattest ja noch nie Gelegenheit, ein solches Gebrüll auszustoßen.«

Am Tisch brandete Gelächter auf. Seiler wurde glutrot, senkte den Kopf. Aber von dort schickte er Blicke zu Hermann, die jeden anderen getötet hätten.

Während der Siesta lag Hermann auf seinem Bett, die Arme unter dem Kopf verschränkt. Was sollte er als Ladung nach Deutschland schicken? Zucker? Nein, es gab nicht genug davon, der Preis war auch viel zu hoch für seine Ersparnisse. Rum? Und den nach Frankreich schicken, damit sie daraus ihren Brandy brauen konnten? Manche auf der Insel machten das, hatte er gehört, doch auch dieses Geschäft schien ihm viel zu unsicher. Er überlegte, bis er Kopfschmerzen bekam, dann drehte er sich auf die Seite.

In diesem Augenblick kam Titine vom Unterricht und dem gemeinsamen Mittagessen mit den Grothkindern Jakob und Milla zu ihm.

Sie trat an sein Bett, legte ihm ihre kleine, kühle Hand auf die Stirn und malte dann mit dem Finger ein Fragezeichen darauf.

»Du willst wissen, worüber ich nachdenke?«, fragte Hermann.

Titine nickte.

»Ich habe mich verliebt. In Ramona, die Brauereibesitzertochter. Kennst du sie?«

Titine nickte abermals, lächelte und malte zwei Herzen in die Luft, die sich überschnitten.

»Heißt das, du bist mit meiner Wahl einverstanden?«, wollte Hermann wissen, und erst jetzt wurde ihm klar, dass er die Verantwortung für seine Schwester trug und im Grunde nicht draufloslieben konnte, wie er wollte.

»Magst du sie?«

Titine malte abermals ein Herz in die Luft und daneben eine Blume. Sie ist schön und gut, sollte das heißen.

»Ihr Vater war heute im Comptoir. Wenn ich während eines Jahres reich werde, kann ich sie heiraten. Groth hat noch Platz auf seinem Schiff. Ich kann unsere Ersparnisse in die Ladung investieren, aber ich weiß einfach nicht, was ich nach Deutschland schicken könnte.«

Titine setzte sich auf seinen Bettrand, schob die Unterlippe vor, wie sie es immer tat, wenn sie überlegte.

Nach einer Weile tippte sie sich mit dem Zeigefinger an die Stirn, lief aus dem Zimmer und kam kurz darauf mit einigen Dingen zurück.

»Was ist das, Titine?«, fragte Hermann und sah doch selbst, dass seine Schwester eine Orange in der Hand hielt.

»Orangen? Du meinst, ich sollte Orangen exportieren?«

Titine hielt in der anderen Hand einen kleinen Behälter. Darin war Ingwerpulver.

»Orangen und Ingwer?« Hermann verstand noch immer nicht. Da verdrehte Titine die Augen, deutete auf ihre Brust, machte mit den Fingern eine Bewegung, die Gehen verdeutlichen sollte, und zeigte ihm unsichtbare große Ringe in den Ohren.

»Ich verstehe«, erklärte Hermann. »Du willst, dass ich heute Abend zu Grazia gehe.«

Titine nickte.

»Und sie wird mir sagen, was ich tun soll?« Hermann schüttelte ungläubig den Kopf, während Titine heftig nickte.
»Na gut, einen Versuch ist es wohl wert.«

Am Nachmittag ging er seiner Arbeit nach. Doch immer wieder schweiften die Gedanken zurück zu seiner Aufgabe. Einmal schlenderte Groth an seinem Pult vorbei, blieb kurz stehen und sagte nur ein Wort: »Hopfen.«
»Wie bitte?«
Groth schüttelte den Kopf. »Ich musste dem Don versprechen, dir nicht zu helfen. Aus eigener Kraft sollst du es schaffen. Wie ein richtiger Mann. Deshalb frage ich dich nur, ob du glaubst, dass Hopfen und Malz auf Kuba verloren wären.«
Hermann sah Groth mit weit aufgerissenen Augen an, doch dann verstand er plötzlich und schlug sich mit der flachen Hand gegen die Stirn. »Hopfen! Natürlich! Ich werde Hopfen und Malz einführen und die Sachen direkt an Don Escodura verkaufen. Dann kann er Bier nach deutscher Art brauen, wie es in ganz Europa getrunken wird. Die Spanier, die Kreolen, die Briten, alle Ausländer auf der Insel werden es trinken. Mein Gott, warum bin ich da nicht selbst drauf gekommen?«
Groth lächelte. »Du bist selbst darauf gekommen. Ich habe dich nur gefragt, ob du Hopfen und Malz auf Kuba für verloren hältst.« Er legte seine Hand kurz auf Hermanns Schulter, dann ging er lächelnd weiter.

Am Abend machte sich Hermann auf den Weg zu Grazia. Wie immer kam er nicht mit leeren Händen. Er hatte nicht vergessen, dass sie ihn und Titine während der ersten Wochen auf der Insel gefüttert und beherbergt hatte, ohne nach Geld zu fragen. Dieses Mal hatte er vier Ellen Stoff unter dem Arm, der für ein neues Kleid reichen sollte. Dazu brachte er einen halben geräucherten Schinken und ein Kästchen Zigarren mit.

Dreizehntes Kapitel

Grazia saß in der Küche und unterhielt sich mit Titine. »Du musst den Mund weit aufmachen, Kind«, hörte er sie von draußen sagen. »Und die Zunge, die musst du oben an den Gaumen drücken. Und dann Luft holen und sie durch den Mund ausströmen lassen.«

Hermann blieb stehen, beobachtete die beiden durch den Vorhang aus Holzperlen, der im Eingang hing. Titine saß am Tisch, den Mund weit offen. Er sah, wie sie Luft holte, doch es erklang kein Laut.

»Macht nichts«, erklärte Grazia und tätschelte Titine die Hand. »Wenn es heute nicht klappt, dann klappt es vielleicht morgen. Und wenn nicht morgen, dann womöglich übermorgen.«

Hermann schluckte. Er hatte nicht gewusst, dass Grazia mit Titine das Sprechen übte. Kein Wort hatte die alte Kreolin gesagt, und auch seine Schwester hatte ihm nichts erzählt. Ja, er hatte nicht einmal gewusst, ob Titine sich wünschte, wieder sprechen zu können. Er hatte immer gedacht, der Brand hätte ihr die Worte verschlagen, hätte sie so tief getroffen, dass sie nicht mehr sprechen wollte. Erst jetzt erkannte er, dass Titine unter ihrer Stummheit litt, dass sie Worte formulieren *wollte,* dass sie sich wünschte, wieder reden zu können.

Tränen traten ihm in die Augen. Sie hat keine Freunde, fiel ihm ein. Sie ist nur mit mir und mit Grazia zusam-

men, weil niemand einen Freund haben will, der nicht sprechen kann. Sie war einsam. Die Erkenntnis überfiel ihn mit aller Kraft, doch er hatte keine Ahnung, wie er Titine aus ihrer Einsamkeit befreien konnte. Ich sollte sie am Abend vielleicht hin und wieder mit auf die Plaza nehmen, dachte er, doch zugleich fiel ihm Ramona ein. Ramona, mit der er glückstrunken über die Plaza getanzt war. Vielleicht, dachte Hermann, könnten sie einmal zu dritt tanzen.
Er wischte mit der Hand über seine Augen und klopfte dann laut und vernehmlich an den Türstock.
»Komm rein!«, rief Grazia sofort und sprang auf, um einen Becher für ihn zu holen, den sie mit einer Mischung aus Guarapo und Kokosmilch füllte. »Warum klopfst du plötzlich an? Bist du vornehm geworden?«
Sie lachte, aber Hermann sah in ihren Augen, dass das Lachen nicht aus dem Inneren kam.
»Ich bin nicht vornehm geworden«, erklärte er. »Ich wollte nur höflich sein.«
Grazia blickte ihn an und ließ sich auf der Küchenbank nieder. »Höflich?«, fragte sie erstaunt und schüttelte dann den Kopf. »Höflichkeit ist der Anfang vom Ende«, erwiderte sie und unterstrich jedes Wort mit einem kräftigen Nicken. Ihre Augen verdunkelten sich, die Mundwinkel hingen traurig herab.
Hermann setzte sich ihr gegenüber und wartete auf eine Erklärung.
Grazias Stimme klang rauh, als sie antwortete: »Wenn man die Höflichkeit benutzen muss, dann nur, weil Respekt und Achtung fehlen. Höflichkeit ist das, was man braucht, wenn einem der andere gleichgültig ist.«

Hermann war erschüttert. So hatte er das noch nie gesehen.
»Ich weiß, dass du um Ramona freist«, fuhr Grazia fort. »Ich kann verstehen, dass du höflich zu mir wirst, obwohl ich mir immer gewünscht habe, das würde nicht passieren. Du bist jetzt etwas Besseres geworden.«
Hermann trafen diese Worte tief, sie taten ihm weh. Erst jetzt wurde ihm bewusst, was Grazia für ihn war. Eine große Freundin. Nein, das stimmte nicht. Sie war mehr. Sie war eine Vertraute, ein Fels in der Brandung, etwas, wohin man sich flüchten konnte. Sie war – Hermann gestand es sich nur ungern ein – ihm und Titine über die Monate hier zu einer zweiten Mutter geworden. Er stand auf, kniete vor ihr nieder und küsste ihre Hand.
»Nein, Grazia. Ich möchte niemals höflich zu dir sein. Höflich auf deine Art. Ich hörte euch im Gespräch und dachte mir, dass ihr mich dabei nicht brauchen könnt. Deshalb habe ich geklopft. Verstehst du?«
In Grazias Augen kehrte das Lächeln zurück. Sie strich ihm über den Kopf. »Steh auf«, sagte sie, »und setz dich an den Tisch, wie sich das gehört. Du kannst jederzeit und immer eintreten, Hermann. Hier bist du gern gesehen. Immer. Und wir haben keine Geheimnisse vor dir. Nicht wahr, meine Kleine?«
Sie sah zu Titine, und diese nickte.
»Es ist gut, dass du kommst. Ich möchte etwas mit euch beiden besprechen.«
Hermann trank aus seinem Becher, lehnte sich zurück und sah Grazia fragend an.
»Es geht um Titine. Ich möchte sie gern zu einem Babalao bringen. Zu einem mächtigen Babalao. Die Kleine

ist weder taub noch stumm. Der Brand hat ihr die Sprache geraubt. Und das Feuer hat die Macht, ihr die Worte zurückzuschenken. Ich bitte dich dafür um Erlaubnis.«

Hermann schluckte.

»Zu einem Hohepriester?« Ihm fiel der Tanz nahe dem Friedhof ein. Er kniff die Augen zusammen und seufzte. »Ich weiß nicht recht. Titine ist keine, die an die Orishas glaubt. Warum sollten ausgerechnet eure Götter ihr helfen wollen?«

»Den Göttern ist es gleich, wer ihnen Respekt zollt. Sie lassen niemanden im Stich, der Hilfe braucht.«

»Trotzdem.« Hermann schüttelte den Kopf. »Ich weiß nicht, ob das richtig ist.«

»Vertraust du mir nicht?«, hakte Grazia nach.

»Doch, natürlich.« Hermann blickte zu Titine. Die Augen der Kleinen hingen an seinen Lippen. »Möchtest du das denn?«, fragte er, und die Kleine nickte.

»Gut. Dann werden wir mit ihr zu einem Babalao gehen«, beschloss Hermann.

»Du willst mit?« Grazia schien verwundert.

»Ja. Sie ist meine Schwester. Vielleicht hätte sie gern jemanden um sich, der sich vor den Göttern ebenfalls ein wenig fürchtet.«

Titine stand auf, stellte sich vor ihren Bruder und machte abwehrende Bewegungen mit den Händen.

»Du hast keine Furcht vor den Orishas?«, erkundigte sich Hermann.

Titine schüttelte den Kopf, bedeutete vielmehr mit Zeichen, dass die Orishas in ihrem Herzen wohnten.

Sie tat das so überzeugt und ehrlich kund, dass Hermann

das erste Mal der Gedanke kam, sie sei vielleicht doch anders, als er sich das immer gedacht hatte.
»Gut«, stimmte er zu. »Darf ich dich trotzdem begleiten?«
Titine biss sich auf die Unterlippe. Erst nach einer Weile nickte sie zaghaft, und Hermann wusste, dass sie nur zustimmte, weil er so darauf drängte.
»Sag mir Bescheid, wenn es so weit ist«, bat er, und damit war das Gespräch darüber abgeschlossen.
Dann erzählte er Grazia von seinem Problem, Waren zu finden, die sich gut und sicher nach Deutschland exportieren und dort verkaufen ließen.
Grazia hörte zu, stützte dabei die Ellbogen auf den Tisch und den Kopf in die Hände.
Eine kleine Weile schwieg sie, dann fragte sie: »Was gefällt dir an der Insel am besten?«
Hermann lächelte. »Die Sonne, die Blumen.«
»Du kannst aber weder die Sonne noch die Blumen nach Deutschland schicken. Was gefällt dir noch?«
Hermann zuckte mit den Schultern und sah sich in Grazias Küche um. »Orangen«, sagte er. »Die Früchte, ich liebe Kubas Früchte.«
»Und was noch?«
»Eigentlich alles, was ich bisher gegessen habe.«
»Gewürze?«
Das Wort fuhr in Hermann hinein wie ein Blitz. Gewürze. Natürlich. Heilkräuter. Getrocknete Pflanzen, die Heilkräfte hatten und die es in Deutschland nicht gab. Einige Zutaten für Theriak zum Beispiel. Gummiarabikum könnte er mit den Sklavenschiffen aus Afrika einführen und nach Europa weiterverkaufen. Er könnte die Apothe-

ken beliefern, ohne dass die für einen kräftigen Aufschlag bei Merck in Darmstadt kaufen mussten. Muskat. Ingwerpulver gegen Erkältungen und Darmerkrankungen. Zimt. Nicht nur zum Backen, sondern als Mittel gegen die Zuckerkrankheit. In Deutschland wusste niemand, dass Zimt dagegen half. Aber hier hatte er erfahren, dass es so war. Nelken, mit denen die Holländer in Westindien handelten, gegen Zahnweh. Indigo und Cochenille zum Färben. Und vielleicht noch ein paar andere Pülverchen.

Hermann sprang auf und umarmte Grazia. »Danke, ich danke dir so sehr.«

Grazia lächelte. »Und wie willst du diese Dinge beschaffen?«, fragte sie. »Du bist den ganzen Tag im Comptoir, kennst die Leute nicht, die Ingwer trocknen und zu Pulver reiben, kennst niemanden, der mit Indigo und Cochenille handelt.«

Hermann nickte, dann lächelte er und zeigte mit dem Finger auf Grazia. »Könntest du das nicht für mich tun?«

Sie legte den Kopf schief. »Ja, ich könnte das tun. Du weißt, ich würde dir immer gern helfen. Aber dieses Mal brauche ich eine Gegenleistung.«

Hermann breitete die Arme aus. »Was immer du möchtest, Grazia, ich werde es tun.«

Grazia warf Titine einen Blick zu. »Ich möchte allein mit Titine zu einem Babalao gehen.«

Hermann wich zurück. »Warum? Warum darf ich nicht dabei sein?«

Grazia biss sich auf die Unterlippe, dann erwiderte sie leise: »Ich möchte Titine initiieren.«

»Das Initiationsritual?« Hermann war verblüfft. »Du willst sie zu einer Santera machen?«

Grazia verneinte. »Nein, mein Lieber, eine Santera ist sie schon. Sie beherrscht das Obi-Orakel besser als jede andere, die ich kenne. Sogar besser als ich. Damit sie das Orakel aber auch für andere befragen kann, möchte ich sie initiieren.«
Hermann schüttelte den Kopf. »Nein. Nein, wirklich, das geht nicht. Sie ist katholisch, verstehst du? Sie hat einen Gott, sie braucht keine anderen. Du selbst hast einst zu mir gesagt, dass man die Götter nicht wie die Hemden wechseln kann. Nein, Grazia, sei mir bitte nicht böse, aber das kann ich nicht zulassen. Am Ende verspielt sie dabei noch ihr Seelenheil. Das erste Gebot besagt: Du sollst keine anderen Götter neben mir haben. Verstehst du, Grazia? Wenn ich dir erlaube, was du begehrst, so setzte ich wahrhaftig Titines Seelenheil aufs Spiel.«
»Ist nicht ein Gott wie der andere?« Grazia ließ nicht locker.
»Wäre es so, so gäbe es dieses erste Gebot nicht.«
Hermann seufzte. Dann wandte er sich an Titine. »Was willst du?«
Titine griff nach einem Zettel und nach einem Stift. »Ich werde immer an unseren Gott, den Gott unserer Eltern glauben. Aber ich habe eine besondere Gabe, sagt Grazia. Ist es dann nicht Gottes Wille, diese Gabe zu nutzen? Nicht für mich, sondern für die anderen?«
Hermann seufzte abermals. »Mir ist nicht wohl dabei.«
»Die göttlichen Dinge sind niemals einfach, Hermann. Du weißt inzwischen, dass unsere Religion eng mit eurer verbunden ist. Hier auf der Insel stört sich niemand daran. Und du lebst jetzt hier.«

»Also gut«, stimmte er zu. »Ich bin einverstanden, wenn Titine sich initiieren lassen will. Aber ich muss darauf bestehen, dabei zu sein.«
Grazia streckte ihm die Hand hin. »Einverstanden, dann werde ich noch heute einen Termin vereinbaren.«

Vierzehntes Kapitel

Titine schlenderte nach dem Unterricht zu Grazia. Sie ließ sich Zeit heute, bummelte, schaute den Leuten nach, die sie ehrfürchtig anstarrten. Mittlerweile hatte sie sich daran gewöhnt. Es gab hier nicht viele junge Mädchen wie sie, die so helles Haar hatten und eine so dünne Haut, dass man die Adern auf der Stirn sehen konnte.

Sie kam am Markt vorüber und blieb stehen, als sie zwei Frauen streiten hörte. Es waren Sklavinnen, die eine Sprache sprachen, die Titine noch nie gehört hatte. Sie lauschte auf jedes Wort, auf jeden Klang. Und schon bald stellte sie fest, dass sie die Frauen verstand, ohne ein Wort zu erkennen.

Die eine der Frauen sprach in einer höheren Tonlage. Sie senkte ihre Stimme nicht, wenn sie am Ende eines Satzes angelangt war, sondern schraubte sie ein wenig in die Höhe. Das bewirkte, wie Titine feststellte, dass die andere Frau kaum zu Wort kam, aber wütend die Fäuste ballte. Stattdessen riss sie nur den Mund auf und klappte ihn wieder zu. Auf den ersten Blick war für Titine ersichtlich, dass die schnell sprechende Frau sich schuldig fühlte, obgleich sie es nicht zugab, und die andere, die würde nicht mehr lange warten. Gleich würde sie zuschlagen. Schon reckte sie den Kopf nach vorn, schob das Kinn auf ihre Gegnerin zu. Titine hielt die Luft an. In diesem Augenblick kam eine dritte Frau hinzu, ebenfalls eine Schwarze. Sie legte der aufgeregt Schnatternden eine Hand auf die Schulter und ergriff das Wort. Ihre Stimme war dunkel und senkte sich an jedem Satzende. Titine bemerkte, wie das die Frauen beruhigte. Sie schlichtete den Streit. Und es schien Titine dabei ganz gleich, was diese sagte, sondern nur, *wie* sie es sagte.

Langsam und nachdenklich ging sie weiter. Sie hatte etwas verstanden, etwas sehr Wichtiges. Man konnte die Menschen verstehen, ohne die Worte kennen zu müssen, die sie sagten. Von da an riss Titine die Augen auf, sah in jedes Gesicht auf der Suche nach einem Geheimnis, erlauschte jedes Wort, um etwas darin zu entdecken, das über die Worte hinausging.

Und sie staunte, wie viel sie fand. Da war der kreolische Mann, der mit der Frau an der Fleischbank zu tändeln schien, doch Titine hörte einen Unterton in seiner Stimme. Er schäkert nur mit ihr, damit er das Fleisch billiger bekommt, erkannte sie. Dann war da eine Weiße, die ihre Dienerin so laut anschrie, dass die Leute stehen blieben und sich um sie drängten. Die Stimme der Weißen war ganz schrill, schien sich beinahe zu überschlagen. Und Titine wusste, dass es die Angst war, welche die weiße Frau vor ihrer schwarzen Sklavin hatte. Die Schwarze hatte die Augen gesenkt, sah ihre Herrin nicht an, und ihre Antworten kamen leise, aber mit so fester Stimme, dass auch Titine die Gefährlichkeit darin hören konnte. Schon bald würde die Sklavin weglaufen, da war sich Titine ganz sicher. Vielleicht schon heute Abend, vielleicht auch erst nächste Woche, aber dass sie weglaufen würde, das war so sicher wie das Amen in der Kirche.

Es war, als wären ihr mit einem Mal Schuppen von den Augen gefallen. Als hätte sie einen Sinn entdeckt, den sie vorher nicht kannte und für den die, die sprechen konnten, taub waren.

Grazia fragte sie, was es Neues gebe, und Titine schrieb auf einen Zettel, dass die Dienerin der weißen reichen Spanierin Solis sich aus dem Staub machen würde.

»Woher weißt du das?«, fragte Grazia.

Titine zuckte mit den Schultern.

Aber als ein paar Tage später die Flucht der Sklavin in der Stadt die Runde machte, da nahm Grazia Titine bei der Hand. »Es wird nun Zeit, dass wir zum Babalao gehen. Bist du bereit?«

Und Titine nickte.

Es dauerte noch zwei Tage, bis der Babalao entschied, dass nun die rechte Zeit wäre, um Titine zu initiieren. In letzter Minute hatte Grazia einen Boten zu Hermann geschickt, dann hatten sie sich aufgemacht auf den zweistündigen Weg hinaus aus Havanna und über das Land. Stumm liefen sie nebeneinander her, eine jede in ihre eigenen Gedanken versunken.

Als sie vor der Hütte des Hohepriesters ankamen, hatten sich schon eine Menge schwarze Sklaven, die auf den Tabakfeldern der Gegend arbeiteten, eingefunden. Titine und Grazia liefen an einer großen Holzhalle vorbei, die keine Wände hatte, sondern nur Dächer. Im Inneren hingen dicke Bündel getrockneten Tabaks von der Decke herab. Eine Sklavin stand auf einer Leiter und schnitt eines nach dem anderen ab. Unten hockten mindestens zwei Dutzend Frauen auf Bänken, vor sich einen langen Tisch. Sie hatten die Röcke hochgeschlagen und rollten

die großen Tabakblätter auf ihren nackten Schenkeln. Ein weißer Aufseher stand dabei, glotzte ungeniert auf die schlanken braunen Beine und leckte sich dabei die Lippen. Dann zeigte er mit dem Peitschenstiel auf eine der Frauen. »Du!«, rief er, so dass die anderen zusammenzuckten. »Du kommst heute Abend zu mir. Hast du verstanden?« Dem Mädchen stiegen die Tränen in die Augen, doch sie wagte nicht zu widersprechen, also nickte sie, während die anderen sie mitleidig musterten.
Titine blieb stehen und betrachtete die Arbeiterinnen. Eine sah hoch, stutzte, als sie Titine sah, und verbeugte sich dann leicht und mit einem Lächeln auf den Lippen.
Nach ein paar Schritten waren bereits die ersten Trommeln zu hören. Der Babalao stand in einem Kreis, der aus weißen Steinen gelegt war. Als er Titine erblickte, stieß er einen Ruf aus, und schon kamen aus einer anderen Hütte zwei schwarze Frauen. Sie griffen Titine bei den Armen und zogen sie mit sich. Das Mädchen hatte keine Angst, denn sie wusste, dass ihr unter den Schwarzen niemals etwas geschehen würde. Wieso das so war, wusste sie nicht, doch sie war sich sicher.
Die Frauen führten sie zu einer Hütte, zogen ihr Kleid und Unterrock aus und hüllten sie in ein weißes Tuch. Sie führten sie ins Innere einer Hütte, vor deren Tür Perlenketten hingen. Dahinter stand ein Zuber, aus dem Wohlgerüche nach fremden Kräutern aufstiegen. Die Frauen forderten sie auf, in den Zuber zu steigen. Titine sah sich nach Grazia um, denn sie schämte sich ein wenig ihrer Nacktheit. Seit sie auf Kuba waren, hatte sich ihr Körper verändert. Titine war nicht nur gewachsen, nein, sie war auch ein wenig breiter in den Hüften geworden.

Ihr Leib war nicht mehr kindlich unbehaart, und ihre Brüste waren zu kleinen, harten Äpfeln geworden. Grazia nickte ihr zu.
Die Frauen strichen ihr liebevoll das Haar aus dem Gesicht, banden auch dieses in ein weißes Tuch und malten ihr mit Kreide weiße Striche auf Stirn und Wangen, die wegen ihrer hellen Haut jedoch kaum zu sehen waren.
Dann führten die beiden Frauen Titine hinaus und brachten sie in den Kreis.
Der Babalao stellte sich vor sie hin, bestäubte sie mit etwas, das wie Asche aussah. Die Trommelschläge wurden schneller. Die Frauen, inzwischen aus anderen Hütten dazugekommen, beugten den Rücken und stampften mit den Füßen auf den Boden. Die Ringe, die sie um die Knöchel und Handgelenke trugen, klimperten dabei laut. Auch Grazia war unter ihnen, doch anders als die anderen hielt sie den Kopf nicht gesenkt, sondern den Blick auf Titine gerichtet.
Titine war ganz still, ganz ruhig. Ihr Herz schlug im gleichen Rhythmus. Sie befand sich inmitten des Kreises und fühlte sich dort so geborgen wie in einer Höhle. Die Asche, die der Babalao über sie gestäubt hatte, kitzelte sie in der Nase, doch sie rührte sich nicht.
Der Mann hielt nun beide Hände über ihren Kopf, schloss die Augen und murmelte etwas, das Titine mit Worten nicht verstand. Aber ihr Herz verstand. Da war einer, der nicht mit ihr, sondern über sie sprach. Manchmal hielt er inne, dann wurden die Trommeln lauter. Und wenn er schließlich weitersprach, so hörte sie, dass er mit den Antworten, die er wohl von den Orishas oder wem auch immer erhalten hatte, nicht zufrieden war.

Er schüttelte den Kopf, besah seine Hände, rieb auch diese mit der Asche ein und hielt sie ihr erneut über das Haupt. Doch abermals schienen ihm die Antworten der Götter nicht zu gefallen. Er machte eine Pause, umfasste Titines Gesicht und schaute lange und tief in ihre Augen. Ein Mann näherte sich dem Kreis. Er trug einen bunten Hahn an den Beinen, der lauthals krähte. Doch als er Anstalten machte, den Kreis zu betreten, hielt ihn der Babalao zurück. Sofort verstummten auch die Trommeln, die Frauen hörten auf zu tanzen.

Alles stand still, alle starrten auf Titine. Jetzt bewegte sie sich. Ein wenig nur. Sie sah auf den Babalao und tat nun, was er kurz vorher mit ihr getan hatte. Sie nahm sein Gesicht in beide Hände und sah ihm in die Augen. Lange und tief.

Niemand wagte ein Wort. Die Stille, die über dem Platz lag, war beinahe mit Händen zu greifen. Kaum wagten es die Leute, zu atmen. Dann ließ Titine den weißgekleideten Mann los, und dieser begann zu lächeln. Er hob die Hand, und die Trommeln schlugen wieder. Lauter, schneller. Und die Frauen begannen zu tanzen. Sie umkreisten die beiden, stampften mit den Füßen, rasselten mit ihren Armbändern, sangen aus tiefster Kehle.

Und auch Titine fing an, mit den Beinen zu stampfen. Die Trommeln drangen in ihr Ohr, bis sie nichts mehr hörte als den Rhythmus. Ihre Füße stampften wie von selbst, ihr Mund öffnete und schloss sich, als singe auch sie, doch aus ihrem Mund kam noch immer kein Laut. Sie tanzte, bis ihr der Schweiß in Strömen über das Gesicht lief, die Haare ihr auf der Stirn klebten und das weiße Gewand an Brust und Rücken durchnässt war. Und ihr gegenüber

tanzte der Babalao, sah ihr dabei in die Augen. Und die anderen tanzten und stampften, und auch ihnen drang die Musik der Trommeln in jede Pore. Schon fiel die erste Frau, lag zuckend am Boden. Dann die nächste und die übernächste. Wenig später lagen alle, hatten sich in eine Trance getanzt, waren jetzt eins mit sich und den Göttern, während die Trommeln nach wie vor riefen.
Titine spürte, wie sich ihr Geist von ihrem Körper löste, hoch hinaufschwang. Hinauf zu den Göttern, zu den Ahnen, den Toten, zu Mama und Papa. Und Titine gab ihrem Geist alle Liebe mit, die sie hatte, auf dass er ihre Mutter und ihren Vater im Himmel von ihr grüßte. Dann fiel auch sie zu Boden, sie spürte es nicht. Da war nur ein weiches Licht, dass sie umhüllte, umhegte, schützte …

Fünfzehntes Kapitel

Als sie wieder zu sich kam, war es dunkle Nacht. Grazia saß neben ihr auf dem Boden und nestelte an dem Armband ihrer Göttin.

»Die Ahnen waren hier. An diesem Abend waren die Ahnen bei uns. Du hast sie gerufen, Titine.«

Das Mädchen schüttelte den Kopf, reckte sich, sah nach dem Hohepriester. Dann wollte sie aufstehen, den Staub von den Kleidern schütteln, die Asche aus ihrem Haar waschen, doch Grazia drückte sie nieder.

»Du musst liegen bleiben«, sagte sie. »Es ist etwas Besonderes geschehen. Nicht der Babalao wird ein Huhn ausbluten und dich mit diesem Blut salben. Die Zeichen haben sich verkehrt. Du bist es jetzt, die mit dem Blut eines Opfertieres die anderen segnen soll.«

Titine schüttelte den Kopf, deutete auf ihre weiße Haut, auf ihr helles Haar. Ich bin keine von euch, sollte das heißen, doch Grazia verneinte.

»Es ist ganz gleich, welche Hautfarbe du hast. Die Orishas haben gesprochen. Wir alle haben es gehört. Ihre Botschaft war klar. Sie haben dich zu uns gesandt. Du hast eine Aufgabe.«

Titine zog fragend die Augenbrauen nach oben, aber Grazia strich mit dem Zeigefinger ihre Stirn wieder glatt. »Ich weiß nicht, welche Aufgabe dich zu uns geführt hat. Ich weiß nur, dass es so ist. Die Götter werden dir zeigen, was

du zu tun hast, wenn die Zeit gekommen ist. Und jetzt schließe deine Augen und warte noch eine kleine Weile.«
Titine tat, wie ihr geheißen. Sie lag auf dem blanken Boden, hatte jedoch das Gefühl, sie würde auf seidenen Laken liegen. Sie hatte lange nichts mehr gegessen und getrunken, trotzdem verspürte sie weder Hunger noch Durst. Sie war nur ein wenig benommen. So, als wäre sie aus tiefem, tiefem Schlaf erwacht. Sie grübelte, dennoch konnte sie sich nicht erinnern, einen Traum gehabt zu haben. Nur dieses wunderbare Gefühl des Geborgenseins.
Nach einer Weile öffnete sie die Augen, weil sie Geräusche rings um sich hörte. Der Morgen brach gerade an, ein silberner Lichtstreifen erhellte den Horizont. Eine einzige Trommel wurde geschlagen, und obwohl die Musik sehr leise war, kroch sie in Titines Herz. Sie nahm den Rhythmus der Klänge auf, erhob sich. Wie von selbst begann sie erneut zu tanzen. Ihre Müdigkeit war wie weggeblasen. Alles fühlte sich wieder an, als wäre sie in einem Traum, aus dem sie jederzeit aufwachen könnte.
Auch die anderen Frauen erhoben sich, fingen an, sich im Kreis zu bewegen. Langsam, mit ruhigen Schritten. Sie summten dabei ein Lied. Nein, kein richtiges Lied. Nur ein paar Töne, die sich immer wiederholten.
Dann verstummte die Trommel, die Frauen standen still, auch Titine. Der Babalao kam hinter einer der Hütten hervor. Er trug ein blökendes Lamm über der Schulter und legte es in den Kreis, direkt vor Titines Füße.
Dann reichte er ihr ein Messer, zeigte ihr, wie sie dieses durch die Kehle des Tieres ziehen sollte. Neben ihre Füße stellte er ein Gefäß und bedeutete ihr, das Blut des Tieres darin aufzufangen.

Titine hatte noch nie ein Tier getötet. Nicht einmal eine Fliege. Sie wollte das nicht. Sie wollte niemandem das Leben nehmen, keinem Menschen, keinem Tier.
Sie hockte sich neben das Lamm und strich mit der Hand über sein Fell. Weich fühlte sich das an. Und unter ihren Händen wurde das Tier ganz ruhig. Es sah sie aus großen braunen Augen an. Und Titine strich ihm über das Maul, über den Kopf. Dann packte sie das Messer und zog es durch die Kehle des Lammes, wie der Babalao es ihr gesagt hatte. Zugleich griff sie nach dem Gefäß und fing das Blut auf. Sie warf das Messer aus dem Kreis und streichelte weiterhin das Tier, das sie mit seinen braunen Augen ohne Angst und Schmerzen anschaute, als wäre es mit dem, was sie da tat, vollkommen einverstanden.
Sie streichelte das Tier so lange, bis der letzte Blutstropfen ins Gefäß gelaufen war, dann schloss sie ihm die Augen und malte ein Kreuzzeichen auf seine Stirn.
Sie hatte nicht bemerkt, dass die Trommeln wieder angefangen hatten zu schlagen. Die Frauen standen nun mit stillen Beinen, wiegten sich vor und zurück und summten.
Der Babalao deutete auf das Gefäß.
Titine verstand. Sie tauchte ihren Zeigefingern hinein und malte dem Hohepriester zwei blutige, parallele Striche auf die Stirn und beide Wangen. Dann tat sie dasselbe mit den Frauen, und zum Schluss trug sie das noch warme Blut den Trommlern auf Wangen und Stirn auf. Als das letzte Blut aufgebraucht, das Gefäß leer war, da jubelten die Schwarzen. Sie rissen die Arme in die Höhe, umarmten sich, gratulierten. Die Frauen schwenkten ihre bunten Kleider und stießen kleine, spitze Schreie aus, die sich wie Käuzchenrufe anhörten.

Anschließend verließen die zwei stärksten Männer den Kreis und kamen kurz darauf mit einem halben Baumstamm zurück, legten ihn in die Mitte der Feuerstelle. Darauf hatten die Frauen nur gewartet. Sie zogen ihre Kleider ein Stück in die Höhe, so dass sie vorn eine Art Schürze bildeten. Dann verschwanden sie in der Dunkelheit, kamen kurz darauf mit Kleinholz, getrockneten Kokosnussschalen, getrockneten Palmenblättern und allerlei anderem Zeug zurück. Zwei andere Männer schichteten die Brennstoffe in der Mitte des Kreises auf, und der Babalao entzündete es. Schließlich wurde ein Spieß über das Feuer gehängt, daran das Lamm, während die anderen sich um das Feuer setzten.
Titine fühlte sich auf einmal so erschöpft, dass sie zu Grazia kroch, ihren Kopf in deren Schoß legte und einfach einschlief, während die Sonne am Himmel aufstieg.

Sechzehntes Kapitel

Noch immer war Hermann verärgert, dass er nicht an der Zeremonie des Babalaos hatte teilnehmen können. Grazia war nicht gerade gesprächig gewesen; sie hatte ihm einfach nur mitgeteilt, dass es wohl der Geist der Ahnen war, der über Titines Initiation gewacht hatte. Der Geist der Ahnen? Hermann glaubte kein Wort davon. Wenn da etwas war, das Titine beschützt hatte, so war das ihre Mutter, die vom Himmel gestiegen war, um bei ihrer Tochter zu sein. So war das, und nicht anders. Hermann war ein wenig aufgebracht, doch Grazia lachte ihn aus: »Und eure Mutter, ist sie etwa keine Ahnin?« Da verstummte Hermann, zuckte nur mit den Schultern und hoffte inständig, dass alles gut war.

Und Titine selbst hatte ihm auch nichts berichtet, sondern nur gezeigt, dass sie glücklich gewesen war. Damit musste er sich begnügen, und er tat es auch, denn er hatte genügend eigene Probleme. Am Abend der Zeremonie war er wieder mit Ramona verabredet gewesen, doch dieses Mal hatte Don Escodura Ramonas alte Kinderfrau mitgeschickt. Der Kinderfrau, einer alten schwarzen, aber freien Frau mit geschwollenen Beinen und krummem Rücken, fiel das Laufen sichtbar schwer, doch um nichts in der Welt ließ sie sich davon abhalten, den beiden Verliebten auf dem langen Weg zum Fort Principe zu folgen. Manchmal gelang es Hermann und Ramona, hinter einer Wegbiegung zu verschwinden. Dann hatten sie Zeit für einen kurzen Kuss, eine sanfte Liebkosung, eine scheue Umarmung. Aber kaum tauchte die Alte auf, drohte sie Hermann von weitem mit dem Stock und beschimpfte ihn, er würde ihrem Schützling die Tugend vor der Zeit rauben. Hermann hatte lange schon erkannt, dass die Tugend auch auf der Insel ein kostbares Gut war, das nicht so einfach von den Mädchen hergeschenkt wurde. Trotzdem war der Umgang, fand er, viel freier. Meist spazierten sie Hand in Hand, und Ramona erzählte von ihrer Kindheit, von den Sommern in den Bergen, wo die Luft kühler war und der Regen manchmal so stark, dass die Straßen aufrissen. Sie erzählte von den Tieren und den Pflanzen, und Hermann spürte aus ihren Worten die Liebe zu den Dingen. Nur, wenn er auf die Schwarzen zu sprechen kam, wurde Ramona einsilbig. »Wo kommen sie eigentlich her?«, hatte er wissen wollen.

Ramonas Gesicht hatte sich verdüstert. »Sie kommen aus Afrika. Mit Schiffen. Das weißt du doch.«

»Ja. Gehört habe ich davon. Aber gesehen habe ich noch keines. Und dann? Was geschieht mit den Männern und Frauen?«

»Sie werden auf dem Sklavenmarkt verkauft. Nicht nur Männer und Frauen, auch Kinder. Es ist Mode geworden, sich ein schwarzes Kind im Haus zu halten, so wie es vorher Mode gewesen war, einen Papagei zu haben oder ein weißes Hündchen.« Ramona verzog geringschätzig den Mund.

»Sklaverei ist doch verboten. Groth sagte mir, die Engländer hätten sich schon 1817 von diesem grausamen Brauch getrennt.«

Ramona zuckte mit den Achseln. »Das ist vielen hier gleichgültig«, erwiderte sie. »Irgendjemand muss diese Arbeit ja machen. Warum also nicht die Sklaven?« Sie lachte ein wenig. »Mir ist es jedenfalls lieber, dass sie meine Wäsche waschen als andersherum.«

Hermann schwieg darauf. Doch dann kam die nächste Wegbiegung und damit die nächste Gelegenheit für einen raschen Kuss, und alles herum war vergessen.

Jetzt saß er im Comptoir an seinem Schreibpult und überprüfte die Frachtlisten.

In der Zeitung war die Ankunft des Hamburger Handelsschiffes »August und Julius« von der Reederei, die zur Handelsgesellschaft Groth, Jessen und Krischak gehörte, für den Abend angekündigt. Hermann hatte mehrere Fässer Indigo und ein Dutzend Säcke mit pulverisiertem Ingwer aufgetrieben, dazu einhundert Weidenkörbe mit halbgrünen Orangen und noch einmal zwei Dutzend Säcke mit Gewürzen und Cochenille. Er war sogar im Zollamt gewesen und hatte sich einen ganzen Tag lang mit Frachtlisten beschäftigt. Auf die Art hatte er herausgefunden, an welchen Grossisten er seine Waren in Hamburg schicken konnte. Und gleich nach dem Mittagessen würde er sich auf den Weg zum Hafen machen, um dort auf das Schiff zu warten. Er würde die Entladung kontrollieren, den Zoll überwachen und danach das Beladen. Neben ihm, auf einem Schränkchen, lag die Post, die mit nach Deutschland sollte. Auch ein Brief an das Pharmazieunternehmen Merck war dabei. Hermann hatte ihm geschrieben und fragte darin an, ob bei der Firma Bedarf an Gummiarabikum oder dem Extrakt aus der Sabalpalme bestand, der gegen Tripper, Prostatabeschwerden und Bronchitis half. Auch ein paar Proben hatte er beigelegt.

Groth hatte ihm diesen Tipp gegeben und dabei erklärt, dass es stets lohnender sei, große Massen an einen Händler zu verkaufen, als kleine an mehrere.

Hermann war darüber anderer Ansicht, denn seiner Meinung nach gebot ein ausreichendes Angebot einen niedrigeren Preis, aber er war noch zu unwissend, um sich dessen wirklich sicher zu sein.

Nur einmal dachte er kurz an Würzburg, und seine Gedanken schweiften dabei auch zu Klaus, seinem Freund. Würde er dieses Mal auf dem Schiff sein? Hermann hatte ihm geschrieben, doch nie eine Antwort erhalten. Vielleicht, überlegte er jetzt, mussten Hutmacher das Schreiben nicht lernen, weil sie es nicht brauchten, trotzdem hätte sich Hermann über eine Nachricht des Freundes gefreut.

Die Mittagstafel war noch nicht ganz abgeräumt, da stieg Hermann schon in seinen besten Anzug, striegelte sich das Haar und begab sich zum Hafen.

In einem kleinen Bureau, das sich in einem der Hafengebäude befand und der Handelsgesellschaft gehörte, überprüfte Hermann zum zwanzigsten Male die Frachtlisten. Die »August und Julius« hatte Möbel geladen. Schränke aus gutem, deutschen Eichenholz, die schon verkauft waren, ehe sie hier anlangten. Mailänder Samt, belgische Spitze, böhmisches Glas. Dazu ein paar Sättel, die aus der Türkei und aus Ungarn kamen, scharfe Messer aus Damaszenerstahl sowie Geräte, Werkzeuge und Kupferkessel, die für die Herstellung des Zuckers benötigt wurden.

Hermann war nicht der Einzige im Hafen. Dicke Plantagenbesitzer mit qualmenden Zigarren warteten auf das Schiff, dazu ein paar Viehhändler, Tabakhersteller, und sogar Don Escodura ließ sich einmal kurz blicken.
Es dauerte noch Stunden, ehe die Brigg im Hafen anlegte, aber Hermann vertrieb sich die Zeit damit, mit den anderen Wartenden ins Gespräch zu kommen. Er hörte von dem vielen Regen des vorletzten Jahres, der das Zuckerrohr auf dem Halm hatte faulen lassen. Er erfuhr, dass die Hurrikane des letzten Winters weniger schlimm als erwartet gewesen waren, dass dies jedoch noch nicht der Abend aller Tage war. »Die schlimmsten Stürme«, schnappte er von einem auf, der im Landesinneren lebte, »haben wir im Februar und im März. Kann sein, dass es uns noch trifft. Der letzte hat immerhin die Nachbarinsel, Haiti, verwüstet.« Er lachte meckernd. »Gut so«, fügte er an. »So können uns diese verfluchten Franzosenknechte nicht mehr in den Handel pfuschen.«
Ein anderer kam aus der Sierra Madre. Seine Felder lagen am Fuße der Berge. Er beklagte, dass ein Teil von ihnen abgebrannt wären. »Diese verfluchten, dreckigen Nigger«, rief er voller Zorn. »Sie fliehen von den Pflanzungen, verstecken sich in den Bergen, und um dort nicht hungers zu sterben, stehlen sie wie die Raben und zünden hinterher die Felder an.«
»Und was passiert mit ihnen in den Bergen?«
Der Pflanzer zuckte mit den Achseln. »Ich habe mir jedenfalls ein paar Gewehre bestellt. Springfields. Ein ganzes Dutzend mit reichlich Munition. Sie müssten auf dem Schiff sein. Wenn mir einer von denen vor die Flinte kommt, dann knalle ich ihn ab.«

Hermann nickte. Er hatte diese Worte inzwischen schon so oft gehört.
Das Schiff schob sich langsam heran. Hermann beschirmte seine Augen mit der Hand. Allmählich schälten sich winzige Gestalten heraus, die an der Reling standen und winkten. Einer von ihnen warf seinen Hut in die Luft – und Hermann stockte der Atem. War das Klaus? War das wirklich sein Freund Klaus aus Würzburg?
Doch erst, als Klaus den Landungssteg herunterstürmte, direkt in Hermanns Arme, da wusste er, dass sein Freund endlich angekommen war.
Er umarmte ihn, hielt ihn fest, spürte erst jetzt, dass das Heimweh ihm in den Knochen gesessen hatte, hinter den Augen, auf der Zunge. »Wie schön, dass du da bist. Wie schön, wie schön, wie schön!«, rief er aus.
Klaus lachte. »Ich hatte es doch versprochen, weißt du nicht mehr? Hutmacher halten ihr Wort. Immer.«
Klaus wandte sich um, und erst jetzt bemerkte Hermann die Frau, die die ganze Zeit hinter Klaus gestanden hatte und die jetzt, da sie seiner Aufmerksamkeit sicher sein konnte, ihren Schleier vor dem Gesicht lüpfte.
»Wilma!?« Hermanns Ruf klang wie ein Hilfeschrei. Er sah sich um, als suche er nach einer Fluchtmöglichkeit, noch ehe die Apothekertochter auch nur ein Wort gesprochen hatte.
»Ja. Ich bin es«, erklärte sie. »Aber denk bloß nicht, ich wäre deinetwegen hier. Nein, mein Lieber, du hast deine Chance verpasst. Nicht mit dem Hintern hätte ich dich mehr angeguckt, aber Klaus wollte ja unbedingt nach Kuba. Nun, so lernt das Kind wenigstens seinen Vater kennen. Und ich hoffe, gleich von der richtigen Seite.«

Hermann riss die Augen auf, starrte auf das Kind, welches auf Wilmas Hüfte saß, das Köpfchen an ihre Schulter gelegt, und schlief.
»Wilma?« Hermann strich sich mit der Hand über die Augen, warf Klaus fragende Blicke zu.
»Wir sind verheiratet, Wilma und ich«, erwiderte der Hutmacher leichthin. »Du bist ja weg, hast sie im Stich gelassen mit ihrer Leibesfrucht. Kein schöner Zug von dir, aber jetzt vergeben und vergessen. Da habe ich sie halt geheiratet, und der alte Dehmel hat die Überfahrt bezahlt, damit ich dir ins Gesicht sage, dass du ein Lump bist.« Klaus hieb Hermann auf die Schulter. »Das war's ihm wert, kannst du dir das vorstellen?«
Hermann schüttelte den Kopf. Er konnte sich überhaupt nichts mehr vorstellen. Immer wieder betrachtete er Wilma und das Kind, das seins sein sollte, jedoch nicht seins sein konnte, weil er niemals mit Wilma etwas gehabt hatte, sogar geflohen war er vor ihr über den Ozean bis auf die Insel. Und nun war sie ihm gefolgt wie ein Nachtmahr, ganz gleich, wie sehr er sich die Augen rieb.
»Habt ihr eine Unterkunft?«, fragte Hermann.
Klaus warf den Kopf zurück. »Ich dachte, du würdest dich gleich darum kümmern. Schließlich bist du uns etwas schuldig. Vielleicht greifst du uns auch ein bisschen unter die Arme, bis wir mit dem Hutgeschäft auf eigenen Beinen stehen. Das Leben ist teuer, ein Kind kostet Geld. Bisher habe ich nicht gespart an dem Wurm, denn noch immer halte ich dich für einen Ehrenmann, der mir auf Heller und Pfennig die Ausgaben ersetzen wird.«
Erneut hieb Klaus ihm auf die Schulter. Wilma blinzelte mit ihren eng stehenden Augen, und Hermann schien es,

als würden diese Blicke alles um ihn herum vergiften. Das Land, das er inzwischen liebte, den Hafen, die Menschen, das Meer, alles.

»Ich bin nicht der Vater«, erklärte Hermann und stellte zu seiner großen Bestürzung fest, dass es seiner Stimme an Festigkeit mangelte. Quiekend kam sie ihm vor, wie die Schreie eines Ferkels, auf das schon der Bratspieß wartet.

Er räusperte sich, sagte noch einmal, lauter: »Wer immer der Vater ist, ich bin es jedenfalls nicht.«

Aber Wilma schüttelte nur verächtlich den Kopf, stieß Klaus an und sprach: »Habe ich dir nicht gleich gesagt, dass er alles abstreiten wird?«

»Das hast du, mein Herz, es waren deine Worte, die er ausgesprochen hat. Aber jetzt sind wir müde. Er wird uns zu unserer Unterkunft führen, und alles Weitere werden wir in den nächsten Tagen besprechen.«

Siebzehntes Kapitel

Titine hatte ihr Haar wachsen lassen. Fein wie Spinnweben wehte es über ihre Schultern bis zur Hälfte des Rückens. »Wie eine Königspalme siehst du aus«, wiederholte Grazia stets, wenn sie Titine das feine Haar bürstete, bis es silbern schimmerte.

Seit der Nacht bei dem Babalao war Titine eine andere geworden. Sie war nicht nur äußerlich gewachsen, sondern auch ihr Inneres hatte sich verändert. Sie war kein Kind mehr, und vor allem nicht mehr das mutterlose, vaterlose Wesen, dem es aus Kummer die Sprache verschlagen hatte. Seit jener Nacht wusste Titine, dass sie stark war. Stärker, als sie je geglaubt hatte. So stark, dass sie keine Worte brauchte, um sich verständlich zu machen. Sie hatte mit dem Üben aufgehört, formte nicht mehr stundenlang Worte auf Deutsch, auf Spanisch. Sie hatte aufgehört, es zu wollen. Worte, das war etwas, dem sie nicht traute. Es gab so viele Lügen. So viel Leid entstand einzig aus Worten. Manchmal malte sie sich aus, wie es wäre, wenn sie auch nichts mehr hörte. Doch sosehr sie den Worten misstraute, sosehr liebte sie Töne und Klänge. Der Gesang der Vögel, die hastigen Schritte der Kreolinnen am Morgen, der Wind, der an den Bäumen zauste, der Klang auseinanderfallender Kokosnüsse, das Rascheln der Tabakblätter, das Mahlen der Kaffeemühle. Sie hatte geübt und tat es noch. Fleißig, unermüdlich und anders als vorher. Sie übte, die Worte von den Klängen und Tönen zu unterscheiden. Sie übte, die Worte für sich unhörbar zu machen. Bei Grazia klappte es manchmal schon. Sie saß ihr am Tisch gegenüber, schaute ihr ins Gesicht, sah, wie ihre Lippen sich bewegten, doch sie hörte die Worte nicht, die Grazia sprach, sondern nur die Tonlage, die Stimmhöhe, die Klangfarbe. Die Bedeutung der Worte interessierte sie nicht mehr, Titine wusste auch so, was Grazia meinte. Sie sah es in ihren Augen, hörte es an der Höhe ihrer Stimme, entdeckte es in ihrer Körperhaltung. Bei Grazia war es leicht, die Worte zu überhören, denn immer, immer passten ihre Worte zu ihrem Körper, zu ihren Blicken und dem Wortklang. Bei Grazia gab es nichts, das sich hinter den Worten versteckte wie eine zweite, ungleich wichtigere Botschaft, die es zu entschlüsseln galt, um den gesprochenen Worten den richtigen Sinn zu geben. Was Grazia sprach, das war so.

Anders bei Hermann. Früher, da hatten auch seine Worte zu allem anderen gepasst, aber jetzt erkannte Titine immer öfter eine zweite Wortschicht hinter den Worten, eine unausgesprochene Botschaft, die aber die eigentliche war.

»Ich werde Handel treiben und Ramona heiraten«, sagte er zum Beispiel, doch Titine wusste, dass er etwas ganz anderes sagte. Seine Blicke sprachen, seine angespannten Schultern, seine hochgezogenen Augenbrauen. »Ich werde es allen beweisen«, sagten die versteckten Worte. »Ich werde von niemandem abhängig sein. Ich werde eines Tages keine Anweisungen mehr entgegennehmen, sondern Anweisungen erteilen.«

Und Titine hörte nicht nur die versteckten Worte, hinter denen sich noch eine dritte Schicht verbarg. Worte, die

Hermann nicht einmal zu denken wagte, die aber aufrichtiger und wahrer waren als alle davor.
Ich habe Angst, ein Versager zu sein, lauteten diese Worte. Ich habe Schuld auf mich geladen. Schuld, die nie wiedergutzumachen ist. Und ich kann damit nicht leben. Hätte ich nur diese Schuld, so wäre ich lieber tot. Aber ich muss leben. Nicht für mich, sondern für andere. Für eine andere. Ihr habe ich alles genommen, und ihr will ich alles geben, muss ich alles geben, was es auf dieser Welt gibt.
Titine wusste sogar, dass sie diese eine war, aber es war ihr nicht möglich, Hermann zu sagen, dass seine Ängste, seine Anstrengungen ganz umsonst waren. Es war ihr nicht nur unmöglich, weil sie keine Worte dafür hatte, sondern es war unmöglich, weil sie Hermann damit jeden Antrieb genommen hätte.
Titine war noch so jung. Von den meisten wurde sie wie ein Mädchen behandelt. Und eigentlich war sie auch noch ein Mädchen mit ihren vierzehn Jahren. Aber in ihrem Inneren, das wusste sie seit der Nacht bei dem Babalao, da war sie viel älter. Viel, viel älter.
Sie fühlte sich seither ein wenig fremd unter den Menschen, so, als würde sie nicht dazugehören. So hatte sie sich gefühlt, seit ihre Eltern verbrannt waren. Sie war plötzlich eine gewesen, die vom Leid gezeichnet war. Und viele Leute in Deutschland hatten getan, als wäre dieses Leid ansteckend, wenn sie sich Titine näherten. Hier, auf der Insel, war das nicht so. Hier gehörte das Leid zur Liebe, der Tod zum Leben. Fremd aber war sie auch hier. Weil ihr Inneres nicht mit ihrem Äußeren zusammenpasste. Am meisten jedoch schmerzte es sie, dass sie sich von Hermann entfernte. Er kannte nur die Worte, war nicht imstande, zu

sehen, zu hören, zu lesen, was hinter den Worten stand. Und so wusste Titine keine Art, sich mit ihm zu verständigen. Ihre Liebe, die tiefe Liebe zu ihrem großen Bruder, war in einen leeren Brunnen gefallen. Nein, noch nicht bis zum Grund. Noch im Flug, aber eben im Fallen.

Sie saß am Fenster, blickte hinauf zu den Sternen und lauschte auf die Geräusche, auf die Klänge und Töne im Haus. Hermann kam die Treppe herauf. Seine Schritte schleiften, so dass Titine erschrak. Heute Mittag hatten seine Schritte etwas Schwebendes gehabt, etwas Leichtes. Jetzt waren sie schwer, zu schwer fast für einen so jungen Mann. Er öffnete die Tür, strich ihr über das Haar und ließ sich auf das Bett fallen.

Titine setzte sich neben ihn, die Hände im Schoß gefaltet, blickte ihn an. Aber Hermann sprach nichts. Er verbarg das Gesicht in den Händen und seufzte. Erst nach vielen, vielen Seufzern war er bereit zu sprechen.

»Klaus ist mit dem Schiff gekommen«, sagte er. »Und er hat seine Frau mitgebracht. Es ist Wilma. Sie hat ein Kind dabei. Das Kind, sagt sie, wäre von mir. Sie verlangen, dass ich ihnen eine Unterkunft suche und zahle, einen Laden für die Hüte, Essen, Trinken, Kleider. Ich bin es ihnen schuldig, sagen sie, weil es mein Kind wäre und Klaus Wilma nur geheiratet hat, um ihren Namen zu retten.«

Titine nickte. Sie hatte vom ersten Tag an gewusst, dass Wilma doppelzüngig sprach. Und sie wusste auch, dass Hermann Wilma niemals angerührt hatte. Aber sie konnte ihm nicht helfen. Also malte sie ein Fragezeichen in die Luft.

»Was wirst du tun?«, hieß das.

Hermann sah sie an, und Titine erkannte nackte Angst in seinem Blick.

»Ich weiß es nicht«, sagte er. »Wenn ich zahle, dann kann ich Ramona nicht heiraten. Wenn ich nicht zahle, dann werden sie Ramona und Don Escodura alles erzählen, von der Eheflucht, dem Kind, das nicht meines ist, und was weiß ich noch alles. Dann werde ich Ramona auch verlieren. Was soll ich tun, Titine? Sag es mir!«
Titine zuckte mit den Schultern, legte eine Hand an ihre Wange und neigte den Kopf zur Seite.
»Ich soll darüber schlafen, sagst du«, übersetzte Hermann. »Aber was, wenn mir nichts einfällt?«
Titine schob die Unterlippe vor, legte dann einen Finger quer über ihren Mund und verschränkte danach die Arme vor der Brust.
»Sage nichts und tue nichts«, wollte sie damit andeuten.
»Vielleicht hast du recht«, überlegte Hermann. »Wie kann ich zulassen, dass sie versuchen, mein Leben zu zerstören? Was habe ich ihnen getan? Ich werde allen erzählen, was Wilma für eine Lügnerin ist. Niemand wird ihr dann mehr glauben. Ich bin viel länger hier auf der Insel als die beiden. Die Leute kennen mich. Sie werden mir glauben, nicht Wilma.«
Titine verzog zweifelnd den Mund. Sie tippte sich an die Stirn, boxte dann in die Luft, verschränkte die Arme abermals und nickte.
»Die Leute glauben immer das Schlechte über den anderen. Ist es das, was du mir sagen willst?«, fragte Hermann, und in seinem Blick lag die Bitte, sie solle etwas anderes gemeint haben.
Titine nickte wieder. Dann stand sie auf, strich ihrem Bruder sanft über die Wange.

Achtzehntes Kapitel

Am nächsten Tag zog Hermann nach der Arbeit seine besten Sachen an und begab sich zu der kleinen Pension, in der er Wilma und Klaus untergebracht hatte.

Wilma öffnete, als hätte sie den ganzen Tag nur auf Hermanns Klopfen gewartet. »Es wird Zeit, dass du kommst«, keifte sie ohne Begrüßung. »Wir haben Hunger und Durst. Was hast du mitgebracht? Geld brauchen wir, damit wir auf dem Markt etwas kaufen können. Die Wirtin hat auch schon gefragt, wann wir endlich bezahlen. Vorkasse sei nötig.«

Hermann breitete die Arme aus. »Ich habe nichts mitgebracht. Kein Geld, keine Lebensmittel, nichts. Gar nichts. Und ich werde auch nichts bringen. Heute nicht, morgen nicht, nicht nächste Woche.«

Wilma legte den Kopf schief und stemmte die Hände in die Hüften. »Ich glaube, du hast mich gestern am Hafen nicht richtig verstanden. Und auch Klaus nicht. Dumm warst du schon immer. Aber so dumm habe ich dich nicht in Erinnerung. Du wirst für uns eine Wohnung suchen, du wirst uns einen Laden mieten und uns helfen, auf die Beine zu kommen. Tust du es nicht, so wird jeder wissen, dass du kein Ehrenmann bist. Niemand wird mehr mit dir Geschäfte machen wollen. Keiner dir vertrauen. Und wer weiß? Vielleicht hast du ja inzwischen ein neues

Liebchen, dem du schöne Augen machst. Sie wird mir dankbar sein, wenn ich ihr frühzeitig erzähle, dass du kein Ehrenmann bist.«

Klaus war hinzugetreten. Er packte Hermann beim Arm. »Du kannst uns nicht im Stich lassen«, versuchte er es auf eine mildere Art. »Sieh, was ich alles für dich getan habe. Dein Kind habe ich versorgt. Du stehst in meiner Schuld. Lass es nicht zum Schlimmen kommen, Hermann. Wir haben uns doch immer gut verstanden.«

Hermann lächelte mit schiefem Mund. »Ich sage es deutlich und zum letzten Mal, Klaus. Ich habe deine Frau niemals angerührt. Dieses Kind ist nicht von mir, kann gar nicht von mir sein. Was immer sie dir erzählt hat, es ist gelogen. Ich helfe dir gern bei deinem Geschäft. Es gibt da ein paar Läden, die leer stehen und mir geeignet erscheinen. Die Adressen der Besitzer kann ich dir geben. Das ist alles. Ich tue das, weil du mein Freund bist und weil du nichts für Wilmas Bosheit kannst.«

Er setzte seinen Hut auf, verbeugte sich leicht vor der Apothekertochter. »Willkommen in Havanna«, sagte er leise. »Möge euch hier das Schicksal ereilen, das ihr verdient.«

Dann wandte er sich um und schloss die Tür nachdrücklich hinter sich. Hinter sich hörte er Wilmas Keifen und den Ruf: »Aber es hat blaue Augen, das Kind. Blaue Augen wie du.«

Er blieb stehen, denn jetzt erklang Klaus' Stimme durch die dünne Brettertür. »Hure«, brüllte er. »Du hast mich die ganze Zeit belogen, hast gesagt, Hermann wäre der Vater. Und nun? Wer weiß, mit wem du in Würzburg alles gevögelt hast. Zum Hahnrei hast du mich gemacht!«

Dann hörte Hermann das Klatschen einer Ohrfeige, hörte, wie Wilma aufschrie und bettelte: »Du musst mir glauben, das Kind ist von Hermann. Eine Hure bin ich nicht, niemals gewesen. Da kannst du mich schlagen, so viel du willst.«
Einen kurzen Augenblick nistete sich die Angst in Hermanns Herz ein. Er wusste, dass das Kind, von dem er noch nicht einmal das Geschlecht kannte, nicht das seine war, aber was nützte das, wenn Wilma es glaubte?
Sie war nicht dumm; es war eigentlich unmöglich, dass sie wirklich dachte, er wäre der Vater. Und doch tat sie es. Wieso? Warum? Was versprach sie sich davon? Hermann war ein Nichts, war jünger als sie und vor allem, er liebte sie nicht. Ja, er mochte Wilma noch nicht einmal. In ihrer Gegenwart fühlte er sich stets unbehaglich. Sie kam ihm vor wie eine Schlange, die nur darauf lauerte, sich die Beute zu schnappen. Warum, in aller Welt, hielt sie an dem Irrglauben fest, er wäre der Vater ihres Kindes?
Er verstand es nicht, so lange er auch darüber grübelte. Aber hatte Hermann nicht schon oft erlebt, dass nicht die Dinge, wie sie waren, als Wirklichkeit angesehen wurden, sondern die Dinge, an die man glaubte, von denen man verzweifelt hoffte, dass sie so sein mögen? Und wieder, zum zweiten Mal, seit Klaus und Wilma vom Schiff gestiegen waren, hatte er den Eindruck, dass das Leben, welches er bisher in Havanna geführt hatte, zu Ende ging, dass es mit seiner Ruhe und seinem Frieden, mit seinen Träumen und Plänen vorbei war.
Schnell schüttelte er den Gedanken ab und machte sich auf zum Hafen, um das Verladen seiner Waren zu beobachten.

Doch auf dem Weg dorthin schien ihm die Stadt plötzlich verändert. Das Licht war fahler geworden. Er blieb stehen, schaute zum Himmel, der blau und wolkenlos über ihm hing. Und zum ersten Mal fiel ihm auf, wie unendlich dieses Himmelsblau war. Er starrte, bis ihm die Augen schmerzten, aber sein Blick fand nichts, woran er sich hätte festhalten können, sondern irrte im Blau umher wie ein kleines Boot inmitten des Ozeans.

Neunzehntes Kapitel

Den ganzen Tag verbrachte Hermann im Hafen. Er kontrollierte die Kisten mit den Waren für die Handelsgesellschaft Groth, Jessen und Krischak, schaute in jede hinein, zählte alle Säcke, befühlte die Qualität der Dinge, beaufsichtigte die Männer, welche die Kisten von dem Schiff in das große Lagerhaus der Handelsgesellschaft brachten. Er ging neben den beiden Männern vom Zoll her, steckte dem einen ein paar Töpfe für die werte Frau Gemahlin zu, dem anderen einen neuen Sattel für sein Pferd. Groth tat es ebenso. Auf der Insel herrschten andere Gesetze. Wer mit den Männern vom Zoll gut auskommen wollte, wenn sie mit ihren großen Taschen zur Kontrolle kamen, der durfte nicht geizig sein. Es konnte sonst sehr schnell geschehen, dass alle Sättel beschlagnahmt wurden, weil die Männer vom Zoll die Art des Leders nicht ausmachen und erkennen konnten und deshalb alle Sättel in ihre Asservatenkammer schleppten, um sie eine Weile später selbst zu verhökern.

Der Zoll. Hermann hatte sich schnell in die Gepflogenheiten eingefunden, ohne dass Groth ihm lange erklären musste, auf welche Art die Uhren dort schlugen. Er lachte mit den Männern, hieb ihnen auf die Schulter, verteilte freigebig Zigarren und Liköre, die aus Frankreich kamen, verschenkte Stoff und Putz für die Ehefrauen, Holzspielzeug für die Kinder und machte den Männern verlogene Komplimente. Wenn sie die Lagerhalle verließen, fühlte er sich so erschöpft wie nach einem stundenlangen Lauf durch die Sonne. Erschöpft, verschwitzt, klebrig und mit der größten Sehnsucht nach einem reinigenden, kühlen Bad. Doch bevor er sich die Zöllner zu guten Freunden machen musste, ging er zu den Aufladern, verteilte auch dort freizügig, was er in den Taschen hatte, damit die Kisten mit dem böhmischen Glas nicht unterwegs zu Fall kamen.

Am Abend war er so ausgelaugt von den Lügen und Schmeicheleien, dass ihm die guten Worte abhandengekommen waren und er nicht einmal mehr Ramona sehen mochte, aus Furcht, dass die Wahrheiten, die in ihm lauerten, hervorbrachen. Er wollte ihr nicht sagen, dass er es nicht mochte, wie sie über die Sklaven sprach, wollte nicht zeigen, dass sie bestimmte Dinge nicht wissen konnte, weil sie niemals auch nur einen Tag in ihrem Leben gearbeitet hatte. Er wollte freundlich sein zu ihr, Verständnis haben für ihr Leben und ihre Leiden, er wollte sie schön finden und klug und empfindsam. So, wie die Mutter es gewesen war. An den Hafentagen aber gelang ihm das nicht. Er sah ihre Schönheit, schätzte ihr schnelles Denken, doch ihre raschen Urteile, ihre spitzen Bemerkungen, ihre Selbstgefälligkeit brachten ihn dazu, ihr eine Wahrheit sagen zu wollen, die er eigentlich nicht aussprechen und die sie schon gar nicht hören wollte. Also blieb er allein, schlenderte ausgesprochen langsam durch die alten Gassen der Stadt, in denen es nach Fisch und Teer und Tang roch. Er hielt vor einem winzigen Stand, der vor Schmutz starrte und hinter dem sich die Katzen um Fischgräten balgten, aß einen gebackenen Fisch, ließ sich aus einem großen Topf Guarapo einschenken, setzte sich an den Straßenrand und aß und trank. Dabei lauschte er dem Gezänk der Fischweiber, dem zornigen Schreien zu vieler Kleinkinder, den Flüchen der Hafenarbeiter, die ihre Frauen schlugen. An diesen Tagen kam ihm das Hafenviertel wie das richtige Leben vor, und der Verdacht stieg in ihm auf, dass er in einer Welt lebte, die es eigentlich nicht gab, nicht geben dürfte, und die nur funktionierte, weil die, die sich am Abend in den dunklen Spelunken in der Nähe des Hafens prügelten, dafür bezahlten.

Hermann warf die Reste des Fisches einer Katze hin, die ihn scheel mit nur einem Auge beobachtete. Er trank den Zuckerrohrsaft aus, wischte sich ungeniert mit der Hand über den Mund und hatte plötzlich genug von den Schlägen und Schreien und Tränen, von dem Schmutz und dem Gestank nach Armut und Krankheit.

Er stand auf, strich sich den Staub vom Rock und setzte seine Schritte entschlossen auf das Pflaster.

Plötzlich – Hermann wusste beim besten Willen nicht, woher – stand Wilma vor ihm.

Trotz seiner Überraschung kniff Hermann die Augen zusammen, sah sich rasch nach allen Seiten um und fragte müde: »Wilma, was willst du jetzt noch von mir? Es ist alles gesagt. Geh nach Hause. Es ist spät, und das Hafenviertel ist nicht sicher.« Er hatte nicht mehr die Kraft zum Streiten, wollte nur noch nach Hause in sein Bett, wollte seinen Augen bei Titines Anblick Erholung schenken.

Aber jetzt stand da Wilma mit zusammengepressten Lippen, mit schmalen Augen und roten, geschwollenen Lidern, als hätte sie geweint.

Sie griff mit beiden Händen nach Hermann, der seine Fäuste sofort in die Hosentaschen bohrte. Sie hielt ihn an den Ellbogen und schüttelte ihn leicht.

»Deinetwegen bin ich über den Ozean gefahren, Hermann. Die ganze lange Fahrt, nur um dich zu sehen. Den Klaus habe ich nur geheiratet, weil er der Einzige war, der mich zu dir bringen konnte. Zu dir, Hermann.«

Hermann seufzte. Er hätte seine Ohren gern vor diesen Worten verschlossen, aber es gelang ihm nicht. Also senkte er nur den Blick, damit Wilma den Überdruss in seinen Augen nicht erkennen konnte, und malte mit der Schuhspitze Striche in den Straßenstaub.

»Hast du gehört? Zu dir wollte ich. Immer nur zu dir. Mit dir will ich leben. Ein Wort genügt. Noch heute Abend verlasse ich Klaus, gehe mit dir, wohin du willst.«

Sie packte ihn nun bei den Schultern und schüttelte ihn, als könnte sie eine Antwort aus ihm herausschütteln.

»Nur zu dir. Immer nur zu dir. Mit dir will ich sein. Jeden Tag. Ich wäre dir eine wunderbare Gattin. Mit mir könntest du alles schaffen, was du dir je gewünscht hast. Hermann, weißt du nicht mehr? Unsere schöne Zeit in Würzburg, als wir uns geliebt haben?«

Hermann schüttelte den Kopf, wagte es noch immer nicht, aufzusehen, dieses Mal aus der Furcht heraus, Wilma könnte entdecken, dass er sich nicht so wie sie an Würzburg erinnerte.

»Unsere Küsse, Hermann, erinnerst du dich?«

Ihre Stimme wurde höher, drängender. Ihre Hände wurden zu Klauen, die sich in seinen Schultern verhakten, so dass sich Hermann schütteln musste, um zu sehen, dass sie noch abgingen, wie Fallobst an Wilma herabfielen.

»Ich weiß nichts mehr«, sagte er nun doch. »Hier ist alles anders. Man kann Havanna nicht mit Würzburg vergleichen.«
»Trotzdem. Oder gerade deshalb!«, beschwor Wilma ihn. »Denk nur daran, wie wir leben könnten hier, wo uns kaum einer kennt.«
»Mich kennen viele«, erklärte Hermann müde und fühlte sich so kraftlos, dass er kaum noch die Lippen bewegen und sprechen konnte.
»Ja. Dich. Aber mich nicht. Du wirst ihnen allen sagen, es war dein Wille, dass ich das Kind in Deutschland bekomme und gut über das erste Jahr bringe. Aber nun ist es so weit, deine Frau und dein Kind sind jetzt bei dir. Erkläre es deinem Vorgesetzten, sag ihm, dass du mehr Geld bekommen musst, jetzt, da deine Familie da ist.«
Wieder hatte sie seine Schultern gepackt. Ihr Gesicht schwebte so dicht vor seinem, dass er ihren Veilchenatem riechen konnte. Da bäumte er sich auf, mit letzter Kraft, riss die Fäuste aus den Taschen und stieß sie von sich weg, so dass sie taumelte und um ein Haar in den Dreck gefallen wäre.
»Hau ab!«, schrie Hermann sie an. »Geh fort von mir und bleib fort. Ich will mit dir nichts zu tun haben. Deine Erinnerungen trügen. Nie, niemals habe ich dich gemocht. Deine Küsse schmeckten widerlich, dein Atem ließ mich schaudern, das Leben mit dir wäre schlimmer als ein Leben in der Hölle. Nie, nie, nie wollte ich dich. Weder zur Frau noch zur Mutter meiner Kinder. Ja, ich kann dich ja noch nicht einmal in meiner Nähe ertragen.«
Wilma fuhr zurück. Sie kniff die Augen noch fester zusammen. »Was sagst du da, Hermann?« Ihre Stimme

klang bestürzt. »Du und ich, wir beide gemeinsam. Wir ... wir sind doch aus demselben Holz geschnitzt, wir sind doch eine Familie.«
»Geh weg!« Hermann tobte jetzt, hielt die geballten Fäuste vor sich. »Du widerst mich an, du hast mich immer schon angewidert. Hau ab, geh zu Klaus, geh, wohin du willst. Aber lass mich in Frieden! Ich habe mit dir nichts zu schaffen. Du bist hässlich, du bist gemein und hinterhältig, du ekelst mich an!«
Plötzlich war die Luft raus. Mit einem Schlag war seine Wut verflogen, sein Überdruss weggewischt. Er ließ die Fäuste sinken, starrte auf Wilma wie auf ein besonders widerliches Tier, schüttelte den Kopf, verzog den Mund, stieß die Frau leicht zur Seite und ging.
»Das wirst du bereuen, Hermann Fischer!« Wilma hatte sich gefangen, hatte tief Luft in ihre hohle Brust gesaugt und schrie sich alles vom Herzen. »Auf Knien wirst du noch vor mir rutschen, das verspreche ich dir. Ich werde dich vernichten, Hermann Fischer, dich und deine Schwester. Du wirst den Tag verfluchen, an dem du mich zurückgestoßen hast. Du wirst im Staub kriechen vor mir, hörst du!«
Hermann ging weiter, ließ die Schreie an sich vorüberrauschen wie Möwenrufe. Er schritt einfach weiter aus, die Fäuste tief in den Taschen vergraben, die Schultern eingezogen, den Rücken schmal, als könnte Wilmas Hass ihn so nicht treffen. Er fühlte sich nicht erleichtert, sondern einfach nur müde, so müde, als sei dieser Tag so viel schwerer gewesen, als er ertragen konnte.
Der Weg bis nach Hause zum Handelshaus kam ihm heute länger vor als sonst. Kaum konnte er die Beine noch bewegen, die Füße vor sich setzen, so erschöpft war er.

Ein dunkler Schatten hatte sich über seine Gedanken gelegt. Ein dunkler Schatten, der Wilmas Namen trug und von dem er wusste, dass er ihn fortan begleiten würde. Begleiten wie ein Stachel im Fleisch. Aber er war viel zu müde, um darüber nachzudenken. Kaum schaffte er es, die große, messingbeschlagene Tür zu öffnen, kaum bewältigte er die Treppe. In seinem Zimmer ließ er sich auf das Bett fallen, wie er war, in Schuhen, in Rock und Strümpfen. Er rollte sich auf die Seite und schlief sofort ein.

Er spürte nicht mehr, wie Titine sich auf den Bettrand setzte und versuchte, die dunklen Schatten von seiner Stirn zu streicheln. Er tauchte einfach ab in das Meer der Träume, des Vergessens, in dem er für alles, was er tat, keine Verantwortung trug.

Zwanzigstes Kapitel

Als er am nächsten Morgen erwachte, kam die Erinnerung. Er hatte Wilma beschimpft, hatte die Wahrheit wie Murmeln über seine Zunge rollen lassen. Der dunkle Schatten kehrte zurück, legte sich wie ein Leichentuch auf seine Seele, erstickte das Lachen. Hermann hatte Angst. Er wusste, dass Wilmas Drohungen keine leeren waren, dass sie wahrhaftig alles daransetzen würde, ihn und Titine zu vernichten. Noch hatte er ein wenig Zeit, noch sprach sie die Sprache der Insel nicht, noch kannte sie niemanden. Aber bald wäre das anders, bald wäre Wilma eine Gefahr, die er nicht einschätzen konnte. Und Hermann hatte wahrhaftig Furcht.

Nach dem Mittagessen begab er sich in die Küche des Handelshauses. Er war noch nie dort gewesen, aber er kannte die dicke, schwarze Köchin mit den weißen Haaren, die Küchenmädchen, die Serviertöchter, die beiden schwarzen Küchenjungen, die scheppernd die Abfallkübel hinausbrachten. Sie alle kannte er, und sie alle kannten ihn.

»Marisol«, sprach er die dicke Köchin an, die mit einem schweren Holzlöffel in einem Kessel mit schwarzen Bohnen rührte. »Kann ich mit dir reden?«

»Immer, Herr.«

»Auch jetzt, Marisol?«

Die Köchin sah sich nach den Küchenmägden um, zeigte schließlich mit dem Kochlöffel auf eine von ihnen. »Du,

komm her. Rühr weiter. Ich komme gleich wieder, muss etwas mit Señor Fischer bereden.«
Das Mädchen sprang herbei, nahm Marisol den Löffel aus der Hand. Die Dicke wischte sich die Hände an der Schürze ab und öffnete die Tür, die in den Küchengarten führte. Draußen wartete sie, bis Hermann sich auf die kleine Bank gesetzt und auch ihr, der Schwarzen, einen Platz angeboten hatte.
»Was kann ich für Sie tun, Señor?«, fragte Marisol, beugte sich nach vorn und sah dem Herrn in die Augen.
»Oh, ich sehe Kummer und Leid. Eine Frau?«
Hermann nickte. »Sie ist aus Deutschland gekommen. Mit einem Kind. Sie sagt, es wäre von mir, aber das ist es nicht. Sie liebt mich, sagt sie. Und nun, da ich sie nicht lieben kann, will sie mich vernichten. Was soll ich tun, Marisol?«
»Warst du schon bei Grazia?«, wollte die Köchin wissen.
Hermann schüttelte den Kopf. »Grazia ist ein guter Mensch. Sie wird mir sagen, ich soll Wilma verzeihen und für sie beten. Aber in diesem Falle wird das nicht helfen, fürchte ich.«
Marisol lachte leise. »Du bist also zu mir gekommen, weil du die schwarze Magie brauchst, nicht wahr?«
Sie duzte Hermann nun, und das war ein Zeichen dafür, dass sie jetzt nicht mehr der weiße Señor und die schwarze Sklavin waren, sondern sie die Magierin und er der Bittsteller.
Hermann wiegte den Kopf. »Im Grunde möchte ich ihr nichts tun, verstehst du, Marisol? Aber sie bedroht mich, bedroht mein Leben, meine Liebe. Was also bleibt mir anderes übrig als Voodoo?«

Marisol verschränkte die Arme vor der Brust. »Voodoo ist eine friedliche Religion. Sie tut niemandem etwas. Sie kann nur Flüche unwirksam machen. Ich jedenfalls halte es so. Wenn du mit dieser Frau Probleme hast, musst du sie allein lösen.« Sie beugte sich nach vorn, um Hermann in die Augen zu sehen. »Oder dachtest du etwa, ich bastle eine Puppe und stecke Nadeln dort hinein?«
Hermann schluckte. »Eigentlich habe ich nichts gedacht. Eigentlich will ich doch nur, dass sie aus meinem Leben verschwindet.«
»Dafür wolltest du sogar ihren Tod in Kauf nehmen?«
Hermann senkte den Blick. Erst nach einer Weile schüttelte er den Kopf. »Nein. Ich möchte niemanden töten. Das ist nicht christlich. Das darf nicht sein. Du hast recht, Marisol. Ich muss meine Probleme mit dieser Frau alleine lösen.«
Er stand auf, reichte der Köchin die Hand. »Ich danke dir. Du hast mir sehr geholfen. Du hast mich davor bewahrt, ein schlechter Mensch zu sein.«
Marisol lächelte. »Gern geschehen, Señor. Ich werde für Sie zu Chango, dem Kriegsgott beten, werde ihm ein Opfer bringen. Mal sehen, was er meint.«
Sie nickte noch einmal, zog ihre Schürze glatt und ging zurück in die Küche.

Einundzwanzigstes Kapitel

Schon wenige Tage später jagten die Gerüchte wie wilde Hunderudel durch Havanna. In der Vorstadt sollte es die ersten Fälle von Übelkeit, Erbrechen und Fieber gegeben haben. Ein Mann war schon gestorben, ein zweiter Mann und ein Kind lagen im Todeskampf. Gelbfieber! Das gefürchtete Wort machte die Runde, ließ den Lärm auf dem Markt verstummen, das Lachen und Singen versiegen. Die Plaza de Armas blieb am Abend menschenleer, die Militärkapelle spielte einzig für die streunenden Katzen. Dafür füllten sich die Kirchen. Die Seitenaltäre bogen sich unter der Last der Opfergaben. Tag und Nacht brannten Kerzen, Tag und Nacht beteten die Leute darum, dass der Herr, dass die Götter sie und ihre Familie vom Gelbfieber verschonen mochten.

In den Apotheken hatten sich die Pharmazeuten Leinentücher vor Gesicht und Nase gebunden und verkauften in rauhen Mengen Dinge, von denen sie genau wussten, dass sie die Symptome, das Fieber, die Übelkeit, bekämpfen würden, nicht aber die eigentliche Krankheit.

Über die Brunnen in den Armenvierteln hatte man Holzbretter gelegt und diese mit Schlössern gesichert. Brauchten die Armen Wasser, so mussten sie bis in die besseren Viertel laufen, mussten ihre Eimer kontrollieren lassen, durften nicht mehr barfuß gehen und ihre Kinder hinter sich herrennen lassen.

Einige Männer wurden vom Gouverneur beauftragt, in den Straßen die Ratten zu erschießen. Auch am Hafen wurden räudige Hunde und Katzen eingefangen und erschlagen.
Jeder wollte sich schützen, jeder etwas gegen die Krankheit tun, aber niemand wusste, woher sie eigentlich kam. Einige der Kreolen und viele der Weißen mieden jetzt die Schwarzen, als glaubten sie wahrhaftig, dass diese es waren, die das Fieber über die Stadt gebracht hatten, weil die Krankheit in der Tat sich zuerst die Weißen holte. Sie entließen ihre Sklaven in die Freiheit, ohne Geld, ohne Obdach, ohne Essen. Man hörte, dass es in einem Viertel einen Mord gegeben haben sollte. Ein Schwarzer sei von seinem weißen Herrn mit einem Stein erschlagen worden, als die weiße Frau mit Fieber daniederlag, doch auch davon wurde sie nicht gesund.
Hermann bangte um Titine. Er verbot ihr, das Haus zu verlassen. Wollte sie Grazia sehen, so musste Grazia zu ihr kommen. Und Grazia tat sogar, worum Hermann sie gebeten hatte.
»Sorg dich nicht um Titine«, sagte sie ihm. »Sie wird nicht krank werden, sie steht unter dem Schutz der Orishas.«
Aber Hermann vertraute lieber auf einen Extrakt aus Weidenrinde, den er höchstselbst braute und Titine, die sich bester Gesundheit erfreute, verabreichte.
Als die ersten Läden und Geschäfte geschlossen wurden, schickte auch Joachim Groth die schwarzen Bediensteten aufs Land und versprach ihnen, sie zurückzuholen, sobald die Seuche abgeklungen war. Dann befahl er den Handelsagenten und Sekretären, das Haus von oben bis unten mit kochend heißem Wasser und Essig zu

schrubben, damit auch die letzten Reste der schrecklichen Krankheit getilgt wurden.

Die Küche blieb kalt, da niemand mehr da war, der kochte. Es gab zu Mittag Brot und dazu kalten Braten, später Pökelfleisch, das in Schiffen aus Hamburg gekommen war.

Niemand kaufte mehr Früchte, ein Marktstand nach dem anderen wurde am Morgen nicht mehr aufgebaut.

Ein letztes Mal wartete Hermann an der großen Plaza auf Ramona. Als sie kam, erschrak er über ihre Blässe. Er nahm ihr Gesicht in seine Hände. »Geht es dir gut, mein Herz?«, fragte er besorgt.

Ramona lächelte ein wenig und nickte. »Es geht mir gut. Ein bisschen schwach fühle ich mich, aber das kommt gewiss nicht vom Gelbfieber. Weißt du, ich war immer freundlich zu den Schwarzen. Sie haben keinen Grund, mich mit ihrem Voodoo-Zauber zu vergiften. Sieh dir nur an, wer bisher gestorben ist. Da ist die Schwester des spanischen Gouverneurs. Von ihr hieß es, sie habe ihre Sklaven geschlagen. Sogar ohne Grund. Kein Wunder, dass die sich jetzt an ihr gerächt haben. Und dann der alte Doktor. Auch er kann sich nicht selbst helfen. Einmal hat er ein krankes schwarzes Kind weggeschickt, weil er sich an ihm die Hände nicht schmutzig machen wollte. Seine Mutter hatte ihn dafür verflucht. Jetzt liegt er da und wird wohl morgen tot sein.«

Hermann war erstaunt. »Du glaubst, die Schwarzen hätten das Fieber geschickt?«

»Natürlich. Oder gibt es in Deutschland etwa eine solche Krankheit?«

»Nein.«

»Es gibt sie nicht, weil es dort keine Schwarzen gibt. Nur wo die Neger hausen und ihre Flüche schicken können, sterben die Weißen am Gelbfieber. Es liegt auf der Hand. Darum hüte dich vor den Schwarzen.« Ramona nickte nachdrücklich.

Hermann küsste ihr die Augenlider, verschloss ihre Lippen mit seinen, damit sie aufhörte, so zu reden. Er wusste viel zu viel über Krankheiten, als dass er glauben könnte, die Sklaven hätten die Seuche mit ihren Flüchen ausgelöst. Aber er wusste auch, dass er Ramona nicht überzeugen konnte. Er strich ihr über die Wangen, glättete ihr Haar, hielt sie im Arm, weil er erkannte, dass er sie verlieren konnte. Seine Küsse waren wild, als müsse er Ramona auf Vorrat schmecken. Immer wieder strich er über ihre Haut, berührte sie bei jedem Schritt, blieb alle paar Meter stehen, um sie zu küssen und zu herzen. Die alte Sklavin, die sie stets begleitet hatte, hielt sich im Hintergrund.

»Wieso ist sie noch da, wenn du doch glaubst, dass die Sklaven die Seuche gebracht haben?«, fragte er Ramona.

Sie wandte sich kurz um und machte eine wegwerfende Handbewegung. »Sie ist alt und dumm. Und sie frisst mir aus der Hand, seit ich ein kleines Kind war. Von ihr habe ich nichts zu befürchten. Sie bleibt bei mir. Erst, wenn es ihr schlechtgeht, werde ich sie vor die Tür setzen. Es heißt, man solle Ruhe halten, wenn eine Seuche durch die Stadt hetzt. Wenn ich sie wegschicke, wer richtet mir dann die Kleider, wer holt mir Wasser, wenn ich durstig bin, wer schüttelt mir am Abend die Kissen auf?«

Hermann nickte. Es gab nichts, was er dazu hätte sagen können. Beim Abschied, beim letzten Kuss, bei dem Ramonas Mund schal schmeckte, gab er ihr ein Fläschchen mit Weidenrindenextrakt. »Da. Nimm das. Jeden Abend gibst du zehn Tropfen in ein Glas Wasser, und am Morgen tust du dasselbe. Die Tropfen sollen die Krankheit von dir fernhalten.«

Ramona sah ihn an, wie man ein Kind anblickte. »Du bist süß«, sagte sie. »Wie du dich um mich sorgst! Wie eine Mutter um ihr Neugeborenes.« Sie lachte und strich ihm über das Haar.

Hermann ärgerte sich, weil sie ihn nicht ernst nahm.

»Es ist wichtig, Ramona«, beschwor er sie. »Nimm diese Tropfen. Ich werde sonst vor Sorge vergehen.«

Ein letztes Mal nahm er ihr Gesicht in seine Hände, sah ihr eindringlich in die Augen, obwohl er noch immer den Eindruck hatte, sie fand ihn einfach nur so putzig wie ein kleines Hündchen. »Pass auf dich auf, versprich mir das, mein Licht, mein Leben. Sobald du spürst, dass du krank werden könntest, lasse mich holen. Ich werde dein Krankenwärter sein, werde dich pflegen, dir die Stirn wischen und dir mit einem Fächer Kühlung bringen.« Er meinte es ernst. Nie hatte er etwas ernster gemeint. Ramona. Er konnte an ihren Augen sehen, dass der Glanz darin von Minute zu Minute schwächer wurde.

Aber sie lachte. »Ich werde nicht krank. Glaub mir, ich bin ein guter Mensch. Gute Menschen werden von Gott, dem Herrn, verschont.«

Sie kniff ihm leicht in die Wange, eine Geste, die Hermann nicht an ihr mochte, aber dennoch heute zuließ, als wäre es das letzte Mal, dass Ramona ihn so neckte. »Mein Vater, er wird sich bedanken, wenn du mich pflegen willst«, kicherte sie. »Und meine Mutter, sie würde in

Ohnmacht fallen und die Bleichsucht kriegen, wenn sie wüsste, dass du an meinem Bett sitzt. Ein Kindskopf bist du, Hermann.« Lachend sprang sie davon, und Hermann blieb stehen, schaute ihr nach, wie sie kleiner und kleiner wurde, bis ihr weißes Kleid nur noch wie ein winziger Wolkenfetzen in den dunklen Gassen hing.

Zweiundzwanzigstes Kapitel

Der Tag, an dem Joachim Groths Tochter erkrankte und sich mit Fieber, Übelkeit und Erbrechen zu Bett legen musste, war strahlend hell, sonnig und von einem Blau behimmelt, das in den Augen brannte.

Hermann hörte, wie Groths Frau weinte und die Hände rang, während Groth nach einem Arzt schickte. Aber die Stunden vergingen, und kein Arzt kam, weil die weißen Ärzte sich fürchteten, die Häuser der Kranken aufzusuchen und die schwarzen Heiler sich zuerst um ihre Leute kümmerten.

Hermann stand hinter seinem Pult, blickte ab und an ein wenig verächtlich zu Seiler, der sich ein Mulltuch vor Mund und Nase gebunden hatte, die Hände in weiße Stoffhandschuhe gesteckt, um sich ja nicht anzustecken.

Groth war ein paar Mal mit fahlem Gesicht durch das Comptoir geschritten, und jedes Mal hielt er die Schultern weniger straff. Zuletzt war er auf Seiler zugesprungen und hatte ihm die Stofftücher von Mund und Nase gerissen. »Du blöder Hund«, hatte er dabei gebrüllt. »Was soll der Dreck? Willst du mir damit sagen, dass meine Tochter die Pest hat?«

Und Seiler hatte geschwiegen, hatte nur den hochroten Kopf gesenkt und sich, als Groth gegangen war, mit sehr viel Seife dort gewaschen, wo Groth ihn berührt hatte.

Als das Weinen von Frau Groth so laut wurde, dass im Comptoir nicht mehr an arbeiten zu denken war und Seiler sich matt in einen Stuhl fallen gelassen hatte, schon krank allein vor Angst, ging Hermann in die Küche. Er füllte eiskaltes Wasser in einen Bottich, gab einen kräftigen Schuss Essig hinzu. Dann plünderte er seinen Vorrat, den er noch aus der Schiffsapotheke hatte, kochte einen Sud aus Lindenblüten und Himbeerblättern, gab Melisse dazu, seihte alles durch ein Sieb und brachte die Sachen zu Groths Tochter. Ohne ein Wort zu sagen, legte er dem greinenden, glühenden Kind kühle Essigwickel auf die Stirn, auf die Brust und die Waden und flößte ihm zugleich von dem Sud ein. Er saß an ihrem Bett, hinter ihm Frau Groth, die jetzt wieder leise in ein Taschentuch schluchzte, Groth selbst im Türrahmen mit grauem Gesicht, und erzählte dem Mädchen leise und mit langsamen Worten Geschichten und Märchen. Es dauerte nicht lange, da schlief das Kind endlich. Hermann verdunkelte die Fenster, trug Frau Groth auf, nasse Laken im Zimmer aufzuhängen, um die Hitze ein wenig zu mildern, und dann dem Kind ein wenig Püree aus süßen Kartoffeln zu bereiten. Die Mutter, froh, endlich etwas für ihr Kind tun zu können, eilte in die Küche.

Groth aber nahm Hermann zur Seite. »Wie sieht es aus? Wird sie durchkommen?«

Hermann seufzte. »Ich habe keine Ahnung, woher das Gelbfieber kommt, wodurch es ausgelöst wird. Ich weiß nur, wie man Fieber senkt und Übelkeit lindert. Ich bin kein Arzt, meine Mittel und Fähigkeiten sind begrenzt.«

Groth nickte. »Du hast meinem Sohn bereits das Leben gerettet. Und du tust für meine Tochter, was du kannst, das weiß ich.«

»Ich mache nur, was jeder machen würde«, erwiderte Hermann und wusste genau, dass er im Grunde nichts ausrichten konnte.
Am Abend fieberte die Kleine noch immer, und Hermann fürchtete um Titine. Sie hatten gemeinsam Unterricht gehabt, hatten bei Tisch nebeneinander gesessen.
Groth bat ihn, bei der Tochter zu wachen. Ja, er versprach Hermann sogar, auf dem nächsten Schiff nach Hamburg zehn Tonnen kostenlos zu transportieren, wenn er die Nacht über im Zimmer der Kleinen blieb. Aber Hermann lehnte ab. Er musste zu Titine, musste bei ihr sein.
»Sie können mich jederzeit rufen, ich bin ja ganz in der Nähe. Ihre Frau weiß, was sie zu tun hat«, war alles, was er Groth anbieten konnte.
Doch Titine war gesund. Ihre Wangen waren rosig, die Augen klar, die Lippen prall und feucht. Trotzdem wachte Hermann drei Nächte, schlief nur hin und wieder für wenige Minuten ein, eilte vom Krankenzimmer der kleinen Milla zu Titines Zimmer, braute in der Küche seine Tränke, fertigte Brustwickel aus rohen Kartoffeln, rührte Quark an, versetzte diesen mit Zucker und Orangensaft, um der Kranken auch mit der Nahrung Linderung zu verschaffen.
Drei Tage und drei Nächte tat Hermann nichts anderes. Dann war die Kleine über den Berg, das Fieber sank, die Übelkeit ließ nach.
Im Haus hatte sich niemand angesteckt, obwohl Seiler noch immer mit Tüchern Mund und Nase bedeckte. Drei lange Tage und Nächte, an denen Hermann kaum zum Denken gekommen war. Aber nun, da er die erste freie Stunde hatte und vor Müdigkeit und Erschöpfung kaum

noch die Augen offen halten konnte, da eilte er hinaus, rannte beinahe durch die Gassen zum Haus von Don Escodura, um nach Ramona zu sehen.
Als er in die Gasse einbog, in dem sich die prächtige Villa befand, erstarrte er. Wilma eilte vor ihm her. Hermann blieb stehen. Er wusste nicht, was sie vorhatte, aber er ängstigte sich bereits. Dann betätigte Wilma am Haus der Escoduras den Türklopfer. Hermann wollte hinterherrennen, wollte Ramona vor Wilma schützen, doch seine Beine waren wie gelähmt, sein Kopf war wie in Watte gehüllt. Er stand da und wartete, was geschah. Mit eigenen Augen sah er mit an, wie eine Hausdienerin öffnete, wie Wilma mit ihr sprach, wie die Dienerin verschwand und kurz danach mit Ramona wieder erschien.
Da plötzlich konnte Hermann sich wieder bewegen, war nicht mehr gelähmt.
»Ramona!«, rief er, so laut er konnte. »Ramona, geh zurück ins Haus. Sofort!«
Ramona hörte ihn, sah in seine Richtung, doch sie tat nichts. Es stach in den Seiten, so schnell rannte Hermann, dennoch musste er mit ansehen, wie Wilma ihm ein hämisches Lächeln zuwarf, sich dann auf Ramona stürzte, sie in den Arm nahm, heftig an sich drückte und ihr schmatzende Küsse auf die Wangen gab. Sie hielt Ramona, bis Hermann sie beide keuchend erreichte, dann küsste sie Ramona auf den Mund.
Die junge Kreolin fuhr zurück, wischte sich mit dem Unterarm über die Lippen. »Was soll das?«, fragte sie empört.
Aber Wilma lächelte weiter und antwortete mit Unschuldsmiene: »Ich bin so froh, Sie endlich kennenlernen zu dürfen, dass ich Sie einfach umarmen musste.«

Ramona zog die Augenbrauen zusammen.
»Wissen Sie«, erklärte Wilma. »Hermann und ich, wir kennen uns schon sehr lange und sehr gut. Es war mir ein Bedürfnis, die Frau zu küssen, die er liebt.«
Ramona schüttelte den Kopf. »Erklär mir das!«, forderte sie.
Hermann aber zog Wilma zur Seite und herrschte sie rüde an: »Was war das eben?«
Wilma spitzte den Mund und tat, als wolle sie auch Hermann küssen. Der wich zurück, packte sie beim Arm und schüttelte sie ein wenig.
Da blitzte in Wilmas Augen wieder der Hass auf. »Fühl meine Stirn«, befahl sie. »Komm schon! Sie ist ganz heiß. Ich habe Fieber. Gelbfieber. Aber wenn ich schon sterben muss, dann will ich so viele wie möglich, die mich verletzt haben, mit ins Grab nehmen. Klaus, dein guter Freund Klaus, der kotzt sich schon die Seele aus dem Leib.«
Hermann fiel der Kinnladen herunter. »Du hast Ramona geküsst, um sie mit Gelbfieber anzustecken?« Er konnte es nicht fassen. »Bist du wirklich so bösartig?«
Wilma zuckte nur leicht mit den Achseln. »Es ist deine Schuld«, erwiderte sie. »Hättest du mich geliebt, hättest du mich geheiratet, dann müsste jetzt keiner leiden.«
Sie wand sich aus Hermanns Griff und eilte die Gasse entlang.
Hermann sah ihr nach und konnte ihren letzten Blick, der so verletzt gewesen war, nicht vergessen. Sie hat mich wirklich einmal geliebt, dachte er voller Schuldgefühle. Und ich habe mich nicht verhalten wie ein Gentleman.

»Was ist hier eigentlich los?«, wollte Ramona wissen. Ihr Gesicht war vor Ärger verzerrt. Sie hatte die Fäuste in die zierlichen Hüften gestemmt und funkelte Hermann wütend an. »Ich verlange eine Erklärung.«

Hermann schluckte. »Es ist wahr, wir kennen uns aus Würzburg. Ich habe in der Apotheke ihres Vaters gelernt. Aber zwischen uns war nichts. Nie.«

Er nahm Ramonas Gesicht in beide Hände, aber er brachte es nicht über sich, sie auf den Mund zu küssen, den kurz zuvor Wilmas Lippen berührt hatten. Es war nicht die Furcht vor der Seuche, die ihn innehalten ließ, sondern der Ekel vor diesen feuchten Lippen, die aussahen wie nasse Würmer.

»Geh ins Haus, Ramona«, bat Hermann leise. »Wasch dir den Mund gründlich aus, schrubb deine Hände. Zieh auch ein neues Kleid an.«

»Wieso? Ich habe mich gerade erst angezogen.«

Hermann schluckte wieder. Ich muss es ihr sagen.

»Wilma hat erzählt, sie habe Gelbfieber. Sie hat dich berührt. Deshalb sollst du deine Kleider wechseln und dir den Mund waschen.« Jetzt war er bereit, Ramona in den Arm zu nehmen, aber sie stieß ihn mit aller Kraft von sich. Ihre Lippen zitterten, als sie ihn anschrie: »Du hast es zugelassen! Du hast zugelassen, dass die da einen Mordanschlag auf mich ausgeübt hat.« Sie schloss kurz die Augen, dann quollen Tränen unter ihren Lidern hervor. »Ich werde sterben«, schluchzte sie. »Ich werde sterben, weil du es zugelassen hast. Das ist, als hättest du mich mit eigener Hand töten wollen. Und ich habe gedacht, du liebst mich.« Sie hob die Hände über den Kopf und lief laut schreiend ins Haus. Nach ein paar Schritten blieb sie stehen: »Was, um Gottes willen, hast du dieser Frau angetan, dass sie mich so hasst?«, fragte Ramona und schlug die Haustür hinter sich zu.

Hermann blieb nichts, als ihr nachzuschauen. Dann wandte er sich um und ging langsam zum Handelskontor zurück.

Dreiundzwanzigstes Kapitel

Was, um Gottes willen, hatte er tatsächlich getan, dass Wilma ihn so sehr hasste? Hermann wusste keine Antwort darauf. Er verstand Wilma nicht. Sie musste doch wissen, dass das Kind nicht von ihm war. Wenn nicht sie, wer dann? Nie hatte Hermann so getan, als empfinde er etwas für sie, nie hatte er ihr irgendwelche Hoffnungen gemacht. Warum hasste sie ihn so?

Die folgenden drei Tage verbrachte er in beständiger Anspannung. Er fürchtete um Ramona. Kam der Don selbst oder jemand aus seiner Brauerei in das Comptoir, sprang Hermann auf, versuchte in den Gesichtern zu lesen, fahndete nach Anzeichen von Besorgnis. Doch Ramonas Name fiel nicht. Das jedoch beruhigte Hermann keineswegs. Jeden Abend lief er zu ihrem Haus, und jeden Abend wartete er vergebens darauf, zu ihr vorgelassen zu werden. Er schrieb ihr Briefe, schickte Blumen, doch Ramona tat, als wüsste sie nichts von einem Hermann.

Noch immer fragte er sich, warum Wilma ihn so dringend zerstören wollte, zerstören musste. Und dazwischen, ganz hinten in seinem Kopf, da schlich sich ein Gedanke ein, den er nicht denken wollte, aber gegen den er nichts tun konnte. Was ist, wenn Wilma stirbt? Hat sie nicht auch Gelbfieber? Wären seine Probleme mit einem Schlag vom Tisch, wenn es Wilma nicht mehr gäbe?

Am Nachmittag des dritten Tages hielt er es nicht mehr aus. Mit der Ausrede, noch einmal zum Hafen zu wollen, verließ er das Kontor. Noch immer waren die Gassen und Plätze der Stadt wie ausgestorben, nur die Karren der Totengräber rumpelten über das Pflaster. Hermann drückte sich eng an die Wand, hielt sich die Hand vor Mund und Nase. Einer der Leichengräber hatte sich ebenfalls Mund und Nase mit einem Tuch bedeckt. Er zog den Karren mit gebeugtem Rücken, den Blick fest auf die Gasse gerichtet. Als der Karren durch ein Loch rumpelte, sah Hermann, wie die Toten, die auf dem Wagen lagen, durcheinanderrollten. Ein totes Kind rutschte herab, und der zweite Totengräber packte es an den Armen und schleuderte es zurück auf den Karren.
Zwei Mal hörte er auf seinem Weg zu Klaus die Totenglocke läuten. Er kam an Häusern vorbei, deren Türen mit schwarzen Tüchern verhängt waren. An anderen Eingängen waren mit Kreide Kreuze gemalt. Vorsicht, hieß das, in diesem Haus hat jemand die Seuche. Die Kirchentüren standen weit offen, doch niemand war in den Gotteshäusern zu sehen. Die Seuche hatte mittlerweile so viele Opfer gefordert, dass die Habaneros sich noch nicht einmal in ihre Kirchen trauten, um dort für ihre Gesundheit zu beten. Nur die Bettler hockten dort, wo sie immer hockten, doch sie machten sich nicht mehr die Mühe zu betteln. Wen sollten sie auch anbetteln?
Die Straße, in der Wilma und Klaus zwei kleine Zimmer in der Pension bewohnten, lag auf der anderen Seite der Stadt. Hier wohnten die ärmeren Leute: ein paar freie Sklaven, fahrende Händler, Flickschuster, Nachtwächter, verarmte Bauern. Hier standen die Türen offen, doch aus

dem Inneren der Häuser erklang kein Gesang. Irgendwo weinte eine Frau, Hunde lagen still in der Hitze, zu träge oder zu krank, um sich die Fliegen aus den Augenwinkeln zu vertreiben.

Als Hermann die Pension erreichte, entdeckte er auf der anderen Straßenseite einen Karren, dessen Ladung nur ungenügend mit einem Segeltuch abgedeckt war.

Er musste nicht genauer hinschauen, er wusste auch so, dass dieser Wagen dem Friedhof gehörte. Die Tür des gegenüberliegenden Hauses stand offen, und Hermann hörte, wie etwas Schweres die Treppen heruntergetragen wurde. Und schon brachten zwei Männer einen jungen, sehr dicken Mann heraus, keuchten unter der Last seines toten Körpers.

»He!«, rief einer von ihnen. »Kannst du mal mit anpacken, Compañero?«

Auf seiner Stirn stand Schweiß, und obgleich Hermann sah, dass die beiden den dicken Toten nicht ohne Hilfe auf den Karren bugsieren konnten, tat er, als hätte er nichts gehört, floh beinahe in die Pension.

Hinter der Tür von Klaus und Wilma herrschte Stille. Hermann atmete auf. Er wischte sich mit einem Tuch die Stirn, dann klopfte er vorsichtig.

»Herein!«, krächzte jemand von drinnen. Hermann wickelte das Tuch um die Klinke und drückte sie langsam herunter.

Im Zimmer war es dunkel und stickig. Jemand hatte eine Decke am Fenster angebracht, so dass die Sonne nur an den Rändern ein schwefeliges Licht in die Kammer schickte. Die Luft war abgestanden und erfüllt von Angst, Schweiß und dem Geruch nach ungewaschenen Körpern.

Auf dem schmalen Bett lag eine Gestalt. Hermann trat näher.
»Klaus?«, fragte er. »Bist du das?«
»Wasser«, röchelte der Freund. »Bitte, bring mir Wasser.«
Hermann goss aus einem Krug, der auf dem Tisch stand, abgestandenes Wasser in ein Glas und reichte es dem Kranken.
»Wie lange liegst du schon so?«, fragte Hermann.
Klaus verzog das Gesicht. »Ich weiß es nicht. Lange schon. Es ging besser zwischendrin, aber jetzt … Du siehst es ja selbst.«
Hermann nickte. Sein Blick fiel auf einen Eimer, der neben dem Bett stand. Schwarzes Erbrochenes lag darin. Fliegen schwirrten herum, und Hermann hatte Mühe, seinen Ekel zu unterdrücken.
»Wo ist Wilma?«
Klaus stöhnte auf. »Ich weiß es nicht. Sie ist eines Tages weggegangen.«
»Und das Kind?«
»Sie hat es mitgenommen.«
»Ist sie auch krank?«, wollte Hermann wissen.
»Ich weiß es nicht, ich weiß es doch nicht. Sie hat mich hier liegen lassen. Einfach so.«
Die Nachricht überraschte Hermann nicht. Wilma hatte sich und das Kind in Sicherheit gebracht, sie war geflohen vor Klaus' Krankheit. Er war erleichtert. Wenn sie geflohen war, so hieß das doch nur, dass sie nicht erkrankt war, dass sie nur so getan hatte, um ihn zu erschrecken. Und wenn sie nicht krank war, so war auch Ramona nicht krank.
»Was brauchst du?«, fragte er den Freund.

Klaus rappelte sich ein wenig auf, sank aber sogleich wieder auf das Kissen. »Ich weiß nicht, was zwischen Wilma und dir geschehen ist, mein Lieber«, stöhnte er. »Und mittlerweile will ich es auch gar nicht mehr wissen. Seit wir hier in diesem verdammten Land sind, ist mir klargeworden, dass sie mich nur geheiratet hat, um zu dir zu gelangen. Es ist mir gleich, ob sie wiederkommt oder nicht. Das Kind, das habe ich gemocht. Aber sie? Sie hat mich im Stich gelassen.«

»Was brauchst du?«, fragte Hermann noch einmal.

»Ich habe nichts zu essen, nichts zu trinken«, erklärte Klaus. Er hob die Bettdecke ein wenig an, und Hermann wich vor dem Geruch, der darunter hervorströmte, zurück.

»Gewaschen hast du dich auch nicht«, stellte er fest.

Klaus drehte den Kopf ein wenig. »Was soll ich denn tun so allein? Ich bin zu schwach, um einen Finger zu rühren. Wie soll ich Wasser von unten nach oben bringen, um mich zu waschen?«

Der Freund tat ihm leid. Aber nicht leid genug, um selbst Hand anzulegen.

»Ich werde jemanden finden, der sich um dich kümmert«, versprach er. »Auch an Essen und Trinken soll es nicht mangeln. Tu du dafür nur eines: Sag mir Bescheid, wenn du etwas von Wilma hörst.«

Mit diesen Worten verließ Hermann die Pension, wusch sich, kaum dass er das Handelshaus betreten hatte, von Kopf bis Fuß, verbrannte seine Kleider, zog sich frische Sachen an und machte sich auf den Weg zu Ramona.

Er klopfte zögerlich an die Tür, und als das Hausmädchen bei seinem Anblick leise aufschrie, wunderte er sich nicht besonders. Tagelang hatte er vergebens um Einlass gebeten, kein Wunder, dass seine Hartnäckigkeit, die Hartnäckigkeit des Verliebten, ihr einen Schrei entlockte.

»Geht weg, schnell«, flüsterte sie. »Der Don, er ist wütend auf euch. Und auch die junge Herrin.«

»Geht es ihr gut?«, fragte Hermann. »Ist Ramona gesund?«

»Gesund und munter wie ein Fisch im Wasser. Nur die Angst sitzt ihr im Nacken. Die Angst vor der Seuche.«

Aus dem Inneren des Hauses erscholl die Stimme Don Escoduras. »Wer ist da?«

Noch ehe das Hausmädchen antworten konnte, war er an der Tür.

Er maß Hermann mit einem langen Blick. »Verschwinde!«, sagte er dann. »Mach, dass du von hier fortkommst. Und wage dich niemals mehr in die Nähe meiner Tochter. Erwische ich dich dabei, so hetze ich die Hunde auf dich.«

Hermann verstand. »Es tut mir leid«, erwiderte er. »Ich habe das alles nicht gewollt. Bitte glauben Sie mir, ich kann nichts dafür.«

»Ach, nein? Du hast einen Bastard mit einer anderen Frau. Und diese Frau kam hierher, um meine Tochter zu töten. Dafür kannst du nichts? Ich werde dir zeigen, was es heißt, meiner Ramona zu nahe zu kommen.«

Er griff hinten in seinen Hosenbund und hielt Hermann einen Revolver vor die Nase. Seine Augen waren fest zusammengekniffen, und Hermann war klar, der Don würde schießen.

Er hob die Hände, trat einige Schritte zurück, aber noch nicht bereit, sich von Ramona, von diesem Haus zu lösen.

»Geht es ihr gut?«, rief er, als Don Escodura die Pistole

zurück in den Hosenbund geschoben hatte. »Ist sie gesund? Ist sie froh?«

»Darauf kannst du einen lassen, mein Freund!«, brüllte der Brauereibesitzer so laut, dass es in der ganzen Straße zu hören war. »Sie ist gesund und froh, dich los zu sein. Und jetzt verschwinde!«

Hermann tat, wie Don Escodura ihm befohlen hatte. Er lief durch die leeren Straßen, und plötzlich kam ihm die Luft so dick und schwer vor, dass er kaum atmen konnte. Ramona, sie wollte ihn nicht mehr sehen. Es war vorbei. Hermann wartete auf das große Bedauern, auf die uferlose Traurigkeit, auf die stille Verzweiflung, aber nichts davon kam. RamonaRamonaRamona. Er dachte ihren Namen, murmelte ihn vielleicht sogar vor sich hin, aber er fühlte nichts als Erleichterung. Er wollte glauben, dass die Erleichterung so stark war, weil die Liebste am Leben, gesund und froh war, aber etwas in ihm sagte, dass er noch einmal mit heiler Haut davongekommen war. Etwas in seinem Kopf drängelte sich vor und klopfte an seine Stirn und machte ihn denken, dass er noch einmal Glück gehabt hatte, dass Ramona schön war und klug und verwöhnt, aber dass es sicher noch ein anderes Mädchen irgendwo auf der Insel gebe, das sich leichter lieben ließ. Er brauchte für sie noch nicht einmal mehr ein reicher Mann zu werden. Alles, was er ab sofort tat, würde er für sich tun. Unabhängig.

Aber ach, ihre Küsse, die süßen, leichten Küsse. Er würde sie vermissen. Er würde Ramona vermissen. Nun, vielleicht nicht Ramona, aber ganz sicher das Gefühl, von dieser Frau auserwählt worden zu sein.

Vierundzwanzigstes Kapitel

Etwas war zu Ende gegangen. Hermann fühlte es mit jeder Faser seines Körpers. Er setzte sich auf eine Bank an der Plaza de Armas, die so verlassen dalag. Nicht einmal die Hunde hatten sich im Schatten der Bäume und Brunnen niedergelassen.

Etwas war zu Ende gegangen. Er hatte in Havanna viel erreicht. Viel mehr, als er je erhofft hatte. Er hatte Geld verdient, hatte für Titine und sich ein Auskommen geschaffen und eine Unterkunft gefunden. Aber es war nicht sein Auskommen, und das Haus, in dem sie lebten, war nicht sein Haus, nicht von seinem Geld bezahlt, von seinen Händen gebaut.

Titine. Sie war ihm so fremd geworden. Er hatte es nicht merken wollen, weil anderes so viel wichtiger gewesen war. Ramona zum Beispiel oder die nächste Hopfenlieferung.

Er hatte gespürt, wie sie sich verändert hatte. Das lange Haar, das ihr bis zur Mitte des Rückens hing, war nur ein Zeichen. Sie war groß geworden. Aus ihrer kindlichen Magerkeit war der Körper einer jungen Frau gewachsen. Aber sie war ihm fremd. Es schien, als verkehre sie in einer anderen Welt, die mit seiner nicht das Geringste zu tun hatte. Er wusste nicht, was sie machte, wenn sie bei Grazia war, er wusste nicht, was sie dachte. Aber sie war anders geworden. Noch immer blieben die Leute auf der Straße

stehen, wenn sie vorbeilief. Früher hatte sie das geängstigt. Sie hatte den Blick gesenkt gehalten, doch jetzt war das anders. Sie schritt durch Havanna, in ihren weißen Kleidern, das Haar offen, den Blick gerade gerichtet. Sie schaute die Menschen an, und oft genug hatte Hermann es erlebt, dass sie dann den Blick senkten, so als könne Titine in ihren Köpfen etwas erkennen, das besser verborgen blieb.
Grazia hatte ihm erzählt, dass die Orishas sich an Titine gewandt hatten, aber das wollte Hermann nicht glauben. Er hatte keine Ahnung, was das bedeutete, aber es machte ihm Angst. Titine sollte aufwachsen wie ein ordentliches junges Mädchen, sollte ihre Sprache wiederfinden, heiraten und Kinder kriegen. Sie sollte glücklich werden. So glücklich, wie sie es war, bevor das Haus abgebrannt war und die Eltern im Rauch verschlungen hatte. Das war er ihr schuldig. Das hatte Hermann am Grab seiner Eltern geschworen. Ich werde Titine glücklich machen.

Hermann hatte Titine nichts zu sagen brauchen. Sie hatte gesehen, dass etwas geschehen war, hatte ihm sogar angesehen, dass er von Ramona verlassen worden war. Sein Blick war anders gewesen. Hermann hatte mit offenen Augen nach innen geschaut und das Äußere nicht wahrgenommen. So, als suche er etwas in sich drinnen. Und was er da suchte, auch das wusste Titine. Er suchte das Schlechte in sich, den Grund, warum Gott ihn gestraft hatte. Mit Wilma. Titine wusste ganz sicher, dass Hermann nichts weiter getan hatte, als Wilma zurückzuweisen. Wilma. In Würzburg hatte Titine gesehen, wie sie war oder wie sie wenigstens sein wollte. Eine Herrscherin war sie. Eine, die nur ihr Wort zuließ. Bei den Eltern hatte sie damit Erfolg. Die kümmerten sich, räumten die Steine aus Wilmas Weg, erfüllten ihr noch die unsinnigsten Wünsche. Da hatte Titine gelernt, dass Liebe einen Menschen schlecht machen konnte. Sie hatte immer geglaubt, die Liebe würde die Menschen besser machen, aber das stimmte nicht. Wilma hatte es ihr gezeigt. Wer immer nur bekam, ohne etwas dafür zu tun, der leitete irgendwann auch anderen gegenüber Ansprüche ab. Und Hermann hatte das nicht gewusst. Er hatte sich ihr widersetzt, hatte sie, die ganze Wilma, ihren Körper, ihren Geist, nicht gewollt. Nicht einmal unter Drohungen. Das hatte Wilma ihm übelgenommen. Eine wie sie stößt man nicht zur Seite. Sie war hierhergekommen, um ihm zu beweisen, dass er einen großen Fehler gemacht hatte. Sie wollte ihn am Boden sehen, und jedes Mittel dazu war ihr recht. Ramona war das erste Opfer.

Titine war nicht traurig darüber. Sie hatte von Anfang an gewusst, dass Ramona nicht die richtige Frau für Hermann war. Er brauchte eine Gefährtin, eine, mit der er sein Leben teilen konnte. Mit Ramona wäre das nicht gegangen. Sie war noch so jung, aber sie hatte schon ein fertiges Leben und eine genaue Vorstellung davon, wie ihre nächsten Jahre sein würden. Sie wusste genau, was das Leben ihr schuldig war. In dieser Hinsicht, so dachte Titine, war sie Wilma gar nicht mal so unähnlich. Aber jetzt waren sie beide weg.

Manchmal fragte sich Titine, ob Hermann wohl bemerkt hatte, wie sich ihre Rollen vertauscht hatten. Ob er wusste, dass sie nun die Große war und er der Kleine.

Im Unterricht langweilte sie sich nicht. Sie hatte viel zu lernen. Mathematik, Latein, Spanisch. Im Klassenzimmer

war sie eine ganz normale Vierzehnjährige, aber sobald der Unterricht beendet war, veränderte sie sich. Sie sah, sie hörte, sie bemerkte. Als ihr eines Tages klargeworden war, wie sehr sie sich von Milla, der Gleichaltrigen, unterschied, da hatte sie nicht gewusst, ob sie darüber weinen oder lachen sollte. Sie wäre im Grunde gern noch ein Mädchen gewesen. Ein Mädchen, das mit seiner Mutter Stoffe für Kleider auswählt, das von einem Ehemann träumt und sich schon jetzt die Namen ihrer zukünftigen Kinder ausdenkt. Aber für Titine gab es keine Mutter mehr, und es würde auch keinen Ehemann und keine Kinder für sie geben. Sie war stumm. Welcher Mann würde sie ehelichen?
Nun, vielleicht würde sie sogar noch einen finden. Einen, der einen Klumpfuß hatte oder auf einem Auge blind war. Ja, sie würde sich wohl verheiraten können, wenn nur ihre Stummheit wäre. Aber die Leute schauten sie an, und die meisten bekamen Angst vor ihr. Die Köchin, Marisol, sie konnte es nicht einmal aushalten, wenn Titine ihr geradewegs ins Gesicht sah. »Schau weg!«, flüsterte sie dann. »Schau weg, denn ich weiß, dass du hinter meine Stirn gucken kannst. Du kannst meine dunkelsten Gedanken lesen. Das will ich nicht. Schau weg.« Sie wedelte dabei mit ihrem Kochlöffel, und Titine schaute weg, weil sie nicht wollte, dass sich jemand vor ihr fürchtete.
Die Stubenmädchen beäugten sie von der Seite. Titine wusste, dass sie in ihrem Zimmer die Schubladen durchwühlten, um etwas zu finden, das ihnen erklärte, warum sie so anders war und was anders an ihr war. Aber sie fanden nichts, standen nur still, warfen scheele Blicke und kauten an ihren Nägeln.

Und Titine musste das alles ertragen. Sogar, dass Groth sie eines Tages um Rat gefragt hatte. Die Hurrikanzeit stand ins Haus, und im Hafen lag ein Schiff vor Anker, das nach Deutschland gehen sollte. »Was meinst du, Titine, kann ich das Schiff lossenden? Oder wird es in einen Sturm geraten?«
Titine hatte mit den Schultern gezuckt. Woher sollte sie wissen, wann ein Hurrikan kam? Aber Groth hatte nicht lockergelassen. »Was sagt dir dein Gefühl? Soll ich es wagen? Was würdest du tun, wenn es dein Schiff wäre, deine Ladung?«
Und Titine hatte noch immer nicht gewusst, was sie sagen sollte, denn sie wusste nichts von der Seefahrt. Aber Groth hatte sie so dringlich angeschaut, dass sie schließlich eine Hand gehoben und auf ihr Herz gepresst hatte. Und zu ihrem grenzenlosen Erstaunen hatte Groth daraus eine Antwort gelesen. »Aha. Verstehe. Du meinst also, ich sollte das Schiff im Hafen lassen. Ja, vielleicht hast du recht.«
Und er tat es, er ließ das Schiff im Hafen, während zur selben Zeit eine englische Brigg in See stach. Und dann kam ein Hurrikan, und die Brigg wurde zerstört, Teile ihrer Ladung wurden vom Meer ans Land gespült. Groths Schiff war heil geblieben, die Ladung unversehrt. Er war zu Titine gekommen und hatte ihr ein kleines Goldkettchen geschenkt mit einem Kreuz daran. »Danke«, hatte er gesagt.
Und Titine hatte genickt, was hätte sie auch sonst tun sollen?
Jetzt glaubte sie, dass Hermann Havanna verlassen würde. Er hatte von Trinidad gesprochen, hatte Bücher gele-

sen über den Zuckeranbau. Sie war mit einem Umzug einverstanden. Sie wollte ebenfalls weg von hier, von dem Ort, an dem die Leute etwas in ihr sahen, das sie nicht war. Nein, sie war keine Auserwählte der Orishas. Sie konnte nur die Botschaften hinter den Worten lesen. Nicht mehr, nicht weniger.

Fünfundzwanzigstes Kapitel

Hermann war zum Hafen gegangen, weil er etwas mit dem Zoll klären musste. Es war noch früh am Tag, die meisten Bureaus am Hafen hatten noch geschlossen. Die Fischer waren noch auf dem Meer, die Besatzung der Schiffe, die am Kai ankerten, schlief noch. Auch sonst lag die Stadt noch im Schlaf, denn morgen fand ein großer Sklavenmarkt statt, für den es heute die Kräfte zu sammeln galt.

Hermann war so zeitig aufgebrochen, weil er nicht hatte schlafen können. Noch immer suchte er nach dem, was er Wilma angetan hatte, und zugleich dachte er ständig daran, wo sie nun war. Gestern war er sogar in der Kathedrale gewesen, um für ihr Seelenheil zu beten. Er tat das eigentlich nicht für sie, denn Wilmas Seelenheil war ihm im Grunde vollkommen gleichgültig. Er tat es, weil er glaubte, dass eine zufriedene, glückliche Wilma ihm nichts mehr anhaben konnte.

Vor der Kathedrale war ein Zettel angeschlagen gewesen, auf dem die Namen derer standen, die am Gelbfieber gestorben waren. Er hatte Klaus' Namen dort gefunden.

Dann war er in die Kathedrale gegangen, hatte eine Kerze für Klaus entzündet und sich gefragt, ob er auch am Tod des Freundes eine Schuld trug.

Jetzt aber stand er an der Hafenmauer und betrachtete mit großen Augen den alten, verrotteten Schoner, der gerade einlief. Auf dem Deck waren keine Passagiere zu sehen, nur ein paar Matrosen, die das Anlegen vorbereiteten. Ein Gestank kam von diesem Schiff, der Hermann beinahe den Atem nahm. Es roch nach Urin und Exkrementen, nach Schweiß, nach Angst und ungewaschenen Körpern. Was ist das für ein Schiff?, fragte sich Hermann. Welches Schiff trifft so früh am Morgen ein, welches Schiff ist in einem solchen Zustand und verströmt einen derartigen Gestank, der selbst die üblen Hafengerüche überlagert?

Dann machte das Schiff fest, und zwei Matrosen rissen oben auf dem Deck eine Luke zur Seite und brüllten etwas herunter. Hermann sah, wie der erste schwarze Mann, ein Sklave, aus der Luke stieg. Das Morgenlicht blendete ihn, so dass er über das Deck taumelte und dabei die Ketten rasselten, die er an den Füßen und Händen trug. Einer der weißen Männer gab ihm einen Stoß, so dass er stürzte, aber schon krochen die nächsten Männer aus der Luke, drängten zu den mit Wasser gefüllten Eimern und tranken so gierig, als hätten sie seit Tagen nichts mehr bekommen.

Hermann starrte die Männer an. Wild sahen sie aus, wild in ihrer Angst. Sie warfen die Köpfe hin und her, rasselten mit den Ketten, hielten sich aneinander fest und schauten mit irrem Blick um sich.

Hermann hatte noch nie die Ankunft eines Sklavenschiffes erlebt, doch er wusste, dass die kräftigen Männer von Sklavenjägern drüben in Afrika gefangen genommen und an Portugiesen verkauft worden waren. Die Portugiesen schafften die Sklaven auf Schiffe, bis zu dreihundert Männer, Frauen und Kinder, und brachten sie nach Kuba.

Dort wurden sie auf dem Markt verkauft und danach mit Küstenschonern zu den Plantagen der reichen Farmer gebracht. Er wusste das alles, aber gesehen hatte er die Ankunft eines solchen Schiffes noch nie.
Jetzt kam ein junges Mädchen aus der Luke gekrochen. Sie war schmal, aber sehnig. Sie bedeckte ihre nackten Brüste mit den Armen, kauerte sich an die Reling und barg den Kopf in den Händen. Sie ist gerade so alt wie Titine, dachte Hermann, und er schauderte dabei.
Immer mehr schwarze Menschen quollen aus der Luke, verteilten sich auf dem Deck, doch keiner von ihnen sprach ein Wort, keiner sang, fluchte oder lachte. Und das war das Unheimliche daran. Ihre Stummheit, ihre wilden Blicke, ihre Angst.
Unten, auf dem Kai, war mittlerweile ein Holländer eingetroffen, den Hermann vom Sehen kannte. Piet van Leuren galt in Havanna als ehrbarer Kaufmann, obwohl jeder wusste, dass er mit Sklaven handelte und dem habgierigen Gouverneur für jede schwarze Seele ein wenig Geld zahlte.
Jetzt hatte er die Daumen unter seine Hosenträger geklemmt und betrachtete die neue Ware. Der Kapitän kam vom Schiff. Hermann konnte hören, wie er dem Holländer Meldung erstattete. »Von den dreihundert Leuten sind mir auf der Überfahrt vierzig Mann verreckt.«
Der Holländer nickte zufrieden und schlug dem Kapitän auf die Schulter. »Das ist gut. Nur etwas mehr als zehn Prozent Verlust, das ist sehr gut. Ladet die Ware ab, bringt sie in die Halle und seht zu, dass die Leute genügend Wasser und Brot bekommen. Gib ihnen auch Wasser zum Waschen. Ich will morgen auf dem Markt Höchstpreise erzielen.«

Der Kapitän nickte, und der Holländer verschwand in seiner Kutsche.
Jetzt wurden die Sklaven die Rampe heruntergetrieben. Und obwohl sie Ketten trugen und nur kleine Schritte machen konnten, hatten die beiden Matrosen, die als Aufseher fungierten, Sklavenpeitschen in der Hand, die sie großzügig einsetzten.
Hermann konnte nicht länger hinsehen. Die Menschen dauerten ihn, obwohl auch er nicht wusste, wer an ihrer Stelle auf den Plantagen arbeiten sollte.
Ein Gedicht fiel ihm ein. Eines, das Kaufmann Groth ihm in den langen Nächten auf See beigebracht hatte. Es war von Heinrich Heine und hieß *Das Sklavenschiff.* Es war lang, dieses Gedicht, aber Hermann hatte daraus alles über die Sklaverei erfahren, was es darüber zu wissen gab. Jetzt sagte er es in Gedanken leise auf:

Der Superkargo Mynheer van Koek
Sitzt rechnend in seiner Kajüte;
Er kalkuliert der Ladung Betrag
Und die probabeln Profite.
»Der Gummi ist gut, der Pfeffer ist gut,
Dreihundert Säcke und Fässer;
Ich habe Goldstaub und Elfenbein –
Die schwarze Ware ist besser.
Sechshundert Neger tauschte ich ein
Spottwohlfeil am Senegalflusse.
Das Fleisch ist hart, die Sehnen sind stramm,
Wie Eisen vom besten Gusse …

Sechsundzwanzigstes Kapitel

Langsam und nachdenklich begab sich Hermann durch die erwachende Stadt zurück ins Comptoir. Er hatte vergessen, was er am Zollamt zu tun hatte. Er hatte alles vergessen, seine Gedanken waren bei den Sklaven. Ein kleines schwarzes Mädchen war von den Aufsehern die Rampe heruntergetrieben worden. Es schrie nach seiner Mutter, die noch an Deck stand. Und der Aufseher hatte der Kleinen mit der Peitsche eins übergezogen, so dass die nackte, dunkle Haut am Rücken aufplatzte und Blut herausquoll. Das Mädchen war sofort verstummt, hatte sich am Bein eines Mannes festgehalten und war von ihm mitgeschleift worden.

Die meisten Sklaven, Hermann hatte es gesehen, waren mit Striemen gezeichnet. Und noch immer herrschte diese Stille. Nur das Brüllen der Aufseher war zu hören gewesen, die rasselnden Ketten und hin und wieder ein tiefer Seufzer.

Als Hermann im Comptoir angekommen war, grinste Seiler ihn hämisch an. »Na, Fischer, hast du verschlafen, was? Hast auch Kräfte sammeln müssen für den Markt morgen. Wie viele hast du dir bestellt? Bestimmt mehr als ein Dutzend. Du willst ja hoch hinaus, willst Groth noch übertrumpfen. Dann pass gut auf morgen. Schau ihnen in den Rachen, prüfe die Zähne, damit du die gute Ware von der schlechten unterscheiden kannst.«

Hermann nickte. Ihm war ein wenig übel, und er wusste nicht, ob es von dem Gestank der Sklaven oder von Seilers Geschwätz herrührte.
»Hast du je ein Sklavenschiff einlaufen sehen?«, herrschte er den ungeliebten Kollegen an. »Hast du gesehen, wie man die Kinder von den Müttern trennt, hast du die Striemen auf den Rücken gesehen, die Angst in den Augen?«
»Oh!« Seiler hob beide Hände und wackelte mit den Fingern. »Du bist ja ein ganz Sentimentaler. Genau wie die Nonnen, die hierhergekommen sind, um den Schwarzen Gott nahezubringen.« Er ließ die Hände sinken, reckte das Kinn und fauchte: »Auch, wenn du hier den Gutmenschen spielen willst, Fischer, die Sklaven werden nun mal gebraucht. Oder willst du dich mit einer Machete in die Felder stellen und das Zuckerrohr schlagen?«
Hermann schüttelte den Kopf. »Das will ich ganz sicher nicht. Ich frage mich aber, ob die Sklaven das wollen. Und da bin ich mir absolut nicht sicher.«
Seiler setzte sich, verschränkte die Arme vor der Brust. »Du bist noch grün hinter den Ohren, Fischer, auch, wenn du so tust, als wüsstest du alles über den Handel hier auf der Insel. Die Sklaven sind keine Menschen. Sie sind eher wie Tiere. Hast du auch Mitleid mit den Ochsen, die den Pflug ziehen? Mit den Eseln, die vor Karren gespannt werden? Mit den Hofhunden, die in Ketten liegen und die Häuser und Plantagen bewachen?« Er wartete nicht auf eine Antwort, sondern gab sie sich gleich selbst. »Natürlich hast du mit ihnen kein Mitleid, denn das sind ja Tiere. Geschaffen von Gott, um den Menschen zu dienen. Siehst du, und so hat Gott auch die Sklaven geschaffen. Oder kannst du mir vielleicht erklären, war-

um er sie sonst schwarz angemalt hat, obwohl jeder anständige Mensch auf dieser Welt eine weiße Hautfarbe hat? Sie sind also weder richtige Menschen noch richtige Tiere. Sie sind etwas dazwischen. Und sie brauchen die Weißen, weil sie selbst zu dumm und zu faul sind, um zu überleben. Kein Schwarzer hat es je zum Kaufmann gebracht. Siehst du?«

Hermann wiegte den Kopf hin und her. »Ich weiß nicht. Sie fühlen wie Menschen, nicht wie Tiere.«

Seiler schüttelte sich. »Du kapierst es nicht, oder? Man muss sie wie Tiere behandeln und auch züchtigen.«

»Hör auf! Ich will davon nichts hören«, erklärte Hermann, aber Seiler lachte nur. »Du willst nichts davon hören? Oh, du musst aber. Du lebst hier, willst Geld verdienen – mehr als jeder andere. Also musst du dich den Dingen stellen, die hier nun mal üblich sind.«

Siebenundzwanzigstes Kapitel

Zwei Jahre war Hermann nun schon auf Kuba, hatte die Jahreszeiten beobachtet, sich mit der Hitze allmählich abgefunden. Ende Oktober wurde es etwas kühler.

Eines Tages betrat Groth das Comptoir. Er blieb vor Hermanns Schreibtisch stehen, schaute auf dessen Unterlagen.

»Ist etwas nicht in Ordnung?«, fragte Hermann.

Groth klemmte die Daumen unter seine Hosenträger und wippte auf den Zehen. »Im Gegenteil, mein Lieber. Ganz im Gegenteil.« Er betrachtete Hermann eine Weile nachdenklich, aber mit einem gewissen Wohlwollen.

Hermann streckte den Rücken. Sein Blick fiel auf Seiler, der sie beide aus zusammengekniffenen Augen musterte.

»Nun, Männer, ihr habt in den letzten Monaten gute Arbeit geleistet, aber …«, sprach Groth weiter.

Seiler lehnte sich in seinem Stuhl zurück, verschränkte die Arme vor der Brust und wartete augenscheinlich auf etwas.

Hermann ahnte nichts Gutes, trotzdem versuchte er, einen entspannten Gesichtsausdruck aufzusetzen.

»Aber«, wiederholte Groth, »es gibt einige Dinge, die hier nicht so laufen, wie ich es gewohnt bin. Nun, ich werde heute keine weitreichende Entscheidung treffen, stattdessen lade ich euch alle ein, am Sonntag zusammen zum Stierkampf zu gehen.«

Seiler klappte die Kinnlade herunter. Ein Speichelfaden glitt über seine Unterlippe. »Was?«, rief er aus. »Zum Stierkampf? Wir alle? Das ganze Comptoir?«
Groth lächelte ihn an. »Haben Sie schon etwas anderes vor, Seiler? Wollen Sie vielleicht ein wenig den Hafen besichtigen?«
Seiler wurde rot und schüttelte hastig den Kopf. »Nein, nein. Ich freue mich sehr auf den Sonntag.«
Groth blickte zu Hermann. »Und du?«
Hermann schluckte. Er hatte Titine versprochen, mit ihr einen Ausflug zum Fort Principe zu machen. »Ich weiß nicht recht«, erwiderte er. »Ich war noch nie bei einem Stierkampf.«
Groth lächelte und wippte weiter. »Du kannst deine Schwester gern mitbringen. Eines aber sage ich dir gleich: Ein Stierkampf ist im Grunde nichts für die Weiber.«
»Ich werde dabei sein«, erwiderte Hermann fest und tauchte seine Feder ins Tintenglas.

Um kurz vor fünf Uhr am Nachmittag zogen die Angestellten der Deutschen Handelsgesellschaft Groth, Jessen und Krischak zur Arena. Hermann hatte Titine bei Grazia gelassen, mit schlechtem Gewissen, doch Grazia hatte ihm versprochen, sich mit Titine einen gemütlichen Nachmittag zu machen.
Jetzt befand er sich zum ersten Mal in seinem Leben bei einem Stierkampf. Das hölzerne, unbedeckte Gebäude erinnerte ihn an ein Amphitheater. Die im Kreis angeordneten Bänke waren bis zum Ersticken vollgestopft mit Menschen. In der Mitte gab es einen runden Platz, der mit Sand aufgeschüttet war. Zwischen den Rängen drängten

sich Wasserverkäufer, Obsthändlerinnen und Garküchenjungen mit ihren Angeboten. Ihr Geschrei wurde vom Lärm der Besucher weit übertroffen.
Hermann und die anderen ließen sich auf einer reservierten Bank nieder. Groth richtete es so ein, dass Hermann zwischen ihm und Seiler zu sitzen kam. Es war Hermann nicht recht, sogar unangenehm, dass Seiler so dicht an ihn heranrücken musste, dass sich ihre Schenkel berührten, doch nach einem Blick auf Groth unterließ er es, sich einen neuen Platz zu suchen.
Langsam legte sich der Lärm, verstummte für einen Augenblick ganz, um dann in unerhörter Lautstärke erneut aufzubranden. Die Kämpfer hatten die Arena betreten, Musik spielte auf, und die Jubelschreie der Menge übertönten jeden anderen Laut. Die Matadores, angetan mit spanischen Kostümen, die mit Gold und Silber verziert waren, kostbare Degen und Fahnen trugen, verbeugten sich vor dem Publikum. Schon wurde der erste Stier in die Arena geführt. Zwei Kämpfer zu Pferd reizten ihn mit leichten Stichen, wedelten mit roten Tüchern vor der schnaubenden Nase herum, durch die ein Ring gezogen war, bis der Stier ganz wild wurde, mit den Hinterbeinen ausschlug und ein grässliches Gebrüll von sich gab.
Seiler war aufgesprungen. Er wedelte mit den Armen in der Luft herum und feuerte die Reiter an. »Gebt es ihm, stecht ihn ab!«, schrie er ein um das andere Mal.
Hermann aber blieb sitzen, hatte leicht den Mund verzogen. Schon jetzt, nach so kurzer Zeit, wusste er, dass er diesem Wettkampf nichts abgewinnen konnte. Sicherlich war es unterhaltsam zu sehen, wer am Ende gewann, nach wie vielen Stichen das Tier endlich besiegt zu Boden

ging, doch das Spektakel fiel Hermann auf die Nerven. Warum, fragte er sich, muss man ein Tier quälen und es dann zum Spaß töten? Welchen Reiz hat ein Wettkampf, bei dem der Sieger, der Mensch, von vornherein feststeht? Seiler dagegen war ganz aus dem Häuschen. Jede Lanze, die den Stier traf, bejubelte er mit lautem Schreien.
Jetzt verließen die Reiter die Arena, und die Banderillos erschienen. Sie rannten an dem wütenden Stier vorbei, rammten dabei kleine Pfeile mit bunten Bändern in das Tier, welches vor Wut schnaubte, den Kopf hin und her warf und mit den Hufen in alle Richtungen austrat.
Endlich, so schien es Hermann, war der Stier erschöpft. Sein Blut hatte den Sand in der Arena rot gefärbt. Hermann reckte den Kopf, um Ausschau nach einem Wasserverkäufer zu halten, denn die Hitze hier in der Arena war durch die verschwitzten Leiber und die pralle Sonne so sengend geworden, dass ihm die Zunge am Gaumen klebte.
Doch Seiler packte ihn beim Ärmel und schrie: »Setz dich hin, du Trottel, und hör auf zu drängeln.«
Hermann war so verblüfft, dass er tat, wie ihm geheißen. Und schon erkannte er, dass der Stierkampf noch lange nicht zu Ende war. Ein Matador, ein Stierkämpfer, kam nun über den blutigen Sand. In der Hand hielt er einen Degen, in der anderen ein rotes Tuch. Er stellte sich in der Mitte der Arena in Positur, doch so weit von dem erschöpften Tier entfernt, dass es ihm nicht gefährlich werden konnte. Dann riss er sich die Mütze vom Kopf und verbeugte sich vor dem Gouverneur von Havanna. Dieser nickte gnädig und gab so, wie es die Sitte war, sein Einverständnis, den Stier zu töten. Der Matador dankte mit einem Knicks, warf seine Mütze weg, packte den De-

gen und näherte sich tänzelnd dem Tier, das nur noch ein dumpfes Brüllen hören ließ. Schließlich erhob sich der Stier, aus zahlreichen Wunden blutend. Noch einmal schnaubte er, dann senkte er den Kopf, bereit, den Matador auf die Hörner zu spießen. Das Publikum wurde mit einem Schlag ruhig. Selbst Seiler stand mit offenem Mund da und glotzte atemlos in die Arena.

Hermann reckte den Kopf, wollte das Finale nun selbst sehen, doch ein baumlanger Mann vor ihm versperrte die Sicht. Er trat zu Seiler heran, beugte den Kopf ein wenig, da versetzte ihm der Kollege einen so derben Schlag, dass Hermann zurück auf den Sitz taumelte.

»Geh mir aus dem Weg«, brüllte Seiler und rollte mit den Augen, als sei er selbst ein Stier.

»Ich möchte auch etwas sehen«, gab Hermann zurück.

Seiler schnaubte und strafte ihn mit einem verächtlichen Blick. »Du musst nichts sehen«, erklärte er harsch. »Oder glaubst du vielleicht, die Matadore erlauben den Stieren zuvor, sich einen Kampf anzugucken?« Er lachte meckernd, gab Hermann eine Kopfnuss und wandte sich augenblicklich wieder dem Geschehen in der Arena zu.

Hermann blieb sitzen. So ist das also, dachte er. Er sieht mich als einen Stier, der schnaubt und brüllt, aber letztendlich doch nichts auszurichten vermag. Gern wäre er einfach sitzen geblieben, er hatte mittlerweile jedes Interesse an dem Kampf verloren, doch von Seiler auf den Platz verwiesen zu werden, das konnte er nicht zulassen. Also stand er wieder auf und stellte sich hinter Seiler auf dessen Platz, so dass er ihn um Haupteslänge überragte. Seiler war indes so erregt, dass er davon nichts bemerkte. Groth aber hatte sich nicht das kleinste Wort, nicht die

kleinste Geste entgehen lassen. Jetzt lächelte er fein und zündete sich eine Zigarre an.
Der Stier scharrte mit den Hufen, machte Anstalten, den Matador einfach niederzurennen, da zückte der Kämpfer den Degen, näherte sich dem Vieh bis auf wenige Schritte – und stach mit dem Degen so tief in den Stiernacken, wie er konnte. Das Tier ging in die Knie, verdrehte die Augen und gab den Kampf verloren. Die Menge jubelte, klatschte, schrie, trampelte, pfiff, buhte und gebärdete sich wie toll. Der Matador verbeugte sich nach allen Seiten, vier Schwarze schleppten das tote Tier aus der Arena, und schon kam der nächste Kampf.
Insgesamt verloren vier Stiere an diesem Nachmittag ihr Leben, ein Matador wurde an der linken Hüfte verletzt, und einem der beiden Pferde, die zu Beginn des Kampfes in die Arena kamen, wurde der Bauch aufgeschlitzt, dass die Därme heraushingen, doch sein Reiter trieb es erbarmungslos vorwärts, bis es schließlich tot zusammenbrach.
Während all dies geschah, stand Hermann hinter Seiler, sah auf ihn herab, hatte gesiegt über den Kollegen ohne Blut und Geschrei und wusste doch, dass dieser Kampf jeden Tag erneut gewonnen werden wollte.
Und abermals spürte er, dass seine Zeit in Havanna abgelaufen war. Er wollte weg, er musste weg, doch er hatte keine Ahnung, wohin. Nur ein Gedankensplitter ganz hinten in seinem Kopf war da und flüsterte ihm zu, dass es noch mehr Dinge auf der Insel gab als das Comptoir der Handelsgesellschaft Groth, Jessen und Krischak, noch mehr als die Stadt Havanna, noch andere Frauen als Ramona Diaz de la Escodura.

Achtundzwanzigstes Kapitel

Am nächsten Morgen stieg Hermann sofort hinunter ins Comptoir. Er traf Groth in seinem Zimmer.

»Na, Hermann, was ist? Möchtest du heute freihaben? Hat dir der Stierkampf den Magen verdorben?«

Hermann schüttelte den Kopf. »Ich möchte alles über den Zuckeranbau wissen.«

Groth legte die Feder zur Seite, schraubte das Tintenfass zu. Er stützte die Arme vor sich auf die Tischplatte und schaute ihn nachdenklich an. »Über den Zuckeranbau, ja?«

Hermann nickte.

»Und warum, wenn ich fragen darf?«

»Wir handeln mit Zucker. Ich möchte wissen, wie das Rohr gepflanzt wird, wie daraus schließlich Zucker wird.«

Groth nickte. Ein feines Lächeln umspielte seine Lippen, aber es erreichte die Augen nicht. »Lüg mich nicht an, Hermann. Das haben du und ich nicht nötig. Seit einiger Zeit schon merke ich, dass du von hier fortmöchtest.« Er deutete mit dem Finger auf Hermanns Gesicht. »Das Reisefieber leuchtet aus deinen Augen. Wenn du uns also verlassen willst, so tu das und frag mich nicht scheinheilig nach Zucker aus.«

Hermann schüttelte den Kopf. »Nein, ich habe keine konkreten Pläne, Groth, Jessen und Krischak zu verlas-

sen. Aber es stimmt: Mich treibt es weg aus Havanna. Aber bisher weiß ich nicht, wohin ich gehen könnte.«
»Ist es Seiler?«, fragte Groth. »Du bist einer meiner besten Handelsagenten. Ich möchte dich nur ungern verlieren. Wenn du mit Seiler nicht auskommst, so werde ich das regeln.«
»Nein, Herr. Seiler interessiert mich nicht. Ich möchte weg, möchte ins Landesinnere, möchte auf eine Plantage. Es ist dabei ganz gleich, ob es sich um eine Zucker-, Kaffee- oder Tabakpflanzung handelt.«
»Hm.« Groth kratzte sich am Kinn und sah eine Weile nachdenklich aus dem Fenster. »Wie wäre es mit Trinidad? Trinidad liegt an der karibischen Küste. Ein kleines, feines Städtchen. Ein kleiner Hafen, angenehme Leute, zumeist Europäer. Ringsum Zuckerrohr und Siedemühlen.«
Hermanns Herz begann zu klopfen. Trinidad. Er hatte von der Stadt gehört. Humboldt war dort gewesen, sogar Christoph Kolumbus hatte die Gegend in seinen Tagebüchern gerühmt. Meer, nicht weit dahinter die Berge. Die einzige Verbindung war eine Eisenbahnlinie, die von Havanna nach Cienfuegos führte, eine nahe Stadt mit größerem Hafen.
»Wie kommen Sie auf Trinidad?«, wollte Hermann wissen.
Groth stand auf, trat um seinen Schreibtisch herum und legte Hermann einen Arm um die Schulter. »Ganz einfach, mein Lieber. Ich will dich nicht verlieren. Du bist einer der Besten, die ich je hatte. Und in Trinidad gibt es Probleme. Gut wäre es, wenn du dort nach dem Rechten schauen würdest.«

Hermann kniff leicht die Augen zusammen. »Was für Probleme?«
»Unser größter Lieferant tut nicht mehr das, was er soll. Sein Zucker lässt an Qualität und Quantität zu wünschen übrig. Es heißt, er lässt seine Plantage verkommen. Nun, auch dort hat das Gelbfieber gewütet. Der Verwalter, den wir eingesetzt hatten, ist gestorben. Sein Platz ist frei. Wenn du willst, kannst du diesen Platz einnehmen.«
»Verwalter einer Zuckerrohrplantage?«
Groth nickte. »Einer der größten im ganzen Land. Du wirst der Herr über dreihundert Sklaven und vier Siedemühlen sein. Deine Aufgabe ist es, dafür zu sorgen, dass die Pflanzung genügend Zucker abwirft und dass dieser Zucker rechtzeitig zur Verladung der Schiffe in Havanna eintrifft. Wir haben Verträge mit Don Alvaro. Du wirst in seinem Haus wohnen. Nicht in seinem Haus direkt, aber nahebei in einem eigenen kleinen Verwalterhaus.«
»Und Titine?«
»Wie alt ist sie jetzt?«
»Vierzehn Jahre alt ist sie nun.«
»Nun, dann kommt sie in Kürze ins mannbare Alter. Du wirst sie dort gut verheiraten können. An Frauen, zumal an weißen Frauen, herrscht großer Mangel. Nun, was sagst du?«
Hermann strich sich das Haar aus der Stirn. »Es geht alles so schnell. Ich wollte doch erst noch ganz viel lernen.«
Groth lachte. »Lernen kannst du bei der Arbeit. Wie steht es? Bist du zum nächsten Ersten mein Mann in Trinidad?«
Hermann seufzte. Er dachte an Ramona, an Wilma und natürlich an Titine. Sie war zu oft bei Grazia. Er wollte nicht, dass die Santera ihr noch mehr von diesem Orisha-

Kram erzählte und ihr womöglich noch Voodoo beibrachte. Nein, auch für Titine war es besser, wenn sie hier wegkäme. Aber dann fiel ihm etwas ein. »Titine. Sie muss noch zur Schule gehen. Sie ist noch nicht fertig mit ihrer Ausbildung.«

»Mach dir darüber keine Gedanken. Auch in Trinidad gibt es Lehrer. Zwar keine Schule für die weißen Kinder, aber genügend Hauslehrer. Du kannst selbst entscheiden, was er Titine beibringen soll. Also, was ist jetzt?«

Hermann nickte. »Ja. Ich mache es. Ich gehe nach Trinidad und werde der Verwalter der Farm.«

Sie reichten sich die Hände, und diese Geste, das wusste Hermann, war für Groth bindender als jeder schriftliche Vertrag.

Später, als die beiden mit Rum auf ihr Geschäft anstießen, standen sie auf dem Dachgarten des Hauses. Groth legte Hermann einen Arm um die Schulter. »Du bist noch jung«, sagte er. »Und du bist ehrgeizig, gehörst zu denen, die schaffen können, was sie sich vorgenommen haben. Im Comptoir warst du derjenige, der am meisten gelernt und bewirkt hat. So wie du ist man nur, wenn man einen Traum hat. Was treibt dich an?«

Hermann überlegte nicht lange. »Unabhängigkeit.« Er sah Groth in die Augen. »Eines Tages möchte ich niemanden mehr über mir haben. Keinen, der mir sagt, was ich zu tun und zu lassen habe, keinen, der mir irgendetwas vorschreiben und mich zu Dingen zwingen kann, die ich nicht will.«

»Du willst selbst bestimmen, hm? Warum ist dir das so wichtig? Viele junge Männer in deinem Alter scheuen die Verantwortung. Du aber reißt dich geradezu darum.«

Weil ich Schuld auf mich geladen habe, dachte Hermann. Weil ich das Haus meiner Eltern in Brand gesteckt und sie umgebracht habe. Weil ich daher dafür sorgen muss, dass es Titine so ergeht, als wäre sie ein ganz normales Kind. Und weil ich die Dehmels kenne und erfahren habe, wie es ist, ein Knecht zu sein. Aber kein Wort davon sprach er aus, und Groth war feinfühlig genug, nicht nachzufragen. Die Sonne verglühte rot am Horizont, und ihr rotgoldner Schein brachte Hermann für einen Augenblick zurück in seine Heimat. Er schluckte, trank schnell von dem Rum, um die Tränen im Zaum zu halten. Aber es half nichts, die Erinnerung loderte in ihm wie die kubanische Sonne.

Neunundzwanzigstes Kapitel

Er sah sich auf dem Jahrmarkt, erblickte neben sich Marions Gesicht, das vor Freude leuchtete. Es war das erste Mal, dass Hermann mit einem Mädchen verabredet war, und er wusste vor Aufregung nicht, was er sagen sollte. Alles in ihm drängte danach, ihr seidenweiches Haar zu berühren, mit seinem Mund ihre Lippen zu küssen. Manchmal, wenn sie den Kopf rasch drehte, stieg der Geruch von grünen Äpfeln aus ihrem Haar auf, und Hermann musste jedes Mal die Augen schließen und ganz tief durchatmen, um seine Gefühle unter Kontrolle zu halten. Nun packte Marion seine Hand, strahlte ihn mit ihren weißen Zähnen an und zog ihn zu einem kleinen Platz, auf dem die Feuerschlucker ihre Künste darboten.

»Sieh, wie die Flammen aus seinem Mund schlagen«, keuchte Marion aufgewühlt. Ihr Blick war fest auf den jungen Zigeuner gerichtet, der, bekleidet mit einer Ziegenlederhose, seinen blanken, gestählten Oberkörper bog. Das lange Haar hatte er mit einem grünen Seidenband im Nacken zusammengebunden, und Hermann erkannte, dass Marions Blick, mit dem sie den Zigeuner geradezu verschlang, der Blick einer Frau war und so anders als der Blick, mit dem sie ihn bedachte. Sie leckte sich die Lippen, reckte das Kinn, schob die Brüste nach vorn. Und der Feuerschlucker sah sie an, Marion wurde über und über rot, er zwinkerte ihr zu und wies mit dem Kopf zu seinem Wagen. Dann trank er einen Schluck aus einer Korbflasche und spie meterhohe Flammen in die Luft. Knisternde, leuchtende, geheimnisvolle Flammen.

»Wollen wir weitergehen?«, fragte Hermann und berührte Marion leicht am Arm.

»Was?« Sie schaute ihn an, als hätte sie ihn nie vorher gesehen. »Geh schon, wenn du willst«, sagte sie leichthin. »Ich bleibe noch hier.«

Hermanns Traum von ihren weichen, warmen Lippen auf seinem Mund, vom Geruch ihrer Haare in seiner Nase, von ihrem schmalen, heißen Leib an seinem, zerplatzte. Er wandte sich ab, ging von dannen und sah sich noch einmal nach Marion um, doch das Mädchen hatte ihn schon längst vergessen.

Wie klein und unbedeutend er sich danach gefühlt hatte. Als sei mit Marions Achtlosigkeit ein Teil von ihm gestorben. Als hinge alles von ihr ab, von ihrer Aufmerksamkeit, von ihrer Hinwendung, die nun der Zigeuner bekam. Wie war es möglich, dass ein anderer Mensch, dass eine Frau einen Mann nur mit Hilfe ihrer Blicke erhöhen oder in den Staub stoßen konnte?

Oder war es gar nicht der andere Mann, der sie so fasziniert hatte? Waren es die Flammen? Ein Mann, der das Feuer beherrscht. Ein Gebieter der Flammen. War es das? Im Laboratorium seines Vaters suchte er nach Bärlapp, nach den Sporen der Pflanze, die man auch Hexenmehl nannte, weil sie im Feuer sprühten. Sein Vater hatte die Sporen gesammelt, um der Mutter an ihrem Geburtstag eine Freude zu machen. So, wie er es jedes Jahr tat. Ein Feuerwerk nur für sie allein. Hermann hatte dem Vater in diesem und im letzten Jahr dabei geholfen. Und jetzt wollte er für Marion ein Feuerwerk bauen. Übermorgen würden die Zigeuner weitergezogen sein. Übermorgen würde er eine Flamme in ihrem Herzen entzünden.

Hermann suchte die Metalldose, in deren Boden der Vater ein Loch gebohrt hatte, das groß genug war, um einen kleinen Trichter einzuführen. Am anderen Ende des Trichters befestigte er einen Schlauch aus Rindshaut, genau wie er es bei seinem Vater gesehen hatte. In die Dose, direkt neben den Trichter, stellte Hermann eine Kerze. Er nahm dafür nur billiges Talglicht, denn dies hier war nur ein Versuch. Übermorgen würde er eine Bienenwachskerze nehmen, vorausgesetzt, es gelang ihm tatsächlich, alleine ein Feuerwerk zu bauen.

Behutsam füllte er ein wenig von den Bärlappsporen in den Trichter, zündete die Kerze an, verschloss die Metalldose mit einem Deckel und pustete in den Schlauch.

Ein Knall tobte durch das Haus, der Dosendeckel flog im hohen Boden davon, Funken sprühten, griffen auf das Säckchen mit den übrigen Bärlappsporen über, und dann knallte und puffte und zischte es, als würde die Welt in Stücke gerissen. Öle, die in Kolben lagerten, fingen Feuer. Purer Alkohol, für Hustensäfte gedacht, loderte bis zur Decke.

Hermann schrie auf, bedeckte den Kopf mit den Händen, dann rannte er kopflos und blind vor Angst und Entsetzen hinaus. Hinter sich hörte er das Knistern und Prasseln der Flammen, die Hitze versengte ihm den Rücken, doch er war nicht imstande, etwas zu denken oder zu tun. Seine Beine bewegten sich wie von selbst. Im Laufen hielt er sich die Ohren zu, um das Knallen und Pfeifen nicht zu hören. Rauch stieg ihm in die Nase und in die Kehle. Er musste husten, rannte weiter, rannte zum Brunnen und begriff erst da, dass er die ganze Zeit immer nur zum Brunnen wollte und Wasser holen, um das Feuer zu löschen. Doch er hatte keinen Eimer, keinen Becher, nichts. Hinter ihm leckten die Flammen durch das Haus, Fensterscheiben zerplatzten, Holz knarrte und stürzte zu Boden. Und Hermann konnte den Anblick nicht ertragen, den Feuerlärm nicht hören. Er hockte sich neben den Brunnen, das Gesicht mit den Armen bedeckt, und weinte vor Angst und Hilflosigkeit.

»Warum suchst du die Verantwortung?«
»Wie bitte?« Groths Stimme hatte Hermann aus seinen furchtbaren Erinnerungen gerissen.
Er zuckte mit den Schultern. »Ich weiß es nicht. Vielleicht, weil ich früh in meinem Leben begriffen habe, dass man für alles, was man tut, Verantwortung trägt. Ganz gleich, ob man das möchte oder nicht. Also kann man gleich nach der Verantwortung greifen und sein Bestes geben. So behält man wenigstens die Kontrolle.«
Groth nickte, schwieg jedoch, stieß lediglich sein Glas gegen Hermanns. Eine Weile sahen sie zu, wie die letzten Strahlen der glühenden Sonne dem Horizont entgegenfielen.
»Du wirst bald sehr viel Verantwortung haben«, fuhr Groth schließlich mit dem Gespräch fort. »Und du wirst wissen, dass es verschiedene Möglichkeiten gibt, ein Unternehmen, ganz gleich, ob Pflanzung oder Handelshaus, zu führen. Man kann Erfolg haben, indem man die Konkurrenz vernichtet. Sich mehr damit beschäftigt als mit allem anderen. Man kann ein Unternehmen aber auch als

Familie sehen. Einer steht für den anderen ein. Ein jeder ist von einem anderen abhängig. Doch wenn alle dasselbe Ziel haben, ergibt sich daraus eine ungeheure Kraft.«
Er drehte den Körper, so dass er direkt vor Hermann stand. »Du willst die Unabhängigkeit. Das ist ein Traum, Hermann. Eine Illusion, ein Hirngespinst. Du wirst immer abhängig sein. Es sei denn, du schnürst dein Bündel und ziehst als Bummelant durch die Welt. Doch selbst dann bist du abhängig von der Milde anderer Leute, die dir ein Stück Brot geben, Arbeit für einen Tag oder ein Nachtlager.«
»Ich weiß«, erwiderte Hermann. »Ich weiß das alles, dennoch fühlt sich diese Form der Abhängigkeit anders an.«
Groth zog die Augenbrauen ein wenig in die Höhe. »Du bist noch sehr jung, nicht ganz zwanzig Jahre alt. Ich bin mir nicht sicher, ob du schon alles über Verantwortung weißt, was es darüber zu wissen gibt. Ich bin doppelt so alt wie du und weiß es nicht immer. Doch zurück zu der Plantage in Trinidad. Du kannst deine Kraft und alle Mühe darauf verschwenden, die Konkurrenz zu beobachten und sie zu ruinieren. Du kannst aber auch alle Kraft und Mühe daran setzen, deine eigene Plantage so gut es nur geht zu führen. Und das heißt: zu führen wie eine Familie. Jeder Farmer, jeder Geschäftsmann hat die Wahl. Auch du, Hermann. Ich sage dir nicht, was du tun musst, aber ich hoffe, du hast bei mir so viel gelernt, dass du den richtigen Weg einschlägst. Die Familie, Hermann.«

DRITTER TEIL

Trinidad

im Jahre 1861

Man hält die Sclaven für eine arme, elende Menschenclasse, die schwere Arbeit, grausame Behandlung, Elend und Jammer erdulden müssen, und in dem schrecklichen Gefühl der Knechtschaft in Feindschaft und Grimm gegen ihre Unterdrücker ihr Leben verkummern und sehnsüchtig nach Freiheit schmachten. So ist es aber durchaus nicht. Wenn ich auch zugebe, dass die Sclaven auf den Plantagen oft schwere Arbeit haben, so ist sie doch nicht schwerer, als Tausende Tagelöhnern usw. bei uns sie thun …

Ebensowenig sind sie, wie man in Deutschland meint, rechtlos, sondern eine Menge guter Gesetze schützt sie vor Willkür und Misshandlung. Das aber scheint mir ihr Unglück (freilich für sie größtentheils unbewusst) zu sein, dass sie eben noch auf einer so tiefen Stufe der Cultur stehen, dass sie noch so wenig menschlich denken und fühlen können; und das scheint mir die Schande der Weißen, dass sie Tausende ihrer Mitbrüder in diesem thierähnlichen Geisteszustand lassen. Freilich ist es nun unendlich schwer, die Lage der Sclaven zu bessern. Die spanische Regierung arbeitet daran (wie man sagt, auf englischen Antrieb). Sie scheint mir den vekehrten Weg einzuschlagen. Sie giebt den Sclaven allmählig mehr Rech-

te und Freiheiten, ohne dafür zu sorgen, dass sie so erzogen werden, um davon Gebrauch und nicht Missbrauch zu machen …

Lässt man die Sclaven frei, so sind sie zu faul, zu arbeiten, und der Ruin der Insel wäre gewiss, da die Weißen zu stolz, zu wenig abgehärtet und zu wenig an der Zahl sind, um die Feldarbeiten zu thun. Dasselbe wird geschehen, wenn keine Neger mehr eingeführt werden (was jetzt schon verboten ist, aber doch noch unter der Hand geschieht), da alsdann die Sclaven bald aussterben werden …

An einen Aufstand ist noch weniger zu denken, es fehlt den Sclaven an Trieb, Mitteln und Verstand dazu, und die Militairmacht ist zu groß. Auch sind viele Frauen als Sclaven auf der Insel. Dass die Sclaven, ebenso wie die freien Farbigen, in geselliger und anderer Rücksicht eine ganz untergeordnete Stellung spielen, ist gewiss. Nie geben sich Weiße mit denselben ab, und die Farbigen und Neger müssen bei jeder Gelegenheit die Weißen vorangehen lassen. Dies erstreckt sich bis auf's Einzelne. So gab's komische Scenen, als ich das noch nicht so wusste und den Farbigen auf der Straße ausweichen wollte, und diese höflich dasselbe thaten und carambulirten. Oder als ich auf das Vorbeifahren einer Volante, wovon die Kutsche aller Neger, wartete und diese wieder auf mich!

Anbei schicke ich Euch einen Ausschnitt aus einer hiesigen Zeitung: Zum Verkauf oder zur Miethe: 2 Stück Sclaven und eine Negerin, die vortrefflich wäscht und mehr als die Anfangsgründe der Kochkunst versteht und sich bis auf 18 Unzen freigekauft hat.

Erstes Kapitel

Zuckerrohrfeld grenzte an Zuckerrohrfeld. Die von der Karibikbrise geschüttelten Blätter raschelten leise.

An den Wegrändern ragten die über fünf Fuß langen Blätter einiger Bananenbäume auf, und in der Nähe der Herrenhäuser fächelten Palmenzweige, die einen glatten, unbelaubten Stamm von gut einhundert Fuß krönten und wie riesige Schirme im Wind ein beständiges, gleichmäßiges Rauschen hören ließen, während die Wipfel fernerer Palmenhaine gewaltigen Schirmbündeln ähnelten, die nur darauf zu warten schienen, den sonnendurchglühten Menschen der Gegend Schatten zu bieten. Üppige Mango- und Orangenhaine säumten den Weg und zeigten zur Erntezeit ein Farbenspiel aus grünen Blättern, roten und goldenen Früchten. Am Horizont stiegen die majestätischen Hügel der Sierra del Escambray mit dem reichen, tropischen Gesträuch und den kostbaren Hartholzwäldern an.

Der Einspänner rumpelte über ausgedörrte Wege. Seit Monaten hatte es nicht mehr geregnet. Die Luft war voller Staub, setzte sich auf Haut und Kleider, legte sich sogar in die Kehle.

Hermann bot Titine die Wasserflasche an, doch sie schüttelte den Kopf. Sie trug eines ihrer hellblauen Kleider, hatte das Haar zu einem Knoten hochgesteckt, so dass ihr langer Hals betont wurde. In der Hand hielt sie einen Sonnenschirm und betrachtete mit großen Augen die Landschaft.

»Riechst du das Meer?«, fragte Hermann.

Titine nickte.

»Es ist die karibische See. Das Wasser ist hier viel wärmer, die Luft feuchter als in Havanna. Havanna liegt am Atlantik.«

Titine nickte erneut und sah einer Möwe nach, die schreiend der Kutsche folgte. Links und rechts des Weges zogen Zuckerrohrfelder vorbei. Titine gab dem Kutscher ein Zeichen, dass er anhalten sollte.

»Was hast du vor?«, fragte Hermann, doch Titine beachtete ihn nicht. Sie lief auf den Feldrand zu, befühlte einen talerdicken Stengel, fuhr mit ihren zarten Händen die rauhe Schale auf und ab. Dann roch sie an der Pflanze, die sie weit überragte, strich über die schmalen Blätter, drehte sich zu Hermann um und sah ihn freudig an.

»Du nickst?«, fragte Hermann. »Heißt das, wir sind hier richtig?«

Titine legte eine Hand auf ihr Herz, und Hermann betrachtete seine Schwester fasziniert.

Sie war noch nicht erwachsen, noch nicht ganz, aber ihm kam es so vor, als verfüge sie über ein Wissen, das selbst die Alten erstaunte. Gerade eben war es wieder so. Sie stand in ihrem himmelblauen Kleid im Licht der Sonne. Beinahe durchsichtig erschien sie dem Bruder, das Haar wie einen Lichterkranz um den Kopf geschlungen.

Hermann zuckte mit den Achseln. Er hatte nie verstehen können, warum die Leute in Havanna Titine als etwas Besonderes betrachteten, warum sie sie so ehrfurchtsvoll

grüßten, warum sie sogar manchmal vor ihr auf die Knie gingen, als wäre sie eine der Orishas.
Hermann kletterte aus der Kutsche, gesellte sich zu seiner Schwester. »Du hast dich verändert«, stellte er fest. »Es ist, als wäre die Insel schon immer deine Heimat gewesen, als wärst du mit ihr auf eine Weise verbunden, die ich nicht verstehe.«
Titine sah ihn an, lächelte, und dann nickte sie ganz langsam, als wäre auch sie der Meinung, hier zu Hause zu sein.
»Sonnenkind, weißt du noch?«, fragte Hermann.
Titine nickte.
»Die Mutter hat dich oft ›mein Sonnenkind‹ genannt. Vielleicht wusste sie tatsächlich, dass du nur in einem Land, in dem immer die Sonne scheint, glücklich werden kannst.«
»Ingenio.« Eine dunkle Stimme unterbrach das Gespräch.
»¿Que?« Hermann sah sich nach dem Kutscher um. Er war ein freigelassener Sklave, einer von denen, die nichts mit ihrer Freiheit anzufangen wussten, und der deshalb nicht von der Plantage wich, sondern hin und wieder Aufträge für seinen ehemaligen Herrn ausführte.
»Die Zuckerrohrplantagen, Señor, alle sagen Ingenio dazu.«
Hermann stutzte. »Es ist nett von dir, mir das zu sagen. Aber ich verstehe nicht, warum du das tust?«
Der Kutscher stieg von seinem Bock, räusperte sich und schaute beinahe angstvoll auf Titine, die in ihrem himmelblauen Kleid neben den gewaltigen Zuckerrohrstangen winzig, wie ein besonders seltener Schmetterling wirkte.
Der Kutscher schluckte. »Señor Alvaro ist ein böser Mann«, erklärte er und sah dabei auf den Boden. »Er verzeiht keinen Fehler. Niemals.«

Hermann nickte nachdenklich. »Du sagst mir das, um mich zu warnen?«

Der Kutscher nickte. »Die kleine Señorita, ich möchte nicht, dass ihr etwas geschieht.«

Jetzt erst wagte er es, Hermann in die Augen zu sehen. »Sie ist die Tochter Yewas.«

»Yewa?«, fragte Hermann. »Wen meinst du damit?«

Der Kutscher verbeugte sich kurz vor Titine, trat so nahe an Hermann heran, dass der den Schweiß des Mannes riechen konnte. »Yewa ist eine Orisha, Señor. Sie ist die Tochter Obatalas und steht für Jungfräulichkeit, Keuschheit und ...« Er machte eine Pause und spielte an seiner bunten Holzperlenkette, die er am Handgelenk trug. »Und sie ist die Orisha des Todes. Ihr Vater, Obatala, wollte, dass sie ewig keusch bliebe, aber Shango verliebte sich in sie. Wisst Ihr, Señor, wer Shango ist?« Die Stimme des Kutschers klang ehrfürchtig.

»Shango ist der himmlische Vater, Donnergott und Ahne aller Ahnen. Ein sehr mächtiger Orisha.« Natürlich wusste Hermann, wer Shango war.

»Genau.« Der Kutscher fuhr in seiner Erzählung fort: »Als Obatala erfuhr, dass Shango sich in Yewa verliebt hatte, schickte er seine Tochter auf den Friedhof. Dort ist dein angestammter Platz, sprach er zu ihr, im Wissen, dass Shango ihr nicht zum Friedhof folgen konnte.«

»Gut.« Hermann nickte. »Aber was daran hältst du für gefährlich?«

»Die Orishas, Señor Alvaro fürchtet sie mehr als alles andere sonst.«

Hermann zuckte mit den Achseln. »Soll er. Ich werde ihn gewiss nicht davon abbringen.«

Der Kutscher griff nach Hermanns Händen, drückte sie sehr fest. »Die Kleine da, sie ist Yewas Tochter. Ihr müsst sie beschützen!« Seine Stimme klang flehentlich, beschwörend. Hermann schüttelte den Kopf. »Ich kann dich beruhigen, mein Freund. Titine ist keine Orisha und auch keine Yetunde. Sie wurde in Würzburg geboren, weit weg von hier, in Deutschland.«

Der Schwarze schüttelte hartnäckig den Kopf. »Es ist ganz gleich, wo sie geboren wurde. Sie kommt von den Orishas, sie ist Yewas Tochter. Ich weiß, was ich weiß.«

Hermann blickte in das entschlossene Gesicht des Kutschers. Er war lange genug auf der Insel, um zu wissen, dass er den Mann niemals umstimmen konnte.

»Also gut. Sie ist Yewas Tochter. Was bedeutet das?«

»Señor Alvaro wird sie hassen. Er wird nach ihr greifen, ihr die Keuschheit nehmen. Das ist für Yewa das Schlimmste, was geschehen kann. Wenn ein Mann sie nach Art eines Mannes berührt, muss sie sterben.«

Hermann lachte nicht. Natürlich glaubte er nicht, was der Kutscher ihm da erzählte, doch etwas in seiner Stimme, in der Ehrfurcht, mit der er Titine betrachtete, ließ ihn aufmerken. Es ist ganz gleich, dachte er, wer Titine ist und woher sie kommt, wer ihre Eltern waren. Wenn die Morones sie für eine Göttinnentochter halten, so wird sie niemand davon abbringen können.

Er legte dem Kutscher eine Hand auf den Arm. Nur ganz kurz, doch der Schwarze zuckte zusammen, als hätte er einen Schlag erhalten. »Dann hilf mir, auf sie aufzupassen«, bat er.

Der Kutscher nickte ernsthaft. Dann griff er nach Hermanns Hand und wollte sie küssen, doch der entzog

ihm die Hand rasch. »Lass diese Dinge«, sagte er, dann machte er Titine ein Zeichen, zurück in die Kutsche zu steigen.
Hermann schaute, ob Titine etwas von diesem Gespräch mitbekommen hatte. Sie stand noch immer am Rande des Zuckerrohrfeldes, beide Hände in die harten Blätter einer besonders üppigen Pflanze versenkt. Dann wandte sie sich plötzlich um, und ein Windstoß drängte die schlanke Pflanze gegen Titines Leib, so dass es aussah, als schmiegten sich Rohr und Mädchen aneinander, gefangen in einem seltsamen Tanz.
Der Kutscher schluckte, nahm seine Mütze ab und murmelte leise vor sich hin.
Hermann aber rief nach Titine: »Komm, wir wollen weiterfahren.«
Sie hatten noch Zeit, aber er konnte den Anblick dieses merkwürdigen tanzenden Paares nicht ertragen. Und wieder war ihm, als gehörte Titine hierher, als sei der Boden ihr Mutterboden, der Himmel darüber ihr Vaterhimmel.

Sie erreichten Trinidad am Abend. Die Sonne versank hinter den Hügeln, und vom karibischen Meer wehte eine warme, leichte Brise. Hermann war müde und erschöpft, jeder Knochen tat ihm weh von dem Geruckel der Kutsche.
Als sie vor dem Haus eintrafen – nur wenige Schritte von der Plaza Mayor entfernt, dahinter erstreckten sich schon die Pflanzungen –, öffnete sich sogleich eine schön beschlagene Tür, und heraus trat ein weißer Mann, dessen Gesicht durch tiefe Falten gefurcht war.

Er war sehr groß und hager, mit hervorstehenden Wangenknochen und eingefallenen Augenhöhlen. Seinem Mund fehlten gänzlich die Lippen, so dass es wirkte, als sei in die untere Hälfte seines Gesichtes ein schmaler Schlitz gehauen. Das Kinn war kantig, die Augenbrauen lagen dicht über den Augen, und darüber trug er sein braunes, öliges Haar scharf gescheitelt. Als Hermann die Kutsche verließ und Titine heraushalf, knallte der Mann die Hacken zusammen, als wäre er beim Militär, und sagte kurz und knapp: »Willkommen in Trinidad. Ein Mädchen wird euch die Zimmer zeigen.«

Und schon eilte eine Sklavin herbei, kaum älter als Titine, mit mageren Armen und dünnen Handgelenken. Sie versuchte, eine schwere Truhe vom Wagen zu ziehen, doch ihre Kraft reichte nicht einmal aus, sie auch nur ein paar Zentimeter zu bewegen.

»Warte, ich helfe dir«, erklärte Hermann, während der Kutscher, dessen Name Ignazio war, an der anderen Seite die Truhe anhob und gemeinsam mit Hermann vom Wagen hob. Don Alvaro betrachtete die Szene mit zusammengekniffenen Augen. »Sie müssen noch viel lernen, Amigo«, erklärte er, dann wandte er sich ab und verschwand im Inneren des Hauses.

Das Mädchen zuckte unter diesen Worten wie unter Peitschenschlägen zusammen, und tatsächlich sah Hermann, dass ihre Bluse am Rücken in Streifen gerissen war, und darunter erkannte er blutige Striemen.

Als das Gepäck abgeladen war und Hermann und Titine sich frisch gemacht hatten, erwartete Don Alvaro sie im Patio seines Hauses. Er begrüßte Titine mit zusammengekniffenen Augen und Hermann mit einem so festen

Handschlag, dass der meinte, seine Knochen würden gequetscht.
»Darf ich Sie mit meiner Frau bekannt machen?«, fragte der Don und zeigte auf ein junges Mädchen, das mit ängstlichem Gesicht am Tisch saß. »Mafalda, erhebe dich, um unseren neuen Verwalter zu begrüßen.«
Hermann winkte ab. »Aber nein, gnädige Frau, bitte behalten Sie Platz.«
Er trat vor die junge Frau, und für einen Augenblick stockte ihm der Atem. Sie war schön. Nein, sie war wunderschön. Die schönste Frau, die er je gesehen hatte. Schöner gar als Ramona. Ihr Gesicht war schmal, vielleicht sogar ein wenig zu schmal, mit grünen Augen, die von braunen Sprenkeln überzogen waren. Ihr Haar fiel in sanften Wellen über ihren Rücken herab. Unter der feinen Nase wölbte sich ein Mund, dessen Lippen genau die richtige Größe hatten. Nicht zu breit, nicht zu schmal. Mafalda war keine klassische Schönheit, aber Hermann konnte den Blick kaum von ihr lösen. Er verbeugte sich leicht und stellte sich ihr auf Spanisch vor. Sie aber antwortete nicht, sondern lächelte nur.
Fragend sah Hermann zu Alvaro. Der machte eine wegwerfende Handbewegung. »Sie ist scheu«, erklärte er stolz. »Sie wird einige Zeit brauchen, bis sie sich an euch gewöhnt hat. Mafalda beehrt nicht jeden sogleich mit der Gunst ihrer Worte.«
Der letzte Satz troff vor Häme. Alvaro legte eine seiner riesigen Hände auf die schmalen Schultern seiner Frau und drückte so fest zu, dass Mafalda das Gesicht verzog. »Geh, und hole die Erfrischungen!«, befahl er. »Und sieh zu, dass sie gehörig kalt sind.«

Mafalda erhob sich, schenkte Titine ein schmales Lächeln und verschwand im Haus.
Hermann sah sich um. Das Herrenhaus war prächtig. Vom Eingang führte ein mit Mosaiken gepflasterter Weg an mehreren luftigen Zimmern vorbei, deren Helligkeit und Größe durch die fehlenden Wände und die hohen, bemalten, kirchenähnlichen Bögen noch vergrößert wurden. Links befand sich eine Sitzecke mit bequemen englischen Ledermöbeln, dazu Schränke und Büfetts aus dunklen Edelhölzern. Auf Kommoden standen ausgestopfte Tiere, auf anderen kostbare Vasen. Eine Tischuhr mit einer Jünglingsstatue aus purem Gold prangte auf dem Kaminsims. Rechts lag der Arbeitsbereich des Zuckerbarons. Ein riesiger, mit rotem Saffianleder bezogener Schreibtisch bildete den passenden Untergrund für die schwarzmarmorierte Schreibgarnitur und die beiden goldenen Tintenfässer. Auf einem kleinen Tisch an der Wand drängten sich zahlreiche Meißener Figuren, darüber hing ein Meißener Porzellanbild, das, ganz in Weiß, vor dem lindgrünen Hintergrund der Wand besonders ausdrucksstark wirkte. In einem riesigen offenen Globus befand sich die Hausbar, und Hermann erkannte im Vorübergehen ähnliche Getränke, wie sie der Handelsherr Groth zu trinken pflegte. Er sah Sherry aus dem spanischen Jerez, Cognac aus Frankreich, hellen Traubenbrand aus Italien, Obstgeist aus Österreich und Whisky aus Schottland. Daneben lag ein Humidor mit edlen Einlegearbeiten, und von den Wänden und Decken war leises Geklingel zu hören, sobald eine leichte Meeresbrise durch das Haus streifte und das Kristall an den Lampen und Kronenleuchtern zum Klingen brachte.

Der Patio befand sich inmitten des Herrenhauses, das sich beinahe quadratisch um ihn herum zog. In der linken Ecke lag die Küche, weit genug weg vom Wohn- und Schlafbereich, damit die Essensgerüche nicht störten. In der Mitte des Patios befand sich ein umrandetes Beet, in dem üppige Blumen in rosafarbenen bis tiefroten Tönen prangten.

Eine Galerie zog sich über die gesamte erste Etage, und darunter befand sich eine bequeme Sitzecke mit Rohrstühlen und Sofas.

»Es ist wunderschön hier«, erklärte Hermann überwältigt. »Sie müssen ein glücklicher Mann sein.«

Don Alvaro zog die Nase hoch. »Ein glücklicher Mann? Dass ich nicht lache! Warum sollte ich glücklich sein?«

»Nun, Sie haben eine wunderschöne Frau, ein prächtiges Haus und mehr Land, als Sie mit einem Mal übersehen können.«

»Land, das ich hasse!«, erwiderte der Don mit verkniffener Miene. »Nicht nur den Ingenio hasse ich, sondern diese gesamte, verfluchte Insel mit ihrer schwülen Hitze, die niemals nachlässt, mit ihren triebhaften, schwülstigen Frauen, die von Tripper und Syphilis verseucht sind; ich hasse die Krankheiten, das Fieber, die Malaria, hasse den Regen, der innerhalb von Stunden das Land in einen Sumpf verwandelt, hasse die Tiere, Moskitos, riesige Fliegen und was nicht noch alles; ich hasse das immer gleiche Essen hier, einzig die Getränke und das Dominospiel vermögen es, mich froh zu stimmen.«

»Sie sind nicht auf der Insel geboren?« Hermann war so überrascht von dem Ausbruch des Dons, dass es ihm schwerfiel, an das Gespräch anzuknüpfen.

»Natürlich nicht. Ich bin Spanier.« Er reckte stolz den Kopf, straffte die Schultern. »Meine Vorfahren, so heißt es, wären mit Kolumbus auf der ›Santa Maria‹ gesegelt. Sobald ich kann, nehme auch ich das nächste Schiff und kehre zurück nach Sevilla, zurück in ein ordentliches Leben, zurück zu ordentlichen, manierlichen und gesunden Frauen.« Jetzt grinste er über das ganze Gesicht.
»Sind Sie schon lange vermählt?«, versuchte sich Hermann unverdrossen weiter in der Kunst der Konversation, während Titine entsetzt die Augen aufriss, sogleich aber den Blick senkte.
»Was heißt schon lange? Die Weiber sterben hier wie die Fliegen. Kaum hat man sich an eine gewöhnt, schon muss man sie begraben. Die da, die habe ich jetzt seit zwei Jahren. Portugiesin. Ihre Vorfahren kamen als Sklavenhändler von Jamaika hierher.«
»Sie ist sehr schön«, behauptete Hermann.
»Oh, mein Freund, da hätten Sie mal ihre Vorgängerin sehen sollen. Das war ein Prachtweib.« Er breitete die Arme aus. »Solche Hüften hatte die. Und Brüste, groß wie Wassermelonen. Es hieß, sie habe Negerblut in sich. Gesehen hat man es nicht, aber das Temperament!«
»Es tut mir leid, dass sie gestorben ist«, antwortete Hermann höflich.
Don Alvaro schüttelte den Kopf. »Sie ist nicht gestorben. Ich habe sie umgebracht.«
Er sagte dies so leichthin, als redete er über das Wetter.
»Oh!« Mehr fiel Hermann dazu nicht ein.
»Sie hat mich betrogen, die Schlampe. Also habe ich sie erschlagen. Und den Bastard in ihrem Wanst ebenfalls. Geheiratet habe ich Mafalda nur, damit sie mir einen Er-

ben wirft. Aber passiert ist nichts!« Er spuckte auf den Boden. »Wenn sie nicht bald trächtig wird, werde ich mir eben ein neues Weib nehmen.«
Hermann blickte zu Titine. Sie stand mit unbewegtem Gesicht da und betrachtete Don Alvaro.
»Nun, dann hoffe ich, dass Ihre Gemahlin recht bald guter Hoffnung sein wird.« Hermann hatte Mühe, diesen Satz mit fester Stimme auszusprechen.

Zweites Kapitel

Hermann hatte sich die Zuckerrohrpflanzungen majestätisch vorgestellt. Immerhin sorgten sie für den Ruhm und den Reichtum der Insel. Doch in der Wirklichkeit waren sie alles andere als schön. Die Felder waren riesig, manche erstreckten sich bis zum Fuße der Hügel. Kaum ein Baum störte das Bild. Nur an manchen Feldrainen streckten zerrupfte Palmen ihre Blätter in den Himmel. Abgezirkelte breite Wege durchschnitten die Plantage alle paar Meter, so dass die Sklaven während der Erntezeit gut an das Rohr kamen. Jetzt war es gerade mal acht Fuß hoch, aber zur Ernte erreichte es eine Länge von zehn bis zwölf Fuß und überragte noch den längsten Mann.

»Die Zuckerrohrplantagen erfordern schwere, ausdauernde Arbeit«, erklärte der Kutscher Ignazio, der Hermann zu Pferd begleitete. Eigentlich hatte Hermann gedacht, dass der Don ihm die Plantage zeigen würde, doch nun war er froh, jemanden an seiner Seite zu haben, der sein Lebtag nichts anderes gemacht hatte, als auf der Plantage zu arbeiten.

Hermann nickte, bückte sich und ließ ein paar Krümel des von der Sonne steinhart gewordenen Bodens durch die Finger rieseln.

»Wozu dienen die Gräben zwischen den einzelnen Pflanzreihen?«

»Genau weiß ich es nicht, aber der kreolische Pflanzer, der von der Nachbarplantage, hat mir mal erzählt, das hinge mit der Luftzirkulation zusammen. Ich bin nur ein dummer Sklave, habe nicht verstanden, was er damit meinte. Ich weiß nur, wie schwer es ist, den Boden aufzuhacken. Einmal ist mir sogar eine Hacke dabei zerbrochen, so hart war die Erde.«
»Ich kann es mir trotzdem vorstellen«, erwiderte Hermann. »Und wie geht es dann weiter mit den Pflanzen?«
Ignazio kratzte sich am Kopf. »Na ja, Señor, die kleinen Setzlinge brauchen viel Pflege und über ein Jahr, bis sie herangereift sind. Jeden Tag muss man nach ihnen schauen, die Erde lockern, das Unkraut vernichten.«
Hermann stand auf, wischte sich den Schweiß von der Stirn. Er hatte seinen Hut vergessen, und die Sonne brannte ihm unbarmherzig auf den Schädel. Dabei waren sie erst seit zwei Stunden unterwegs. Wie musste es den Sklaven ergehen, die den ganzen Tag in der brütenden Sonne ausharrten?
»Und wenn sie reif sind, dann heißt es ernten und danach neue Gräben ausheben und frische Setzlinge pflanzen. Und immer so weiter, Señor. Jedes Jahr.«
»Wie läuft die Ernte ab? Kannst du mir das sagen?«, wollte Hermann wissen.
Ignazio wiegte den Kopf. »Ich weiß nur, was auf den Feldern geschieht. In einer Mühle war ich noch nie. Aber einer, der dort arbeitet, hat es mir erzählt. Sobald das Rohr geschlagen ist, sammeln die Frauen es auf und legen es auf Eselskarren, die unverzüglich in die Mühlen fahren. Alles muss schnell gehen, die Aufseher sind noch nervöser als sonst, schlagen beim kleinsten Anlass mit ih-

ren Peitschen. Kommt das Rohr nicht sofort in die Mühle und wird ausgepresst, so fängt es in der Sonne an zu gären und zu säuern. Es ist verdorben. Na ja, und in der Mühle wird dann eben der Saft ausgepresst, gesiedet und der Rohzucker daraus hergestellt. Die Ernte beginnt kurz vor Weihnachten, aber sie dauert sieben bis acht Monate, weil man die Setzlinge zu jeder Jahreszeit in die Erde bringen kann und sie deshalb auch beinahe zu jeder Jahreszeit erntereif werden.«

Hermann gab Ignazio ein Zeichen, das Pferd zu besteigen, aber im selben Augenblick erreichte Don Alvaro auf seinem schwarzen Hengst die beiden.

»Was treibst du hier?«, brüllte er den alten Mann an. »Hatte ich dir nicht befohlen, die Kutsche zu säubern? Es klebt Scheiße an den Wagenrädern. Oder hast du genug Geld? Musst du nicht mehr arbeiten?«

Ignazio duckte sich auf. »Jawohl, Señor. Auf der Stelle, Señor. Ich bitte um Vergebung, Señor.«

Hermann richtete sich auf. »Es ist meine Schuld«, erklärte er. »Ich habe Ignazio gebeten, mich auf die Felder zu begleiten. Wenn er damit einen Fehler gemacht hat, so übernehme ich dafür die Verantwortung.«

»Sie?« Don Alvaro spuckte auf den heißen Boden. »Was soll das heißen, Sie übernehmen die Verantwortung? Wollen Sie etwa selbst die Scheiße von den Rädern bürsten?«

Hermann schüttelte den Kopf, und Ignazio nutzte die Gelegenheit, um seinem Pferd die Sporen zu geben.

»Sprüche, nur Sprüche und immer nur Sprüche. Verantwortung übernehmen, dass ich nicht lache.«

»Kann sein, dass ich mich unglücklich ausgedrückt habe, Don, aber es gehört nun einmal zu meiner Arbeit, die Felder und Mühlen genau zu kennen. Wer eignet sich da besser für eine Führung als jemand, der genau dort gearbeitet hat?«

»Sprüche, ich sage es doch. Die Sklaven gucken nicht über ihre eigenen Fußspitzen. Ich werde Sie weiter herumführen. Was wollen Sie wissen? Was wollen Sie sehen?«

Weit hinten erblickte Hermann Schornsteine. »Was ist das dort?«, fragte er, obwohl er es sich denken konnte. Er wäre lieber weiterhin mit Ignazio über den Ingenio geritten, denn er wusste genau, dass Don Alvaro ihm nur das erzählen würde, was er unbedingt wissen musste.

»Das sind die Zuckermühlen. Was denn sonst?«, antwortete Alvaro. »Wir haben vier davon. Ein großer Ingenio wie unserer braucht dreihundert Neger und ein Dutzend Aufseher. Dazu kommen der Mayo domo, der Tischler, ein Maschinenmeister, ein Carretero, also ein Wagenmeister, und jemand, der sich auf die Herstellung von Melasse spezialisiert hat.«

»Was genau passiert in den Zuckermühlen, nachdem der Saft aus den Rohren gepresst wurde?«

Don Alvaro zuckte mit den Schultern. »Was soll schon passieren? Die ausgepressten Zuckerrohrfasern bleiben zurück. Man nennt sie Bagasse. Wir benutzen sie, um die Siedekessel mit dem ausgepressten Saft zu erhitzen und einzudampfen, bis Zuckerkristalle und Melasse entstehen. Danach wird der Zucker raffiniert, das heißt, die Melasse wird vom Zucker getrennt.«

»Wie trennt man diese Dinge?«

Don Alvaro seufzte, als hätte er ein Kind vor sich, das trotz aller Mühe die einfachsten Sachen nicht begreifen konnte. »Wie schon? Durch Zentrifugen und Wasser. Gehen Sie doch selbst in die Mühle, und sehen Sie sich das an. Der raffinierte Zucker wird alsdann in Säcke geladen und verkauft. An wen, das wissen Sie besser als ich. Und die Melasse, die auch noch Zucker enthält, kann zu Alkohol vergoren werden. Sie selbst haben schon vergorene Melasse getrunken; wir nennen sie Rum. Sonst noch was?«

»Ja, ein paar Fragen noch. Kennen Sie Ihre Angestellten alle beim Namen?«, wollte Hermann wissen.

Alvaro verzog das Gesicht. »Wie sollte ich? Die Neger haben sich selbst Namen gegeben, die für unsereins unaussprechlich sind. Um die anderen hat sich der Verwalter gekümmert. Nun, dafür sind Sie ja jetzt da.«

»Wie groß ist die Plantage?«, fragte Hermann, obwohl er die Zahlen aus den Büchern kannte und sogar wusste, dass der Ertrag vor Jahren bei drei- bis viertausend Kisten Zucker lag, in den letzten Jahren aber auf die Hälfte gesunken war.

»Unsere ist eine halbe Quadratmeile groß«, erwiderte Don Alvaro.

Hermann zeigte mit der Hand auf eine Pflanzung auf der anderen Seite des Weges, auf dem er hierhergekommen war. »Wem gehört dieses Feld?«

Alvaro verzog den Mund noch mehr. »Einem Kreolen. Man nennt ihn ›El Padre de la tierra‹. Vater der Erde. Seine Plantage ist nicht groß, nicht einmal die Hälfte unseres Ingenios.«

»Ja, aber die Pflanzen sind größer, die Rohre dicker, die Blätter satter, wohingegen unsere grau und kraftlos sind. Ich wette, sein Ertrag kann mit unserem mithalten.«

Alvaro zuckte mit den Schultern. »Zauberei. Voodoo. Was weiß ich. Meine Leute haben mir erzählt, dass manchmal ein Lichtschein über die Plantage zieht. Nachts. Andere haben gesehen, wie er den Boden mit Stierblut getränkt hat.«
»Und das glauben Sie?« Hermann schüttelte den Kopf. »Wenn Stierblut dem Boden so guttut, Don, dann sollten Sie überlegen, ebenfalls einen Stier zu schlachten.«
Alvaro kam plötzlich dicht an Hermann heran. »Hör zu, mein Freund!«, zischte er. »Wenn du hierhergekommen bist, um nach städtischer Art klugzuscheißen und alles niederzumachen, was ich aufgebaut habe, dann kannst du dein Bündel gleich wieder schnüren.«
Seine Augen blitzten, und Hermann meinte zu hören, wie Alvaro mit den Zähnen knirschte. Die Drohung war unmissverständlich. Hermann aber hielt dem Blick des Don stand. »Sie tun Ihre Arbeit, und ich tue meine«, erwiderte er fest.
»Dann tun Sie sie so, dass niemand dabei zu Schaden kommt«, knirschte Alvaro und ließ Hermann inmitten der Plantage stehen.

Drittes Kapitel

Am Tag vor der Zuckerrohrernte versammelten sich sämtliche Sklaven schon bei Sonnenaufgang vor dem Verwalterhaus. Eigentlich hatten sie an diesem Tag frei, aber da dieser Tag auch der war, an dem sie ihre Kleidung, die ihnen einmal jährlich ausgegeben wurde, in Empfang nahmen, hockten sie erschöpft und mit krummen Rücken in der prallen Sonne und warteten auf jeweils zwei neue Hemden und eine Hose, die Frauen auf zwei Blusen und einen neuen Rock.

Titine stand am Fenster und besah die lange Reihe. Die wenigsten Sklaven hielten sich auf den Beinen. Viele saßen auf dem schmutzigen Boden, ihre dreckverschmierten Kinder zwischen den Beinen. Andere hatten sich wie Säuglinge zusammengerollt und schliefen. Aber kaum rückte die Schlange nach vorn, wollte einer der Stehenden einen Schlafenden übersteigen, fuhr der hoch, riss an den Füßen des Dränglers, fluchte und kreischte.

Hermann kam ins Zimmer, und Titine machte ihm ein Zeichen, an das Fenster zu kommen. Sie schrieb ein paar Worte auf einen Zettel, reichte ihn Hermann. »Warum gibst du die Sachen nicht im Hüttendorf aus?«, war darauf zu lesen. »Dort können die Leute in ihren Häusern warten, bis sie an der Reihe sind. Sie können trinken, können die Extramahlzeit zubereiten und auf ihre Kinder achten.«

Hermann leckte sich kurz über die Lippen und pustete sich eine Haarsträhne aus der Stirn. Es war noch nicht einmal Mittag, und die Hitze war bereits so unerträglich, dass ihm das Hemd am Körper klebte. »Warst du jemals in diesem Dorf?«, fragte Hermann, obwohl er die Antwort bereits kannte. Er selbst hatte Titine verboten, sich dem Dorf zu nähern. Er aber kannte es.
Die ärmlichen Hütten säumten einen viereckigen Platz, auf dem die Sklaven sich ein paar Früchte angebaut hatten. Die Hütten, es gab davon zwei Dutzend, waren klein, höchstens fünfundzwanzig Fuß lang, zwölf Fuß breit und gerade mal fünfzehn Fuß hoch. Das Innere war durch Trennwände in drei Räume unterteilt. Es gab keine Fenster und keine Luken, nur durch die Tür drang etwas Licht herein. Der Fußboden, auf dem die Sklaven auf stinkenden Säcken schliefen, die mit gehäckselten Zuckerrohrblättern gefüllt waren, war aus festgestampftem Lehm. Für jede Familie gab es nur einen einzigen Schlafsack, auf dem, aneinandergedrängt wie Zuckerkörner, Mutter, Vater und die Kinder schliefen. Vor manchen Hütten befanden sich Kochstellen, an denen dann mehrere Familien ihr Essen zubereiteten. Beinahe jeden Tag gab es Streit darum, welche Familie zuerst ihren Kessel über das Feuer halten durfte. Nur die wenigsten warfen ihre wöchentlichen Lebensmittelrationen zusammen und kochten gemeinsam. Viel zu groß war die Angst, der Nachbar könnte einen Bissen mehr haben, so dass einige der Sklaven vor lauter Hunger ihre Nahrung lieber roh herunterschlangen, als zu warten, bis die Kochstelle frei war. Hermann hatte versucht, die wöchentlichen Rationen, die aus zweieinhalb Topf Maniok, drei Kassaven, zwei Pfund schlech-

tem Pökelfleisch und drei Pfund Salzfisch bestanden, etwas aufzustocken, denn diese Menge reichte mit Mühe und Not drei Tage, aber Don Alvaro hatte ihm lediglich gestattet, noch ein Kilo Maisbrot hinzuzufügen.
Titine hat ja recht, dachte Hermann, aber war im Dorf wirklich genug Platz zum Verteilen der Sachen?
Draußen, vor dem Fenster, prügelten sich jetzt zwei junge Sklaven um ihren Platz in der Schlange. Eine Frau verpasste einer anderen eine Maulschelle, kleine Kinder weinten, alte Männer keiften und schüttelten ihre mageren Fäuste.
»Du hast recht, Titine. Wie immer. Ich werde die Sachen ins Sklavendorf bringen. Vielleicht entspannt sich dann die Lage.«
Er verließ den Raum, und schon wenige Augenblicke später löste sich die Schlange auf.
Der nächste Tag war der dritte Advent, und auf allen Pflanzungen rund um Trinidad begann die Ernte. Bei Sonnenuntergang war alles bereit. Die Dampfmaschinen, die das Zuckerrohr zermahlten, setzten sich unter lautem Getöse in Gang. Hermann steckte das erste Rohr zwischen die mächtigen Walzen, Jubel brach aus – die Zuckerrohrernte hatte begonnen. Sechs Monate lang sollte dieses Schlagen und Mahlen und Kochen des Zuckers nun Tag und Nacht stattfinden.
Am Abend fand im Hause des Don das traditionelle Diner statt. Schwaden von Parfüm schwebten durch den Raum, Gelächter erklang, pflanzte sich fort von einem Grüppchen zum anderen. Edelsteine blitzten im Licht der Kerzen auf, nackte Schultern leuchteten wie Perlen.
Vom benachbarten Ingenio rauschten mit einem Mal

Trommelklänge durch die Nacht, drangen durch die Fenster, durchbrachen Gespräche und Gelächter. Die Klänge verdichteten sich, schienen regelrecht in Raserei zu verfallen, und die Gäste, die sich vor der Hitze an die offenen Fenster geflüchtet hatten, Champagnergläser in der einen, dicke Zigarren in der anderen Hand, verstummten. Den Frauen liefen leise Schauer über den Rücken, und die Männer rissen an ihren Vatermördern. Die Leichtigkeit war einer ängstlichen Schwere gewichen. Kaum einer im Saal des Herrenhauses wagte es noch, seinem Gegenüber in die Augen zu blicken. Lippen wurden aufeinandergepresst, Frauen fuhren sich durch die Haare, Schuhspitzen zeichneten das Muster des Parketts nach.
»Aber, aber, Leute. Von so etwas lassen wir uns doch nicht den schönen Abend vermiesen.« Don Alvaro herrschte die Sklavin an, die Fenster zu schließen und die Holzläden zuzuschlagen. Mafalda drängte er an das Klavier, damit sie mit ungeübten Fingern falsche Melodien spielte.
Hermann beobachtete, wie die Spannung von den Gästen abfiel, als die Trommeln ausgesperrt waren. Es dauerte nur einen Augenblick, bis die Gespräche wieder aufgenommen wurden, Gelächter durch den Raum klang, nackte Schultern präsentiert wurden.
Er stand bei einem Österreicher mit Namen Andreas Winkler, der aus Kärnten stammte und seit Jahren die medizinische Betreuung der Weißen von Trinidad in seinen erprobten Händen hatte. Hermann fand den Doktor auf den ersten Blick sympathisch, und er fragte sich, ob das, was Don Alvaro mit dem Doktor in Trinidad verband, mehr war als nur die Stadt.

Der Doktor hatte sich in einer kleinen Rauchecke niedergelassen, schmauchte eine Pfeife, streckte die Beine von sich, nippte an seinem Rum und fragte: »Nun, junger Mann, haben Sie schon einmal mit Sklaven gearbeitet?«
Hermann schüttelte den Kopf. »In Havanna gab es ein paar von ihnen im Haushalt, doch sonst?«
»Dann hören Sie gut zu, was ich Ihnen jetzt erzähle. Die Sklaven hier auf dem Ingenio sind nicht mit denen in der Stadt zu vergleichen. Sie sind roher, gewalttätiger. Es ist erst ein paar Monate her, als auf einer der Nachbarplantagen ein Negeraufstand ausbrach. Viele sind dabei umgekommen. Neger wie Weiße. So etwas kann immer und überall und zu jeder Zeit geschehen. Die Neger sind verschlagen, meinen viele, ich aber denke, dass sie unterschätzt werden. Wie dem auch sei, es ist hier auf dem Lande niemals ungefährlich. Gehen Sie nicht ohne Waffe aus dem Haus, junger Mann. Das kann ich Ihnen nur raten. Und auch das Fräulein Schwester sollte sich rasch mit einer Waffe vertraut machen. Sicher ist sicher. Besonders nach Einbruch der Dunkelheit ist man gut beraten, auf der Hut zu sein.«
»Wollen Sie damit sagen, dass die Schwarzen, die hier auf der Plantage arbeiten, gefährlich sind?«, fragte Hermann.
»Jeder Schwarze ist gefährlich«, knurrte Alvaro, der in diesem Augenblick dazukam. »Ich gehe keinen Schritt ohne Waffe. Selbst unter meinem Bett liegt ein Gewehr. Wenn jemand nicht spurt, ist es die einzige Möglichkeit, ihn abzuknallen wie einen räudigen Hund, ehe die anderen noch auf dumme Gedanken kommen.«
Der Zuckerbaron hob sein Glas und trank es in einem Zuge aus.

»Sind Sie auch der Meinung?«, wollte Hermann vom Doktor wissen.
Der wiegte den Kopf. »Hier bei uns in Trinidad liegen die Pflanzungen eng beieinander. Manche Sklaven kennen sich, andere nicht. Wir wissen selbst oft nicht, wer zu wem gehört, insbesondere, wenn die Brandzeichen, welche die Sklaven auf der Brust tragen, nicht mehr deutlich zu erkennen sind. Es kommt vor, dass die Schwarzen bei Nacht und Nebel die Plantage verlassen und plötzlich beim Nachbarn im Zuckerrohrfeld stehen. Das gab schon des Öfteren Anlass zum Ärger.«
»Ihr beschönigt, Doktor. Wie immer, wenn es um diese Brut da draußen geht.« Alvaros Stimme war ein wenig schrill geworden. Er wandte sich an Hermann. »Kürzlich haben fremde Neger versucht, einen Herrn zu erschlagen, weil der anderes befahl als der Herr, dem sie eigentlich gehörten. Sie sollten zurückgehen, hat er ihnen gesagt. Da haben sie ihn zu Tode geprügelt. Und hernach haben sie sich mit Rum besoffen und gesungen und getanzt. Die Kavallerie kam, hat jeden Einzelnen mit ihren Säbeln niedergemetzelt, und von da an herrschte Ruhe.«
»Lieber Freund, das sind Ausnahmen«, widersprach der Doktor. »Im Allgemeinen werden die Neger hier von allen recht gut behandelt. Die Sklaverei wurde offiziell bereits vor Jahrzehnten von den Engländern abgeschafft, und die meisten Plantagenbesitzer sind sich dessen bewusst, obwohl wir unter spanischer Herrschaft stehen und uns selbstverständlich nicht um die englischen Gesetze kümmern müssen. Die meisten Zuckerbarone halten ihre Sklaven gut beköstigt, gekleidet und logiert. Ich muss gestehen, dass ich viel mehr Fröhlichkeit unter ih-

nen sehe, als ich sie je bei unseren europäischen Landsleuten gefunden habe.«
Hermann schien es, als mustere der Doktor den Zuckerbaron bei diesen Worten sehr genau. Und Alvaro senkte den Blick und räusperte sich. Hermann war es, als hätten die beiden über mehr als nur das Sklavenproblem gesprochen. Die Blicke, die sie tauschten, standen mit ihren Worten nicht im Einklang, und er begriff, dass im Zweifel der Doktor der erste Ansprechpartner war, an den er sich bei Problemen wenden würde.

Hermann und Titine hatten sich das kleine Verwalterhaus sehr bald schon nach ihrem Geschmack eingerichtet. Es bestand aus zwei Stockwerken, die Fenster waren mit schmiedeeisernen Gitterstäben versehen, an denen sich Pflanzen emporrankten. Das Haus hatte dicke Mauern und einen steinernen Fußboden, so dass es meist kühl war. Im oberen Stockwerk lagen die beiden Schlafzimmer und, in einem Winkel, die schmalen Kammern der beiden Haussklavinnen, die hier putzten, die Wäsche besorgten und kochten. Titine hatte für die Schlafzimmer Vorhänge genäht und ein paar Kokosläufer, die sie auf dem Dachboden gefunden hatte, in den Zimmern verteilt.
Im Erdgeschoss befand sich ein großes Wohnzimmer mit zahlreichen bequemen Korbmöbeln und einem schweren Vitrinenschrank, in dem ihr Vorgänger eine Sammlung von Federn und Steinen aufbewahrt hatte und den Titine nun mit Büchern füllte. Daneben lagen ein Esszimmer, Hermanns Arbeitszimmer und die Küche. Vor dem Wohnzimmer prangte eine Veranda, von den Balkonen im ersten Geschoss überdeckt, die Titine mit Korbsesseln

und Kübelpflanzen versah. Von dort aus hatte man einen Blick über die gesamte Plantage bis hin zu den Hügeln der Sierra del Escambray und war zugleich geschützt vor den heißen Winden der Karibik.
Hier saß Titine in einem Rohrstuhl, den Stickrahmen oder ein Buch neben sich, und sah über die riesigen Felder und die Hütten der Sklaven, die in einigem Abstand eng beieinanderstanden und von einem hohen Zaun umgeben waren, dessen Tor am Abend mit einem Eisenschloss verriegelt wurde. Am Tage, während die Sklaven auf den Feldern schufteten und vor Hitze und Durst fast wahnsinnig wurden, lag das Dorf verlassen und still da. Zwischen dem Verwalterhaus und dem Sklavendorf befand sich ein Brunnen, auf den sich nach jedem Arbeitstag die erschöpften Sklaven stürzten. Sie rissen einander die Kelle aus der Hand, mit der sie aus dem gefüllten Eimer Wasser schöpften, fuhren mit den Händen hinein, warfen sich das kühle Wasser ins Gesicht und auf den Oberkörper. Einmal wollte Titine, die Lust auf ein kühles Bad hatte, sich selbst von dort Wasser holen, doch die Haussklavinnen, Imelda und Dolores, hielten sie davon ab. »Ihr nicht dorthin. Ist zu gefährlich«, sagten sie.
Titine zog fragend die Augenbrauen nach oben.
»Die Krankheiten, Señora. Die Schwarzen haben viele Krankheiten in sich. Sie dürfen ihnen nicht zu nahe kommen, sonst sterben sie auch.«
Titine nickte und lächelte. Sie verstand, dass die Hausmädchen, die selbst schwarze Sklavinnen waren, Angst hatten, aber sie wusste nicht, ob vor ihr und Hermann oder vor dem Don.

Viertes Kapitel

Hermann brauchte nicht lange, um zu erkennen, dass die Zuckerrohrplantage verwahrlost war, das Rohr zum Teil am Stengel verfaulte, an anderen Stellen vertrocknete. Unkraut wucherte auf den Feldern, an manchen Orten hatte man den Abfall von der Ernte des letzten Jahres noch nicht einmal weggeräumt. Im Gerätehaus, das seitlich hinter dem Herrenhaus lag, sah es nicht besser aus. Hermann ließ den Gerätemeister, den er noch nie zuvor gesehen hatte, zu sich kommen. Es dauerte eine ganze Weile, bis endlich ein dicker, rotgesichtiger Mann mit riesigen Händen erschien. Als er vor Hermann stand, zerrte er seine Hose mit beiden Händen hoch, zog den Rotz hoch und spuckte direkt neben Hermanns Füße auf den Boden.

»Was ist los?«, wollte er wissen.

»Ich möchte mir einen Überblick über die Gerätschaften verschaffen«, erklärte Hermann und wies auf zwei Macheten, die mit verrosteten Klingen auf dem Boden lagen.

»Was für einen Überblick?« Der Dicke klemmte die Daumen unter seine Hosenträger und schaute sich im Gerätehaus um. Die kleinen Fenster waren von einer schmierigen Dreckschicht überzogen, der Boden seit Jahren nicht mehr gefegt, die Werkzeuge verstaubt und verrostet.

»Wer gut arbeiten will, benötigt ordentliches Werkzeug«, fuhr Hermann fort. »Hier sehe ich nur Werkzeugruinen. Wann haben die Arbeiter zum letzten Mal ihre Macheten geschärft?«

»Bin ich verantwortlich für die Nigger?«, raunzte ihn der Dicke an. »Woher soll ich das wissen?«

»Verantwortlich für die Leute bin ich; Sie dagegen haben sich um das Werkzeug zu kümmern.« Hermann sprach mit fester Stimme, aber er wusste nicht, ob er die leise Furcht, die er vor den riesigen Händen des Mannes hatte, verbergen konnte.

Der Dicke musterte ihn von Kopf bis Fuß. Dann grinste er breit, tat einen Satz auf ihn zu und packte ihn beim Kragen, noch bevor Hermann zurückweichen konnte. Der Dicke schüttelte ihn wie einen nassen Sack, und Hermann vermeinte, seine Knochen im Leib klappern hören zu können. Dann ließ ihn der Dicke plötzlich los, so dass er auf den Boden plumpste.

Sofort rappelte er sich auf, strich seine Kleider zurecht. »Ich gebe Ihnen genau eine Woche Zeit, um diesen Saustall hier in Ordnung zu bringen«, sagte er, nun vollkommen ohne Angst. »Bin ich dann nicht zufrieden, so schmeiße ich Sie raus.«

Der Dicke schürzte die Unterlippe. »Nimm dir nicht zu viel vor, Freundchen. Ich spiele manchmal mit dem Don Domino.«

»Mag sein«, erwiderte Hermann ungerührt. »Noch mehr aber als Domino liebt der Don das Geld. Ich bin sicher, Sie werden nie wieder in das Herrenhaus eingeladen, wenn ich dem Don vorrechne, wie viel Geld er durch Ihre Schlampereien bereits verloren hat.«

Hermann drehte sich um und verließ das Gerätehaus, aber hinter sich hörte er, wie der Dicke wütend gegen irgendwelche Sachen trat.
Die Plantage hatte bisher den Großteil des Zuckerrohrs für die Handelsgesellschaft Groth geliefert, doch jetzt sah es so aus, als würde der Zucker nicht einmal für den Haushalt des Plantagenbesitzers reichen. Auch wenn Hermanns Änderungen im Alltag der Pflanzung nicht besonders willkommen geheißen wurden, so wusste er doch, dass sie nötig waren. Groth verließ sich auf ihn, und er würde den Kaufmann nicht enttäuschen.
Früher, hatte ihm der Doktor erzählt, sei die Pflanzung in bester Ordnung gewesen. Früher, als die erste Frau noch lebte und Alvaro jeden Tag mit seinem Pferd über die Felder geritten war, die Peitsche im Stiefelschaft, um sie sogleich zur Hand zu haben, wenn ein Sklave zu langsam arbeitete.
Aber dann, berichtete der Doktor, hatte Don Alvaro durch das Gelbfieber seine Manneskraft verloren. Anstatt sich um die Pflanzungen zu kümmern, überwachte er eifersüchtig seine Frau, ein Weib mit heißem Blut, verfolgte sie auf Schritt und Tritt, geriet ständig in Händel mit vermeintlichen Verehrern. Und eines Tages, erzählte der Doktor weiter, da habe er sie aus der Zuckermühle kommen sehen, das Haar aufgelöst, die Lippen aufgeworfen und geschwollen. Er hatte nicht lange gefackelt, sondern sogleich zum Knüppel gegriffen und sein Weib totgeschlagen. Aus der Zuckermühle waren die Sklaven gerannt gekommen, doch zu spät. Die Doña lag mit eingeschlagenem Schädel im eigenen Blut. Doch Don Alvaros Raserei war damit noch nicht zu Ende. Mit irrem Blick

und gesträubten Haaren, den Knüppel fest in beiden Händen, hatte er geschrien: »Welcher Hurensohn hat es mit ihr getrieben?«

Die Sklaven waren zurückgewichen und hatten vor Angst keinen Mucks von sich gegeben. Da hatte Don Alvaro schon den ersten gepackt, einen Jungen, kaum dreizehn Jahre alt. Den Knüppel hatte er dem Kleinen über die Kehle gelegt und zugedrückt, bis dem Opfer die Augen aus den Höhlen quollen. »Wer von euch hat mit der Schlampe gehurt?«, hatte er gebrüllt, dass man hätte meinen können, ein Hurrikan bricht los. »Sagt schon, sonst ist der Bastard hin.«

Keiner der Sklaven rührte sich. Der Siedemeister kam aus der Mühle gestürzt, hatte die Maschinen angehalten.

»Niemand hier hat etwas getan, Herr«, beschwor er den Rasenden von weitem. Doch der hörte nicht. Schaum erschien in seinen Mundwinkeln. Er zerrte den röchelnden Jungen hin und her und brüllte dabei: »Umbringen werde ich das Schwein. Euch alle werde ich umbringen.«

Schließlich löste sich eine schwarze Frau aus der Sklavengruppe. Mit zitternden Beinen näherte sie sich dem Wüterich. »Was willst du, Schlampe?«, schrie der Don.

»Meinen Sohn will ich«, erklärte die Frau. »Er war es nicht. Er hat nichts getan. Ein Kind ist er noch.«

Der Don brüllte auf mit teuflischem Lachen. »Euch steckt die Geilheit doch schon von Kindesbeinen an in den Gliedern. Ob er's war oder nicht, ist ganz egal. Es trifft immer den Richtigen.«

Hinter der Frau tuschelten die Sklaven. »Komm zurück. Mach nicht alles noch schlimmer.«

Doch die Frau kannte keine Angst vor dem Herrn, nur Angst um ihren Sohn. Sie ballte die Fäuste. »Lass ihn los, Herr, sonst töte ich dich!«
»Ha!«, schrie der Wüterich auf. »Versuch es doch! Dein Balg ist hin, so wahr ich Don Alvaro heiße.«
Und er drückte dem Kind den Knüppel so fest gegen die Kehle, dass die Sklaven aufschrien. Ein Knacken war zu hören. Grässlich fuhr es durch den lauen Abend. Dann kippte der Kopf des Jungen zur Seite. Don Alvaro ließ ihn los, stieß ihn mit den Füßen über den Boden bis vor die Mutter. Diese hatte den Mund zum Schrei geöffnet, doch kein Laut drang aus ihrer Kehle. Schließlich aber hob sie beide Hände. Ihre Stimme gellte über den Platz bis zum Herrenhaus. »Ich verfluche dich, Herr. Schmerzen sollst du leiden, die dir den Verstand rauben. Deine Beine sollen faulen, dein Atem alles vergiften. Du wirst keinen glücklichen Tag mehr haben in deinem Leben. Aber sterben wirst du nicht schnell und gnädig, sondern Tag um Tag ein Stück mehr. Keine Kreatur hat jemals mehr gelitten, als du leiden wirst. Ich werde Misstrauen und Furcht in dein Herz senken. Dein Mund wird niemals mehr lachen, deine Lenden werden keine Kraft mehr finden.«
Die Frau stand mit erhobenen Händen, das letzte Abendlicht umgleißte sie wie eine Fackel. Die Worte loderten aus ihrem Mund, und Don Alvaro wich zurück. Zuerst nur einen Schritt, dann rannte er davon, hielt sich die Ohren zu und verkroch sich in seinem Haus.
Am nächsten Morgen war sein totes Weib fortgeschafft. Keiner sagte, wohin, und Don Alvaro hütete sich zu fragen. Auch die Leiche des Jungen war verschwunden. Und die Sklaven bedachten ihn mit dunklen Blicken.

Don Alvaro ließ seine weißen Angestellten kommen. »Sucht die schwarze Hure, die Zauberin. Legt sie in Stricke und bringt sie mir.«
Die weißen Männer schwärmten aus, krochen in jede Hütte, durchstreiften die Felder, doch die Frau blieb verschwunden. Und Don Alvaro ging es schlecht und jeden Tag ein bisschen schlechter. Er legte sich ins Bett, zu erschöpft, zum Fluchen selbst zu krank, und schickte sich an, seinem Schöpfer alsbald gegenüberzutreten, da kam Mafalda, die zwanzigjährige, portugiesische Schönheit. Niemand wusste, wer sie geschickt hatte. Sie legte sich einfach zu dem Don ins Bett, streichelte wortlos seine Lenden, küsste ihm den Angstschweiß von der Stirn und blieb. Eine Woche später stand der Don auf und trat mit schwachen Beinen vor das Haus. Er reckte die Faust in Richtung des Sklavendorfes und rief: »Ihr kriegt mich nicht. Ihr nicht, verfluchte Bastarde. Ich werde euch ausrotten mit Stumpf und Stiel.«
Zwei Wochen später fand die Hochzeit statt, und Alvaros Krieg gegen die eigenen Leute nahm seine gesamte Aufmerksamkeit in Anspruch. Hinter jedem Busch vermutete er einen Mörder, jedes schwarze Gesicht schien ihm ein Gruß aus der Hölle. Er schloss Mafalda vorsichtshalber im Haus ein, damit ihm mit ihr nicht dasselbe geschah wie mit seiner ersten Frau. Er ließ die jungen, starken Sklaven am Abend nach der Arbeit in Ketten legen, die morgens wieder geöffnet wurden. Er jagte über seinen Besitz, blind für die Pflanzen und wild darauf, die Schwarzen zu quälen. So verging die Zeit, verging sein Land, verging sein Leben. Und Mafalda, die einst gekommen war, um ihn zu beerben, verfiel und hatte keine Freude an die-

sem Leben. Und je mehr Mafalda verfiel, umso ärger verdächtigte der Don sie, mit den Schwarzen gemeinsame Sache zu machen. Er ließ die Sklaven Sklaven sein und richtete die gesammelte Wut seiner fünfzig Jahre gegen sein junges Weib.

Das alles berichtete der Doktor Hermann, und Hermann hatte selbst gesehen und gehört, wie der Don allmählich das Lebenslicht seiner Gattin zum Verlöschen brachte. Gestern Morgen war Mafalda mit ihrer Sklavin zum Markt gegangen. Dabei hielt sie den Blick auf das grobe Kopfsteinpflaster gesenkt, reagierte nicht auf die Grüße, die man ihr darbrachte. Nur einmal blickte sie auf, als nämlich ein junger Advokat sie grüßte. Nur kurz, doch Don Alvaro, der hinter ihr hergeschlichen war, sich in Mauernischen und hinter Hausecken verbarg, hatte mehr gesehen, als es zu sehen gab.

Am Abend, als Hermann und Titine auf der Terrasse hinter ihrem Haus saßen, konnten sie den Zuckerbaron brüllen hören. Dann erklangen Schläge und das Weinen und Wimmern von Mafalda. Hermann seufzte. Die junge Frau tat ihm unendlich leid, aber er wusste nicht, was er gegen den Don ausrichten konnte.

Titine sah kurz auf, senkte dann den Blick und lächelte still vor sich hin.

»Warum lächelst du?«, wollte Hermann wissen. »Da wird eine Frau geschlagen und du lächelst?«

Titine nickte und legte einen Finger über ihre Lippen. Ich weiß etwas, das du nicht weißt, sollte das heißen.

Niemand hatte bemerkt, dass Titine und Mafalda tagsüber öfter zusammen waren. Die junge Portugiesin fühlte sich einsam. Die vielen Schläge hatten sie beinahe gebrochen, und die Wutausbrüche Don Alvaros fürchtete sie mehr als einen Hurrikan. Sie hätte so gern mit jemandem über ihr Leid gesprochen, doch auf der Plantage gab es niemanden, mit dem sie das gekonnt hätte. Alle hatten Angst vor Don Alvaro. Nur Titine nicht. Sie senkte niemals den Blick, wenn sie den Zuckerbaron traf, sondern schaute ihm direkt ins Gesicht. Es war stets Don Alvaro, der zuerst wegsah.

Titine war es, die von Mafalda zur Vertrauten gewählt wurde. Ihr erzählte sie, was sie in der Villa auszuhalten hatte. »Es beginnt gleich morgens, wenn er aufwacht«, berichtete sie. »Dann fragt er mich nach meinen Träumen. Ich hätte gestöhnt in der Nacht, sagt er. Gestöhnt wie eine läufige Hündin. Welcher Mann da in meinen Gedanken herumspukt, will er wissen. Ich sage dann: ›Du warst es, mein Liebster‹, aber er glaubt mir nicht. Wenn ich mich ankleide, dann nörgelt er an den Kleidern herum. Die Kleider wären zu tief ausgeschnitten, der Saum viel zu kurz, man könne meine Knöchel sehen. Ist er dann endlich weg, habe ich ein bisschen Ruhe. Aber kaum verlasse ich das Haus, so schleicht er mir nach. Er denkt, ich merke es nicht, aber die ganze Stadt weiß davon. Die Händlerinnen auf dem Markt sehen mich an, als wäre ich eine Hure. Aber, so wahr mir Gott helfe, ich habe in dieser Hinsicht keine Schuld auf mich geladen. Kommt er am Abend nach Hause, so muss ich ihn anlächeln. Ist das Lächeln zu schmal, wird er wütend. Ist es zu breit, so vermutet er, ich würde ihn auslachen. Dann trinkt er Rum. Den ganzen Abend lang und die halbe Nacht. Anschließend kriecht er zu mir unter die Decke. Ich kann seinen Rumatem kaum aushalten, seine Hände, die mein Fleisch kneten, als wäre es ein Brotteig. Er spreizt mir die Beine und will mich nehmen, aber das Gelbfieber hat seine Lenden erlahmt. Doch er beschuldigt mich, ihm die Kraft genommen zu haben. Verstehst du, Titine? Ich bin schuld daran, dass er mir nicht beiwohnen kann. Dann schlägt er mich. Wenn er müde ist, bekomme ich nur eine kräftige Ohrfeige. Ist er noch nicht erschöpft, so hagelt es Schläge mit der flachen Hand. Er schlägt mir ins Gesicht, auf die Brüste, den Hintern. Manchmal packt er mich auch wie eine junge Katze im Genick, drückt mein Gesicht in die Kissen, so dass ich beinahe ersticke. Ach, Titine, was soll ich nur tun? Lieber wäre ich eine Sklavin, die den ganzen Tag auf den Zuckerrohrfeldern schuftet, als noch länger hierzubleiben. Lieber würde ich in einer armseligen Hütte hausen, als mit ihm unter einem seidenen Laken zu schlafen. Ich denke an Flucht, Titine, glaubst du mir das?«

Und Titine nickte, um zu zeigen, dass sie ihr glaubte, und schüttelte den Kopf, um darzustellen, dass ihr die Fluchtidee missfiel.

Fünftes Kapitel

Während Mafalda Titine ihr Leid klagte, ritt Hermann auf einem Pferd über die Felder. Er hatte nie reiten gelernt, hielt sich gerade mal so im Sattel, doch er ließ keinen Tag vergehen, ohne sich bei den Arbeitern zu zeigen.

Die ersten Sklaven begannen schon im Morgengrauen, das Rohr zu schneiden. In Kolonnen verteilten sie sich über das Feld, schwangen die inzwischen geschärften Macheten, bis das Rohr gebrochen lag. Die Arbeit war schweißtreibend, das Zuckerrohr nicht einfach zu schlagen. Schon nach kurzer Zeit rann der Schweiß über die nackten Oberkörper der Männer. Doch die Aufseher duldeten keine Pause. Erbarmungslos trieben sie die Männer an, bis sie vor Erschöpfung reihenweise umfielen.

Hermann hatte zugesehen. Heute wies er die Aufseher an, jedem Mann zu jeder Stunde einen Becher Wasser zu reichen, der mit ein wenig Salz versetzt war.

Der Oberaufseher schlug mit seiner Peitsche gegen den Lederstiefel. »Was soll das? Willst du sie verweichlichen? Arbeiten sollen sie, die schwarzen Kerle. Trinken können sie am Abend.«

Hermann schüttelte den Kopf. »Das geht nicht. Sie werden viel zu schnell müde. Bei der Hitze verliert der Körper Wasser. Die Kräfte schwinden. Gib ihnen zu trinken, und du wirst sehen, dass sie länger durchhalten als bisher.«

Dann ritt Hermann weiter zum nächsten Aufseher, der die zweite Kolonne bewachte. Hier sammelten Frauen und ältere Männer das geschlagene Rohr vom Boden auf, stapelten es auf Eselskarren, die es zu einer der Siedemühlen brachten.

Doch die Arbeit stockte. Die Sklaven saßen auf dem Boden und unterhielten sich. Einer von ihnen hatte ein gedrehtes Tabakblatt in der Hand und versuchte, es zu rauchen. Als die Leute Hermann sahen, sprangen sie auf und griffen nach den trockenen Rohrstengeln.

»Wo ist der Aufseher?«, wollte Hermann wissen.

Ein schwarzer Mann mit breitem Kreuz spuckte auf den Boden, dann hob er die Hand und deutete mit dem Finger ins Feld.

Hermann stieg vom Pferd, drückte die Zügel einem kleinen Jungen in die Hand und begab sich zwischen die mannshohen Pflanzen. Er musste gar nicht weit laufen, als er jemanden stöhnen und leise aufschreien hörte. Er bog die Stengel auseinander, und da lagen sie vor ihm. Ein kleines Mädchen, gerade mal der Kindheit entwachsen, und darauf der Aufseher. Er hatte die Hände der Kleinen über ihrem Kopf auf die Erde gepresst, ihr mit dem Knie die Beine gespreizt und drang nun roh in sie ein. Das Mädchen hatte den Mund zum Schrei geöffnet, doch kein Ton kam über ihre Lippen. Hermann sah nur die Tränen, die ihr still über die Wangen liefen. Das Mädchen schaute ihn hilfesuchend an, doch Hermann wusste, dass die Vergewaltigung der Sklavinnen ein Recht war, welches sich die Aufseher niemals nehmen lassen würden. Jeden Tag geschahen auf Kubas Plantagen solche Übergriffe, und kein Zucker- oder Kaffeebaron kümmerte sich darum. Wäre Hermann wie

jeder andere gewesen, so hätte er sich abgewandt und wäre leise davongeschlichen. Aber er sah die Augen des Mädchens, sah den Schmerz darin und die Scham. Er selbst hatte noch nie so bei einem Mädchen, bei einer Frau gelegen. Mit Ramona hatte er nur Küsse getauscht, durfte zweimal ihre Brüste berühren, doch sie war ein anständiges Mädchen, das seine Tugend bewachte wie ein Kettenhund. In seinen Träumen jedoch hatte sich Hermann schon tausendmal vorgestellt, wie es sein musste, ein Mädchen zu lieben. Schön waren diese Träume gewesen, voller Zärtlichkeit und Leidenschaft. Aber das, was er hier sah, hatte nichts davon. Das hier, das war ein Akt. So banal wie ein Becher Kaffee am Morgen oder das Glas Sherry nach dem Mittagessen. Hermann war enttäuscht und wütend. Enttäuscht, weil er sich womöglich geirrt hatte, weil seine Träume womöglich gelogen hatten und dieser Akt in Wirklichkeit ebenso banal war. Und wütend war er auf den Aufseher, der ihm das hier, im Feld, demonstrierte.
Also packte er seine Peitsche und ließ sie einmal kräftig über den nackten Hintern des Aufsehers krachen.
Der fuhr zusammen, schreckte hoch und starrte Hermann wütend an. »Was soll das?«, schrie er. »Siehst du nicht, dass ich beschäftigt bin?«
Hermann ließ die Peitsche leicht auf den Boden tippen. »Ich sehe sehr gut, was du da machst. Und es gefällt mir nicht«, erwiderte er mit fester Stimme.
Der Aufseher rollte sich von dem Mädchen, das sein Kleid herunterzog und aufstand.
Der Aufseher grinste breit. »Das war doch nur Spaß. Die Kleine liebt es.« Er packte das Mädchen im Genick und schüttelte sie ein wenig. »Sag ihm, dass du es liebst, dass

du es selbst wolltest. Sag ihm, dass du mich angefleht hast, es dir zu besorgen.«

Im Blick des Mädchens flackerte die nackte Angst. Sie nickte, dann wand sie sich aus dem Griff des Aufsehers und rannte davon.

Hermann schluckte. Er wusste, wenn er jetzt eine falsche Entscheidung traf, war seine Karriere als Verwalter zu Ende, kaum dass sie begonnen hatte.

»Das Mädchen ist mir gleich«, behauptete er. »Aber deine Sklaven. Sie liegen auf der faulen Haut, während du dich hier vergnügst. Sieh zu, dass deine Leute arbeiten, dann kannst du tun und lassen, was immer du willst.«

Er packte den Mann beim Arm und drückte ihn fest.

»Dies ist ein Unternehmen und kein Jahrmarkt«, zischte er. »Wenn du deine Arbeit nicht ordentlich machst, werden wir uns einen suchen, der sich besser darauf versteht. Deine Sklaven sind faul, sie sind träge, und in den Siedemühlen warten die anderen unnötig lange auf das geschlagene Rohr.«

»Es war doch nur kurz, keine fünf Minuten«, versuchte sich der Aufseher zu verteidigen.

Aber Hermann ließ nicht locker. »Ich erwarte von dir, dass du die Leute zum Arbeiten bringst. Mehr nicht. Wenn dir das zu viel ist, musst du es nur sagen!«

Der Aufseher schoss ihm einen Blick zu, der hätte töten können, und Hermann wusste in diesem Augenblick, dass er sich den ersten Feind gemacht hatte.

»Wie heißt du?«, fragte er.

»Was geht's dich an?«

»Ich will deinen Namen wissen, damit ich weiß, auf wen ich in Zukunft besonders achten muss. Also?«

»Roland heiße ich«, brummte der Aufseher, riss sich von Hermann los und schloss seine Hose.
»Geh zurück an deine Arbeit, Roland. Beim nächsten Mal werde ich dem Don erzählen, dass deine Leute im Feld schlafen.«
Der Mann brummte, spuckte Hermann vor die Füße und kam ganz dicht an ihn heran. »Du bist der neue Verwalter, nicht wahr? So neu hier, dass du am Abend leicht vom Weg abkommen und dich hier in der Wildnis verlaufen kannst. Du wärest nicht der Erste, dem das passiert. Also pass gut auf, Verwalter, wohin du am Abend gehst.«
Hermann antwortete nichts, sondern begab sich zurück auf sein Pferd und machte sich zur nächsten Arbeitskolonne auf. Am Mittag schickte er einen Wagen mit Wasserkübeln zu den Feldern. Und am Abend, als die Sonne schon untergegangen war, begab er sich in das Sklavendorf.
Er fiel beinahe über erschöpfte Männer und Frauen, die sich im Schatten ihrer ärmlichen Behausungen ausgestreckt hatten. Kinder hockten auf dem Boden, zu erschöpft, um sich die Fliegen aus den Augen zu wischen. Einige von ihnen hatten riesige, aufgeblähte Bäuche. Die Haut der Erwachsenen war entzündet. An manchen Armen und Beinen waren die schwärenden Wunden so groß wie Talerstücke.
Eine junge Sklavin hockte apathisch vor ihrer Hütte, an der nackten Brust einen Säugling, der verzweifelt nach Nahrung suchte. Die Frau selbst war eingeschlafen, schwankte ein wenig hin und her.
Hermann stieß sie an. »Wie alt ist dein Kind?«, fragte er auf Spanisch.
Sie zuckte mit den Achseln. »Ein paar Tage. Vor dem letzten Vollmond ist es geboren.«

»Du trägst es bei der Arbeit in einem Tuch auf dem Rücken?«

Die Frau nickte. »Ja, Señor.«

»Ist es gesund, das Kind?«

Die Frau zuckte mit den Achseln. »Ich weiß es nicht. Ich werde es behalten, solange es lebt. Mein letztes Kind kam tot zur Welt. Und das davor hat nur ein paar Tage gelebt. Großgekriegt habe ich keines. Und auch das hier isst nichts, und selbst wenn es könnte, so hätte ich nicht genug Milch in meinen Brüsten.«

Ihre Stimme klang dabei so gleichgültig, dass es Hermann schauderte. »Warum willst du sie nicht großziehen, die Kinder?«

Er versuchte, mit einem Finger den winzigen Mund des Säuglings zu öffnen, doch vergeblich.

»Ist besser, wenn sie früh sterben. Bleibt ihnen viel erspart, wenn sie zeitig gehen«, hörte er die Frau sagen.

Vor der nächsten Hütte saß ein alter Mann, dem von einer noch älteren Frau der Rücken mit Rum eingerieben wurde. Sobald die Frau Hermann sah, verbarg sie die Flasche hinter ihrem Rücken. »Habe ich bekommen. Vom Sieder. Er hat mir gegeben.«

»Was ist mit dem Mann?«

»Arbeitet in der Zuckermühle. Schwere Arbeit. Jeden Tag die vielen Säcke. Sein Rücken. Manchmal nachts schreit er vor Schmerz.«

Der Mann fuhr hoch, brüllte die Frau an und versetzte ihr einen kräftigen Schlag ins Gesicht.

Hermann griff nach seinem Arm und hielt ihn fest. »Was soll das?«

»Hört nicht auf sie, Señor. Sie ist alt und dumm und weiß

nicht, was sie sagt. Ich bin stark. Ich bin kräftig, kann noch viele Jahre in der Siederei arbeiten.«
Hermann nickte. Er wusste, wovon der Mann sprach. Jedes Jahr starben auf der Plantage rund zwanzig Sklaven an Erschöpfung. Die anderen, die überlebten, waren nach vier Jahren so entkräftet, dass sie keine Leistung mehr bringen konnten. Sie wurden entweder verkauft oder einfach freigelassen, damit es Platz für eine neue Schiffsladung aus Afrika gab.
Die Sklaven selbst wussten nicht, was schlimmer war: auf den Farmen zu schuften, bis ihr Körper aufgab, oder danach in die Berge zu gehen, ohne Essen, ohne Trinken, ohne Dach über dem Kopf, und dort elendiglich zugrunde zu gehen.
»Du wirst weiter hier arbeiten«, versprach Hermann. »Aber wir werden sehen, ob wir für dich eine andere Tätigkeit finden. Vielleicht könntest du mit den Frauen gehen oder in der Siederei die Kessel beaufsichtigen und dabei dem Siedemeister zur Hand gehen.«
Der Alte ging vor Hermann auf die Knie, packte seine Hand und wollte sie küssen, aber Hermann zog sie schnell weg. »Lass das. Ich bin kein Menschenfreund. Ich tue nur, was der Plantage dient. Ein kranker Mann, der Säcke schleppen muss, bringt wenig Nutzen.«
Mit diesen Worten wandte Hermann sich ab. Am Anfang hatte er es gehasst, wie jemand auftreten zu müssen, der Befehle erteilt, aber mittlerweile hatte er Spaß daran gefunden. Er konnte nicht allen helfen, die Hilfe nötig hatten. Er musste eine Plantage verwalten und dafür sorgen, dass sie so viel Gewinn wie möglich brachte. Und genau dies hatte er im Sinn. Hermann wusste, dass gesunde Ar-

beiter, denen es an nichts mangelte, viel mehr Leistung erbrachten als kranke, erschöpfte, verzweifelte Menschen. Don Alvaros Ingenio war dafür bekannt, einen großen Verschleiß an Sklaven zu haben. Nicht alle vier Jahre, sondern schon alle zwei Jahre musste er seine Arbeiter durch neue ersetzen. Die Männer und Frauen starben viel schneller und in weitaus höherer Zahl als auf den benachbarten Pflanzungen. Don Alvaro sparte nicht nur an geeigneten Unterkünften, sondern sogar an Nahrungsmitteln. Hermann hatte alles genau berechnet. Wenn man das Essen verdoppelte, dann brachten die Sklaven mehr Leistung und mussten nicht so oft ausgetauscht werden. Neue Sklaven aber kosteten Geld, viel Geld. Und hier gedachte Hermann, Einsparungen vorzunehmen.

Sechstes Kapitel

Wieder einmal rannte eines der schwarzen Hausmädchen zum Verwalterhaus. Wieder einmal klopfte es an die Tür, als würde es von allen Teufeln gejagt.

Titine legte ihren Stickrahmen zur Seite, erhob sich langsam von ihrem Stuhl auf der Veranda und begab sich zur Tür.

»Sie müssen kommen, Señora. Die Herrin, sie ist ganz aufgelöst.«

Titine nickte, zog die Tür hinter sich zu und begab sich zum Herrenhaus. Im Patio fand sie Mafalda.

»Oh, Titine, wie gut, dass du kommst!«, rief sie und streckte ihr beide Arme entgegen. »Er hat mich schon wieder geschlagen. Sieh nur.« Sie streckte ihre Handgelenke vor, so dass Titine die blauen Flecke, die sich wie ein Band um die dünnen Gelenke zogen, gut erkennen konnte.

Sie setzte sich, legte die Hände in den Schoß und zeigte damit an, dass sie zuhörte.

»Geschlagen hat er mich, und wieder hatte er keinen Grund dafür«, schluchzte die Doña.

Titine breitete die Arme aus und hielt die Handflächen dabei nach oben. »Was ist geschehen?«, wollte sie wissen.

»Er will einen Ball geben, hat er gesagt. Zu Silvester. Einen richtigen Ball. Oben, im großen Saal, soll alles hergerichtet werden. Essen und Trinken für fünfzig Leute.«

Sie schluchzte erneut.
Wieder hob Titine die Hände. »Wo ist das Problem?«
»Ich kann keine Bälle ausrichten. Noch nie habe ich so etwas gemacht. Dort, wo ich herkomme, taten das andere. Aber die dummen Mädchen hier wissen noch nicht einmal, was ein Ball eigentlich ist. Oh, Titine, was soll ich nur machen?«
Titine zuckte mit den Achseln. Auch sie hatte noch nie einen Ball vorbereitet, aber sie war oft genug dabei gewesen, wenn Frau Groth dies getan hatte. Sie stand auf, nahm Mafalda bei der Hand und zog sie in die Küche.
Dort öffnete sie die Vorratskammer und fand darin mehr, als der Zuckerbaron in einem Jahr essen konnte. Da standen Säcke voller Bohnen, Reis und Mehl. In großen Stiegen lagerte Maniok, gepökelte Schweineschinken hingen von der Decke, Körbe voller Eier, Fässer mit Butter, Säcke mit Kaffee, Honiggläser, Tontöpfe mit Kürbis- und Papayamus und sogar ein wenig Käse waren vorhanden.
Titine nickte zufrieden, aber Mafalda zog an ihrer Hand: »Sag, wo sollen wir die Zutaten für ein Festmahl herbekommen? Havanna ist weit, bis zum Silvesterabend werden wir nichts mehr erreichen können.« Mafalda rang die Hände und sah zur Decke: »Heilige Mutter Gottes, hilf mir in meiner Not.«
Titine fuhr herum, nahm Mafaldas Hände und sah ihr direkt in das verweinte Gesicht. Sie erblickte die Angst darin, die Unsicherheit. Sie ließ sich von der Köchin ein Stück Papier und einen Stift geben. »Willst du das Fest ausrichten? Du allein und ohne Hilfe?«, schrieb sie darauf. »Oder möchtest du das nicht? Sollen das andere für dich tun?«

Mafalda las es, kaute eine kleine Weile auf dem Bleistift herum, dann schrieb sie mit großen Buchstaben darunter: »Ja, ich will. Ich möchte eine so gute Plantagenbesitzerfrau werden, wie es nur möglich ist.«
Titine nickte erleichtert, zog aber zugleich die Augenbrauen fragend in die Höhe. »Warum möchtest du eine gute Zuckerbaronin werden?«
Mafalda überlegte, tippte dabei nervös mit dem Zeigefinger der rechten Hand gegen ihr Kinn. »Warum ich das möchte, fragst du?«
Titine nickte.
Mafaldas Blicke irrten irgendwie gehetzt durch den Raum. Dann erwiderte sie: »Nun, weil es sich so gehört für eine Frau meines Standes. Weil ich meinem Mann keine Schande bereiten will. Weil meine Mutter stolz auf mich wäre. Weil alle das machen.«
Sie vermied es dabei, Titine in die Augen zu sehen. Titine aber legte eine Hand auf ihre Schulter, fasste mit der anderen nach ihrem Kinn und drehte Mafaldas Kopf sanft, so dass sie ihr in die Augen sehen musste. Dann legte sie den Kopf ein wenig schief und zog die Augenbrauen erneut in die Höhe.
»Du glaubst mir nicht?«, flüsterte Mafalda.
Titine schwieg, wandte ihren Blick nicht von Mafaldas Gesicht.
Schließlich senkte die Doña den Kopf. »Du kennst mich besser als ich mich, nicht wahr?«, raunte sie, wartete aber keine Antwort ab. »Ich weiß nicht, warum ich den Ball plötzlich selbst ausrichten will. Vielleicht möchte ich es tun, um mir selbst zu beweisen, dass ich nicht so eine Versagerin bin, wie Don Alvaro mich glauben lässt. Vielleicht

will ich aber auch nur ein wenig Macht an mich reißen. Ein winziges bisschen Macht.«

Sie hob den Kopf, tippte mit einem Finger auf Titines Brust und lächelte. »Das ist es doch, was du dir von mir wünschst, nicht wahr?«

Titine nickte, dann strich sie Mafalda kurz und zart über die Schulter, zog sie zurück in die Speisekammer und tippte ihr sanft gegen die Stirn. »Überleg, was sich aus diesen Dingen für eine angemessene Mahlzeit machen lässt!«, hieß das. »Denk nach!«

Die junge Mafalda kniff vor Anstrengung die Augen zusammen. »Kuchen«, sagte sie schließlich. »Wir brauchen Kuchen aus Maismehl.« Sie sah Titine fragend an, die lächelnd nickte.

Salome trat zu ihnen, die dicke Köchin, die so alt war, dass ihr Haar, das meist unter einem bunten Kopftuch versteckt war, gänzlich grau war. Titine hatte schon viel von Salome gehört, denn entgegen dem Verbot ihres Bruders war sie schon öfter im Sklavendorf gewesen. Salome galt unter den Schwarzen als mächtige Frau, als Heilerin und Priesterin. Jetzt aber sah sie die Schwarze zum ersten Mal, und ihr stockte vor Schreck der Atem. Wusste Salome, dass sie mit den Sklaven sprach? Hatte sie es erfahren und sah sie deshalb so prüfend an?

Titine hatte Mühe, dem Blick der Köchin standzuhalten. Und sosehr sie auch im Gesicht der alten Frau forschte, sie fand nicht heraus, ob Salome ihr Geheimnis kannte.

Als sie zum ersten Mal im Sklavendorf gewesen war, da hatte sie begriffen, dass sie hier ohne Worte nichts ausrichten konnte. Die Schwarzen kamen aus Afrika. Sie hatten andere Sitten, andere Bräuche, selbst ihre Körper sprachen eine andere Sprache als die, die Titine so gut lesen konnte. Also öffnete sie den Mund, erinnerte sich genau daran, was Grazia ihr gesagt hatte, und ehe sie es sich versah, schlüpfte ein Wort über ihre Lippen. »¡Buenos días!«, hatte sie gesagt. Ihr erstes Wort nach der langen Zeit des Schweigens war »Buenos« gewesen! Rauh klang das Wort, dunkel, und Titines Zunge fühlte sich an, als wisse sie nicht genau, welches ihre Aufgabe war, doch da räusperte sie sich, fasste mit der Hand nach ihrer Kehle und versuchte es noch einmal: »¡Buenos días!«

Am liebsten hätte Titine gelacht und gesungen, doch dafür war hier nicht der rechte Platz, die rechte Zeit. Tränen stiegen ihr in die Augen, und lautlos bedankte sie sich bei Gott und bei den Orishas und nahm sich fest vor, gleich am nächsten Tag die Kirche auf der Plaza aufzusuchen und dort Opfergaben auf den Altar zu stellen.

Eine junge Sklavin, die hochschwanger war und trotzdem getrocknete Tabakblätter rauchte, zeigte Titine ihre ärmliche Hütte.

»Wo wird das Kleine schlafen, wenn es zur Welt kommt?«, fragte Titine und betrachtete mit leisem Widerwillen die stinkenden, halb verfaulten Schlafsäcke.

Die junge Schwarze zuckte mit den Schultern und lächelte. »Es braucht keinen Platz zum Schlafen. Es wird sterben.« Ihre Worte klangen vollkommen gleichgültig.

»Was?« Titine riss die Augen auf. »Woher willst du das wissen?«

»Salome wird dafür sorgen.«

»Salome? Was hat sie mit dem Kind vor? Will sie es mit ihren eigenen Händen umbringen? Wirst du das zulassen?«

Die Sklavin bedeckte ihren Bauch mit beiden Händen. »Was soll ich denn sonst machen?«, fragte sie leise, und zum ersten Mal hörte Titine in ihrer Stimme Traurigkeit und Verzweiflung. »Soll es heranwachsen und enden wie seine Mutter? Soll es ein Leben als Sklave führen? Oh, nein, da ist es besser, gleich zu sterben.«
Titine schwieg. Was sollte sie darauf auch sagen? Die junge Frau hatte ja recht. Trotzdem zerriss es ihr beinahe das Herz vor Mitleid. »Was tut Salome mit dem Säugling?«
Der Schwangeren traten nun Tränen in die Augen. »Sie renkt ihm gleich nach der Geburt den Kiefer aus. So kann das Kleine den Mund nicht öffnen und verhungert. Es heißt, sie spüren nichts, wenn sie noch so winzig sind.«
»Den Kiefer?« Titine konnte nicht glauben, was sie da hörte.
»Ja. Die Kieferklemme. Die meisten Kinder, die hier im Dorf geboren worden sind, starben an dieser Krankheit.«
Und nun stand Salome vor Titine, sah sie mit warmen Augen an, wirkte so mütterlich, wie man nur wirken konnte, und Titine wollte nicht glauben, dass diese Schwarze in der Lage war, Säuglinge umzubringen.
»Was macht Ihr hier in der Speisekammer, Doña Mafalda?«, fragte Salome und zwinkerte Titine so verstohlen zu, dass Mafalda es nicht bemerkte.
Die Doña fuhr herum. »Wir planen einen Ball«, erwiderte sie. »Señor Alvaro wünscht zu Silvester einen Ball, und ich werde ihn vorbereiten.«
»Aha. Mit wie vielen Leuten ist zu rechnen?«, fragte sie.
»Don Alvaro sprach heute von fünfunddreißig bis vierzig Personen.«
»Gut. Und was soll es zum Essen geben?«

»Spanferkel!«, bestimmte Mafalda, der es augenscheinlich nun wirklich Spaß machte, ein solches Fest zu planen. »Als Hauptgang soll es Spanferkel geben. Mit süßen Kartoffeln und einem Brei aus Maniok. Danach den Maiskuchen, dazu Obst. Und davor?«
Mafalda legte den Zeigefinger an die Nase.
»Fisch natürlich«, erklärte Salome. »Die erste Frau des Don hat mir beigebracht, dass es zu einem Festmahl immer Fisch geben muss. Wir könnten Krabben machen.«
Mafalda sah Titine an, aber Titine schwieg und zeigte nicht, welcher Meinung sie war. Im Inneren aber zitterte sie.
Schließlich entschied Mafalda: »Gut. Wir machen Krabben. Als Vorspeise. Auf zwei verschiedene Arten. Einmal wünsche ich eine große Krabbenplatte mit Zitronenbutter und dazu drei Dutzend Krabbencocktails.«
»Lässt sich machen«, erwiderte die dicke Köchin. »Seht nur zu, dass am Tage vor dem Ball alle Zutaten da sind.«
Mafalda zog sofort wieder ein unglückliches Gesicht, aber Salome winkte ab. »Kommt zu mir in die Küche, ich sage euch, was gebraucht wird.«
Mafalda nickte dankbar. Dann fiel ihr noch etwas ein. »Musik. Wir brauchen Musik, damit die Gäste tanzen können. Wir brauchen jemanden, der am Flügel spielt. Und dann noch eine Art Kapelle. Aber wer soll spielen?«
Salome lachte ein wenig, und für Titines Ohren klang dieses Lachen zu schrill. »Ihr haltet Sklaven. Habt Ihr noch nie gehört, dass den Schwarzen Musik im Blut liegt? Jeden Abend musizieren sie in ihrem Hüttendorf. Ein Leichtes sollte es sein, von dort ein paar Männer für eine Kapelle auszusuchen.« Salome nickte bekräftigend, als

wären ihre Worte nicht so schon deutlich gewesen. »Ihr braucht nur hinzugehen.«
Mafalda verzog das Gesicht und blickte zu Boden. »Don Alvaro hat mir verboten, in das Hüttendorf zu gehen. Er sagt, dort wimmelt es von Krankheiten. Ich könnte mir dort was holen und ihn damit anstecken.«
Titine hob einen Finger. »Ich werde gehen«, hieß das.
»Du?« Mafalda wunderte sich. »Du kannst nicht mit ihnen sprechen, kannst ihnen keine Befehle erteilen. Wie soll eine Stumme eine Kapelle aussuchen?«
Titine legte den Kopf leicht schief und hob die Hände. »Mach dir keine Sorgen«, hieß das. »Man braucht keine Worte, um zu sagen, was man möchte.«
Auch wenn Titine keinen Grund angeben konnte, so hatte sie beschlossen zu verschweigen, dass sie wieder sprechen konnte. Die Zeit war noch nicht reif dafür, fand sie. Es war nur ein Gefühl, durch nichts zu begründen, aber es war so. Titine dachte an Hermann und daran, wie er sich freuen würde, dass sie die Sprache wiedergefunden hatte, doch im Grunde brauchten sie beide keine Worte, um sich zu verstehen. Und auch mit Mafalda verstand sie sich, ohne zu sprechen.
Warum will ich noch verbergen, dass ich meine Sprache zurückerlangt habe?, fragte sie sich. Aber da sie keine Antwort fand, sondern ihr nur ein Gefühl dazu riet, entschied sie, dass sie die Sprache erst wieder richtig lernen und üben müsste, bevor sie sie in aller Öffentlichkeit benutzte.

Siebtes Kapitel

Doktor Andreas Winkler schien auf Hermann gewartet zu haben. Gleich nachdem er den Türklopfer betätigt hatte, wurde ihm von einem schwarzen Hausmädchen geöffnet. »Ist der Doktor da?«
Die Sklavin nickte, drehte sich ins Innere des Hauses und rief: »Andreas? Besuch für dich.«
Dann bat sie Hermann herein, führte ihn in den Patio. »Limonade oder Rum?«
Hermann winkte ab. »Kein Alkohol zu dieser frühen Stunde. Wasser reicht.«
Hermann sah ihr nach. Die schwarze Frau war um die dreißig. Doch es fehlte ihr alles, was Sklavinnen sonst ausmachte. Sie hatte den Kopf nicht geneigt, als sie Hermann die Getränke anbot, sondern war seinem Blick begegnet. Sie hatte den Herrn beim Vornamen genannt, ihr Gang war aufrecht, stolz beinahe, die Schultern waren nach hinten gezogen, der Rücken war aufrecht und gerade.
Der Doktor, noch im Morgenrock, kam mit weit ausgebreiteten Armen auf Hermann zu. »Ich wusste, dass Sie mich bald besuchen würden«, rief er aus und schüttelte ihm herzlich die Hand.
Die Sklavin brachte die Getränke, und der Doktor bedankte sich bei ihr dafür und streichelte kurz über ihre Hand, was die junge Frau mit einem Lächeln quittierte.
»Also, was führt Sie zu mir?«

Hermann schlug die Beine übereinander. »Ich brauche einen Arzt«, erklärte er.

»Ist das Fräulein Schwester nicht wohlauf?«

»Oh, nein, Titine geht es bestens. Ich brauche jemanden, der nach den Sklaven schaut. Sie haben grässliche Wunden. Die Kinder sterben ihnen unter den Händen weg. Viele sind ausgezehrt.«

»Sie sind Humanist, nicht wahr?« Der Doktor lächelte.

»Nicht im eigentlichen Sinne«, entgegnete Hermann. »Ich bin ein Geschäftsmann. Die Arbeiter bringen nur gute Leistungen, wenn sie gesund und kräftig sind.«

Der Doktor schürzte die Lippen. »Man ersetzt hier die Sklaven, wenn sie zur Arbeit nicht mehr taugen. Alle Plantagenbesitzer machen das so.«

Hermann winkte ab. »Ich weiß. Aber das rechnet sich nicht. Sklaven kosten Geld. Neue Sklaven müssen eingearbeitet werden. Sie kommen aus Afrika, sind das Klima hier nicht gewöhnt. Von jedem Dutzend frischer Männer und Frauen stirbt ein Drittel im ersten Jahr. Ich denke, wir fahren besser, wenn wir die, die wir haben, besser behandeln.«

»Ihr Gedanke gefällt mir, Hermann. Darf ich Sie so nennen?«

»Es wäre mir eine Ehre, Señor. Glauben Sie mir, meine Rechnung geht auf. Ich habe Stunden über den Büchern verbracht und die Zahlen miteinander verglichen. Die Sklaven brauchen nicht viel. Nur ein bisschen Wasser während der Feldarbeit, hin und wieder Fleisch oder Eier. Wenn die Kinder einigermaßen gesund aufwachsen, können sie später die Arbeit der Eltern übernehmen.«

Doktor Winkler steckte sich eine Zigarre an. »Sie suchen jetzt also einen Arzt, der nach den Schwarzen schaut, ihnen Salben verschreibt oder Ähnliches.«

»Ja. Die Kosten dafür werden selbstverständlich vollständig übernommen.«

»Tja. Ich befürchte, Sie werden dafür in der ganzen Gegend keinen finden.«

»Warum nicht?«

Der Doktor stieß einen Rauchring aus. »Für die Schwarzen gibt es keine Ärzte. Würde einer meiner Kollegen in ihr Hüttendorf gehen, würde er seine weißen Patienten verlieren.«

»Das ist absurd.«

»Nun, aber genau so ist es. Vielleicht finden Sie einen Viehdoktor, der mit sich reden lässt.«

Hermann zog die Stirn in Falten. »Ich verstehe das nicht. Sind Plantagenbesitzer keine Geschäftsleute? Verstehen sie nichts von Rendite und Gewinnerhöhung?«

»Doch, das tun sie. Aber sie tun es auf andere Weise als Sie, Hermann.« Er zog erneut an seiner Zigarre. »Auch ich werde Ihnen nicht helfen, so gern ich es täte. Mir ist das Gerede der Leute gleichgültig. Wenn ich weiße Patienten verliere, was soll's? Ich habe ein Haus, habe mein Auskommen, ich bin nicht angewiesen auf das Wohlwollen der Weißen.«

»Warum kommen Sie dann nicht?«

Der Arzt zuckte mit den Schultern. »Sie würden den Schwarzen mit einem weißen Arzt nicht helfen. Kein Sklave traut einem Weißen, auch keinem Arzt. Außerdem haben sie eigene Heiler. Fragen Sie nach. Ich wette, auch in Ihrem Hüttendorf gibt es jemanden, der sich aufs Heilen versteht.«

Hermann nickte. »Ich hätte selbst darauf kommen können.«

»Sie sind ein Städter, Hermann. Sie denken wie ein Städter. Aber das macht nichts. Kommen Sie zu mir, wenn Sie etwas wissen wollen.«

Der Doktor hob sein Glas, stieß mit Hermann an.

»Sie haben doch Fragen, nicht wahr?«

Hermann dachte einen Augenblick nach. Er hatte schon bemerkt, dass es in Trinidad mehrere Arten von Feindschaften gab. Da war nicht nur die unüberbrückbare Kluft zwischen den Schwarzen und den Weißen, da gab es auch Differenzen zwischen den Weißen und den Kreolen, und unter den Weißen selbst herrschte Neid und Missgunst.

»Natürlich habe ich Fragen, Doktor. Mehr, als Sie sich vorstellen können.«

»Dann legen Sie los.«

»Warum düngt der Padre de la tierra seinen Boden mit Stierblut? Ich kann mir nicht denken, dass er diese Art des Dungs auf der ganzen Plantage verteilt. Die Stiere, die dafür geschlachtet werden müssten, würden am Ende viel teurer kommen als der Ertrag aus der Ernte.«

»Da haben Sie recht, junger Freund. El Padre de la tierra schlachtet nach jeder Ernte einen einzigen Stier und düngt mit dessen Blut seine Felder. Der Stier selbst wird gebraten und verspeist. Er verliert nichts dabei. Schlachtblut wird von manchen zu Wurst und Grütze verarbeitet, allerdings selten, denn bei der Hitze hier hält sich das Zeug nur begrenzt. Für die Sklaven aber bedeutet Stierblut Leben. Reines Leben, reine Kraft und Stärke. Ein Acker, der damit behandelt wird, muss die besten Erträge bringen.

Also behandeln El Padres Leute den Boden und die Pflanzen besonders pfleglich. Er muss seine Leute nicht zur Arbeit antreiben. Sie tun, was sie können. Und der Boden dankt es ihnen, er ist fruchtbarer als sonst eine Pflanzung.«

Hermann verzog den Mund und hob den Zeigefinger. »Ich verstehe. Er arbeitet mit den Mitteln der Sklaven, um das Beste aus ihnen herauszuholen.«

»Ja. Das tut er. Und mit großem Erfolg. Sein Ingenio wirft mehr ab als die Plantagen von Don Alvaro. Und er ist nicht einmal halb so groß.«

Hermann zupfte sich am Ohrläppchen. »Ich verstehe. Ich habe begriffen, was Sie mir sagen wollten.«

»Dann ist es ja gut!« Der Doktor lächelte ein wenig. »Wir stehen hier draußen ziemlich allein, wir deutschsprachigen Europäer. Wir müssen zusammenhalten. Kommen Sie ruhig wieder. Wann immer Ihnen danach ist. Ich habe noch ein Fässchen Trollinger im Keller. Und noch einige Flaschen Rheinwein.«

Er stand auf, reichte Hermann, der sich ebenfalls erhoben hatte, die Hand. »Ihr Besuch hat mir Freude bereitet.«

»Und mir Vergnügen.«

Hermann sah dem Doktor in die Augen, dann nickte er zum Gruß, zog seinen Strohhut auf und verließ nachdenklich das Haus des Arztes.

Den Rest des Tages verbrachte er über den Büchern. Auch diese hatte Don Alvaro, wie alles andere, sträflich vernachlässigt. Seit einem Jahr gab es überhaupt keine Eintragungen mehr. Hermann beschloss, Inventur zu machen. Der Ingenio war so riesig, dass es noch immer Pflanzungen gab, die er noch nie gesehen hatte. Einige

davon waren sehr ertragreich gewesen, aber was jetzt mit ihnen war, stand nirgends verzeichnet. Es gab nicht einmal eine Übersicht über die Anzahl der Sklaven, über die einzelnen Kolonnen und deren Vorarbeiter.
Er nahm sich das Rechnungsbuch und einen Stift, dann ritt er zu den letzten Pflanzungen vor der Sierra del Escambray.

Achtes Kapitel

Noch nie hatte er den ganzen Besitz abgeritten; er war einfach nicht dazu gekommen. Doch jetzt gab er seinem Pferd die Sporen und ritt bis zum Fuße der Hügel. Je weiter er sich von Trinidad entfernte, umso kläglicher wuchsen die Pflanzen. Am Ende lagen ganze Schollen, groß wie Marktplätze, unbestellt vor ihm.

Hermann stieg ab, griff sich ein wenig Erde und zerrieb sie zwischen den Fingern. Der Boden war gut, wenn auch steinhart und staubtrocken, und es gab keinen Grund, warum er brach liegen sollte.

»He, was treibst du da?«

Ein Mann ritt auf ihn zu, ließ sein Pferd drohend über ihm tänzeln.

Hermann erhob sich, tippte einen Gruß an seinen Hut. »Sind Sie für diese Brache zuständig?«, fragte er.

»Wer will das wissen?«

»Der Verwalter.«

Der Reiter spuckte aus, kreuzte die Zügel über dem Pferderücken. »Ach ja? Ist der Alte endlich verreckt?«

»Falls Sie von Don Alvaro sprechen, muss ich Sie leider enttäuschen. Er lebt und erfreut sich, soviel ich weiß, bester Gesundheit.«

Abermals spuckte der Reiter aus. Hermann beschirmte die Hand mit den Augen und betrachtete den Mann. Seine Haut war von der Sonne und den Meereswinden so gegerbt, dass er nicht mit Sicherheit sagen konnte, ob er ein Weißer oder ein Mulatte war. Sein Alter ließ sich ebenfalls schwer einschätzen. Irgendwo zwischen dreißig und vierzig. Das Gesicht war hager und abgezehrt, so als trinke der Mann sehr viel Alkohol, ohne dabei zu essen, oder als wüte eine Krankheit in ihm. Er hatte einen derbzärtlichen Mund und dunkle, schmale Augen.

Hermann reichte ihm die Hand. »Hermann Fischer«, sagte er. »Freut mich, Sie kennenzulernen.«

Der Reiter grinste. »Hermann Pescador. Hermann Fischer. Hm. Gehört habe ich schon von Ihnen. Aber ob ich mich freue, Sie kennenzulernen, das weiß ich noch nicht. Bisher hatte ich meine Ruhe, konnte in aller Gemütlichkeit vor mich hin werkeln. Meine drei Dutzend Sklaven parieren, hier macht keiner Ärger. Haben Sie vor, daran etwas zu ändern?«

Hermann nickte. »Ich bin nicht hierhergekommen, um Ihnen eine Freude zu bereiten. Meine Aufgabe ist es, die Plantage auf Vordermann zu bringen. Und dieses Stück hier, da scheint mir noch viel zu tun zu sein. Wie wär's, wenn Sie mal von Ihrem hohen Ross abstiegen?«

Er machte sich auf eine derbe Antwort gefasst, doch zu seiner Überraschung lachte der Mann und tat, was Hermann ihm gesagt hatte. Dann streckte er ihm seine Hand hin. »Man nennt mich Desperado, den Verzweifelten.«

»Warum?«

Der Mann hob die Schultern. »Hab Pech gehabt. Früher, da hatte ich auch eine Plantage. Genau die hier nämlich.« Er zeigte mit der Hand von den Pferden aus bis zum Beginn der Hügel.

»Was ist passiert?«

»Der Alte, Alvaro, hat sie mir weggenommen. Offiziell hat er sie natürlich beim Spiel gewonnen, aber ich wette, seine Pokerkarten waren gezinkt. Als Vorarbeiter hat er mich dann eingestellt. Auf meinem eigenen Grund und Boden. Das muss man sich mal vorstellen.«
Hermann nickte. »Ich sehe, was dabei rausgekommen ist.«
»Tja, dann ist ja alles klar zwischen uns.«
Desperado machte Anstalten, wieder auf sein Pferd zu steigen, hielt jedoch inne.
»Nein, ist es nicht. Der Boden muss neu bepflanzt werden. Ich schätze mal, ein ganzer Hektar. Rund fünfzehntausend Stecklinge. In zwei Jahren erwarte ich die erste Ernte. Sie können mich aber auch gern überraschen und mir in einem Jahr die ersten Erträge bringen.«
Desperado schnalzte mit der Zunge. »Und was habe ich davon? Mir ist es gleich, ob hier was wächst. Bisher hat sich niemand darum geschert. Mein bisschen Geld habe ich sowieso gekriegt. Warum also soll ich den Buckel krumm machen?«
Hermann überlegte nicht lange. »Weil Sie in Zukunft nach Leistung bezahlt werden. Deshalb. Bestellen Sie das Feld gut, so können Sie in ein paar Jahren Ihren lumpigen Hektar zurückkaufen. Oder aber Sie saufen sich weiter das Hirn weg, und alles bleibt beim Alten. Ihre Entscheidung, Desperado.«
»Wie viel?«
»Ihr bisheriges Gehalt plus zehn Prozent vom Ertrag nach Abzug der Nebenkosten für die Dauer von, sagen wir, fünf Jahren.«
Der Desperado zog die Nase hoch und schob den Hut in den Nacken. »Zehn.«

»Was?«
»Zehn Jahre. Mein Gehalt plus zehn Prozent auf zehn Jahre.«
Hermann wandte sich ab, lachte auf. »Ich habe Ihnen mein Angebot gemacht. Feilschen können Sie auf dem Markt. Leute wie Sie gibt es hier zuhauf.«
»Acht Jahre.«
»Sechs Jahre.«
Der Desperado streckte Hermann die Hand hin. »Sieben Jahre.«
Hermann schlug ein, grinste über das ganze Gesicht: »Sieben Jahre bei einer Tagesleistung pro Arbeiter von zehn Tonnen geschlagenem Rohr.«
»Was ist daran lustig?« Der Desperado kniff misstrauisch die Augen zusammen, während er auf sein Pferd stieg.
»Männer sind alle gleich«, erwiderte Hermann. »Nur mit Geld kannst du keinen locken. Aber versprich ihnen Unabhängigkeit, so hast du sie in der Tasche.«
Der Desperado schnalzte mit der Zunge, zog die Zügel an.
»Wann kann ich mir die Stecklinge holen?«
»Nächste Woche. Ich schicke jemanden mit, der aufpasst, dass sie in den richtigen Abständen gesetzt werden. Und ab jetzt werde ich öfter vorbeikommen.«
Der Mann auf dem Pferd grinste. »Geht in Ordnung. Werde schon mal ein Fässchen Rum auftreiben.« Dann ritt er davon und ließ Hermann in einer Staubwolke zurück.
Hermann blickte ihm nach, noch immer ein Grinsen im Gesicht. Dann saß auch er auf und ritt zu den Zuckermühlen.

Er war erst einmal hier gewesen, gemeinsam mit Don Alvaro, aber damals hatten die Maschinen stillgestanden. Jetzt sah er schon von weitem den Dampf aus dem mächtigen Schornstein quellen. Die riesigen Holzstapel, die neben der Mühle gelagert hatten, waren sichtbar geschmolzen, doch noch immer war so viel Holz da, dass es in Deutschland für mehr als ein ganzes Dorf gelangt hätte.

Im Inneren der Zuckermühle war es heiß, die Luft so schwer und stickig, dass ihm auf der Stelle der Schweiß ausbrach. Vor dem Tor wartete ein halbes Dutzend Fuhrwerke, bis oben hin mit geschlagenem Zuckerrohr beladen. Sklaven eilten hin und her, rissen das Rohr von den Wagen und brachten es in die Mühle hinein. Dort wurden die Rohre zwischen zwei riesige, mit Dampf betriebene Walzen gesteckt, und der Zuckerrohrsaft wurde aus ihnen herausgepresst. Der gepresste Saft lief in riesige Bottiche, und das ausgepresste Rohr, Bagasse genannt, fiel in einen ebenfalls riesigen Behälter. Von dort wurde die Bagasse sofort von ein paar kräftigen Sklaven herausgeholt, auf Karren geladen und nach draußen gefahren. Auf einem riesigen überdachten Platz trocknete sie dann.

Hermann tippte einem weißen Vorarbeiter auf die Schulter.

»*Was?*«, überbrüllte der Mann den Lärm der Dampfmaschine.

Hermann deutete mit dem Finger nach draußen, und der Mann folgte ihm.

»Was passiert mit dem ausgepressten Zeug?«

Der Mann deutete auf den qualmenden Schornstein. »Wird verbrannt. Das spart Holz.«

Hermann nickte. »Gut. Gibt es sonst noch etwas, das man damit machen kann und das wir hier nicht tun?«
Der weiße Vorarbeiter kratzte sich am Kinn. »Man kann das Zeug häckseln und an das Vieh verfüttern. Die Schafe und Rinder lieben das, werden schön fett dabei.«
»Aber wir machen das nicht, oder?«
Der Vorarbeiter sah ihn verwundert an. »Haben Sie hier schon Vieh gesehen?«, fragte er.
»Nein. Aber warum halten wir eigentlich keines?«
»Hab ich mich auch schon gefragt. Don Alvaro wird es wissen.«
»Danke!« Hermann klopfte dem Mann auf die Schulter und ritt zurück zum Verwalterhaus.
Er hatte heute mehr erfahren als in den ganzen Gesprächen mit Don Alvaro. Und er wusste jetzt, dass es noch viel, viel mehr gab, dass er wissen musste. Und er musste eine Familie gründen. Nein. Zwei Familien. Die Plantagenfamilie und die Familie des Hermann Pescador.
Warum nicht beide miteinander verbinden?

Neuntes Kapitel

Titine wartete, bis die Sklaven von den Feldern in ihr Hüttendorf zurückgekehrt waren. Dann füllte sie einen Korb mit Eiern und Speck und machte sich auf den Weg.

Der Pfad, der in das Dorf führte, war staubig, so dass jeder ihrer Schritte eine kleine Wolke aufwirbelte. Schon nach wenigen Metern knirschte Staub zwischen Titines Zähnen, setzte sich auf ihr helles Haar und färbte es grau. Je näher sie dem Dorf kam, umso lauter wurden die Geräusche. Sie hörte einen Eimer auf den Boden scheppern, Schläge wie mit einer Axt. Jemand brüllte, jemand anderes heulte auf. Die Laute waren nicht fröhlich, sondern dumpf und so staubig wie der Boden.

Sie öffnete das Tor, es quietschte in den Angeln, und für einen Augenblick herrschte Stille in der Hüttensiedlung. Die Leute unterbrachen ihre Arbeit, sahen zu ihr hin.

Um den Feuerplatz in der Mitte hatten sich die Männer versammelt. Den ganzen Tag über hatten sie Zuckerrohr geschlagen, der Schweiß war ihnen über den Körper gelaufen, hatte in den Augen gebrannt. Jetzt lagen sie im Dreck, zu nichts anderem mehr in der Lage als zu trinken. Eine Rumflasche ging von einem zum anderen, jeder nahm einen Schluck, misstrauisch darauf bedacht, ob sich der Nachbar mehr genehmigte. Als Titine auf die Männer zutrat, verschwand die Flasche. Der erste Schwarze stand

auf, legte eine Hand auf sein Herz und verbeugte sich leicht.
Titine nickte ihm dankend zu. Der Nächste stand auf und verbeugte sich, dann der Übernächste und immer so weiter, bis alle Männer standen. Titine zeigte auf eine Trommel, die nahe beim Feuer stand.
Einer begriff, nahm die Trommel, klemmte sie zwischen seine Knie und begann zu schlagen. Die Frauen kamen hinzugelaufen. Manche trugen ihre Kinder auf den Hüften, auch sie ermattet und ungewaschen. Sie setzten die Kinder auf den Boden und begannen, mit den Füßen zum Takt der Trommel auf den Boden zu stampfen.
Titine setzte sich. Mitten auf den Boden. Mitten hinein in den Dreck. Mit ihrem weißen Kleid. Sie ließ ihr Haar über den Rücken fallen und hörte zu.
Ein weiterer Mann trat mit einer Trommel hinzu, passte sein Spiel dem Rhythmus des anderen an.
Eine alte Frau, deren ausgemergelten Brüste unter ihrer schmutzstarren Bluse bis hinunter zum Bauch hingen, setzte sich neben Titine.
»Das ist unsere Musik. Wir wollen den Regen herbeitrommeln und die Winde von ihrem Tun abbringen. Es wird bald einen heftigen Sturm geben. Die Palmen werden sich bis zur Erde biegen. Schlammwellen werden durch die Straßen Trinidads rollen, werden in Keller und Villen eindringen und die Pracht unter ihrer braunen Masse ersticken.«
Titine sah die Alte fragend an, aber die winkte ab.
»Nein, ich werde dir nicht sagen, woher ich das weiß. Du weißt es selbst, bist ja eine von uns, bist die Tochter Yewas, die Tochter des Todes.«

Titine schüttelte den Kopf.
»Doch, du bist es. Wir alle wissen es, wir alle fürchten dich. Wenn du zu uns kommst, fürchten wir uns. Wir schlagen auch deinetwegen die Regenlieder auf der Trommel, denn der Regen wäscht alles ab. Sogar deine Flüche, wenn du uns verfluchst.«
»Ihr müsst keine Angst haben!« Die Worte kamen rauh und kratzig. Titine selbst konnte sie kaum verstehen. Es war lange her, seit sie gesprochen hatte. Doch jetzt war es wieder passiert. Genau wie vor ein paar Wochen. Hier, unter den Schwarzen, da brauchte sie die Worte, da reichten Blicke nicht aus und auch Handzeichen nicht.
»Du sprichst ja!« Die Alte schaute verängstigt.
»Ja. Manchmal brauche ich die Worte.«
»Warum sprichst du jetzt?«
»Weil ich eine Bitte habe. Bitten kann man nicht mit Blicken ausdrücken. Ihr sollt beim Silvesterball des Dons spielen. Ein paar von euch sollen mit ihren Trommeln kommen, sollen auch Gitarren mitbringen, damit die Gäste tanzen können.«
Die Alte nickte und malte mit den nackten Füßen ein Muster in den Staub. »Unsere Musik taugt nicht zu solchen Festen.«
»Ich weiß«, erwiderte Titine und lächelte einer Gruppe junger Frauen zu, die Rasseln schwangen und sich zu den Trommelklängen wiegten.
»Musik ist mehr als Unterhaltung.« Die Alte malte noch immer mit ihren Zehen Kringel in den Staub.
»Auch das weiß ich.« Titine erhob sich. »Wenn die Sonne untergegangen ist am letzten Tag des Jahres, da erwartet euch die junge Doña.«

»Doña Mafalda? Nicht Don Alvaro?«
»Mafalda.«
»Und du?«, wollte die Alte wissen. »Erwartest du uns auch?«
Titine schüttelte den Kopf. »Ich kann euch nichts befehlen. Die Musik selbst lässt sich nicht befehlen. Sie kommt dorthin, wo sie wohlgelitten ist.«
Die Alte nickte. »Ein wahres Wort. Wir werden sehen, was sich ergibt.«

Der Silvestertag selbst war kalt und windig. Titine sah von ihrer überdachten Veranda eine Regenwand über den nahen Hügeln stehen. Die Palmen bogen sich, wie es die Alte vorausgesagt hatte. Der Regen durchtränkte die Pflanzungen und spülte die Erde heraus. Kein Weg war mehr passierbar. Kutschen und Karren blieben im Schlamm stecken, die Pferde versanken bis zu den Fesseln im Dreck.
Am frühen Abend frischte der Wind auf, wurde zum Sturm. Palmenblätter fuhren wie Drachen durch die Luft. Das Holz des Hauses ächzte, der Regen peitschte gegen die Fenster, und im Kaminschacht brüllte der Sturm und drückte den Rauch in die Räume. Die Holzläden klapperten, und Titine, mittlerweile in ihrem Zimmer, sah zu, wie eine Böe einen ihrer Korbstühle packte, über das Geländer hob und meterweit schleuderte.
»Es werden nicht viele Gäste kommen, was meinst du?«
Hermann stand hinter ihr, sah hinaus in die höllische Landschaft.
Titine zuckte mit den Schultern. Mit ihrem Bruder musste sie nicht sprechen. Er verstand sie auch so. Worte, das hatte sie gelernt, waren kostbar und so billig zugleich.

»Kommst du mit zum Ball?«
Titine nickte, deutete auf ein Kleid, das schon am Schrank bereithing.
»Don Alvaros Laune wird schlecht sein, wenn keiner der Gäste kommt. Ziehst du dich nicht an?«
Titine trat vom Fenster weg, nahm den Bügel vom Schrank. »Komm herunter, wenn du fertig bist«, sagte Hermann. »Wir brauchen unsere Regenumhänge. Und zieh dir feste Stiefel an. Deine Atlasschuhe würden auf dem Weg bis zum Haus durchweichen.«

Zehntes Kapitel

Ein schwarzes Dienstmädchen ließ sie ein. Sie hielt eine Hand gegen ihr Auge gepresst, und Hermann und Titine wussten sofort, dass sie von Don Alvaro geschlagen worden war.

Vorsichtig fragte Hermann: »Ist dem Herrn denn nach Feiern zumute? Der Sturm kann noch stärker werden in der Nacht.«

Das Mädchen verzog den Mund, sagte jedoch nichts und ging Hermann und Titine voraus in den Salon.

Außer Mafalda, Doktor Winkler und dem Hausherrn selbst war noch etwa ein Dutzend der Honoratioren Trinidads erschienen. Die Frauen sahen mit sauertöpfischen Mienen auf ihre Kleider, die bis zur Hüfte mit Schlamm bespritzt waren. Zwei Sklavinnen knieten auf dem Boden und versuchten, die Flecken mit Wasser herauszuwaschen.

Die Männer hatten Rumgläser in der Hand und drückten sich in der Nähe der Fenster herum, den Blick auf das Unwetter gerichtet.

»Guten Abend, Señores«, grüßte Hermann und bedankte sich bei Don Alvaro für die Einladung.

Der Don knurrte nur. »Einladung, dass ich nicht lache. In diesem Drecksland, in dieser gottverlassenen Hölle gibt es nichts außer Unwettern und Krankheiten. Und wenn es nicht stürmt, dann brennt dir die Sonne Löcher in den

Pelz. Den Tag verfluche ich, als ich meine Heimat verlassen habe, um hierherzukommen.«

Der Doktor lachte, schlug Don Alvaro auf die Schulter. »Mein Lieber, wir alle hassen dieses Land mitunter aus tiefstem Herzen. Aber wir alle bleiben. Und wissen Sie auch, warum?«

Der Don schüttelte den Kopf, kniff die Lippen zusammen. »Ich könnte jederzeit gehen.«

»Die meisten von uns bleiben, obwohl sie jederzeit gehen könnten. Am Anfang, da wollten wir diese Wildnis besiegen, wollten sie bezwingen, ihr unseren Willen aufdrücken. Und wir haben nicht gemerkt, dass sie uns besiegt hat. Jetzt sind wir ihr verfallen. Zum Wohle darauf!«

Er trank sein Glas mit einem Zug leer, wandte sich dann an Hermann. »Wie ist es mit Ihnen, junger Freund? Wollen Sie jemals zurück nach Deutschland?«

Will ich das?, fragte sich Hermann in diesem Augenblick. »Ich habe noch nicht darüber nachgedacht, bin ja kaum erst angekommen.«

»Dann denken Sie darüber nach, solange es nicht zu spät ist. Leute wie der Don und ich, wir können nicht mehr zurück nach Europa. Die Wildnis hat in uns Wurzeln geschlagen. Wir selbst sind Wilde geworden. Das Leben daheim ist viel zu kultiviert für uns.«

Er lachte, trank dem Bürgermeister von Trinidad, einem Spanier, zu. »Ist es nicht so?«

Der Bürgermeister nickte. »Genau, wie Sie es sagen, Doktor.«

Er legte einem jungen Mann, der neben ihm stand, die Hand auf die Schulter. »Señor Pescador, ich möchte Ihnen meinen Sohn vorstellen. Ihnen und natürlich auch Ihrer reizenden Schwester. Er ist achtzehn Jahre alt, tüchtig, trinkt nicht und geht sonntags in die Kirche. Er hilft mir bei meiner Arbeit, und ich bin sehr froh, dass ich ihn habe, aber sein Herz sehnt sich nach Handel und Wandel.«

Verblüfft ergriff Hermann die Hand des jungen Mannes. So offensichtlich wie hier war ihm noch nie ein Bräutigam für seine Schwester angeboten worden.

»Freut mich, freut mich sehr, Ihre Bekanntschaft zu machen. Und ich bin sicher, dass auch meine Schwester erfreut sein wird. Wo ist sie eigentlich?«

Hermann sah sich um, fand Titine neben Mafalda auf einem Sofa sitzend. Er winkte ihr zu, doch sie sah nicht in seine Richtung. Dafür erwiderte Mafalda seinen Blick. Hermann spürte, wie ihm das Blut plötzlich heiß wurde, wie ein Feuerstrom durch seinen Körper, durch seine Lenden floss. Auch Mafaldas Wangen röteten sich. Ein zaghaftes Lächeln umspielte ihre Lippen, der Zeigefinger ihrer rechten Hand verfing sich in ihrem Haar, begann, an einer Locke zu drehen. Hermann war es, als flögen Funken zwischen Mafalda und ihm hin und her. Beinahe konnte er sie knistern hören.

»Pescador? Was ist mit Ihnen?« Die Stimme des Bürgermeisters zerschnitt das Funkenband zwischen Mafalda und ihm. »Ist alles in Ordnung?«

Hermann nickte.

»Ich bin sicher, wir werden heute Abend noch ausreichend Gelegenheit haben, die Bekanntschaft zwischen den jungen Leuten herbeizuführen.«

Hermann trank dem Bürgermeister zu und hoffte, dass dieser nicht bemerkte, wie sehr das Glas in seiner Hand zitterte.

»Geh! Jetzt geh schon zu den anderen.« Der Bürgermeister gab seinem Sohn einen Schubs und wedelte dazu mit der anderen Hand.
Der Junge trollte sich, sah schüchtern zu den jungen Frauen hinüber und stellte sich dann ans Fenster, blickte hinaus in das Unwetter.
Hermann sah ihm nach, lächelte ein wenig in sich hinein. »Einen Prachtkerl von Sohn haben Sie da. Herzlichen Glückwunsch!«
Der Bürgermeister winkte ab. »Ich will nicht lange um den heißen Brei herumreden, Señor Pescador. In Trinidad wimmelt es nur so von jungen Männern, während die jungen Frauen auf sich warten lassen.« Er seufzte. »Wer will es ihnen auch verübeln? Europa bietet wahrlich mehr Annehmlichkeiten für ein Mädchen aus gutem Hause. Man kann hier nicht abwarten und sich die Dinge entwickeln lassen. Man muss das Zepter schon selbst in die Hand nehmen.«
»Was meinen Sie damit?« Hermann wusste natürlich, worauf der Bürgermeister, Señor Marquez, hinauswollte, doch er zog es vor, sich dumm zu stellen.
»Will mal so sagen: Früh gefreit, hat nie gereut, wenn Sie verstehen, was ich meine. Darf ich fragen, wie alt das Fräulein Schwester ist?«
Hermann sah sich erneut nach Titine um, die noch immer neben Mafalda saß, das lange, weißblonde Haar offen, die schmale Gestalt kerzengerade aufgerichtet. Sie ist schön, dachte er. Sie braucht keine Worte, um sich interessant zu machen. Das, was andere Mädchen schwätzen, schafft sie allein mit ihren Augen. Schöner als sie ist nur eine. Mafalda. Er musste seinen Blick regelrecht von der Frau Don

Alvaros losreißen, die ihn unter gesenkten Wimpern heraus anschaute und wieder dieses zaghafte, beinahe keusche Lächeln um ihre Lippen spielen ließ.

»Sie wird sechzehn Jahre alt.« Hermann hatte mit einem Mal einen Kloß im Hals und musste sich räuspern. Warum ist mir nie aufgefallen, *wie* atemberaubend schön Mafalda ist?, dachte er und konnte sich kaum auf sein Gespräch mit dem Bürgermeister konzentrieren. Schön fand ich sie schon immer, vom ersten Augenblick an. Doch jetzt erscheint sie mir nicht nur schön, sondern entfacht etwas in mir, das ich nicht kenne. Nicht einmal von Ramona. Was ist das? Mir wird heiß und heißer, je länger ich sie betrachte. Meine Knie werden weich, mein Herz rast wie ein wild gewordener Stier durch meinen Brustkorb. Sehe ich sie an, dann versinkt alles um uns herum im Nebel. Ich höre nichts mehr, rieche, schmecke, sehe nichts mehr. Nur noch sie. Mafalda. Mafalda. Mafalda. Was ist bloß los mit mir?

Er musste sich regelrecht losreißen von seinen Gedanken, musste sich mit dem Rücken zu Mafalda stellen, um sie nicht endlos anzustarren und auf das kleine, keusche Lächeln zu warten.

Don Marquez nickte. »Dachte ich es mir doch. Gerade das richtige Alter.«

»Wie bitte?« Hermann hatte keine Ahnung, wovon der Mann sprach.

»Titine hat gerade das richtige Alter zum Heiraten«, wiederholte der Bürgermeister.

»In Deutschland werden die jungen Mädchen zunächst verlobt, wenn sie sechzehn Jahre alt sind. Die Heirat findet ein bis zwei Jahre später statt«, erklärte Hermann.

Eine schwarze Sklavin schleppte ein Tablett mit frischem Rum vorbei. Hermann stellte sein leeres Glas ab und nahm sich ein frisches, der Bürgermeister tat es ihm gleich.
»Sechzehn Jahre.« Der Bürgermeister nickte in Titines Richtung und trank einen Schluck. »Gerade richtig. Ein Jahr Verlobungszeit, danach die Hochzeit mit siebzehn. Alles so, wie es sich gehört. Besser hätte ich es mir selbst nicht ausdenken können.«
»Sie ist stumm«, wandte Hermann ein. Er hatte nichts dagegen, dass sich Freier für Titine fanden, doch er war fest davon überzeugt, dass seine Schwester noch nicht bereit war für eine Verlobung oder gar eine Ehe. Sie war doch noch so jung. Sie hatte doch so viel mitgemacht. Sie sollte erst einmal glücklich sein und zur Ruhe kommen.
»Was?«
»Sie ist stumm. Meine Schwester spricht nicht. Der Arzt sagt, sie müsse Ruhe finden, dann kehrt die Sprache vielleicht zurück. Sie braucht noch Zeit.«
Der Bürgermeister lachte. Lachte laut und schlug Hermann dabei auf die Schulter. »Dass das Mädchen stumm ist, das weiß ich doch, mein Lieber, das weiß ich längst, das wissen alle. Deshalb ja auch meine Eile. Was gibt es Besseres, als mit einer Stummen verheiratet zu sein? Oh, ich wünschte, mein Weib würde die Sprache verlieren.«
Er beugte sich vertraulich zu Hermann herüber und raunte ihm ins Ohr: »Auf die Mitgift würde ich verzichten. Mein Sohn hat alles, was er braucht. Ist das ein Wort? Meinen Sie, wir kommen ins Geschäft?«
Hermann antwortete nicht.
Der Bürgermeister hielt sein Schweigen wohl für Nachdenklichkeit, denn er beugte sich noch einmal zu Her-

mann: »Falls es vonnöten sein sollte, so lege ich sogar etwas drauf. Zwei Hektar Land. Na, was sagen Sie jetzt?«
Hermann wich zurück, doch der Bürgermeister ließ sich nicht abschütteln. »Natürlich kenne ich auch die anderen Gerüchte. Die von den Negern. Sie soll eine Göttin sein. Die Göttin des Todes und der Keuschheit. Hat mir euer Kutscher erzählt. Ich gebe ja nichts auf das Niggergeschwätz, aber eines lassen Sie sich gesagt sein, Señor Pescador, es gibt viele abergläubische Menschen hier. Auch und gerade unter den Weißen.« Don Marquez schüttelte den Kopf. »Es gereicht einem jungen weißen Mädchen nicht gerade zur Ehre, wenn es von den Niggern angehimmelt wird. Aber mein Angebot steht trotzdem. Zwei Hektar Land obendrauf. Ist das ein Wort?«
Hermann betrachtete den Bürgermeister, ohne seine Abscheu zu verbergen. Sein Gesicht verschloss sich, wurde hochmütig, die Augen schmal. »Kein Wort für mich, mein Herr. Titine ist meine Schwester, und ich habe geschworen, dafür zu sorgen, dass sie glücklich ist. Sie wird sich selbst einen Mann suchen, wenn ihre Zeit gekommen ist. Und dieser Mann wird von ihr reich beschenkt werden mit Liebe und Fürsorge, mit Zuneigung und Verständnis. Hab und Gut hat sie selbst genug. Wenn Ihr Sohn Absichten hat, dann soll er sich um Titine bemühen. Ich werde keinerlei Einfluss auf ihre Entscheidung nehmen.«
Er hob sein Glas zum Gruß, ließ den Mann einfach stehen und gesellte sich zu Doktor Winkler.
»Und? Haben Sie Ihre Schwester gerade unter die Haube gebracht?« Er lachte.
»Woher wissen Sie …?«

»Ich weiß gar nichts. Ich habe mir nur so etwas gedacht. Der Mangel an Frauen unter den Weißen ist wirklich ein Problem. Wie steht es eigentlich mit Ihnen, junger Freund?«

»Was meinen Sie?«

»Nun, Sie sind jung, sie sind gutaussehend und erfolgreich. Die Mädchen müssten vor Ihrer Tür Schlange stehen.«

Hermann spürte, wie ihm die Röte ins Gesicht schoss. Winkler hatte seinen wunden Punkt getroffen. Heiraten. Die meisten Männer in seinem Alter hatten zumindest einen Schatz. Er hatte nur Titine und seine Träume, aus denen er schweißnass erwachte. Und er wusste, dass seit diesem Abend die Frau seiner Träume auch ein Gesicht haben würde: das Antlitz Mafaldas.

»In Ihrem Alter, da wirbelt doch das Blut wie Lava durch die Lenden. Verzeihen Sie meine Offenheit; ich möchte nicht, dass Sie sich in Schwierigkeiten bringen.«

»In Schwierigkeiten? Was für Schwierigkeiten?«

Der Doktor seufzte, warf einen Blick in die Runde. »Sie sind hier ebenso begehrt wie Ihre Schwester. Die Frauen hier sind alle Mütter, die für ihre Töchter Ausschau halten. Haben Sie nicht bemerkt, wie Sie begutachtet worden sind? Man hat sie vermessen und gewogen, hat Umfang und Größe berechnet, hat Ihre Kleidung taxiert, Ihre Zähne bestaunt, die Muskeln und die Manieren.«

Hermann lachte. »Nichts davon ist zu mir durchgedrungen.«

»Na ja, Sie waren ja auch mit dem Bürgermeister beschäftigt. Wenn Sie eine Wahl treffen, dann erwägen Sie alles sorgsam. In der Heimat kann man ein Weib nehmen, das einem gefällt. Hier brauchen Sie eine Gefährtin. Verstehen Sie den Unterschied?«

»Ob Sie es glauben oder nicht, Doktor, *den* Unterschied kenne ich gut. In dieser Hinsicht muss sich niemand Sorgen um mich machen.«

»Dann ist es ja gut!« Der Doktor hob sein Glas und stieß mit Hermann an. Plötzlich hielt er inne. »Hören Sie das auch?«

»Was?« Hermann spitzte die Ohren, aber außer dem Geplauder der Gäste und dem Brausen des Sturmes vor den Fenstern hörte er nichts.

»Die Trommeln!« Die Stimme des Doktors klang angespannt. »Sie schlagen die Trommeln, und es klingt, als wäre dies direkt vor dem Haus.«

Hermann zuckte mit den Achseln. »Na und? Es ist Silvester. Wahrscheinlich haben die Sklaven ihre eigenen Bräuche zu diesem Feiertag. Immerhin beginnt ein neues Jahr.«

Doktor Winkler schüttelte den Kopf. »Nein, mein Lieber. Das ist es nicht. Die Trommeln zu Silvester, habe ich mir sagen lassen, verkünden den Tod.«

Bei diesem Wort blickten beide Männer zu Don Alvaro, der mit grauem Gesicht an der Wand zwischen zwei Fenstern stand. »Pescador!«, brüllte er, als ginge es an sein Leben.

Hermann eilte zu ihm. »Señor?«

»Gehen Sie raus und erschießen Sie diese Leute.«

»Wie meinen?« Hermann glaubte, sich verhört zu haben.

»Sie sollen die Nigger erschießen, sage ich.«

»Weil Sie vor Ihrem Haus die Trommeln schlagen? Das ist kein Grund.«

»*Und ob das ein Grund ist!!!*« Don Alvaro brüllte so laut, dass er den Sturm übertönte. Danach war es still im Salon. Alle Anwesenden schauten auf den Don. »Das ist eine Drohung. Die Nigger drohen mir. Sie wünschen mir den Tod an den Hals. Gehen Sie, erschießen Sie die Bande!«

Jeder im Salon hatte hören können, wie die Stimme Don Alvaros vor Angst zitterte. Doch niemand hatte bemerkt, dass Titine sich erhoben hatte. Sie trat zum Fenster, öffnete es, der Wind fuhr in ihr Haar, bauschte die Vorhänge, ließ Türen im Haus mit einem Knall zuschlagen. Sie beugte sich über den Sims und gebot den Trommlern mit einer Handbewegung Einhalt. Das Schlagen hörte auf. Nur der Sturm brauste, und allmählich erklang leises Geraune im Salon.

Mit festem Griff schloss Titine das Fenster und begab sich zurück an die Seite Mafaldas, als sei nichts geschehen. Mafalda sah so zufrieden aus. Das Essen hatte den Gästen geschmeckt, alle waren voll des Lobes gewesen. Titine wollte Mafalda jetzt nicht beunruhigen. Zwar wusste sie auch, dass die Schwarzen eigentlich für die Gäste aufspielen sollten, doch schien es ihr nicht geraten, Mafalda jetzt daran zu erinnern.

»Sapperlot!« Doktor Winkler nickte anerkennend mit dem Kopf. »Ihre Schwester, mein Lieber, versteht sich auf den Umgang mit den Schwarzen.«

Hermann zuckte mit den Schultern. »Das ist Zufall. Die Schwarzen glauben, Titine wäre Yewa, die Tochter Obatalas, die Orishas des Todes.«

Er sah nicht, dass ihn Don Alvaro bei diesen Worten mit schreckstarren Augen anschaute und seinen Blick dann langsam auf Titine richtete. Einen Blick, in dem Hass wie Feuer loderte.

Elftes Kapitel

Es ist ärger als je zuvor, glaub mir.« Mafalda schluchzte auf, ließ sich von Titine das blau geschlagene Auge kühlen, während Salome ihre Wunden auf dem Rücken mit einer selbstgemachten Salbe aus Wollfett und Kräutern behandelte.

»Seit die Trommeln zu Silvester vor unserem Haus geschlagen haben, ist er wie rasend.« Mafalda presste eine Faust vor ihren Mund. »Ich weiß nicht mehr, was ich tun soll. Ich halte das alles nicht mehr aus.«

Salome biss die Zähne zusammen und knurrte aus tiefster Seele wie ein Höllenhund. »Angst hat er«, erklärte sie. »Und Angst soll er auch haben, der Herr. Er wird sterben, zuvor werden seine Knochen bei lebendigem Leibe verfaulen. Ich kann es schon riechen. Sie nicht auch, Señora? Wie riecht er, wenn Sie nachts neben ihm liegen? Spüren Sie seinen faulen Atem? Das kommt direkt aus den Eingeweiden. Bei lebendigem Leibe fault er.«

»Hör auf, Salome! Sprich nicht so über ihn.«

Mafaldas Tränen stürzten wie Bäche nach der Schneeschmelze aus ihren Augen, tropften auf ihre nackten, hohen Brüste, die ebenfalls voller blauer Flecken waren.

»Sag mir lieber, Salome, was ich tun kann, um seine Raserei zu besänftigen.«

Salome zuckte mit den Achseln und warf dabei Titine einen Seitenblick zu. »An Sie, kleine Doña, hat er sich noch nicht herangetraut, was?«

Titine schüttelte den Kopf. Sie kämpfte mit den Tränen, seit sie Mafaldas geschundenen Leib gesehen hatte. Es gab keine Stelle, die nicht von Blutergüssen übersät war. Auf ihren Schenkeln hatten sich Brandwunden entzündet, die der Don ihr mit seiner Zigarre beigebracht hatte.

Salome, schnaubend vor Wut und Hilflosigkeit, deutete mit dem Finger auf Titine. »Sie könnten ihn aufhalten. Sie sind die Einzige. Er glaubt, was auch die anderen Schwarzen glauben.«

Titine schüttelte den Kopf, wehrte die Worte mit den Händen ab.

»Sie können so tun, als wäre nichts. Und es ist auch nicht wichtig, ob Sie wirklich die Tochter der Yewa sind oder nicht. Es zählt allein, dass die anderen es glauben. Deren Glaube verleiht Ihnen Kraft. Und Sie sollten sie nutzen!«

Mit ernstem Gesicht stand Titine auf und breitete die Arme aus. »Was kann ich schon tun?«, fragte sie mit dieser Geste.

Die dicke Frau sah ihr direkt in die Augen, dann murmelte sie so leise, dass Mafalda es nicht hören konnte: »Sie haben Angst, nicht wahr? Sie wollen nicht die sein, die Sie sind. Aber man kann das Selbst nicht verleugnen. Keiner kann das über längere Zeit.«

Diese Worte trafen Titine härter als Schläge. Jetzt stiegen wieder Tränen in ihr auf, aber dieses Mal weinte sie nicht um Mafalda, sondern um sich.

Sie nahm ihren Hut und stürzte aus dem Haus.

Salome rief ihr nach: »Rennen Sie nicht so weit fort. Die neuen Sklaven kommen. Vorgestern war Markt in Cienfuego.«

Aber Titine hörte nichts als die Stimme in ihrem Kopf. Sie eilte hinaus, stolperte über die groben Pflastersteine Trinidads, eilte blind an den prächtigen Villen der Zuckerbarone vorüber, ließ streunende Hunde hinter sich und hielt erst inne, als sie den gestampften Lehmweg, der die sechs Meilen bis zum Meer führte, erreicht hatte.
Dort blieb sie stehen, sah sich verwundert um, als wüsste sie nicht, wie sie hierhergekommen war, schritt dann weiter in Richtung Meer. In Gedanken hielt sie Zwiesprache mit ihrer toten Mutter.
»Mama, wie kann es sein, dass du mich in Deutschland geboren hast, aber hier die Sklaven glauben, ich wäre eine von ihnen? Ich bin nicht schwarz wie sie, glaube an andere Dinge.«
Sie hatte die Worte vor sich hin gemurmelt und natürlich nicht mit einer Antwort gerechnet. Aber da ertönte mit einem Mal eine Stimme, und Titine wusste nicht, ob sie die Stimme in ihrer Einbildung hörte oder in der Wirklichkeit.
»Hab keine Angst, Tochter. Das Schicksal kann man sich nicht aussuchen, man wird dafür bestimmt. Tu, was du für richtig hältst. Hör auf dein Gefühl, dann wird dir nichts passieren.«
Titine brach in die Knie. Tränen strömten ihr über das blasse Gesicht. »Mama, du fehlst mir so«, schluchzte sie. »Ich kann gar nicht sagen, wie sehr du mir fehlst.«
Ihr Herz krampfte sich zusammen und tat so weh, dass es Titine den Atem nahm. Der Wind blies ein wenig Kühlung in den Nacken, strich über ihre nackten Arme, das nasse Gesicht und beruhigte sie allmählich. Sie erhob sich, schritt weiter.

Ich bin, wie ich bin, dachte sie. Nicht ich habe mich gemacht, sondern Gott. Es ist ganz gleichgültig, wie sein Name wirklich lautet. Bei uns Gott, hier Orisha. Mama hatte einen komischen Glauben, einen, der sich von dem unterschied, der von der Kanzel gelehrt wurde. »Du kannst tun, was immer du willst, Titine«, hatte sie mehr als einmal gesagt. »Wichtig ist nur, dass kein anderer dabei zu Schaden kommt.«

Salome hatte gesagt, der Don habe Angst vor ihr. Vor ihr? Vor einem Mädchen mit knapp sechzehn Jahren? Sie schüttelte den Kopf. Das konnte doch gar nicht sein!

Mit einem Mal hörte sie Stimmen. Rufe ertönten, kamen näher. Dazu ein Rasseln wie von Ketten.

Was ist das?, überlegte Titine, dann fiel ihr ein, dass vor einigen Tagen Sklavenmarkt im gut fünfzig Meilen entfernten Cienfuego gewesen war. Zwei Schiffe waren aus Afrika gekommen, voll beladen mit schwarzen Männern, Frauen und Kindern. Sie hatte gehört, wie ihr Bruder sich mit dem Don darüber unterhalten hatte.

»Wir brauchen Frischfleisch. Fahren Sie nach Cienfuego und kaufen Sie, was Sie kriegen können«, hatte der Don von Hermann verlangt. »Ich selbst habe vor einigen Wochen ein paar Dutzend bei den Sklavenjägern angefordert. Wir müssen alles nehmen, egal, was für Ware angeboten wird. Die Zustände in den Niggerländern werden immer schlimmer; es heißt jetzt sogar, dass sie einander gegenseitig auffressen und ihre Siedlungen mit den grinsenden Schädeln ihrer Feinde einfrieden, um die portugiesischen Sklavenjäger abzuhalten.« Er lachte rauh auf. »Als ob die sich davon schrecken ließen.«

»Die Leute reden viel, wenn der Tag lang ist«, unterbrach Hermann, doch Don Alvaro sprach weiter. »Die Jäger müssen bis ins Innere der Länder vordringen. Einer, der mit dem letzten Sklavenschiff kam, erzählte es mir. Dort sammeln sie dann die Männer, Frauen und Kinder und ketten sie aneinander, damit sie nicht fliehen können.« Er deutete mit dem Finger auf Hermanns Brust. »Wissen Sie, was die Jäger noch machen, damit die Nigger nicht abhauen? Sie laden ihnen Steine auf die Rücken. Vierzigpfünder für die Frauen, Fünfzig- bis Sechzigpfünder für die Männer. Damit wagt keiner eine Flucht. Dann treiben sie sie zum Meer zurück. Manchmal hundert Meilen und mehr. Der lange Weg ist anstrengend, besonders für die Jäger, aber auch sinnvoll. Die Schwachen und Kranken sterben, man kann sie sogleich im afrikanischen Dschungel liegen lassen. Da wird die Spreu vom Weizen getrennt, verstehen Sie, Verwalter?«

Don Alvaro lachte auf, während Hermann das Gesicht verzog, doch Alvaro merkte es nicht, sondern sprach schon weiter. »Einmal bin ich dort gewesen, in Afrika, wollte mir die Nigger vor Ort ansehen. Die beste Ware findet man, solange sie noch einigermaßen frisch ist, nicht wahr? Im Sklavenhafen werden die Nigger zur Begutachtung durch die Käufer in Käfige gesperrt.« Don Alvaro lachte abermals auf. »Wie früher auf dem Jahrmarkt das Bestiarium. Aber der Geruch! Herr im Himmel. Die Nigger stanken wie die Pest. Kein Weißer hielt es neben den Käfigen länger als zehn Minuten aus, ohne in Ohnmacht zu fallen.« Don Alvaro schüttelte sich bei dieser Erinnerung und verzog angewidert das Gesicht.

»Die Weißen würden nach so einer Tortur nicht besser riechen«, warf Hermann ein.

»Pah! Unfug. Sie wissen ja nicht, wovon Sie da sprechen. Wie Raubtiere stinken die Nigger. Wie Raubtiere. Deshalb werden sie ja auch in Käfigen gehalten, bis die Schiffe endlich vollgeladen werden. Allerdings stank es dort wirklich so erbärmlich, dass selbst einige der Nigger ohnmächtig geworden sind. Kurz vor dem Verladen goss ihnen jemand einen Eimer Wasser über den Kopf. Kamen sie zu sich, schleppte man sie auf das Schiff. Kamen sie nicht zu sich, so wurden sie gleich auf einen Leichenkarren geladen.«

Don Alvaro hob den Finger und lachte aufs Neue auf, während es Hermann allein bei der Vorstellung der Käfige schlecht wurde. »Es soll mal einen Kapitän gegeben haben, einen Engländer, der zum Zeitvertreib Kirchenlieder ersann. Es heißt, bei einer Käfigleerung sei ihm das Lied *Wie süß der Name Jesus klingt* eingefallen. Allein diese kleine Anekdote beweist doch die Überlegenheit der Weißen.«

Oder ihre Herzlosigkeit, dachte Hermann, sagte aber nichts.

»Wenn die Brut endlich angekettet auf den Schiffen war, war das Schlimmste noch nicht vorbei. Die Nigger lagen an Deck und taten, als würden sie unter der Tropensonne sterben. Die meisten aber wurden in den Laderaum des Schiffs unter Deck gepackt. Sie hockten in einer Art mehrstöckigem Regal, zu schmal zum Liegen, zu niedrig zum Sitzen. So kamen sie nicht auf dumme Gedanken.«

Hermann schüttelte sich. »Es ist ein Wunder, dass trotzdem noch so viele von ihnen es bis zu uns schaffen«, stellte er fest.

Don Alvaro winkte ab. »Die meisten sind zäher, als sie tun. Man muss sie nur richtig anpacken. Und wenn sich der eine oder andere von dem Pack nicht an die Regeln hält, dann kettet man sie eben wieder an. Das rechte Bein gegen die rechte Hand, die linke Hand gegen das linke Bein.« Don Alvaro zuckte mit den Schultern. »Immerhin bekommen die Nigger zweimal täglich ein bisschen was zu essen.«

Er zündete sich eine Zigarre an, blies den Rauch zur Decke und sah ihm nachdenklich hinterher. »Schwierig wird es erst, wenn die Schiffe durch widrige Winde oder durch eine Flaute langsamer vorankommen als geplant. Dann werden die Vorräte knapp. Es heißt, da habe so mancher Kapitän ein paar von den Schwarzen getötet und an die anderen Sklaven verfüttert.« Er zuckte wieder mit den Schultern. »Na ja, Kannibalismus sind die ja ohnehin gewohnt.« Don Alvaro zeigte mit der Zigarre auf Hermann. »Wenn Sie nach Cienfuego kommen, so müssen Sie wissen, wie man einen Sklaven beurteilt. Sie müssen das Gebiss untersuchen, sollten die Haut betasten und ihren Schweiß kosten.«

»Wie bitte?«

»Stellen Sie sich nicht so an. Nur so können Sie herausfinden, ob das Blut der Nigger auch rein ist. Alle machen das.«

»Ich denke, das alles ist nicht nötig«, erklärte Hermann, der langsam die Nase voll hatte von Don Alvaros Erinnerungen. »Wir haben genug Arbeiter auf den Zuckerrohrfeldern, aber leider nicht das nötige Geld für weitere Sklaven. Die Erträge der letzten Jahre waren schlecht. Außerdem musste ich neue Zuckerrohrsetzlinge kaufen.«

Don Alvaro schlug mit der Hand auf den Tisch. »Ich will aber neue Sklaven. Die alten müssen weg von hier, ich kann sie nicht mehr sehen. Zweihundert neue Sklaven will ich. Mit den Brandmarken meiner Plantage auf beiden Brustseiten.«

Hermann schüttelte den Kopf. »Wovon wollen Sie die bezahlen?«

Don Alvaro blinzelte seinen Verwalter verschlagen aus zusammengekniffenen Augen an. »Sie kennen sich doch mit der Buchhaltung aus. Finden Sie etwas. Mein Entschluss steht fest.«

»Und was wird mit den Leuten, die jetzt im Hüttendorf wohnen?«

»Die Alten werden verjagt. Sollen sie sich in den Bergen ein neues Auskommen besorgen. Die Jungen werden Sie zum Sklavenmarkt bringen und dort zum bestmöglichen Preis losschlagen.«

Hermann wiegte den Kopf. »Das wird nicht einfach. Unsere Arbeiter sind verbraucht. Auch die jungen. Wer weiß, ob sich für die ein Käufer findet.«

Don Alvaro stand auf. »Ich bin der Eigentümer der Plantage. Ich sage, was und wie es gemacht wird. Basta!«

Er wedelte mit der Hand zum Zeichen, das Hermann entlassen sei. Aber der ließ sich nicht so leicht abwimmeln.

»Was soll ich mit den Leuten machen, die ich auf dem Sklavenmarkt nicht verkaufen kann?«

»Das ist mir egal. Ich will nur keinen Einzigen von denen mehr hier auf meinem Land sehen.«

Hermann nickte. »Sie haben Angst. Das ist es. Die Trommeln in der Silvesternacht.«

Der Zuckerbaron fuhr herum und blitzte seinen Verwalter wütend an. »Reden Sie nicht so einen Unsinn. Sie haben selbst gesagt, dass die Nigger verbraucht sind. Sie liegen mir doch ständig in den Ohren, dass die Erträge gesteigert werden müssen. Machen Sie mit denen, die Sie nicht verkaufen, was immer Sie wollen. Habe ich mich klar ausgedrückt?«

»Ja, Señor«, erwiderte Hermann. »Eines aber gebe ich noch zu bedenken: Die Leute, die jetzt für Sie arbeiten, wissen genau, was sie zu tun haben. Neue Sklaven brauchen ein paar Wochen, bis sie eingearbeitet sind. Wir befinden uns mitten in der Ernte.«

Don Alvaro hatte hinter seinem großen Schreibtisch Platz genommen. Er wühlte in einem Papierberg. »Dann sorgen Sie dafür, dass die Nigger rasch lernen, wie es bei uns zugeht. Dafür sind Sie schließlich da.«

Wieder nickte Hermann. »Haben Sie Groth schon von Ihren Plänen geschrieben? Wir haben Verträge mit dem Handelshaus. Verträge, die es zu erfüllen gilt. Derzeit befinden wir uns mit unseren Lieferungen im Rückstand. Groth ist großzügig. Er gibt Ihnen noch ein Jahr, um diesen Rückstand aufzuholen. Mit den neuen Leuten werden Sie das nicht schaffen.«

Ein Knall durchschnitt die Luft, aber Hermann zuckte mit keiner Wimper, als Don Alvaro mit der flachen Hand auf den Schreibtisch schlug. »Tun Sie, was ich Ihnen sage!«, brüllte er. »Und vor allem, tun Sie es sofort!«

»Gut.«

Hermann tippte grüßend an seinen Hut und verließ das Bureau des Zuckerbarons.

Zwölftes Kapitel

Tief in Gedanken versunken, saß Hermann in seinem Zimmer. Was Don Alvaro von ihm verlangte, war Irrsinn. Er sollte gute, eingearbeitete Leute verkaufen und neue einkaufen. Die Verzögerungen würden kaum mehr aufholbar sein. Und was sollte er tatsächlich mit denen machen, die er nicht auf dem Markt losschlagen konnte? Sollte er sie in die Berge jagen? Junge, gesunde Männer und Frauen? Nein, das war viel zu gefährlich. Sie könnten sich zusammenrotten und die Plantage bedrohen. Er blickte aus dem Fenster und sah zu, wie die Sklaven von den Aufsehern zu ihrem Dorf getrieben wurden. Sie trotteten schwerfällig daher, die Köpfe gesenkt, doch Hermann sah auch, dass ihre Fäuste geballt waren. Und plötzlich hatte er eine Idee. Schnell schraubte er das Tintenfass zu und machte sich auf den Weg zu Doktor Winkler.

»Ich brauche Ihre Hilfe«, erklärte er, ohne sich mit langen Vorreden aufzuhalten. »Don Alvaro will seine Sklaven loswerden. Alle.«

Der Doktor grinste. »Das wundert mich nicht. Er hat Angst. Jeder Weiße hat im tiefsten Herzen Angst vor den schwarzen Sklaven. Besonders die, die zu dem Schluss gekommen sind: lieber sterben als so zu leben. Die, und ich wette, Don Alvaro gehört dazu, wissen, dass die Sklaven nichts zu verlieren haben, nicht einmal ihr Leben, denn sie haben ja sowieso keines.«

»Gewiss!« Hermann winkte ungeduldig ab. »Ich soll die Männer und Frauen nach Cienfuego zum Markt bringen, sie dort losschlagen und neue kaufen. Dabei fehlt es an Geld und Zeit. Die Neuen müssen eingearbeitet werden. Ein Wahnsinn mitten in der Ernte. Also dachte ich mir, dass ich die, die wir haben, an einen Ort führe, an dem sie sich ein paar Tage lang ausruhen können. Am besten wäre es, sie hätten Zeit, sich die Haare zu schneiden, zu baden und andere Dinge solcher Art zu erledigen. Für Don Alvaro sieht ein Schwarzer aus wie der andere. Er wird nicht merken, dass ich die Alten wieder zurückbringe. Die Arbeit kann sofort weitergehen, wir bleiben in der Zeit, die Kosten halten sich im Rahmen.«

Der Doktor blickte Hermann einen Augenblick lang ungläubig an, dann brach er in schallendes Gelächter aus. Er bog sich vor Lachen, wischte sich mit dem Ärmel die Tränen aus den Augen, blickte zu Hermann und wurde wieder von einer Lachsalve geschüttelt, kaum dass er sich beruhigt hatte.

»Das gefällt mir, das gefällt mir gut«, keuchte er und hielt sich die Seiten. »Sie sind gewitzt, mein Lieber, alle Achtung. Aber was kann ich dabei für Sie tun?«

Hermann drehte seinen Hut in den Händen. »Sie haben an der Straße in Richtung Cienfuego ein altes Anwesen, in dem niemand lebt.«

Der Doktor zog die Augenbrauen hoch. »Woher wissen Sie das?«

»Ich war beim Bürgermeister. Er hat mich in das Grundbuch der Stadt schauen lassen.«

Wieder grinste der Doktor von einem Ohr zum anderen. »Sie überlassen nichts dem Zufall, was, Pescador?«

»Das kann ich mir nicht leisten. Wenn rund um das Anwesen Sklaven auftauchen, wird sich niemand wundern, denn viele Farmer aus der Gegend treiben ihre Sklaven zum Markt nach Cienfuego.«

Der Doktor blickte Hermann mit geneigtem Kopf an. »Dieses Anwesen ist mir heilig«, erwiderte er. »Nennen Sie es Sentimentalität oder Romantik, aber dort habe ich mit meiner ersten Frau gelebt. Unser gemeinsames Kind und sie sind in dem Haus gestorben. Kindbettfieber. Seither ist alles so, wie es war. Niemand hat je einen Fuß hineingesetzt.«

»Das wusste ich nicht.«

»Woher sollten Sie auch? Ich bin sicher, meine Frau hätte ebensolche Freude an Ihrem Plan wie ich. Deshalb überlasse ich Ihnen das Grundstück für vier Nächte.«

Hermann verbeugte sich. »Ich danke Ihnen vielmals, Señor Winkler. Gibt es irgendetwas, das ich für Sie tun kann?«

Der Arzt schüttelte den Kopf. »Sie tun schon mehr für mich, als Sie überhaupt nur ahnen. Ich bin es, der Ihnen eine Gefälligkeit schuldet.«

Dreizehntes Kapitel

Als sich Titine daran erinnerte, wie Hermann ihr von all diesen Dingen erzählt hatte, wusste sie auch, woher das Rasseln der Ketten rührte. Schon tat sich eine Staubwolke vor ihren Augen auf. Titine sah sich um. Sie wäre gern geflohen, irgendwohin, wo sie die Männer und Frauen mit den erloschenen Augen nicht sehen musste, aber weit und breit gab es keine Möglichkeit, sich zu verstecken.

Also holte sie tief Luft und wartete am Straßenrand, dass der Zug an ihr vorübergehen möge. Alsbald tauchten die ersten Gesichter auf. Titine erschrak. Obwohl sie den Anblick von Sklaven gewohnt war, zerriss ihr dieser das Herz. All diese jungen Männer, strotzend vor Kraft, die sich mit Fußketten vorwärtsschleppten. Die Aufseher brüllten wie gereizte Stiere, alle Augenblicke schnalzte eine Peitsche und klatschte auf nackte Haut.

Einer hob den Kopf, sah Titine an, flüsterte mit aufgesprungenen Lippen: »Wasser! Bitte!«

Titine schluckte. Sie hatte kein Wasser. Langsam schüttelte sie den Kopf, presste eine Hand dabei auf ihr Herz. Der schwarze Mann seufzte, dann beugte er seinen Kopf zur Seite, so dass Titine ihm eine Hand auflegen konnte. Sofort pfiff eine Peitsche durch die Luft, ein Hieb zerfetzte den Rücken des Mannes. Er schrie auf, brach in die Knie, wurde von seinen Kameraden hochgerissen.

Ein Weißer zu Pferd hielt neben Titine. »Guten Tag, Señorita. Hat der Nigger Sie belästigt?«
Titine schüttelte den Kopf, ging langsam am Wegesrand weiter. Ihr Herz wurde schwer. Ihre Füße fühlten sich an, als lägen auch sie in Ketten. Endlos schien der Zug der Sklaven. Endlos schlichen die geschundenen, heimatlosen Kreaturen an ihr vorbei. Dann brach der Zug ab.
Titine setzte sich auf einen Stein, barg den Kopf in den Händen und wusste nicht, was sie tun sollte. Zum ersten Mal wurde ihr das ganze Ausmaß der Sklaverei wirklich bewusst. Männer, Frauen und Kinder wurden von zu Hause weggerissen, waren einst frei und fröhlich und nun zu einem Leben in Ketten bestimmt. Niemals mehr würden sie über sich selbst entscheiden können, niemals frei lieben, Kinder bekommen, alt werden und in Ruhe sterben können. Ihr Leben endete an dem Tag, an dem sie in die Hände der Sklavenjäger fielen. Es war nicht so, dass Titine in diesem Augenblick einen Entschluss gefasst hätte, aber sie spürte in ihrem Inneren, dass ihr Leben hier auf der Plantage zusammen mit den Sklaven einen tieferen Sinn hatte. Sie hatte eine Aufgabe hier, das wusste sie jetzt ganz bestimmt, und mit der Zeit würde sie herausfinden, worin diese Aufgabe bestand.
»Titine! Was machst du denn hier?«
Ein Reiter zügelte neben ihr sein Pferd. Es war Hermann.
»Warum sitzt du hier, du musst aus der Sonne raus. Ist etwas auf der Farm geschehen?«
Titine schüttelte den Kopf, aber es gelang ihr nicht, ein Lächeln aufzusetzen.

»Du musst hier weg. Unsere Sklaven kommen auch gleich. Es ist nicht gut, wenn sie die Schwester des Verwalters allein antreffen.«
Hermann reichte ihr die Hand, zog sie auf das Pferd, bis sie vor ihm im Sattel saß.
Sie drehte sich um, sah ihren Bruder an und rieb Daumen und Zeigefinger der rechten Hand aneinander.
Hermann verstand. »Ein Dutzend Sklaven habe ich nur gekauft. Mehr nicht.«
Titine machte eine Handbewegung über den Zug der Schwarzen, der sich langsam näherte.
»Sie laufen in der Mitte, die Neuen«, erklärte Hermann.
Titine deutete eine Brille an. »Du willst sie sehen?«
Sie nickte.
»Ich weiß nicht, ob das gut ist für dich«, überlegte Hermann und fügte dann hinzu: »Was soll's, du siehst genug Sklaven auf der Plantage, siehst, wie sie leben und schuften.« Er gab dem Pferd die Sporen und ritt zur Mitte des Zuges. Als die alten Sklaven Titine sahen, winkten sie ihr zu und lächelten. Titine winkte zurück.
»Findest du nicht, dass sie erholt aussehen?«, fragte Hermann. »Ich habe sie vier Tage lang ausruhen lassen; ich habe sie gut verpflegt. Sehen sie jetzt nicht aus wie neu?«
Titine nickte.
Einer der Schwarzen stimmte ein Lied an, die anderen fielen ein.
»Ruhe!«, rief Hermann. »Ihr könnt jetzt nicht singen. Kein Sklave, der frisch von einem Schiff kommt, hat die Kraft und die Stimmung für ein Lied.«
Ein paar Schwarze stießen sich gegenseitig mit den Ellbogen in die Rippen und kicherten.

»Da, Titine, schau, da sind die Neuen.«
Titine sah in die Gesichter der frischen Sklaven, sah eingefallene Wangen, erloschene Augen. Aber ein Gesicht war dabei, das ihren Blick fest erwiderte. Ein junges Gesicht. Wild, entschlossen und trotzig.
Titine deutete mit der Hand auf ihn.
»Du willst wissen, wie er heißt?«, fragte Hermann.
Titine nickte.
»Du, Junge, ja! Du!«
Der Angesprochene blieb stehen, schaute mit brennendem Blick auf Hermann und Titine. Er hatte die Zähne fest zusammengebissen, das Kinn nach oben gereckt.
»Wie heißt du?«
Der Junge richtete sich auf, straffte die Schultern, und Titine sah, dass er viel größer und dunkler war als die anderen Sklaven. Sein Gesicht hatte beinahe europäische Züge, die Nase war schmal, die Augen waren länglich und die Lippen lange nicht so aufgeworfen wie bei den übrigen Sklaven.
»Fela«, erwiderte er in schlechtem Spanisch. »Mein Name ist Fela vom Stamme der Yoruba.«
»Danke.« Hermann winkte ihm zu, zurück in die Reihe zu gehen. Leise, so dass es nur Titine verstand, murmelte er: »Ausgerechnet ein Yoruba. Das hat mir gerade noch gefehlt. Ich hätte besser aufpassen müssen. Dieser Junge wird uns noch viel Ärger bereiten. Das spüre ich in den Knochen.«

Vierzehntes Kapitel

Don Alvaro bemerkte nichts von Hermanns trickreichem Sklavenkauf. Er zeigte nur noch sehr wenig Anteil am Gedeih und Verderb seines Ingenios. Viel schwerer wog seine Angst. Er war lange genug auf Kuba, um zu wissen, was ein Fluch der Schwarzen bedeutete.

Nur als Joachim Groth, sein wichtigster und einziger Abnehmer, seinen Besuch ankündigte, ließ er sich aus seiner Lähmung locken und empfing ihn mit der gebührenden Höflichkeit.

Hermann führte Groth über die Pflanzungen, und der Kaufmann kam nicht umhin, die Plantage zu loben. Die Sklaven erbrachten gute Leistungen und waren frei von Krankheiten, im Hüttendorf gab es sauberes Wasser und saubere Schlafplätze. Die Kinder wurden tagsüber von einer alten Sklavin betreut, so dass deren Mütter sich nicht um sie sorgen mussten. Die Setzlinge auf den neuen Feldern waren gut angegangen, auf den restlichen standen die Halme mannshoch. Auch in den Zuckermühlen lief alles zum Besten. Die Walzen arbeiteten Tag und Nacht, und Hermann hatte eine Rinderherde angeschafft, die mit den Rohrschnitzeln gefüttert wurde. Zwei der neuen Sklaven kümmerten sich um die Rinder. Hermann hatte dafür bewusst Yorubas ausgewählt, denn die Angehörigen dieses Volks galten als die besten Rinderzüchter. Fela

hatte die Verantwortung für die Rinder übertragen bekommen, obwohl er noch jung an Jahren war.
»Die Herde sieht prächtig aus«, sagte Groth voller Anerkennung. »Aber warum hast du sie angeschafft?«
Hermann zuckte mit den Schultern. »Wenn die Sklaven satt sind, haben sie keinen Grund für einen Aufstand. Ich habe die Rinder für die Schwarzen gekauft. Sie sollen sich um die Herde kümmern, sollen für Nachwuchs sorgen, für Milch, was immer sie wollen. Jährlich dürfen sie so viele Rinder schlachten, wie Kälber geboren werden. So bleibt die Anzahl der Tiere konstant, und die Sklaven bleiben friedlich.«
Groth lachte auf. »Du hast die Verantwortung für die Herde in die Hände der Schwarzen gelegt? Kaum zu glauben. Die Tiere stehen gut im Futter.«
»Ja. Die Schwarzen sind nicht dumm, sind nicht dümmer als wir. Sie wissen, dass sie nur genügend Milch und Fleisch bekommen, wenn sie die Tiere gut pflegen. Sie kümmern sich selbst um das Futter, sie sorgen dafür, dass die Tiere gesund sind. Und uns kommt diese Lösung auf die Dauer billiger. Ich habe einmal Geld für die Herde ausgegeben, dafür bringen die Leute mir nun die doppelte Leistung.«
Groth betrachtete Hermann von der Seite, musterte ihn nachdenklich. »Was bist du?«, fragte er schließlich. »Ich frage mich das schon lange. Bist du ein ausgezeichneter Geschäftsmann oder ein Menschenfreund?«
Hermann lachte. »Ich tue, was mir richtig erscheint. Und am liebsten sind mir Situationen, aus denen mehrere Seiten einen Nutzen ziehen können.«
Sie ritten weiter über die Plantage und waren schon fast wieder beim Herrenhaus, als Hermann fragte: »Wilma.

Sie wissen schon, die Frau, die behauptet, ein Kind von mir zu haben. Wissen Sie, wo sie ist? Haben Sie etwas von ihr gehört?«
Groth schüttelte den Kopf. »Nein. Ich habe sie seither nicht mehr in Havanna gesehen. Ihr Mann ist doch gestorben, nicht wahr? Nun, ich vermute, sie wird nach Deutschland zurückgekehrt sein.«
Hermann nickte nachdenklich. »Mir wäre wohler, wüsste ich, dass sie wahrhaftig nicht mehr auf der Insel weilt.«

Kaum war Joachim Groth wieder abgereist, hörte Don Alvaro auf, sich zusammenzureißen. Er hatte seine Haussklavinnen allesamt ersetzt, nur Salome, die dicke Köchin, die Mafalda einst mitgebracht hatte, durfte bleiben. Und das auch erst, nachdem Mafalda tagelang geweint und gefleht und Alvaro alles Mögliche versprochen hatte. Mafalda lebte nur noch in Angst und Schrecken. Kam Titine am Morgen in das Herrenhaus, hockte sie stumm in einem Sessel im Patio, vor sich ein Glas Kokosmilch.
Titine zeigte auf das Glas.
»Warum ich nicht trinke, willst du wissen?«, fragte Mafalda mit blasser Stimme. »Ich habe Angst, es ist Gift darin. Gestern Abend hat er mich dabei ertappt, wie ich aus dem Fenster schaute. Der Bürgermeister ging unten vorbei, seine dicke Frau am Arm. Alvaro verdächtigte mich sofort, ich hätte dem Bürgermeister schöne Augen gemacht. Er würde mich umbringen, hat er geschrien, vergiften würde er mich wie eine Ratte, wenn ich noch ein einziges Mal einem anderen Mann nachblicke.« Sie nahm das Glas in die Hand, roch daran und schüttelte den Kopf. »Ich mag das nicht trinken, Titine, es riecht komisch.«

Sie erhob sich und machte Anstalten, die Milch in einen der großen Blumenkübel zu schütten.
»Halt!« Don Alvaro stürmte in den Patio, riss dabei eine junge Palme im Topf zur Seite, so dass sie umstürzte und der Topf zerbrach.
Mafalda hielt inne, und Titine sah, wie ihr Gesicht noch blasser wurde. Ihre Lippen bebten, und die Hände, die das Glas hielten, zitterten so stark, dass ein paar Tropfen der Milch verschüttet wurden. Sie duckte sich angstvoll, die Augen waren vor Schreck weit aufgerissen.
»Was tust du da?«, brüllte Don Alvaro so laut, dass Salome aus der Küche herbeigelaufen kam.
»Ich … ich«, stammelte Mafalda, und Tränen traten ihr aus den Augen.
»Du wolltest die Milch wegschütten? Die gute Kokosmilch, die deinen vertrockneten Schoß endlich zum Blühen bringen sollte? Tut das eine gute Ehefrau?«
Mafalda schluckte und schüttelte den Kopf. Die Tränen liefen ihr geräuschlos über das Gesicht.
Don Alvaro packte Mafalda im Genick, zog ihren Kopf an den Haaren nach hinten, nahm ihr mit der anderen Hand das Glas aus der Hand und setzte es rüde an ihre Lippen.
»Du trinkst das jetzt!«
Titine trat einen Schritt hinzu, legte Don Alvaro beschwichtigend eine Hand auf den Arm, doch der Zuckerbaron schüttelte sie ab wie eine lästige Fliege.
»Trink!«, befahl er, und Mafalda kniff die Augen zusammen und öffnete den Mund.
Der Don schüttete ihr die Kokosmilch in den Rachen. Mafalda verschluckte sich, wand sich im Griff ihres Man-

nes, doch der ließ sie nicht los, schüttete weiter Milch in sie hinein, als sei sie eine Kanne.

Mafalda hustete, spuckte Milch nach allen Seiten, die Augen quollen ihr aus dem Kopf.

»Sie erstickt ja!«, rief Salome.

Titine sprang hinter Mafalda, klopfte ihr den Rücken, doch Alvaro schrie: »Weg, weg von hier. Sie ist meine Frau. Sie muss gehorchen lernen.«

Mit den Füßen trat er nach Salome, traf sie so derb am Knöchel, dass die alte Frau in die Knie sank, während Mafalda weiter hustete und spuckte, die Augen verdrehte und endlich in Don Alvaros Griff zusammensackte. Der Don erschrak. Aber nur kurz, dann goss er den Rest der Kokosmilch über Mafaldas Kleid, ließ sie auf die Erde sinken, stieß noch einmal mit seinem spitzen Schuh in ihre Rippen, dann klopfte er sich die Hände ab, bedachte Titine und Salome mit einem wütenden Blick und eilte aus dem Patio.

Titine beugte sich zu Mafalda hinunter, hob ihren Oberkörper an und schlug auf ihren Rücken. Salome klatschte ihrem Zögling derweil mit der flachen Hand ins Gesicht, und endlich prustete Mafalda wieder, spuckte Milch und alles, was sie sonst noch in sich hatte, auf die Fliesen des Patios. Es dauerte, bis sie sich so weit erholt hatte, dass Titine und Salome sie zurück in den Korbstuhl setzen konnten. Aber auch jetzt zitterte Mafalda noch am ganzen Leib. Titine hielt ihre Hand, strich ihr sanft über die Wangen. Salome brachte ein Glas lauwarmes Wasser, in dem ein Stückchen Ingwer schwamm. »Trink das, Kind. Es wird dir guttun. Ingwer hilft dem Magen und kann sogar schädliche Stoffe unwirksam machen.«

Mafalda trank gehorsam, doch ihre Hände zitterten noch immer so sehr, dass Salome ihr das Glas an die Lippen halten musste.
Nachdem Mafalda getrunken hatte, deckte Salome sie mit einer leichten Decke zu. »Du brauchst jetzt Ruhe, Kind. Schlaf ein wenig. Ich passe auf, dass dir niemand zu nahe kommt.«
Titine stand auf, streichelte noch einmal Mafaldas Gesicht. Ihre Miene war von Mitleid und Zorn verdüstert, aber sie wusste, dass ein jeder Ehemann mit seiner Frau machen konnte, was er wollte.
Sie wandte sich dem Ausgang zu, aber Salome hielt sie am Ärmel fest und führte sie in die Küche. »Ich weiß nicht, wie Sie das sehen, Señora, aber langsam fürchte ich um Mafaldas Leben. Don Alvaro hat bereits seine erste Frau getötet. Ich möchte nicht, dass Mafalda dasselbe geschieht. Vorhin wäre sie beinahe erstickt. Wir müssen etwas tun.«
Titine reckte ihre Handgelenke nach vorn und deutete Fesseln an.
Salome schüttelte den Kopf. »Nein, so dürfen wir nicht denken. Wir dürfen uns nicht darauf berufen, dass unsere Hände gefesselt sind. Wir müssen handeln, ehe es zu spät ist. Bitten Sie Ihren Bruder, mit dem Don zu reden. Ich flehe Sie, um des Herrgottes willen, an, lassen Sie Mafalda nicht im Stich.«
Titine nickte, malte aber mit dem Finger ein Fragezeichen in die Luft.
»Was ist, wenn das nicht hilft? Ist es das, was Sie sagen wollen, Señora?«
Titine nickte. Kurz schoss ihr die Frage durch den Kopf, warum Salome, die ja wusste, dass sie sprechen konnte,

nicht darauf bestand, klare Antworten von ihr zu erhalten. Aber vermutlich hatte die Köchin begriffen, dass sie nur im Sklavendorf den Mund öffnete, in ihrer eigenen Welt, in der Salome die Dienerin war, jedoch schwieg. Salomes Augen verdunkelten sich, verloren an Glanz. Ihr Mund wurde schmal. »Dann muss ich zum letzten Mittel greifen. Die Götter werden mich dafür strafen, aber ich muss es tun.«

Fünfzehntes Kapitel

Während des ganzen restlichen Nachmittags saß Titine auf der Veranda und wartete auf die Heimkehr der Sklaven. Auf dem Tischchen neben ihr lagen unbeachtet der Stickrahmen und zwei Bücher. Als sie bei Sonnenuntergang endlich, endlich Fela erblickte, richtete sie sich auf und wollte die Hand zum Gruß erheben, doch der junge Yoruba wandte sofort den Blick ab, als habe er sie nicht gesehen.

Das verletzte Titine. Es war, als hätte sie einen Schlag bekommen, doch wenn sie sich fragte, was genau sie eigentlich verletzt hatte, dann wusste sie keine Antwort. Ich möchte einfach nur, dass er mich bemerkt, dachte sie. Er ist der stolzeste der Sklaven. Ich möchte nicht, dass er mich für eine reiche, verwöhnte Weiße hält.

Bisher war es ihr stets gleichgültig gewesen, was die Schwarzen von ihr dachten. Sie war freundlich zu ihnen, grüßte, lächelte und passte dabei auf, ihnen keinen weiteren Anlass zu geben, sie für eine Orisha zu halten. Titine war darauf bedacht, einen Abstand zu den Schwarzen zu halten, doch die Distanz entsprang nicht dem Wunsch, sich von diesen Menschen abzugrenzen, sich ihnen gegenüber als etwas Besseres zu fühlen, sondern einzig der Angst vor der Bewunderung, die sie ihr als vermeintlicher Tochter Yewas entgegenbrachten. Nur dieser schwarze, stolze Yoruba, der sollte sie achten, sollte sie ihretwegen sogar bewundern, Hauptsache, er bemerkte sie. Seinen Respekt wollte sie sich erarbeiten. Und wenn sie das geschafft hatte, dachte sie, würde sie stolzer darauf sein als auf jede Respektsbezeugung eines Weißen. Warum ihr das so wichtig war, darüber wollte Titine lieber nicht nachdenken. Es war, wie es war, und ihr lag nun einmal an Fela. Sie spürte, dass er anders war als die übrigen Sklaven. Er würde sich niemals damit abfinden, ein wertloser Leibeigener zu sein, noch weniger geliebt als ein Hofhund.

Sie sah ihm nachdenklich hinterher, als Hermann geräuschvoll die Veranda betrat und sich seufzend in einen Korbstuhl fallen ließ, während er dem Hausmädchen Anweisungen gab, ihm einen Batida de Coco zu bringen.

»Nun, wie war dein Tag?«, fragte er und streckte die Beine genüsslich von sich.

Titine musste sich gewaltsam vom Anblick Felas losreißen. Sie wiegte den Kopf hin und her.

»Was hast du heute gemacht, Titine? Warst du im Herrenhaus bei Mafalda?«

Titine nickte. Die Szene vom Vormittag stand ihr wieder deutlich vor Augen. Sie deutete mit den Händen Mafaldas langes Haar an, nahm sich ein Wasserglas vom Tisch und spielte nach, was sich im Patio zugetragen hatte.

Hermann sah ihr aufmerksam dabei zu. »Du meinst, der Don hat sie beinahe erstickt?«

Titine nickte ernst und markierte dann ein Zittern.

»Mafalda hat Angst um ihr Leben?«, übersetzte Hermann.

Titine nickte und deutete mit dem Finger auf Hermann und von dort hinüber zum Herrenhaus.

»Ich soll mit Don Alvaro reden?«, fragte Hermann nach.
Titine nickte.
Hermann seufzte und erhob sich. »Ich werde es tun, denn ich weiß, dass du vorher keine Ruhe gibst. Aber sag, glaubst du, dass meine Worte etwas bei ihm ausrichten können?«
Titine hob die Schultern. Dann gab sie dem Bruder einen leichten Stoß in den Rücken. »Geh schon!«, hieß das. »Geh jetzt gleich.«

Kurz darauf betrat Hermann das Herrenhaus. Er fand Don Alvaro mit einem großen Glas Rum und einer dicken Zigarre im Patio sitzend vor, die Beine weit von sich gestreckt. Von Mafalda war nichts zu sehen.
»Was gibt's, Verwalter? Willst du mir wieder erzählen, dass kein Geld in der Kasse ist?«
»Ich habe gehört, dass Sie sich heute am Geld für den Zucker bedient haben.«
»Na und?« Don Alvaro blies einen dicken Rauchring aus und sah Hermann herausfordernd an. »Es ist mein Ingenio. Hast du das schon vergessen?« Seit der Silvesternacht hatte Don Alvaro begonnen, seinen Verwalter zu duzen, und Hermann hatte verstanden, dass dies nicht etwa ein Zeichen von Vertrautheit, sondern, im Gegenteil, von Verachtung war. Doch es war ihm gleichgültig, denn auch er schätzte den Don nicht besonders.
Hermann schüttelte den Kopf. »Nicht eine Sekunde, Don. Es wäre mir nur lieber, Sie würden mich informieren, damit ich die Bücher leichter in Ordnung halten kann.«
»Warum informieren? Du bist nicht mein Vater, den ich um Taschengeld bitten muss. Die Zeiten sind vorbei. Ich

nehme mir mein Geld, wann immer mir danach zumute ist. Und niemand wird mich daran hindern.«
Hermann zuckte mit den Schultern. »Wie Sie schon sagten: Es ist Ihr Ingenio. Mir ist es gleich, wie viel Geld Sie sich nehmen, aber dann machen Sie mich nicht für die desolate Finanzlage der Farm verantwortlich.«
»Ach, lassen Sie mich doch in Ruhe, Sie Krämerseele. Glauben Sie, die paar Kröten, die ich mir genommen habe, bereiten mir Kopfzerbrechen? Ich habe ganz andere Sorgen. Sorgen, von denen Sie nicht das Geringste ahnen.«
Hermann konnte sich ein leises Grinsen nicht verkneifen. Kaum ging es um die Finanzen der Firma oder um andere Dinge, von denen Don Alvaro glaubte, sie beträfen auch die Handelsgesellschaft Groth, Jessen und Krischak, wurde sein Benehmen zumindest so viel höflicher, dass er Hermann wieder siezte.
Der Don seufzte schwer, ein gestrafter Mann.
»Deshalb bin ich hier. Wegen Ihrer Sorgen«, erklärte Hermann und setzte sich, obwohl ihm der Don keinen Platz angeboten hatte.
»Was soll das heißen?« Der Don kniff misstrauisch die Augen zusammen.
»Vielleicht kann ich Ihnen ja eine Hilfe sein bei Ihren Problemen.«
Der Don schaute noch misstrauischer. »Meine Probleme löse ich allein. Oder hat hier wer den Mund nicht halten können? Spuck es aus. Was haben die Tratschmäuler dieses Mal in Umlauf gesetzt?«
Hermann lehnte sich im Sessel zurück, streckte die Beine von sich und demonstrierte Lässigkeit. »Ihre werte Gat-

tin, heißt es, wäre heute Morgen beinahe erstickt. Ein Glas Kokosmilch soll der Auslöser gewesen sein, hörte ich.«

»Aha, das also hast du gehört. Von wem? Nein, sag es nicht, lass es mich raten. Von Mafalda?« Er verzog den Mund und schüttelte dann den Kopf. »Nein, die redet nur, wenn sie gefragt wird. Überhaupt hat sie sich noch vor dem Mittagessen in ihre Gemächer zurückgezogen. Titine? Deine liebreizende Schwester? Manchmal, mein Freund, ist dir das schon aufgefallen?, da hat sie so einen Blick, als wolle sie einen erdolchen. Es ist Gottes Glück, dass sie keine Sprache hat.« Er hob den Finger und wackelte damit vor Hermanns Nase herum. »Die würde mehr Ärger als Freude machen, das kann ich dir versichern. Wer dann? Ah, ich weiß es!« Don Alvaro beugte sich ein wenig nach vorn. »Es war die schwarze Hexe aus der Küche, nicht wahr?«

Er suchte in Hermanns Gesicht nach einer Antwort, doch Hermann zuckte mit keiner Wimper. Der Zuckerbaron zog an seiner Zigarre und blies einen Rauchring in Hermanns Richtung. »Was schlagen Sie vor, Verwalter? Welche Strafe empfinden Sie als angemessen für eine Sklavin, die ihren Herrn verrät? Soll ich sie auspeitschen lassen? Oder soll ich ihr lieber die Zunge herausreißen lassen?« Wieder verfiel der Don in die Siezform, und Hermann erkannte daran, dass ihn die Sache mit der Sklavin tiefer bewegte, als er zu erkennen gab.

Hermann verzog das Gesicht vor Abscheu, doch der Zuckerbaron lachte hämisch auf. »Sie sind zart besaitet, nicht wahr? Gut erzogen, haben wahrscheinlich Klavierunterricht gehabt?«

Hermann nickte. »Ja. Ich habe Klavierunterricht gehabt, aber das ist nichts Besonderes. Etwas anderes habe ich, das Ihnen fehlt: Mitgefühl.«

Don Alvaro brüllte, als hätte er den besten Witz aller Zeiten gehört. »Mitgefühl?«, kreischte er und haute sich auf die Schenkel. »Mitgefühl! Das kannst du dir hier sauer einlegen, mein Lieber. Niemand zahlt dir auch nur einen Kupferpfennig für dein verdammtes Mitgefühl. Lass das mal die Nigger merken, dein Mitgefühl. Da kann es rasch passieren, dass dir einer von denen hinterrücks einen über den Scheitel zieht.« Sein Lachen verstummte, das Gesicht wurde ernst. Er beugte sich weit nach vorn und zeigte mit dem Finger drohend auf Hermann: »Heben Sie sich Ihr Mitgefühl für die Kirche auf. Aber vorher«, sein Lachen war jetzt richtig dreckig, »vorher lasse ich Sie die alte, schwarze Hexe bestrafen. Sie werden sie prügeln, bis ihr die Scheiße aus dem Leib quillt. Dann können Sie sehen, wie weit Sie mit Ihrem Mitgefühl kommen.«

»Salome hat kein Wort gesprochen!« Hermann hatte Mühe, seine Stimme ruhig klingen zu lassen. »Titine hat mir erzählt, was vorgefallen ist. Lassen Sie sich nicht durch ihre Stummheit täuschen, Don Alvaro. Sie hat andere Mittel, sich auszudrücken.«

Der Don lehnte sich in seinem Sessel zurück. »Sieh an, sieh an. Das kleine Luder. Raffinierter, als ich gedacht hatte.« Um seine Lippen spielte ein Lächeln, das Hermann nicht gefiel.

»Ich fordere Sie auf, Mafalda in Zukunft nicht mehr zu quälen. Ein leichter Schlag hin und wieder, das kriegen die meisten Weiber von ihren Ehemännern. Aber sie so zu

drangsalieren, dass sie mit dem Tode ringt, das dulde ich nicht.«
Don Alvaro begann wieder zu lachen. »Das duldest du nicht? Was willst du denn dagegen tun, du Milchbart? Willst du mich vielleicht zum Duell fordern? Mein Weib entführen? Dich mit mir schlagen?« Die Augen des Dons glitzerten gefährlich. Er maß Hermann mit einem Blick, als sei der ein Sklave auf dem Markt.
Hermann stand auf. »Ich habe gesagt, was zu sagen ist. Wenn ich erfahre, dass Mafalda noch ein einziges Mal von Ihnen derartig gequält wird, dann lernen Sie mich kennen, Don. Nehmen Sie meine Worte so ernst, wie sie gemeint sind.«
Jetzt erhob sich auch der Don. Er funkelte Hermann mit noch schmaleren Augen an. Leise sagte er: »Vorsichtig, mein Lieber. Lassen Sie bloß Vorsicht walten. Ich dulde nicht, dass sich irgendjemand in meine Angelegenheiten einmischt. Das hier sind mein Haus, mein Ingenio, meine Frau. Wagen Sie es nicht noch einmal, so mit mir zu sprechen. Wagen Sie es nicht noch einmal, mir zu drohen. Haben wir uns verstanden?« Don Alvaro packte Hermann beim Kragen und schüttelte ihn leicht. Dann brüllte er, so laut er konnte: »Ob wir uns verstanden haben, will ich wissen?«
Hermann befreite sich aus dem Griff des Zuckerbarons. »Ich habe verstanden, Don. Aber ich hoffe, auch Sie haben mich verstanden. Rühren Sie Mafalda noch ein einziges Mal an, dann werden Sie dafür büßen. Das verspreche ich Ihnen.«

Sechzehntes Kapitel

Wie ein gehetzter Tiger durchstreifte Don Alvaro jedes Zimmer seines Herrenhauses. Er öffnete jeden Schrank, schaute in jede Schublade.

»Was macht er da bloß?« Mafalda saß im Patio, die Arme eng um den Körper geschlungen, als fröre sie, und sah Titine mit großen, angststarren Augen an. Auch Salome, die Köchin, kam öfter als sonst in den Patio, den Kochlöffel in der Hand, und lauschte auf den Lärm, den Don Alvaro veranstaltete.

Titine tätschelte Mafaldas Hand, aber auch sie war besorgt. Gestern Abend hatte sie die Trommeln wieder gehört. Sie klangen laut, und sie klangen sehr nahe. Sie war aus dem Bett aufgestanden und hatte sich ans Fenster gestellt. Ein paar der schwarzen Sklaven hatten das Hüttendorf verlassen, obwohl dies streng verboten und überdies das Tor verschlossen war. Sie waren einfach über den Zaun gestiegen. Ein Dutzend vielleicht oder weniger. Titine hatte es in der Dunkelheit nicht genau erkennen können. Nur ein Gesicht hatte ihr im Mondlicht entgegengeschienen, das Gesicht von Fela. Groß und aufrecht stand er inmitten der gebeugten Gestalten, die Arme vor der Brust verschränkt. Er schlug keine Trommel, sondern stand einfach nur da und richtete seinen brennenden Blick auf das Herrenhaus. Die anderen hatten Rasseln in den Händen und schlugen damit. Titine kannte den Ton. Die Rasseln waren mit den

Knöcheln toter Tiere bestückt, galten unter den Santeras als machtvolles Mittel. Machtvoller waren nur die Rasseln aus den Knochen Neugeborener. Salome hatte in der Mitte der Gruppe gestanden und die Männer neben sich angefeuert, die Trommeln noch lauter und kräftiger zu schlagen. Dann begann sie zu singen. Ein hoher, sehr hoher Ton schwebte in der Luft, ein Klagelaut, der sich über die Trommeln erhob und Ewigkeiten über dem Dach des Herrenhauses zu schweben schien. Die Trommeln verstummten abrupt. Salomes Stimme formte Klagelaute; sie stieß sie aus wie ein Tier, das im Sterben lag. Es klang so schauerlich, so bedrohlich und klagend zugleich, dass Titine fror.

»Eh! Eh! Bomba! Heu! Heu!
Canga, bafio té!
Canga, mouné de lé!
Canga, do ki la!
Canga, li!«

Titine war oft genug im Sklavendorf gewesen, um zu wissen, was das Lied bedeutete: »Wir schwören, die Weißen zu vernichten und alles, was sie besitzen; eher wollen wir sterben, als diesen Schwur zu brechen.«

Die Tür zu ihrem Zimmer öffnete sich, und Hermann, bereits im Nachtrock, kam herein. »Um Gottes willen, was ist da draußen los?«, wollte er wissen.

Titine winkte ihn an das Fenster, zeigte mit dem Finger auf Salome.

»Ein Klagelied?«, fragte Hermann. »Ein Klagelied für Mafalda?«

Titine schüttelte den Kopf.

»Was ist es dann?«

Sie fuhr sich mit der Hand über die Kehle, deutete Perlen an einem Armband an und zeigte auf die Farben Rot und Weiß.
»Chango? Der Kriegsgott? Sie rufen Chango an? Gegen wen wollen sie zu Felde ziehen?«
Titine deutete abermals auf Salome, die gerade die Faust erhoben hatte und sie gegen das Herrenhaus schüttelte.
»Es geht um Mafalda, nicht wahr? Salome will sie schützen.«
Titine nickte. Sie schickte sich an, ihr warmes Schultertuch zu holen, aber Hermann hielt sie fest.
»Du willst dort raus?«
Titine nickte.
»Du gehst nicht. Ich verbiete es dir!« Hermanns Stimme klang entschlossen.
Titine sah ihn mit weit geöffneten Augen an und hob die Schultern.
»Es ist gefährlich.« Er packte sie am Arm. »Ich war heute bei Don Alvaro, habe mit ihm gesprochen. Du bringst dich in Gefahr, wenn du mit den Schwarzen gemeinsame Sache machst. Wir haben damit nichts zu schaffen, wir mischen uns dort nicht ein.«
Titine wollte sich aus Hermanns Griff lösen, doch er war schneller, schloss die Tür ab und steckte den Schlüssel in seine Hosentasche. Nun waren sie beide in Titines Zimmer gefangen. »Ich bleibe bei dir, bis das hier vorüber ist«, erklärte er und rückte einen Schemel ans Fenster.
Titine blieb nichts anderes übrig, als es ihm gleichzutun. Der Mond brach durch die Wolken, beschien die Zeremonie. Die Gruppe hatte sich ein wenig weiter vorangewagt, so dass sie jetzt direkt vor dem Verwalterhaus zum Stehen kam.

Titine stand auf, lehnte sich an das Fenster, um besser sehen zu können. Auch Hermann wollte wissen, was da unten geschah.
»Sie haben eine Katze, siehst du?«, fragte er Titine.
Sie nickte. Einer der Schwarzen, es war nicht Fela, hatte die Katze im Genick gepackt, wo sie sich wand und dabei kläglich schrie.
Salome hielt plötzlich eine Puppe in der Hand. Sie war so groß wie ein Unterarm. Ihr Gesicht ähnelte dem von Don Alvaro erschütternd. Dasselbe dunkle Haar, streng nach hinten gekämmt, die schmale, gerade Hakennase, die tiefliegenden Augen.
»Ist es das, was ich glaube?«, fragte Hermann leise. »Ist das ein Voodoo-Zauber?«
Titine nickte unglücklich. Sie erinnerte sich mit einem Mal daran, dass Salome die junge Haussklavin beauftragt hatte, ihr die Haare aus Don Alvaros Bürste zu bringen. Sie hatte sich nichts dabei gedacht, aber jetzt wusste sie, dass die Haare des Zuckerbarons die Wirkung des Voodoo-Zaubers noch verstärken sollten.
Salome hielt die Puppe hoch, so dass selbst Don Alvaro, wenn er am Fenster seines Herrenhauses stand, sie gut sehen konnte. Dann machte Salome dem Schwarzen mit der Katze ein Zeichen. Der drehte dem Tier mit einem Ruck den Hals um. Ein anderer schlitzte mit einem Messer seine Kehle auf. Blut schoss heraus, und Salome hielt die Puppe direkt unter den warmen Strahl, bis sie ganz und gar benetzt war. Dann hob Salome die bluttriefende Puppe über ihren Kopf, schwenkte sie in Richtung Herrenhaus. Die Trommeln schlugen einen schnellen, harten Rhythmus, von den Rasseln unterstützt. Mit einem Schlag

aber hörte der Lärm auf. Stille lag über dem Ingenio. Eine Stille, die so unheilschwanger war, dass Titine meinte, sie könne sie auf der Zunge schmecken. Salome streckte die Puppe noch höher, schüttelte sie ein wenig, so dass das Blut der Puppe auf ihre Schulter tropfte.

»Ich nenne dich«, schrie sie, und die Schwarzen griffen bei diesen Worten nach den Ketten ihrer Orishas. »Ich nenne dich Don Alvaro!«

Der Name schwebte über der Plantage, über dem Herrenhaus wie ein Fluch. Und es war auch ein Fluch. Ein so mächtiger Fluch, dass Titine der Atem stockte. Sie öffnete das Fenster, schaute hinüber zum Herrenhaus, das vollkommen im Dunkel lag.

»Ich nenne dich Don Alvaro«, schrie Salome zum zweiten Mal. Und dann erklangen die Trommeln, zuerst langsam, dann schnell und immer schneller werdend, bis Titine die einzelnen Schläge in ihrem Bauch spüren konnte. Plötzlich verstummten sie abermals so abrupt, dass Titine zusammenzuckte und die Stille in den Ohren dröhnte.

Salome nahm eine lange, sehr spitze Nadel aus ihrer Tasche und stieß sie der Puppe ins Herz. Die Schwarzen jubelten und begannen zu tanzen. Sie schwenkten ihre Rasseln, stampften mit bloßen Füßen, schleuderten die Arme, warfen die Köpfe hin und her. Sie tanzten und sangen, dass es über den gesamten Ingenio hallte. Schon fielen die ersten Tänzer zu Boden, blieben mit zuckenden Gliedern liegen, während die Trommler einen noch schnelleren Rhythmus schlugen. Es dauerte nicht lange, bis alle Sklaven sich in Trance befanden, während die Musiker ihre Instrumente so bearbeiteten, dass es wie die Musik aus einer anderen Welt klang.

»Um Gottes willen!« Hermann stöhnte und verbarg das Gesicht in den Händen. »Um Gottes willen, was sollen wir jetzt nur tun?«

Titine wandte sich zu ihm um und breitete die Hände aus. »Nichts«, hieß das.

Und Hermann nickte. »Die Götter haben gesprochen.«

Siebzehntes Kapitel

Und jetzt wühlte Don Alvaro im ganzen Haus herum, als würde er etwas suchen. Von oben hörte man Türen schlagen, Geschirr zerbrechen, Holz splittern. Mafalda war weiß vor Angst geworden.

Salome kam hinzu, den Kochlöffel noch immer erhoben, als wollte sie einem vorwitzigen Kind damit einen Klaps geben. »Was tut er da?«, fragte sie, und ihre Stimme klang angespannt.

Plötzlich erschütterte ein Triumphgeheul das Haus, gefolgt von einem Wutschrei. Don Alvaro polterte die Treppe herunter, in der Hand eine tellergroße Flickenpuppe, in deren Herz eine Nadel steckte.

Er schleuderte die Puppe zur Seite, trat sie mit Füßen, bis nur noch Fetzen davon übrig waren.

Mafalda wimmerte leise in ihrem Stuhl. Sie hatte beide Arme über ihren Kopf gelegt, als erwarte sie jeden Moment Schläge. Aber Don Alvaro kümmerte sich nicht um sie. Sein Gesicht war dunkelrot wie eine Rinderleber, die Augen quollen beinahe daraus hervor, die Haare standen ihm zu Berge, sein Hemd war zerrissen, auf der Schulter hingen Spinnweben.

»Habe ich dich erwischt, du alte Hexe!«, brüllte er. »Jetzt bist du dran, jetzt hat diese Teufelei in meinem Haus ein Ende!«

Er packte Salome, stieß sie von sich, so dass sie auf den

harten Fliesenboden stürzte. Mit der Fußspitze trat er nach ihr, dann schleifte er sie an den Haaren zur Kellertür, schloss diese auf, stieß die alte Frau die Treppe hinab, verschloss die Tür und bleckte die Zähne. Hinter der Tür war nichts zu hören, kein Weinen, kein Klagen, nichts.

Er trat zu dem Tisch, griff Mafalda an den Hals und schüttelte sie ein wenig. »Es ist genug!«, zischte er dabei gefährlich leise. »Jetzt ist es genug. Die Alte wird sterben, und das ist nur deine Schuld.«

Mafalda heulte auf, doch der Don stieß sie so derb von sich, dass ihr Kopf auf dem Mosaiktisch aufschlug.

Titine saß mit gesenktem Kopf da, die Hände im Schoß gefaltet.

»Und dich, meine Liebe, werde ich auch noch Mores lehren. Wart's nur ab. Wartet es alle ab. Don Alvaro ist keine Schießbudenfigur, mit dem ihr machen könnt, was ihr wollt. Euch allen werde ich es zeigen. Zittern werdet ihr vor mir.«

Dann stürmte er aus dem Herrenhaus und kam nach wenigen Minuten mit einem Brett und Hammer und Nägeln wieder. Er vernagelte die Kellertür, schrie dabei immer wieder: »Verrotten wirst du, du Hexe!« Anschließend brauchte er mehrere Gläser Rum, die ihm ein zitterndes Sklavenmädchen brachte, um sich zu beruhigen.

Titine stand auf, bemühte sich, die Schultern gerade zu halten, den Kopf erhoben. Sie maß den Zuckerbaron mit einem Blick, dann verließ sie das Herrenhaus.

»Morgen früh ist Gerichtstag«, rief ihr Don Alvaro nach. »Richte das deinem Bruder aus. Alle Sklaven sollen dabei sein. Ich werde ein Exempel statuieren.«

Titine taumelte den Weg zum Verwalterhaus hinüber. Sie war voller Angst und Sorge um Salome und Mafalda, doch sie wusste nicht, was sie tun sollte. Eine Voodoo-Puppe mit durchstochenem Herz. Sie wusste, was das bedeutete. Die Santerias hatten einen Obatala gebeten, einen Fluch zu sprechen. Die Macht des Voodoo war groß, sehr groß. Don Alvaro würde sterben. In Havanna hatte sie Grazia vom Voodoo erzählen hören, von Puppen, die von Nadeln durchstoßen waren. Keiner, dem dieser Fluch zuteilwurde, hatte danach noch länger als dreißig Tage gelebt. Für Don Alvaro gab es nur eine Rettung: Jemand musste den Fluch entkräften. Aber niemand wusste besser als Titine, dass sich in der ganzen Gegend niemand finden würde, der dies für den Don täte.

Achtzehntes Kapitel

Am Horizont schimmerte der erste Bote des Morgens. Titine stand am Fenster und wartete auf die Sonne. Sie hatte die ganze Nacht nicht geschlafen. Heute Morgen war Gerichtstag. Heute Morgen würde Salome vor Don Alvaro stehen und ihre Strafe erhalten. Und es gab nichts, was Titine dagegen tun konnte. Hermann war gestern Abend noch drüben im Haus des Zuckerbarons gewesen und hatte für Salome gesprochen. Doch mit Don Alvaro war nicht zu reden gewesen. Er war wie von Sinnen gewesen, hatte Hermann berichtet. Es gab auch nichts, was Hermann tun konnte. Ein jeder Herr konnte mit seinen Sklaven anfangen, was er wollte. Kam dabei ein Schwarzer zu Tode, nun, dann war das eben so. Kein Gericht auf der ganzen Insel würde ihn deswegen verurteilen. Im Gegenteil: Jeder Weiße hatte die größte Angst vor dem mächtigen Voodoo-Zauber der Schwarzen.

Hinter ihr öffnete sich die Tür.

»Du bist schon auf?«, fragte Hermann. Auch er sah übernächtigt aus. »Willst du etwa zum Gerichtstag mitgehen?«

Titine nickte.

»Bist du sicher? Es wird Blut fließen. Du wirst schreckliche Dinge mit ansehen müssen.«

Titine erwiderte nichts, sondern sah ihren Bruder nur mit großen, hellen Augen an, in denen ein Glanz schimmerte, den Hermann noch nie gesehen hatte.

Der Gerichtstag fand im Hüttendorf der Sklaven statt. Don Alvaro hatte einen Tisch aufstellen lassen, dahinter drei Stühle. Er selbst saß in der Mitte, rechts neben ihm Mafalda mit grauem Gesicht und vom Weinen geschwollenen Lidern. Links neben ihm hatte Doktor Winkler Platz genommen.
»Sie sind hier?«, hatte Hermann ihn verwundert gefragt. »Sie machen freiwillig mit bei dieser Farce?«
Winkler nickte. »Sie werden es nicht glauben, aber ich bin tatsächlich freiwillig hier. Jemand muss sich um Salome kümmern, wenn sie ihre Strafe erhalten und diese überlebt hat. So wenig Rechte die Sklaven auch haben, das Recht auf einen Arzt nach einer Bestrafung sollte ihnen niemand nehmen.«
Doktor Winkler schlug Hermann auf die Schulter. »Passen Sie auf, dass Ihre Schwester sich die Dinge nicht so zu Herzen nimmt. Sie ist eine feinfühlige Person.« Er nickte noch einmal, dann nahm er hinter dem Gerichtstisch Platz.
Hermann und Titine saßen neben den Aufsehern auf Holzbänken in der ersten Reihe vor dem Gerichtstisch. Die Sklaven standen hinter ihnen, bewacht von einigen Weißen mit nagelneuen Sharp-Hinterladern, die Don Alvaro von den benachbarten Farmern ausgeliehen hatte.
In der Bank hinter Hermann hockten die Zuckerbarone aus der näheren Umgebung, daneben der Bürgermeister von Trinidad mit Frau und Sohn und hinter ihm der Pfarrer, der Lehrer und der Advokat. Niemand von den Trinidader Honoratioren wollte sich dieses Schauspiel entgehen lassen. Titine hörte, wie die Frau des Bürgermeisters ihrem Gatten zuflüsterte: »Ich hoffe nur, dass Don Alva-

ro noch vor der Mittagshitze fertig wird. Du weißt, dass ich Blutgeruch bei Hitze schlecht ertragen kann.«

Der Sohn dagegen rieb sich die Hände, schielte in einem fort zu Titine, stieß sie sogar einmal an und sagte: »Endlich mal wieder etwas los in diesem verschlafenen Nest. Meinetwegen könnte es jede Woche Gerichtstag geben. Irgendein Nigger macht sowieso Ärger. Man darf nicht so nachlässig mit ihnen sein, sagt mein Vater immer. Wäre Don Alvaro strenger gewesen, so müsste er jetzt nicht um sein Leben fürchten. Ach ja, dabei fällt mir ein: Bleibt Ihr Bruder eigentlich auch nach dem Tod des Dons Verwalter hier oder geht er zurück nach Havanna? Ich meine, wenn der Fluch der Schwarzen tatsächlich Wirkung zeigen sollte.«

Titine wandte sich um, sah die Gier in den Augen des jungen Mannes. Sie betrachtete ihn abfällig von oben bis unten, dann wandte sie sich ab.

Als alle versammelt waren, ließ Don Alvaro einen Holzhammer auf den Tisch knallen, so dass die Frauen zusammenzuckten.

»Bringt die Hexe her!«, befahl er. Zwei der Aufseher öffneten einen riesigen Verschlag aus eisernen Gitterstäben, der früher als Hundezwinger gedient hatte.

Sie packten Salome bei den Armen und führten sie vor den Richtertisch.

Titine erschrak, als sie die Köchin sah, und Mafalda versuchte, ihre Augen hinter den Händen zu verstecken, doch Alvaro riss ihr die Arme herab.

Salomes Haar war über Nacht grau geworden. Ihre Nase war blutverkrustet, von einer Augenbraue rann ein Blutrinnsal über ihr Gesicht. Doch ihre Haltung war stolz. Kerzengerade stand sie vor Don Alvaro, den Blick fest

auf sein Gesicht gerichtet, die Schultern straff, das Kinn stolz erhoben.
Don Alvaro betrachtete sie mit Zufriedenheit. Ein hämisches Grinsen verunstaltete sein Gesicht.
»Wir sitzen heute zu Gericht über die Sklavin Salome, die ihren Herrn mit einem tödlichen Fluch belegt hat. Dies kommt einem Mordversuch gleich. Des Weiteren hat Salome gelogen, betrogen, üble Reden geführt und die Herrin gegen ihren Mann aufgehetzt. Gibt es jemanden, der dazu etwas zu sagen hat?«
Don Alvaro blickte in die Runde. Unter den Sklaven entstand Unruhe.
Titine wandte sich um und sah direkt in Felas Augen. »Warum sagst du nichts?«, schienen diese Augen zu fragen. »Ich habe gehört, du bist eine von uns. Warum stehst du jetzt nicht auf?«
Titine seufzte, schüttelte leicht den Kopf.
Da wandte Fela sich von ihr ab, hob die Hand und sprach, ohne auf die Erlaubnis des Zuckerbarons zu warten: »Es ist nichts geschehen. Salome hat unsere Bräuche ausgeübt. Ein Recht, das ihr zusteht. Sie tat das, um die Herrin zu schützen. Ist es Unrecht, einen anderen Menschen beschützen zu wollen?«
Don Alvaro erhob sich und kniff die Augen zusammen, um besser sehen zu können. »Wer bist du?«, fragte er drohend. »Einer von den Neuen hier? Wie ist dein Name, du Bastard?«
Die anderen Schwarzen hielten die Blicke gesenkt, scharrten mit den nackten Zehen im Sand herum, nur Fela reckte das Kinn. »Fela ist mein Name. In meiner Heimat war ich ein stolzer Krieger, ein Yoruba. Ich habe gelernt, dass

es Gott gefällig ist, für die Schwachen einzutreten. Und im Namen Gottes bitte ich nun für Salome.«

»Komm her!« Don Alvaro winkte Fela mit dem Finger zu sich heran. »Ich will dich genau anschauen.«

Fela trat hervor, ging langsam zum Tisch des Gerichts, blieb davor stehen, ohne dabei den Blick von Don Alvaro zu wenden.

Don Alvaro hielt Felas Blick stand, doch er klopfte nervös mit seinem Bleistift auf den Tisch. Schließlich grinste er wieder von einem Ohr zum anderen. »Ich weiß, was ich mit dir mache, Nigger. Du musst lernen, wer hier das Sagen hat.« Er hob den Stift, deutete damit auf Fela. »Du wirst die Strafe an dem Niggerweib vollstrecken. Ja, das gefällt mir. Du wirst es tun.«

Titine wurde blass. Sie stieß Hermann in die Seite. Wieder und wieder. Tu doch etwas, hieß das.

Hermann erhob sich. »Don Alvaro? Ich halte diesen Einfall zwar für sehr wirksam, leider verstößt er gegen das geltende Recht. Die Strafe für einen Sklaven darf nicht von einem anderen Sklaven ausgeführt werden.«

»Ach?« Don Alvaro ließ den Bleistift fallen. »Seit wann ist das denn so?«

Hermann zuckte mit den Achseln und bemühte sich um einen gelassenen Gesichtsausdruck. Natürlich gab es so ein Gesetz nicht. Wie sollte es auch, da ja die Sklaverei öffentlich verboten war. Aber er war sicher, dass Don Alvaro dies alles nicht wusste. Hermanns Blick huschte zu Doktor Winkler. Der nickte ihm unauffällig zu.

»Ich bin kein Jurist«, erklärte Hermann mit fester Stimme. »Ich habe keine Ahnung, wann dieses Gesetz erlassen wurde. Es ist nur so, dass es existiert.«

Don Alvaro musterte Hermann aus zusammengekniffenen Augen. Es war ganz offensichtlich, dass ihm nicht gefiel, was er da hörte.
Doktor Winkler erhob sich. Er sah von oben auf Don Alvaro herab, hatte ihm aber freundschaftlich eine Hand auf die Schulter gelegt. »Er hat recht. Was der Verwalter sagt, das stimmt. Ich erinnere mich an einen ähnlichen Fall vor ein paar Jahren. In Havanna war man so empört, dass der Handel darunter litt.«
Don Alvaro knurrte. Er blätterte in einem gebundenen Buch, das vor ihm auf dem Tisch lag. Dann räusperte er sich: »Ich spreche nun das Urteil über Salome. Die Frau wird der Vorwürfe schuldig gesprochen und zu einhundert Peitschenschlägen am Vierpflock verurteilt.«
Ein Raunen ging durch die Menge. Einige der schwarzen Sklavinnen schrien leise auf. Mafalda hatte eine Faust vor den Mund gepresst und blickte ihren Mann fassungslos an. Jeder hier wusste, was das Urteil bedeutete: den sicheren Tod. Titine sprang auf, doch Hermann drückte sie auf die Bank zurück. »Nicht«, sagte er. »Wir haben alles getan, was wir konnten.«
»Die Strafe wird sogleich vollstreckt«, verkündete Don Alvaro. »Und da sich hier niemand findet, die einhundert Peitschenhiebe zu verabreichen, werde ich es selbst tun.«
Bei diesen Worten warf er Hermann einen Blick zu, der nicht nur drohend war, sondern voller Hass.
»Halt dich in Zukunft vom Herrenhaus fern«, flüsterte Hermann seiner Schwester Titine zu, als er diesen Blick sah. »Halt dich auch von Mafalda fern. Zumindest für eine Weile. Don Alvaro verzeiht nicht.«

Aber Titine schien ihm gar nicht zuzuhören. Mit vor Entsetzen aufgerissenen Augen schaute sie nach vorn, wo Don Alvaro der alten Frau das Kleid vom Leibe riss, so dass sie nackt vor aller Augen stand. Salome wimmerte auf, versuchte mit den Armen ihre Brüste und die Scham zu verdecken. Doch der Don packte ihre Handgelenke, schleifte Salome zu dem Vierpflock und band jede einzelne Hand und jeden einzelnen Fuß an einen Pfahl, so dass die nackten Beine und Arme Salomes auseinandergerissen wurden und jedermann ihre bloße Scham sehen konnte.

Hermann ließ Don Alvaro nicht aus den Augen. Als der Zuckerbaron in eine Blechdose griff und daraus ein wenig dunkles Pulver entnahm, erschrak er zutiefst.

Also doch, begriff er. Ich hatte gedacht, Doktor Winkler lügt, als er mir von dieser Folter erzählte. Ich will und kann nicht glauben, dass jemand so grausam ist, einer Frau Schießpulver in die Scham einzubringen und sie dann anzuzünden, auf dass sie explodiert und ihre Körperteile wie Blutregen auf die übrigen Sklaven niedergehen.

Hermann schluckte, er wusste nicht, was er tun sollte. Mafalda und Titine, sie durften so ein grausiges Schauspiel nicht erleben. Schon erhob er sich von seinem Platz, um dem Don Einhalt zu gebieten, da sah er, dass Alvaro das Pulver in einem Glas Guarapo auflöste und den Trank in einem Zug herunterschluckte. Wahrscheinlich hat er doch nur Kopfschmerzen, dachte Hermann, atmete auf und blickte sich nach Mafalda um. Sie saß auf ihrem Stuhl wie ein Gespenst. Ihr Gesicht war grau, die Lippen blutig gebissen, und sie wirkte, als sei sie ohnmächtig. Am liebsten wäre Hermann zu ihr geeilt, hätte sie hochgehoben

und auf den eigenen Armen in sein Haus gebracht. Sie sollte so etwas nicht sehen müssen, dachte er, und sein Herz zog sich zusammen.
Don Alvaro ließ die Peitsche durch die Luft sausen, knapp an Salome vorbei. Die Sklaven schrien auf. Titine wandte sich nach ihnen um. Wut und Hass stand in ihren Gesichtern. Viele hatten die Hände zu Fäusten geballt, doch kaum rührte sich einer von ihnen, so schlugen die Aufseher mit Knüppeln auf sie ein.
Der erste Schlag traf Salomes Brüste. Die Haut platzte auf, Blut rann an ihrem Leib herab. Mafalda hatte die Hände vor das Gesicht geschlagen und weinte haltlos. Titine saß da, die Zähne so fest aufeinandergebissen, dass ihre Kiefer schmerzten, doch schon kam der zweite Schlag, der dritte. Don Alvaro peitschte mit aller Kraft, und Salomes Haut platzte innerhalb kürzester Zeit an allen möglichen Stellen auf. Das Blut rann ihr in Strömen über den Leib, doch kein Laut kam über ihre Lippen. Sie hielt den Kopf erhoben, den Blick fest auf ihren Peiniger gerichtet. Nach zwanzig Schlägen fiel ihr Kopf nach vorn, das blutende Fleisch zuckte, nach fünfzig Schlägen verlor sie das Bewusstsein, doch noch immer drosch Don Alvaro mit unverminderter Kraft auf die arme Frau ein. Ihre Brüste waren eine einzige blutige Masse, der Bauch von tiefen Striemen durchzogen, die Oberschenkel hingen in Fetzen.
»Es reicht!« Hermann stand auf, nickte Doktor Winkler zu. Auch der erhob sich. Die beiden Männer schritten auf Don Alvaro zu, ergriffen seine Arme, so dass er innehalten musste.
»Es reicht, Don Alvaro«, wiederholte der Arzt. »Die Frau ist mehr tot als lebendig. Ich aber bin für Ihre Gesundheit

zuständig. Sie dürfen sich nicht überanstrengen, sonst machen Sie Mafalda zur Witwe. Ihr Herz!«

Don Alvaro keuchte. Schweiß lief ihm über den Körper. Seine Augen funkelten wild, und es war offensichtlich, dass er nicht bei Sinnen war.

Doktor Winkler ließ sich von einem Bediensteten seinen Koffer geben, zog eine Spritze auf und stach sie dem Zuckerbaron in den Arm. »Gleich geht es Ihnen besser, Don Alvaro. Jemand wird Sie nach Hause bringen. Sie brauchen jetzt Ruhe.«

Der Don blickte mit blutunterlaufenen Augen irre um sich, doch die Schläge hatten ihn tatsächlich so erschöpft, dass es zwei Aufsehern gelang, ihn aus dem Hüttendorf fortzuführen.

Danach kümmerte sich Doktor Winkler um Salome. Er band sie los, legte sie auf den Boden, versorgte ihre Wunden.

»Wird sie überleben?«, fragte Hermann, der neben ihm stand.

»Ich weiß es nicht. Ich weiß es wirklich nicht«, erwiderte Doktor Winkler. »Sie braucht die beste Pflege, die sie nur bekommen kann, aber sie ist eine Sklavin.«

Er zuckte bedauernd mit den Achseln.

Titine tippte dem Arzt auf die Schulter. Sie deutete auf Salome und dann auf das Verwalterhaus.

»Wollen Sie das wirklich wagen?«, fragte der Arzt. »Don Alvaro wird es nicht dulden, dass Sie Salome pflegen.«

Titine machte ein Zeichen, wie sie sich mit einem unsichtbaren Schlüssel den Mund verschloss, und sah Hermann an. Der nickte, aber sein Gesicht zeigte deutlich, dass er von ihrem Vorschlag nicht angetan war.

Schließlich trieben die Aufseher die Sklaven zurück auf die Felder. Nur die beiden, die für die Rinder zuständig waren, standen noch herum. Hermann deutete auf Fela.

»Komm her«, rief er, »und bring auch den anderen mit.«

Die beiden Männer gehorchten.

»Tragt die Frau in mein Haus. Aber seid vorsichtig; ihr seht ja selbst, was mit ihr los ist«, forderte er sie auf und sah zu, wie unendlich behutsam die beiden jungen, starken Männer die alte Frau aufhoben und sie sanft zum Verwalterhaus trugen.

Hermann lief voran, Titine und Doktor Winkler eilten hinterher.

Titine wies an, dass man Salome in ihr Bett legen sollte, und wandte sich dann fragend an den Doktor.

Die beiden Schwarzen wischten sich mit den Unterarmen den Schweiß von der Stirn. Titine forschte in Felas Gesicht nach einem Zeichen. Als er ihren Blick bemerkte, lächelte er. Und Titine senkte den Kopf, spürte, wie ihr die Röte in die Wangen schoss, und blickte verlegen auf den Boden.

»Die Wunden müssen versorgt werden«, erklärte Doktor Winkler, als die beiden das Verwalterhaus verlassen hatten. »Ich schlage vor, Sie legen ihr Kamillenwickel an. Aber vorsichtig, die Haut darf nicht noch mehr gereizt werden. Dazu sollten Sie ihr eine kräftige Brühe einflößen. Mehr kann man im Augenblick nicht tun.«

Er griff nach seinem Arztkoffer, holte ein kleines, braunes Fläschchen heraus. »Das sind Opiumtropfen. Sie helfen gegen die Schmerzen. Aber gehen Sie so sparsam wie möglich damit um.«

Der Arzt erhob sich, reichte Titine die Hand. »Sie sind eine tapfere Frau, Titine. Passen Sie gut auf sich auf. Sie haben sich heute sicherlich nicht nur Freunde gemacht.« Titine nahm die ausgestreckte Hand des Arztes, nickte ernsthaft und lächelte dann. »Ich weiß, was ich tue«, sagte dieses Lächeln, aber Doktor Winkler erwiderte es nicht. »Sie wissen, was man über Sie sagt? Sie verfügen über geheime Kräfte. Auch das passt hier nicht allen Leuten. Ich wäre froh, wenn Sie ab sofort Ihr Haus verschließen würden. Den Sklaven können Sie vertrauen. Bitten Sie ein, zwei kräftige Kerle, nachts vor Ihrem Haus zu schlafen.« Er nickte noch einmal, dann ließ er Titine mit der Kranken allein.

Neunzehntes Kapitel

Am Abend fühlte sich Titine so erschöpft, als hätte sie auf den Zuckerrohrfeldern mit der Machete das Rohr geschlagen. Es war nicht die Pflege von Salome, die sie so angestrengt hatte, sondern das, was sie in ihrem Kopf und in ihrem Herzen bewegte. Ihre Gedanken flogen zu Fela, und sie dachte darüber nach, warum sie so stolz darauf war, von ihm angelächelt worden zu sein. Titine seufzte. Sie wusste, dass sie mit niemandem über ihre Gefühle sprechen konnte. Nicht einmal mit Hermann. Denn Sklaven waren Sklaven und damit weit entfernt vom Leben der Weißen. Aber Titine hatte sich noch niemals bewusst als eine Weiße empfunden, sie hatte noch nicht einmal darüber nachgedacht. Sie war Titine, sie war zufällig weiß, hatte zufällig helles Haar und helle Augen. Noch nie hatte sie gedacht, besser oder klüger als die Schwarzen zu sein. Nur anders. Und jetzt hatte Fela sie angelächelt. Das erste Mal, und ihr Herz war wie ein Trommelschlägel in ihrer Brust herumgehüpft.

Sie saß neben Salomes Bett und wechselte die kühlen Tücher, die sie der Kranken auf die Stirn gelegt hatte. Salome war noch nicht wieder zu Bewusstsein gekommen, nur hin und wieder stöhnte sie. Einmal schien es Titine, als hätten ihre Augenlider geflattert. Sie hatte sich über die Frau gebeugt und ihr sanft über die Wange gestrichen, bis das Flattern aufhörte und ihre Atemzüge ruhig und gleichmäßig waren. Sie hatte gar nicht bemerkt, wie viele Stunden sie schon hier neben Salome gesessen hatte. Einmal hatte das Mädchen ihr einen Krug selbstgemachte Limonade gebracht, danach ein paar Früchte, doch Titine hatte weder Hunger noch Durst. Erst jetzt, als die Abenddämmerung graue Schatten ins Zimmer malte und sie von draußen den Lärm der heimkehrenden Sklaven hörte, begann ihr Magen zu knurren.

Sie legte Salome noch einmal kurz ihre Hand auf die Stirn, um nach dem Fieber zu sehen, dann nickte sie zufrieden und begab sich nach unten. Hermann war noch nicht da, aber das Hausmädchen hatte auf dem Küchentisch ein wenig Essen hingestellt: kalten Braten, einen Salat aus Zwiebeln und schwarzen Bohnen, eine Papaya, eine Banane und zwei große, leuchtende Orangen. Titine nahm sich einen Teller und ein Obstmesser und setzte sich mit den Früchten auf die Veranda. Von dort hatte sie einen Überblick über den gesamten Ingenio. Sie sah zu, wie der Himmel sich langsam rot färbte, sie hörte den Lärm aus dem Sklavendorf langsam verstummen. Nur ein paar Vögel zwitscherten in den zerzausten Königspalmen, ansonsten war es still.

Plötzlich durchbrach ein Geräusch den abendlichen Frieden. Titine hörte Schritte, die sich langsam näherten. Ihr Herz schlug schneller. Alle hatten sie gewarnt. Kam jetzt einer, der ihr Böses wollte? Angespannt saß sie in ihrem Sessel, die Hände fest um die Lehnen gekrallt. Fieberhaft überlegte sie, wo Hermann das Gewehr hingetan haben könnte. Würde sie es schaffen, bis ins Haus zu kommen, wenn sie sofort aufsprang und loslief?

Die Schritte waren inzwischen so nahe, dass sie den Kies unter den Sohlen knirschen hören konnte.

»Doña?«
Titine atmete so laut auf, dass die Luft aus ihr wie aus einem Schlauch entwich. Sie legte eine Hand auf ihr Herz.
»Ja, hier bin ich.«
Doch das Herz hörte nicht auf, schnell und heftig gegen ihre Rippen zu trommeln. Es war Felas Stimme, die sie gerufen hatte.
»¡Buenas noches, Doña Titine!«, grüßte er und blieb vor den Stufen, die auf die Veranda führten, stehen. Seine Hände wölbten sich schützend um etwas, das er Titine hinstreckte. »Ich habe ein Geschenk für Sie.«
Titine schluckte. Ihre Kehle war plötzlich so trocken, dass sie glaubte, kein Wort hervorbringen zu können.
»Fela, komm zu mir auf die Veranda.«
Der hochgewachsene Yoruba zögerte.
»Komm herauf. Du musst durstig sein. Hier steht Limonade.«
Titine hatte ihre Stimme halbwegs wieder unter Kontrolle, aber die Füße, das wusste sie, würden sie nicht tragen, weil sie viel zu sehr zitterten.
Behutsam erklomm Fela die wenigen Stufen, streckte ihr oben beide Hände hin.
Titine setzte sich ein wenig auf, hörte zuerst einen zarten Piepton, dann aber ein aufgeregtes Keckern.
»Was ist das?«
Sie machte Fela ein Zeichen, sich zu setzten, doch der Sklave schüttelte den Kopf. »Es ist eine Amazone. Eine ganz junge noch. Ich habe sie gefangen und gezähmt. Für Sie, Doña, als Geschenk.«
»Ein Geschenk? Ich habe doch gar nicht Geburtstag«, erwiderte sie.

Fela lachte leise.

»Was ist?«

»Sie sprechen, Doña. Ich habe immer gewusst, dass Sie sprechen können. Sie brauchen keine Worte, nicht wahr? Weshalb sollen Sie sie dann benutzen? Wer viel redet, der weiß nichts. Und wer viel weiß, der redet nicht. Das ist ein Spruch, den meine Mutter immer gesagt hat.«

Jetzt lächelte Titine auch und schüttelte, verwundert über sich selbst, den Kopf. »Komisch, mir ist gar nicht aufgefallen, dass ich gesprochen habe.«

Sie streckte die Hand nach dem Vogel aus, und Fela ließ ihn in ihre Hand schlüpfen. Er hatte ein sattgrünes, leuchtendes Gefieder, das sich unter Titines Fingern wie reine Seide anfühlte. Unter dem Kinn befand sich ein roter Fleck, über dem Schnabel ein weißer und auf dem Kopf ganz oben ein schwarzer. Titine spürte das Herz des Tierchens in ihrer Handfläche klopfen.

»Er ist wunderschön«, sagte sie. »Aber ein Vogel will fliegen. Wie kann ich es wagen, ihn bei mir zu halten?«

Fela griff in die Hosentasche und holte ein paar Nüsse hervor. »Wenn Sie gut zu ihm sind, dann wird er freiwillig bleiben. Ich wette, das tut er.«

Er nahm eine Nuss zwischen Daumen und Zeigefinger und hielt sie dem Tierchen hin. Der Vogel schnappte danach, und Titine konnte spüren, wie sich sein aufgeregter Herzschlag langsam beruhigte.

»Lassen Sie ihn ruhig los. Wenn es ihm bei Ihnen gefällt, wird er nicht fortfliegen.« Fela streute ein paar Nüsse auf den Tisch. »Sie können ihn mit getrockneten Früchten füttern, Nüsse mag er ohnehin, aber auch Garnelen liebt er, wenn sie getrocknet sind.«

Der Vogel hüpfte auf den Tisch, streckte putzig ein Beinchen vor, dann machte er sich über die Nüsse her.
Titine klatschte vor Entzücken in die Hände. Der Papagei hielt seinen Kopf schief, betrachtete Titine aus den schwarzen Knopfaugen und begann dann zu keckern. Zuerst leise, ein Kollern in der Kehle, dann laut und lauter und schließlich so zeternd, dass Titine hell auflachen musste.
Auch Fela lächelte. »Er macht viel Lärm. Besonders am Morgen und am Abend. Wird Sie das stören, Doña?«
»Aber nein!« Titine wandte ihre Aufmerksamkeit Fela zu, griff nach seinen Händen. »Ich danke dir, Fela. Ich danke dir von Herzen. Der Vogel ist ein wunderschönes Geschenk. Sag, weißt du, ob er männlich oder weiblich ist?«
Fela zuckte mit den Schultern. »Ist das nicht ganz gleichgültig?«
»Ich möchte ihm einen Namen geben.«
Fela betrachtete den Papagei, der sein Gefieder spreizte und über den Tisch stolzierte. Er deutete mit dem Finger auf ihn. »So, wie er sich gibt, denke ich, es ist ein Weibchen.«
Titine nickte. »Sieht ganz so aus, nicht wahr? Und er erinnert mich sogar an jemanden. In Deutschland kannte ich eine Frau, die sich ebenso spreizte und zeterte. Ich glaube, ich werde den Papagei Wilma nennen.«
Sie erhob sich. »Wird er mir wirklich nicht davonfliegen?«
»Ich glaube nicht. Geben Sie ihm gutes Futter und frisches Wasser. Hin und wieder vielleicht ein Stück Holz, denn Papageien wetzen gern ihre Schnäbel daran. An-

sonsten bin ich davon überzeugt, dass Wilma es sehr gut bei Ihnen haben wird.«

Hufgetrappel näherte sich.

»Oh«, sagte Titine. »Das wird mein Bruder sein.«

Felas Gesicht wurde ernst. »Ich muss gehen. Gleich wird das Tor zum Sklavendorf verschlossen. Bitte grüßen Sie Salome von mir. Wir alle sind sehr froh, dass Sie sich um sie kümmern.«

»Warte!«, wollte Titine rufen. »Lass uns noch eine kleine Weile miteinander sprechen.« Aber sie schwieg, weil sie nicht wollte, dass Fela Ärger bekam. Also sah sie ihm nur nach, wie seine hochgewachsene Gestalt sich entfernte und schon nach wenigen Schritten mit der Dunkelheit verschmolz.

Zwanzigstes Kapitel

Hermann nahm den Vogel, an dem sich Titine so freute, kaum zur Kenntnis. Müde setzte er sich auf die Veranda, streckte die Beine weit von sich und wischte sich den Schweiß von der Stirn.

»Schlechte Nachrichten aus Europa«, verkündete er und trank das Limonadenglas, das Titine ihm eingeschenkt hatte, in einem Zug leer.

»Ich war bei der Sitzung der Trinidader Zuckerbarone. In Deutschland ist man dazu übergegangen, selbst Zucker zu produzieren. Aus Rüben. Kannst du dir das vorstellen? Rübenzucker?« Er schüttelte den Kopf.

Titine saß neben ihm, die Hände im Schoß gefaltet, ein glückliches Lächeln auf dem Gesicht, und beobachtete Wilma.

»Abgesandte der Havaneser Handelshäuser waren gekommen. Einer berichtete, Preußen hätte die Rübenzuckerproduktion besteuert. Doch für uns ist das kein Grund, aufzuatmen, denn die Bauern in Deutschland sind nicht dumm. Es ist ihnen gelungen, den Zuckergehalt ihrer Rüben zu steigern. Brauchte man vor ein paar Jahren noch zwanzig Zentner Rüben für einen Zentner Zucker, so sind es mittlerweile nur noch dreizehn Zentner. England hat sogar schon die Zuckereinfuhr aus Kuba und Puerto Rico gestoppt. Es kann sehr gut sein, dass die besten Zeiten schon hinter uns liegen.«

Titine strich ihrem Bruder leicht über den Arm, doch Hermann schien es nicht zu bemerken.
»Hast du Mafalda gesehen?«, fragte er nach einer Weile des Schweigens.
Titine schüttelte den Kopf.
»Dann bitte ich dich, morgen einmal ins Herrenhaus zu gehen, um dort nach dem Rechten zu sehen. Ich traue Don Alvaro nicht. Aber sei vorsichtig. Geh zu einer Zeit, in der die Haussklaven da sind. Ich will nicht, dass dir etwas geschieht.«
Er erhob sich, küsste seine Schwester auf die Wange und begab sich zur Nachtruhe.

Am nächsten Morgen wurde Titine von Wilmas Geschrei geweckt. Sie öffnete das Fenster und beobachtete, wie der Papagei auf dem Verandageländer herumturnte und dabei ein solches Spektakel veranstaltete, dass Titine um Salomes Ruhe fürchtete. Sie zog sich einen Morgenmantel über und begab sich zu der Kranken.
Salome war wach, blickte Titine mit einem schwachen Lächeln an.
»Hast du Hunger?«, fragte Titine.
Salome griff nach ihrer Hand, strich zart mit dem Daumen über den Handrücken. »Danke, Doña«, sagte sie. »Ihr habt mir das Leben gerettet.«
Titine schüttelte den Kopf. »Ich werde Brühe holen. Eine heiße Tasse gute Fleischbrühe wird dir guttun, danach kümmere ich mich um deine Wunden.«

Später, als Salome versorgt war und wieder in einen ruhigen Genesungsschlaf gefallen war, suchte Titine das Her-

renhaus auf. Sie fand Mafalda, wie beinahe immer, in einem Lehnstuhl im Patio. Sie sah grauenvoll aus, schlimmer noch als Salome. Die Augen waren vom Weinen geschwollen, die Lippen zerbissen. Ihre Haut war grau, alles in allem wirkte Mafalda alt und krank.
Titine nahm ihre Hand, strich sanft darüber, sah ihr in die Augen.
»Gott sei Dank schläft er jetzt«, flüsterte Mafalda. »Ich habe die ganze Nacht an seinem Bett gesessen. Es geht ihm nicht gut, die Schläge haben ihn vollkommen erschöpft.«
Titine zog kurz die Schultern hoch, um anzuzeigen, dass sie der Zustand des Zuckerbarons nicht wirklich interessierte.
»Ich habe ihm eine Suppe gekocht, doch er hat die heiße Tasse nach mir geworfen, weil sie nicht so schmeckte, wie er es gewohnt war. Hier, sieh selbst!« Mafalda raffte ihr knöchellanges Kleid, so dass Titine die blasigen Verbrennungen an Mafaldas Waden sehen konnte.
»Ich kann nicht mehr, Titine. Ich weiß wirklich nicht mehr, was ich noch tun soll. Jetzt, da Salome nicht mehr da ist, gibt es keinen Trost mehr für mich. Nur noch Arbeit. Sehr viel Arbeit. Alvaro will nur von mir gewaschen werden, ich soll ihm die Nahrung zubereiten, damit er sie sogleich nach mir werfen kann. Seit gestern hat er einzig eine ganze Flasche Rum zu sich genommen. Und ich habe keine Minute lang Schlaf bekommen.«
Titine zeigte auf ihre Brust und dann auf die Küche. »Ich werde etwas zum Essen kochen«, hieß das. Dann legte sie ihre Finger ganz behutsam auf Mafaldas Lider und drückte sie zu. »Schlaf ruhig.«

Anschließend begab sie sich in die Küche, kochte einen Eintopf aus Schweinefleisch, Knoblauch und schwarzen Bohnen, presste Orangen für Limonade aus und stellte alles so in die Küche, dass Mafalda ihrem Mann das Essen nur noch zu servieren brauchte.
Am Abend, als die Sonne den Himmel glutrot färbte, fütterte sie auf der Veranda den Papagei und hielt dabei Ausschau nach Fela, der zusammen mit den anderen Sklaven von der Arbeit zurück ins Dorf kehrte.
Sie wagte kaum, es sich einzugestehen, aber sie wartete auf den Mann, der sich in der letzten Nacht sogar in ihren Traum geschlichen hatte. Und sie musste auch nicht lange warten, als sie hörte, wie Schritte durch die Stille der Dämmerung brachen.
»Guten Abend, Doña«, sagte er und betrachtete sie. »Euer helles Haar leuchtet in der Sonne wie ein Strahlenkranz.«
Titine senkte verlegen den Blick, fuhr sich mit der Hand durch ihr Haar.
»Es ist schön, dich zu sehen, Fela«, erwiderte sie leise.
Der junge Mann schluckte. »Ich wusste nicht, ob ich herkommen sollte. Es ziemt sich nicht für einen Sklaven. Aber ich wollte sehen, wie es dem Papagei geht. Und ich möchte gern wissen, wie es um Salome steht.« Er kramte in seiner Hosentasche und reichte Titine eine Handvoll Nüsse. »Ich habe Futter für Wilma mitgebracht.«
»Salome geht es besser; sie hat heute gegessen und getrunken. Komm hoch, komm her zu mir, Fela. Setz dich zu mir.«
Fela schüttelte den Kopf. »Das wird dem Verwalter sicher nicht gefallen«, erklärte er, doch Titine widersprach. »Es ist eine Geste der Höflichkeit, einem Besuch etwas zum Trinken anzubieten.«

»Meinen Sie das ernst, Doña? Bin ich Besuch für Sie?«
Titine nickte. »Aber ja, was denn sonst? Und nun komm endlich. Der Vogel wartet auf sein Futter.«
Während Fela Wilma die Nüsse hinstreute, goss Titine ihm ein Glas Guarapo voll. »Bitte! Und setz dich endlich.« Sie zeigte auf den Korbstuhl, der ihrem gegenüber stand.
Wieder zögerte Fela, doch Titine sagte: »Ziemt es sich für einen jungen Mann, seine Größe gegenüber einer Dame so herauszustellen, indem er stehen bleibt, wenn sie ihm einen Platz anbietet?«
Also setzte er sich, schob jedoch den Stuhl so, dass man ihn vom Herrenhaus unmöglich sehen konnte. »Was werden die weißen Aufseher denken?«, fragte er. »Ich möchte Sie nicht ins Gerede bringen.«
Titine lachte. »Ins Gerede? Ich glaube, dieser Begriff passt nicht recht auf mich. Man wird denken, dass Hermann einen starken jungen Mann zum Schutze der Stummen abgestellt hat. Sie werden sich nichts dabei denken. Und selbst wenn? Was kümmert uns das?«
Leise und den Blick verlegen nach unten gerichtet, fragte Fela: »Und Sie, Doña? Was denken Sie sich?«
Einen Augenblick nur zögerte sie. Ohne es zu bemerken, legte sie eine Hand auf ihr rasch schlagendes Herz. Ja, was dachte sie sich dabei?
»Ich freue mich, dass du gekommen bist, Fela.«
Hatte sie das wirklich gesagt? Ja, es stimmte natürlich, dass sie sich freute. Sehr sogar. Aber, ach, war sie nicht eine junge Dame, die solcherlei Dinge nicht sagen sollte? Sie schüttelte in Gedanken den Kopf. Sie war hier auf der Insel Kuba, in der Provinz Trinidad, und sie würde sagen, was sie fühlte. Wozu sonst diente die Sprache?

Genau. Das war es. Titine spürte, wie sich Aufregung in ihrem Inneren breitmachte.
»Ja, ich freue mich wirklich, dass du zu mir gekommen bist, Fela. Und ich weiß auch, dass es sich nicht ziemt, so etwas zu sagen. Worte sind mächtig. Ich setze sie nur spärlich ein, weil man so vieles auch ohne Worte sagen kann. Aber Gefühle …« Sie beugte sich ein wenig zu ihm nach vorn und presste dabei eine Hand auf ihr Herz. »Gefühle kann man oft am besten mit Worten ausdrücken.« Sie sah Fela an und fühlte sich ihm dabei so nahe, wie sie es außerhalb ihrer Familie noch nie erlebt hatte. »Fela?«, flüsterte sie. »Wir sind gleich, wir sind uns ähnlich. Bitte, sag du zu mir.«
Fela lauschte aufmerksam und schien über Titines Worte nachzudenken. »Sprichst du deshalb nicht? Weil du keine Worte brauchst an Stellen, an denen du nichts fühlst?«
Titine seufzte. »Ich weiß es nicht genau. Ich habe aufgehört zu sprechen, als meine Eltern bei einem Brand ums Leben gekommen sind. Meine Mutter hat ihr Leben gegeben, um meines zu schützen. Ich war krank vor Trauer. Der Schmerz ließ sich nicht in Worte fassen, aber auch die Liebe, die meine Mutter mir in ihren letzten Lebensminuten geschenkt hat, lässt sich nicht ausdrücken.«
Sie brach ab, starrte auf die Zuckerrohrfelder, die sich in der Dämmerung wie riesige, graue Spinnweben vor dem Dunkel der Hügel abzeichneten.
»Es war so viel, verstehst du, so viel in mir drinnen, so viel Leid und so viel Dankbarkeit zugleich. Hätte ich sprechen sollen, hätten mich die Worte womöglich in Stücke gerissen. Nach einer Weile bemerkte ich dann, dass es dort, wo ich lebte, in einer Würzburger Apotheke,

keine Worte brauchte. Der Apotheker, seine Frau und seine Tochter, sie sprachen immer nur über sich selbst. Auch in Havanna habe ich das erlebt. Sogar hier.«
Wieder schwieg sie eine Weile. Jetzt, da Fela bei ihr saß, ordneten sich die Gedanken in ihrem Kopf, ließen sich in Worte fassen. Und zugleich hatte sie den Eindruck, dass Fela sie auch ohne alle Worte verstand, weil er in ihrer Seele lesen konnte. So, wie sie in seiner las. Und trotzdem, oder vielleicht gerade weil Fela sie so gut zu verstehen schien, musste Titine sprechen, musste aussprechen, was bisher nur in ihren Gedanken war. »Deine Mutter hat recht«, fuhr sie fort. »Wer viel redet, weiß nichts. Und ich habe erfahren, dass jemand, der nichts sagt, viel erfährt. Die Leute kommen zu mir, erzählen mir ihre Geheimnisse, weil ich ja nichts davon weitersagen kann. Und zudem belästige ich sie nicht mit meiner eigenen Geschichte.«
»Du weißt mehr über die Farm, über Don Alvaro und alles andere hier als sonst jemand, nicht wahr?« Er war zum Du übergegangen, und beide empfanden dies als richtig und passend, ohne dass sie noch einmal darüber sprechen mussten.
Titine nickte. »Das kann sein. Aber allzu oft erfahre ich auch Dinge, die ich lieber gar nicht wissen will.«
Fela lächelte. »Die Sklaven glauben, dass du geheime Kräfte hast, dass du von den Orishas kommst. Sie glauben es, weil sie spüren, dass du mehr weißt als alle anderen. Aber sie glauben auch, dass dieses Wissen göttlichen Ursprungs ist.«
»Du weißt, dass das nicht stimmt«, erwiderte Titine leise. »Im Grunde bin ich nichts als eine junge Frau.«

Irgendetwas an diesen Worten stimmte sie mit einem Mal traurig. »Ich bin sogar weniger als eine junge Frau. Ich bin eine seltsame Person, der man zumeist mit Achtung, aber auch mit ein wenig Furcht begegnet. Die Menschen hören nicht, was ich fühle. Deshalb denken sie sich dazu, was ich fühlen könnte. Sie wissen dann aber trotzdem nichts über mich, sondern kennen nur das, was sie fühlen würden, wären sie ich.«
»Du könntest wieder anfangen zu sprechen«, sagte Fela.
Titine schüttelte den Kopf. »Noch ist es nicht so weit. Noch, so glaube ich, dient mir das Schweigen.« Sie warf den Kopf zurück und lachte. »Ich habe ja schon mit dem Sprechen begonnen.«
Von der Kirchturmuhr in Trinidad, die sich unweit des Herrenhauses befand, erklangen neun Schläge. Fela erhob sich. »Ich muss gehen, du weißt, das Tor.«
Titine nickte, stand ebenfalls auf. »Kommst du morgen wieder?«, fragte sie und hoffte von ganzem Herzen, dass Fela ja sagen würde. Er nahm ihre Hand, schmiegte sie ganz kurz an seine Wange und schwieg. Aber Titine hatte ihn trotzdem verstanden.

Einundzwanzigstes Kapitel

Die ganze nächste Woche kümmerte sie sich um Salome, die von Tag zu Tag kräftiger wurde. Nach drei Tagen konnte sie sich im Bett aufrichten, nach fünf Tagen unternahm sie die ersten zaghaften Schritte, nach sechs Tagen wusch sie sich das erste Mal ohne Hilfe. Ihre Wunden heilten gut; Doktor Winkler, der immer wieder einmal nach ihr sah, war sehr zufrieden. »Sie ist eine starke, zähe Frau. Sie wird bald wieder gesund sein. Allerdings werden die Narben ihr Leben lang bleiben.«

Salome, die die meiste Zeit in einem Stuhl am offenen Fenster verbrachte und dem Papagei Wilma zusah, kicherte ein wenig. »Das macht nichts, Doktor. Ich bin eine alte Frau. Als solche muss meine Haut nicht mehr zart wie Kükenflaum sein.«

Der Doktor lächelte zurück. »Man weiß nie, was noch kommt im Leben, Salome.« Dann bedeutete er Titine, mit ihm hinauszugehen.

»Was wollen Sie mit ihr machen, wenn sie wieder ganz genesen ist?«, fragte er.

Titine zuckte mit den Schultern. »Ich werde sie bei mir behalten, wenn sie das möchte. Eines der Hausmädchen bekommt ein Kind, denke ich. Sie wird dann ins Sklavendorf zu ihrem Liebsten ziehen wollen.«

»Und Don Alvaro? Er wird die Frau nicht auf seinem Grund und Boden dulden.« Doktor Winkler zog die Stirn in Falten.

»Sie meinen, er wird sich hierherwagen?«
Der Doktor wiegte den Kopf hin und her. »Vielleicht kommt Don Alvaro hierher, wenn es ihm wieder besser gehen sollte, vielleicht aber geht Salome auch zu ihm. Die Angelegenheit zwischen den beiden ist noch nicht zu Ende.«
Titine hätte den Einwand des Doktors gern beiseitegewischt, aber sie wusste, dass er recht hatte.
»Was soll ich tun?«, fragte sie. »Ich kann sie nicht in die Wälder schicken zu den anderen entlaufenen Sklaven. Sie ist alt. Sie braucht regelmäßiges Essen und ihren Schlaf.«
Der Doktor seufzte und legte Titine für einen Augenblick die Hand auf die Schulter. »Panta rhei, alles fließt, wie die griechischen Philosophen sagten. Vielleicht sollten Sie die Dinge auf sich zukommen lassen.«
Er setzte seinen Hut auf, und wenig später sah Titine durch das Fenster, wie er dem Herrenhaus einen Besuch abstattete.

Zwei Tage danach begab sich Titine ebenfalls wieder einmal ins Herrenhaus, um nach Mafalda zu sehen. Schon an der Tür bemerkte sie, dass sich etwas verändert hatte. Mafalda saß nicht wie üblich im Patio, sondern las eine Zeitung, die wohl mit der wöchentlichen Post aus Havanna gekommen war. Als sie Titine erblickte, sprang sie auf und schwenkte das Blatt. »Hast du schon gehört?«, fragte sie.
Titine schüttelte den Kopf. Mafalda schlug mit der flachen Hand auf die Zeitung. »Hier, lies selbst!«
Titine nahm das Blatt zur Hand und erfuhr, dass in Santiago de Cuba, einer Stadt, die rund dreihundert Mei-

len oder knapp fünfhundert Kilometer von Trinidad entfernt lag, eine Rumfabrik mit dem Namen Bacardi & Co. gegründet worden war. Der Inhaber der Firma hieß Facundo Bacardí i Massó und war ein Kubaner mit spanischen Wurzeln.

Titine legte das Blatt zur Seite und sah Mafalda fragend an. »Weißt du nicht, was das bedeutet?«, fragte Mafalda.

Titine schüttelte den Kopf.

»Der Absatz unseres Rohrzuckers sinkt. Aber der Abfallstoff, die Melasse, erfährt einen Aufschwung. Vielleicht ist das der Weg, den Ingenio noch lange Zeit zu halten.«

Titine riss verblüfft die Augen auf und hob beide Handflächen, so dass die Innenseiten nach oben zeigten. Seit wann interessierte sich Mafalda für die Geschäfte? Woher wusste sie überhaupt von den Schwierigkeiten, mit denen die Plantage zu kämpfen hatte? Don Alvaro lag noch immer krank und schwach im Bett und getraute sich kaum noch, sein Zimmer zu verlassen, aus Furcht, der Fluch von Salome könnte trotz oder gerade wegen der furchtbaren Strafe wirken. Er hatte ihr ganz sicher nichts über die Geschäfte erzählt, wusste er doch selbst kaum etwas darüber. Seit etlichen Tagen schon hatte er sich nicht mehr auf der Farm sehen lassen, und auch Hermann, das hatte er selbst erzählt, gelang es nicht, zu ihm vorgelassen zu werden. Don Alvaro hatte nur noch eine Sorge: Salomes Fluch und dessen Auswirkungen.

Mafalda lächelte Titine selbstbewusst an. Und jetzt fiel Titine auch auf, dass ihre Haut sich erholt hatte, wieder prall und frisch wie eine Frucht war. Die Augen hatten ihren Glanz wieder, das Haar hing ihr wie ein fließender Vorhang über die Schulter.

»Jetzt staunst du, nicht wahr?«, fragte Mafalda, und die Freude stand ihr ins Gesicht geschrieben.
Titine nickte.
Mafalda beugte sich vertraulich zu Titine herab. »Dein Bruder, Hermann, er besucht mich jeden Abend. Er hat mir alles erzählt, was die Pflanzungen betrifft. Ich weiß jetzt, wie ein Ingenio funktioniert, wie das Zuckerrohr heranwächst und was damit in den Mühlen geschieht.«
Sie lehnte sich zurück und lächelte versonnen und ein wenig stolz. Dann flüsterte sie: »Er hat gesagt, ich wäre eine kluge Frau. Kannst du dir das vorstellen, Titine?«
Titine nickte. Und erst jetzt fiel ihr auf, dass Hermann an den Abenden, die sie mit Fela verbrachte, stets erst spät nach Hause gekommen war.
Titine strich freudig über Mafaldas Hand, strich auch über ihr Haar. »Wie schön, dass es dir gutgeht«, sollte diese Geste ausdrücken.
»Du bist mir nicht böse?«, fragte Mafalda nach.
Titine schüttelte den Kopf. Dann deutete sie mit einem Finger zur Decke, über der Don Alvaros Zimmer lag. »Er schläft viel, weißt du«, erklärte Mafalda, nicht ohne zu erröten. »Doktor Winkler hat mir ein Mittel gegeben, das ich abends in seinen Rum tue.« Sie senkte die Stimme: »Ehrlich gesagt, tue ich die Tropfen nicht nur abends in den Rum.« Sie lachte leise und ein wenig verlegen.
Plötzlich ertönte von oben ein lautes Klopfen, dann hörte man jemanden mit kraftloser Stimme rufen: »Mafalda, du verdammtes Biest, wo steckst du schon wieder?«
Mafalda erhob sich lustlos. »Wahrscheinlich ist seine Rumflasche alle«, sagte sie, holte aus der Küche, wonach ihr Gatte verlangte, und lief die Treppen zum ersten Stock

hinauf. Von dort konnte Titine das Gespräch zwischen den Eheleuten hören: »Wie lange brauchst du faules Stück eigentlich, um mir ein wenig Rum zu bringen? Hast du an der Haustür gestanden und den Männern schöne Augen gemacht, du Hure?«

»Ich war in der Küche, habe für dich gekocht«, hörte Titine Mafalda antworten, und ihr Ton war fester und selbstbewusster als zuvor.

»Ich könnte dir in deine hübsche Fresse schlagen, weil du deinen Mann so vernachlässigst«, brüllte der Don.

Und Mafalda erwiderte: »Lieber, reg dich nicht auf. Du willst doch gesund werden, nicht wahr? Also schone deine Kräfte. Du wirst sie für Wichtigeres brauchen.«

Titine riss zum zweiten Male an diesem Tag die Augen auf. Noch nie hatte sie Mafalda in einem solchen Ton mit ihrem Mann sprechen hören. Lag es daran, dass er so krank war? Oder …? Titine begriff auf einmal. Ja, das war es. Mafalda war verliebt. Verliebt in Hermann. Und diese Liebe war es, die ihr neue Kraft gab.

Zweiundzwanzigstes Kapitel

Hermann achtete nicht mehr darauf, ob ihn jemand sah, wenn er zu Mafalda ging. Warum auch? Sie taten ja nichts Verbotenes, sie saßen lediglich zusammen im Patio und unterhielten sich. Erst seit Hermann sich mit Mafalda angefreundet hatte, wurde ihm bewusst, wie sehr er sich nach der Aufmerksamkeit einer Frau sehnte, nach der Aufmerksamkeit dieser Frau. Titine war seine Schwester; sie lobte seine Arbeit, lobte auch seine Gestalt, die kräftiger geworden war, seit Hermann auf dem Ingenio arbeitete. Er war mittlerweile zweiundzwanzig Jahre alt, groß, schlank, mit gebräuntem Gesicht, in dem seine hellen Augen gut zur Geltung kamen. Er trug bequeme Kleidung, die er von einem Trinidader Schneidermeister von Hand anfertigen ließ, und er wusste, dass ihm so manche Stadtschönheit nachblickte. Er galt, im Gegensatz zu den kreolischen Verwaltern und Zuckerbaronen, als kultiviert, und er wusste, dass dieses Gerücht nicht nur seiner deutschen Herkunft geschuldet war, sondern sich im selben Maß auf seine guten Manieren und seine umfangreiche Bildung bezog. Obwohl er längst im heiratsfähigen Alter war, hatte er sich seit seiner Ankunft in Trinidad nicht um die nähere Bekanntschaft mit einer der höheren Töchter bemüht. Zu groß war seine Furcht, wieder an eine zu geraten, die Wilma ähnelte. Aber auch eine Frau wie Ramona de la Escodura konnte er sich nicht mehr an seiner Seite vorstellen. Er hatte genug von den Geschöpfen, die meinten, ein Mann müsse nur arbeiten, um ihnen schöne Kleider und teuren Schmuck zu kaufen. Hermann sehnte sich nach einer Gefährtin, die Anteil nahm an dem, was er tat, die ihn als Mensch und Mann und nicht nur als Versorger ansah. Und in Mafalda, so schien es ihm jedenfalls, hatte er diese Frau gefunden. Oh, sie war so schön. Ihre Augen glitzerten wie der Morgentau, ihre Lippen waren prall und frisch wie Rosenblätter, ihr Haar so weich wie Seide, aber so dicht wie ein Rossschwanz. Er konnte sich kaum sattsehen an ihr. Und sie war so klug. Sie hörte ihm zu, fragte an den richtigen Stellen nach, ließ sich alles erklären und verstand die Vorgänge auf dem Ingenio in kürzester Zeit.

Er genoss die Gespräche mit ihr, erzählte von seinem Tagewerk, von den Problemen auf den Pflanzungen und staunte immer wieder darüber, wie gut sich Mafalda in seine Lage versetzen konnte. Sie sprachen über die Arbeit wie langjährige Partner, die dasselbe Ziel verfolgten.

Trotzdem vergaß Hermann nie, dass Mafalda verheiratet war, und er hütete sich, ihre Haut zu berühren, ihre Lippen zu küssen, sosehr es ihn auch danach verlangte. Doch abends, sobald er im Bett lag, holte er ihr Bild aus seinen Gedanken. Er stellte sich vor, wie es wäre, sie zu berühren, mit den Fingern durch ihr Haar zu fahren, ihr Gesicht in seine Hände zu nehmen und ganz sanft seine Lippen auf ihren Mund zu pressen. Doch sobald die Sonne hinter den Hügeln hervorkroch, verbot er sich solche Gedanken. Er wusste, dass Mafalda unerreichbar für ihn war. Im Kopf wusste er es, aber sein Herz wollte es nicht glauben.

Auch heute wartete Mafalda schon im Patio auf ihn. Sie hatte zwei Kerzen angezündet, so dass der Flammenschein ihre Züge noch weicher machte, als sie ohnehin schon waren.
»Ich habe in der Zeitung von der Gründung einer Rumfabrik in Santiago de Cuba gelesen«, erzählte sie nach der Begrüßung. »Wie wäre es, wenn auch wir die Melasse verarbeiten würden?«
Hermann überlegte. »Der Rum, den wir jetzt daraus brennen, hat eine schlechte Qualität, ich weiß. Er kratzt in der Kehle und verursacht Kopfweh. Aber meinst du wirklich, es gibt Abnehmer für dieses Getränk? An wen denkst du dabei? Ist Rum nicht das Getränk der armen Leute? Wer soll uns dafür Geld geben?«
Mafalda zuckte mit den Schultern. »Du hast recht. Trinidad und Umgebung sind wahrlich kein Markt für Rum. Jeder Pflanzer stellt seinen eigenen her. Aber in Havanna, da gibt es Lokale und Bars. Da gehen die Leute am Abend aus. Sie trinken doch dort sicher auch Rum?«
»Ich weiß es nicht genau«, erwiderte Hermann. »In Havanna gilt Rum ebenfalls als Getränk der armen Leute. Jeder, der etwas auf sich hält, trinkt französischen Cognac oder spanischen Sherry aus Jerez, der jetzt gerade sehr in Mode ist.«
»Sherry?«, fragte Mafalda.
Hermann nickte. »Es ist ein Getränk, das aus Weißwein besteht und anschließend mit Branntwein versetzt wird. Der Sherry reift in Fässern. In Havanna, im Haus von Joachim Groth, habe ich einmal davon gekostet. Dein Mann hat auch eine Flasche in seiner Hausbar stehen.«
Mafalda stützte den Kopf in die Hände. »Was kann man aus Rum noch machen?«, fragte sie.

»Du meinst, man sollte das Getränk veredeln?«
»Ja. Aber ich weiß nicht, wie so etwas geht. Woraus besteht eigentlich der französische Cognac?«
»Soweit ich weiß, wird auch er aus Trauben gebrannt. Aus Weintrauben, einer Frucht, die auf der Insel nicht wächst.«
Mafalda starrte nachdenklich in die Kerzenflamme. »Gibt es denn irgendeine Branntweinart, die wie der Rum aus Zuckermelasse gemacht wird?«, wollte sie wissen.
Da Hermann auf diese Frage zunächst keine Antwort wusste, wechselte er das Thema. »Wie geht es deinem Gatten?«
Mafalda schrak aus ihren Gedanken auf. »Nicht besser, nicht schlechter. Es scheint beinahe, als wirke der Fluch von Salome. Er klagt über Schmerzen in der Brust, im Bauch, über Müdigkeit und allerlei diffuse Beschwerden. Doktor Winkler weiß sich keinen Rat mehr, und Alvaro weigert sich natürlich, eine der schwarzen Heilkundigen zu holen. Allerdings ...« – Mafalda hob den Finger – »hat er heute versucht aufzustehen. Er ist nicht weit gekommen, nur bis in die Galerie, die um den Patio führt. Trotzdem fürchte ich, er kommt allmählich wieder zu Kräften.«
Sie seufzte dabei so verzweifelt, dass Hermann nicht anders konnte, als ihre Hand zu streicheln. »Wir müssen abwarten, Mafalda. Es liegt nicht in unserer Hand, was geschieht.«
Mafalda sah ihn prüfend an. Dann flüsterte sie leise: »Ich weiß, dass es falsch und gotteslästerlich ist, aber manchmal wünsche ich mir, Alvaro würde einfach sterben.«
Sie dachte dabei an die Tropfen, die Doktor Winkler ihr gegeben hatte. Gern hätte sie den Gedanken aus ihrem Kopf verscheucht, doch er setzte sich hartnäckig darin fest.

Dreiundzwanzigstes Kapitel

Für Titine vergingen die nächsten beiden Wochen wie im Flug. Salome ging es mit jedem Tag besser. Die Wunden verheilten langsam, aber noch immer ertrug Salome keinen Stoff auf der Haut. So blieb sie im Haus, bedeckte ihre Blöße mit leichten Tüchern und brachte Titine bei, wie man kubanische Gerichte kocht. Am Abend kam Fela, setzte sich zu ihr auf die Veranda und kostete, was Titine gekocht hatte: Thunfischbälle mit Chili, Schweinefleisch mit Papayastücken, gefüllte Hühnerteigtaschen oder einen Eintopf, den Salome Ajiaco nannte und der aus Trockenfleisch, süßem Wegerich, Malanga, Mais, Süßkartoffeln und Kürbisfleisch bestand. Einmal, als Fela ihr Essen gelobt hatte, brach Titine in lautes Gelächter aus. »Was ist so lustig?«, wollte Fela wissen. »Schau uns nur an«, kicherte Titine. »Wir sind schon beinahe wie ein altes kubanisches Ehepaar. Wenn du von der Arbeit kommst, warte ich mit dem Essen auf dich, serviere dir kühlen Guarapo oder Batida de Coco, und dann erzählen wir uns, wie der Tag gewesen ist.« Doch so schnell das Lachen aus ihr herausgebrochen war, so schnell verstummte es auch wieder. Sie legte eine Hand auf Felas Arm. »Entschuldige bitte, ich wollte dich nicht verhöhnen. Aber für einen Augenblick hatte ich vergessen, dass du in gut einer Stunde im Sklavendorf sein musst und dass jemand hinter dir abschließt. Verzeih mir bitte mein dummes Geschwätz.«

Da stand Fela auf, legte ihr sanft beide Hände auf die Schultern. »Ich bin nicht böse«, sagte er. »Im Gegenteil, du hast mir eine große Freude gemacht. Du hast vergessen, dass ich ein Sklave bin. Du hast mich als deinen Ehemann gesehen, wenn auch nur für einen Augenblick. Das ist so viel mehr, als sich jemand wie ich wünschen kann.«

Er sah ihr in die Augen, und Titine erwiderte seinen Blick. Ganz warm wurde ihr. Sie fühlte sich geborgen und aufgehoben unter diesem Blick, der wie ein Streicheln war. Sie hob ihm ihr Gesicht entgegen, öffnete leicht die Lippen, aber da fuhr Fela zurück, ließ sie ungeküsst.

Er räusperte sich, nahm das Glas, trank daraus.

Titine blickte beschämt zu Boden. Sie fühlte sich klein und dumm und hässlich. Nicht nur, dass sie sich einem Mann angeboten hatte, nein, der Mann hatte sie überdies zurückgewiesen. Tränen traten in ihre Augen, und sie musste heftig blinzeln, um sie zurückzuhalten. Doch mit einem Mal spürte sie warme Hände an ihrem Gesicht.

»Jetzt habe ich dich gekränkt, nicht wahr?«, flüsterte Fela und zwang sie behutsam, ihn anzuschauen. Sein Mund war so nah an ihrem Gesicht, dass sein Atem wie ein warmer Hauch über ihre Wangen strich. »Ich wollte dir nicht weh tun. Niemals, Titine. Aber ich bin ein Sklave, du eine Herrin. Es wäre furchtbar für dich, käme heraus, dass du einen Sklaven küsst.«

Sein Mund war nur noch einen Millimeter von ihren Lippen entfernt. »Und dabei wünsche ich mir, seit ich dich das erste Mal auf der Straße von Cienfuego gesehen habe, nichts mehr, als dich zu küssen.« Und dann ließ er seine Lippen sanft über ihren Mund streichen. Das war kein

Kuss, das war mehr und zugleich viel weniger. Es war ein Versprechen.

Doch schon ließ Fela sie los, wandte sich um und rannte hinüber zum Sklavendorf. Titine schaute ihm nach und fühlte sich so glücklich wie noch nie zuvor in ihrem Leben.

Normalerweise redeten sie an den gemeinsamen Abenden miteinander, aber oft saßen sie auch einfach nur zusammen und betrachteten das fruchtbare Land. Einmal fragte Titine: »Sehnst du dich zurück nach deiner Heimat?«

Fela nickte, legte eine Hand auf seine Brust. »O ja, das tue ich. Ich vermisse die feuchte Hitze, den Staub der Wüste, die Pflanzen und Tiere. Am meisten aber vermisse ich meine Eltern und Geschwister.«

Titine hätte gern noch weiter gefragt, aber sie sah, wie der Schmerz Felas Gesicht verdunkelte.

Behutsam griff sie nach seiner Hand, strich mit dem Daumen zart über den Rücken. Da stand Fela auf, nahm Titines Gesicht in beide Hände und küsste sie sanft auf den Mund. Titine erzitterte, doch so schnell und warm, wie sein Mund ihren berührt hatte, so schnell war es wieder vorbei.

»Entschuldige bitte«, flüsterte Fela beschämt. »Jetzt hatte ich für einen Augenblick vergessen, dass du die Herrin bist und ich der Sklave bin.«

Aber Titine schüttelte den Kopf. Für einen Augenblick wurde sie von tiefster Traurigkeit erfüllt. Würde es zwischen ihnen nie eine normale Beziehung geben können? Würde sie immer die Herrin sein? Sie seufzte, und der Seufzer kam aus tiefster Seele: »Zwischen uns gibt es so etwas nicht. Hier ist keiner des anderen Herr oder Sklave. Hier gibt es nur dich und mich. Fela und Titine.« Und sie wünschte sich, dass das die Wahrheit wäre, aber insgeheim wusste sie, dass Fela frei sein müsste, frei wie sie, damit sie sich noch einmal und vielleicht sogar in Liebe begegnen könnten.

Jetzt war sie es, die aufstand, zu ihm ging, sein Gesicht in ihre Hände nahm und ihn küsste. So lange, bis ihr Hunger gestillt war.

Vierundzwanzigstes Kapitel

Eine halbe Stunde später begab sich Titine ins Haus. Fela hatte sich auf den Weg ins Sklavendorf gemacht. Leise summte Titine ein Lied vor sich hin, ein Lied, das ihre Mutter oft für sie gesungen hatte, *Feinsliebchen, du sollst mir nicht barfuß gehen.*

Wie gewöhnlich öffnete sie die Tür zu Salomes Schlafraum, um zu überprüfen, ob die alte Frau alles hatte, was sie für die Nacht benötigte: einen Krug mit frischem Wasser, ein Tuch, ein paar Tropfen des schmerzstillenden Mittels von Doktor Winkler.

Doch heute war etwas anders in diesem Raum. Titine kniff die Lider zusammen, bis sich ihre Augen an die Dunkelheit gewöhnt hatten. Dann sah sie es: Salome war verschwunden! Und nicht nur Salome, sondern auch die Rassel, die sie bei den Orisha-Ritualen schlug.

Titines Herzschlag dröhnte ihr in den Ohren. Auf der Stelle wusste sie, wohin Salome gegangen war und dass sie in großer Gefahr schwebte.

Titine warf sich ein Tuch über die Schulter und eilte hinüber zum Herrenhaus. Als sie sah, dass der Prachtbau ganz im Dunkeln lag, atmete sie kurz auf, doch dann bemerkte sie den Schein einer Kerze, der wie ein Irrlicht durch das Haus huschte. Jetzt rannte sie, so schnell sie konnte, schlug den Messingklopfer an der Tür so laut, dass es durch die ganze Straße hallte.

Es dauerte, aber endlich öffnete Mafalda ihr die Tür. »Titine? Was ist los? Du bist ja ganz außer Atem. Komm herein!«
Doch Titine schüttelte nur den Kopf, stieß Mafalda beinahe zur Seite und rannte die Treppe zum Schlafzimmer hinauf. Mafalda sah ihr mit großen Augen nach.
Hermann kam aus dem Patio geeilt. »Was ist los?«, fragte er.
»Titine. Sie ist gekommen mit wildem Blick und wirrem Haar. Sie hat mich zur Seite gestoßen und ist die Treppe hochgerannt, als wäre sie von allen Teufeln gehetzt.«
Hermann schluckte. »Bring dich in Sicherheit!«, befahl er, dann eilte er hinter Titine her.
Er fand sie vor dem Schlafzimmer des Dons, mitten in der offenen Tür stehend. Und Hermann sah die schwarze Frau, die vor dem Bett Alvaros stand und eine Rassel schwang.
»Hörst du den Tod nach dir rufen?«, fragte Salome den Schlafenden und klatschte ihm eine Ohrfeige ins Gesicht. Der Mann schrak hoch, blickte sich entsetzt um und stöhnte auf, als er die schwarze Frau mit der schrecklichen Rassel an seinem Bett erblickte.
»Geh fort von mir, Teufelin!«, schrie Don Alvaro mit schriller Stimme und hielt sich die Hände vor die Augen.
»Hörst du, wie der Tod zu dir spricht?«, wiederholte Salome und schüttelte die Rassel. »Hörst du die Stimmchen in meiner Rassel? Es sind die Knöchel der Totgeborenen auf deiner Plantage, die nach dir rufen. Sie sind wie Sirenen, sie rufen und rufen, und immer wirst du ihre Stimmchen hören. Bei Tag und bei Nacht. Und schon bald wirst du nicht länger die Kraft haben, ihnen zu widerstehen.

Du wirst den Stimmen folgen. Sie werden dich in die Unterwelt führen und dich dort strafen für alles, was du auf Erden getan hast.«

»Nein! Nicht!«, schrie Don Alvaro und hielt sich die Ohren zu. Aber Salome rasselte so laut, dass niemand es überhören konnte.

Mit großen Augen starrte Titine auf die Szenerie. Hermann spähte über ihre Schulter hinweg in den Raum. Er wusste, dass er etwas tun sollte, aber er konnte nicht. Er stierte Salome an, und in seinem Herzen regte sich eine kleine hässliche Hoffnung, für die er sich auf der Stelle in Grund und Boden schämte, die ihn aber dennoch so sehr lähmte, dass er zu keiner Handlung in der Lage war. Wenn sie ihn doch töten würde, dachte Hermann. Es wären so viele Probleme auf einmal gelöst. Wenn sie ihn doch töten würde.

Mit einem Mal aber warf sich Don Alvaro zur Seite. Plötzlich hatte er ein Gewehr in der Hand. Er legte an, dann zerriss ein scharfer Knall die Stille. Es roch nach Pulver und gleich darauf nach Blut. Salome stürzte zu Boden, die Hand mit der Rassel hoch erhoben. Der Schuss hatte ihre Brust zerfetzt. Blut lief in einem dicken Rinnsal aus ihrem rechten Mundwinkel. Doch noch immer hielt sie die Rassel erhoben, hielt sie in Don Alvaros Richtung und sprach ihre letzten Worte: »Ich verfluche dich!« Dann brachen ihre Augen, der Arm fiel herab und verlor dabei die Rassel, die als unheimliches Todesecho auf den Boden prallte, unter das Bett rollte und dort endlich verstummte.

Don Alvaro warf das Gewehr zur Seite, als würde es in seinen Händen brennen.

Mafalda kam herbeigestürzt. »Was ist passiert?«, rief sie und presste sich die Faust auf den Mund, als sie Salome tot am Boden liegen sah.
»Ich hätte es wissen müssen«, klagte sie. »Ich habe doch gewusst, dass Alvaro immer ein Gewehr neben seinem Bett liegen hat.«
Hermann war noch immer nicht in der Lage, sich zu rühren. Titine aber wand sich hervor, legte Mafalda einen Arm um die Schulter und führte sie hinab in den Patio.
Don Alvaro schluckte, griff sich mit der Hand an die Kehle. »Es war Notwehr«, stammelte er und hielt sich eine Hand so vor das Gesicht, dass der Blick auf die tote Salome verdeckt war. »Es war Notwehr, Pescador, Sie sind mein Zeuge!« Sein Haar stand wirr vom Kopf ab, die Augen waren blutunterlaufen, das Gesicht eingefallen und grau.
»Haben Sie gehört, Verwalter?«, fragte er noch einmal, trat auf Hermann zu und schüttelte ihn. »Erzählen Sie den anderen Sklaven da draußen, dass ich Salome aus Notwehr erschossen habe.«
Hermann machte sich los, verzog angewidert den Mund und bedachte den Don mit einem Blick voller Abscheu und Ekel. »Ich habe nichts gesehen«, sagte er leise. »Nichts gesehen und nichts gehört. Ich war gar nicht hier.«
Dann drehte er sich um und ließ Don Alvaro allein.
Im Patio fand er die weinende Mafalda und Titine, die den Arm tröstend um ihre Schultern gelegt hatte.
Mafalda hob ihr tränennasses Gesicht zu Hermann empor, griff nach seiner Hand, als wäre die der einzige Rettungsanker in einer untergehenden Welt. »Was sollen wir

nur tun, Hermann?«, fragte sie verzweifelt. »Was sollen wir nur tun?«
Hermann zuckte mit den Achseln. »Salome ist tot. Sie braucht unsere Hilfe nicht mehr.«
»Ja. Aber wir. Was sollen wir tun?« Mafaldas Stimme klang flehend.
»Nichts«, erwiderte Hermann. »Wir werden einfach gar nichts tun. Don Alvaro hat geschossen, getötet, gemordet. Wenn einer etwas tun muss, dann er.«
»Und ich?«, weinte Mafalda. »Denkst du nicht an mich? Wie soll ich noch hierbleiben?«
»Du musst nicht hierbleiben, Mafalda. Komm mit zu uns. Wir haben alles, was du fürs Erste brauchst.« Er nahm ihre Hand und zog sie vom Stuhl hoch, legte ihr behutsam eine Decke über die Schulter und führte sie aus dem Haus. Titine folgte ihnen. Einen Augenblick lang blieb sie noch im Patio stehen und schaute nach oben zur Galerie. Don Alvaro beugte sich über das Geländer. »Wo geht ihr hin?«, brüllte er.
Titine antwortete nicht.
»Ihr könnt mich doch nicht einfach mit der Alten alleine lassen! Bleib stehen, bleib hier, komm wenigstens du zu mir herauf.«
Aber Titine erwiderte nur ungerührt und stumm seinen Blick.
»Verfluchtes Weib! Ich befehle dir, hierzubleiben und mir zu helfen. Hörst du? Ich bitte dich nicht, ich befehle es dir.«
Titine rührte sich nicht.
Da beugte sich der Zuckerbaron, der in seinem weißen Nachtgewand, mit dem irren Blick und den wilden Haa-

ren wie ein Gespenst aussah, weit über das Geländer und zischte: »Ich warne dich, Stumme! Wenn du jetzt gehst, wirst du es für den Rest deines Lebens bereuen. Wenn du mich jetzt im Stich lässt, dann werde ich dich finden und dafür sorgen, dass jeder Tag deines Lebens ein Höllentag wird.« Er lachte irre. »Und das Beste daran ist, dass du mit niemandem darüber sprechen kannst. Und jetzt komm hoch und hilf mir. Los!«
Da zuckte Titine mit den Schultern und verließ schweigend den Patio.

Fünfundzwanzigstes Kapitel

Die nächsten Tage verbrachte Titine in solcher Anspannung, dass ihr am Abend, wenn sie zu Bett ging, der Kiefer schmerzte, weil sie den ganzen Tag die Zähne zusammengebissen hatte. Sie wusste, dass Don Alvaros Drohungen nicht in den Wind gesprochen waren, und deshalb ließ sie das Herrenhaus nicht aus den Augen. Sie beobachtete, wie Don Alvaro am nächsten Tag zwei alte Sklaven von einem fremden Ingenio, Männer mit gebeugten Rücken und weißen Haaren, zu sich ins Haus bestellte. Und sie beobachtete, wie die Männer mit einer schweren, in einen alten Teppich gewickelten Last aus dem Haus kamen, die Last auf einen Eselskarren luden und ihn weit hinein in die Zuckerrohrfelder fuhren. Sie beobachtete auch noch, dass die beiden alten Schwarzen zurück ins Herrenhaus zu Don Alvaro gingen, aber danach hatte sie sie nie wieder gesehen. Auf dem Markt erzählte man sich später von zwei Toten, die das Meer angespült haben sollte.

Über die Vorgänge in der Nacht sprach Titine nicht mit Fela. Sie wollte ihn nicht erzürnen, denn was und wem nutzte sein Zorn, wenn er sich keine Luft verschaffen konnte.

Mafalda war nach der Nacht im Verwalterhaus zurück ins Herrenhaus gezogen, hatte sich aber eine eigene Schlafkammer eingerichtet.

»Stell dir vor, Titine, er hat nichts gesagt, als ich aus dem Schlafzimmer ausgezogen bin. Ich habe Decken und Kissen gepackt, und er hat mir dabei zugesehen, als wäre er blind. Kein Wort hat er gesagt, mir nicht gedroht, gar nichts. Ich fürchte, er ist womöglich verrückt geworden, denn kaum hatte ich meine Sachen vom Bett genommen, da legte er schon sein Gewehr genau dorthin, wo ich sonst geschlafen habe. Er hat sich nicht mehr gewaschen seit der schrecklichen Nacht, er hat die Kleidung nicht gewechselt, und auch Salomes Blut fand sich noch auf dem Boden.« Mafalda schüttelte sich.

Titine kniff die Lippen zusammen und schaute hinüber zum Herrenhaus. Sie saßen auf der Veranda und tranken Limonade. Noch vor wenigen Tagen hätte Don Alvaro Mafalda an den Haaren zurück in sein Haus gezerrt, aber mit einem Schlag war so vieles anders geworden.

Später, als Hermann zum Essen nach Hause kam, erfuhr Titine, dass Don Alvaro sämtliche weißen und kreolischen Aufseher in sein Haus bestellt hatte. Nur Hermann nicht.

»Er führt etwas im Schilde«, erklärte Hermann. »Ich weiß es, ich kann es förmlich riechen. Wo gibt es denn so etwas, dass ein Ingenio-Besitzer seine Aufseher zu sich kommen lässt, aber nicht den Verwalter? Was will er hinter meinem Rücken aushecken? Er misstraut mir, obwohl die Plantage blüht wie seit Jahren nicht mehr. Was hat er vor?«

Titine wusste darauf keine Antwort, doch die Furcht befiel ihr Herz. Sie dachte an die Drohung des Zuckerbarons. Manchmal erschien ihr sogar im Traum sein Gesicht, wie es mit wirrem Haar und irrem Blick über dem

Geländer hing. Sie hatte seine Worte noch im Ohr: »Ich werde dich finden und dafür sorgen, dass jeder Tag deines Lebens ein Höllentag wird.«

Don Alvaro brauchte ein neues Opfer. Salome war tot, Hermann zu stark. Aber er brauchte jemanden, dem er die Schuld für seine Übel in die Schuhe schieben konnte. Jahrelang war Mafalda sein Sündenbock gewesen, dann Salome, die darüber ihr Leben verloren hatte. Und nun, befürchtete Titine, war sie an der Reihe.

Sie schluckte und nahm sich vor, stets darauf zu achten, wohin sie ging, wer in ihrer Nähe war. Vielleicht, dachte sie sogar, sollte ich die Pistole bei mir tragen, die Hermann mir geschenkt hat.

Ihre Gedanken wurden von Mafalda unterbrochen, die auf der Veranda des Hauses erschien. Es war nicht alltäglich, dass sie am Abend vorbeikam, also musste etwas Außergewöhnliches geschehen sein.

Titine schrak hoch, blickte Mafalda besorgt entgegen.

»Es ist nichts«, erklärte Mafalda und ließ sich auf den Verandastuhl sinken. »Nichts Wichtiges, glaube ich jedenfalls. Ich wollte es dir nur sagen. In der Stadt, in Trinidad, geht eine Frau um, die nach einem Hermann Fischer fragt. Und nach seiner Schwester Christine, einer jungen Frau mit sehr hellem Haar, der es die Sprache verschlagen hat. Es klingt, als würde die Frau nach euch fragen.« Mafalda zuckte mit den Schultern, lächelte. »Ich wollte es dir einfach nur sagen.« Und schon stand sie wieder auf, winkte Titine einen Gruß zu. »Sie hat ein Kind bei sich, noch recht klein. Einen Jungen. Und sie ist Deutsche, sagt sie.«

Mit diesen Worten verschwand Mafalda und ließ Titine nachdenklich auf der Veranda zurück. Eine Frau, die nach

Hermann und Christine Fischer fragte? Eine Deutsche mit einem Kind. Titine musste nicht lange überlegen. Sie streckte die Hand nach ihrem Papagei aus, der auf dem Verandageländer saß und sie aus seinen schwarzen Knopfaugen ansah. »Wilma«, flüsterte Titine. »Wilma, ich fürchte, du wirst alsbald die Frau kennenlernen, von der du deinen Namen hast.«

Der nächste Tag war so warm, dass die Sonne schon am Morgen brannte. Die Wege des Ingenios waren ausgetrocknet. Jeder Schritt verursachte eine kleine Staubwolke. Titine war es so heiß, dass sie sich kaum rühren mochte. Das Kleid klebte an ihrem Körper, die Haare in ihrem Nacken waren feucht. Noch die kleinste Bewegung verursachte einen leichten Schweißausbruch, und sie schaffte es kaum, ihren Durst zu löschen. Immer wieder hielt sie ihre Handgelenke in einen Eimer mit kaltem Wasser, doch die Erfrischung hielt nur für wenige Minuten an.
Sie hatte Hermann nichts von Wilmas Ankunft erzählt, denn noch immer hoffte sie, dass sie sich vielleicht geirrt hatte. Nicht jede Deutsche musste Wilma sein, es war durchaus möglich, dass Joachim Groth jemanden aus Havanna hierhergeschickt hatte. Vielleicht die Gattin eines Angestellten, die sich hier von einer Krankheit oder Geburt erholen sollte. Wer immer es war, Titine war entschlossen, Hermann nicht noch mehr in Unruhe zu versetzen. Er hatte gestern die ganze Zeit am Fenster gestanden und zum Herrenhaus geschaut. Er hatte die Aufseher kommen sehen, danach ihre Schatten hinter den Fenstern des Saales erblickt, und kurz nach Mitternacht hatte er auch ihren Abgang gesehen und, vor allem, gehört. Die

Aufseher waren bester Stimmung gewesen, einige von ihnen so betrunken, dass sie von ihren Kameraden mit Eselskarren zu den Unterkünften gezogen werden mussten. Don Alvaro war nicht gerade als großzügig verschrien, und das hieß, dass es einen triftigen Grund geben musste, so viel Rum auszuschenken.
Hermann hatte nach Titine gerufen, hatte den Arm schützend um ihre Schulter gelegt. »Wenn ich nur wüsste, was der Dreckskerl ausgeheckt hat«, überlegte er laut. »Wenn ich das nur wüsste! Was haben sie bloß vor?« Er stützte den Kopf in beide Hände und sprach zu sich selbst: »Langsam. Ich muss langsam und gründlich nachdenken, dann komme ich vielleicht darauf. Wir haben zehn Aufseher, dazu zwei Oberaufseher. Jeder der Aufseher holt am Morgen seine Arbeitskolonne vom Sklavendorf ab, die aus jeweils zwanzig Sklaven besteht. Die beiden Oberaufseher sollten jeden Tag einmal um den gesamten Ingenio reiten. Der eine im Uhrzeigersinn, der andere genau entgegengesetzt. Will Don Alvaro den Sklaven etwas antun? Sie für das bestrafen, was Salome ihm angetan hat? Nein, das wäre dumm. Schadet er den Sklaven, schadet er sich selbst. O mein Gott, ich komme einfach nicht drauf, so sehr ich mir auch das Hirn zermartere!«
Titine hatte eine Hand auf ihr Herz gelegt und es dann zum Herrenhaus flattern lassen, und Hermann hatte genickt: »Ja, ich sorge mich um Mafalda. Weiß der Himmel, was ihr alles geschehen könnte. Aber ich sorge mich ebenso sehr um dich.« Er hatte sie an den Schultern zu sich herumgedreht. »Pass auf dich auf, ja? Nimm dir den Kutscher mit, wenn du einen Weg zu erledigen hast. Versprich es mir!« Und Titine hatte es versprochen.

Sechsundzwanzigstes Kapitel

Auch Titine hatte Angst, so sehr, dass sie heute das Haus noch nicht verlassen hatte. Sie hatte die beiden schwarzen Hausmädchen allein auf den Markt geschickt, um die Vorräte aufzustocken. Jetzt stand sie auf der Veranda, schirmte die Augen mit der flachen Hand ab und starrte auf das Hitzeflimmern über den Zuckerrohrfeldern. Weit hinten, fast am Horizont, sah sie eine Rauchsäule zum Himmel aufsteigen. Rauch über der Plantage? Hatte sich dort etwas entzündet? Oder hatten die Sklaven ein Feuer gemacht, um sich etwas zum Essen zu kochen? Wo waren die Aufseher? Oder war alles nur eine Hitzehalluzination? Titine wusste es nicht. Sie beschloss, nicht weiter darüber nachzudenken, ging zurück ins Haus und hielt ihre Hände und Unterarme in den Kübel mit dem eiskalten Wasser.

Dann ordnete sie das Geschirr auf dem Bord, schnitt ein wenig Gemüse für den mittäglichen Eintopf, knackte Nüsse für Wilma, als sie mit einem Mal draußen Hufgeklapper hörte. Jemand rief ihren Namen.

Sie eilte hinaus auf die Veranda. Ein junger Aufseher, den sie zuvor nur drei oder vier Mal auf dem Ingenio gesehen hatte, riss sich den staubigen Hut vom Kopf. »Doña, Sie müssen kommen. Schnell. Ganz hinten auf der Plantage, nahe bei den Rindern, ist ein Feuer ausgebrochen. Einer der Rinderhirten hat sich verletzt, sein Leib ist von Brandblasen übersät. Kommt schnell und bringt Verbandszeug mit.«

Ein Rinderhirte? Titine stockte der Atem. Ihr Herz setzte für ein, zwei Schläge aus. Fela war Rinderhirte. Und er war stark und mutig und beherzt. Wenn er ein Feuer in seiner Nähe gesehen hätte, dann hätte er versucht, es zu löschen. Es musste Fela sein, der verletzt im Feld lag.

Sie rannte ins Haus, packte ein paar Sachen in einen alten Hebammenkoffer, dann eilte sie hinaus. Der Aufseher zog sie vor sich auf das Pferd und preschte im gestreckten Galopp auf die Rauchsäule am Horizont zu.

Während des Rittes sprachen sie kein Wort. Titine hielt die Tasche fest umklammert. Ihre Gedanken waren bei Fela. Ob er schlimm verletzt war? Ob sie ihm helfen konnte? Würde Doktor Winkler kommen, wenn sie nach ihm schicken ließ? Wo war Hermann? Und dazwischen betete sie stumm, dass der Herrgott ihr neben dem Vater und der Mutter nicht auch noch den Liebsten nahm. Sie schwitzte, aber jetzt nicht mehr von der Hitze, sondern vor Angst.

Schnell kamen sie der Rauchsäule näher. Doch mit einem Mal bog der Reiter nach links ab, hielt auf das Feldstück zu, welches der Aufseher Roland, der einmal mit Hermann aneinandergeraten war, unter Kontrolle hatte.

Titine wandte sich um, suchte den Blick des Reiters, aber der wich ihr aus. Ihr schien, als sei er verlegen oder wütend, denn er hatte die Lippen fest zusammengepresst. Titine versuchte, ihm in die Zügel zu greifen, doch er packte ihre Hände und drückte sie zusammen, so dass Titine sich nicht bewegen konnte. Ihr stockte der Atem. Das Herz klopfte zum Zerspringen, der Schweiß brach ihr noch stärker aus. Kaum bekam sie noch Luft. Jetzt wusste sie, dass der Aufseher sie geholt hatte, um ihr etwas anzutun. Sie schloss die Augen, betete in Gedanken zu ihrem Gott und rief auch die Orishas an.

Ungefähr eine halbe Meile vor dem Ende des Ingenios brachte er sein Pferd zum Stehen. Titine sah sich um, zeigte aufgeregt mit dem Finger nach der Rauchsäule.

Der Reiter stieg ab, half ihr vom Pferd. »Es geht nicht wirklich um einen Brand«, sagte er. Dann schwang er sich auf seinen Hengst, gab ihm die Sporen und sprengte davon. Titine stand vollkommen allein mitten im Feld. Die Sonne brannte unbarmherzig, und sie trug weder einen Hut, noch hatte sie einen Schirm bei sich. Von hier bis zum Verwalterhaus waren es ungefähr fünf Meilen. Aber der Weg war beschwerlich, weil er zum größten Teil durch die Zuckerrohrfelder führte. Titine sprang hoch, versuchte, über die Rohre zu schauen, aber sie sah nur, dass die Rauchsäule verschwunden war.

»Na, jetzt hockt euch die Angst im Nacken, nicht wahr?«

Titine fuhr herum. Hinter ihr stand Roland, der Aufseher. Sie presste ihren Hebammenkoffer an ihre Brust. Selbst wenn sie jetzt hätte reden wollen, wäre ihre Kehle dazu viel zu trocken gewesen. Auch ihre Lippen gehorchten ihr nicht mehr.

Roland grinste dreckig und betrachtete sie von Kopf bis Fuß. Er hielt eine Zigarre im Mund und warf sie nach dem letzten Zug ins Feld. Titine schluckte. Einmal, zweimal, aber ihr Mund blieb so trocken wie die Feldwege ringsum.

»Du bist doch ganz nett anzusehen«, fuhr Roland fort, griff nach ihrem Haar und ließ es durch seine Finger glei-

ten. Dann packte er eine Strähne und zog so fest daran, dass Titine auf ihn zustolperte. »Ich kann nicht glauben, dass dir noch keiner unter die Röcke gelangt hat«, flüsterte Roland und grinste breit dazu. »Und wenn es denn doch stimmen sollte, so werde ich eben der Erste sein. Am Abend dieses Tages jedenfalls wirst du mehr Männer gehabt haben als die alte Hure am Hafen.«
Er riss ihr die Tasche aus den Armen und schleuderte sie ins Feld. Dann griff er mit beiden Händen nach ihren Brüsten und packte sie so hart, dass Titine das Gesicht vor Schmerz verzog. Sie riss an seinen Handgelenken, wollte sich aus seinem Griff winden, aber Roland fasste nur noch fester zu. Sie schnappte mit den Zähnen nach ihm, und der Mann lachte. »Habe ich mir doch gedacht, dass eine Wildkatze in dir steckt. Gggggrrrrrrrrr.«
In Titines Kopf wirbelten die Gedanken durcheinander. Während sie versuchte, nach ihm zu treten, suchte sie fieberhaft nach einer Möglichkeit, andere auf sich aufmerksam zu machen. Irgendwo in der Gegend mussten doch die Sklaven sein! Ekel über den stinkenden Atem des Aufsehers, über seine dreckigen Hände an ihrer Brust ließ sie würgen. Als er seinen Mund ihren Lippen näherte, drehte sie das Gesicht weg, drückte gleichzeitig ihr Knie hoch und rammte es ihm in den Unterleib. Mit einem Schmerzensschrei ging Roland zu Boden.
Titine fackelte nicht lange, sondern raffte ihre langen Röcke und floh zwischen den Rohrpflanzen dorthin, wo sie die Straße vermutete. Doch sie war kaum einhundert Meter weit gekommen, als zwei andere Aufseher aus dem Schatten des Zuckerrohrs traten. Einer stellte ihr ein Bein, so dass sie zu Boden stürzte. Sie wollte sich aufrappeln,

aber schon lag der Mann über ihr, drückte mit der Hand ihren Nacken und ihr Gesicht auf die Erde, so dass der Sand zwischen ihren Zähnen knirschte, während der andere ihre Röcke hob und ihren nackten Hintern streichelte. Tränen der Scham und Ohnmacht rannen Titine aus den Augen. Wie hinter einem dichten Vorhang hörte sie die Männer reden: »Schau dir diesen Prachtarsch an. Reif wie ein Sommerapfel.«

Und der andere, der ihren Nacken noch immer zu Boden drückte, erwiderte: »Mach hin. So einen Leckerbissen wie die kriegt man nicht alle Tage zwischen die Zähne.«

Titine bäumte sich auf, wollte den Mann abschütteln, wollte auch die Hand auf ihrem Hintern loswerden, die so brannte, als hätte er sie in Ameisensäure getaucht. Da erhielt sie einen Schlag an die rechte Schläfe, dass ihr die Sinne schwanden …

Siebenundzwanzigstes Kapitel

Hermann ritt durch Trinidad. In den Häusern, die sich entlang der schlecht gepflasterten Gassen zogen, waren die Holzläden zum Schutz vor der Hitze geschlossen, andere Bewohner hatten ihre Fenster mit weißem Leinen verhängt. Die Straßen waren beinahe leer. Nur ein paar Hunde lagen träge im schattigen Rinnstein, nicht einmal bereit, die streunenden Katzen zu verfolgen. Zwischen den Häusern im ärmeren Viertel von Trinidad faulten die Abfälle vor sich hin, Scharen von Fliegen folgten Hermann durch die Straße. Er war auf dem Weg zu Doktor Winkler. Ein Arbeiter aus der Siederei hatte sich vor wenigen Tagen verbrüht. Nun hatte sich die Wunde entzündet, und Hermann wollte ein wenig Brandsalbe holen. Doch das war nicht der einzige Grund für den Besuch. Die tote Salome und der scheinbar wahnsinnig gewordene Don Alvaro beschäftigten seine Gedanken. Winkler war eine Zeitlang mit dem Zuckerbaron befreundet gewesen. Auch jetzt schaute er jeden zweiten Tag nach seinem Zustand, und Hermann hoffte, von ihm erfahren zu können, warum die Aufseher gestern in das Herrenhaus bestellt worden waren.

Als er den Marktplatz erreichte, stieg er vom Pferd und führte es am Zügel an den windschiefen Holzbuden vorbei. Eine Sklavin warf mit einer faulen Orange nach einer Händlerin. Diese antwortete mit einem Schwall Schimpfwörter. An der Seite saßen zwei alte Männer an einem Tisch und spielten Domino, ohne sich von dem Lärm ringsum stören zu lassen.

Die Bude des Schweineschlachters war von Fliegen umsurrt. Die Haxen zeigten bereits grünliche Schlieren, und in den augenlosen Schweinsköpfen tummelten sich Insekten. Dessen ungeachtet schrie sich das Schlachterweib die Seele aus dem Hals: »Frischer Schweinebauch, erst in der Nacht geschlachtet. Spanferkel vom Feinsten, fette Haxen, gute Würste.« Hermann rümpfte die Nase über den Gestank, der von der Bude ausging, und hoffte, dass seine Hausangestellten woanders kauften.

An einem Fischstand wühlte ein kreolischer Fischerjunge mit beiden Händen in einer Holzkiste mit Garnelen. Daneben lagen auf einem Brett verschiedene Fische, von denen Hermann nur die Meerbrasse kannte. Unter dem Tisch stritten sich kreischend zwei Katzen um eine Handvoll Fischköpfe mit ausgelaufenen Augen. Eine hatte eine Gräte im Maul und brachte ihre Beute rasch in Sicherheit. Aus der Bar drang lautes Geschrei. Die Fischer versammelten sich jeden Tag nach dem Fang dort, um bei einem großen Glas Rum die Ereignisse des Tages zu besprechen. Vor einem Obststand blieb Hermann stehen und sah – auch nach so langer Zeit auf der Insel – voller Ehrfurcht auf die Pyramiden aus saftigen Orangen, die Bananenstauden, die Reihen voller Papayas, aufgetürmte Mangos, Körbe voller Avocados und kopfgroße Melonen. Daneben lagen dicke Karottenbündel, Rüben mit und ohne Blattwerk, Zwiebeln, Knoblauch- und Ingwerknollen, und auf dem Boden standen Säcke, gefüllt mit schwarzen, roten und weißen Bohnen.

»Señor! Señor Hermann!« Eine Haussklavin aus dem Haushalt von Don Alvaro zupfte ihn am Ärmel.
»Was ist? Hast du dein Einkaufsgeld vergessen?«, wollte Hermann wissen.
Das Mädchen, ein Kind fast noch, mit blitzend weißen Zähnen und krausem Haar, schüttelte den Kopf. »Vorhin, da kam einer der Aufseher zum Verwalterhaus. Wenig später ist Doña Titine mit ihm davongeritten. Es wirkte, als wäre etwas auf der Farm passiert.«
»Was?« Hermann packte das Mädchen beim Arm. »Was sagst du da? Einer der Aufseher?«
Das Mädchen verzog das Gesicht vor Schmerz. »Ich kann nichts dafür, ich wollte es nur sagen, falls es wichtig ist. Die alte Salome hat mir aufgetragen, auf solche Dinge zu achten.«
»Danke, Mädchen!«
Ohne Rücksicht auf die herumlaufenden Menschen, die quiekenden Schweine, die Hühner mit zusammengebundenen Beinen und die streunenden Katzen zu nehmen, schwang sich Hermann auf sein Pferd und preschte mitten durch die Menge. Er ritt scharf an einem Eselskarren vorbei, ein junger Sklave brachte sich im letzten Augenblick mit einem beherzten Sprung zur Seite in Sicherheit, dann hatte Hermann die Stadt bereits hinter sich gelassen und sprengte über den Ingenio.
Auf der Höhe des Verwalterhauses blieb er stehen und sah sich um. Wo war Titine? Er ließ seinen Blick suchend von links nach rechts und von hinten nach vorn schweifen, aber die Farm lag so ruhig da wie immer. Nur ganz weit hinten, dort, wo der Ingenio fast an die Hügel grenzte, war eine schwache Rauchsäule zu sehen. Her-

mann hatte keine Ahnung, ob der Rauch etwas mit Titines Verschwinden zu tun hatte, doch er hielt sein Pferd drauf zu, ritt einen so scharfen Galopp, dass dem Tier nach kürzester Zeit der Schaum wie Flocken vom Maul stob.

Achtundzwanzigstes Kapitel

Auf halbem Weg zur der Stelle, wo der Rauch aufstieg, hörte er Sklaven in der Nähe aufgeregt schreien.

»Was ist hier los?«, herrschte Hermann die Leute an. »Habt ihr meine Schwester gesehen?«

Einer aus der Gruppe, ein junger Sklave, der mit Fela zusammen auf dem Sklavenmarkt gewesen war, zeigte mit dem Finger nach links. »Wir wissen nichts«, erklärte er. »Unser Aufseher ist weggeritten. Er hat nur gesagt, er wird der weißen Señora eine Lehre erteilen. Dort lang sind sie.«

»Wie lange ist das her?«, fragte Hermann, erhielt jedoch nur ein Achselzucken als Antwort.

Wieder gab er dem Pferd die Sporen, galoppierte zwischen den endlos langen Reihen mit mannshohen Zuckerrohrpflanzen entlang. Ganz tief beugte er sich über den Hals des Tieres, so dass sein Kinn beinahe die Mähne berührte, damit das Pferd schneller vorankam.

Nach einer Weile zügelte er es und lauschte. Hier draußen, mitten in der Plantage, war es so still, dass man jedes Geräusch meilenweit hören konnte. Hermann schloss die Augen, um sich besser konzentrieren zu können. Ein Vogel stieg mit einem schrillen Schrei hoch in die Luft, dann herrschte wieder Stille. Aber da! War da nicht etwas? Hatte er nicht eben so etwas wie ein Keuchen vernommen? Jetzt hörte er es deutlicher. Es war kein Vogel, der geschrien hatte. Es war die Stimme einer Frau, die um Hilfe rief.

Hermann zog die Zügel an und näherte sich so lautlos es ging. Da! Das Keuchen wurde lauter, deutlicher, die Hilferufe leiser, flehentlicher. Jetzt erkannte er obendrein zwei Männerstimmen. Er stieg vom Pferd, entsicherte den Revolver, den er stets bei sich trug, und pirschte sich durch die Rohrpflanzen heran. Nach ein paar Schritten stockte ihm der Atem. Ohne zu überlegen, hob er den Revolver und schoss. Ein Aufschrei, dann rollte der Mann, der auf Titine lag, zu Boden.

»Ist dir etwas passiert?« Hermann rannte zu seiner Schwester, trat den Leichnam zur Seite, half ihr hoch.

Titine spuckte Sand aus und warf sich aufschluchzend an seine Brust. »Dass du gekommen bist!«, weinte sie. »Dass du gekommen bist!«

Hermann strich ihr zart über den Rücken und über die zuckenden Schultern. In ihm loderte die Wut wie ein Höllenfeuer. »Was ist passiert?«, fragte er. »So beruhige dich doch und erzähl mir, was geschehen ist.«

Zitternd wischte sich Titine mit den Fäusten die Tränen aus dem Gesicht, dann zog sie ihre Röcke zurecht und wisperte mit belegter Stimme: »Du bist gerade rechtzeitig gekommen. Er war dabei, sich die Hose aufzuknöpfen.«

»War er allein?«

»Nein. Der andere ist ins Feld gelaufen, als du geschossen hast.«

Hermann lud den Revolver nach und gab sämtliche acht Schüsse in die Richtung ab, in der sich die Rohre bewegten. Dann umarmte er Titine erneut, wiegte sie hin und her und konnte nicht verhindern, dass ihm die Tränen dabei über die Wangen liefen. »Es tut mir leid«, schluchzte er. »Es tut mir so leid. Glaub mir, ich wollte das alles nicht.«

»Ich weiß«, raunte Titine, dann machte sie sich behutsam von ihrem Bruder los.

»Was kann ich tun, damit es dir besser geht?« Noch immer rannen Hermann die Tränen über die Wangen.

Titine wischte sich die Wangen wieder mit beiden Fäusten trocken, so als würden ihr die immer gleichen Tätigkeiten helfen, sich zu beruhigen. Dann richtete sie noch einmal ihre Kleider. »Ich möchte nach Hause. So schnell, wie es nur geht. Ich möchte ein heißes Bad nehmen und den ganzen Schmutz von mir waschen. Am liebsten würde ich mir die Haut vom Körper ziehen.« Sie schüttelte sich und musste würgen. Als sie wieder zu Atem kam, sprach sie weiter: »Und danach, wenn ich wieder sauber und ich selbst bin, reden wir über die ganze Angelegenheit kein Wort mehr. Versprichst du mir das?«

Hermann antwortete nicht. Sein Blick war wild, das Kinn verkrampft, die Zähne knirschten. »Ich werde sie töten. Die, die dir das angetan haben. Ich werde sie auspeitschen lassen wie die Sklaven. Danach werde ich sie mit blutenden Wunden an einen Pfahl binden und sie den Fliegen überlassen. Und am Abend werde ich sie erschießen.«

Er trat mit dem Fuß heftig gegen ein Zuckerrohr, das sofort in sich zusammensackte. »Verdammt!«, brüllte er und schlug sich mit geballten Fäusten gegen die Brust. »Gott verdammt, wie konnte das nur passieren? Warum habe ich nicht besser aufgepasst. Jetzt weiß ich, was Don Alvaro mit den Aufsehern besprochen hat. Aber, mein

Gott, ich hätte doch niemals geglaubt, dass er sich an dir rächen wird!«

Er brach in Tränen des Zornes aus. »Erinnerst du dich an die Worte des Kutschers, als wir hier angekommen sind?«

Titine schüttelte den Kopf.

»Er sagte, du wärest die Tochter Yewas. Und er sagte auch, dass Don Alvaro vor nichts mehr Angst hätte als vor den Orishas und also auch vor dir. Ich habe das für Spinnerei gehalten. Aber Ignazio hatte recht. Noch heute kann ich seine Stimme hören: ›Señor Alvaro wird sie hassen. Er wird nach ihr greifen, ihr die Keuschheit nehmen. Das ist für Yewa das Schlimmste, was geschehen kann. Wenn ein Mann sie nach Art eines Mannes berührt, muss sie sterben.‹«

»Es ist vorbei. Wir können nichts mehr ändern. Ich lebe noch.« Titine nahm sein Gesicht in ihre Hände. »Hast du es nicht bemerkt?«, fragte sie.

»Was?«

»Ich spreche wieder.«

Neunundzwanzigstes Kapitel

Sie waren den staubigen Weg trotz der Hitze zu Fuß nach Hause gegangen, um ihre Gedanken und Gefühle unter Kontrolle zu bringen. Sie hatten nur wenig miteinander gesprochen, doch Hermann konnte es nicht lassen, sich wieder und wieder bei Titine zu entschuldigen.

»Es tut mir so leid. Du bist meine kleine Schwester, ich hätte dich beschützen müssen.«

Und Titine hatte erwidert: »Hör auf. Wir wollen nicht mehr darüber reden. Du hast es mir versprochen. Immer warst du für mich der beste Bruder, den man sich nur wünschen kann. Du hast für mich mehr getan als sonst jemand auf dieser Welt.«

Einmal blieb Hermann stehen. »Dass du die Sprache wiedergefunden hast. Ich kann es noch immer nicht glauben.«

Titine wagte ein zaghaftes Lächeln. Sie fühlte sich so beschmutzt wie nie zuvor in ihrem Leben. Allein der Gedanke an den verschwitzten Mann, an seine Hände, seinen stinkenden Atem in ihrem Nacken ließen ihr Ekelschauer über den Rücken rinnen. Am liebsten hätte sie sich das Kleid vom Leib gerissen und die Haut so lange geschrubbt, bis die oberste Schicht weggeputzt war. Noch immer hatte sie den Geschmack des staubigen Bodens in der Kehle, in der Nase waberte noch der Geruch des Kerls, der tot mitten im Feld lag.

»Was geschieht nun mit ihm?«, fragte Titine. »Willst du ihn einfach dort liegen lassen?«
Hermann nickte. »O ja. Genau das habe ich vor. Die Pflanzen werden erst im nächsten Jahr geerntet. Bis dahin werden ihn die wilden Hunde geholt haben. Er ist keiner, der ein christliches Begräbnis verdient hat.«
Titine schluckte und griff sich an die Kehle. »Und der andere? Du hast ihn nicht getroffen. Er wird den Aufsehern berichten, was geschehen ist. Und Roland. Er kann nicht weit entfernt gewesen sein. Und er hasst uns. Ich bin gewiss, dass er uns noch großen Ärger machen wird.«
Hermann legte einen Arm um Titines Schulter, doch sie schob ihn weg. »Entschuldige. Ich kann im Augenblick nichts in meinem Nacken ertragen.«
»Das verstehe ich. Aber mach dir um Roland und die anderen keine Sorgen. Noch heute Abend werde ich Roland zum Teufel jagen. Und alle anderen Aufseher, die gestern bei Don Alvaro im Haus gewesen sind.«
»Das kannst du nicht tun, Hermann. Dann ist die Plantage ohne Aufsicht.«
Hermann nickte grimmig. »Und ob ich das kann. Wer sagt denn, dass die Sklaven überhaupt Aufseher brauchen? Sie sind keine kleinen Kinder. Warum sollte man sich nicht einen Vorarbeiter pro Kolonne aus ihren eigenen Reihen suchen?«
Titine schüttelte den Kopf. Sie war so froh, über etwas nachdenken zu können, das sie ein wenig von der versuchten Vergewaltigung ablenkte. »Ich denke nicht, dass die Sklaven das wollen. Womöglich forderst du zu viel von ihnen. Sie alle sind unfrei und nicht aus freien Stücken auf der Plantage. Warum sollten sie dann auf ihre

eigenen Leute aufpassen und ihnen den Weg in die Freiheit versperren?«

»Hm«, brummte Hermann, aber Titine kannte ihn gut genug, um zu wissen, dass er ihr nicht zuhörte.

»Was hast du vor? Sag es mir!«

»Ich werde dafür sorgen, dass dir niemals wieder irgendjemand etwas zuleide tut.«

»Wie willst du das anstellen?« Titine erkannte den Hass, der in Hermanns Blicken wie ein dunkles Feuer flackerte. Er schüttelte den Kopf. »Das geht dich nichts an, Titine. Das ist eine Sache unter Männern.«

Den Rest des Weges liefen sie schweigend. Titine hin- und hergerissen zwischen Ekel, Scham, Wut und Sorge um Hermann, und Hermann hin- und hergerissen zwischen göttlichem Zorn und der Liebe zu seiner Schwester ... und zu Mafalda. Denn wenn er eines heute begriffen hatte, dann das, dass auch sie in Gefahr war.

Sie hatten kaum das Verwalterhaus erreicht, als es Titine plötzlich schwindelig wurde. Sie schaffte es gerade noch, sich in einen Stuhl zu setzen. Hermann rief nach einem Glas Wasser und befahl dem Kutscher, der zufällig am Haus vorbeilief, nach Doktor Winkler zu rufen. Dann wartete er, bis der Arzt eingetroffen war.

»Ich habe etwas zu erledigen«, erklärte er. »Doktor Winkler wird bei dir bleiben, bis ich zurückkomme.«

Mit Hilfe eines Hausmädchens war Titine zwei Stunden später so geschrubbt, dass ihre Haut am ganzen Körper krebsrot war. Sie hatte das Mädchen sogar gebeten, ihren Leib mit Rum abzuwaschen, denn Titine wusste, dass Alkohol desinfizierte. Aber noch immer fühlte sie sich nicht sauber. Das beschmutzte Gefühl war ihr unter die Haut

gekrochen, dorthin, wo Wasser und Seife niemals hinreichten.
»Wie geht es Ihnen?«, fragte Doktor Winkler, als Titine schließlich in einem frischen Kleid, das bis zum Hals geschlossen war, auf der Veranda saß. Er hielt ein Fläschchen mit Tropfen in den Händen. »Ich würde Ihnen gern etwas zur Beruhigung geben.«
Titine hob beide Hände. »Vielen Dank, Doktor Winkler. Aber ich möchte mich gar nicht beruhigen. Das Einzige, was mich heute noch auf den Beinen hält, ist mein Zorn. Mein Inneres fühlt sich so leer an, dass ich fürchte zu sterben, wenn Sie mir meine Wut noch nehmen.« Sie lächelte, aber das Lächeln erreichte ihre Augen nicht.
»Es tut mir leid. Es tut mir so leid, was passiert ist.«
Titine zuckte mit den Schultern. »Sie können ja nichts dafür. Und ich ziehe es vor, nicht darüber zu sprechen.«
»Ich bin Ihr Arzt«, entgegnete Winkler. »Ich muss Ihnen aber ein paar Fragen zu Ihrem Befinden stellen.«
»Vielen Dank!« Wieder hob Titine abwehrend beide Hände. »Es geht mir gut, ich habe keinerlei Schmerzen.«
Der Doktor seufzte. Eine kleine Weile schwiegen sie und sahen hinaus über die Pflanzungen, die ebenso schmutzig grün und verstaubt vor ihnen lagen wie am Morgen.
»Wie kommt es, dass Sie wieder sprechen können? Darf ich Sie wenigstens das fragen? Ich möchte wirklich nicht neugierig sein, aber als Arzt interessiert es mich doch sehr, dass eine junge Frau nach Jahren die Sprache wiederfindet.«
»Wahrscheinlich ist die Antwort einfacher, als Sie glauben, Herr Doktor. Es gab ein Unglück, einen Brand, der mir die Sprache verschlagen hat. Danach habe ich keine

Worte mehr gebraucht. Erst heute, als ich wieder in Gefahr schwebte, hat mir der Herrgott meine Stimme zurückgegeben, damit ich um Hilfe rufen konnte.«
»Sie halten das für eine göttliche Fügung? Interessant. Zumal Sie ja von den meisten Leuten ohnehin für eine junge Frau mit Verbindungen zu den höchsten Mächten gehalten werden.«
»Das ist Unfug, Sie wissen das, und ich weiß es auch. Die Leute glauben, was sie glauben möchten. Aus welchem Grund sie mich ausgesucht haben, das weiß ich nicht, aber ich weiß, dass nichts, was ich ihnen sage, sie von ihrer Meinung abbringen kann. Von meiner Mutter habe ich einen Ratschlag erhalten, der mir bei dieser Angelegenheit sehr zu Hilfe kommt. ›Frage immer, Kind, ob das, was du tust oder unterlässt, einem anderen Schaden zufügt. Tut es das nicht, so kannst du beruhigt sein. Ansonsten musst du handeln.‹ Nun, Herr Winkler, ich nehme nicht an, dass die Leute einen Schaden davontragen, indem sie glauben, ich wüsste mehr als andere. Warum also soll ich dagegen aufbegehren?«
Der Arzt nickte. »Wie alt sind Sie jetzt, Titine?«
Sie lächelte. »Ich muss rechnen. Manchmal vergesse ich wirklich, wie alt ich bin. Fast siebzehn nun schon.«
»Sie erscheinen mir, erlauben Sie mir bitte, das zu sagen, viel älter als Ihre Altersgenossinnen. Viel reifer.«
Titine zuckte mit den Schultern. »Ich weiß nicht, ob es so ist oder nicht. Ich habe nicht viel Kontakt mit Gleichaltrigen. Außer Mafalda habe ich hier keine Freundin.«
Sie wandte sich dem Doktor zu. »Und ich sehne mich auch nach keinem weiteren Menschen.«

Dreißigstes Kapitel

Inzwischen war der Abend hereingebrochen. Die Sklaven kamen von den Feldern zurück, schlurften mit gebeugtem Nacken zu ihrem Dorf. Titine vermied es, dorthin zu schauen. Sie hatte Angst, dem Blick von Fela zu begegnen.

Fela. Sie dufte heute nicht an ihn denken. Einerseits sehnte sie sich danach, ihm alles zu erzählen und in seinen Armen Trost zu suchen. Auf der anderen Seite war da der Schmutz auf ihrer Seele. Sie wollte nicht, dass Fela damit in Berührung kam. Und sie hatte Furcht. Furcht davor, bei jeder seiner Berührungen unweigerlich an den schwitzenden, stinkenden Mann im Zuckerrohrfeld denken zu müssen.

»Es wird langsam spät«, stellte Doktor Winkler fest. Er stand auf und legte Titine fürsorglich eine Decke um die Schultern. »Sind Sie nicht müde nach der Anstrengung heute? Möchten Sie sich hinlegen? Ich verspreche hierzubleiben, bis Hermann zurückkommt.«

Titine schüttelte den Kopf. »Ich kann jetzt noch nicht schlafen. Vielleicht kann ich niemals wieder schlafen. Ich fürchte, wenn ich die Augen schließe, dass ich dann alles noch einmal und noch einmal und noch einmal erlebe, wie in einer endlosen Schleife.«

»Das wäre wirklich nicht verwunderlich. Schließlich haben Sie heute einen Schock erlitten. Meinen Sie nicht, dass

Ihnen ein paar Opiumtropfen heute Nacht gute Dienste leisten würden?«

Titine wollte gerade zu einer Antwort ansetzen, als sie Schritte durch die Dunkelheit tapsen hörten. Einen Augenblick lang befürchtete Titine, Fela würde zu ihr kommen, wie so oft, wenn sie allein auf der Veranda saß. Doch der Klang kam aus einer anderen Richtung. Ohne es zu wollen, verspannte sich Titine. Sie umklammerte die Stuhllehnen, der Schweiß brach ihr aus, und ihr Herz begann wie wild zu schlagen. Erst, als Hermann im Schein des Öllichtes auftauchte, stieß sie einen langen Seufzer der Erleichterung aus. Doch die Erleichterung war nur von kurzer Dauer. Hermanns Gesicht war weiß wie die gekalkte Wand hinter ihr. Das Haar hing ihm in wirren Strähnen in die Stirn, sein Hemd klebte schweißdurchtränkt an seinem Leib.

Er ließ sich schwer auf einen Stuhl fallen, griff ohne ein Wort nach dem Rumglas des Arztes und leerte den Inhalt in einem Zug.

»Was ist los?«, fragte der Doktor. »Sie sehen aus, als wären Sie dem Teufel persönlich begegnet.«

»Ja«, erwiderte Hermann. »Vielleicht war das auch so, lieber Freund. Es wäre mir eine große Hilfe, wenn Sie ins Herrenhaus gehen würden. Ich glaube, Don Alvaro hat wahrhaftig heute Abend der Teufel geholt.«

Der Doktor kniff die Augen zusammen und sah nachdenklich in sein leeres Glas. »So«, sagte er nach einer Weile. »Da hat es ihn also dahingerafft. Nun, sein Herz war nicht mehr das kräftigste. Ich bin sicher, der Schlag hat ihn getroffen.« Während er dies sprach, wandte er seinen Blick nicht von Hermanns Miene.

Hermann nickte. »Sie sind der Arzt. Zu welchem Schluss Sie auch immer kommen, es wird der richtige sein.«
Dann stand er auf, holte eine Flasche guten französischen Cognac, den ihm der Kaufmann Groth aus Havanna geschickt hatte, entkorkte ihn und goss dem Doktor und sich reichlich ein. »Gott sei seiner Seele gnädig«, sagte er, hob das Glas und trank.
»In Ewigkeit, Amen«, ergänzte der Doktor und trank ebenfalls.
Dann stand er auf und zog sein Jackett zurecht. »Wie geht es der Witwe?«, fragte er.
»Sie wartet auf Sie. Die beiden Hausmädchen sind auch da. Ich bin sicher, dass sie die Totenwache übernehmen werden.«
»Dann darf ich Mafalda nach Ausstellung des Totenscheines zu Ihnen geleiten? Ich bin sicher, für eine zarte Frau, wie sie es ist, ist es besser, die erste Nacht als Witwe nicht allein im Haus mit dem Toten zu verbringen.«
Hermann lächelte schief. Er stand auf, reichte Doktor Winkler die Hand, dann verbeugte er sich. »Mein Dank ist Ihnen gewiss, werter Freund.«
Der Doktor winkte ab. »Glauben Sie bloß nicht, dass Sie in meiner Schuld stehen. Ich denke, es ist eher umgekehrt.«

Einunddreißigstes Kapitel

Titine hatte eine unruhige, von wilden Träumen durchsetzte Nacht hinter sich, als sie am nächsten Tag erwachte. Alle Glieder taten ihr weh, und sie fühlte sich, als wäre ein vollbeladener Eselskarren über sie hinweggerollt.

Mühsam erhob sie sich, wusch sich mit kaltem Wasser, zog sich ein Kleid an. Noch immer fühlte sich ihre Haut verdreckt an, doch wenn Titine ihren Arm zur Nase hob und daran roch, so stieg ihr nur der Duft der feinen französischen Seife in die Nase.

Unten, im kleinen Frühstücksraum, der sich neben der Küche befand und an die Veranda grenzte, fand sie Mafalda vor.

Sie umarmte die Freundin herzlich, doch sie brachte es nicht über sich, ihr ein Beileidswort vorzulügen. Stattdessen fragte sie: »Wie geht es dir?«

»Sollte ich das nicht lieber dich fragen? Hermann hat mir erzählt, was gestern passiert ist, aber auch, dass du wieder sprichst.«

»Lass es gut sein, Mafalda. Ich möchte nicht darüber reden.«

Die junge Witwe nickte. »Er ist ein Schwein«, sagte sie leise, so dass die Hausmädchen sie nicht hören konnten. »Er hat gekriegt, was er verdient hat.«

Dann schwiegen sie beide, bis sie gegessen und den Kaffee getrunken hatten.

Anschließend erklärte Mafalda: »Ich muss mich um das Begräbnis kümmern. Er soll so schnell wie möglich unter die Erde. Wenn es geht, gleich morgen.«
»Kann ich dir helfen?«, fragte Titine. Wenn es gestern noch ungewohnt für sie war, sich jemand anderem als Fela gegenüber mit Worten verständlich zu machen, so schien ihr jetzt, als hätte sie niemals die Sprache verloren.
»Vielleicht heute Nachmittag, aber nur, wenn du möchtest, wenn es dir gutgeht. Ich muss einige Kuchen backen und andere Vorbereitungen für den Leichenschmaus treffen. Heute Vormittag werde ich den Sargtischler bestellen. Er soll sich eilen, danach werde ich den Pfarrer aufsuchen, die Totenwäscherin soll Don Alvaro in sein Leichenhemd kleiden, und womöglich finde ich noch ein, zwei Leute, die ihn auf einen Karren legen und ihn die letzte Nacht auf Erden in der Kirche verbringen lassen.«
Mafaldas Stimme hatte bei diesen Worten einen so gleichgültigen Klang, als würde sie über den bevorstehenden Waschtag sprechen.
»Meinst du, ich sollte den Sklaven einen freien Tag geben, damit sie ihren Herrn auf ihre Weise betrauern können?«, fragte sie, und ein feines Lächeln umspielte dabei ihren Mund.
»Du bist die Herrin«, antwortete Titine. »Du wirst wissen, was für deine Leute das Beste ist.«
»Ja!« Mafalda strich sich das Haar zurück und überschaute den Ingenio. »Ja, ich bin die Herrin. Sooft ich mir auch gewünscht habe, Alvaro wäre tot, so habe ich mir doch niemals gewünscht, eine Herrin zu sein.«
»Hermann wird dir helfen, da bin ich sicher.«

»Ja, das wird er.« Noch immer blickte Mafalda über das Land, lockerte nun mit beiden Händen ihr langes, dunkles Haar. »Das wird er«, wiederholte sie und drehte sich nach Titine um. »Weißt du was?«, fragte sie. »Ich glaube, gestern Abend wurde mir ein neues Leben geschenkt.«

Titine wusste nicht, wie Mafalda es fertiggebracht hatte, aber tatsächlich fand am nächsten Nachmittag das Begräbnis Don Alvaros statt. Der Sarg war einfach und schlicht, mit wenig Blumenschmuck versehen. Im Herrenhaus, das wusste Titine, stand ein rundes Dutzend Torten und Kuchen bereit, der große Saal war hergerichtet, Limonaden und andere Getränke waren in Zinnwannen mit kaltem Wasser gestellt, damit sie kühl blieben. Sie selbst hatte ein paar Tischdecken gebügelt, Verzierungen auf Kuchen angebracht und auch ansonsten so gut geholfen, wie es nur ging.

Mafalda aber änderte sich mit jeder Minute ein wenig mehr. Aus dem schüchternen, verängstigten Wesen, das es kaum wagte, das Haus zu verlassen oder jemandem gerade in die Augen zu blicken, war eine junge Frau geworden, die tat, was nötig war. Mit fester Stimme erteilte sie Anweisungen, scheuchte die Dienstmädchen freundlich, aber bestimmt zur Arbeit und zeigte mit einem Male das Geschick einer erfahrenen Hausherrin.

Jetzt lief sie gemessenen Schrittes hinter dem Sarg her, der Saum des schwarzen Kleides schleifte, wie es sich gehörte, einen Zentimeter über dem Boden, ihr Gesicht war von einem leichten schwarzen Spitzenschleier bedeckt. In der Hand hielt sie ihr Gesangbuch, und sie wurde von

Hermann am Arm geführt. Auf ihrer anderen Seite schritt Doktor Winkler mit betrübter Miene einher. Hinter ihnen ging Titine in Begleitung des Bürgermeisters und seiner Frau, dann folgten die Honoratioren der Stadt, die freien Bürger, und den Schluss bildeten die Sklaven der Pflanzung.

Aber anders als bei den üblichen Begräbnissen fehlte bei diesem der Gesang der Sklaven. Es war, als hätten die Arbeiter des Alvaro-Ingenios noch über den Tod hinaus Angst vor ihrem Herrn.

Die eigentliche Zeremonie in der Kirche auf der Plaza Mayor fiel kurz aus. Der Priester hielt eine knappe Seelenmesse für den Toten, bei der, wie Titine ohne Verwunderung feststellte, nicht eine Träne vergossen wurde. Danach wurde der Sarg von sechs Sklaven zum Friedhof getragen und rumpelnd in die Grube gelassen.

Titine dachte, dass sie Befriedigung verspüren würde, wenn der Mann, der den Befehl zu ihrer Vergewaltigung gegeben hatte, endlich im Grab wäre, aber in ihrem Inneren blieb alles stumm und leer.

Gleichgültig sah sie sich unter den Trauergästen um. Der Bürgermeister trippelte von einem Fuß auf den anderen, als hätte er es eilig, von hier wegzukommen. Die Gesichter der Sklaven waren so ausdruckslos, dass Titine den Eindruck hatte, sie schliefen im Stehen. Und Mafalda, nur leicht auf Hermanns Arm gestützt, wechselte einen langen Blick mit Doktor Winter und Hermann, ehe sie die Rose auf den Sarg warf.

Titine überschaute die verhältnismäßig kleine Schar derer, die sich nicht einmal bemühten, Trauer vorzutäuschen. Nur eine Frau konnte sie nicht zuordnen. Eine hochge-

wachsene Frau mit schlechter Haltung, deren Gesicht ganz und gar von einem Schleier bedeckt war. Irgendetwas kam Titine an dieser Frau bekannt vor, aber sosehr sie auch nachdachte, sie kam nicht dahinter. Die Frau hielt einen kleinen Jungen an der Hand, der unruhig zappelte. Das Kind hatte die helle Haut der Europäer, und Titine ging im Geiste alle Weißen durch, die sie in Trinidad kennengelernt hatte. Wilma fiel ihr ein. Hatte Mafalda nicht vor einigen Tagen von einer Frau gesprochen, die sich nach Hermann und ihr erkundigt hatte? War das da wirklich Wilma? Sie hatte die ganze Sache nach den Geschehnissen der letzten Tage vergessen. Jetzt wandte sie sich um, wollte die fremde Frau noch einmal genau betrachten, doch sie war verschwunden. Verblüfft sah sich Titine nach allen Seiten um, doch eine schwarzverschleierte Frau, die einen kleinen weißen Jungen an der Hand hielt, war nicht zu sehen. Dann wurde das Vaterunser gesprochen, die Versammlung löste sich auf, strömte ungeordnet über den Friedhof in Richtung des Herrenhauses. Mafalda packte Titine bei der Hand. »Ich muss mich beeilen, damit ich vor den Trauergästen da bin«, sagte sie. »Begleitest du mich?«
Sie wartete nicht auf eine Antwort, sondern zog Titine an der Hand mit sich.

Zweiunddreißigstes Kapitel

Don Alvaro war noch keine Stunde unter der Erde, als schon kein Wort mehr über ihn fiel. Es war fast, als hätte er nie gelebt. Die weißen Männer der Stadt, ganz gleich ob Zuckerbaron, Anwalt oder Lehrer, balzten um Mafalda, denn eines war gewiss: Die junge Witwe musste sich alsbald neu vermählen, das Leben ging weiter, und eine so große Plantage konnte unmöglich von einer Frau allein geführt werden.

Titine stand an einem der Fenster, ein Stück abseits von den anderen. Seit dem Vorfall im Zuckerrohrfeld konnte sie die Berührungen von Fremden nur sehr schlecht ertragen. Im Übrigen hatte sie als Stumme stets etwas abseits gestanden, so dass nun niemand Anstoß daran nahm.

Sie beobachtete den Sohn des Bürgermeisters, der bis vor kurzem noch sie umschwärmt hatte. Jetzt hing er an Mafaldas Lippen, als tropfte mit jedem Wort, das sie sagte, Honig hervor. Ein junger Pflanzer, dessen Felder an den Ingenio grenzten, versuchte immer wieder, Mafalda tröstend an sich zu ziehen, doch jedes Mal konnte die junge Witwe ihm ausweichen.

Ein paar Meter neben ihr unterhielten sich ein Kaufmann und der Rechtsanwalt so ungeniert, dass Titine jedes Wort gut verstehen konnte. Sie hielten beide ihre Rumgläser in der rechten Hand und betrachteten Mafalda. »Eine präch-

tige Partie«, überlegte der Anwalt laut. »Sie ist hübsch, nicht besonders klug, sicher leicht zu führen. Und das Erbe dürfte beträchtlich sein.«
»Natürlich ist es das. Sonst würde der Sohn des Bürgermeisters nicht wie eine Fliege um Mafalda herumschwirren.« Er seufzte, fuhr dann fort: »Es war ja nicht abzusehen, dass Don Alvaro so früh ins Gras beißt. Hätte ich das gewusst, so hätte ich mit meiner Hochzeit noch gewartet.«
»Wieso?«, fragte der Anwalt. »Ich dachte, du liebst deine Frau.«
»Pffft. Ein Mann wie ich kann sich Liebe nicht leisten. Ihr Vater hat gute Kontakte. Und die sind wichtiger als Liebe.« Er seufzte so tief, dass Titine allein aus diesem Ton erfuhr, wie unglücklich die Ehe war.
»Tja«, erwiderte nun der andere. »Manch einer hat das Glück, dass ihm das Weib im Kindbett stirbt. Aber darauf bauen sollte man vielleicht doch nicht.« Die beiden Männer stießen mit ihren Gläsern an und tranken.
Mit einem Mal wurde die Tür aufgerissen und die schwarzverschleierte Frau, die Titine schon auf dem Friedhof aufgefallen war, betrat den Saal.
Sie schritt auf Hermann zu, blieb direkt vor ihm stehen, schlug den Schleier zurück und sagte mit so lauter, greller Stimme, dass sie durch den ganzen Saal hallte: »Es ist schön, dich zu sehen, Hermann Fischer. Ich habe eine Weile gebraucht, um dich zu finden, aber nun bin ich da.« Sie beugte sich ein wenig nach vorn und hielt Hermann ihre Wange zum Kuss hin. »Willst du die Mutter deines Sohnes nicht zur Begrüßung umarmen?«, rief sie so laut, dass jeder im Saal es hören konnte.

Hermann aber stand wie erstarrt da, unfähig, ein Wort zu sagen.
Titine verließ eilig ihren Fensterplatz, stellte sich neben ihren Bruder, reichte der Frau die Hand und sagte: »Willkommen in Trinidad, Wilma. Wie ich höre, hast du dich kein bisschen verändert.«

Dreiunddreißigstes Kapitel

Sofort herrschte Stille im Saal, alle Blicke waren auf sie gerichtet.

Die beiden Herren, die sich gerade noch am Fenster über Mafaldas Vorzüge ausgetauscht hatten, hatten die Gläser auf das Fensterbrett gestellt und traten nun näher. Mafalda hatte ihr Gespräch unterbrochen und betrachtete Wilma mit zusammengekniffenen Augen.

Wilma genoss ihren Auftritt. Sie sah nacheinander in alle Gesichter, dann zeigte sie anklagend mit dem Zeigefinger auf Hermann und verkündete: »Dieser Mann ist ein Betrüger. In Deutschland hat er mich geschwängert, hat mir die Hochzeit angelobt und mich dann im Stich gelassen. Bis nach Havanna bin ich ihm gefolgt, blind vor Liebe und zum Verzeihen bereit, doch wieder hat er mich im Stich gelassen und ist nach Trinidad gegangen, um sich vor der Verantwortung für seine Familie zu drücken.«

Sie machte eine Pause und ließ dabei ihren Blick über die Anwesenden schweifen, danach wandte sie sich direkt an Hermann: »Aber nun habe ich dich gefunden, und ich fordere dich im Angesicht deiner Freunde und Bekannten auf, dich endlich zu deiner Verantwortung zu bekennen, mich zu heiraten und deinem Sohn einen ordentlichen Namen zu geben.«

Die Frau des Bürgermeisters stieß einen kleinen Entzückensschrei aus und schlug sich die Hand vor den Mund.

Ihre Nasenflügel zitterten vor Gier nach einem Skandal. Doktor Winkler maß Hermann mit einem langen Blick, und Mafalda löste sich aus der Gruppe am Tisch und verpasste Hermann eine so gewaltige Maulschelle, dass der Abdruck ihrer kleinen Hand auf Hermanns Wange blühte.

Wilma warf den Kopf zurück. »Ich sehe, in dieser Stadt herrscht noch Zucht und Ordnung.«

Titine stieß Hermann mit dem Ellbogen in die Seite. »Sag etwas«, forderte sie ihn auf. »Lass das nicht auf dir sitzen.«

Hermann schüttelte sich. Er wirkte, als sei er gerade aus einem schlimmen Traum erwacht. Dann hob er die Hand und bat um Ruhe. »Liebe Freunde«, erklärte er. »Diese Frau lügt. Ich habe sie nicht ein einziges Mal angefasst, und ich habe ihr auch die Ehe nicht versprochen. Vielmehr wurde ich von ihrem Vater genötigt, sie zu heiraten. Da ich das nicht konnte und wollte, bin ich nach Kuba gegangen, insbesondere auch, um ihren Nachstellungen zu entgehen. Ich schwöre hier im Angesicht von euch allen, dass das besagte Kind nicht von mir ist und ich demzufolge keinerlei Verpflichtungen dieser Frau gegenüber habe.« Er räusperte sich, wandte sich dann direkt an Wilma: »Ich weiß nicht, warum du das tust, was du tust. Aber ich fordere dich auf, mich endlich in Ruhe zu lassen.«

»Ha!« Wieder warf Wilma den Kopf zurück. »Das könnte dir so passen. Du hast hier gar nichts zu fordern. Seit Jahren überlässt du mich der Schande. Von Glück kannst du sagen, dass ich dich noch immer liebe und bereit bin, dir zu verzeihen. Heirate mich, und beginne ein Leben als anständiger Mensch und Familienvater.«

Sie sah beifallheischend in die Runde, und die Frau des Bürgermeisters tat ihr den Gefallen und klatschte in die Hände. Zögernd fielen ein paar andere ein, aber nach wenigen Augenblicken verstummte der Beifall.
»Und was, wenn er es nicht tut?«, fragte Titine. »Was willst du machen, wenn auch diese Erpressung keinen Erfolg zeigt, wenn Hermann dich auch dieses Mal nicht heiratet?«
Wilma lächelte schief, betrachtete Titine mit Verachtung und zischte ihr ins Ohr: »Diese Frage solltest du lieber nicht so laut stellen, denn ich habe etwas, das dich und deinen Bruder arg in Bedrängnis bringen könnte. Heute Abend Punkt acht Uhr werde ich an eure Haustür klopfen. Und ihr seid gut beraten, mir dann zu öffnen.«
Mit diesen Worten nickte sie noch einmal in die Runde und verließ hocherhobenen Hauptes den Saal.
Kaum war die Tür hinter Wilma zugefallen, setzte das Getuschel und Gewisper ein. Es gab wohl niemanden, der Hermann nicht mit ganz neuen Augen ansah. Die Frau des Bürgermeisters tuschelte ihrer Nachbarin so laut zu, dass jeder, der es wollte, hören konnte: »Ich dachte mir schon immer, dass mit dem etwas nicht stimmt. Jung und gutaussehend und keine Frau. Jetzt wird mir klar, warum er sich nie um eine von unseren Mädchen bemüht hat.«
Hermann achtete nicht auf das Geschwätz. Er schenkte sich ein großes Glas Rum ein und trank es in einem Zug leer. Doktor Winkler trat auf ihn zu. »Ich dachte wirklich, Sie sind ein Ehrenmann, Pescador. Das sind Sie doch, oder?«

Er machte Anstalten, noch mehr zu sagen, aber da näherte sich Mafalda. Sie hatte Tränen in den Augen. »Ich habe dir geglaubt«, flüsterte sie. »Jedes deiner Worte habe ich für bare Münze genommen. Aber am heutigen Tag habe ich gleich zwei Männer zu Grabe getragen.«
Sie presste sich eine Hand auf den Mund und rannte aus dem Saal.

Vierunddreißigstes Kapitel

»Was hat sie gegen dich in der Hand?«, fragte Titine, als sie am Abend auf der Veranda saßen. Es war eine halbe Stunde vor acht Uhr, doch schon jetzt war den Geschwistern die Anspannung vor dem angekündigten Besuch anzumerken.

»Was soll sie gegen mich in der Hand haben? Ich habe nichts getan. Rein gar nichts. Ich nehme an, sie wird mir irgendeinen Leberfleck des Kleinen beschreiben, den ich angeblich auch habe. Dies nimmt sie sicher als Hinweis auf meine Vaterschaft.«

»Und? Was wirst du tun?«

Hermann zuckte mit den Schultern. »Nichts. Ich lasse mich von Wilma nicht erpressen. Mein Herz gehört Mafalda. Wilma hat mir bereits Ramona vergrault. Noch einmal wird ihr das nicht gelingen.«

»O doch, mein Lieber«, erklang eine Stimme aus der Dunkelheit, und kurz darauf wurde Wilma im Schein des Öllichtes sichtbar. Sie kam langsam die Stufen der Veranda herauf und blieb vor Hermann stehen. »Willst du mich nicht bitten, mich zu setzen? Willst du mir keine Erfrischung anbieten?«

Hermann schüttelte den Kopf. »Nein. Sag mir, was du zu sagen hast, und dann verschwinde endgültig aus meinem Leben. Froh kannst du sein, dass ich dich überhaupt anhöre.«

»Pah! Spätestens in fünf Minuten wirst du Kissen heranschleppen, damit ich es bequem habe. Du wirst mich mit Süßigkeiten verwöhnen wollen, wirst freundlicher und liebevoller zu mir sein, als du es dir je erträumt hast.«

»Ich höre!« Hermann tat, als ließe er sich von Wilmas Geschwätz nicht beeindrucken.

Titine aber wusste, dass er innerlich verkrampft war. Wilma hatte noch nie leere Drohungen ausgesprochen, und auch jetzt war klar, dass sie etwas wusste, womit sie Hermann erpressen konnte.

»Da!« Wilma kramte kurz in der Tasche ihres Kleides und zog dann eine Revolverhülse heraus. »Erkennst du dieses Teil wieder?«

Hermann zuckte mit den Achseln. »Ich habe keine Ahnung, was das sein soll.«

»Dann werde ich dir auf die Sprünge helfen. Diese Patronenhülse stammt aus deinem Revolver. Weißt du, wo man sie gefunden hat? Im Körper eines Aufsehers. Weit draußen im Feld. Er lag dort mausetot. Na, willst du mir jetzt einen Platz und ein Getränk anbieten?«

Hermann sprang auf, riss ihr die Patronenhülse aus der Hand. »Woher hast du das?«, schrie er sie an.

Wilma zuckte gleichgültig mit den Schultern. »Es gibt viele Leute in Trinidad, die nicht besonders gut auf dich zu sprechen sind. Und dazu noch einige, die nichts anderes zu tun haben, als euch zu beobachten. Es war nicht weiter schwierig, jemanden zu finden, der mich gestern Nachmittag zu der Stelle führte, zu der ihr beide« – sie zeigte mit dem Finger zuerst auf Titine und danach auf Hermann – »so eilig aufgebrochen seid.«

Sie schüttelte den Kopf. »Tss, tss, tss«, machte sie. »Was

ist nur aus dir geworden, Hermann Fischer? Du hattest eine große Zukunft vor dir. Nun bist du gar zu einem gemeinen Mörder verkommen.«
Hermann räusperte sich die Kehle frei. »Was willst du, Wilma?«
»Einen Tausch, sonst nichts. Ich tausche diese Patronenhülse gegen einen goldenen Ring für meine rechte Hand. Und ich finde, dass du dabei noch sehr gut wegkommst.«
Hermann schluckte und starrte Wilma so intensiv an, als könnte sie sich unter diesem Blick in Luft auflösen.
»Ach ja, beinahe hätte ich es vergessen. Deine Schwester muss natürlich weg von hier. Ein junges Ehepaar hat mehr Freude im ersten eigenen Heim, wenn die Schwester nicht um jede Ecke späht. Aber auch das dürfte kein Problem sein. Sie spricht ja wieder. Vielleicht findet sich nun auch ein Bräutigam für sie. Erfährt man jedoch, dass sie geschändet ist und die Schwester eines Mörders, nun, so wird die Auswahl an Freiern geringer ausfallen.«
Hermann stand nun tatsächlich auf, fasste Wilma leicht beim Arm. Seine Miene aber war so verkniffen, dass Titine ahnte, er würde Wilma am liebsten die Hände um den Hals legen, doch er sagte: »Nimm Platz, Wilma.«
Die hagere Frau verzog den Mund. »Habe ich es dir nicht vorausgesagt? Es sind noch keine fünf Minuten vergangen, und schon bietest du mir einen Platz an. Ha!« Ihr Auflachen klang siegessicher.
Auch Hermann setzte sich wieder, bot Wilma jedoch nichts zum Trinken an. Stattdessen fasste er sie genau in den Blick und fragte: »Wie viel?«
»Was?« Wilma schüttelte verwundert den Kopf.

»Wie viel Geld willst du? Wie hoch ist dein Preis? Was muss ich bezahlen, um dich ein für alle Mal vom Hals zu haben?«

Wilma kniff die Augen zusammen, blitzte Hermann empört an. »Nein, mein Lieber. So nicht. Nicht mit mir! Versuch ja nicht, dich von deiner Verantwortung freizukaufen!«

»Wilma, du weißt es und ich weiß es. Wer immer der Vater deines Jungen auch ist, ich bin es gewiss nicht. Du kannst von Glück sagen, wenn ich dir ein wenig Geld anbiete, verdient hast du nämlich nicht einen Kupferpfennig. Also! Ich frage noch einmal: Wie viel Geld muss ich dir zahlen, damit du aus meinem Leben verschwindest?«

Wilma legte den Kopf schief und tat, als überlegte sie. Dann aber huschte ein hämisches Lächeln über ihr Gesicht und zog den strichdünnen Mund in die Breite. »Geld ist mir nicht wichtig«, erklärte sie leichthin. »Was ich will, ist eine Familie.«

Titine, die bis dahin geschwiegen hatte, hob eine Hand leicht an. »Liebe kann man nicht erpressen, Gefühle nicht erzwingen, Wilma. Das musst du doch inzwischen begriffen haben!«

»Ha!«, schrie Wilma plötzlich. »Woher willst du wissen, was Liebe ist, frage ich? Du, die du nie gesprochen hast, die du nie auch nur ein Fitzelchen Anteilnahme am Geschick von irgendwem gezeigt hast. Wie kannst ausgerechnet du von der Liebe reden? Hast du jemals nachts wach gelegen und dich gefragt, was, um alles in der Welt, mit dir nicht in Ordnung ist? Hast du dich je im Spiegel betrachtet und nach Zeichen gesucht, die dich liebenswert erscheinen lassen? Lastete je der Druck auf deiner Schulter, einen Mann zu finden, ganz gleich, welchen, um den Vater nicht zu enttäuschen?«

Bei diesem Satz wich die Farbe aus Wilmas Gesicht, und sie brach ihre Rede so unvermittelt ab, wie sie sie begonnen hatte. Sie presste die Lippen fest aufeinander. Dann atmete sie einmal tief ein und aus und wiederholte, an Hermann gewandt: »Ich verlange, dass du mich heiratest und deinen Sohn anerkennst. Bis morgen Abend gebe ich dir Zeit. Hängt dann das Aufgebot nicht in der Kirche aus, so werde ich dich wegen Mordes anzeigen.«

Fünfunddreißigstes Kapitel

Was wirst du tun?«, fragte Titine, nachdem Wilma gegangen war. Sie hielt ihre Hände im Schoß fest umklammert, damit Hermann das Zittern nicht sah.

Hermann wischte sich müde mit der Hand über die Augen. »Ich weiß nicht, was ich tun werde. Ich weiß nur, was ich auf gar keinen Fall tun werde. Ich werde Wilma nicht heiraten. Es wird kein Aufgebot in der Kirche aushängen. Nicht morgen und auch nicht übermorgen.«

Während des nächsten Tages lief Titine ruhelos durch das Haus, rückte da eine Tischdecke gerade, ordnete dort Blumen in der Vase. Sie setzte sich mit ihrem Stickrahmen auf die Veranda, doch nach wenigen Stichen legte sie den Rahmen zur Seite und blickte minutenlang über die Felder, ohne etwas zu sehen. Kurz vor der Mittagszeit besuchte sie Mafalda im Herrenhaus. Sie fand die junge Witwe nicht wie gewohnt im Patio, sondern im Schlafzimmer ihres verstorbenen Gatten. Sie riss sämtliche Kleidungsstücke Don Alvaros aus den Schränken, türmte sie zu einem großen Haufen und wies die beiden schwarzen Hausmädchen an, die Sachen hinter dem Haus zu verbrennen. Wie rasend riss sie Bezüge von Kissen, schüttete Schubladen mit Socken und Sockenhaltern aus, warf Schuhe direkt aus dem Fenster auf den Scheiterhaufen und hielt nicht einmal inne, als Titine zu ihr kam.

»Was ist los mit dir?«, fragte Titine.

»Siehst du das nicht?« Mafalda rannte ins Wohnzimmer, griff sich die große Kiste mit den guten Zigarren und warf sie zu Boden. »Diese Dinger werden auch verbrannt. Bring sie runter«, herrschte sie ein Hausmädchen an.
»Kann ich dir helfen?«, fragte Titine.
Mafalda verharrte, blies sich eine Haarsträhne aus der Stirn. »Ja!«, zischte sie. »Bring mir deinen Bruder und wirf ihn zu den anderen Sachen, die kein Mensch braucht, auf den Scheiterhaufen.«
Titine schluckte. Sie griff nach Mafaldas Hand. »Es ist nicht so, wie du denkst. Wilma lügt. Vor ihren Lügen sind wir damals von Würzburg nach Havanna geflohen. Glaub mir. Setz dich hin, dann erzähle ich dir, was damals vorgefallen ist.«
Mit mürrischer Miene und vor der Brust verschränkten Armen nahm Mafalda auf einem schmalen Sofa Platz, das an der Wand des großen Saales stand.
Und Titine setzte sich neben sie und berichtete von dem Brand, bei dem Hermann und sie ihre Eltern verloren hatten, von der Zeit in Würzburg, von der Flucht nach Havanna, sogar von Hermanns kurzer Liebe zu Ramona erzählte sie, ließ nichts aus, nicht eine schmerzhafte Einzelheit. Am Schluss sprach sie: »Nun weißt du alles, was es über Hermann und mich zu wissen gibt. Sag selbst, hat er dich je belogen? Hat er dir je die Unwahrheit gesagt, sich vor einer Verantwortung gedrückt? Wäre er wirklich schuldig, so würde er Wilma heiraten. Doch die Wahrheit ist ihm so wichtig, dass er alles riskiert, was er hat.«
Mafalda schluckte. »Du hast recht. Er hat mich nie belogen«, gab sie schließlich zu. »Er hat mehr für mich getan

als jeder andere. Und niemals hat er eine Gegenleistung dafür verlangt. Er hat sogar für mich Don Alvaro …«

»Pst!«, unterbrach Titine sie. »Sprich es nicht aus. Ich weiß, dass alles, was in Worte gefasst wird, nicht ungeschehen gemacht werden kann.«

Eine Weile schwiegen die beiden jungen Frauen, eine jede in ihre eigenen Gedanken versunken. Schließlich schlang Mafalda die Arme um Titines Hals und flüsterte: »Danke. Danke, dass du mir alles erzählt hast. In meinem Herzen wusste ich immer, dass Hermann ein wunderbarer Mensch ist, der nichts von dem getan hat, dessen die furchtbare Frau ihn beschuldigt. Sage mir, was ich tun kann, um ihm zu helfen. Und ich verspreche dir, zu ihm zu stehen, was immer auch kommt.«

Angstvoll wartete Titine den Abend ab. Hermann hatte, wie angekündigt, kein Aufgebot bestellt. Aber die Geschwister kannten Wilma gut genug, um zu wissen, dass diese keine Zeit verlieren würde.

Die Sklaven wurden gerade zum Hüttendorf getrieben, als zwei Männer in der Uniform der Polizei zum Verwalterhaus geritten kamen.

Hermann seufzte und erhob sich.

»Scheint ganz so, als hätten Sie uns erwartet, Señor Pescador«, erklärte der oberste Ordnungshüter von Trinidad.

Hermann zuckte gleichgültig mit den Schultern.

Titine aber fragte hastig: »Was wird meinem Bruder zur Last gelegt?«

»Mord«, erwiderte der Polizist. »Eine Dame hat ihn angezeigt. Sie hat ihn seit ihrer Ankunft in Trinidad beobachten lassen, weil sie, wie sie sagte, schlechte Erfahrungen mit ihm gemacht hat. Schon in Deutschland soll er Heiratsschwindel begangen haben. Nun, und zum Beweis für ihre Beobachtungen hat sie uns sowohl zu der Leiche geführt als auch eine Patronenhülse vorgewiesen, die sie von einem Aufseher Ihres Ingenio bekommen hat. Der Aufseher, Roland mit Namen, hat ihre Aussage bestätigt. Er hat den Mord beobachtet, hat er unter Eid versichert.« Er machte dem anderen Polizisten ein Zeichen. »Such das Haus nach der Waffe ab. Kremple alles um.«

Titine breitete die Arme aus. »Sie müssen hier nichts umkrempeln, die Waffe kann ich Ihnen auch selbst bringen.«

Titine erhob sich und begab sich in Hermanns Arbeitszimmer, wo er für gewöhnlich die Waffe in einer Schublade seines Schreibtisches aufbewahrte. Titine riss die Lade auf – und erstarrte. Dort, wo sich der Revolver sonst befand, glänzte nur eine leere Stelle.

»Was ist nun?«, rief der eine Polizist von draußen.

Titine verschloss den Schreibtisch, begab sich zurück auf die Veranda. Mit ausgebreiteten Armen antwortete sie: »Sie ist weg! Einfach weg. Verschwunden.« Und, zu ihrem Bruder gewandt: »Weißt du, wo der Revolver ist?«

Hermann riss die Augen auf, doch selbst den Polizisten blieb nicht verborgen, dass ein feines Lächeln seine Lippen umspielte. »Sie ist weg?«, fragte er.

Titine nickte.

»Nun, dann kann ich in dieser Sache leider nicht behilflich sein.«

Der Polizist spuckte von der Veranda aus in den Sand vor dem Haus. Dann deutete er mit dem Daumen auf seinen Untergebenen: »Du da! Kremple hier alles um. Untersuch jedes Stäubchen, und wage ja nicht, ohne den Revolver zurück in das Polizeibüro zu kommen.« Dann gab er Hermann einen leichten Schubs. »Und Sie kommen mit mir.«

Hermann machte keine Anstalten, sich zu widersetzen. Unten, vor der Veranda, drehte er sich noch einmal nach Titine um. »Ruf keinen Anwalt für mich, hörst du? Ich brauche ihn nicht. Morgen bin ich wieder da. Mach dir keine Sorgen.«

Titine rang die Hände, sprach kein Wort, sondern nickte nur.

Sechsunddreißigstes Kapitel

Fela, ich weiß, dass du mir nur helfen möchtest, aber so sieh doch ein, dass die Aussage eines Sklaven vor Gericht nicht mehr Gewicht hat als das Bellen eines Hofhundes.« Titine war mit ihren Nerven am Ende. Blass hockte sie auf den Verandastufen und lehnte den Kopf an Felas Schulter. Schon lange saßen sie so beieinander. Fela war gekommen, als die Sonne gerade untergegangen war. Nun leuchtete der Mond am Himmel, das Tor zum Hüttendorf war längst verschlossen, doch noch immer konnte Fela es nicht über sich bringen, Titine allein zu lassen.

Sie hatte ihm alles berichtet, angefangen von der versuchten Vergewaltigung bis zu Hermanns Verhaftung.

»Was willst du jetzt tun?«, fragte Fela und presste Titine leicht an sich, hauchte ihr einen Kuss auf das Haar.

Titine seufzte. »Ich weiß es nicht. Ich weiß es einfach nicht. Der Revolver ist weg, und ich habe keine Ahnung, ob dies ein gutes oder ein schlechtes Zeichen ist. Zudem hat mir Hermann verboten, den Anwalt hinzuzuziehen. Aber ich kann meinen Bruder doch nicht ohne rechtlichen Beistand lassen.«

»Dein Bruder ist klug. Er weiß, was er tut. Der Anwalt, ich habe ihn während des Begräbnisses von Don Alvaro beobachtet. Er ließ die Witwe keinen Augenblick aus den Augen. Ich wette, er sieht sich in seinen Träumen bereits als neuer Herr auf dem Ingenio. Er wird nichts für Hermann tun, nicht das Geringste, denn im Gefängnis nutzt ihm dein Bruder am meisten.«

Titine richtete sich auf. »Du hast recht. Aber irgendetwas müssen wir doch tun!«

Fela nahm Titines Hand und presste sie auf sein Herz. »Spürst du das?«

»Was?«

»Den Schlag meines Herzens.«

»Ja. Das tue ich.«

»Dieses Herz, Titine, schlägt nur für dich. Was immer auch geschehen mag, ich werde für dich da sein.«

»Oh, Fela!«

Titine löste sich von ihm, sah ihm in die Augen. Und das, was sie darin las, stimmte sie trotz aller Dinge, die geschehen waren, froh und hoffnungsvoll. In Felas Augen las sie von der Liebe. Von einer Liebe, die frei war von Besitzansprüchen, frei von Geldgier, nur getragen vom Willen, die geliebte Person zu schützen und zu behüten.

»Danke«, flüsterte Titine, schmiegte ihre Wange an seine und konnte doch nicht verhindern, dass ihr die Tränen über die Wangen liefen. »Danke!«, wiederholte sie. Dann hob sie den Kopf, presste ihre Lippen auf seinen weichen Mund. Sie schloss die Augen und ließ zu, dass Fela ihre Lippen mit der Zunge öffnete und sie so küsste, wie es Liebende tun. Ein Schauer rieselte ihr über den Rücken, und zum allerersten Mal, seit ihre Eltern gestorben waren, fühlte sie sich frei und unbeschwert, voller Hoffnung und so jung, wie sie es wirklich war.

Als sie am nächsten Tag erwachte, kroch die Bangigkeit zurück in ihr Herz. Hermann war im Gefängnis. Was konnte sie nur tun, um ihm zu helfen? Sie saß noch in der Küche beim Frühstück und versuchte vergeblich, ein paar Bissen Brot und ein paar Löffel Maisbrei hinunterzuschlucken, als Mafalda hereingestürmt kam.

Sie wedelte mit einem Revolver so wild herum, dass Titine in Deckung ging.

»Leg dieses Ding weg, es könnte losgehen. Genug Unheil ist schon geschehen.«

Aber Mafalda lachte und warf die Waffe sorglos auf den Tisch. »Keine Angst, sie ist nicht geladen. Ich habe alle Patronen aus der Trommel entfernt.«

»Was willst du überhaupt damit?«

Mafalda ließ sich Titine gegenüber nieder. »Der Polizist hat nichts gefunden, nicht wahr? Keinen Revolver, keine andere Handwaffe, nur die Jagdgewehre, aus denen seit Ewigkeiten nicht geschossen wurde?«

Titine schluckte. »Ja. Das stimmt. Aber genau das bereitet mir solche Sorgen. Wo ist die Waffe nur hingekommen? Irgendwo muss sie doch sein!«

»Ich hatte sie.«

»Wie? Was sagst du da?«

»Der Revolver!« Sie deutete mit der Hand auf die Waffe. »Das ist eure Waffe. Am Tag, nachdem Don Alvaro gestorben ist, da habe ich bei euch geschlafen. Erinnerst du dich?«

»Natürlich.«

»Am nächsten Morgen bin ich zurück ins Herrenhaus gegangen, um das Begräbnis vorzubereiten. Alvaro lag zu dieser Zeit noch immer tot in seinem Bett im Schlafzimmer. Ich habe mich gefürchtet vor ihm, obwohl er tot war. Weißt du, ich war noch niemals mit einer Leiche allein. Er war verflucht, er war böse. Ich mochte nicht ohne Schutz mit ihm allein sein. Deshalb habe ich mir den Revolver ausgeliehen. Ich wollte euch Bescheid sagen, aber dann vergaß ich es, weil so viele andere Dinge geschehen sind. Es tut mir leid, Titine. Aber jetzt ist der Revolver wieder da. Und ich gedenke, ihn noch heute zur Polizei zu bringen. Verstehst du jetzt, warum ich so froh darüber bin, dass die Polizisten gestern hier nichts gefunden haben?«

Titine war verwirrt. Die letzten Tage hatten sie so angestrengt, dass es ihr schwerfiel, einen klaren Gedanken zu fassen. Zerstreut strich sie sich das Haar aus dem Gesicht. Mafalda malte mit dem Finger ungeduldig Kreise auf die Tischplatte. »Verstehst du nicht?«, wiederholte sie. »Die Waffe war nicht bei euch, sondern bei uns. Also kommt der Täter nicht aus eurem Haus, sondern aus unserem.«

Titine wackelte mit dem Kopf hin und her und fuhr mit der Hand über die Stirn, als hätte sie Kopfschmerzen.

»Das hieße doch dann, dass Don Alvaro oder du den Mord begangen haben müssen.«

»Ich scheide aus«, verkündete Mafalda fröhlich. »Ich war den ganzen Tag im Haus. Doktor Winkler kann das bezeugen. Er kam, um nach Don Alvaro zu sehen.«

»Aber dann war ja der Don auch da.« Titine versuchte krampfhaft zu verstehen, was Mafalda ihr mitteilen wollte.

»Nun, ich kann mich nicht recht besinnen, wo Alvaro zu dieser Zeit war. Wir müssten den Doktor fragen. Es könnte gut sein, dass er ihn gar nicht im Krankenbett angetroffen hat.«

Allmählich begriff Titine. »Aber was sollte Don Alvaro für einen Grund gehabt haben, einen seiner Aufseher zu erschießen? Vor allem, nachdem er sie alle am Vorabend zu sich bestellt und meine Vergewaltigung in Auftrag gegeben hat?«
Mafaldas Lächeln wollte nicht aus ihrem Gesicht verschwinden. »Ich habe die Versammlung belauscht«, erklärte sie. »Don Alvaro war nicht dumm. Er hat mit keinem einzigen Wort die Aufseher angestiftet, dir etwas zu tun. Er hat lediglich gesagt, dass du dem Ingenio Unheil bringst. Die Aufseher sind dumm. Und sie sind den ganzen Tag mit den Schwarzen zusammen. Zwar prügeln sie sie bei jeder sich bietenden Gelegenheit, doch im Grunde fürchten sie die Sklaven. Und nicht nur die Sklaven, sondern insbesondere ihre schwarze Magie. Es war leicht für Don Alvaro, ihnen einzureden, du wärest die Tochter Yewas, deren Macht nur dadurch gebunden werden kann, indem man sie ihrer Tugend beraubt. Einige der Aufseher hatten ein Hühnchen mit Hermann zu rupfen. Seit er als Verwalter auf der Plantage arbeitet, ist es vorbei mit ihrem faulen Leben. Er hat dafür gesorgt, dass die Aufseher sich nicht mehr ungestraft an den Sklavinnen vergreifen dürfen. Er hat dafür gesorgt, dass die Sklaven Wasser während der Arbeit auf den Feldern bekommen, und er hat die Aufseher angewiesen, ihre Peitschen nur noch in Ausnahmefällen zu benutzen. Jeder Aufseher, der einen Sklaven so fest schlug, dass dieser als Arbeitskraft ausfiel, musste sich persönlich bei Hermann dafür rechtfertigen. Freunde hat er sich dabei unter diesen Leuten nicht gemacht.«
Titine krauste die Stirn. »Alle wissen, dass sich Don Alvaro einen Dreck um das geschert hat, was seine Aufseher

taten. Warum sollte er einen von ihnen verfolgen und erschießen, weil er mich vergewaltigen wollte, während er jahrelang zugesehen hat, wie diese üblen Burschen die Sklavinnen schändeten?«

»Ganz einfach. Du bist weiß. Um das Schicksal der Schwarzen kümmert sich niemand. Wäre aber ruchbar geworden, dass er seine Leute angestiftet hat, dir Böses zu tun, nun, so hätte es kein Gericht auf der ganzen Insel vermocht, ihn von einer Schuld freizusprechen.«

Mafalda griff nach Titines Händen. »Es tut mir so unendlich leid, meine Liebe. Ich hatte zwar das Gespräch belauscht, aber ich hätte niemals gedacht, dass die Aufseher tun, was sie dir angetan haben. Ich war in eurem Haus, wollte dich warnen, aber ich bin zu spät gekommen. Verzeih mir bitte; ich wage kaum, dir in die Augen zu sehen, so schuldig fühle ich mich.«

Titine nickte nur. Darüber würde sie später nachdenken, obgleich sie schon jetzt Mafalda jedes Wort glaubte.

»Obwohl er, wie du sagtest, den Befehl nicht einmal ausgesprochen hat, sondern sich nur in Andeutungen und Schauergeschichten erging, meinst du, die Leute werden glauben, dass ihn das schlechte Gewissen gepackt hat?«

»Ganz genau. Du bist nicht irgendwer, du bist eine Weiße, bist die Schwester des Verwalters des größten Ingenios. Don Alvaro ist tot, und es wird ein Leichtes sein, einen der Aufseher dazu zu bringen, vor Gericht zu bezeugen, dass die Aufstachelung von Don Alvaro ausging. Nun, da er am nächsten Morgen gesehen hatte, wie du mit einem davongeritten bist, da hat den Don die Angst gepackt. Er ist euch gefolgt und hat den Mann, der dich schänden wollte, getötet, um dich zu schützen. Jeder anständige Weiße hätte so gehandelt. Es wird nicht schwer sein, das Gericht davon zu überzeugen.«

»Du vergisst eines, Mafalda. Jemand muss bezeugen, dass Don Alvaro an diesem Vormittag nicht im Hause war.«

»Doktor Winkler.«

Titine schüttelte den Kopf. »Nein, Mafalda. Das ist Unrecht. Man kann ein Unrecht nicht durch ein anderes ablösen. Ich möchte niemanden bitten, für Hermann oder mich zu lügen. Außerdem vergisst du Roland und den anderen Aufseher, der geflohen ist. Auch der junge Mann, der mich von hier weggelockt hat, wird wissen, wie es wirklich war.«

Titine seufzte. Das Leben, welches ihr gestern Abend in Felas Armen noch so wunderbar erschienen war, drückte heute als schwere Last auf ihre Schultern.

Mafalda griff nach Titines Hand. »Es wird alles gut werden«, raunte sie. »Du musst mir nur vertrauen. Es gibt Leute, die ebenso viel zu verlieren haben wie ihr.«

Titine zwang sich zu einem schmalen Lächeln, aber Mafalda schüttelte den Kopf. Sie ließ Titines Hand los. Ihre Stimme klang mit einem Mal schroff. »Du siehst mich immer noch als das verängstigte Wesen, das schon zusammenzuckte, wenn Don Alvaros Stimme nur drei Räume weiter zu hören war. Ja, du hast recht. So war ich auch. Aber ich habe mich verändert. Die Liebe deines Bruders hat mich verändert. Von ihm habe ich gelernt, dass der, der nicht kämpft, schon verloren hat. Und ich liebe deinen Bruder, Titine. Mehr, als ich je zuvor einen Menschen geliebt habe. Und du bist mir die beste Freundin, die ich je hatte. Ihr habt mir geholfen, wenn ich in Not war. Und jetzt werde ich euch helfen.«

Titine schrak auf. »Tu es nicht, Mafalda. Ich bitte dich. Zu viel Unheil ist schon geschehen.«
Mafalda schüttelte den Kopf und tätschelte Titines Hand. »Wie sagst du immer? Was hat deine Mutter stets zu dir gesagt? Prüfe, ob dein Handeln jemandem schadet. Ist es nicht so?«
»Ja. Das waren die Worte meiner Mutter.«
»Siehst du, bei dem, was ich vorhabe, würde nur Don Alvaro zu Schaden kommen. Und der ist tot, wie du weißt. Also, kann ich mit deiner Hilfe rechnen?«
Titine schluckte und ergriff die Hand, die Mafalda ihr hinstreckte. »Einverstanden!«, sagte sie. Und obwohl ihr bei dem Gedanken daran, lügen zu müssen, das Herz ein paar Takte schneller schlug, schöpfte sie wieder Hoffnung.
»Jetzt hör auf, dir solche Sorgen zu machen«, befahl Mafalda. »In ein paar Tagen ist alles vorbei, und wir können endlich das Leben führen, das wir uns immer gewünscht haben.«
Titine lächelte zaghaft, doch sie wusste, dass ihr Leben niemals wieder so sein würde, wie sie es sich immer ausgemalt hatte.

Siebenunddreißigstes Kapitel

Die Gerichtsverhandlung wurde so rasch angesetzt, dass Titine glaubte, einflussreiche Persönlichkeiten müssten ihre Hand dabei im Spiel haben. Kaum zehn Tage nach dem Mord würden sich heute die Menschen im Gerichtssaal des Rathauses versammeln.

Sie tippte auf den Bürgermeister, der in Mafalda für seinen Sohn eine neue Braut witterte, oder auf den Anwalt, der jeden Tag Blumen und Leckereien ins Herrenhaus schicken ließ. Mafalda tat die Gunstbezeugungen mit einem Achselzucken ab.

»Mein Herz gehört Hermann«, sagte sie. »Ich habe einmal einen Mann geheiratet, weil meine Eltern mich einfach zu ihm geschickt haben. Einen Mann, den ich nicht einmal leiden mochte. Das wird mir nicht noch einmal passieren. Ich liebe Hermann; und wenn ich denn jemals wieder heiraten sollte, dann nur ihn.«

Titine war Mafalda für diese Einstellung so dankbar, dass sie kaum Worte dafür fand: »Ich freue mich so, dass du zu ihm hältst, dass du ihm eine Stütze bist. Und ich danke dir dafür.«

»Ach, was, Dankbarkeit. Ich liebe, Titine, das ist alles.«

Titine war aufgeregt. In einer Stunde würde die Verhandlung beginnen. Sie hatte kaum gefrühstückt, und wenn sie aus dem Fenster sah, dann musste sie sich zusammenreißen, um das Wetter nicht als Omen zu nehmen. Draußen herrschte dichter Nebel. Sie konnte nicht einmal bis zum Herrenhaus sehen. Die ganze Gegend war wie mit einem dicken Federkissen zugedeckt. In einiger Entfernung erhob sich eine riesige Königspalme, doch ihre Umrisse blieben so schemenhaft, dass sie wie ein Baumgeist wirkte.

Nebel, dachte Titine, verschleiert die Sicht. Soll ich hoffen, dass es dem Gericht ebenso ergeht?

»Señorita, Ihr Tuch. Es ist kühl heute Morgen.« Ein Hausmädchen legte ihr einen Umhang über die Schulter.

»Ich danke dir.«

Das Mädchen nickte, blieb aber bei ihr stehen. Vorsichtig, als fürchte es, zurückgewiesen oder gar geschlagen zu werden, hob das Mädchen die Hand, legte sie für einen Atemzug lang auf Titines Unterarm. »Gestern Abend im Hüttendorf. Wir haben das Orakel befragt. Sie müssen keine Angst haben, Señorita Titine. Alles wird gut.«

»Das Kokosnuss-Orakel?«, fragte Titine. Sie zuckte mit den Achseln. Das Obi-Orakel fand beinahe täglich Verwendung. Mit ihm fragte man nach dem Wetter, nach der Ernte, nach Dingen, die einfach und nur von alltäglicher Bedeutung waren.

»Nein!« Das Mädchen schüttelte so heftig den Kopf, dass seine Haare flogen. »Nicht das Obi-Orakel, sondern das Ifa-Orakel.«

»Was?« Titine riss die Augen auf. Dieses Orakel war das komplizierteste Ritual der Santeria. Zweihundertsechsundfünfzig mögliche Orakelzeichen mussten in einem schwierigen System gedeutet werden. Nur wenige Hohepriester verstanden sich auf die Kunst des Ifa-Orakels. Es wurde nur bei besonderen Anlässen ausgeführt. Einmal hatte Titine zugesehen. Das war in Havanna gewesen, und Grazia hatte sie mitgenommen, doch verstanden hatte Titine nichts davon. Der Babalao hatte unter Trommelschlägen die Ahnen und die Götter angerufen, indem er mit einem Stab auf ein Brett schlug. Danach hatte er eine Kette geworfen und aus ihrem Wurf Orakelzeichen gelesen, welche sein Gehilfe ordentlich auf dem Brett notiert hatte. Die Zeichen wurden von den Anwesenden mit erstaunten Ausrufen oder atemlosem Schweigen zur Kenntnis genommen. Danach schüttelte der Babalao Palmnüsse in der hohlen Hand, als seien es Würfel. Aus diesem Wurf ergaben sich weitere Orakelzeichen.

»Und?« Titine spürte, wie sich ihr Herzschlag beschleunigte. Das Ifa-Orakel. Sie hatte nicht gewusst, dass Hermann bei den Sklaven als so wichtig galt, dass sie dieses schwierige Orakel befragten, um über sein Schicksal informiert zu werden.

Das Mädchen schüttelte den Kopf. »Ich darf nicht darüber sprechen. Aber Sie können unbesorgt sein, Señorita, am Ende wird alles gut.«

»Am Ende?«

Das Mädchen senkte den Kopf und starrte auf seine Zehen.

»Heißt das, zunächst wird alles schlechter?« Titine hatte lauter gesprochen, als sie beabsichtigt hatte.

Das Mädchen duckte sich unter ihren Worten.

»Entschuldige bitte, ich wollte dich nicht so anfahren. Aber es wird etwas geschehen, nicht wahr? Etwas Schlechtes?«

Das Mädchen biss sich auf die Unterlippe. Erst nach einer Weile nickte es zögernd. »Jemand wird kommen«, flüsterte es. »Jemand wird kommen, und sein Erscheinen wird das Urteil sein.«

Achtunddreißigstes Kapitel

Jemand wird kommen, und sein Erscheinen wird das Urteil sein. Titine sann auf dem Weg zum Gericht über diese Worte nach. Wer war der Jemand? Und was sollte er tun, um das Urteil zu beeinflussen? War ein neuer Richter bestellt? Hatten sich gar noch Zeugen gemeldet, die gegen Hermann aussagen würden?
Sie lief die enge Gasse hoch, argwöhnisch beäugt von den Leuten, die sich hinter ihren Vorhängen die Nasen am Fenster platt drückten. Mitten auf der Gasse stand ein Grüppchen Weiber. Sie steckten die Köpfe zusammen und tuschelten. Als Titine mit ihnen auf einer Höhe war, verstummten sie abrupt. Titine grüßte übertrieben freundlich und erntete ein paar falsche Lächeln. Als sie wenige Schritte weitergegangen war, steckten die Frauen die Köpfe wieder zusammen. »Da geht die Schwester des Mörders!«, hörte Titine. Am liebsten wäre sie stehen geblieben und hätte die Frauen beschimpft, aber was hätte das geändert? Was hätte das besser gemacht? Nichts. Also presste sie eine Hand auf ihr schnell schlagendes Herz und betrat so würdevoll es ging den Gerichtssaal.

Der Saal war voll besetzt. Titine musterte jede einzelne Reihe. Da hockten Leute, die sie nur vom Sehen kannte, Leute aber, die sich trotzdem erlaubt hatten, sich ein Urteil zu bilden. Überall wurde getuschelt und geraunt, viele warfen ihr scheele Blicke zu, aber einige grüßten sie auch freundlich, drückten ihr und ihrem Bruder die Daumen.

Mafalda saß ganz vorn. Sie hatte den Platz neben sich für Titine frei gehalten. »Wie auf dem Jahrmarkt«, flüsterte sie Titine zu und deutete auf die raunende Menge hinter ihr.

Titine kam nicht dazu, etwas zu antworten, denn in diesem Moment erschien der Richter, klopfte mit einem hölzernen Hammer auf den Tisch. Die Versammelten erhoben sich, und der Gerichtsdiener verkündete laut und deutlich: »Das Hohe Gericht hat sich heute hier versammelt, um über die Mordanklage gegen Hermann Fischer, auch Hermann Pescador genannt, zu befinden.« Er winkte einem Mann zu, der eine kleine Seitentür bewachte. Diese öffnete sich, und Hermann, an den Handgelenken gefesselt wie ein Schwerverbrecher, wurde zu einer Bank geführt.

Titine suchte seinen Blick, doch Hermann hielt den Kopf gesenkt, sah nur einmal auf, schaute nach ganz hinten, in die letzte Reihe des Saales. Titine drehte sich um, verfolgte Hermanns Blick und erkannte Wilma! Groß und kerzengerade hockte sie in der Bank, den Mund zu einem hämischen Lächeln verzogen. Als sie Titine sah, hob sie sogar die Hand und winkte ihr siegesgewiss zu.

Plötzlich wurde Titine schlecht. Ihr Magen rumorte, krampfte. Schweiß brach ihr aus, und sie hatte einen üblen Geschmack im Mund. Mit einem Mal war ihr das Kleid zu eng. Hastig riss sie an dem Kragen, zerriss ihn gar, doch die Erleichterung blieb aus.

Von hinten legte ihr Doktor Winkler eine Hand auf die Schulter. »Ist alles in Ordnung? Sie sehen mit einem Mal weiß wie Mehl aus.«

Titine schüttelte ein wenig den Kopf, wollte antworten, doch ihr Mageninhalt schoss ihr in die Kehle, so dass sie aufsprang, die Hand gegen ihren Mund presste und aus dem Saal rannte.
Eine Viertelstunde später saß sie auf einer Holzbank vor dem Saal, in dem die Verhandlung stattfand. Die Übelkeit war gewichen, doch noch immer fühlte sie sich ein wenig schwach.
»Möchten Sie wieder hinein?«, fragte ein Bediensteter, der den Saal bewachte.
»Nein, danke. Ich glaube, ich warte hier draußen, bis alles vorüber ist.«
Lange wartete sie. Die Glocken der nahen Kirche verkündeten die Mittagszeit. Der Bedienstete hatte Titine schon zweimal ein Glas Wasser gebracht.
»Dauern die Verhandlungen immer so lange?«, fragte Titine und schritt ungeduldig im Gang auf und ab. Zehn Meter nach links, dann zehn Meter nach rechts und das Ganze wieder von vorn.
»Nicht immer«, antwortete der Bedienstete. »Eigentlich sogar eher selten. Nur bei schwierigen Fällen dauert es eben.«
»Dann ist dieser Fall also schwierig?«
Der Bedienstete zuckte mit den Schultern. »Sie sollten mich so etwas nicht fragen, Señorita. Ich bin hier draußen, weiß nicht mehr als Sie. Weiß der Kuckuck, was heute da drinnen los ist.«
Er seufzte, und Titine tat es ihm nach, trat an das Fenster und schaute auf die Plaza Mayor hinab. Ein überdachter Jagdwagen rumpelte die Gasse hinauf. Die Pferde troffen vor Schweiß, der Wagen selbst war über und über mit

Staub bedeckt, als hätte er eine weite Reise hinter sich. Titine kniff die Augen zusammen, um besser sehen zu können. Das war doch der Jagdwagen von Don Alvaro! Und da, auf dem Bock, das war doch der alte Kutscher Ignazio! Titine öffnete das Fenster, als der Wagen vor dem Rathaus hielt, und beugte sich weit hinaus.
Sie riss die Augen auf, rieb sie mit der Hand, aber das Bild blieb: Es war Joachim Groth, der da aus dem Wagen kletterte. Joachim Groth, der Handelsherr aus Havanna!
Titine raffte ihre Röcke und eilte die Treppe hinab.
Groth umarmte sie zur Begrüßung, hielt sie an den ausgestreckten Armen ein Stück von sich entfernt und musterte sie. »Groß bist du geworden, Titine. Groß und noch hübscher. Am meisten freut es mich aber, dass du wieder sprichst.«
Titine zappelte vor Ungeduld in seinen Armen. »Ja. Danke schön. Aber was machen Sie hier? Wissen Sie, dass Hermann gerade vor Gericht steht?«
Groth lächelte, strich ihr über die Schulter. »Keine Sorge, Titine. Alles wird gut. Ich bin gekommen, um deinem Bruder zu helfen. So, wie er mir und den Meinen stets geholfen hat, wenn Not am Mann war. Du erinnerst dich? Auf hoher See habt ihr beide meinen Sohn gerettet, später, in Havanna, die Tochter. Ein Groth vergisst so etwas nicht. Und jetzt wird es Zeit, dass wir in den Saal gehen, Titine. Ich fürchte, wir sind ohnehin schon spät dran.«
Der Bedienstete öffnete die Tür, und Joachim Groth, den Arm um Titines Schulter gelegt, folgte ihm.
Alle Anwesenden sahen sich um. Ganz vorn aber, im Zeugenstuhl, wurde eine Frau blass. Sie sprang auf, zeigte mit dem Finger auf den Havaneser Handelsherrn. »Was

will der denn hier?«, schrie Wilma auf. »Der hat doch mit der ganzen Sache nichts zu tun. Was weiß der denn schon? Wer hat ihn bestellt?«
»Ruhe!« Der Richter donnerte den Holzhammer auf den Tisch. »Sind Sie der Zeuge Joachim Groth aus Havanna?«, fragte er.
»Jawohl, der bin ich.«
»Haben Sie die erforderlichen Unterlagen dabei?«
»Jawohl, das habe ich.«
»Dann bitte ich Sie, diese Unterlagen dem hohen Gericht vorzulegen.«
Groth öffnete eine Aktenmappe aus Leder, entnahm ihr ein paar beschriebene Blätter und übergab sie dem Gerichtsdiener, der sie dem Richter überreichte. Der las, nickte, beugte sich über den Tisch und sprach zu Wilma im Zeugenstand, während Groth und Titine sich setzten.
»Sie, Wilma Dehmel, behaupten nun also im Zeugenstand, sie selbst hätten den Mord an dem Aufseher mit eigenen Augen beobachtet. Ist das richtig?«
»Ja, Herr Richter, genauso war es.«
»Und wie sind Sie in das Feld gekommen, wenn ich fragen darf?«
Wilma lehnte sich zurück, holte tief Luft und begann zu sprechen. »Nun, das ist nicht schwer zu erklären. Dieser Mann da«, sie zeigte mit dem Finger auf Hermann, »dieser Mann da hat mir noch in Deutschland die Heirat versprochen. Wir waren so gut wie verlobt, als er mir eines Nachts die Tugend raubte. Ich wurde schwanger, und als er das erfuhr, ließ er mich sitzen und floh auf die Insel Kuba. Ich folgte ihm, erinnerte ihn an seine Verantwortung, an seine Pflichten, aber vergeblich. Es erwies sich,

dass Hermann Fischer ein Mann ohne Charakter war, stets bereit, sich den eigenen Vorteil zu sichern und dabei über Leichen zu gehen.«

»Bitte keine Wertungen. Das überlassen Sie dem Gericht. Außerdem erklärt das alles nicht Ihre Anwesenheit auf dem Ingenio Don Alvaros.«

Wilma fuhr herum, funkelte den Richter erbost an. »Ich finde es aber wichtig, den miesen Charakter des Mannes aufzuzeigen.«

»Weiter!« Der Richter wedelte ungeduldig mit der Hand.

»Als der Kindsvater und Heiratsschwindler mich in Havanna erkannte, nützte er die nächste Gelegenheit, um sich erneut aus dem Staub zu machen.« Wilma schluchzte laut auf, putzte sich umständlich die Nase und schien, vor Kummer gebeugt, nicht fähig weiterzusprechen. Endlich hatte sie ihre Stimme wiedergefunden. »Es hat sehr lange gedauert, bis ich ihn hier in Trinidad ausfindig gemacht habe. In dieser Zeit ist das arme Kind ohne Vater aufgewachsen, ohne Erziehung, in völliger Armut, während Hermann Fischer sich jeden Tag aufs Neue des guten Lebens erfreute.«

»Kommen Sie endlich zum Wesentlichen!« Das Gesicht des Richters war vor Überdruss bereits rot angelaufen.

»Nun, ich fand ihn also in Trinidad, und als er eines Vormittags auf seinem Pferd in rasender Geschwindigkeit durch die Plantage ritt, folgte ich ihm, um ihn noch ein letztes Mal zur Rede zu stellen. Den Rest der Geschichte kennen Sie bereits. Ich beobachtete, wie Hermann Fischer einen seiner Aufseher erschoss.«

»Hm. In Ihrer ersten Befragung gaben Sie an, der Aufseher Roland hätte das Geschehen beobachtet. Nun, der

Mann befindet sich auf der Flucht. Wir können ihn nicht mehr direkt befragen. Ich glaube, Sie haben sich an dessen Stelle gesetzt. Ich glaube, Sie haben nichts beobachtet, rein gar nichts, und geben nun als eigenes Erleben die Worte wieder, die Sie von dem flüchtigen Aufseher gehört haben.«

Wilma presste empört eine Hand auf ihr Herz. »Es ist, wie ich gesagt habe. Kann sein, dass ich beim ersten Mal so aufgeregt war, kann auch sein, dass meine Angst vor Pescador so groß war, dass ich es nicht wagte, meine Anwesenheit auf der Plantage zuzugeben. Nun aber spreche ich die Wahrheit.«

»Wie sind Sie auf das Feld gekommen? Warum hat Sie niemand gesehen?«, wollte der Richter wissen.

Wilma zuckte mit den Schultern. »Die meisten Leute sind nur mit sich selbst beschäftigt. Sie haben weder Blicke noch Ohren für andere. Auf das Feld bin ich natürlich geritten. Den Gaul habe ich mir aus dem Stall genommen.«

Mafalda sprang auf: »Sie lügt!«

»Ruhe! Setzen!«

»So wahr mir Gott helfe!« Wilma legte erneut theatralisch eine Hand auf ihr Herz. »Ich habe gesehen, wie Hermann Fischer einen Mord verübt hat.«

»Wir haben genug gehört. Sie können den Zeugenstand verlassen. Ich rufe als nächsten Zeugen den Kaufmann Joachim Groth aus Havanna auf.«

»Aber wieso denn?« Wilma, auf dem Weg zu einer Bank, blieb stehen. »Woher soll der irgendwas wissen? Der war doch gar nicht hier.«

»Setzen Sie sich, sonst werde ich Sie des Saales verweisen!«

Der Kaufmann hatte mittlerweile auf dem Zeugenstuhl Platz genommen.
»Ich habe eigentlich nur eine Frage an Sie, Señor«, sagte der Richter. »Ist es wahr, dass Wilma Dehmel in Bezug auf ihren Familienstand gelogen hat?«
»Ja, Herr Richter. Als Wilma Dehmel in Havanna eintraf, war sie bereits verheiratet. Ihr Mann, ein Hutmacher, starb bei einer Gelbfieberepidemie. Ich habe Abschriften der Passagierliste des Schiffes, mit dem diese Frau von Deutschland aus nach Havanna gekommen ist. Dort ist sie als Ehefrau eingetragen. Gleichwohl habe ich die Sterbeurkunde ihres Mannes beigefügt, in der sie als Hinterbliebene aufgeführt ist.«
»Danke! Das genügt!«
Der Richter machte dem Kaufmann ein Zeichen, dass er ihn nicht mehr brauchte. Dann runzelte er die Stirn und verkündete bis zur Urteilsverkündung eine Pause von zwanzig Minuten.

Die Pause rauschte an Titine wie eine riesige Nebelschwade vorüber. Sie hörte, wie Groth sich bei Mafalda dafür bedankte, dass sie ihm die Nachricht von Hermanns Prozess gesandt hatte. Und sie hörte auch, wie Mafalda erwiderte: »Aber nein, ich muss Ihnen danken, Señor. Denn Sie waren es schließlich, der die benötigten Papiere beschafft hat, die Wilmas Glaubwürdigkeit zunichtemachen.«
Dann ging die Tür zum Saal wieder auf, der Richter trat hinter seinen Tisch, schlug mit dem Hammer darauf und sprach: »In der Mordanklage gegen Hermann Fischer verkünde ich folgendes Urteil: Der Angeklagte ist freigesprochen!«

Jubel erhob sich im Saal, Mafalda umarmte Titine und Joachim Groth, die Frau des Bürgermeisters zog einen Flunsch, und der Anwalt der Stadt packte wütend seine Unterlagen zusammen.

»Ich bitte um Ruhe!« Wieder ließ der Richter seinen Hammer auf den Tisch knallen. »Das Urteil wird wie folgt begründet: Die Tatwaffe wurde nicht im Hause von Hermann Fischer gefunden, sondern bei dem verstorbenen Don Alvaro. Somit ist dieser als Täter nicht ausgeschlossen. Die Zeugin Wilma Dehmel hat sich als unglaubwürdig erwiesen, die Zeugenaussage eines jungen Aufsehers, der berichtete, er habe lediglich die Doña zum Feld gebracht, ist beglaubigt. Somit ergibt sich kein hinreichender Verdacht gegen Hermann Fischer. Die Sitzung ist geschlossen.«

Neununddreißigstes Kapitel

Unbeschreiblich waren die Schrecken dieser Tage. Der Himmel, sonst blau und sanft wie ein Marientuch, bedeckte sich mit dicken, schwarzen Wolken, die tief über den Hügeln hingen, ja, sie teilweise sogar wie in einem riesigen Schlund verschwinden ließen. Blitze, einer greller als der andere, schlugen vom Himmel herab, begleitet von so gewaltigen Donnern, wie sie ein Dutzend Kanonen nicht hervorbrachten. Eine dicke, schwere Hitze ohne den kleinsten Luftzug wälzte sich zwischen den Plantagen und Häusern, erstickte jedes Atmen, legte sich klebrig auf Haut und Haare, so dass man sich kaum zu rühren wagte. Staubwolken wurden aufgewirbelt, und die Neger fielen auf die Knie, schrien um Erbarmen und beteten zu allen Göttern, von denen sie wussten. Dann aber kam Wind auf, wurde sogleich zu einem gewaltigen Sturm, der das Zuckerrohr bis auf den Boden bog, die Palmen zauste und die Ziegel von den Dächern riss. Die Hütten der Neger verloren ihre Dächer, Holzteile wurden wie Kinderspielzeug durch die Luft geschleudert, Mütter schrien nach ihren Kindern, die Pferde in den Ställen wieherten und traten mit ihren Hufen gegen die Wände. Katzen verkrochen sich unter dem Küchenofen, Hunde brachten sich mit eingezogenen Schwän-

zen in Sicherheit. Mit einem Schlag wurde es finstere Nacht, so finster, dass man die Hand vor Augen nicht sehen konnte. Durch das Gebrüll des Sturmes und das Dröhnen des Donners drangen die Trommelschläge der Schwarzen, die wohl glaubten, damit den Naturgewalten Einhalt bieten zu können. Ganze Dächer segelten durch die Luft, Bäume knickten wie Fidibusse, ein kleines Negerkind wurde hochgehoben, herumgewirbelt und wohl zehn Meter weiter wieder zu Boden geschleudert.

Hermann wies seine Sklaven an, die Häuser zu sichern. Nicht nur die Hütten im Sklavendorf, die Mühlen, Gerätehäuser und Zuckerhallen, sondern auch das Verwalter- und das Herrenhaus. Das stand seit dem Tag der Gerichtsverhandlung verlassen da, denn Mafalda hatte sofort nach Hermanns Freilassung ihr Bündel gepackt und war zu ihm ins Verwalterhaus gezogen. Obwohl alle Bediensteten Bescheid wussten, sprach niemand darüber. Es ziemte sich nicht für eine junge Witwe, das Trauerjahr mit einem anderen Mann zu verbringen. Und wäre der Tote nicht Don Alvaro gewesen, so hätte Mafaldas Verhalten sicherlich zu einem riesigen Skandal in Trinidad geführt, doch die, die auf dem Ingenio lebten, gönnten Mafalda und Hermann das Glück von Herzen – und schwiegen.

Die Hausmädchen hielten den Mund, wenn sie auf dem Markt einkauften, die Wäscherinnen taten, als sähen und hörten sie nichts, und die Aufseher waren gottfroh, überhaupt noch eine Arbeit zu haben und von Hermann nicht von der Plantage gejagt worden zu sein. Doktor Winkler gab vor, als hätten Mafalda und Hermann schon immer so miteinander gelebt, nur der Pfarrer kam und machte vorsichtige Andeutungen über das sündige Leben, doch nun hielt er sich im Angesicht des Sturmes in der Kirche auf und war damit beschäftigt zu beten.

Auf dem Ingenio waren die Fenster aller Häuser, Sklavenhütten, Gerätehallen, Siedemühlen und Vorratsspeicher mit Holzläden verriegelt und vernagelt, die Stühle und Liegen aus dem Patio, von der Veranda und aus dem Freien geschafft, sämtliche Teile, die bei einem Sturm umherfliegen konnten, weggeräumt, und der Brunnen war mit einer Platte abgedichtet worden.

Hermann hatte angewiesen, dass sich die jungen Sklavenfrauen mit ihren kleinen Kindern in die Kellerräume des Herrenhauses begeben sollten, während für die männlichen Sklaven eilends noch Gräben ausgeschachtet wurden, in denen sie den Hurrikan abwarten sollten.

Er selbst eilte in sein Arbeitszimmer, brachte seine Papiere, die Bücher und das Siegel der Deutschen Handelsgesellschaft Groth, Jessen und Krischak in Sicherheit, bevor der Regen losprasselte. Titine hatte mit Felas Hilfe den Papagei eingefangen, der nun auf der Lehne eines Küchenstuhles hockte, den Hausmädchen beim Kochen zuschaute und den lieben langen Tag gackerte, kreischte und plapperte.

Es war, als hätten Gott oder die Orishas höchstselbst die violetten und schwefelgelben Wolken mit schweren Fäusten auseinandergezogen. Der Regen fiel nicht herab, er stürzte vom Himmel, verwandelte innerhalb von Minuten die staubigen Wege in Schlammwüsten. Er hieb die Zuckerrohrstangen schneller als die schärfste Machete zu Boden, überflutete die wenigen gepflasterten Straßen der Stadt, quoll an den Bordsteinen über den Rand, drang in die Häuser ein, setzte Keller unter Wasser, floss durch Stuben und Säle, sammelte sich in der Mitte der Patios und bildete dort eine wild schäumende, schlammige See.

Das alles fand unter solch ohrenbetäubendem Lärm statt, dass es unmöglich war, sich mit Worten zu verständigen. Mafalda, Hermann und Titine sowie die beiden schwarzen Haussklavinnen hockten seit dem Beginn des Hurrikans dicht aneinandergedrängt im Keller des Verwalterhauses. Mafalda hatte die Hände gefaltet und murmelte Gebete vor sich hin. Die schwarzen Mädchen hatten sich eng aneinandergeschmiegt und starrten mit großen, aufgerissenen Augen an die Decke. Hermann hatte seine Arme um die Schultern von Mafalda und Titine gelegt. Titine sah, das sich seine Lippen bewegten, doch der Sturm brüllte so gewaltig, dass sie kein Wort von dem verstand, was er sagte.

Seit Stunden schon hockten sie im Keller, schraken zusammen, wenn es oben im Haus polterte, als würden die Möbel umstürzen, wagten kaum, einen Schluck aus der Wasserkanne zu nehmen oder ein Stück Maisbrot zu essen. Irgendwann fielen Titine vor Müdigkeit und Erschöpfung die Augen zu. Sie ließ sich auf den kühlen Kellerboden gleiten, zog eine Decke über sich und versuchte zu schlafen. Doch ihr Herz raste, und sie dachte an Fela, der beinahe ungeschützt da draußen bei seiner Rinderherde war. Sie hatte ihn angefleht, mit in den sicheren Keller zu kommen, doch er hatte nur den Kopf geschüttelt. »Ich bleibe bei meinen Leuten, bei meinen

Tieren, bei meiner Arbeit. Bring du dich in Sicherheit, so hilfst du mir, denn dann muss ich mich um dich nicht sorgen.«

Titine faltete die Hände, betete zu ihrem Gott für Fela, rief auch die Orishas an und fiel dann trotz ihrer Angst in einen tiefen Schlaf.

Vierzigstes Kapitel

Als sie am nächsten Vormittag erwachte, hatte der Sturm nachgelassen. Zwar heulte der Wind noch immer, doch das gewaltige Brüllen der Nacht war verklungen. Neben ihr lagen Mafalda und Hermann, eng umschlungen, auf dem Boden und schliefen. Auch die beiden Hausmädchen waren vor Müdigkeit in den Schlaf gesunken.

Vorsichtig, um die anderen nicht aufzuwecken, erhob sich Titine und begab sich nach oben. Im Haus herrschte vollkommene Dunkelheit, da Hermann sämtliche Fenster mit Holzlatten vernagelt hatte. Tastend und stolpernd fand Titine den Weg zur Haustür. Sie drehte den Schlüssel, öffnete die Tür und trat auf die Veranda. Sie erschrak derart, dass sie leise aufschrie und sich sofort die Hand auf den Mund presste. Dort, wo einst das Sklavendorf gestanden hatte, ragten nur noch einzelne Holzpfähle in die Luft. Der Boden, noch gestern staubig und knochentrocken, war aufgeweicht und erinnerte an eine Sumpflandschaft. Ein paar Sklaven sammelten lose Holzteile, die vom Sturm über weite Strecken verstreut worden waren, um später damit ihre Hütten wieder aufzubauen. Eine Königspalme, gestern noch majestätisch, stolz und erhaben, hatte ihre belaubte Spitze verloren. Abgeknickt, als sei sie nicht mehr als ein Streichholz, baumelte die Krone knarrend im Wind, bereit, beim kleinsten Stoß zu

Boden zu stürzen. Die Zuckerrohrfelder waren platt, als sei eine Dampfwalze über sie hinweggerollt. Die hohen Rohre lagen geknickt am Boden, in den Gräben stand das Wasser.

Ein paar tote Tiere lagen in einiger Entfernung, und Titine konnte nicht erkennen, ob es Rinder aus der eigenen Herde waren.

Das Herrenhaus stand da wie zuvor; der Sturm hatte ihm nichts anhaben können. Titine erblickte die ersten Sklavinnen, die mit ihren Kindern das Haus verließen.

Aber wo sollten sie hin? Ihre Hütten gab es nicht mehr. Sie hatten kein Brot und keine Milch für die Kinder, keine Decken, um sich vor dem anhaltenden Regen zu schützen.

Titine dachte nicht lange nach, und sie weckte auch Hermann nicht, sondern eilte nach drinnen, holte den Schlüssel zu den Geräte- und Vorratshäusern, winkte die Sklaven zu sich und brachte sie dort unter. Dann eilte sie ins Herrenhaus, sammelte Decken, Kissen, Betten, Felle und Tücher und brachte, gemeinsam mit den jungen Sklavinnen, die Sachen in die Notunterkünfte.

Sie waren gerade fertig, alles so herzurichten, dass die Frauen und Kinder so lange einen Unterschlupf hatten, bis die Hütten wieder aufgebaut werden konnten, als Titine Hermann über die Plantage kommen sah. Er hielt Mafalda, die sich mit großen Augen umblickte, an der Hand.

»Wie sieht es aus?«, fragte er, als sie bei ihr angelangt waren.

»Weniger schlimm, als es hätte kommen können. Die meisten Leute sind für ein paar Tage trocken untergebracht. Allerdings fehlt es uns an frischen Lebensmitteln. Die Gärtchen der Sklaven sind zerstört, die Rinderherde ist verstreut. Wir brauchen Milch, Brot und Früchte.«

Hermann nickte und sah zum Himmel. Dickbauchige, schwarze Regenwolken hingen über dem Land und hatten die Hügel der nahen Sierra eingehüllt. Der Wind blies noch immer kräftig, aber nicht mehr stürmisch. »Ich werde einen Esel vor einen Karren spannen lassen. Es wäre gut, wenn ihr beide« – Hermann deutete auf Mafalda und Titine – »gemeinsam mit den Hausmädchen nach Milch und Brot gehen könntet. Vielleicht gibt es schon einige Mutige, die ihre Marktstände wieder aufgestellt haben.«

Mafalda nickte, Titine aber fragte: »Brauchst du uns nicht hier? Sollten wir nicht auf dem Ingenio helfen?«

»Nein. Besorgt ihr Nahrungsmittel für unsere Leute. Das ist im Augenblick das Wichtigste.«

»Er hat recht.« Mafalda griff nach Titines Hand. »Lass uns in die Stadt gehen, lass uns schauen, was der Hurrikan dort angerichtet hat. Der Karren wird uns nachkommen.«

Mafalda strich Hermann kurz über den Arm, dann verließ sie mit Titine die Plantage.

Draußen, auf der Straße, hatte der Hurrikan ebenso heftig gewütet wie auf dem Ingenio. Dem Nachbarhaus fehlte das halbe Dach. Zersplitterte Holzläden lagen auf der Gasse, Teile von metallenen Ziergittern bedeckten den Boden.

Eine alte Frau sammelte Holzstücke in einem großen Korb, eine andere las zerrissene Wäschestücke von Gartenzäunen und Büschen. Obwohl zahlreiche Menschen auf den Beinen waren, wirkte die Stadt stiller als sonst. Es

war, als bräuchte Trinidad diese Stille nach dem ohrenbetäubenden Hurrikan. Die Kinder, die auf der Straße spielten, taten das leise. Die Frauen riefen sich keine Scherzworte zu, niemand lachte, fluchte oder sang.
Doch plötzlich erklang von der Plaza Mayor Geschrei, dann donnerte und krachte es, als würde ein ganzes Haus einstürzen.
Eine Staubwolke kroch durch die Straße, Frauen schrien auf, Ziegel knallten aus großer Höhe auf den Boden, Metall schlug auf Metall, Holz splitterte und brach. Jemand heulte laut auf, andere riefen nach einem Arzt.
»Was ist dort los?«, wollte Mafalda wissen.
Titine zuckte mit den Achseln. »Lass uns nachschauen.«
Die beiden Frauen eilten auf den Platz, blieben wie angewurzelt stehen.
»O mein Gott!«, stöhnte Mafalda und hielt sich die Hände vor die Augen. Titine konnte sich vor Schreck und Entsetzen nicht bewegen, sondern starrte nur mit weit aufgerissenen Augen auf die Szene.
Mitten auf der Plaza Mayor, auf der tatsächlich schon die ersten mutigen oder verzweifelten Markthändler ihre Buden aufgeschlagen hatten, war der Balkon eines Herrenhauses zu Boden gestürzt und hatte zwei Frauen unter sich begraben.
Nachdem der Staub sich verzogen hatte, sah Titine die Blutlache, die seitlich aus den Trümmern floss. Daneben hockte ein kleiner Junge und schrie schmerzvoll nach seiner Mutter. Mit seinen winzigen Händen kratzte er an den Steinen, brüllte dabei den Namen der Frau, während ihm Tränen über das Gesicht liefen. Titine hielt es nicht mehr an ihrem Platz. Sie eilte zu dem Kind, hob es hoch,

presste sein Köpfchen an ihre Schulter und streichelte die zuckenden Schultern.

»Es ist alles gut, alles gut«, flüsterte sie auf Deutsch, während das Kind noch immer herzzerreißend schluchzte und nach seiner Mama rief.

Inzwischen hatte sich der erste Schock gelegt. Zwei Viehhändler kamen herbei, wuchteten die Gesteinsbrocken und das Gitter mit den scharfen Spitzen von den Begrabenen. Eine Frau in mittleren Jahren kam zum Vorschein, das dunkle Haar vom Staub grau gefärbt, das Gesicht blutig, die Beine in einem seltsamen Winkel verdreht. Einer der Viehhändler kniete sich neben die Frau, fühlte nach ihrem Puls. Für einen Augenblick herrschte Totenstille auf dem großen Platz. Endlich richtete sich der Viehhändler auf und rief: »Sie lebt. Dem Herrn sei Dank, sie lebt. Wir brauchen den Arzt. Rasch!«

Eine Frau rannte los, bog in die Gasse ein, in der Doktor Winkler sein Haus hatte.

Der andere Viehhändler mühte sich derweil unter Keuchen und Prusten damit ab, auch die zweite Verschüttete zu bergen. Die, deren Kind noch immer so jämmerlich nach ihr brüllte.

Titine starrte auf die wühlenden Hände des Mannes, das fremde, unglückliche Kind an ihre Brust gepresst, und wusste nicht, wofür sie beten sollte.

Denn die Frau unter den Trümmern war Wilma! Das Kind, welches Titine an ihr Herz presste, Wilmas Sohn. Das Kind, von dem Wilma stets behauptet hatte, es sei Hermanns Sohn.

Sollte Titine dafür beten, dass Wilma lebend geborgen wurde? Würde sie, sobald sie wieder gesund war, weiter-

hin versuchen, Hermann und ihr das Leben schwerzumachen?
Oder – Titine wagte kaum, es zu denken – wäre es nicht für alle besser, Wilma würde nicht wieder aufstehen?
Endlich hatte der Mann den letzten Brocken von Wilmas Körper gehoben. Mafalda neben ihr schrie auf, und Titine presste das Kind fester an sich, verdeckte ihm mit der Hand das Gesicht.
Wilma starrte mit offenen Augen blicklos in die Luft, durch ihre Brust hatte sich eine spitze Metallstange gebohrt – genau an der Stelle, an der das Herz saß. Wilma war tot. Daran bestand kein Zweifel.
Der Mann schluckte. Mafalda aber packte Titine am Arm. »Lass uns gehen. Schnell.«
»Aber das Kind! Was soll mit dem Kind werden?« Titines Stimme klang ein wenig schrill.
Mafalda blieb stehen, betrachtete den kleinen Jungen, der noch immer aus tiefster Seele schluchzte. Dann zuckte sie mit den Schultern. »Ich weiß es nicht. Jetzt ist er ganz allein auf der Welt.«
In diesem Augenblick schien Titine zu wachsen. Ihre Schultern strafften sich, der Rücken richtete sich auf. »Er kann nichts dafür. Er ist noch so klein. Ein so kleines Kind sollte nicht allein auf der Welt sein. Ich werde ihm eine Mutter sein.«

Einundvierzigstes Kapitel

Als das Jahr 1864 begann, waren die Schäden des Hurrikans noch nicht beseitigt. Die Sklaven hatten damit begonnen, ihre Hütten wieder aufzubauen, doch noch immer hausten einige junge Frauen mit ihren Kindern in den Gerätehäusern. Die Rinderherde war eingefangen. Nur zwei Kühe waren bei dem Sturm umgekommen, so dass es wieder Milch und Fleisch für die Sklaven gab. Hermann hatte ein wenig Saatgut zur Verfügung gestellt, damit die Schwarzen ihre Gemüsegärten erneut anbauen konnten: Maniok, Kürbis, Kohl und Bohnen.

Das Herrenhaus stand nach wie vor leer, die Sessel und Sofas waren mit weißen Leinentüchern verhängt, der Schreibtisch Don Alvaros stand da, als würde der Zuckerbaron sich jeden Augenblick daran setzen.

»Was meinst du?«, fragte Mafalda eines Morgens Hermann im Januar. »Wollen wir das Herrenhaus nach unserem Geschmack einrichten? Es ist zu schade, dass ein solcher Prachtbau leer steht.«

Hermann verschluckte sich beinahe an seinem Kaffee. »Wir beide?«, fragte er.

Mafalda nickte. »Ja, wir beide. Als Mann und Frau.«

Wieder prustete Hermann Kaffee über den Tisch. »Was war das? Habe ich richtig gehört? Hast du mir gerade einen Heiratsantrag gemacht?«

Mafalda wurde über und über rot, senkte den Blick und spielte mit dem Löffel in ihrem Maisbrei herum, während um Titines Mund ein breites Lächeln wuchs. Mafalda schwieg beschämt.

Als Hermann das bemerkte, stand er auf, kniete vor Mafalda nieder und nahm ihre Hand in seine. »Liebste«, sagte er. »Du musst dich wirklich nicht genieren. Du hast nur das ausgesprochen, wozu ich keinen Mut hatte. Aber jetzt machen wir es richtig, einverstanden?«

Mafalda, noch immer mit glühenden Wangen, nickte.

»Mafalda, Liebste, Schönste, Klügste. Ich frage dich hier vor der Zeugin Titine, ob du mich heiraten möchtest?«

Eine ganz kleine Weile sagte Mafalda nichts. Sie schluckte, räusperte sich und brachte erst dann ein rauhes Ja heraus. Dann schloss sie die Augen, und Hermann nahm ihr Gesicht in beide Hände und küsste sie, küsste sie so lange und heftig, bis Titine ihm leicht auf die Schulter schlug. »He, noch seid ihr beide nicht vermählt.«

Ertappt ließen die beiden voneinander, setzten sich zu Tisch und versuchten, mit dem Frühstück fortzufahren, aber es fiel ihnen schwer. Immer wieder huschte Hermanns Hand über den Tisch und legte sich sanft auf die von Mafalda. Und Mafalda konnte kaum den Blick von Hermann lassen.

Titine verdrehte ein wenig die Augen. »Ich dachte nicht, dass es so anstrengend ist, mit Verliebten zu frühstücken«, stellte sie fest, dann lachte sie hellauf, erhob sich und umarmte Hermann und Mafalda. »Herzlichen Glückwunsch«, sagte sie. »Ich bin so froh, dass ihr euch gefunden habt. Mögt ihr immer so glücklich sein wie in diesem Augenblick.«

Alle drei benötigten einen Moment, um ihrer Rührung wieder Herr zu werden. Titine fand als Erstes die Sprache wieder. »Wann wollt ihr heiraten? Und danach? Im Herrenhaus wohnen?«
Mafalda blickte kurz zu Hermann, dann nickte sie. »Ja, ich denke, wir sollten uns das Herrenhaus ganz neu einrichten. Nach unseren Wünschen, nach unseren Bedürfnissen. Schließlich« – sie lächelte und griff über den Tisch nach Hermanns Hand – »sind wir ja eine richtige Familie. Mit Vater, Mutter, Kind und Tante.«
Titine zog die Augenbrauen nach oben. »Vater, Mutter, Kind und Tante?«, fragte sie nach.
Mafalda deutete auf den kleinen Jungen, der still in seinem Stühlchen saß und die Erwachsenen aus großen Augen beobachtete. »Ich meine natürlich den kleinen Richard. Sicher ist er nicht Hermanns wirklicher Sohn, sein Ziehsohn ist er nun auf jeden Fall. Er wird mit uns im Herrenhaus aufwachsen, wird von uns versorgt, gekleidet und geliebt werden. Er wird später die Schule besuchen und in vielen Jahren womöglich auf dem Ingenio arbeiten. Er wird ein Kind sein, das nicht nur eine Mutter, sondern zwei Mütter hat. Mich und dich, Titine. Was sagst du? Möchtest du mit uns im Herrenhaus leben? In deinem eigenen Flügel? Getrennt von uns und doch zusammen?«
Titine riss die Augen auf, blickte von Mafalda zu Hermann und dem kleinen Richard und wieder zurück. »Ja!«, sagte sie leise. »Ja. Das möchte ich. Der Herr weiß, dass ich nichts lieber möchte als das.«
»Wir werden ein wunderschönes Doppelbett für dein Schlafzimmer bauen lassen. Und einen Extraschlüssel

wirst du auch bekommen, falls du … ähm … am Abend Besuch erhältst.« Mafalda zwinkerte Titine zu.
»Jetzt beginnt unser neues Leben?«, fragte sie.
»Ja«, erwiderte Hermann. »Jetzt beginnt unser eigentliches Leben. Ein Leben mit denen, die wir lieben und die uns brauchen.«

Anhang

Quellenverzeichnis

Vorbemerkung und Einleitungstexte zum zweiten und dritten Teil: *Ein Hamburger auf Kuba. Briefe und Notizen des Kaufmanns Alfred Beneke* 1842 – 1844. 1971, Hamburg

Zitat in Teil 2, Kapitel 25: Heinrich Heine: »Das Sklavenschiff«. In: *Heinrich Heine. Sämtliche Gedichte: Kommentierte Ausgabe.* Hrsg. v. Bernd Kortländer. 2006, Stuttgart

Zitat in Teil 3, Kapitel 39: *Beschreibung nach einem Brief des hamburgischen Konsuls James Bauch,* datiert vom 3.9.1852, Staatsarchiv Hamburg

Literaturnachweis

Ein Hamburger auf Kuba
Briefe und Notizen des Kaufmanns Alfred Beneke 1842–1844
Hamburg 1971

Miguel Barnet / Ulrich Kunzmann
AfroCubanische Kulte:
Die Regla de Ocha. Die Regla de Palo Monte
Edition Suhrkamp, Frankfurt 2000

Ivan Canas / Rigoberto Romero
Trinidad auf Cuba
Zur Mentalität einer Stadt
Edition diá, St. Gallen 1988

C. L. R. James
Die schwarzen Jakobiner
Toussaint L'ouverture und die San-Domingo-Revolution
Verlag Neues Leben, Berlin 1984

Matthew Parker
The Sugarbarons
Family, Corruption, Empire and War
Hutchinson, London 2011–10–31

Brendan Sainsbury
Cuba
lonely planet 2007

Henning Christoph
Voodoo
Die Kraft des Heilens
DVD, Alamode Film, Deutschland 2009

Die Geschichte von Hermann, Mafalda und Titine geht weiter ...

BEATRICE FABREGAS

Sterne der Karibik

Roman

Trinidad auf Kuba in der zweiten Hälfte des 19. Jahrhunderts: Schon längst hat Hermann seine deutschen Wurzeln hinter sich gelassen und lebt glücklich mit seiner Frau, die ihn abgöttisch liebt, auf seinem Ingenio. Er ist zu einem der mächtigsten und reichsten Zuckerbarone Kubas aufgestiegen und hat alles, wovon er jemals zu träumen gewagt hätte. Nur seine geliebte Schwester Titine bereitet ihm große Sorgen. Sie hat sich unsterblich in Fela verliebt – einen Mann, den Hermann mit offenen Armen empfangen würde, wenn er nur ein Weißer wäre. Doch Fela ist ein Schwarzer, der als Sklave auf den Ingenio verkauft wurde. Als Sklavenrevolten auf der Insel ausbrechen, die schließlich auch Hermanns Besitz erreichen, muss er handeln ...

*Drei Frauenschicksale – zwei Kontinente –
ein halbes Jahrhundert*

CARLA FEDERICO

Die Rosen von Montevideo

Roman

Montevideo 1843. Der Frankfurter Bankierssohn Albert Gothmann verliebt sich Hals über Kopf in die lebenslustige Rosa, Tochter einer der ältesten spanischen Familien Uruguays. Doch ihre Liebe zwingt sie zum Verzicht auf ihre Heimat, ein Schicksal, das fortan alle Nachfahrinnen ihrer Familie teilen. Sind die Frauen stark genug, um für ihre Leidenschaft zu kämpfen?

KNAUR

Atemberaubend und süffig: Carla Federicos Chile-Sagas!

Im Land der Feuerblume

Roman

Hamburg 1852: Im Hafen begegnen sie sich das erste Mal: die junge abenteuerlustige Elisa, der nachdenkliche Cornelius und ihre Familien, die das Wagnis eines neuen Lebens in Chile eingehen wollen. Bereits auf dem Schiff, das sie in die ferne neue Heimat bringen soll, entbrennt Elisa in Liebe zu dem oft so melancholischen Cornelius. Doch stets scheint dem Glück des jungen Paares etwas im Wege zu stehen: die unerbittliche Natur, die sie vor immer neue Herausforderungen stellt, aber auch Missgunst und Eifersucht …

Jenseits von Feuerland

Roman

In Punta Arenas, der südlichsten Stadt der Welt, kämpfen zwei Frauen um ihre Zukunft, ihre Freiheit – und um die Liebe: Emilia ist die Tochter von deutschen Auswanderern und flieht von zu Hause, nachdem sie ein dunkles Familiengeheimnis enthüllt hat. Die zurückhaltende Rita dagegen hat nur einen Wunsch: Sie will von den Chilenen als Weiße anerkannt werden, denn als Tochter einer Weißen und eines Mapuche wird sie brutal verfolgt. Im sturmgepeitschten Patagonien entscheidet sich das Schicksal der beiden Frauen …

Im Schatten des Feuerbaums

Roman

Santiago de Chile zu Beginn des 20. Jahrhunderts: Hier kämpfen zwei junge Frauen um die Erfüllung ihrer Lebensträume. Aurelia ist eine begabte Malerin und gilt bereits als Jahrhunderttalent. Doch als der reiche Bankierssohn Tiago um sie wirbt, stellt sie ihre Berufung hinter ihr Liebesglück. Während Victoria für die Rechte der Frauen und Arbeiter streitet, gerät Aurelias Ehe in Gefahr, denn der beste Freund ihres Mannes macht ihr heftige Avancen …